21世纪
世纪
——
年　度
小说选

2020 中 篇 小 说

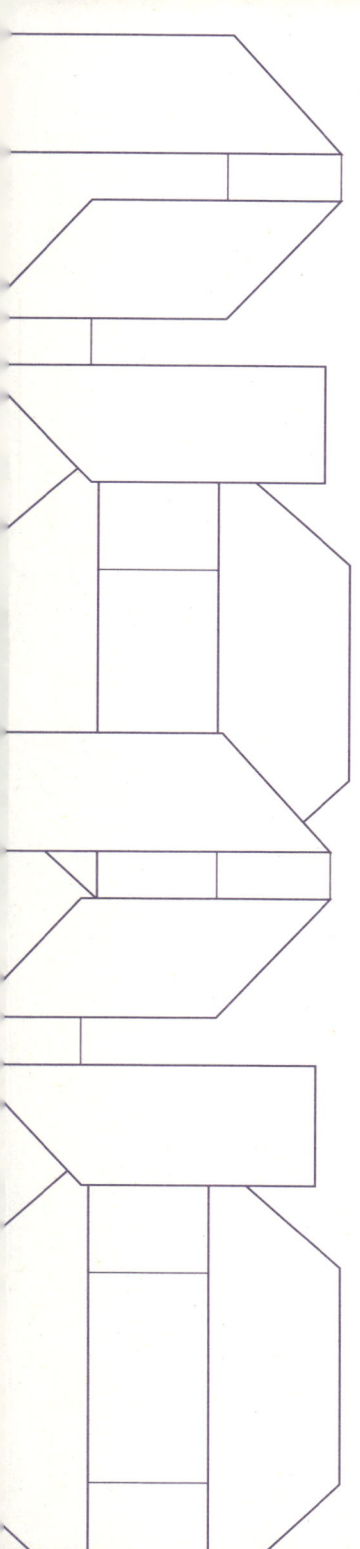

2020 中篇小说

21世纪年度小说选

人民文学出版社编辑部 编

人民文学出版社

图书在版编目（CIP）数据

2020中篇小说/人民文学出版社编辑部编．—北京：人民文学出版社，2021
（21世纪年度小说选）
ISBN 978-7-02-016987-0

Ⅰ．①2… Ⅱ．①人… Ⅲ．①中篇小说—小说集—中国—当代 Ⅳ．①I247.5

中国版本图书馆CIP数据核字（2021）第023747号

责任编辑	李　宇　薛子俊
装帧设计	李思安
责任印制	任　祎

出版发行	人民文学出版社
社　　址	北京市朝内大街166号
邮政编码	100705
网　　址	http://www.rw-cn.com
印　　刷	三河市鑫金马印装有限公司
经　　销	全国新华书店等
字　　数	402千字
开　　本	880毫米×1230毫米　1/32
印　　张	16.25　插页3
版　　次	2021年4月北京第1版
印　　次	2021年4月第1次印刷
书　　号	978-7-02-016987-0
定　　价	63.00元

如有印装质量问题，请与本社图书销售中心调换。电话：010-65233595

出 版 说 明

我社自1977年起，即每年编选和出版年度短篇小说选和中篇小说选，两种年选曾经深得读者的喜爱，在文学界和读者中具有广泛影响。1994年后，这项工作一度中断。21世纪肇始，根据文学界人士和读者的建议，我社决定恢复中、短篇小说年选的编选和出版工作，以便及时总结年度中、短篇小说创作的成绩，向读者集中推荐优秀的中、短篇小说，也为新世纪的文学积累做出我们的贡献。

恢复出版的中、短篇小说年选总冠名为"21世纪年度小说选"，以示我们一百年不动摇，长期做下去的决心。"21世纪年度小说选"分中篇小说和短篇小说，各编一册，于次年出版；编选范围为当年全国各报刊上发表的中、短篇小说，入选篇目的排列以作品发表时间先后为序。

"21世纪年度小说选"的编选工作得到许多著名文学评论家和编辑家的支持和帮助，他们应我社之邀，对当年的中、短篇小说创作状况进行深入、广泛的研讨，提出许多极有价值的选目。我们在广泛阅读的基础上，充分参考专家们的意见，严格进行编选。在此，谨向诸位专家深表谢忱。

人民文学出版社编辑部

目录

- 001 · 酥油和麻辣烫　孙　睿
- 041 · 金豆捞饭　肖克凡
- 093 · 浪的景观　周嘉宁
- 147 · 我所知道的马万春　尹学芸
- 210 · 戴珍珠耳环的淑芬　蔡　骏
- 259 · 骑白马者　孙　频
- 332 · 飞　发　葛　亮
- 399 · 森中有林　郑　执
- 465 · 我们的娜塔莎　蒋　韵

酥油和麻辣烫

孙 睿

1

真他妈的。以为早过了为了"诗和远方"和装神弄鬼的"灵性生活"就往西藏跑的年纪,肉体的艳遇和心灵的洗涤,那是屌丝和脑残的产物,可到了儿还是去了。

姐们儿今年四十四岁,衣食无忧,住行不愁。我可不是中产,中产的年收入应该不过百万吧,我过了,说的也是税后。我应该是从四五年前开始收入过百万的,现在又涨了,每年不动年薪,靠银行理财的利息,就够一年的生活费,当然不只是吃饭。也包括买衣服、买抗衰老化妆品和出国玩,既然说的是生活费,那就是生活里的一切费用。家里就我一个人,不养猫不养狗不养男人不养孩子,父亲打小就没怎么见过,后来又当了别人的父亲,母亲两年前不在了,就我一个人一年三十万够花了。所以,我的存款每年以百万在增长,隔年利息更多了。

我不是财迷，不是故意攒钱，是钱自己变多的。都是劳动所得，一分钟一分钟挣来的。有人说我可以退休了，说这话的一看就对中国近代史陌生，最近十年的通货膨胀，让我觉得就手里的这些钱，活到七十岁都不够。还有人让我要个孩子，说留那么多钱以后给谁呀。真是瞎操心，什么就以后给谁呀，我才四十四岁，离以后还早着呢。再说了，给谁不给谁，跟他有什么关系呀。他要是不这么说，将来他孩子需要，我资助个几十万不在话下。我对钱真没那么在意。

我不喜欢孩子。也不是不喜欢孩子，是不喜欢找个人结婚，然后生个孩子。别问我为什么，难道你没遇到过已婚人士在大家喝得挺美的时候突然唠叨起后悔生孩子后悔结婚、一个人挺好这样的话？每当听到这种抱怨，我并不会为自己的选择暗自得意，而是更加鞭策自己：一定要守住阵地，别忘初心。

我同学的孩子，最大的今年大学毕业。95后的小崽子都参加工作了，我大学毕业那年，他们才出生，现在跟我抢工作了。时间是个婊子，也是个戏子，无情无义。

我说话的习惯是上大学和前前前男友学的。他那时候特别二，专业小愤青，兼职上大学；现在是个老愤青，兼职过日子。以前我的语言风格不是这样的，强烈受他影响，世界观也被他改变。觉得活在这世界上，就得这么说话——当然进了公司，我还会人模狗样地 Say "猫宁"，下了班一起 shopping，说的都不是人话。真奇怪，和人在一起的时候竟然不能说人话，自己一个人，倒能说人话了。人话就得像个二×那样说。

我恨我的前前前男友，也爱我的前前前男友。

如果还能遇到他，不用人话的方式，我会这样感谢他：谢谢你当年的坏，成就了我今天的好。如是用人话，就这样感谢他：滚蛋吧你，没有你，老娘也练不出今天的铜头铁臂金刚不坏！

所谓的好和铜头铁臂金刚不坏,就是妇女独立。我一点儿不介意妇女这个词,少女就是少女,妇女就是妇女。少女本来就独立,妇女独立,需要努力。他和我分手的那天起,我就明白了一个道理,这世界上,除了自己,别指望任何人。你是自己最忠诚的粉丝,得为自己买单,要具备买单的能力。那时候我特别喜欢一本书的名字,就是希特勒的自传《我的奋斗》。书名一听就特狠的那种,书我没看过,就这书名,也具备知识产权价值。没什么可废话的,要独立,只有奋斗——与天斗、与地斗、与人斗、与惰性斗、与贪图舒适斗、与企图坐享其成斗、与不思进取斗、与肥胖斗……累了困了,我就来顿麻辣烫,入口爽辣,胃里沸腾,额头出汗,浑身燥热,再来瓶冰啤,烦闷顿时消散,瞬间满血复活。我的奋斗配麻辣烫,就是我作为女人的独立宣言。

对了,无论怎么吃,女人一定要保持清瘦。切记,不是保持身材,是保持清瘦,这样才有可能让一个即将四十五岁的女人看上去不像五十岁。

公司的95后小崽子说他们老加班熬夜喝咖啡,搞出了亚健康。我觉得这帮95后太娇气,拿着我毕业那会儿近十倍的工资,加个班就喊爹喊娘,真给他们爹妈丢脸。但我不跟他们讲这些道理,让他们听话的办法就是把他们怼回去,我说以后老娘陪你们,你们什么时候吃饭,我就什么时候吃,你们几点下班,我就几点离开公司,发在工作群里的消息,我要是超过十分钟没回复,罚两百红包。我还每周请他们吃饭,吃得比他们辣,喝得比他们多,不是犒劳,只为饭桌上也完爆他们。他们老实了。妈的,当领导,不来点儿狠的就玩不过他们。我每天斗志昂扬地出门,精力充沛,自带鸡血两升。人更清瘦,显得更年轻了,走在街上有外地大妈跟我打听路,喊我姑娘。这就是上天对我的奖励。

我以为自己无敌,掌控了一切,以为未来的路上已不可能再有黑暗,可还是厌蛋了。四个月后,一次开着开着会,肚子突然疼起来,腹部胀、坠，我以为要来例假，就一直揉，接开水喝，却越喝越疼，不像例假的感觉。坚持开完会，我去了医院，大夫让我指了指疼的位置，说照个胃镜吧。结果出来，傻眼了，胃癌。

大夫指着片子上胃内壁上的红色隆起说，这就是胃癌的标志性样貌。我看着它们，像一座座喷发的火山口。

我蒙了。我肚子里长了火山，它们要喷发烧死我。

瞬间，我想到的是，活该！你自找的！熬夜、吃饭不按时、浓咖啡、麻辣烫、烤串、缺觉、争强好胜，把自己争死了吧！

死亡是一种对人生的讽刺，再牛，还是要死。

我问大夫，还有救吗？大夫说根据临床表现，消化系统出现不适才来医院检查被确诊是胃癌的，最多就剩一两年。

一年还是两年，我又问。大夫说，也有可能半年或三年，这就是一种说法，让我知道剩下的时间里该干点儿什么，更知道不该干什么了。

我说知道了，拿着检查结果和片子离开医院。

我没那么傻，听风就是雨，现在误诊的事情多了去了，我又去了更好的医院。

结果如出一辙。

现在你更能理解我为什么非要这么说话了吧，如果你只能活一年了，还会跟这个世界心平气和吗？

现在我更觉得前前前男友很棒了，他从十八岁上大学的时候，就知道对这个世界该用什么态度。我爱他。他要是现在来找我，不嫌弃我是一癌症晚期，我愿意被他压在身下，狠狠折腾我吧。用不了多久我就在这个世界上消失了，只要能刷出存在感，什么事儿我都愿意干。

留给我的时间，就像每场球赛留给中国男足的时间，已经不多了。

和一切没用的事情告别。曾经视为珍宝的东西，突然一文不值，都成身外之物。女性独立、社会地位、财富状况、人脉关系比不上一个人在这个世界上多享受一天阳光。如果我还有两年，那么以每天一万块的速度消费，到我离开那天，钱也是够花的。再多挣一分钱也是多余的。

　　我去辞职。告别奋斗了十年的公司，我是元老之一，成立之初便来到这里。公司发展到今天，效益不错，要不然也开不出这么高的工资。前年亏损了30亿，去年盈利负50亿，今年下半年要在纳斯达克上市，听说今年的任务是亏100亿。虽然一直是负的，但负的数字比同行业低一半，算很成功。公司是一家视频网站，我的工作内容就是花钱买IP，然后开发。所谓开发，指的是完成拍摄。那么多IP，能有十分之一开发出来就不错了，但必须不停地买。如果不买，竞争对手就买走了，万一开发出来，我们还得花更高价钱买他们的成品在我们网站播出。每年百八十亿的亏损，是深挖洞广积粮，准备打硬仗。

　　谁花钱谁是甲方，他们都管我们叫甲方爸爸。这爸爸叫得让人心花怒放。当爸爸的当然得给孩子提要求，比如找找剧本的毛病，挑挑导演的缺点，指手画脚演员的脸。甲方就是站着说话不腰疼，挺好的剧本在我们的要求下，经常被改得面目全非，导演也总被我们说糊涂了，不知道这片子还有没有开机的必要。其实我们也不清楚自己为什么要这么做，好像只有提点意见，才显得自己这个职位有存在的价值，才能完成KPI，对得起发的工资吧。有时候挑完毛病我也特心虚，担心乙方会说——你们那么懂，有本事自己原创一个。还好，乙方都很有涵养，没人这么跟我们说话，我们手里有钱，没人跟钱过不去。

　　我的辞职很突然，他们问我原因，我说就是累了，想歇歇。公司挽留我，提出加薪百分之十，我说不是钱的事儿，他们说百分之十五，我说真不是钱的事儿，他们谁也不信。爱信不信。

公司说现在走的话，股权无法兑现，我说我知道，不用兑。他们更觉得我一定是去了至少年薪翻倍的地方，说根据制度，我离职一年内不能去竞争公司。我说你们一百个放心，我哪儿都不去，就在家待着。见我油盐不进，公司只好要求我交接完工作再走，我说没问题，但交接时间不要超过一个月，咱们都高效点儿。

我还有百分之零点零几的股权，如果套现，又是几百万，但需要在这里继续工作三年。如果我的胃里没有那些火山，当然愿意得到这笔钱，可是那些蓄势待发的火山，让我觉得我和无论多少钱，在它面前都会被烧成灰烬，一点儿意义没有。

没有什么比时间更让我觉得值钱。

走出公司前，有人跟上来问，姐，你是打算自己创业了吗，有人给你投钱了吧，带上我好吗？我故作神秘一笑说，暂时保密！然后趾高气扬离开公司，让他们对我的未来充满无限幻想吧，让他们嫉妒我吧！

我出了电梯，进了车里，从前排拿过纸巾，坐在后排大哭起来，坐着哭、躺着哭、抽泣着哭、呜咽着哭、号啕着哭……我羡慕那些还有欲望的人，虽然他们被欲望缠身，但他们还有机会跟着欲望一起茁壮成长，而我和我的欲望，都被拦腰劈断了。

我开始遍访名医，带着检验报告满北京城找人看。凡是能用医保卡的医院，都告诉我，过得开心点儿，想干吗就干吗吧。

我又去了不能用医保卡的地方，本来就不能报销，费用还很高，挂个号就八百八。我当然不在乎这八九百块钱，我是怕他们也说出一样的话：过得开心点儿，想干吗就干吗吧。

走进诊室，墙上贴着一张八卦图，还有一张人体经络图。一位中年男性端坐桌子正中央，他脑袋上方有无数双眼睛在看着我。墙上挂满各路明星和这位大夫的合影，他们冲着画外善良地笑着，都是超一线的明星，不是那种随便演个戏的脸熟演员和歌手，我想这说明这位大夫的医术也是超一流的吧。我恭敬地把病例递到他面前，他拿起翻了翻，随后像扔废品一样，把病例往旁边一推说，我看病不依据这些，胳膊伸过来。

我照做，问他依据什么，他把手搭在我的脉搏上说——气。我不再说话，他双眼微闭，看样子是在感受我的气。墙上的那些明星看着我，我也看着他们，这些明星还没死，都是活的，是不是也侧面证明了正给我验气的这位名师医术高明呢？我多么希望自己遇到的是世外高人，多么希望人类医学此刻在我身上取得重大突破！

我等待着命运的宣判。

大夫睁开眼，撤走手，只说了四个字：需要调理。

我问我是不是胃癌，大夫说在他的行医标准里，没有癌症这个词，只有气畅、气滞、气虚、气旺这些症状，我属于气虚和气滞的。我问那我胃里的那些火山算什么，大夫说气滞导致地壳变迁，火山隆起，通气后，火山夷为平原，一切如初，生长万物。我说那我该怎么做呢，大夫说，首先放松心情，让脑子放空，想事儿是泄气的行为，想得越多，气越被泄走，自然会虚。其次日出而作日落而息，违背自然规律，就会邪气侵入，阻碍正气运转，气滞导致局部器官变异，也就是火山隆起。再次要锻炼身体，运动让正气上扬，邪不压正，人一身正气了，邪气自然就无处藏身。此外还需要额外调理，说出来没什么科学道理，但心诚则灵。

我问额外的是什么，大夫说去请一串凤眼菩提的珠子，一定是要被喇嘛念经加持过的，喇嘛的级别越高，加持力越大，如果是大喇嘛用过的，效果尤佳。我问市场上的那些珠子不行吗，大夫说凡是被喇嘛加持过的珠子，都会被酥油泡过，喇嘛用过的珠子，也会沾满喇嘛手里的酥油。之所以要有酥油，是因为一颗颗拨动这些珠子的时候，酥油会把邪气带走，可以理解为"粘"走的，但不要用理性态度看待此事，否则会让功德减弱。拨动珠子的时候，心里什么都不要想，这也是在做让自己放空的练习，拨动次数越多，被"粘"走的邪气越多。

听着有点儿晕，我哪认识什么喇嘛呀，仅有的关于喇嘛的认知，还是从一个绕口令里来的：从南边来了个喇嘛，手里拎着五斤鳎目，从北边来了个哑巴，腰里别着个喇叭，别着喇叭的哑巴要用喇叭换手里拎着鳎目的喇嘛的鳎目，拎着鳎目的喇嘛不愿意用鳎目换腰里别着喇叭的哑巴的喇叭……我问上哪儿找这么一串珠子，大夫说可遇不可求，要看缘分，让我动用一切资源找找看。我问这次需不需要先开一些药，大夫说是药三分毒，留在肚子里又是一分邪气，不用。

我想了解他这种治疗方法是不是中医，他说融贯中西，汇通古今，取其精华，弃其糟粕。我问他是佛教还是道教背景，他说都不是，不拘一格，治人为先。我往墙上的照片看了一眼又问道，他们都找您看过病吧，有谁和我的情况是一样的？大夫笑眯眯地说，都是我的病人，也都是我的朋友，我得替病人保密，更得替朋友保密。

听了这番话，我竟然乐观起来，觉得自己还是有希望的。这点希望，让我愿意迎接明天了。

第二天，当然是去潘家园和十里河了，那卖珠子的多。

没想到北京这么多闲人。以往这个时间我正为开会收发邮件做PPT忙碌着，却有人此时为玩乐忙碌着，穿梭于花鸟虫鱼之间，不仅是上年纪的，还有小年轻儿，揉着核桃，穿着拖鞋，大裤衩上还别着一把扇子。羡慕这些人。

我挨家打听，也做好准备，无论多少钱，只要东西对，当场就拿下。可听了我的要求后，卖家们表示他们只是做正经文玩生意，按文玩的标准进货，不搞封建迷信。倒是隔壁卖沉香的大姐，说她信佛，听说过这种被喇嘛加持过的念珠，建议我去念珠论坛看看，兴许能碰到转让的。

  回到家，打开电脑，登陆了大姐说的论坛。经过一天的寻找，我也被普及了丰富的念珠知识，看着论坛图片上的那些各种尺寸和色彩的珠子，也能说出一二了。大家晒的珠子都很漂亮，红中泛棕，色泽迷人，包浆厚重，光滑深邃，配饰华丽，但我并不需要一串漂亮的珠子。论坛有搜索功能，我输入关键词：喇嘛、酥油。

  还真有几条信息。我仿佛看到灵丹妙药。

  藏区确实有用酥油泡凤眼菩提子的传统，菩提子一下树，就被浸泡在酥油中，喇嘛会念经加持，然后做成佛珠，用于念佛计数。念一遍佛号，拨动一粒珠子，一串长的是108颗，转一圈算念了一百遍佛号，多出的那八次，作为念的时候心不在焉的补偿。除此外，还真有一种喇嘛用过的凤眼菩提珠，可以说，每个喇嘛都有念佛的功课，每位喇嘛都有一串念珠，这些念珠会流传到有缘人的手中。这些是我在这几条帖子里了解到的。

  其中一条帖子，还晒出了他的珠子照片，的确漂亮。他说去拉萨旅游的时候，寺里的喇嘛跟他聊得来，珠子就送他了，盛情难却，但也不能白拿人家珠子，就把自己的数码相机留下了，还有他拿着这串珠子和喇嘛的合影。最后说这串珠子受过密宗加持，功德无量，还留下个人微信，愿意结交广大珠子爱好者。

  我加了他的微信，说是论坛上过来的，他二话不说，又给我发了几张珠子的照片。我看他朋友圈，晒着各类珠子，不像爱好者，更像开店的。

  果不其然，聊了没两句话，他问我喜欢吗，可以忍痛割爱。我没问价格，已经对这串珠子的来历是否如他所说有了怀疑，我又看了一遍他的帖子，发现破绽重重。即便贴上了他和喇嘛的合影，但珠子在他手里，不足以说明是喇嘛送的，说不定就是他自己的，拿在手上和喇嘛照了张相而已。更重要的是，我不会把自己的宝贝发到网上炫耀，还留个微信。有了这一原则，再看其他帖子，也可断定为卖珠子的。

我决定自己去西藏找一串货真价实的酥油凤眼。

2

走出拉萨机场，并没有看见和我约好的接机人。

人是我在网上认识的。决定自己来拉萨后，我在网上发了个帖子，说想找个当地导游，要求熟悉此地人文和民俗，具备引导深度游的能力，价格好说。我留下电话和微信，标明年纪，一是让对方清楚我的情况，知道该怎么接待，我不是来穷游的；二是让还抱着艳遇幻想以为我是涉世未深的小姑娘的人死了这份心。

我当然没把帖子发在珠子论坛，而是发到拉萨的贴吧，我知道每个城市的人，最爱浏览的除了门户网站，就是当地的贴吧，它就像胡同口的大槐树，聚满了街坊邻居。当然我也没说去拉萨是为了找珠子，怕珠子论坛的人又跟过来。

发帖的第二天，收到一条短信，发信人说自己常年在拉萨生活，可以带我领略拉萨风土人情，价格也好说。我回短信，问他是哪里人，他说是藏族人。我把电话打过去，接电话的果然是位藏族口音的男子，我问他多大岁数，他说三十三岁，我问他有车吗，他说有，私家车，全程接送。我问他认识喇嘛吗，他说认识，我问跟喇嘛熟吗，他说天天见。我全程在问，他一直在答。还算满意，我又问了价格，是我准备花费的三分之一。最后我表达了去拉萨其实是想找一串喇嘛加持过的珠子，问他好不好找，他说如果只是找珠子，建议我不要来拉萨，让我在网上找就好了，找到了也能快递，还省机票钱。我说我想亲自从喇嘛手里结缘一串或找一串喇嘛念过经的珠子，男子说那你确实应该来，因为我们这里确实有很多喇嘛。

我让他加我微信。自打辞职后，我把朋友圈全删了，让我的过往、现在以及未来不再展现，说不定哪天就嗝屁了，让大家提前习惯一下我的消失吧。所以，我不怕陌生人加微信。可是他不加，说不习惯用，还是打电话方便。我尊重了藏族同胞的简单纯朴。

订完机票，我又和他联系接机的事儿。他说拉萨机场不大，就一个出口，只要我能出来，他就能看见我。我说那么多人，你知道哪个是我吗，他说凭感觉能认出来。我问你感觉我应该什么样，他说一位内陆女性，一个人拉着箱子走出机场，就应该是我。我问你每次都这样接人吗，他说对，只要游客跟他交流的信息都是真的，他不会接错。为了保险，他说他会挂着一条白色的哈达，也让我能一眼认出他。

可是我已经在这儿站了二十分钟，并没有看到一个脖子上挂着哈达的男人，打电话也不通，倒是看见一个个游客在我面前上了车，向市区驶去，看得我心急火燎。我并不着急他们先比我看到布达拉宫，布达拉宫就在那里，早会儿晚会儿都能看见，我担心他们不会也是来找珠子的吧，被他们抢在前面了！作为一个胃癌三期来到海拔三千多米的地方的人来说，我时刻清楚自己在干什么。

这时候，一辆满身泥泞的面包车停在我面前，车窗正上方挂着一条白色的哈达。一个面色红黑、头发带卷的男子摘下哈达，匆匆下车，举到我的面前。你好，我是丹增，他说。浓郁的藏族普通话。人我倒是不意外，难道这辆面包就是他所说的私家车？我疑惑地看着车，疑惑地看着他。

你迟到了，电话也不通。我上来就表达了不满。

欠费了，现在充值了，你再试试。丹增憨厚地笑着，露出一口白牙，像牙膏广告的最后一个镜头。他又说，对不起我来晚了，我去买哈达了。

你不是说能认出我吗，可以没有哈达，我说。可是我答应见面时会带一条哈达的，扎西德勒！他又一次递上哈达。不能不接受了，我学着电视上的样子，低下头，让他披上。

请上车。丹增推开左右滑动的车门。

我走到车前，差点被车里飘出的气味顶出来。

全程都坐这辆车吗，我问。

对，二十四小时给你用，不拉酥油了。

拉什么？

酥油，我是做酥油的。

你不是做导游的吗？

这几天不做酥油了，给你做导游，上车！

等会儿，我说我要找一个资深的导游——你第一次做导游？

我打小在这儿长大，没有不认识的地方，你想去哪儿都行。

命怎么这么不好，竟然赶上了一个棒槌。棒槌正咧着嘴，露着他的白牙笑。想退单，看到他那无辜和无邪的表情，觉得就睁一只眼闭一只眼吧，对人别那么残忍，世界对我才不会太残忍。

硬着头皮上了车，车座套是纤维布的，泛着黑，好在有块洁白的坐垫，能让我坐上去。

丹增说这是新买的，特意给我准备的。可是车座靠椅也油腻污黑，要不是身上的这些衣服对我不再重要了，我真想出钱让他当场就换一套座椅。

车子启动。之前我做过功课，机场到市区一个多小时。现在是北京时间晚上八点，十点前可以入住酒店，好好休息一晚。

我把酒店名称告诉了丹增，他不知道这个酒店，拿过我的手机看了一眼地址，说没问题，能找到。我问他不需要输入导航里吗，他说他的脑子比导航好使，喜悦地开着车，太阳斜照在他的脸上，白牙在车里后视镜中更加凸显。他问我听音乐吗，我问什么音乐，他打开，是藏区歌曲，天高云阔的曲风。很配合窗外的风景，他说。

窗外的高山白云蓝天真的很美，我闭上了眼睛。它们已跟我无关，我没有多少时间欣赏它们了，不需过多留恋。

大约开了一个小时，我问是不是快到了，丹增说对，快到了。我睁开眼，想看看拉萨市容。可是半个小时过去，窗外依然一片乡村风光。我问怎么还没到，丹增说快了。又过了半个小时，拉萨市容不但没出现，路还越来越颠簸，我看了一眼表，上车已经两个小时，我问到底什么时候到，丹增又说快了。我说这段路就一个多小时，现在已经开了两个小时，却越来越荒，你要把我拉哪儿去。丹增说这回真快了，之前开错方向了，再有半个小时，准到。我很诧异怎么能开错呢，高速公路就一个方向。丹增说没走高速，走的是国道，能省过路费。我说以后这些钱不用省，我来出。他说，不是谁出的事儿，挣钱都不容易，没必要的钱可以不花。我不得不表现一下甲方的威严，郑重地告诉他，我来这儿不是为了省钱的，我是为了高兴的。他说第一次遇到你这样的人。我也不客气地说，那是因为你第一次当导游，以后你会碰到很多。他竟然说，如果都是我这样的游客，他就不当了。要不是身处荒郊野地，我真想叫他停车，给他结账，让他该干吗干吗去。

车真的停了。我去，不会他先把我赶下车吧，这是哪儿我都不知道，我看了眼手机，4G 图标变成了 E。

继续开吧。我语气稍稍缓和着说。

我也想开，车坏了。他下了车，掀开车盖，开始检修。

我算服了。一步错步步错，根据我以前的经验，开局不顺的事儿，后面波折会更多，在机场就不应该上他的车。

能修好吗？我也下了车。

看命吧！

竟然听到这个词——看命吧！什么叫看命吧？我他妈命好能来这儿吗，我他妈命好能赶上这辆破车吗！

我左右看了看，前不着村后不着店，见不着人影。姐也不是小白，我告诉这个藏族男子，来之前已经把手机定位了，如果我在哪儿出事，家人会报警位置跟踪找到他。他不紧不慢地说，你出不了事儿，只要你不自己乱跑。什么叫我乱跑，明明是他乱开，现在已经十点了，我不但没有住下，连在哪儿都不知道。

你学过修车？我问。

没有，但经常能修好。他低头鼓捣着。

真搞不懂他们这儿的生活。

拉萨天黑得晚。北京时间十点，这里还亮着。丹增修着车，我闲得无聊，拿出手机冲着远处的一条河拍照。丹增说那条河叫拉萨河，翻译成汉文是"快乐河"，让我多拍几张，还说这儿的日出特别好看。我他妈哪快乐得起来呀，属于我的时间已经不多了，"快乐河"又插进来一杠子。

我不是来旅游的。我直言不讳。

来都来了，看一看怕什么。他说。

我当然不能说怕时间不够用，我犯不上和一个不认识的人说我胃里有火山会喷发。

天一点点黑下来，没有路灯，信号几乎为零，滴滴叫车软件打不开。他还让我打开手机的电筒，给他照着。我说怎么不用你自己的手机，他说他的手机没有手电功能，拿出一看，果然，一款非智能手机——怪不得不加微信。

我照了半天亮，得到的答复却是：看来命不太好，没修好。

我他妈什么时候命好过!

修不好还让我打着手电,浪费电量。电池已经显示红色,我顿时气不打一处来。

不试试怎么知道呢? 他还理直气壮。

现在怎么办? 我踢了一脚车轱辘。

往上看。他指了一下天上。

我一抬头,看见了璀璨的星空,被震撼了。

美吗?

赶紧修车!

这时候远处的路上出现两个亮点,一辆车正向这边开来,亮点越来越大。丹增放下手里的工具,站在路边,伸出大拇指,试图拦车。但来车视而不见,开过去了。

路上又一片漆黑。

拉萨的温度全靠日照,太阳一落山,气温骤降,尽管盛夏,晚上依然冰冷。我坐进车里,除了保护好自己,别的事儿无能为力,也不归我管。我把那条哈达打开,当成披巾,盖住自己。

丹增也回到车里。看到我裹在哈达里,说不能这样,哈达是圣物,应该恭敬。我说你不用管我,这时候你不应该出现在车里,应该去解决问题。他说再来车他会下去拦的,但是现在路上没有车。我说如果一直没有车怎么办。他说不会的,天亮了就会有车路过。

难道真要在这儿看日出! 这是身体健康的十八岁少女干的事情,我这种人需要的是一张舒适的床,睡到自然醒。我没说话,裹紧哈达。

你应该时刻记着,世事无常。丹增抽不冷来了这么一句。

我当然知道什么叫无常了,无常要不发生在我身上,我能来这儿吗,我不是来上课的,但没必要跟他说这些,我还是没理他。

我已经联系我的朋友了,他们会互相转告,想办法带咱们回到拉萨。丹增说。

反方向有光射过来,丹增赶紧跳下车,站到路的另一边拦车。依然未果。

丹增又回到车上,有些无奈,说如果是"藏"开头的车牌,就会停车。我说天那么黑,你怎么能看清车牌。他说他们没停车,一定不是藏族司机,所以车也是从外面开来的。我对他这种论断很不满,但现在不是争论的时候,我扭过脸,不再理他。

他突然一脸严肃地告诉我,这里晚上有时会有抢匪出现,到时候别太贪恋财产,要什么都给他……

我掏出手机,准备打救援电话,无论110、120还是119,只要能把我从这里弄走,多大代价都可以。先打了110,我说我困在路上了,周边可能有坏人,希望得到帮助。电话那头说如果需要拖车,就打道路救援电话,如果遇到险情,可以打这个报警电话,他们需要了解险情情况和具体位置,会决定派多少警力来处理。我试图说清到底是什么险情以及所在位置,但信号不太好,说话时断时续,讲着讲着,手机没电就自动关机了。

我管丹增要手机,他说刚才开玩笑的,这里没有坏人。看他那副轻松的样子,倒真像是开玩笑。但我不跟他开玩笑,我说抢劫的人开的车,是"藏"开头的车牌吧!他呵呵一笑说,你们汉人嘴真厉害,然后乖乖掏出手机。

这时候手机响了,是他朋友打来的,知道他的车坏在路上,准备过来接,丹增描述了位置,说不超过一个小时,他的朋友就会到这里,不用再联系其他救援了。我说你的朋友不会像你一样,一个小时的路程开三个小时吧。他说那也没关系,既然朋友说来,就一定会来,无论几点到,等就是了。

我想上厕所，也想喝水，从机场出来已经三个小时了。我先表达了喝水的愿望，他说没问题，拉萨河里的水可以喝。我问你们平时都喝那里的水吗，他说牦牛才喝，他们和内地人一样，喝纯净水，但是现在没水了，不想被渴死，只能喝那里的水。

见我沉默了，他笑着拿出两瓶矿泉水说，刚才开玩笑的。我接过矿泉水，拧开，严肃地告诉他：以后少开玩笑。

喝完水，我自己下了车，找适合上厕所的地方。他按了一声喇叭，指着不远处的几棵树说：那后面可以。我厌恶地回头看了他一眼，本来是打算去那里的，但是现在不能去了，我又另寻他处。

我回来，却发现丹增不见了，车里车下都没有。瞬间，各种可怕的念头在我头脑中掠过：躲避责任逃跑了？真被人劫走了吧，我躲过一劫？不会是去偷看我上厕所了吧，虽然一切已被我视为身外之物，那也不能容忍这种猥琐的事情！

我按下喇叭不撒手，尖厉的声音划破夜空。丹增慌慌张张从另一侧跑来。

干什么去了？我问。

看！他捧着一些小蘑菇，举到我面前说，刚才采的。

捡这些破蘑菇有什么用？

吃。你一定爱吃。

我就不可能吃这玩意儿的。我万分肯定地说。

丹增打开车里的灯，从后备厢找出一个小纸盒，把蘑菇一个个整齐码放好，然后把盒子放在车里稳当的地方，又盖上后备厢。看他并不像是对待一把蘑菇，而是一把珠宝的那样，我的气就不打一处来。我问他，为了这几个蘑菇，如果刚才我遇到坏人怎么办。他说，你手机不是定位了吗，被劫走了我可以报警。他倒真信了，也好，至少离开前在他这儿，我是安全的。

终于，他朋友的车没有帮助他给我加深对"无常"的认识，及时赶到，甩出一根绳子，拉着这辆破面包，一颠一颠向拉萨市区驶去。

我坐在前面的车里，回头向后面的面包车看去，车里的灯一直亮着，方便前车了解后车的情况。丹增在车里手扶方向盘，得意地冲我招手，似乎在说：相信我，没错吧！然后伸出食指，又指向头顶。

我打开车窗，探出头，仰起脖，又看见了璀璨的夜空。

3

布达拉宫就在我的窗外。建在一座不高的山坡上，标志性的美学风格让人一眼就能认出。瓦蓝瓦蓝的天空下，白是一种鲜艳的白，红是一种凝固的红。外围有白塔，经幡舞动，人如蚂蚁般，绕着它在走。前面是一片广场，有车辆经过，后面一座更高的山衬托着它，山上有云，缓缓飘过，仪式感很强。

北京时间上午十一点，我拉开窗帘，看见了它。拿起手机，拍了几张。算是看过布达拉宫了，找到珠子就回京。

昨晚睡得很不好，入住酒店已经凌晨。一路折腾，加上高原缺氧，又是新环境，没怎么睡着，想的都是珠子的事儿。天亮前勉强有了一段有效睡眠，珍惜来之不易的休息机会，我也不管几点了，就是睡。昨晚跟丹增约的是早上九点半在大堂等我，我迷迷瞪瞪给他发短信，说我准备好了会下去的，让他不要催。反正我花钱了，行程和时间都由我定。

十二点，我走出电梯，看到丹增正在沙发那边。昨晚他说一定会把车修好，看到我，冲我招手，又咧着白牙笑，看样子车真的修好了。我走过去，直接跟他说出发吧，没问他是怎么修的，也没问他修到几点睡没睡觉。他既然接了我这单，这些都是他该做的，就像我辞职前接的案子，无论干得多苦，也不觉得别人欠了我。

丹增问我要不要先去吃饭，可以去吃石锅鸡，里面有各种营养食物，土鸡、松茸、野山菌……一想到这些东西塞进肚子给我满目疮痍的胃带来的麻烦，我就没了胃口，说只想喝点稀的。他说那就去喝酥油茶。

进了一家小店，丹增跟这儿很熟的样子，和谁都打招呼。我找了靠窗角的位置坐下，藏族服务员小姑娘拿着本过来问吃什么，我反问有菜单吗，丹增说这里用不到菜单，他来点就好了。丹增用藏语跟小姑娘说了些什么，小姑娘一边往本上记，一边呵呵笑，记完，看了我一眼说，稍等，然后转身走了。

我问丹增刚才和小姑娘说什么了，他说点餐呀。我说那她笑什么，丹增说他跟小姑娘说我是北京来的贵客，做好吃一点。我又问那她干吗那么看我，他说那是她觉得你好看，我说以后当着我的面别说藏语。

点的餐上来了。全部品尝了一口后，我得出结论，不愧是和北京有时差的地方，食物口味上差距也大。酥油茶应该是全中国 IP 卖得最好的饮品，听着它就觉得应该喝一杯，喝下去却是腥的，味道和这个浪漫而文艺的名字一点不般配。酸奶倒是名副其实的酸奶，酸得你不想吃第二口。甜茶还能凑合喝喝，但也不敢多喝，糖会给癌细胞提供生长的能量，我在这方面已是半个专家。

丹增一个劲儿劝我多吃点，我说我饭量就这么大。见我不怎么吃，他也放不开，我说你尽管吃，不用管我，点的东西别浪费。

结账的时候，老板说不用了，他请客。丹增也说不用了，他们是朋友，就算招待北京的来客了，然后他俩又用藏语嘻嘻哈哈说了些什么才离开。

上了车，我又重申了一遍，以后当着我的面别说藏语。丹增说没问题,问我要不要先去布达拉宫看看,我说不用,直接去找珠子。

丹增的表弟就是倒腾珠子的。我以为是开店的,或者至少有个摊位,结果丹增带着我在一个多岔路的路口找到他表弟,他表弟身上挂着各种珠子,胳膊上还套着珠子,正站着卖。

丹增说这里是拉萨最热闹的集市,想买货真价实的东西就来这儿,其他地方卖的都是针对游客的样子货。当地人管这叫"冲赛康",就是集市的意思,戏称"高原上的义乌"。

得知我对珠子的要求后,表弟说我来晚了,每年5月是凤眼菩提子下树的时候,采摘完泡在酥油里,还真会有喇嘛来给加持,然后做成念珠。这类珠子,基本一上市就会卖光,因为这是准备修行的藏民的必需品,供不应求。准备修行的藏民,至少要磕十万个头,念十万遍咒语,需要一串这样的珠子来计数。丹增问一串剩下的都没有了吗,或者别人那里还有没有,表弟说大家都找这种珠子,现在都8月了,有库存的也早清仓,但是再过九个月,又可以买明年的珠子了。

丹增一直用汉语在跟他的表弟交流。我说我等不到明年,就想这趟搞一串,可以加钱,有没有想转让的。表弟说藏民买到珠子后,这串珠子就会陪伴他一生,一般不会转让,藏人不会为了钱,改变自己的习惯。我问丹增怎么没有珠子,丹增说他每天还要工作,还要开车,手里拿着一串珠子不方便,还没准备开始修行,但也是早晚的事儿。我又问表弟,那些酥油泡过的珠子,真能粘走人的恶业吗?表弟狡黠一笑,说那是你们汉人故弄玄虚,给珠子涂上油,弄得黏糊糊的,说是酥油泡过喇嘛加持过,法力加倍,能卖高价,其实我们用酥油泡珠子,是因为这里干燥,怕珠子裂了。

放着钱不挣,所以我相信这些才是实话。我问丹增,你不是跟喇嘛熟吗,我买一串普通的珠子,请喇嘛加持一下怎么样?丹增说只要喇嘛这天心情好,应该没问题。我让表哥给我找了一串品相好的,问价钱的时候，我真希望能贵一些，结果价格比我想象的便宜多了，以至让我有了疑惑：才花这么点儿钱，能治病吗？但是这串品相确实很好，现在我除了是半个肿瘤专家，也是半个珠子专家。

带着这串珠子，丹增开车拉我去了拉萨郊区的一座寺庙。一进大门，丹增直接往旁边的一间小屋拐，说那间房子里住着他的同乡，每次他来供奉酥油，都交给这位同乡。

结果同乡不在，同屋有个年轻喇嘛在念咒。年轻喇嘛说丹增找的这位喇嘛还俗了，昨天离开了寺院。我听了还挺震惊，不亚于听到身边某个熟人出家了。丹增却早有准备似的，说他终于还俗了，挺好。

本来丹增想托他的同乡，把我的念珠送到大喇嘛那里，让大喇嘛加持一下，现在同乡不在了，丹增就问同屋的喇嘛，能帮这个忙吗。他平时总来找同乡，和这位喇嘛也熟了。我赶紧掏出两份准备好的红包，放在一旁，说一份供养他，一份供养大喇嘛。同屋喇嘛让我收起来，很不好意思地说，这事儿现在找他不合适。我问怎么不合适了，红包可以再厚点儿。他说不是这个意思，因为自己头两天刚刚破了戒，正在修忏悔法，出于为我好，最好这事儿不要找他。我不明白这是什么逻辑，丹增用藏语跟他聊了两句，然后告诉我，他们这有个说法叫缘起，念珠这种事儿需要一个好的缘起，也就是起个好头儿，受戒修行都好的喇嘛参与才是好的缘起，同屋的喇嘛觉得自己的罪业还没忏悔完，无法堪此重任。我说那就等他忏悔完，同屋喇嘛说要念四十万遍咒才算忏悔完，我问什么时候能念完，同屋喇嘛说什么都不干的话，也要念十天。丹增拉着我离开房间，没再耽误这位喇嘛的时间。

我问丹增接下来怎么办，丹增说别的喇嘛他也不认识，要不等十天以后再来看看这位喇嘛的情况。我说我等不了十天，丹增说这珠子对你这么重要吗，如果是为了念佛，心诚更重要，我说反正我就想尽快找到一串。

这时候路过和正在站立的藏民突然冲着一个方向纷纷跪下，丹增往门口一看，也赶紧跪下，告诉我迎面走来的这位是此寺院的活佛，也就是大喇嘛。我没有这方面的训练和诉求，没有跪，看着大喇嘛在面前经过，后面跟着两位侍者。

突然，我看到他手腕上的佛珠。

我问丹增，我想问问活佛能不能把手腕上的佛珠送我。丹增说那是活佛，我说活佛不就是普度众生有求必应的菩萨吗，我不白要，可以供养他钱。丹增说，不是这么说的。

我觉得无论是怎么说的，我现在要是不问问，那就是在冒生命危险。出于对生的渴望，我向活佛走去。

丹增站起来，赶紧拉住我，我想甩开他的胳膊，但是他攥得太紧。眼看活佛就要上楼了，为了不错过这次机会，我用另一只手搌开丹增的胳膊，说：你没资格管我。

我当然觉得这样不合适，我也是受过高等教育、做过公司高管的人，但是一个垂死挣扎的人听不到别人告诉他要点儿脸的声音，只能听到自己喊救命的声音。

被我甩在身后的丹增似乎很愤怒，我回头看了他一眼，他眼睛都气红了，浑身发抖，然后一扭头，转身出了寺庙。

他爱走不走，我不能白来拉萨一趟。我加快脚步，在大喇嘛上楼前，挡在了楼梯口。

从寺院出来，我看见丹增的那辆破面包车还停在门口，敞着车窗，他就坐在里面。我向车走去，丹增也不看我，仰头望天。

我走到车前，一拉，门开了，便坐了进去。

走吧。我说。

去哪儿？

回酒店休息。

丹增发动了车，把我送到酒店，一路没话。

我说我上去休息了，让丹增也先回去，明天的行程我计划一下再告诉他。丹增嗯了一声，出了大堂，向车走去。也没问我要没要到念珠。

我回到房间，洗了个脸，电话响了，服务员说有位叫丹增的先生在前台留了东西，让转交给我，我说送上来吧。

服务员送来的是一个信封，背面七扭八歪写了两行汉字，像小学生写的，写的是：对不起，接下来的行程不能接待了，请找其他能配合的导游吧，这两天的费用就不用了，算我半途而废的罚金吧，另附上三百元去机场的车费，我把你接来，也要负责把你送走。

我打开信封，里面装着三百元钱，两张一百元的，两张五十元的。我给前台打电话，问留下信封的人还在不在，他们说他已经开着车走了。

不能让一个藏族司机把我看扁了。

我用彩信给他发了一张照片。然后用短信告诉他，这不是什么火山，更不是他捡的那些蘑菇，这是我的胃，它有病，很严重的病，癌症。

我又发了第二条短信：知道我为什么不想吃东西了吧，明白我为什么不去布达拉宫也要先找到珠子了吧，我在跟死神赛跑。

念珠找到了吗？丹增回了短信。

没有。

我没有得到大喇嘛的念珠。当我站在他的面前时，突然说不出话，第一次如此近距离看一位喇嘛，不仅仅是紧张。我的唐突出现并没有惊扰到他，他看着我，笑容就像头顶的阳光，慈祥安宁，厚重坚定，让我忘了自己的处境。之前一直紧绷的弦在这一刻，"啪"就断了，抽在我的脸上，似乎提醒着我：你真好意思要吗，哪怕给了你，真能治病，但你还能心安理得地活着吗，你已经丧失了作为人的最基本的东西，比起生病，这么活下去才是煎熬……我下意识双手合十，弯腰颔首,说了句扎西德勒,然后闪开身,让开路。大喇嘛笑了笑,仿佛原谅了一个来承认错误的孩子,跟我也说了句扎西德勒,便上了楼。我站在原地,完全忘记自己为什么要站在这里。我跟丹增说,没开成口。

我去给你找珠子,三个小时后送来。

是丹增发来的。

我给他回短信:我已经不是一定要找到珠子了。

等我。他回了俩字。

随后又一条短信进来:你那么美,不会死的。

我笑了。

三个小时后,丹增真的把一串珠子放在我面前。配饰简单,珠体圆润,一层包浆已呈玻璃化,棕中泛红,散发着淡淡的奶香。

哪儿弄来的?

我妈的,真是喇嘛送给她的。

你妈妈有很多串吗?

就这一串,她用了三十年,送她的喇嘛已经圆寂了。

那我不能要。

她听说你病了,很愿意送给你。

她以后用什么?

她说念佛不就是让人学会放下吗,连一串珠子都舍不得,怎么能放下。

多少钱?

送给你的。

那怎么行?

当然行,反正也是喇嘛送她的,你正好需要。

喇嘛为什么会送她?

我家以前是做酥油的,现在也做,每次做完她都给寺里送去点儿。

我三岁那年病了，她对喇嘛说准备为我磕十万个头，喇嘛就给了她这串念珠，后来我的病也好了。

我又拿起这串念珠看了看，颗颗晶莹，原本木质的东西，已被摩挲得剔透，既苍老，又亮新。我问丹增，我能去看看你妈妈吗？

丹增犹豫了一下说，可以，明天。

4

我比约定时间提前十分钟下楼，丹增和他的车已经在那里了。他说有一个多小时的车程，他家在郊区的村子里。我问他这两天都回家住了吗，他说没有，就睡车里了。

我们出发了。我手里拿着那串念珠，一颗颗拨动，注意力全部在拨动珠子的动作上，忘记了自己是一个病人。如果这是一种转移疗法的话，确实见效了，至少我现在没有因为日子所剩无几而更难过，我又有能力欣赏窗外的天高云阔了。到拉萨三天了，我才发现天能这么蓝。

一块蓝天连着另一块蓝天，跟着蓝天走，就不觉得时间长。丹增的家坐落在山坡上，一条河在下面经过，面包车可以开到家门口。门外就是草地，散放着二十多头牦牛，安静地吃着草，对人和车的到来无动于衷。

丹增的家还是那种藏式老房子，泥坯的墙壁，毛毡的屋顶，上下两层。泥巴外墙上贴着一片片像普洱茶一样圆饼状的东西，丹增说那是正在晒干的牛粪，可以烧火。屋里宽木条铺的地板上，码放着一个个圆木桶，有的短粗，带着拎手，有的细长，里面还插了木棒。

丹增的妈妈从二楼下来，背有些驼，穿着藏式的袍子，也拿了一条白色的哈达，笑吟吟地向我走来，给我戴上，我们用扎西德勒互相问候。我掏出昨天晚上特意出门买的礼物，一串绿松石项链。丹增今年三十三岁,我推算,他妈妈应该在六十岁左右,我观察了街上这个年龄的藏族妇女后,觉得送松石项链不会突兀。丹增妈妈不要,我也很直接,说您送了我念珠,无论怎么我也得送您一件礼物。丹增妈妈说她送我念珠不是为了和我换礼物的,我说我知道,但回送您一件,我才过意得去。丹增妈妈仍死活不要,丹增劝她收下,这样我能高兴一些。他妈妈这才不再往我手里推,让我坐下喝茶,她去打酥油茶。丹增说我喝不惯酥油茶,翻箱倒柜找铁观音,是他去成都带回来的,我说别找了,我应该学着接受各种味道,就酥油茶吧。

丹增切下一块酥油,放进打茶筒,又加入盐粒,开始搅拌。我问他酥油是怎么来的,丹增指着地板上的那些木桶说,用这种水桶接好牦牛奶,然后再用这种有木桶的长筒打,酥油就出来了。我怎么也想象不到,牦牛奶是白色的液体,怎么就能打出黄色的酥油呢。丹增说,等打的时候你一看就知道了。

丹增说他之前每天就是打酥油,打好后拉到拉萨的市区,给酥油茶店和寺庙送货,日复一日,觉得无趣,打算换种工作,就在网上接了我的单,想转行做导游。但是经过这几天,发现导游并不好做。我说也许是你没遇对游客,换成别人,你可能会爱上导游这一行。他说也未必,他发现自己需要学习的地方太多,先要了解汉人的生活习惯,知道汉人喜欢什么。他说外面的那辆面包车他就很喜欢,但是估计没有汉族游客会喜欢。我说如果你结合自己的优势,比如安排游客深度游,来这里近距离接触牦牛,或者参与打酥油的过程,最后再吃一顿藏餐,也是一种可能,我现在就打算这样实践一次。丹增说真的可以吗,我说当然,如果你家有多余的房间,还可以安排游客住一晚,丹增说,还真有。

晚上丹增的妈妈给我做了藏面和土豆饼,吃着很顺口。吃完,我在外面烤火,欣赏着太阳落山。这里的夜晚很静,听不到车声,只有噼里啪啦木柴燃烧的声音。

丹增妈妈抱着劈柴来填火,填完,搬了凳子坐在我一旁说,姑娘,想开点儿。

我点点头,冲她笑笑。

她又说,藏人有个传统,接受的教育是从出生那天,就把自己想成要死了,这样每天还活着,就能快乐地生活。

太阳沉入山底,丹增拎着木桶,去远处的山坡上挤奶。丹增妈妈说,三十年前,丹增得了一场奇怪的病,这里治不好,也没有条件去内地治,她就把丹增当作已经死了,每天也当成自己活着的最后一天,念佛,打酥油,一部分卖掉,一部分送去寺庙。她没有被有可能发生的丧子之痛控制,每天睁眼看到丹增还活着,自己也活着,便很快乐。几年下来,丹增奇迹般地好了,自己也没有减少一天快乐。

我怎么才来西藏,应该早三十年来才对。我应该第一次考试不及格的时候就来,应该第一次失恋后就来,应该第一次被老板骂的时候就来……那样,我这三十年就是快乐的。可是没有来,我这三十年,越活越错。

藏区宁静的夜晚,能让人想明白很多事情。

昨晚挤好的牦牛奶,经过一宿沉淀,开始固化,可以打酥油了。

丹增把沉淀过的牦牛奶倒进"雪董"里,就是之前我看到的那种细长的木桶,拿着像活塞一样的木棒上下挤压。他说这个过程是把奶打散,让液体和固体分离,当然不是几下就能做到的,需要上千下。我尝试了几下,木棒和桶壁贴得紧密,加上半稠不干的奶水的黏合,没点儿力气还真干不好这活儿。丹增妈妈说,力气是干着干着就干出来的。

丹增挤压木棒上百次后,静置一会儿,兑入温水,再打,如此反复。渐渐地，木棒上出现固态的奶渣，丹增说，酥油就快出来了。很快，雪董里出现了米黄色的酥油，已经从白色的奶液中分离出来。丹增捞出酥油，用手挤压，挤出残存的奶水，酥油就算做好了，金黄软嫩。

需要把酥油送到订购的店里。丹增打算让邻居家的十八岁小伙去，他当导游的这几天，就是支付了小伙工钱，让小伙帮着打酥油、送酥油。我说还是你继续送吧，我陪你去，也算旅游了。我帮丹增把酥油装进车，跟他的妈妈告别。丹增妈妈送了我一句话，她说心本身像天空般广大，遇到问题的时候就抬头看看天，检查心是不是还像头顶这片虚空一样，可以容纳万物。丹增说他就是因为听了妈妈的这句话，现在不爽了就抬起头看看天，很管用。

离开了丹增家，他妈妈把我们送到门外，看着车开走。临走前，我悄悄把他妈妈的那串珠子留在二楼的佛堂。我觉得我的心正在变大，可以装下没有一串珠子这件事情了。

在去往拉萨的路上，我接到一个电话，是那位"调气治病"的神医打来的，他说有个好消息，他遇到了一串合乎标准的念珠，主人着急用钱，忍痛割爱，准备出让。我问多少钱，他说主人要十五万。我说好，我考虑一下。他说这个价格还有商量，我说好，我考虑一下。他说治病要抓紧，我说好，我考虑一下。我终于搞清一个事实：原来"神医"是卖珠子的。第一次去他的诊所时我也没辨认一下，墙上那些和明星的合影是不是 PS 的。我放弃了奢望，接受了那些能用医保卡的医院开出的诊断。

我和丹增先去了大昭寺。院子里有一群藏民在干活，年轻的男男女女唱着歌，踩在一片未干的泥地上，每人手里拿着等身高的一根棍，下端是一个圆形的底部呈平面状的麻布墩，配合着欢快的踏步，一起跺打在泥地上，看样子是想夯实脚下的这块地，整齐划一。歌是藏语的，曲调上口，我站在一旁，欣赏地跟着唱。一个年轻女孩走过来，把她手里的木棍递给我，拉我站到那片泥地上，参与其中。我都好久没唱过歌了，更好久没跳过舞，跟着他们的节奏，好像回到了中学的联欢会。头顶的阳光，也像那年夏天操场上的。丹增用我的手机替我拍照，宛如当年在操场经过，总希望有男生看过来一样。

海拔高的地方，平原来的人，稍一运动就喘。跳累了，我把木棍还给那个女孩，她冲我伸了一个大拇指，明亮的眼睛，黑白分明，从修图效果看，调高了对比度。我喜欢这双眼睛。

我和丹增进了寺院的庙宇。他拿出一块酥油，让我放到点燃的酥油灯旁。他说等灯碗里的酥油快烧完了，会有人把供在外面的酥油添进去。还给了我一个口罩，免得嘴里和鼻子里的飞沫溅到酥油上。

我捧着酥油来到佛像前，第一次做这种事儿，没想到自己会这么恭敬。以前我只相信自己，但是刚刚，在我进来前，在大昭寺广场上看到一位藏族妇女磕长头，每走三步就附身贴地，虔诚礼拜。她左右手拴了两根绳子，一左一右牵着两个孩子，三人同行，同样的动作，同样的虔诚，旁若无人。看到这位女性以及两个五六岁的孩子，将如此低到尘埃里的姿态当成生活里的一种日常时，我觉得她们无比自由，无比高贵，无比平等，为她们的坚定折服。此时，面对油灯，我觉得该放下所有累赘的想法，打开自己，把自己交出去。

看着暗黄色的火苗，我突然意识到，万事万物都是一股能量，能量越强，火焰越旺，但最终都会熄灭。油灯长明，是因为有人不停地往里添酥油，完成了火焰的一代代转世与流传，身体总有完蛋的那一天，但只要有勇气，灵魂就可以不灭。勇气是人类的酥油。

供完酥油，丹增说绕着大昭寺转一圈会很吉祥，我说那就转三圈。每次绕到大昭寺门口的时候，都会看到一个男人，闭着眼睛，伸着手指头，朝大昭寺的外墙壁走去，那里镶嵌着一个小石碑，上面有洞。丹增说，如果闭着眼睛能把手指插进洞里，代表你来年会顺利。

我试了一下，站在石碑对面，闭上眼，举着手指走过去。一下就成功了。丹增说，太棒了，你一定会康复的！我开心地笑了。

然后我们又去了布达拉宫，我在世界上海拔最高的卫生间上了厕所，也算不虚此行。中午，我让丹增带我去吃石锅鸡，还喝了啤酒。拉萨牌啤酒很好喝，丹增说这是因为这里的水是全世界最干净的水。是呀，如果我一直喝这里的水长大，一定不会得现在这病，能喝到这里的水是种福分，有福分的人不会每天堵车、加班、熬夜、一个人有苦说不出。

吃完饭，我们去给茶馆送酥油。这次我没有着急走，要了一壶酥油茶，坐在窗边，慢慢地喝，享受着拉萨午后的阳光。好久没有这么惬意地喝个下午茶了，再不喝就来不及了。我看着窗外过往的藏民，有人拿着转经筒，有人带着狗，还有拿着单反的年轻游客，举着相机对着各种土著场面一通拍。我突然萌生一个想法，也在这开一家酥油茶店。我不能待着等死，得给自己找点事儿干。

我开始观察记录这家酥油店的各种细节。我不是要作为这家店的竞争对手，而是和这家店一样，为所有在路上的人提供一个歇脚的地方，包括精神歇脚。

待够了，丹增问我还想去哪儿，我说想去第一晚路过的拉萨河看看，那天太黑了，什么都没看见。丹增说如果想靠近河边，只能走那天的国道，我说没事儿，车坏了我有经验了。我们愉快地上路。

丹增介绍着，拉萨河是雅鲁藏布江的一条支流，他们村子的那条河，又是拉萨河的一条支流。他们小时候做完坏事后悔了，就会把自己的道歉写在纸条上，叠成船放进家门口的那条河，船顺流而下，会被冲进雅鲁藏布江。雅鲁藏布江有灵性，可以洗涤一切罪恶。我说那看来我需要叠一艘大船，不知拉萨河能不能载动。丹增说我看着不像那么坏的人，一张作业本的纸可能写不下，但是一张报纸足够了。我又开心地笑了。

　　车子驶过一片农田，有人在地里牵着牦牛干活。看到这一幕，我觉得之前的自己和那些牦牛没什么两样。我的农田就是写字楼，每天早上扎进去，天黑了才出来，还为自己能够忙碌着沾沾自喜。牦牛没有选择，难道写字楼里的人也没有选择的能力吗，或者说，人类共同选择了GDP，这是不是人类最失败的地方？别说我反人类，是人类自己选择当一头牦牛，不拿自己当人的。

　　我突然想到了丹增的那位喇嘛老乡，问丹增怎么看待他还俗的事儿。丹增说由衷地替他高兴，终于越狱成功，他早就不想当喇嘛了。在寺里他要遵守时间规定，按时上课下课考试背书，他喜欢的是画画，画唐卡。他觉得画佛像的时候，心就是平静的，不需要背那些枯燥的东西，记住了也许有用，但对他没用，他越背越乱。丹增说每个人都有自己的命，强扭不来。我没说话。丹增看出我心有不甘，又说，无论什么命，尽情地去活，开心地去活就是了，反正都是命中注定。说完自己嘿嘿傻笑起来，笑得像个孩子，我想下辈子如果还做人，有选择机会的话，就选一个也能这样笑的命运。

　　路的斜前方出现了雪山，我说就这儿吧，去河边看看。丹增把车开下公路，停在一片有草的地方。

　　水面上的野鸭子因为我们的到来，往远挪了挪，和我们保持着距离，也不飞走。已近黄昏，远处的雪山在斜阳的映照下白里透出微黄，有了邻家的味道，不那么冷漠了。水流缓慢，没有我想象的清澈。丹增说这是圣水，可以洗头。之前听了他们叠纸船放进河里忏悔的故事，我觉得自己有必要沾沾这里的水。

　　我俯身跪在地上，头贴近河面，看着一股股河水在眼前流走，像往事一样不再回头。水面上倒映着雪山，山峰已经被夕阳染红，像一座座火山，我意识到自己又开始被下滑的命运缠绕，一闭眼，头扎进水里。

河水冰凉。我知道多凉的水也不会扑灭肚子里的火山,知道被河水冲洗只是滋养一下美好的愿望,知道一些事实是无法更改的。心即便再宽广,能舍弃一切身外之物,却装不下自己就要消失这件事儿。我哭了,在水里哭得稀里哗啦,也许我的眼泪能流进雅鲁藏布江,但河水带不走我的悲伤。我不想死。

在水里呛了水,但我不愿意抬起头,不敢面对水面上的世界,如果现在能沉到水底就此结束痛苦,我非常乐意。

我在水里剧烈地咳嗽着,鼻涕一把眼泪一把。突然感觉肩膀被一双手抓住,我知道那双手要把我从水里拉起,我抗争着,拼命不被它拉起。

还是没坚持住,我的头从水里拔出,我闭着眼睛被放倒在草地上。丹增在我耳边喊着,睁开眼!睁开眼!我闭得更紧了。

这时丹增说了一句话,是我从拿到胃镜片子以来,听到的最宽慰人心的话——死不是对你的惩罚。

我睁开了眼,看见了正上方的天空,湛蓝、广袤、无限。

对,能让我看到这么美的天,肯定不是在惩罚我,我更不能自己惩罚自己。我是比别人少活了几十年,但我永远停留在现在,比别人少经历了衰老,我没有输,我要为自己高奏凯歌。

丹增又说了一句话:没有谁能一直活着,活着是一种偶然。他说这些话都是那个喇嘛同乡告诉他的。

对,所有人和这个世界,都是偶然相遇。我给当成了必然,我沮丧个屁呀!在这种偶然里,我应该尽情去快乐。

我的视野中突然出现了丹增倒立的半张脸,他在我头顶的位置俯下身,在我额头亲了一下,说了句:You are beautiful!

我先是一愣,随即在我体内潜藏了多年的火药被点燃了。我都多少年没被男人亲过了，多少年没听过这样的话了，这也是上天的恩赐吗？

我坐起来，和他面对面，冲着他的嘴咬了过去，我俩粘在一起。我们像电影里两个摔跤的孩子，胳膊交织在一起，滚来滚去。

一块大石头挡住了我俩的去路。在大石头后面，丹增的手伸进我的衣服。我享受着，同时也冷静地对他说，这里不行。

丹增说你等一下，然后冲着车跑去，竟然拿出一顶帐篷，支了起来。铺好地垫，丹增坐在里面，拍着地垫说：进来吧，很软的。

现在想想，脸还热，依然有点害臊，我怎么就那么为老不尊，看到周围没人，真钻进去了。但当时真的是义无反顾，为什么不纵容自己一次呢，我们都是被世界偶然搁置在此的生灵。

事后，丹增竟然在我耳边说了句：I love you more than anything。我哈哈大笑，问他哪儿学来的，他说从电影里学的，我问什么电影，他说是英文电影。为了当好导游，他经常去网吧看英文电影。我说你是个坏导游，就记住这一句话了吧。他说没办法，就这句话好记。我又问他车上怎么有帐篷，总干这种事情吗，他说这种事儿第一次在帐篷里，做导游不知道游客会选哪里玩，游客住宾馆酒店，他就睡帐篷，可以省住店钱。我说今晚你就住我那儿吧，他笑了起来。我问他笑什么，他说那天在酥油茶店，他跟服务员说我是他的女朋友，没想到成真了。我说今天不代表什么，以后也不要这么说了，我回去后你就把我忘了。

丹增问我为什么，我说因为我也会把你忘掉。他说要是忘不了我怎么办呢。我说没有什么是忘不了的，生活自然会帮你解决这事儿。

我现在不需要丹增这样一个男朋友，不是因为我是北京人他是西藏人，不是因为我比他大，只因为我在倒计时，不希望冲过终点的时候，给身后的人增加负担和遗憾。

拉萨用的是北京时间，实际时间比北京晚两个小时。这个季节早上七点，北京的人已经忙碌上了，拉萨的天才刚亮。晚上九点北京的天已经黑了，拉萨的太阳还没落山。慢的这两个小时，让拉萨的生活像比北京慢了两倍。

在拉萨待的这几天，像来到另一个世界。现在，我要回到原来的那个世界去了，因为我的身体更难受了，需要去医院了。

丹增把我送到机场。告别前，我跟他说，再说一遍那句话吧，听了真让人舒服。丹增又说了遍：You are beautiful！

我跟他说，Goodbye！

飞机起飞。

看着窗外，我回想着拉萨发生的事儿和听到的话，仿佛穿成一串念珠，在心里拨动着。那些雄伟的河流和巍峨的雪山从两千米的高空看下去，如此渺小，如此不值得一提。

走进安检通道前，丹增叫住我，要送给我一句话。他说藏人有个习惯，自己身上发生的事情，不会抱怨别人，而是认为问题一定出在自己身上，因为自己前世——如果有前世——做的事情，或者说今天以前做的事情，导致了自己此时此刻的状况，他让我以后试试这么去想问题。

坐在飞机上，我试了一下。如果当真这么去想，那么首先就能接受现状了，无论自己现在好，还是不好，都不包裹着自己了——哪怕是快要死了这件事儿。瞬间对世界的怨恨少了，有限的时间里，更愿意去做不只是满足当下的事情，对能产生更长远意义的事情有兴趣了。

当然，这是另一套逻辑。可如果这套逻辑能让人喜悦，又有什么不好的呢？

没什么可怕的，北京，我回来了！

5

回到北京,去医院检查。大夫说我已经从三期的上半段,顺滑地发展到下半段,接下来就会是四期。我问四期以后是什么,大夫说四期没有以后,人就没了。

火山终于要喷发了。

大夫给了我一套方案,先进行放化疗,看肿瘤是否减小,如果减小,可以不着急做手术,如果又变大了,就马上手术。但是,所谓术后的康复,无非就是多活一天是一天。我没有家人,大夫和我说得很明白。我得提前为自己签字。

我否定了这套方案。

因为我怀孕了。

我不能让孩子在生命开始的第一个月里就要被放化疗的射线照射。不愿意在切掉胃的时候,碰到子宫,打扰孩子睡觉。不能让孩子那么小就跟着我被麻药麻痹,我清醒一天,就让他(她)多清醒一天。癌症患者怀孕,是个利好。逼着我多活一些时间。

大夫不建议生下来,因为不做化疗,肿瘤会继续增长,直奔四期。我说几期都没事儿,我只想安心养胎。大夫说,万一在胎儿出生前,你坚持不住了,胎儿很可能会死在腹中。我说我知道,但如果我不这样做,把孩子打掉,然后例行公事去化疗,最后我俩谁也活不成,他(她)现在已经在我肚子里了,我只能保他(她)。

为另一个生命献出自己的生命,这件事在某种时候,不是很难,甚至是一种举手之劳。

大夫说,你身体都这样了,怎么不注意点儿。我反问注意点儿什么,不是你们让我由着性子的吗,我由着了,怀了孕的事实证明,我确实没多大压力。只是我不明白了，都说高原上含氧量少，精子存活率低，我怎么一下就怀了，这个岁数算高龄产妇了，生命力在我身上竟然还这么旺盛，难道这就是传说中的命运——在我从地球上消失前，又补充上一个？

大夫说，那就进行姑息性治疗吧。意思应该是：姑且歇着吧，听天由命了。

继高考之后，我又可以用天数倒计时了。

以前我的工作是孵化IP，这时候我才对"孵化"有了真正的认识。它需要用心、投入以及坚定。我必须坚定一个信念：一定能活到十个月以后，无论过程怎样。

现在总说80后、90后的母亲越来越多，缺乏育儿经验，说得好像我们70后天生就会养孩子似的，我也是第一次怀孕，我也是一头雾水，我也是幸福又惶恐。而且我还没忘，肚子里除了孩子，还分布着大大小小的火山口。产科大夫让我多吃，肿瘤科大夫让我少吃，如同给我出了一道题：进水管每分钟进水量是多少，出水管每分钟出水量是多少，问多少分钟池子里的水能蓄满。

此前四十四年的人生经验告诉我，此时最好的办法，就是减少焦虑，不要畏手畏脚，患得患失。

我打电话给丹增，问他想要个孩子吗，他说做梦都想，可是婚都没结，想也是白想。我说我怀孕了，丹增停顿了片刻，问道，是我的吗？我说对，我也没想到和你会有一个孩子，我想把孩子生下来。丹增说太好了，他卖几头牦牛，把钱给我，迎接这个孩子的出生。我说牦牛不用卖，继续挤奶，继续做酥油，孩子在我肚子里，我自己解决。他说那就来照顾我，我拒绝了，每天在一把一把往下掉头发，我不想让他看见我现在的狼狈样。我说我不习惯身边一直有个男人，我会在私立医院生下这个孩子，这里一应俱全。

　　过了两天，丹增来电话，说他现在什么事儿都做不下去，只是想来看我，我说那你帮我做件事儿吧。我让丹增换个智能手机，注册微信，然后去拉萨市区找一家干净的门脸房，拍下图片和视频给我看，我要开一家酥油店。

　　丹增照我的要求，找到了合适的房子，八十平方米，不大不小，我很满意。然后我又微信遥控丹增，找到当地的设计师，做了简单的装修，购买了适合的餐桌餐椅。他熟悉拉萨，总能把开销控制在我的预算内。我让丹增以后每天把做好的酥油拉到店里，做这个店的供货商，同时也当店长，打理这个店。我要把这个店留给肚子里的孩子。

　　我此生第一次体会到什么叫真正的高兴。不求回报地付出，能为别人做点什么，有一种通透的、从头发到脚趾渗透的幸福。我真的相信世界上有一种人会无怨无悔地帮助他人，因为随之而来的意义感，是别的事情替代不了的。听说这时候体内会分泌多巴胺，让人快乐，使人上瘾，所以当某些人被这种多巴胺控制的时候，帮助别人会成为一生所求。

　　我开始呕吐。不知道是孕期特色，还是胃癌特色。吃不下一点东西。更瘦了。

　　新店开业了，丹增发来照片，看到路人坐在这里歇脚喝茶，我有一种踏实的幸福。

　　头两天预检时，听到一对候诊的年轻夫妻聊天，说某个商业明星已安全着陆，带着光环和资产退休了，然后两人列举出各自掌握的数字，讨论他到底套现了3个亿还是5个亿。我现在已经听不太懂这样的话了，从拿到体检报告的那刻起，我的意识就飞到高空看着我的肉身，它时刻告诉着我什么是无用功。如果那个商业明星没有孩子，精子活力当然是越多个亿越好，越多越能孕育生命，创造奇迹，但三五亿的钱，有什么用呢？我用三十万开了一个酥油茶馆，已经满足到头了。

丹增还发来单独一张桌子的照片，说这张桌子谁也不给用，将来留给孩子写作业。

有了信念，一件事情就能坚持下来。我顽强地活过了十个月。

临产前，有些紧张，还是把丹增叫来了。想太疼的时候，有个男人递上胳膊让我抓着。

丹增咧嘴露着白牙，打开包给我看，他带来了酥油和小蘑菇。还带来了糌粑，让我尝尝自己店里的口味。

看到这些，我还是忍不住问了丹增：我的样子有没有吓到你。

头发掉得严重，我已经剃了光头。

丹增说：很好看，你剃光头生孩子，我留长头发干活。

丹增的头发比我在拉萨见到他时长了很多，他说留头发代表一种决心。我问什么决心，他说一种必胜的决心。

我的情况特殊，预产期前两天就住进医院。医生让我选择顺产还是剖腹产，我没什么可考虑的，当然是顺产，听说顺产的孩子面对世界的时候，会更顽强。

大夫说，你这年龄和身体，顺产风险巨大。我说我已经是破产的人了，不怕风险，只要利于孩子，怎么都行。大夫说我们会尊重你的愿望，但实际情况怎样，还要看那时孩子的情况和你的身体情况。我知道，其实就是看命运的情况。

我的命确实不怎么好。但我现在觉得，命运并不是如影随形的，它站在你的对面，接受它，它就和你附体，成为命运；不接受它，它就像幻影，自动会消失，没资格成为命运。这是我和命运的最后一战。

意志力是一把剑，我得每天把它擦亮。

开始疼了，出现宫缩。我知道快了，让丹增喂我牦牛肉干吃，补充体能。

子宫开口一指多的时候,大夫说接下来会很疼。我说我现在最不怕的就是疼,疼能让我刷出存在感。我被推进产房。

丹增陪我进了产房,在旁边守着,比我还紧张。不知道是不是私立医院的原因,大夫们对这个即将成为父亲的藏族男人很友好,告诉他可以打开电视,看点儿轻松的节目,别给产妇造成更大压力。丹增打开了电视,停留在一个旅游频道,画面上都是蓝天白云。

我打了无痛分娩的针,对胎儿是没有影响的。说是无痛,更是一剂心理安慰,依然很疼。或者说,我不知道如果没打这针,会不会更疼。大夫不时进来检查一下,要等到宫口开到五指。

疼痛越来越频繁,开始无间断的疼痛,也就是一直疼。还没生,我已经大汗淋漓。

大夫又一次检查完说,可以生了。

助产师的团队进来了,戴上手套,指挥我该怎么做。我照做,以极尽难堪之态将自己打开。颜面在此刻是多余的,已然如此,我更拼命地照着大夫说的做。

疼痛使我在燃烧,我不害怕,相反,还很痛快,似乎火焰会把那些没用的东西都烧尽了,剩下一个干干净净的我。

比疼痛更强烈的念头,是我还活着。我飞进茫茫宇宙,坠入星辰大海。

丹增在一旁加油,说我不会有事的,因为我已经准确地把手指放进了大昭寺门口的石洞里,这说明我会顺利的。

我叫喊着说,对,我会没事儿的,我是女王,我现在想吃麻辣烫,还有冰镇啤酒。我说我没劲儿了,什么也不管了,现在就想吃麻辣烫,我要补充体力。丹增说没问题,然后转头跑掉。这个纯朴的孩子父亲,真以为无菌产房会让他带麻辣烫进来吗?

如果只有闭着眼把手指插进洞里才能带来好运,希望这个说法是种玩笑。那天在大昭寺门口,我伸着手指走过去的时候,微微睁开眼了,我没有时间在那儿练到戳准再回北京。

现在,我想吃麻辣烫。我看见了大昭寺门口的那个男人,还在举着手指反复练习着……我看见大昭寺里我跳过舞的那片泥地上,已经安放了一座佛像,有人在那里点亮酥油灯。

现在,我想吃麻辣烫。我终于看见我那些找不到的美容卡、各种餐厅的VIP卡、各种颜色的口红被我掉在了哪里。我终于看见我想穿的那双高跟鞋原来放在了哪家洗鞋店……

现在,我想吃麻辣烫。我看到了辽阔的天空,不是电视上的,也不是头顶上的,是心里的那片天地。

现在,我想吃麻辣烫。如果丹增真能给我端来麻辣烫,我要感谢他。我还要感谢所有人,感谢前前前男友,感谢那个让我找珠子的伪医,感谢老天让我来这个世间走一遭,四十五年经历了很多,看到了很多,如果真的有来世,我想我会明白很多……

我想吃麻辣烫。他妈的,怎么还没端来。他妈的,再见吧,我的亲们!

我想吃麻辣烫。太好了,就要来了。我看见丹增把酥油放到铁锅里加热,变成滚烫的液体,又放入辣椒花椒,煸炒。然后把穿好的蔬菜——竟然是那些小蘑菇——放进油锅……他是要给我做酥油麻辣烫吗?

嗞啦一声,蘑菇串被放进麻辣的酥油锅里。我仿佛听到丹增在说——活着是一种偶然。也仿佛听到身下传来一声清亮的啼哭——哇——

如释重负。

(原刊《当代》第1期)

金豆捞饭

肖克凡

1

父亲拎着灰色人造革旅行包走进院子,好像前来投宿的旅客。他身材瘦高,穿着蓝色中山装,还没走近便朝着祖母叫了声"娘",表情谨慎而局促。

我家居住的城市大杂院里栽了株爬山虎,藤身足有碗口粗。邻居田经理用竹篙纵横搭起的天棚上,任凭爬山虎枝蔓恣意生长,于是天棚变成天网,遮蔽了大半个院子。正是烈日当空的时候,普天阳光透过爬山虎枝叶投下细碎光影,弄得父亲好像穿着花斑的衣裳,那样子看着特别迷乱。我牢牢记住了父亲这副形象。

祖母坐在我家门前埋头择菜,她有时耳聋,有时不聋,就这么交替地生活着。父亲只得迈步凑近,又叫声"娘"。

祖母终于抬头望着满身斑驳的父亲,渐渐眯起双眼说,俊生你又回来啦?常年单身在外工作,可真不让娘省心啊。

父亲略显紧迫地解释说有组织管理的。这时祖母听力变差，只是眯缝着眼睛盯着儿子说话的嘴。我则属于小学五年级观众。

父亲名叫俊生，他是铁路设计院的测绘员，常年跟随勘察队伍迁移工地，就像草原牧民转场似的，只是不骑马而已。我从不转场，只固守寸地，也就跟父亲生疏了。

我不能总做现场观众，在祖母指挥下叫了声"爸"，以此确认父子关系。回想上次我叫"爸"，一年多了。

这次父亲参加"大港铁路"工程建设，跟随队伍回来了。去年大港那边发现油田，代号"六四·一"，就是1964年1月钻出石油的意思。大港那边我没去过，说是离海边不远。

母亲下放到外县农村教书，我跟祖母过日子。母亲不常回家，赶上放假回家住不上几天就走，使我觉得她很像电影里的母亲，只要电影散场角色就结束了。

母亲下放农村是响应"四个面向"的号召：面向基层，面向农村，面向边疆，面向祖国最需要的地方。因此弄得祖母经常唠叨，我老婆子也是四个面向，面向灶台，面向水缸，面向油盐柴米葱蒜姜，面向过日子最需要的地方。

这时父亲不再像投宿的旅客，他打开人造革旅行包，翻出几块水果糖递过来，有"黄油球"和"酸梅"，偏偏没有我爱吃的"小人儿酥"，我还是说了声"谢谢"。

祖母突然抬头对父亲说，俊生啊，我有儿子，你也有儿子，这样多好啊！她老人家说话唐突，不像收音机里袁阔成说的《平原枪声》评书，花开花落，事出有因。

听祖母这样评论，我暗暗计算着：父亲是祖母的儿子，我是父亲的儿子，全家做加法总共两个儿子。没错。

祖母再次眯缝起眼睛说，想当初若不是我催促结婚成家，你能有今天光景吗？她老人家说话突放音量，震得父亲后退半步。

大杂院的邻居田经理说过，耳聋的人说话声音都大。我感觉有些滑稽。

祖母准备下厨做饭，高声问父亲想吃什么。父亲悄声说金豆捞饭。祖母惊诧地望着自己儿子，大声反问，你怎么还想着金豆捞饭呢？

我不知道金豆捞饭是什么饭食，只觉得父亲说起话来南腔北调没了本埠口音，这就很像是个没有来历的人。

听说我父亲回家来了，大杂院邻居们跑来围观，好像遇到不用花钱买票的演出。我的同学小酉和小卯也来凑热闹，他俩偷偷观察着我父亲。

小酉是邻家田经理的小儿子。我祖母不愿让我跟小酉同桌，参加期末家长会就要求给我调动座位，而且强调给我换个女生同桌，这样男孩子就遵守纪律了。班主任柴老师表示女生少男生多，这学期拆兑不开。

据说田经理也不愿小酉跟我同桌。家长会就这样散了，我跟小酉继续同桌。

这时小酉悄悄凑近我评论道，五官端正，细眉大眼，身条顺溜，这就是你爸爸？我的天啊，你妈妈下放农村教书不回家，你爸爸反而回来了。他说着把食指吮在嘴里，仿佛要咬断地雷的导火索。

小卯有张磨盘脸，由于留级跟我同班，他倚仗年龄大，经常批评小酉心思太重。不过小卯没有对我父亲发表评论，只是呵呵笑了。

父亲将我家那间常年闲置的屋子拾掇干净，独自住进去。小卯妈妈跑来参观说，你把自己安顿好啦？这间屋子就是当年你结婚的洞房啊。

父亲望着泛黄的墙壁微微点头，表示没有忘记洞房花烛夜。小卯妈妈故意打量着我父亲，然后伸手戳了戳我脑门说，没毛病！这父子俩就像一个模子刻出来的。

既然大杂院邻居这样认为，小酉仍然对着我耳朵低声问道，你妈妈究竟什么时候回家来呢？

小酉的疑虑触动了我的心思，当晚给妈妈写信报告爸爸回家了，清早上学路上投进大街边绿色邮筒。

小酉盯着绿色邮筒好像盯着绿色碉堡说，我哥哥经常给武诚写信，他也是投进这只邮筒的。

我告诉他这是邮政局公共邮筒，谁都可以投寄的。小酉还是思索着，仿佛邮筒里藏着秘密。小酉的哥哥是田家大儿子，名叫文信，去年技校毕业进了北大关汽水厂。那个武诚是文信的技校同学，毕业分配去了新立乐器厂，整天跟洋鼓洋号打交道。文信的北大关汽水厂在西城，武诚的新立乐器厂在东郊，两人只好通过绿色邮筒联系了。

父亲工作的大港铁路筹建处在八里台，地处市区边缘比较偏辟。每天起早父亲外出上班，祖母必然送他到大杂院门外，身材高瘦的儿子连声劝说身形矮小的母亲不要送了，她老人家坚决摇头执意要送。就这样，你谦我让总要持续几个回合。然后祖母倚着大门望着胡同里儿子的背影拐上大街，好像仍然不放心。

这便成了我们大杂院清晨的独特风景，每天就跟送子参军似的。邻居们好像并不感到惊奇，我悄悄询问形成这种习惯的历史原因。小卯妈妈偷偷给我解释说，所以你爸爸结婚很早嘛！才二十岁。

父亲二十岁结婚。我不懂小卯妈妈说话的用意，只觉得父亲好像怀有心事，有时目光炯炯，有时淡然委顿，属于好静不好动的男子，所以他才做了测绘员吧。

农历五月初八是父亲生日，全家三人吃长寿面。菜码是祖母亲手焯水的豆芽菜，精细得跟我体形相仿。我猛然想起父亲说过的"金豆捞饭"，认为庆贺生日应该做父亲最喜欢吃的饭食，便向祖母提出建议。

祖母瞪起眼睛说，你怎么变成了小祸害？给我闭嘴！

我很想了解有关"金豆捞饭"的事情，想起祖母说我是小祸害，便没敢张嘴打听。

每逢清早父亲外出上班，祖母仍然坚持送到大杂院门外，继续保持送子上战场的状态。我不禁产生疑问，我清早上学祖母为什么不送呢？我毕竟是个孩子啊。

我想起父亲跟我说过，有些事情就是习以为常，但是习以为常便很难改变了。我不明白父亲说话的含意，只盼望自己快些长大。我的这个愿望令父亲苦笑了，说长大是习以为常的事情。

2

星期天父亲照常上班。一大早祖母送走儿子，小步跑进厨房给我备好午饭，匆匆去南大道看望远房亲戚，把我扔在家里。

我突击完成两门作业，准备下午去吉祥里斗蛐蛐儿。我们大杂院的男孩子玩蛐蛐儿的热情，远远超过六一儿童节。

我从墙根儿抱出两只蛐蛐儿罐，想给那只蜕皮成虫的蛐蛐儿"虎头"换食，大杂院门口小酉扬手喊我，说你家来客了。

正逢阴天没太阳。我放下蛐蛐儿罐，起身迎接客人。

这是个干干净净的男人，身穿白色衬衣，腰间系着棕色皮带，藏蓝色毛料裤的裤线笔直，锃亮的黑色皮鞋就跟新买的似的，步伐稳重走了过来。

我请客人进屋，又沏了杯花茶，主动告诉他我奶奶走亲戚不在家，我爸爸去单位上班了。

他有着宽阔的额头和明朗的神情，头发漆黑偏分发型，语调温和地说，你爸爸星期天也不休息啊。

我说大港铁路筹建处没有公休日。然后，我模仿大人的做派，左手捧着右手说，我还没有请问您贵姓哪。您有话儿就请留下，我会全篇转告家长，误不了您的事情。

你是个好孩子，真懂事啊。他面孔白净有双丹凤眼，嗓音明亮地对我说，我姓黄叫黄世龙，年长你父亲五岁呢。

我依照本埠习俗，叫了声"黄大大"，主动报出自己乳名。

你还叫鸬鹚没有改名啊？鸬鹚是水里的鱼鹰子哟。

我连忙解释"鸬鹚"是祖母给取的，说我木命缺水，以水生木，所以没用妈妈给我取的乳名。

黄世龙摇了摇头。我意识到他不赞同祖母的做法，他及时刹住话头转而解释道，听说你父亲从外地调回来了，我就顺路过来看看他。

我点头表示听得认真。黄世龙站起身来说，欢迎你跟你父亲到我家做客，我好几年没见他了。

我毕恭毕敬送客人到大杂院门外。黄世龙身材不高不矮不胖不瘦，显得文质彬彬，就像大街上宣传画里的人物。他骗腿跨上自行车回头问我，鸬鹚你喜欢玩蟋蟀是吧？

他把蛐蛐儿叫"蟋蟀"，这是文明人说话。我答道，前几天买了只蛐蛐儿秧子，昨天蜕皮成虫了，大脑袋宽身架，说是虎头呢。

你父亲以前也爱玩蟋蟀，这是后继有人呢。黄世龙竟然满意地笑了，双脚踏起自行车。

送走黄世龙回到家，我进厨房找到祖母给我备下的午饭：两个窝头，一碟腌白菜，还有暖瓶里的白开水。既然跟小伙伴约好去吉祥里斗蛐蛐儿，我急忙吃过午饭，找出细麻线绳捆好两只蛐蛐儿罐，站在院子里招呼小酉和小卯。

小酉家住大杂院深处，透过门窗传出小酉父亲的喊叫，可以用"咆哮"形容这种响动。

小酉父亲是宏达家具店的经理。不知为什么祖母坚持叫他"田掌柜"。田经理多次纠正，祖母充耳不闻，一如既往不改嘴。就这样，小酉的父亲走遍中国都是"田经理"，唯独在祖母嘴里身份依旧是"田掌柜"。

小酉在田经理的吼叫声中溜出家门，哭丧着脸低声说，我哥哥非要学唱歌不可，我爸爸就怒了。我哪儿还敢去斗蛐蛐儿。

我认为学唱歌不是坏事情。小酉满脸愁容告诉我，文信非要跟武诚搭伴报名参加合唱团。

我知道武诚是文信的好朋友，就推测田经理不待见武诚，所以反对文信和武诚共同报名学唱歌。

这时我罐里蛐蛐儿鸣叫起来。小酉仿佛听见防空警报，拉起我跑到小卯家门前，三人会师了。

咱们要抓好学习，还是把蛐蛐儿彻底处理掉吧。小酉突然说出这番话。

小卯百分之百不理解说，咱们把蛐蛐儿彻底处理掉？

小酉摇了摇头说，我爸三天两头跟我哥哥发火，搅得我没了任何兴趣。

小卯批评小酉说，你轻易受到家庭恶劣环境干扰，将来做不成革命事业接班人的。

我们散伙了。这时祖母走亲戚回来了，一进家门就问我，田掌柜发脾气了吧？ 文信这孩子真不让家长省心！

她老人家明明耳聋，此时却变成顺风耳，一听八丈远。

我汇报说上午家里来了客人，是爸爸的老朋友叫黄世龙。祖母好像又变聋了，扭身去厨房烧开水。我绕过水壶大声说，这个黄大大以为星期天爸爸公休在家，还说好几年没见面了。

这次祖母肯定听清了，压低嗓音阻止我说，你就不会小声说话？整天瞎嚷嚷什么！

她老人家大嗓门，反而说我整天瞎嚷嚷。我就说黄大大邀请我跟我爸去他家做客。祖母登时急了眼，鸬鹚你给我闭嘴！没人把你当哑巴卖了。

我不明白祖母为什么脾气暴躁，完全不慈祥了。她老人家放下水壶思忖说，一听说你爸爸回家黄世龙就跑来了，他这是要唱二进宫啊。

我问二进宫是哪出戏。祖母目光好似突然变成两把小刀子，硬声硬气叮嘱说，你不要跟你爸爸说黄世龙到咱家来过，鸬鹚你听见没有！

我被吓住了，连连点头。祖母渐渐冷静下来，伸手抚摸着我头顶，徐徐眯缝起眼睛说，你是个懂事的好孩子，以后听奶奶的话就是了。

祖母脸庞窄长，每逢眯起眼睛说话，容易让画家联想到守家护院的猎犬。不过祖母给我带来威慑的同时，也给我带来莫名的安全感。

父亲很晚才回家，说是单位加班了。我坚守承诺没有提及黄世龙来访。全家三口顺利吃过晚饭。父亲慢条斯理说从明天起就要睡工作室了，大港铁路筹建处每晚都要加班加点。

什么单位还要加班加点不回家？你这么大了还是不让我省心啊。祖母无法反对义务加班，只好给儿子拾掇铺盖去了。

小酉悄悄跑到我家门外，神色慌张地冲我招手。我跟随他跑到大杂院角落里，主动告诉他从明天起我爸不再住家了。他听了不管不顾说，你爸不住家就不住呗，可是我哥宣布绝食了！今天晚饭就没吃。

我想起从课外书里得到的知识，说人若不吃饭只能活七天。

我哥要是连水也不喝，根本活不到七天！小酉突然表情愤怒地说，我爸整天就知道卖家具，丁点文艺细胞都没有，他宁死反对我哥跟武诚学唱歌！

其实大杂院邻居们都挺喜欢文信的，他的性格跟小酉不同，说话和声细语，文艺味儿特别浓厚。文信给我讲了不少古代故事，伯夷和叔齐，管仲和鲍叔牙，桃园结义刘关张……假如文信绝食死了，就没人给我普及历史知识了。

这样想着我慌张起来,跑回家去告诉父亲,说田家大儿子文信绝食了。父亲听罢紧皱眉头叹气说,这不单是田家父子的矛盾,这类误解应当引起社会广泛重视。

父亲说着起身走出他的房间。耳聋的祖母神奇地出现了,闪身挡在儿子面前说,我知道你要去田家说和。这种事情你出面说和,那只能是越描越黑,你给我屋里待着去!祖母说着伸手推搡自己的儿子,好像紧急躲避暗处射来的子弹。

父亲只得返回自己房间,自言自语说,这么多年了您还是这样对待我,这种成见何时能够消除呢?

父亲为什么抱怨祖母?我思索着转身望去,祖母已经奔到田家门前扯开嗓门响声说,田掌柜你不要着急,我来给你出个好主意!

屋里传出田经理的声音,请您叫我田经理好不好?

祖母继续大声说,田掌柜!你家遇到逆事就要顺办,我把当年的经验传授给你吧,只要文信够了结婚年龄立马给他成家,这辈子就彻底踏实啦。

从田家再次传出田经理说话,您站着说话不腰疼!文信今年刚满十八!我怎么扛过这两年光景?

我当然另有办法的。祖母得意地大笑说,我进门跟你细说!

我似乎听到父亲在自己房间里哭泣。这时蛐蛐儿也嘟嘟鸣叫起来。之后父亲扛起铺盖走出家门,踏着夜色去住单位了。我看到他满脸干爽没有泪痕,便怀疑听到的哭泣出自幻觉。

第二天清早上学走出大杂院,小酉略显乐观地说,我哥不绝食了,这要感谢你奶奶给我爸出了好主意。

我问出了什么好主意,小酉说不出详细内容,只说文信早饭吃了两个窝头,就赶去北大关汽水厂上班了。

3

第二天吃过晚饭,祖母郑重下达任务说,你去八里台你爸单位,告诉他明天下班回家吃饭。

祖母递给我六分钱钢镚儿说,往返坐八路公共汽车,不用腿。我欣喜万分立即蹿出家门。

八路公共汽车是红旗车队,稳稳停站八里台。这站下车乘客特别多。我听见有女声打听去大港铁路筹建处怎么走,仔细观看竟然是小卯妈妈。我迅疾躲闪开了。

她下了八路公共汽车快速行走,身影被晚间路灯拉得又细又长,好像小人书里的变形巨人。

小卯妈妈去大港铁路筹建处做什么?我悄悄跟随着,她反而成了我的路标。

穿过广播电台路,周边愈发偏僻。一路摸黑行走,前面临街大院门外有了灯光。小卯妈妈走进大院传达室,我悄悄跟踪,听不清她的问话,只能看清她打着手势,询问着什么。

传达室值班员被她问得烦了,扭身不再搭理她。她顿顿脚攥攥拳,气哼哼走了,很快消融在黑暗里。

我快步凑近这座大院门口,灯光下看到挂着好多单位的牌子,中间有"大港铁路筹建处"字样。传达室值班员是个谢顶男子,我叫了声"同志",向他说出父亲的名字,然后镇定情绪问道,刚才有个女的来找我父亲是吧?

值班员满脸惊讶的表情望着我说,那女的问这问那特别神秘,就跟电影里女特务似的,打听你爸每天加班加点的情况,了解你爸每天外出的时间,询问有没有朋友看望你爸,我还以为这是妻子跑来掌握丈夫情况呢，敢情根本不是两口子？

我连连摇头说不是。这位值班员好心告诉我说，你看亮灯房间就是407室，赶快上楼找你爸去吧。

我懵懵懂懂走进楼道，仿佛双脚踩着棉花垛。小卯妈妈又黑又长的身影缠绕着我，怎么也躲闪不开。是啊，传达室值班员说得对，通常是妻子疑心跑来监察丈夫，小卯妈妈出于什么动机呢？我父亲又不是她丈夫。

我极力使自己镇静下来，伸手轻轻叩响407房门。房间里传出父亲一字一顿"请进"的声音。我推门走进父亲的工作室。他抬头看到儿子来了，呼地挺身站起，表情略显慌张。

父亲身穿白色衬衣，腰间系棕色皮带，藏蓝色毛料裤的裤线笔直，黑色皮鞋擦得锃亮。让我想起百货大楼服装橱窗里的假人儿，同时觉得他大晚上穿戴这样齐整，好像准备外出。

几天不见父亲，他新理了发，留了偏分发型，看着蛮精神的。他问我吃过晚饭没有，然后拉开绘图桌抽屉拿了几块水果糖，唤着我乳名伸手递过来。他的指甲修剪得好像黄玉戒面，透着晶亮温润。我嗅到他白色衬衣散发着清香气息，好似茉莉花盛开的味道。

这几块水果糖仍然是"黄油球"和"酸梅"，没有我爱吃的"小人儿酥"。我接过糖果说明来意，父亲轻轻点头，淡淡地笑了。

我觉得父亲的笑容有些特别，往往不是出自欢喜而是由于感慨。

我再次说明来意强调着祖母的权威性。父亲听罢，反而向我询问文信的情况。我说祖母给田经理出主意，建议文信跟武诚结拜金兰，就是袁阔成评书里说的盟兄弟。

哦……父亲微微皱眉问道，那么田经理同意儿子结拜吗？

同意。田经理认为我奶奶出了好主意，还送了两个苹果表示感谢，苹果我吃了一个，另一个给您留着呢。

父亲听罢替我剥开糖纸，说酸梅糖生津止渴。我突然想起远在外县农村教书的母亲，问父亲是不是妈妈喜欢吃酸梅糖。

父亲又笑了，说你回家告诉奶奶，明天下了班我就回家去。他说着起身送我走出绘图工作室，鼓励我好好学习长大成才。

我们来到楼下，我终于忍不住告诉父亲，小卯妈妈偷偷跑来摸情况，弄得传达室值班员以为她是我妈妈。父亲停住脚步，无奈地摇头说，那座大杂院邻居真是无聊，这么多年丝毫没有改进。

说着父亲牵起我的手走进传达室，很有礼貌地请值班员打开角门，然后略显骄傲地说，这是我儿子，他学习成绩很好。

传达室值班员脑顶泛着光圈说，嘿嘿，一看就是模范父子。

我听说过劳动模范，没听说过父子模范，便觉得谢顶的值班员说法新颖。其实我觉得父亲挺棒的，应当是个模范男子。我迈腿钻出角门挥手跟父亲道别，迎着远处路灯跑去。我身后传来父亲大声叮嘱，鸬鹚小心路边有水沟。

我停住脚步回头望去，大院门外灯光下父亲显得很帅。我想自己长大成人后也能像父亲这样，那该多好。

乘坐八路末班车回到家里，我鹦鹉学舌般跟祖母交了差。她老人家听罢没说什么，我洗脸洗脚上床睡了。睡梦里我再次遇到小卯妈妈，她从又黑又瘦变成又白又胖的样子，好像从蒸馒头的大锅里钻出来，浑身冒着热气。我被大馒头吓醒了，不敢告诉祖母实情。

转天傍晚时分，父亲下班回家来了。他身穿白色衬衣浅驼色毛料西裤，脚下黑色皮鞋，一派干净利落。祖母当头发问说，你这不是可以不加班加点回家吃饭嘛。父亲习惯性地点点头，说大港铁路建设还是要争分夺秒跟时间赛跑的。

祖母不再言声，转身下厨房给儿子煮饺子。小酉好像闻见饺子味道，主动送来几瓣大蒜。父亲和蔼地摆摆手说从来不吃生蒜的。小酉有些失望说，这是我爸爸好心好意派我送来的。

父亲听了表情茫然，不明白田经理为何如此盛情。这时祖母端来热气腾腾的饺子说，这个星期天文信跟武诚结拜金兰，田家要请你主持场面做证盟人呢。

父亲注视着热气腾腾的饺子说，您怎么没撺掇田经理给文信介绍对象结婚呢？

嘿嘿，这真让你给说着了。祖母眯缝起眼睛答道，文信太小不够结婚年龄，那就先结拜盟兄弟吧，这样走进社会彼此都有身份，也不怕别人嚼舌头说闲话。

嚼舌头说闲话？我抢过祖母话头说，文信跟武诚就算不结拜盟兄弟，他俩也是革命同志的。

你给我闭嘴！祖母没料到我参与进来，一时找不到准星了。父亲朝我点头说，如今社会生活比较正常，不必非要结拜盟兄弟的。

祖母将眼睛眯成缝隙，就像闭眼睡着了说，田家已然花钱筹备结拜仪式，你非要砸锅不可啊？

父亲忍不住问道，田家为什么选择我做证盟人呢？

祖母脆声答道，俊生啊！你成家立业娶妻得子，身体健康工作顺利，人家选择你才有说服力嘛。

父亲似乎明白了，埋头吃下已经变凉的饺子，起身跟祖母说了声星期天不见不散。我没想到父亲放下筷子就走，很像在饭馆吃饭的顾客。我起身代替祖母送父亲走出家门。这次她老人家也没有反对。

我追随父亲走出大杂院。胡同里灯光下小卯妈妈迎面走来，她低头不语擦肩而过，闪身拧腰走进大杂院去了。

父亲轻声细语对我说，下月农村学校放暑假，你妈妈就回家来了。

我想把事情弄明白，便扯住父亲衬衣袖口，问他有没有朋友叫黄世龙。父亲望着远处路灯说，那是多年老朋友了。

父亲似乎突然醒悟，猛地停住脚步说，好孩子，你是说黄世龙到咱家来过？

我说那天祖母外出不在家，后来祖母不许我说黄世龙到家里来过。父亲听了有些伤感，低声说黄兄这些年挺不容易的。

我告诉父亲黄世龙邀请我们去他家里做客。父亲很是意外，站在路灯底下思考着。我趁热打铁说我打听过了，黄世龙是花鸟虫鱼市场的大名人，我很想找他讨要两只好蛐蛐儿。

是啊，黄兄对蟋蟀很有研究。父亲表情迟疑，低声轻语。

黄世龙还说好几年没见面，他很想念您的。我编造的谎言触动了父亲，他似乎给自己寻找理由说，已然好几年没见面，不知黄兄搬没搬家啊。

我模仿成年人口吻说，他这种人是不会随便搬家的。

父亲惊诧不已说，听口气你很了解黄世龙性格的。我为了讨得好蛐蛐儿，小声催促父亲现在就去黄家做客。

父亲默认了。一路上告诉我黄家住在早年张绍曾被刺杀的旅馆旁边的胡同里。我估计张绍曾跟蛐蛐儿没有多大关系，就不搭腔。跟随父亲拐进那条马路，父亲指着临街窗户泻出的灯光说，这就是黄兄家。

我以为到达了。殊不知接连穿过两条小巷才来到黄家小院门前。我便觉得黄家房子极大，院门开在小巷底，窗户却安在大街上。

这是座幽静的独门独院。父亲摁响门铃，很快有人开门。父亲迎面就说，久违了世龙兄，敢问别来无恙？我被父亲身躯挡住，只能听到黄世龙惊诧答道，无恙，无恙，我没有想到俊生贤弟光临舍下。

走进小院灯光下，黄世龙跟我父亲对视，就这样彼此无声地微笑。

我打破寂静叫了声"黄大大"，一声唤醒两个人，他们相互礼让，走进厅堂。

黄家的厅堂宽敞豁亮，显出几分空旷。黄世龙身穿圆领汗衫齐膝短裤，递过两柄蒲扇请我们落座，快步走到里间屋去了。

我只扇了十几下蒲扇，主人便从卧室走出。他身穿白色衬衣，浅驼色毛料西裤，三接头式黑色皮鞋，一身正规待客的装束。

我猛然发现父亲也是白色衬衣、浅驼色毛料西裤、系带黑色皮鞋。今晚真是巧合，主人与客人的衣着撞个正着。

黄世龙给我们沏了茶，然后寻找话题说，大港铁路筹建工作还算顺利吧。父亲说争时间抢速度，全体义务加班取消公休日。

黄世龙表示理解说，我们好几年没有见面，彼此工作还都很努力的。父亲随即赞同说，我们好几年没有见面，你我都在为社会主义建设添砖加瓦呢。

我觉得他俩说着大体相同的话，便想起作文老师批评的"段落重复"，于是主动问道，您二位肯定有着共同的爱好吧？

父亲笑了笑，这仍然是我所熟悉的那种笑容。世龙兄，不知你还拉不拉胡琴？

黄世龙望着挂在墙角的京胡说，是啊，当年咱俩跟阚梓良先生学琴，不论《夜深沉》还是《得胜令》，那曲牌都生疏许久了。

父亲离开胡琴改换话题，谈到铁路工程野外测绘，常年流动作业，四季居无定所，当年共同的爱好只得闲置起来。

黄世龙受到触动说，我生活在大城市还能够保持养虫的爱好，这与你野外艰苦生活相比，应该知足了。

我趁机接过蟋蟀话题说，黄大大！我想请您赏我两只好蛐蛐儿，这样我就能去吉祥里称王称霸了。

我的要求给沉闷的场面增添了活力。黄世龙眨了眨丹凤眼，好像感觉有事情可做了。父亲同时站起身来说，小孩子争强好胜就喜欢斗蟋蟀。

咱俩当年同样争强好胜，你还记得坐火车去塘沽下圈吗？黄世龙起了说话兴致。

父亲低声告诉我"下圈"就是斗蟋蟀，等于替老朋友做了注解。我不禁想象两个小伙子乘坐火车前往塘沽的情景，一路上他们肯定很开心的。我这样想象着，同样感受到快乐和温馨。

黄世龙引领我们走进后院。蟋蟀兄弟们组成的大合唱扑面而来。此情此景引发父亲感慨说，这里还是老样子啊。黄世龙连连摇头道，是啊俊生贤弟，一切都很难改变了。

黄家后院里有间蟋蟀房，我进去便被镇住了。一间大屋四面墙，有三面墙摆满类似小卖部的货架，一层层架格里摆满蛐蛐儿盆。一阵阵虫鸣充满房间，我想祖母来了也不会耳聋的。但是我断定祖母永远不会来到这里。

一旦想到祖母，我倏地跑了神儿，仿佛小偷想起警察那样。我极力收拢心思，伴随虫鸣很想听清黄世龙跟我父亲的谈话。

这两位老朋友轻松地聊天。谈论《二泉映月》《徐策跑城》，还有"梅尚程荀"什么的，我平时没有听过这些词语，突然想起"金豆捞饭"。

黄世龙也喜欢吃金豆捞饭吧？我正要插话询问，听到黄世龙对父亲说道，多年不得拜见，令慈大人身体康健吧？

这话令我想到祖母对金豆捞饭的敌对态度，便闭嘴不问了。

两人聊天蓦然陷入低谷，好像同时减了兴趣。黄世龙指着几只蟋蟀盆对我说，这就是通常所说的苏盆，工艺精巧款式玲珑，它跟北方的京盆有所不同。

这种苏盆产自江苏陆墓，南派制作精美，苏盆不如京盆厚实，不过还是能够白露挡寒的。父亲再次代替主人讲解，使我确认他和黄世龙属于多年老朋友。

我期待黄世龙主动送我好虫。他好像没有这种打算。父亲翻腕看看手表，黄世龙仿佛是我父亲肚里蛔虫，随即心领神会，猫腰从架格下部取出苏制蟋蟀盆，恋恋不舍地说这只虫儿叫青头大刺。

父亲接在手里轻轻错开盆盖，然后快速合严缝隙说，鸬鹚啊，我看这条虫子，头隆牙硬，身宽腿粗，抱爪结实，触须灵活。

我不等父亲说完，立即把生米煮成熟饭说，谢谢黄大大送我青头大刺，我一定努力学习。

黄世龙温润地笑了，扭脸望着我父亲说，你儿子好生厉害哟，长大成人肯定超过咱们百倍。

父亲则重点强调说，这孩子期末考试全班第一，智力方面很像他母亲呢。

噢，我至今还没见过弟媳呢。黄世龙取出三寸长的竹筒，令我怀疑这是把笛子锯成几段的。父亲又当起老朋友的讲解员，告诉我用竹筒装载蟋蟀，不会挫伤触须的。

我看着黄世龙用细铜丝罩子将青头大刺从蟋蟀盆里导出，然后娴熟地引进竹筒里，取来透气软塞堵住竹筒，伸长胳膊递给我。我看到他手腕戴着大三针手表，也是全钢表壳棕色牛皮表带。

父亲望着我手里的竹筒说，蟋蟀在生物界上亿年了，我们人类不过三百万年而已。

是啊，蟋蟀属于昆虫，我们毕竟是人。黄世龙意犹未尽，转而对父亲说，人生在世不过百年，我们有时好比坚守阵地孤军奋战，内心不需盼望援军到来的。

父亲听了有些伤感说，因为没有援军，所以不用盼望。说罢他跟老朋友握了握手，说了声世龙兄多多保重。

我们告辞走出黄家前院，主人并不远送，说，俊生贤弟和贤侄慢走。便立身暗处朝我们挥手道别。

走到十字路口，我们该分手了，父亲去住单位的工作室，我回大杂院家里睡觉。父亲问我怎样向祖母交代青头大刺的由来。我说半路捡到这只竹筒的。父亲认为人生在世很难不撒谎，只要尽量少说瞎话就是了。这样说罢，父亲形单影只地走了。

我怀揣竹筒走进家门。祖母已经睡下了。我喜出望外找来蛐蛐儿罐让青头大刺安家落户，不洗不漱就爬上小床，恨不得立即睡着。

黑暗里传来祖母说话，人生在世尽量不要挤对别人张嘴说瞎话。

我惊了，不知祖母是不是在说梦话，便想尝试着跟她对话，一时想不起说什么，便绞尽脑汁问道，邻居们说我爸结婚太早，这是您逼着他娶媳妇的吧？

祖母用黑暗里的鼾声回答我。我赶紧闭嘴，暗暗庆幸脱险了。

4

一大早儿醒了，看看挂钟四点五十分。大杂院里悄无声息。我蹑手蹑脚溜进厨房，急切探望我的青头大刺。

我轻轻错开蛐蛐儿罐的盖子，只见青头大刺伏身罐底，双腿伸直好像伸了个懒腰。我心里说大将军你好大架子，然后轻轻吹了口气，催促它行动起来。这只青头大刺傲慢无礼，就是不愿动弹。我倾斜蛐蛐儿罐形成斜坡地带，这个大将军身体翻滚亮出白色肚皮。

啊！我蒙了，不敢相信它已经死了。哇地哭了一声，连忙伸手堵住自己的嘴巴。我绝对不能惊动睡梦里的祖母，因为这件丧事跟黄世龙有关。

一夜之间青头大刺死了，难道它离开黄家主人就不肯活啦？我不禁想起文信讲过的几个历史故事：周朝时，有宁可被饿死的伯夷和叔齐；晋国时，有宁可被烧死的介子推母子；秦末时，有宁可拔剑自刎的田横……可这只青头大刺毕竟是个虫子，它哪里学得这种大将军气节，说死就死了呢？

我强忍悲伤故作镇定。几天后，我把它做成了标本，放在小玻璃瓶里。

这天，田经理带着几个小伙子走进院子，挥起胳膊指着布满爬山虎的天棚说，你们先把老藤锯断，然后砍光枝蔓拆掉天棚框架，一点影子不能留。

小伙子们奉命吆喝起来，有锯根藤的，有拆竹竿的，抄起家伙干活儿。

小卯妈妈从自家屋里走出，一声不吭观望着。她怎么没去学校开家长会呢？

田经理主动跟小卯妈妈搭话说，我知道你盯紧这件事儿呢，你知道我为什么砍伐爬山虎？它遮了大半个院子阳光，笼罩得我家阴气太重，这个星期天我家文信跟武诚摆香案换兰谱，我要阳光普照满地金，从此扫除你们嘴里的是是非非。

小卯妈妈写作文似的连连做出设问，你以为拆掉天棚你家就阴气扫光啦？你以为结拜了就万事大吉啦？你以为我不去学校开家长会是为了监视你吗？

我突然勇敢起来问道，那您守在家里要做什么呢？

小卯妈妈转身注视我，表情特别和蔼说，这种事情你回家问你奶奶好啦。

我灵机闪动，趁祖母不在家突击问道，您说我奶奶会做金豆捞饭吗？

鸱鹅，原来你也爱吃金豆捞饭？小卯妈妈眉头紧锁说，这么说金豆捞饭也有血统遗传吗？

我一句"金豆捞饭"把小卯妈妈问得满脸凝重。可是金豆捞饭究竟什么意思，我不便追问了。

小伙子们干活儿麻利，咔咔锯断老藤，咣咣砍光枝蔓，哗啦啦拆除天棚，然后收工走人。

临近中午，祖母踏着满地阳光走进大杂院，尽管她事先知道田家动工拆除天棚，还是对满院阳光不大适应。

到了黄道吉日星期天，田家摆开香案举行结拜仪式。武诚一大早就来了，挨家跟邻居打招呼，看着特有礼貌。他打招呼到我家门前，祖母眯缝起眼睛望着这个皮肤黝黑体格健壮的小伙子说，以后成家立业就不用爹妈操心了。武诚听了大幅度点头，表情诚恳地说谢谢奶奶教导。

上午时分父亲走进大杂院，拆除了天棚的遮挡，阳光普照没了遍地花影光斑。父亲似乎稍显意外，不由眨了眨眼睛。我想写作文可以用"眨了眨眼睛"表示人物心中的疑惑，他无形中成了我的观察对象。

父亲花格衬衣铁灰色西裤，浅驼色皮凉鞋，抬起手腕看了看大三针手表，走进家门叫了声"娘"，语气极为平淡地说，您给田家出了结拜异姓兄弟的主意，这顿饭我是吃不了也要兜着走的。

祖母不以为意说，田掌柜请你主持仪式，这是要给文信和武诚树立标杆，告诉他们到了结婚年龄就该娶妻生子过日子的。

父亲竟然成了那对盟兄弟的标杆？祖母说的话我听不明白，认为应该把"标杆"改为"榜样"，因为榜样比标杆生动有力。如果这样改动的话，父亲就成了那对盟兄弟的榜样。可是究竟成为什么榜样呢，难道就是二十岁马上结婚成家过日子？

田家将结拜香案摆放在院子里。即将订盟的文信和武诚，两人身穿相同的白衬衣蓝裤子白球鞋，垂手并肩，笔直站立，这种打扮好像今天就是五四青年节。

文信肤色白皙，武诚黝黑，容易令人想起赵云和张飞。我看过《三国演义》的小人书，常山赵子龙跟范阳张翼德没有正式结拜过，好像是刘备给后补的，称呼赵云"四弟"。

小卯妈妈走出家门操着京腔说，焚香换帖结成兄弟，这是田经理给文信摆屏风挂帷帐呢。

我听得出她满嘴京腔，但听不懂她满嘴京腔的话语含意，就凑过去看热闹。

上午十点钟。田经理身为家长坐在香案左侧，他光头剃得铁青，身穿月白色春绸大褂，很像小人书里的布袋和尚。然而香案右侧位置空着，这说明武诚家里没有来人。

大太阳当头照耀。文信跟武诚躬身敬香，目光相视交换兰谱，行的是新式握手礼，然后给家长三鞠躬。田经理乐得连声说，这样就好，这样就好。

父亲操起普通话，高声为结盟祝辞。祖母带头拍手，这等于打断父亲的证盟祝辞，邻居们配合鼓掌，现场气氛热烈起来。文信和武诚频频鞠躬，向邻居们表示谢意。接近午饭时分，父亲主持的结拜仪式宣告结束。

父亲被田家邀请坐席，不用回家吃饭。田经理吃喝给大杂院邻居赠送喜面。酱色大肉卤配胡萝卜丝菜码，一家一碗，不偏不倚。

父亲从田家吃酒回来，满脸透红活像关公。看来他是个没有多少酒量的男人。

下午时分，父亲渐渐褪去满脸红霞，说了声"娘我回单位去了"，起身就走。我又提出代替祖母送送父亲，她老人家照旧没有反对。自从父亲住宿单位工作室，他好像成了放飞的鸽子。

追着父亲的脚印走上大街，我从衣兜里掏出小玻璃瓶给他看。父亲认出这是青头大刺，重重叹了口气。

我问父亲，青头大刺离开黄家就不愿活了。我的观点令父亲惊诧，他认为昆虫不会有感情。我说反正青头大刺离开黄家就死了。

明年我再带你跟黄大大讨只青头大刺。父亲说着把小玻璃瓶递还给我。这次轮到我惊诧了。我认为这世界只有一只青头大刺，它今年死了明年也不会再有了。

父亲稍显开朗地说，如果青头大刺投胎转世，明年照旧是青头大刺。我尝试着分析说，它明年投胎转世照旧是青头大刺，可是漫天遍野蛐蛐儿无数，明年它怎么能够还落到黄家呢？

父亲从开朗转为伤感说，你的忧虑很有道理，不过我还是相信明年，你也要相信明年，而且还要相信将来。

我觉得父亲还有话要讲，可是他没讲就走了。望着越走越远的身影，我想父亲迟早会讲给我听的。

傍晚时分，身穿深绿制服的邮递员送来母亲寄给我的回信。祖母闭目养神并不深究儿媳来信的内容，使我觉得她老人家注意力全部投放在儿子身上。

母亲来信关心我的期末考试成绩，特别叮嘱巩固数学成绩。她整整写了两页信纸，颇为自豪地谈到初三毕业班有六个超龄同学报考了高中。读到末尾我失望地哭了，母亲说她被县里抽调批阅今年综合考卷，放暑假不能按时回家。

耳聋的祖母竟然听到我的抽泣，大声说你妈暑假要是不回来，我给你钱打车票去外县看她。

我没回应祖母，只觉得父亲跟母亲各自忙碌，我和祖母相依为命，这个家庭太零碎了。

5

这天大清早，小卯发现我的小玻璃瓶子，仰起磨盘脸追问来历。我提出以秘密交换秘密，要求他首先回答我的提问，而且保证实话实说。小卯好像没有任何顾虑，快速点头表示成交。

你知道这件事情吧，你妈妈黑灯瞎火偷偷跑到我爸单位调查……我没有勇气说出传达室值班员以为他妈跟我爸是夫妻。

小卯听了腾地红了脸，上门牙紧紧咬着下嘴唇，板着面孔不说话。我说你承诺实话实说的。他只好吭了声。

我有爸爸，你有妈妈。所以你不要认为我妈惦记你爸，我保证她没有那种见不得人的事情。如果我妈确实跑去调查你爸，那肯定是你奶奶花钱雇用的，我妈不光思想进步，她也喜欢钞票呢。

我没有想到小卯使用"花钱雇用"这个词语，他平时作文经常不及格的，此时却有了点睛之笔。你说我奶奶花钱雇用你妈妈？

小卯嘎嘎地笑了说，大杂院邻居谁不知道，你奶奶格外关心你爸爸，她老人家就跟幼儿园阿姨似的！你爸爸睡单位不回家，你奶奶必须掌握具体情况，前些天你奶奶送给我妈妈丝绸围巾，那可能就是劳务报酬吧。

我奶奶死盯我爸爸不放，她老人家究竟担心什么？

可能担心你爸爸跟不好的人交往吧。小卯随意推测着，转而询问我小玻璃瓶的来历。

我从头至尾讲述青头大刺的故事。小卯听得瞪圆眼睛，连连吐出舌头。我没见过他有这种怪异动作，使人想起大热天的动物。

你啥时候冒出个黄大大来？可能你奶奶就是不愿你爸爸跟这种人来往，所以雇用我妈妈刺探情报。这件事情你不要说出去，就连小酉也不要告诉。小卯拍拍我肩膀指导着，全然没了留级生形象。

小卯这家伙没有白留级，他确实比我见多识广。我估计到了二十岁他就会结婚的，就像我祖母倡导的那样娶媳妇过日子。

暗暗寻思祖母雇人调查我父亲的行为，我家好像就是秘密联络点，小卯妈妈成了情报员。那么祖母属于什么人物呢？就像电影里的特务头子。

傍晚时分，祖母在厨房里准备做饭，手里掐着几根韭菜好像分析情报。我只好学着父亲的常规表情，苦笑了。

小酉突然跑进我家，然后冲进厨房朝着祖母大喊大叫，我爸绝食啦！我爸绝食啦！

祖母此时处于耳聋状态，埋头择菜不予理会。我连忙跟进厨房，小酉扭脸冲我喊叫起来。

你奶奶给我爸爸出主意，说结拜盟兄弟就没事儿了。我家花钱办了仪式，可是现在轮到我爸绝食了。

我大声告诉祖母田经理绝食了。祖母还是耳聋听不见，我只好拉着小酉跑到他家。

暮色浓重的大杂院里，已有几户邻居聚拢田家门前，交头接耳议论着。我渐渐听懂了事情的原委。文信跟武诚结拜盟兄弟，可是没过几天两人分别办理辞职手续，从技术工人变成社会青年，然后相约报名参加甘肃生产建设兵团，当场就被录取了。田经理得知消息出面阻拦，无奈文信和武诚已经偷出户口册去派出所注销城市户籍，而且领取了甘肃生产建设兵团的绿色棉衣棉裤和大头鞋，过几天就要随团出发去河西走廊投身祖国大西北开发建设。

田经理捶胸顿足昏死过去，清醒过来只得以绝食要挟儿子。没想到文信不为所动，竟然扛起行李住到甘肃驻津办事处去了。

这时田经理走出家门，双手抱拳对邻居们说，我想避免流言蜚语让他们结拜了盟兄弟，没想到这两人反倒天高皇帝远了。

我立即跑回家向祖母报告详情，说田经理埋怨您出了馊主意。这时祖母不耳聋了，眯缝起眼睛思忖着。

鸬鹚我告诉你吧，其实上策是让文信娶媳妇，可惜这小子不够结婚年龄，我只好出主意让他们结成盟兄弟，田掌柜他怪不得我啊。

听了祖母这种解释，我似乎明白了几分，随即反问祖母说，文信跟武诚志同道合好朋友，这有什么不对吗？

祖母眯缝起眼睛说，人嘴两张皮，话好说，不好听，人难做。人生在世，怕就怕你身子正，别人说你影子歪。

天色很晚了，武诚匆匆跑来了。他走进田家叫了声"盟爹"，请求田经理不要绝食。田经理不待武诚把话说完，抄起扫帚扑打说，我不是你盟爹，你也不是我盟儿。

就这样武诚被扫帚打出田家，满眼泪水冲着大杂院邻居们说，我真不知道你们是怎么想的，我们就是要建设开发祖国大西北，让戈壁荒滩变成沃野绿洲。

小卯妈妈走出来说，你自己去甘肃好啦，何必非要拉上文信？

武诚满脸茫然解释说，我俩都是自愿报名，谁也没有非要拉上谁。

小酉突然继承他爹的扫帚冲杀过来，武诚只得转身快步离去。我追到大杂院门外，望着黑暗里武诚可怜的背影。

星期天上午，街委会主任领着报社两个记者来了，说要采访先进青年田文信同志的父亲。已经绝食的田经理只得迎出家门。一个记者手捧照相机拍照，另一个记者掏出小本子采访。

田经理饿得有气无力，一派接受审问的样子，语不成句。于是形成记者说出儿子先进事迹，父亲连连点头表示赞同的场面。

记者要采访大杂院的邻居，街委会主任极力推荐小卯妈妈。

这个又黑又瘦的女人站在记者照相机前说，田家培养出田文信这样的先进青年代表，也是我们大杂院全体邻居的骄傲，我们绝不自满，继续努力，争取培养出第二个城市青年模范典型！

田经理听得摇摇晃晃，伸手扶住门框站着。街委会主任陪着报社两个记者走了。小酉上前搀住父亲胳膊说，我哥已经成了先进青年典型，这下您该吃点东西了吧？

田经理气喘吁吁说，小酉快去给我买煎饼果子，多放葱花和面酱。

田经理放弃绝食的第二天，本埠日报头版刊登《哪里艰苦哪里安家》长篇通讯，报道文信和武诚自愿放弃大城市安逸生活，毅然投身祖国大西北建设的先进事迹。这消息很快传来，弄得田经理又吃了两套煎饼果子三个耳朵眼炸糕。当天下午，甘肃兵团战士报的记者也赶来采访。

完全恢复进食的田经理清除悲伤情绪以模范青年家长的身份，再次接受记者采访。他高声亮嗓回忆儿子成长经历，不忘提起当年文信在海河里捞救失足落水儿童的事迹。甘肃兵团战士报记者当场写成《誓将青春献戈壁》的报道，表示加急电报传回报社总部连夜排版。

我们大杂院恢复了平静，邻居们不再窃窃私语，也不再高声吵嚷，更不再互相打听家庭隐私。一时间人们好像不知如何生活下去，就连不是闭目养神就是埋头择菜的祖母，也很少眯缝起眼睛说话，这让我看到她老人家有着完整而狭长的眼睛。

暑假期间我收到母亲来信，告诉我这个星期天回家，还说她想吃祖母做的籴籴汤。我从"籴籴汤"联想起"金豆捞饭"，便盼望母亲能够给我破译这个谜底。

星期天过午时分，我提早坐在大杂院门外等候，手捧课外书《十万个为什么》读着。这书是我向女同学王馨借的。王馨能歌善舞，还是学雷锋小标兵。我心里很喜欢王馨，特别愿意向她学习。

小卯妈妈手拎竹篮走出大杂院，我暗暗提防着。她减慢脚步对我说，昨天看见你在百货商店买了有机玻璃发卡，那玩意儿四毛八太贵了。

我得意地说四毛八不贵，转念担忧她怀疑我的钞票来路不正，便起身追赶她大声解释，说那五毛钱是我平日积攒的。

小卯妈妈罕见地笑了说，鹧鹕你不要心虚，我也没说你要把那只发卡送给女同学的。

听她说话我反而心虚了，尽力放松心情让自己平静下来，继续阅读《十万个为什么》，终于读懂那两艘轮船意外相撞的物理原因，出于层流层的相互吸引力。我合起书本夹在腋下，跑出胡同走上大街。前方是长途汽车站，我迎着夕阳走上前去。

远远看见母亲走出长途汽车站，她留着短式发型，蓝褂子蓝裤子，完全是乡村女教师的打扮。她被农村大太阳晒黑了，走在大街上很容易被认为是农村人。

不知为什么，我停住脚步不朝前走了，怯怯地望着母亲。一旦母亲朝我走来，那个乳名鸬鹚的少年就有妈妈了。

一个满头大汗的小伙子给母亲提着藤条箱。母亲走近了，她黑色条绒布鞋沾着泥土。我快步扑上前去。母亲看见我就笑了，扭身对提箱子的小伙子说，范铁明你看啊，这就是我儿子。

我不愿意让外人知道我乳名，因为黄世龙说过鸬鹚是鱼鹰子。

范铁明张口说道，鸬鹚我跟你说，我特别感谢柯蓝老师，我已经超龄了，柯蓝老师坚持鼓励我报考农机学校，还教导我晚恋晚婚进修深造，一下指明了我的人生前途。

我接过箱子谢过范铁明。他恋恋不舍望着我母亲，然后举手行了个民间军礼，说了声，柯蓝老师您要早些回来啊，就匆匆返程了。我望着范铁明背影，为母亲感到高兴，她教出这么好的农村学生，生活肯定不会孤单的。

我右手提起箱子，左手牵着母亲的手，一起走回家去。拐进胡同遇到田经理，母亲抬手推了推鼻梁下滑的眼镜，表情热烈地祝贺说，我听电台广播文信成了全市先进青年典型，这是您教子有方啊。

田经理连连致谢说，感谢人民感谢党，感谢群众关怀感谢组织培养，感谢革命传统教育大发扬。

我觉得打从接受报社记者采访，田经理说话变得合辙押韵，听着特别流畅，就跟快板书似的。

我跟母亲走进大杂院，她遇到邻居便主动打招呼。小卯妈妈好像并不感到惊奇，小声说是媳妇总该回婆家的。

祖母没有眯缝起眼睛，而是展开满脸纹路说，瘦了，黑了，利索了，赶快进屋喝水洗脸换衣裳吧。

母亲遵命进屋拾掇杂物说，这屋子好久没人住过了。我说我爸住了几天就搬到单位睡工作室了。

祖母低声命令我去大港铁路筹建处招父亲回家，特意强调晚饭全家吃团圆面。我听了撒腿就跑，径直奔向同班女生王馨家。她家住在大罗天对面小洋楼里。

王馨妈妈见我突然登门以为出了什么事情，大声召唤女儿下楼来。王馨显然知道我的来意，下楼就把漂亮纸盒递给我。王馨是单亲家庭，平时特别乐于助人。

我低头接过漂亮纸盒说声谢谢，王馨笑眯眯不说话。我特别喜欢她笑眯眯的样子。

一路快跑来到大港铁路筹建处绘图工作室，兴冲冲说妈妈回来了。父亲哦了一声，随即着手收拾东西。他从文件柜里找出几件换洗衣裳和几本杂志，拉开抽屉取出刮脸刀、眼镜盒、茶叶筒，还有一把口琴，桩桩件件装进那只灰色人造革旅行包里，然后戴好大三针手表。

我看出父亲是个做事快捷的人，凡事不愿拖泥带水。爸爸您这是要去外地出差？我颇为不解地问。

父亲拎起鼓鼓囊囊的灰色人造革旅行包说，我不到外地出差，我是跟你回家的。

我愈发不解说，你跟我奶奶说要加班加点睡在工作室的。

既然你妈妈放假回家，我就不加班加点不睡工作室了。

我听懂了，兴高采烈地把漂亮纸盒递给父亲，说这是请女同学王馨到百货商店帮助挑选的。

父亲打开漂亮纸盒，取出那只紫红色有机玻璃发卡，非常温和地笑了。

鸬鹚，这是你要我送给你妈妈的礼物吧？我点头承认这是我的谋划。然后背诵课文似的说，您是今天上午花四毛八分钱在红旗百货商店买了这只紫红色发卡。柜台前您付了五毛钱纸币，售货员找零二分钱钢镚儿。

父亲轻轻拥抱了我，说我的鸬鹚真的长大了。不知出于什么心理，父亲叫我乳名我并不抵触。儿子的乳名就是用来让父亲叫的，当然也包括母亲和祖母，还有大杂院里的那些好人。

一路父子牵手回家，我说起田家发生的事情。父亲说你奶奶把田经理弄得草木皆兵，大杂院邻居们也喜欢传播流言蜚语。

当年我奶奶没让您跟黄世龙结拜盟兄弟吗？我鼓起勇气发问。父亲放缓脚步打量我说，你真是个聪明透顶的孩子，我那时跟你相比，哪里懂得向家长提出这种问题呢。这真是时代的进步啊。

父亲走进街角小花园，抬头望着那棵大槐树说，你奶奶没让我跟黄世龙结拜盟兄弟，她请人说媒急忙操持婚事。其实我跟你母亲读中学就认识，也不算什么包办婚姻。

我费尽脑力理解着父亲讲的故事：当年祖母不愿儿子跟黄世龙交往，便赶早让儿子结婚成家，以此割断两个小伙子的联系。

当年两个小伙子交往有什么不好呢？如今文信跟武诚共同报名参加祖国大西北建设，而且被树为先进青年典型人物了。

父亲面对我的追问，终于谈起往事。早在父亲五岁时，我的祖父突然跑到了东北，一去便没了音信，后来祖母听说祖父在关外认了个大哥，从此不回来了。东北那边地广人稀，谁也不知道他们躲在哪里生活，这就让祖母生生守了活寡。

我不能完全听懂这个故事，只觉得当年爷爷扔下孤儿寡母跑到东北，害得祖母饱受精神刺激，从此严格管制独生儿子，时至今日仍然把他当作大孩子看待。

我不禁想起大杂院的邻居们，好像他们不怕小伙子跟大姑娘交往，有了麻烦就领证结婚呗，反而担忧两个小伙子交谊深厚，似乎害怕他们成为死党。我不便说出这种想法，毕竟父亲跟黄世龙是老朋友。然而父亲似乎看穿我的心思，说黄世龙多年单身生活不结婚，这要承受很大舆论压力的。

我继续费尽脑力琢磨着父亲的观点：一个男人坚持单身生活不结婚，那么究竟要承受什么舆论压力呢？我不能完全领会父亲的说法，只是出于少年心理做出推测：父亲和黄世龙都喜欢吃金豆捞饭。

我们走进这座内容丰富的大杂院，父亲跨进家门见到妻子，两人都不声不响地笑了。父亲母亲满脸笑容却不发出笑声，这令我怀疑自己丧失听力，好像变得像祖母那样耳聋了。

父亲拿出精美纸盒递给母亲。母亲打开包装纸盒取出有机玻璃紫红色发卡说，谢谢俊生！我特别喜欢紫红色。她说着就佩戴了。我瞪大眼睛看着母亲，她确实很漂亮的。

从厨房里传来祖母的说话声，她指派我拉出桌子摆好碗筷。父亲赠送母亲发卡的温馨场景，就这样给祖母搅了场，令我深感失望。然而，紫红色也会成为我所挚爱的颜色，记得王馨就喜欢穿紫红色衣裳。

一碗肉丝酱卤，一盆热面条，一盘黄瓜菜码，全家四口围坐桌前吃这顿团圆面。祖母看见儿媳妇的紫红色发卡说，你不是爱喝籴籴汤吗，我明天给你做。

母亲停住筷子说，我在农民家里喝过籴籴汤，那家新媳妇下灶做的。农村家庭都希望男孩子提早结婚，我的学生范铁明今年十九岁，他爹认为多读书不如早成家，恨不得他明年就娶媳妇。

我趁机插嘴跟祖母说，范铁明明年就二十岁了，当初我爸就是二十岁结的婚。

母亲小声嗔怪我说,具体事情具体分析,你不要东拉西扯打比方,这样很不恰当的。

祖母反而给我撑腰,不紧不慢对儿媳妇说,你十九岁师范毕业就嫁过来了。如今看来还是提早结婚好吧? 一晃你儿子鸬鹚快十二了,若是男人三十多岁还单着身,这辈子连孙子都耽误了。

我想起黄世龙三十多岁还单着身,怪不得祖母不待见他。

大杂院邻居们听说我母亲回来了,一拨拨前来问候。我知道他们是来看热闹的,毕竟我的父母聚少离多,今天团圆就成了大杂院的景观。宝赞嫂真心关怀我母亲,悄悄塞过小纸袋轻轻说了句话。母亲唰地红了脸,说了声谢谢。

晚间歇息,祖母亲手给团圆夫妻铺了床,还放了水盆和暖瓶,然后动手关好窗户,大声冲屋里说早睡早起好身体。

祖母进屋催促我洗脸睡觉,她从针线笸箩里找出碎棉花,快速捻成两个棉花球塞我耳朵里,笑着说这样睡得踏实。

耳朵里塞了棉球,我反而睡不着了。夜晚的大杂院静寂无声,即使祖母缝衣裳的细针掉落地上,我也能够听到。

这夜晚并没有细针掉落地上。我懵懵懂懂从细针想到铁箍顶针,想起祖母佩戴铁箍顶针纳鞋底的图景。

6

一大早醒来,父亲上班走了。祖母做好籴籴汤指派我叫母亲吃早饭。我推门走进母亲的房间,想起小卯妈妈说过,这间屋子是当年父母的新婚洞房。

母亲伏身桌前握笔疾书,侧身告诉我给学生写信呢。我说出了胡同大街上就有邮筒特别方便，母亲说鸪鹕真是个好孩子。

平时母亲并不爱笑，可是她有双一笑就弯的眼睛，笑起来特别好看。她伏身桌前给学生写信，竟然情不自禁地笑弯了眼睛。我猜想那肯定是个品学兼优的好学生。

祖母不见母亲出屋吃早饭，主动端来大碗籴籴汤，呵呵笑着催促儿媳妇趁热喝了。祖母眼睛当然笑不弯，只能笑成缝隙。

我陪母亲吃过早饭，街委会主任来了，她说抽选居民代表去火车站，欢送文信和武诚奔赴甘肃生产建设兵团。

小酉跑来告诉街委会主任，他爸头昏脑涨四肢瘫软，不能参加欢送仪式。街委会主任急得拍响大腿说，这是上级布置的政治任务，田经理是先进青年典型的家长，据说市里领导要给他佩戴大红花的。

母亲尽管下放外县农村，但仍然是教师，她被街委会主任选中，我自然成为随员。小酉被批准成为田经理的护理员。祖母低声提醒小酉说，你放心，你爸没病，他就是不愿看见文信和武诚。

小卯妈妈被任命为领队，率领大杂院居民代表出发来到火车东站。只见站前小广场彩旗飘舞锣鼓喧天。五百名支边青年列队整齐，人人胸戴大红花。小卯妈妈催促田经理朝前挤去，说您赶快抓紧时间看文信最后一眼。

小酉气得掐住小卯妈妈胳膊说，你把我哥说成革命烈士啦！

我母亲语调平和告诫小卯妈妈，说话要站稳政治立场，这是欢送青年支援祖国边疆建设，并不是开赴前线战场生离死别。

小卯妈妈哑了口。这时人群缝隙里闪过熟悉的面孔，我猛然认出那双丹凤眼和花格子衬衫，他是父亲的老朋友黄世龙。小广场人潮涌动，恍惚间我看不到黄世龙的影子了，他随着人流荡远了。

我们没有看清文信和武诚的模样，那五百名支边青年便列队进站了。田经理被挤得身体虚脱，失去市领导亲手佩戴大红花的机会。天生悲观的小酉愈发悲观地哭了。

一路回家时，我问母亲吃过金豆捞饭没有。她摇头表示从未听说这种饭食。我说在送行人群里看见黄世龙了。母亲说好像听说过这个名字。我说黄世龙是我爸的老朋友，后来我爸结了婚，他俩就不来往了。

为什么结了婚就不来往啦？母亲认为老朋友应当保持友谊。

我趁机把内心推断说成客观现实，告诉母亲，父亲和黄世龙都喜欢吃金豆捞饭，可惜他们好多年没有吃了。

母亲这时笑弯眼睛说，那就请你爸爸的老朋友来家里吃饭吧，我也想尝尝金豆捞饭呢。

我几乎不敢相信母亲如此表态，小心翼翼巩固成果说，咱家请客吃饭必须经过奶奶同意的。母亲非常乐观地说，既然你爸喜欢吃金豆捞饭，你奶奶不应该反对的。

我夸张地笑了笑，自我感觉还是笑不弯眼睛。难怪宝赞嫂说我长得不像母亲。

一连几天过去了，父亲白天外出上班，晚间下班归来，全家气氛融洽，平稳祥和。祖母也很少眯缝起眼睛说话，彻底展露出那双完整而狭长的眼睛。

母亲好像忘了金豆捞饭这码事情，整天闷在屋里写这写那，引来大杂院邻居纷纷夸赞，说这样认真负责的好老师，迟早会被调回城市教书的。

趁着天气不太热，祖母又起早去南大道看望远房亲戚。父亲上班走了，家里只有我和母亲。她很快写好两封信，分别装进信封贴好邮票，让我投到大街邮筒里去。

这两封信都是写给学生的，一封是静海县良王庄张志君收，一封是静海县独流镇范铁明收。

我把这两封信投进大街邮筒里，转身遇见小卯。他大模大样说，我看你爸你妈关系很好，大杂院邻居们没有什么流言蜚语。

我说我爸我妈是模范夫妻，当然没有什么流言蜚语。

小卯扭动磨盘脸说，我爸我妈就不是模范夫妻，在家里不断明争暗斗。前几天我妈又找到我爸单位，反映我爸在家喝大酒，说怪话。

一进大杂院，小酉说我家来了客人。我不由感到惊喜，自从黄世龙来访我家再没来过客人。

我还没跨进母亲房间，就听她说，鸬鹚你快看是谁来啦。我进屋看到是小伙子范铁明，他眉清目秀朝我笑着。我有些着急地说，我刚把妈妈寄你的信投进邮筒，前后只差十分钟。

范铁明有些羞涩地说，没关系，反正我回家会收到柯蓝老师的来信。

范铁明放下自家屋后种的玉米，就要回去。母亲拉住范铁明胳膊说，你别急着走，再喝杯凉白开。

学生遵命接过老师递来的水杯，咕咚咕咚喝个精光，说了声，柯蓝老师我向您保证努力考上农机学校，就匆匆走了。

母亲瞅着这十几根玉米，轻轻叹了口气。她摇摇头转过目光望着我，表情有些伤感，抬手捋了捋乌黑短发，指着凳子让我坐下。我觉得这很像班主任跟学生谈话，有些不知所措。

母亲表情严肃地说，这个暑假快结束了，过几天妈妈就走了。

我抢过话头说，放寒假您还会回来的，寒假过后还会有暑假，我总能够盼望您回家来的。

母亲目光瞬间失神，之后倏地明亮起来，继续照耀着我。

好儿子，今天妈妈把你当作好朋友谈话，鸬鹚你明白吗？

我点点头，扭脸望了望窗外。这时大杂院里出奇地安静。

鸬鹚请你如实告诉我，当初你爸爸跟黄世龙的交往，是不是就像今天文信跟武诚这样？

我被母亲问蒙了，无法适应这种成年人的谈话，不由站起身来。

母亲再次请我坐下说，你是个聪明透顶的孩子，年龄不大却能够理解父母的有些想法。

我认真回答母亲说，我不懂爸爸跟黄世龙属于什么关系，但是我知道奶奶对黄世龙的态度，即便爸爸跟妈妈结婚这么多年，她老人家仍然非常抵触黄世龙。

母亲点点头说，其实你爸爸挺正常的，只是我从来没有见过黄世龙这个人。

所以，所以您要请黄世龙来家里吃饭？我急忙求证。

母亲格外有力地说，你不是说你爸爸跟黄世龙都喜欢吃金豆捞饭吗？那就请他们放开肚皮吃吧。

临近正午时分祖母走亲戚回来了，怀里抱着个焦黄色的大倭瓜，说是在国营菜店八分钱买的处理品。她老人家走进厨房看见那堆玉米高兴得喊叫起来，说好多年没见新粮食了。

母亲爽快地配合说，看来还是我们农村好，你们大城市粮店多是陈年粮食。

我听到母亲把"农村"说成"我们农村"，好像她不是城市人了。母亲是个有立场的人，我认为她当然不会随便说话的。

祖母听力时强时弱，动手和面烙饼了。我学着母亲的口吻跟祖母说，你烙饼用的白面也是陈年粮食。

这次祖母听清楚了，小声说想吃新鲜粮食跟你妈妈去农村吧。她老人家居然学会小声说话，我推断祖母是不想跟母亲形成对立。

一只焦黄色倭瓜，十几根浅黄色玉米，就这样陈列在厨房里。

傍晚时分，父亲下班回家来了。他先跟祖母打招呼叫了声"娘"，然后朝母亲笑了笑。我迎着父亲叫了声"爸"。这是我家的基本规矩，彼此都要打招呼的。

我的任务是拉开饭桌摆出碗筷，形成全家团聚吃饭的格局。晚饭是粳米粥就八宝酱菜。这粥煮得很稠，自然省略了主食。

父亲的发型端庄周正，更像国家干部了。母亲伸出筷子给父亲夹了几粒酱花生，放大音量问道，俊生，你想吃金豆捞饭吧？

母亲平时很少高声说话，我猜测她故意说给祖母听的。

父亲仿佛遭遇伏击战的新兵，有些懵懂地点了点头。祖母拉长面孔眯缝起眼睛，挤出目光望着她的儿子。

母亲继续大声问道，俊生，你记得做金豆捞饭要什么食材吗？

噢……父亲下意识地说，记得，玉米搓粒下锅沸煮，这是主粮。辅料一是鸡蛋摊成薄饼，薄饼叠成几层，下刀切成细丝；二是豆腐皮叠成几层，下刀切成细丝；三是倭瓜洗净切块，同样擦成细丝，这就叫三丝。玉米粒不能煮得过烂，要掌握火候把三丝投到锅里，小煮几分钟，表面撒满花生碎和芫荽叶，还要放几撮盐粒，金豆捞饭就做成了。

祖母拉长面孔眯起眼睛，依然目光定定望着她的儿子。

我趁热打铁问道，爸爸，为什么叫金豆捞饭呢？

父亲可能说得馋了，情不自禁咽了团口水说，三丝黄澄澄浮着，顶着湛青碧绿的芫荽叶，一粒粒玉米粒沉淀碗底，你伸出筷子捞着吃，就好像打捞颗颗金豆。

母亲目光唰地投向祖母，眼睛笑得弯弯说，娘啊，可巧农村送来新鲜玉米，刚好您老人家买来倭瓜，厨房里有鸡蛋有豆腐皮，这真是老天爷给凑齐了，明天咱家做金豆捞饭吃吧！

祖母眯了眯眼睛望着儿媳妇，询问她何时得知有金豆捞饭这宗饭食。母亲毫不避讳地说，据说您好多年不做这种饭食，那么我就来做给全家吃吧。

既然答非所问，祖母不再注视儿媳妇，转脸继续看着自己的儿子。父亲立即低头喝粥。

这时母亲再次放大音量问道，你究竟还想不想吃金豆捞饭呢？

我看见父亲缓缓抬起头来,轻轻说了声想吃。

母亲便不再理会祖母,啪地放下筷子说,就这样确定了,明天晚饭我下厨做金豆捞饭,让鹍鹍给我做帮手。

母亲目光坚毅,说话果断,既像女教师更像女教官,她刀枪不动便取代了祖母的尊长地位,俨然成了家庭领导者。

祖母又没了听力,低头喝粥了。我端起饭碗配合着,免得她老人家过于孤单。祖母抹了抹嘴角嘟哝着,嘴里还含着粥。

母亲反而感慨起来说,这真要感谢范铁明及时送来新鲜玉米,否则即使神仙也做不成金豆捞饭。

我听了连连点头,坚决认为范铁明属于雪中送炭的行为。父亲似乎意识到冒犯了祖母,主动缓和气氛说这些年吃单位食堂习惯了。母亲并不认同父亲的观点,说单位食堂肯定没有金豆捞饭。

我还是由衷敬佩母亲。她不光打破祖母多年戒律,还给无辜的金豆捞饭讨回公道。我觉得暑期生活收获不小,兴奋地期待明天晚饭的到来。

转天清早起床,祖母明显打蔫,吃过早饭找出针线笸箩,不声不响给自己补袜子,仿佛成了孤苦老人。这情景蓦然触动我,想到祖母守了大半辈子活寡,也挺可怜的。

上午父亲仍然外出上班。母亲在家里继续忙碌,一会儿写自己的日记,一会儿批改别人的作文,一会儿沉思片刻,一会儿奋笔疾书。

吃过午饭,祖母破例午睡了。我趁机补写暑假作业,班主任柴老师布置的作文题目《我的祖父》,上次作文题目是《我的祖母》。小酉和小卯推测柴老师自幼寄在爷爷奶奶家,从小就没跟爸爸妈妈建立感情。

《我的祖父》这篇作文给我出了大难题,我无法想象那个永远消失的祖父究竟跟东北大哥怎样共同生活,他是在黑龙江边打鱼,还是在兴安岭森林伐木;他是在长白山打猎,还是在元宝沟淘金……渐渐我想明白了，这就等于我没有祖父。

傍晚母亲走进厨房，提早动手准备晚饭。她手握两根玉米棒互相搓动着，一颗颗玉米粒便金豆似的掉落大碗里，不断发出清脆的声响。

母亲的背影像个勤快的农妇，引发我想象她的农村生活。自从下放外县教书她从来不抱怨生活艰苦，反而像是去了美好幸福的地方。

我去厨房把遇到的作文难题讲给母亲听。她放下手里的玉米说，你就依照你奶奶的日常生活习惯，换个性别写成你爷爷就是了。

我简直不敢相信这是母亲的主张，于是稀里糊涂返回书桌前，突然明白这个道理：只有从城市下放农村教书的老师，才敢给学生做出这样惊人的指导。之后我悄悄推断，只有从城市下放农村的母亲，才敢于给全家做出这顿勇敢的金豆捞饭。

母亲继续搓着玉米粒，我则动笔尝试把奶奶修改成爷爷，写着写着我明白了，人到老年，面孔干瘪，头发稀疏，牙齿脱落，身体变形，已然难以分辨是老爷爷还是老奶奶了。

我被自己的想法惊住了。这么说只是年轻时有男有女，人到老年是男是女不重要了。

经过午睡的祖母接连打着哈欠，好像仍然想睡。我害怕她眨眼之间真的变成爷爷，便不敢抬头注视她老人家，一头扎进字里行间塑造着那个并不存在的祖父。

7

父亲提前下班走进家门，我想这是金豆捞饭的召唤吧。他走进厨房打量着母亲的背影，突然伸手轻轻抚摸着她的头发。母亲并未受到惊吓，坦然接受丈夫的爱抚。

俊生，你的老朋友也喜欢金豆捞饭，我派鸬鹚请他来咱家吃晚饭好吗？母亲转过身来望着父亲。

父亲好像遇到重大历史遗留问题，一时难以回答。我意识到这是母亲的预谋，大步跨进厨房抢答说，我认识黄大大家！我跑步十分钟就能到达。

母亲起身把玉米粒倒进钢精锅里说，派小孩子邀请长辈吃饭，这是有些失礼的，你们爷儿俩登门邀请吧。

父亲走出厨房跨进正屋大声告诉祖母说，我们要请黄世龙来家吃金豆捞饭！

祖母听得清清楚楚，同样大声回应说，你莫要忘记，他起初叫黄世凤！后来改名黄世龙的。

祖母是典型的答非所问。柴老师在作文课堂上讲过这个问题。

我跟随父亲走出大杂院，兴奋得又蹦又跳。我没料到祖母默许做金豆捞饭，更没料到祖母未能反对请黄世龙来家吃金豆捞饭。

跨过马路拐进小街，父亲有些妥协地说，事情过去多年了，你妈妈何必非要煮这锅金豆捞饭呢？

我觉得父亲同样感受到母亲的权威，却不愿打破祖母维护多年的尊严。我抓住时机询问父亲，其实您不愿意二十岁就结婚，因为结了婚您就变成现在这个样子啦。

你说我现在什么样子？父亲突然大脑停电，删尽前言抹除后语，一派空白地问我。

您现在什么样子……您现在去请黄世龙到咱家吃晚饭。从前您和他都爱吃金豆捞饭，后来你们就没得吃了。

父亲显然大脑恢复供电，伸手拍了拍我肩膀说，你真是个聪明透顶的孩子。

还是穿过那两条小巷，我们来到黄家小院门前。我抢先按响门铃，扭脸朝父亲做个鬼脸说，我想再向黄大大讨只蛐蛐儿。

父亲不置可否，我认为是默许，不由兴致高涨起来。这时有人开门，我看到是个面孔白净的男孩子，大我两三岁的样子。

这个男孩子同样感到惊诧，轻声询问我们找谁。父亲说出老朋友的名字。我看到这男孩子稍显犹豫，认为父亲也是来讨蛐蛐儿的，就告诉他黄大大送给过我青头大刺。

这男孩子好像听不懂我说的话。父亲伸手拉住我胳膊，似乎准备撤退。这时小院里响起女人的声音说，你们是找世龙吧？请进请进。

我扯着父亲的手迈进小院。天光依然明亮，只见说话的女人身穿淡蓝色布拉吉，脸庞白皙身材微胖，热情引领我们来到厅堂。

厅堂里有个大眼睛姑娘，操着普通话说了声"客人请坐"。我看到她小花褂胸前佩戴白地红字校徽，应当是个高中生。

大眼睛姑娘起身快步走向后院，脚下红色拖鞋啪啪作响。我知道后院是黄世龙供养蟋蟀的重地，闲人免进。

我印象里宽敞豁亮的厅堂，这时显得狭窄。原本单身独居的黄家，突然从天上掉下一家人，自然显出拥挤。

父亲表情窘迫，连声说打扰了。身穿淡蓝色布拉吉的女人执意请我们落座，然后操着家庭主妇口吻说，世龙去粮店买面条很快就回来。

父亲听了更加不敢落座，干巴巴站着。这时大眼睛姑娘端着茶盘返回厅堂，她沏了两杯香茶给我们，显得很有礼貌。

很快，小院里响起脚步声，黄世龙手提小竹篮走进厅堂。父亲总算盼来熟人，大声叫着"黄兄"，我跟随叫了声"黄大大"。

黄世龙登时愣住了，额头冒汗嘴角咧动，频频眨动着丹凤眼，这表情我写作文肯定无法形容。这时听到后院传来蛐蛐儿的鸣叫。

父亲趁机告辞说外出办事顺路经过，便贸然登门拜访了。

我没有讨得蛐蛐儿自然不甘心，接过父亲话头说，黄大大，我家做了金豆捞饭，我们是请您去吃晚饭的。

黄世龙将装满面条的小竹篮递给穿布拉吉的女人，腾出双手作揖行礼说，今天淑华十五周岁，我们晚饭吃庆生面呢。

淡蓝色布拉吉女人愈发热情，示意大眼睛姑娘说话。于是女高中生走过来说，今天是我生日，请你们赏光吃碗面吧。

我连忙冲小寿星说，祝你生日快乐！

父亲模仿黄世龙双手合十说，多谢全家盛情美意，我们还有事情要办，多有打扰不便久留，就此告辞了。

父亲逃兵似的走出黄家小院，甚至忘记回应身后送客的老朋友。我代替父亲向黄大大挥了挥手，给这场意外事件画了句号。

一路上父亲思忖着说，如此看来黄兄是结婚了，可是这拖儿带女的局面，那女方肯定不是初婚啊。

黄大大单身多年，怎么不继续坚持了？我好奇地问父亲。

一个男人多年不婚，他最终扛不住舆论压力呗。父亲显然理解老朋友的苦衷，表情感伤沉郁。

好不容易有了这顿金豆捞饭，黄世龙却吃不到嘴里。我情绪低落跟随父亲返回大杂院。一群邻居聚集我家门前，胜过召集会议。

母亲分明新换了衣裳，白衬衫蓝裤子一派人民教师形象。她手里捏着玉米芯仿佛捏着粉笔，大声讲着话。这本来是正常的事情，偏偏给你们弄得不正常了。做饭是这样，做人也是这样。挺好的金豆捞饭不敢再吃，挺好的朋友不能相处。今晚我就请你们尝尝鲜，但是吃到肚里不要再变成流言蜚语啊。

宝赞嫂听着母亲演讲，连连点头。田经理满脸愁容不言不语。小卯妈妈面无表情站着，好像充气塑料人儿。小酉和小卯积极响应，手里举着空碗好像高级叫花子。

父亲侧身钻进祖母屋里，一声不响了。我跑进厨房协助母亲给邻居们分派金豆捞饭。母亲带着满脸兴奋的汗水说，鸬鹚啊，今天成了金豆捞饭宣传日!

一大锅金豆捞饭很快给邻居们分光吃净。母亲扎好围裙说再煮一锅自家吃。我趁机把黄家的巨大变化说给她听,母亲开心地笑了。

好啊! 黄世龙结了婚,以后有妻子给他做金豆捞饭了。

全家人围坐饭桌前,等候第二锅金豆捞饭煮熟。耳聋的祖母听说黄世龙结婚了,重新抖擞精神啪啪拍打饭桌说,他单身扛了这么多年,末了怎么娶了个二婚头? 拖油瓶挂铃铛,添了大儿大女。

她老人家转过目光对我说,幸亏你爸爸趁早结了婚,没弄得两头不靠岸。

母亲及时对满脸得意的祖母说,娘啊,其实只要是船就会靠岸的,您不是好多年也没吃到金豆捞饭嘛,今天也算靠岸了。

祖母被说得无言答对,只得闭目养神了。

我家的金豆捞饭煮熟了。我盛到碗里依次端给祖母、父亲,满桌饭香升腾起来,温润着我们的脸庞。

父亲端起饭碗突然涨红脸色,之后红色缓缓褪尽,重新变得白净。我看到父亲悄然泪下。那泪珠无声滴落手背,渗进竹筷与手指之间。竹筷显得坚硬,手指愈发柔软。

我手捧饭碗端给母亲,猛然觉得她跟父亲调换了角色。母亲刚毅果断的性格,给予男孩子成长的勇气。父亲则令我想起作文常用的词语: 和蔼,温和,柔软……这性格是祖母给塑造的吧。

祖母埋头吃着金豆捞饭,不时伸出筷子测量饭碗里的变化。母亲说得真对,祖母同样多年没有吃到金豆捞饭,今天她老人家重返昔日时光。

这顿值得纪念的晚饭,全家不声不响吃完了。我起身收拾碗筷,母亲抬手制止我,扭脸微笑叫了声"娘"。这语调不轻不重,祖母却听得清晰,仰起脖子望着儿媳妇。

娘啊,明天起早我就返校,提前回去给农村学生补课,让他们能够更好地成长，今后就把鸬鹚交给您老人家了。

好啊，你不要以为自己是老师就使劲教育人家，那样你更不容易调回城里来啊。祖母慢条斯理说着，眯了眯眼睛。

母亲居然开心地笑了，说调回城市不容易的，留在农村更不容易。

祖母听了这话流露出疑惑的神情。她老人家肯定没有听懂儿媳妇说话的含意。

父亲总算说话了。娘啊，大港铁路设计路线做出重大调整，暂停测绘等待论证。上级派调我们支援焦枝铁路建设，过几天就要出发去河南月山小站。

祖母听到了，轻轻点头不说话。

我说，爸爸妈妈走了，我的生活又是原来的样子了。

你一天天长大成人，肯定不会是原来的样子。父亲说着起身动手收拾碗筷。我知道拾掇了满桌碗筷，这顿全家福彻底结束了。

第二天起大早，我提着藤条箱送母亲去长途汽车站。这箱子里装满母亲带给学生们的课外书籍。

我要求母亲保证放寒假回家来。她当即答应却叮嘱我说，以后作文少用"保证"这类词语，因为我们有时很难保证什么。

走进长途汽车站，范铁明迎面跑来，大声招呼柯蓝老师，然后飞快从我手里接过藤条箱。母亲瞪大眼睛问她的学生，你怎么知道我今天返校的？

范铁明笑而不答，把提前买好的长途汽车票递给母亲。

开往静海的早班车很快出发了。母亲跟范铁明检票登车。我想起母亲返校就不属于我了，抹去眼泪使劲朝车里挥手。长途汽车突突吐出几股黑烟，快速驶去了。

一天中午小酉跑来告诉我说，甘肃生产建设兵团派人了解文信和武诚的情况，小卯妈妈被叫到街委会去了。

我认为这是甘肃派人了解文信和武诚的先进事迹。有关天津支边青年顺利抵达甘肃的消息，还是小酉看到本埠日报转告他父亲的。田经理盼望文信寄来平安家信，这么多天不见邮递员身影，几乎成了心病。田经理特别好面子，故作大度对大杂院邻居们说，当爹的把儿子培养成人，我把文信献给祖国大西北了。

当爹的把儿子献给祖国大西北了？小卯妈妈认为这句话很不吉利，曾经悄悄跑来跟我祖母切磋。祖母干脆数落她说，你在火车站催促田经理看文信最后一眼，那句话说得更不吉利。

小卯妈妈从街委会回来了。大杂院邻居呼啦形成包围圈，争先恐后打听情况。小酉紧紧抱住小卯妈妈胳膊说，您不要隐瞒实情，我哥是不是被武诚给害死啦？

人们被小酉的大胆推测吓住了，纷纷瞪大眼睛打量着他。宝赞嫂实在忍受不住说，小酉你发神经啊？文信跟武诚是盟兄弟！

田经理踉踉跄跄走出家门，急声打听儿子下落。小卯妈妈对田经理实话实说，文信和武诚被分配到甘肃柳园农场，一下车就提出火线入党申请，当场咬破食指写下血书，强烈要求分配到更艰苦更遥远的地方。

祖母顿时豪迈起来，啪啪拍手告诉田经理，既然文信写下血书要求火线入党，这是天大的好事情。

田经理听得两眼失神，突然放声大哭。小酉反而满脸绽开笑容说，我哥在甘肃要求火线入党，我升进中学就要求火线入团！

毕竟有了文信的消息，大杂院里总算平静下来了。

8

大港铁路果然暂停建设。父亲拎起灰色人造革旅行包，表情郑重地向我们道别。祖母送儿子到大杂院门外说,你常年单身在外工作,还是不让娘省心啊。

父亲照旧回答说,有组织管理的。我觉得父亲像个背诵课文的大男生。这个大男生跟我握了握手,我知道这是成年人的礼仪。之后父亲赶往火车站跟随队伍开往河南月山小站了。

我跟祖母过日子,她老人家再度成为我的领导者。经过这段时间历练,我变得机警起来,成功地把小玻璃瓶标本藏在书包里,不时想象青头大刺发出阵阵虫鸣,唤我想起父亲的老朋友黄世龙。

天气转凉,过了秋分是寒露,蛐蛐儿们纷纷死去。这就是百日虫的寿命。我想象黄世龙家里没了虫鸣却添了人声,他应该不会感到寂寞。

终于放寒假了。中午时分母亲提着藤条箱走进家门,却没有见到学生相送。她说范铁明考进石家庄农机学校,成了全校著名"苦读生",即便放假也不回家。

这几句话祖母听清楚了,大声抱怨不愿回家的范铁明说,这种人常年住校就等于出家当了和尚。

请您小声说话好不好? 我们都听得清楚呢。母亲进门便向祖母提出合理化建议,说罢打开藤条箱,里面装满晾干的黄色玉米。

祖母看出苗头不好,哼哼唧唧出门去了。我明显感到母亲有着争强好胜的性格。一根根玉米好似一颗颗手榴弹。

我主动交出上半学期考试成绩单,母亲看了作文考试成绩,有了慈爱的目光。你的生活经历比其他同学丰富,写起作文内容扎实情感丰沛,祝贺鸬鹚大有进步。

身穿绿色制服的邮递员送来河南来信,收信人写的是母亲名字。看来父亲知道母亲寒假回家,夫妻之间挺默契的。

母亲告诉祖母这是平安家信,说俊生在外有组织管理,不用娘亲惦记。她老人家知趣,不再问这问那,又去厨房择菜了。

母亲把父亲来信的主要内容讲给我，说父亲同意母亲的选择，即使下放农村任务结束也不回到城市了，正式办理工作调动手续，留任外县农村中学教书。

我了解母亲的性格，她认定的事情不会更改。我只要求农村学校放假时妈妈回家团聚。她听罢淡淡笑了，似乎认为我的要求过低。

父亲信里给我附了半页纸，他仍然称呼我乳名说，鸬鹚处于成长期，将来总要独立生活的。即使结婚成家也可能面临独自生活的局面，多年以来爸爸不就是这样嘛。所以鸬鹚要锻炼自己，增加忍受孤独寂寞的能力。

我不能完全理解父亲的嘱咐，但是要像父亲和母亲那样，做好常年自己管理自己的思想准备，至于如何忍受孤独寂寞，我还没有体会。

下午母亲让我用细绳将玉米棒串接起来，高高悬挂在自家房檐下。小酉跟我心有灵犀，也认为好像挂了串金色手榴弹。

小卯不关心玉米手榴弹，仰着磨盘脸找我借小玻璃瓶标本，说天冷蛐蛐儿们死了，只有这只青头大刺假装活着，它是咱们冬天里的好伙伴。不知为什么我听了想哭。小卯能说出冬天里青头大刺假装活着这句话，这让我觉得青头大刺根本没死。

星期天母亲给学生范铁明写信，寄往石家庄农机学校。我把贴着八分钱邮票的牛皮纸信封投进绿色邮筒，转身看见王馨远远走来，她是学校舞蹈队员，走路充满弹性。

我立即跑开了。自从上次请王馨帮我给母亲购买紫红发卡，不知出于哪种心理原因，只要跟她打交道我便不知所措。

我家午饭是祖母下厨做的籴籴汤。我再次见识母亲爱吃的这种汤食。母亲对祖母说了声您辛苦了，表示晚饭她要做金豆捞饭。

祖母没有表示反对。只要母亲放假回家，她老人家自然交出领导权，我自然成了新领导的助手。

母亲温和地告诉祖母，鸬鹚他爸爸从河南来信说起金豆捞饭，总觉得没让老朋友吃到这顿饭很是遗憾，所以今晚我要派鸬鹚请黄世龙来咱家吃金豆捞饭，从此了却俊生的这桩心愿，也让他俩的事情正常起来。

听了母亲这番话，我认为这顿金豆捞饭很有意义。祖母则眯缝起眼睛说，柯蓝你讲得很好啊，这年月文信跟武诚都成了先进青年典型，还有啥正常不正常的呢。

我不顾祖母高兴不高兴，大声提示母亲说，您要请黄世龙吃晚饭，他全家四口人呢。母亲兴致愈发高涨，说欢迎他们全家光临，让大家共同感受正常生活。

下午时分，我被正常生活这句话鼓舞着，穿起小棉袄跑出大杂院奔向黄家。一路上我不断措辞就跟写作文构思似的。

我要郑重其事到黄家发出邀请，包括黄世龙的妻子和儿女。我要叫面孔白净的男孩子哥哥，还有大眼睛的姐姐，他们是相亲相爱的一家人。我羡慕相亲相爱的这家人。

快步跑进小巷按响黄家门铃，我听不到里面响起铃声，好像停电了。轻轻推门迈进小院，我叫了声黄大大。

没人应答。我熟门熟路走向厅堂，准备说出反复构思的邀请词。厅堂里光线不强，沙发空着，茶几空着，显得房间很大。我又叫了声"黄大大"。

终于从后院里传来应答，说"请进"。我知道后院是蟋蟀领地，便踮起脚尖走进去。后院里还是没人。

你怎么跑来啦鸬鹚？蛐蛐儿房里传出黄世龙问话。我走进蛐蛐儿房，看到一层层架格里仍然摆满蟋蟀盆。黄世龙手持鸡毛掸子，轻轻给蟋蟀盆拂去浮尘。我知道这是一只只空盆，冬天蛐蛐儿们都走了。

您不是结婚成家了吗，怎么没人呢黄大大？

是啊，可是我不习惯人多，只勉强维持了两个多月，实在无法忍受，就让他们离开了。黄世龙轻描淡写地说，我确实习惯自己生活了。

既然您习惯了自己生活，怎么会突然结婚呢？我似乎听到几声虫鸣，便四处寻找着。

你问我为什么结婚？那要感谢人们多年关注呗，就连单位领导都找我谈话了。好像只要我结了婚，一切情况就正常了，我也就不属于个别人物了。

可是您这么快离了婚，这情况又不正常啦。我感觉蛐蛐儿房里很冷，就双手抱着胳膊。

黄世龙从容地苦笑说，那么多人分了手，这离婚也属于正常行为吧。我结了婚又离了婚，我他妈的就算正常人了。

我没想到如此文明清洁的男子，竟然骂了粗口。看来他内心多年的积怨终于发泄出来。

我提出请他到家吃晚饭的邀请，特意说母亲做了金豆捞饭。

他并没有料到我的来意，流露出几分意外神色，下意识做了个深呼吸说，那就请你代我谢谢你母亲，我患胃病多年，已然不适合吃金豆捞饭了。

我有些沮丧，毕竟乘兴而来，将要败兴而归。转念想到我母亲请他吃金豆捞饭就是要恢复正常生活。既然胃病难以消化金豆捞饭，他勉强接受邀请反而不正常了。

我似乎又听到几声虫鸣。冬天是蟋蟀的死期，这虫鸣肯定出自幻觉。这时黄世龙看出我有些扫兴，猫腰从低层架格里摸出一只深灰色蟋蟀盆，表示这是送给我的礼物。

其实你父亲比我精通蟋蟀门道，只是他早早结了婚，放弃了大宗爱好。黄世龙说话表情平淡，令人想起清水白菜。

我手捧珍贵的蟋蟀盆，表示要把青头大刺的标本饲养在这只盆里，它就永远活着了。说完我给黄世龙鞠了个躬,告诉他我父亲调到河南月山工作了。他颔首微笑说你父亲给我写过信,说当地人喜欢喝胡辣汤。

我就径直问道,当年您跟我父亲都喜欢吃金豆捞饭吧?

他毫不犹豫地答道,当然!那餐餐饭食承载着我们的青春啊。

我手捧蟋蟀盆离开黄家走进家门,母亲看见蟋蟀盆当即扭脸对祖母说,鸬鹚他爸爸跟我结婚就不玩蛐蛐儿了,不知道将来鸬鹚会是什么样子。

祖母好像不愿预测我的未来,急切向我打听黄世凤全家几点钟来家吃晚饭。

我说人家早就改名黄世龙了。母亲毫不留情地对祖母说,您老人家这是故意忘记的,很不好嘛。

我讲了黄家的变故。母亲听了,默不作声。祖母却开了腔,说金豆捞饭有了,黄世龙倒没得胃口吃了。

我突然控制不住自己,跑进厨房冲着那锅金豆捞饭尖声喊道,黄世龙按照自己想法活着,这哪有什么正常不正常的!您多年封闭金豆捞饭,生生把他熬得患了胃病吃不得!

我感觉自己突然长大了,尝试着理解那些难以理解的事情,比如父亲和母亲,比如父亲和黄世龙,比如文信和武诚,比如我和王馨……

9

我二十八岁那年跟王馨结了婚,这是我前半生最大的成就。记得订婚那天我问送什么礼物给她,王馨异常坚决地说紫红色有机玻璃发卡。我就觉得这肯定是个轮回。

我结婚那天,做了汽车修理工的小卯和做了煤气收费员的小酉,冒着漫天大雪赶来喝喜酒。小卯喝得满脸红透说,我早就断定你不会二十岁结婚，但是你不会再玩蛐蛐儿了。

小酉酒喝高了，连连说，我哥跟武诚要不是在大西北离得远，一定会回来参加你们婚礼的。

后来王馨告诉我，小卯和小酉是当晚婚宴最受欢迎的客人。

终于迎来改革开放大好时代，母亲跟父亲平静分手。领取离婚证那天，两人到照相馆补拍结婚照，使人觉得这是对老鸳鸯。

我不知母亲是否选择单身生活。她四十八岁依然扎根农村教书，这成了令人难以理解的个别人物。

春天里祖母病重在床，头脑异常清醒，而且听力完全恢复。她老人家叫着我乳名说饿了。我问她老人家想吃什么，祖母嘴里迸出四个字：金豆捞饭。

我恍然大悟，父亲爱吃金豆捞饭，那是自幼受到祖母饮食习惯的影响。父亲多年吃不得，祖母同样多年断绝这宗口福。这就像是与金豆捞饭同归于尽。

小巧玲珑的王馨连忙下厨煮饭，焦急地说缺了倭瓜。正逢没有倭瓜的季节，祖母讨得真不是时候。

父亲升任铁路设计院第三设计室主任，身体轻微发胖。他匆匆赶回家来。弥留之际的祖母睁亮眼睛朝儿子咧了咧嘴，安然过世了。

我认为这是祖母最后的微笑，她老人家毕竟临终坦言，承认自己也爱吃金豆捞饭。

黄世龙出席了我祖母的葬礼。他已经被选为本市蟋蟀学会会长，还是宽阔的额头和明亮的丹凤眼，依然独身生活。父亲向这个老朋友行过孝子礼，然后两人紧紧握了握手，一切尽在不言中。

轮到我行贤孙礼，本市蟋蟀学会会长紧紧拥抱我说，鸬鹚啊，为了获得正常生活，我们付出多么大的代价啊。

我明白这话的意思，凡是属于自己的生活就是正常生活，譬如当年他结婚后离婚，毅然重返独身生活，譬如当年他谢绝邀请没去我家吃金豆捞饭，譬如他仍然饲养蟋蟀继续被人尊称"蛐蛐姥姥"。

时光就这样流淌着，令人不知不晓地沉浸其间，缓缓顺流而下来到中年河湾。我的中年河湾是九河文学杂志社，我和王馨都是文学编辑，她在我隔壁办公室负责北区诗歌，我编南区小说稿件。

那是深秋季节，我的编辑室收到一只鼓鼓囊囊的牛皮纸信封，原来是一部手写的诗集，署名"文武"。诗集里夹着一封信，是文信写来的。我欣喜若狂，这正是武诚和文信共同创作的诗集。在信中，文信说，时光如梭，他和武诚在大西北体验到不一样的青春时光，他们先后娶妻生子，日子安稳，两家人走动频繁，常常一起回忆青春时光，便写下了这部诗集。

我马上打开诗集，其中的一段吸引了我的眼球：

青春年代里 / 爱情曾是惊天动地的大事 / 人到中年 / 爱情小河流水般梳妆 / 历经多少岁月沧桑 / 爱情竟然成了国家大事那样的重要 / 迎娶人老珠黄

王馨不光是好妻子，更是认真负责的好编辑，她看到信封落款是新疆和田地区民丰县，指着黑色邮戳印记说，这部书稿在路上走了二十多天哪。

我打开抽屉取出深灰色蟋蟀盆，动手掀开盆盖，看到那只青头大刺伏身盆底，仿佛发出清脆悦耳的鸣唱。这就是我的青春祭。

我极力平静情绪说，你还记得我家邻居田经理吗？我奶奶始终叫他田掌柜。王馨眨着大眼睛说，不就是小酉的父亲嘛，小酉的哥哥叫文信。

我说，这部诗集就是武诚和文信共同创作的。他们许多年不跟家里联系，现在，总算有了音信。明天，我们一定打电话，争取联系上他们。

临近下班时分，我办公桌响起电话铃声。电话里母亲告诉我，她下月十号结婚。我并不感到意外，因为父亲也在筹备再婚，女方是资料室年轻的描图员，河南人氏，会做胡辣汤。

电话里母亲滔滔不绝。鸬鹚啊，我真不知道这家伙单身多年不谈恋爱，居然是在等我。今年得知我离了婚，立即从石家庄农机研究所赶来向我表白，他说暗恋老师多年。我说这太不正常了，我大你十二岁呢。他说就是企盼这种不正常的师生恋，要是正常了还觉得没意思呢。

母亲仿佛对知心朋友敞开心扉，一口气道出事情原委。虽然对这桩师生婚恋感到意外，我还是被打动了，由衷地敬佩那位名叫范铁明的男子。他勇敢投身这桩被认为不正常的婚姻里，令我想起那锅热气腾腾的金豆捞饭。

晚上，我告诉妻子我母亲下月十号结婚。王馨听了拍着小手说，好啊，咱们去婚礼现场祝贺。

妻子王馨又问道，你母亲结婚咱们送什么礼物呢？

当然要送特殊礼物啊。我没头没脑答道，心头仿佛冒出几簇戈壁滩的骆驼草。

（原刊《清明》第2期）

浪的景观

周嘉宁

我曾不知道天高地厚地以为，2003年是我青年时代最倒霉的一年。按照计划，我本应顺利度过大专最后一学期。但是四月"非典"疫情变得严峻，我就读的野鸡学校封校的同时，提前解散了应届生。没有对我造成具体影响，我当时已经在一所广告公司实习了整整三年，这份工作是群青跟着彬彬去日本前留给我的，他走了，我多少有点顶替的意思。和群青相比，我缺乏野心，这个行业不适合我，而我也没有其他想去的地方，于是老老实实地学习软件。被学校解散以后，反而多出来很多时间可以每天都去办公室学习。结果到了五月中旬，业务受到疫情影响严重，将上海分部遣散了。

我稀里糊涂地接受了这个消息，只想着接下来既不用去学校，也不用去上班，不知道该做什么。为了回避父母的担忧和责难，我依旧像平常一样每天按时出门，甚至更早。网吧里空荡荡的，只有一些不怕死的衰人，我也不怕死，但受不了那种极度警惕和绝望的气氛，不愿待在那种地方。于是便沿着黄浦江畔，一片区域一片区域地寻找露天篮球场，那里有大量和我一样，不分昼夜闲逛的人，我们每日流动，与不同的陌生人打球。我还去了多年没有去过的植物园和动物园，去了旧机场的停机坪，去了崇明岛，看见不少平常想象不到的风景。搭最晚一班船渡过东海回家时，二楼甲板上只坐着我一个人，外面一片黑暗，我在春日温暖的海风中玩手机上的俄罗斯方块，几乎忘记了被打断的未来。

之后的就业市场极其不景气，而我无心投放的简历竟然收到一份回复，甚至不需要面试，于是酷暑来临之前我成为一间画廊的临时工。去了才知道负责人口口声声所谓的"布展"，全部都是工地上的体力活。我和几位真正的工人一起搭脚手架、搬运、测量、砌墙和粉刷。几年前在美校没有学好的东西在这里又跟着师傅从头学了一遍。每天傍晚我爬下脚手架，心想目前的局面就是这样了，我毫无未来可言，此刻却在做着自己能够胜任的事情。

九月开学以后，社会秩序已经慢慢恢复，我一再拖延，终于还是回到学校正式办理毕业手续。学校竟然又缩小了一圈，不是心理错觉，学校原本借用了闹市区背面一栋机关建筑，一再缩水，那年一楼和二楼被收回，成为知青联谊会。我往上爬了两层，在办公室里遇见两位同样来办理手续的同学，但大家都埋头核对材料，一心只想和这里告别，谁都不愿和谁打招呼，也不关心彼此的去向。办完手续以后我与社会上的一切正式脱离了关系。本应该给家里打个电话，却第一时间打给了群青。他上个星期回国了。

"你在哪里？我去找你。"群青接起电话说。

"你说个地方吧。"我回答。

"那去外滩看灯啊。"群青说。

我这才想起来，这原本是一年里我最喜欢的日子，国庆假期前一天。夏季一事无成，然而空气干燥，气温适宜，高架一半在阴影里，一半是金色的。真正的假期甚至连第一天都还没有开始。

群青是我在美校关系班的同学，不是高中，是中专。这个班上的大部分人都和我一样，学习不行，没有特长，父母有一些人脉，但关系不过硬，没多大用处，只能把我们安排在这里作为过渡，希望我们在流落社会之前能够开窍，或者至少学会一些谋生的技能。学校在吴淞郊区，靠近海，与世隔绝，曾经是海军训练基地的营房，所以操场上仍然留有很多体能训练设备，我们在这里像法外之徒一样度过了成年前最自由的三年。群青是班里唯一有美术基础的，他能调配出差别细微的不同颜色，使用工具得心应手，了解各种材料的特征和形态的变化。他的父母都是贵州一所工厂技术学校的美术老师，从上海过去的知青。群青原本可以考上当地最好的重点高中，但他只想往外面跑，于是坚持独自回到上海参加中考。回来以后才知道两地使用的教材不同，这样稀里糊涂准备了一个多月，自然一所像样的学校都没有考上。群青这个人在学校里没什么朋友，一来他专业成绩太好，和我们班甚至整个学校的整体氛围不符合，二来他性格内向，心事重重，不好接近。

开学第一个星期，我在宿舍打赌输了以后连做五十个俯地挺身跳，还没做到二十个，就晕头转向撞到床架，撞得满口血。在医务室里面遇见群青，他因为擅自使用工作间的车床，削掉半个手指尖，血染半边衣袖。我们两个人哼哼着一同被校车送往市区的医院，路上相互展示牙齿的缺口和指尖露出的骨头。回来的时候，群青的手指包扎完毕，我则永远失去了半颗门牙。我俩因此成为患难之交。

之后我和群青都选了标本处理课，因为无法满足于课堂上只能摆弄死鱼和飞蛾，便一起去学校后山碰运气，希望能捉到鸟或者其他小动物。大部分时候一无所获，但最终在冬天结束前撞了大运，我们捡到一只刚刚死去的黄鼠狼，遵循物尽其用的自然法则，将腐烂的肉留给后山的昆虫食用，取下头部带回学校，去腐清洁，再经过一个星期双氧水的浸泡之后，获得一枚洁白坚固的纪念物。群青去日本的前夜，我们买了两瓶红星小二，学习古惑仔那一套，以黄鼠狼的头骨为证，一饮而尽，约定了永恒的友谊。

转眼几年没见，我们约定在英雄纪念碑底下见面。横穿过中山东路以后，我不由自主朝防波堤飞奔，直到一眼在人群中看见群青。他长得普普通通，但向来都极其好认，穿着一件迷彩冲锋衣，走的时候是寸头，现在留成了长发。我一边跑一边大声喊他，他也大力朝我挥手。

"你的牙怎么还没修好？"群青见到我就大笑。

"不重要！"我也大笑，知道自己非凡的心情绝非幻觉。

我和群青上次来外滩还是五年前的国庆前夜，全市市民都拥向黄浦江看焰火，无论从哪个方向进入外滩都寸步难移。人群像层层巨浪往防波堤倾轧，警察手挽手站成人墙，目不斜视，并且有卡车不断运来一车又一车公安学校在校生。所幸我们逆着人流在开始焰火表演前爬上了福州大楼楼顶。很多居民带着躺椅和板凳，旁边鸽棚里的鸽子在黑暗中休息，轻轻发出咕咕声。天空中升起第一朵烟花时，美得好像夜空本身的产物，是和闪电或者雨水一样的大自然。人们内心的赞叹也成为共振。但是那天没有一丝风，江面上燃烧以后的硫黄烟雾无法消散，反而在空中凝聚，很快我们便什么都看不见了。

焰火表演结束以后，人群渐渐松动，公安学校的学生先行撤离，接着是警察，到了后半夜，整片外滩只剩下巡逻队和成群结队不肯离去的中学生。每个人手里都握着巨大的充气塑料玩具，从任意两个方向迎面遇见的队伍，瞬间汇拢开始战斗，又瞬间结束各自继续向前，直到遇见下一群对手。我们买了大号充气榔头，但不属于任何一支队伍，我们跟着胜利的队伍跑，也跟着失败的队伍跑。直到马路彻底空了，公交车都已经停运，我和群青回到防波堤，和剩下的人一起，围成一小堆一小堆坐着，在郊游的气氛中，等待清晨的到来。

那之后不久彬彬家里突然出事，临时决定举家搬去日本投靠亲戚，避避风头。学校里的人都以为群青和彬彬的恋爱就此到头了，出人意料的是，群青花了大半年时间就考出了日语三级资格证书。第二年春天，他放弃了美术类大学的专业考试，通过留学中介找到一所位于横滨的语言学校。当年出国留学在我们这样的破学校里并不常见，几位老师虽想挽留，却立场不定，于是不知怎么的便木已成舟。高考前夕我到机场和群青告别，之后独自坐大巴回到学校，跑去网吧打了一宿游戏。

高考失利以后我不想出去混社会，鼓起勇气回到补习学校复读，第二年春季招生勉强考上一所大专。报到第一天我就后悔了，学校里死气沉沉，没有住宿，我不得不搬回家里，和父母住在一起，这让我觉得自己是社会的蟑螂。但群青的情况比我糟一百倍。他刚到日本便发现学校的注册地在横滨，就读的学区却在偏远乡郊，不通新干线，每天从火车站发两班巴士，四周皆是荒野。而且按照规定，在校期间不允许打工，他相当于被中介骗了。由于父母为他出国而背了债，他只能离开学校，回东京打黑工，到日本的第一个月就成为黑户。然而群青在电话里和我讲得惊心动魄，一点没有沮丧的意思。我问过好几次彬彬家里到底是不是真的有问题，我看新闻里很多人去了日本以后打一辈子黑工，和家人十年没有相见。我的意思是他别把自己整个搭进去。但群青保证说彬彬家里只是被牵连，事情会过去的，他们每一个人都会重新获得自由。在此之前，他有他的计划。他要先还清父母的钱，如果政策允许的话，也想继续在东京找个学校念书，走一步看一步。

结果几年里平平静静的，群青打工的餐厅却遭遇同行举报，几个黑户都被遣返。他告知我的时候，已经坐上了虹桥机场的巴士。这对他来说是重创还是解脱，我也说不好。

我们逆着人流离开防波堤，提着一袋零食，回到楼顶的天台。鸽子已经回到棚里，天台上没有其他人，刮着秋季罕见的大风。晚上不会再有焰火表演，现在都改成灯光秀了，激光在对面的楼群上打出虚拟的浪，还有海豚跃出浪尖。但我们在楼顶看不到，前面的楼群遮住了视线，爬到水塔上面，还是不行，只能听见时断时续的音乐里，低音的轰鸣。群青费很大劲才在大风里点上一根烟。

"你接下来有什么打算？"他问我。我没想过，我没有什么打算。

"喂，那我和你说件事情，你考虑考虑。"他语气变得严肃。

"你说啊，我听着。"我回过神来。

"我和你提过我有一个朋友吧，之前往来东京和上海做二手衣物和古董买卖的。他要移民去加拿大，所以在人民广场的服装档口着急找人接盘。我昨天去见了他，也去档口看过，和以前老谢那里肯定不能比，但是气氛不错，都是同龄人。我在日本没少帮他忙，他答应前两个月不收我们租金，相当于送给我们练手。之后的合同我们直接跟台主签。我问了老谢的意见……"

"赶紧接下来啊，这么好的条件，别拱手让人了。"我有点着急。

"你听我把话讲完行不行。我现在的情况是，彬彬一时回不来，我五年之内签证受限也别想再回日本，从前的计划都泡汤了。但我得赚钱，遣返的罚款，外加父母那里欠的钱也都还没有还清。所以现在我没有回头路，也没有自由。你也得先考虑清楚，可能会很苦，也可能会失败。过两天再告诉我就行。"

"别过两天了，过了这村没这店。"我心里泛起一阵热浪，是很久没有过的感觉。

"有你这句话就行了。"群青也站了起来，把烟头弹开很远。我们靠在水塔的栏杆上，能看到对岸巨大的白色光柱打向天空。

服装档口的事情不是空穴来风。念书时，我和群青在学校几个青年老师的影响下迷上摇滚乐。傍晚他们在学校广播室里一边喝啤酒一边用高音喇叭放平克乐队的歌，我们在操场上一边跑圈一边听得热泪盈眶。当时能够找到的资讯极其稀少，书店里的音像制品柜台翻来覆去只有两排摇滚磁带。还有一档电台节目，但每周只有一次，而且主持人疯疯癫癫的，有时候整整半个小时听众们都迷失在失真的噪音中，不知如何是好。我后来从这档节目里了解到一则歌友会的信息，便叫上群青一起怀着朝圣的心情去参加过几次活动。活动多半在五角场附近几所大学的学生活动室里，组织者放一晚上演唱会的录像带，介绍欧洲和美国的摇滚新浪潮。大家七倒八歪坐在地上看，可能因为心情过分郑重，都看得疲惫万分，结束以后全体像梦游一样拥到门口大口大口呼吸和抽烟。来的人大多是附近大学里诗社和剧团的成员，都在练吉他，都在找排练场地，都说自己的乐队在招募乐手，人也都挺好的，又忧郁，又懂礼貌。

起初我以为老谢是歌友会的组织者。他年龄最大，体格如劳动者一样强壮，因为极度热情而显得笨拙，说一口滔滔不绝的脏话，与知识分子大学生们内向拘谨的气氛格格不入，却几乎每次活动都到场。我一开始以为老谢就是那位疯狂的主持人，打听下来才知道他是华亭路服装市场的个体户。他这个人夸夸其谈，特别容易动情，有时候让人受不了。有几次他讲述他亲眼见证的伟大演出时几乎要泛起泪花。但老谢因为搞服装的关系，交际甚广，常常能带来稀缺珍贵的演出录像带，所以大部分人虽然看不上他，歌友会却没他不行。

不过老谢不知为何却对我和群青刮目相看。他说群青是年轻版的窦唯，而我是年轻版的——他想了半天说出一个我从没听过的外国人名字，他解释说反正也是传奇级别的朋克。他这个人夸起人来没谱到了不真诚的地步，不太能信，但我心里还是挺高兴的。有一次活动上放的是平克乐队的迷墙现场录像带，结束以后大家的情绪格外激动，迟迟不甘心散去，于是我和群青又跟着他们去了大学附近的一间酒吧。这是我第一次去酒吧，没有带够钱，就只要了一杯啤酒，从头喝到尾。虽然我当时对柏林墙的事情一无所知，但其他人一路聊到布拉格之春，我昏头昏脑地听着，被感动得一塌糊涂，结果出来的时候回吴淞的末班车已经没有了。我和群青也没有太担心，和其他人一起走在路上，陆续握手告别，最后只剩下我们和老谢，老谢的热情没有消散，还在说个没完。郑重其事的气氛随着夜晚的流逝而变得更为深邃，我感觉自己被当作真正的成年人一样平等地对待着。我们又在路灯底下站了很久，最后老谢借给我们一百块钱打车回宿舍，我们问他留了联络地址。过了一个星期再去歌友会的时候却没有遇见他，于是我和群青按照地址去还钱给他。

当时的华亭路服装市场还在鼎盛时期，层层叠叠的露天档口罩着铁皮或者遮雨布。我和群青一头钻进迷宫般的通道，顿时蒙了。原本只在音乐录像带里见过的事物突然变得触手可及。美军风衣、利维斯牛仔裤、阿迪达斯复古运动衫可以随意挑选。仿佛档口的世界不遵循外面的物质流通法则，专将幻梦变为现实。

老谢的档口是从自己家的天井延伸出来的违章搭建，具有得天独厚的优势。他没想到我和群青会去找他，很高兴，提早收摊，领着我们去了他的仓库。他的仓库就是身后自己家的阁楼，也是违章搭建，楼梯又窄又陡，我的头几乎顶着前面群青的屁股。但是仓库里面整洁干燥，一股迷人的牛仔布料味道。挪开货物之后，是一块两米见方的狭窄空间，按照年代分类排列着各个国家的军队防寒大衣、战地迷彩、工作服和海军毛衣，墙上贴着海报和唱片封套。老谢说上面有的大明星都在他这里买过牛仔裤。群青指着一张窦唯的海报问，"窦唯也在你这里买过裤子？"

"'魔岩三杰'都来过。"老谢得意地回答。

"什么时候的事情啊？"群青将信将疑。

"也就是香港红磡之后那两年吧，他们从南京一路演到上海。"老谢说。

"真的假的？ 都没听说过。"我说。

"你们知道什么，那时候还在听'小虎队'呢。"老谢说。

"窦唯在现实中是什么样？"群青问。

"特别牛×、特别时髦，穿美军风衣和鬼冢虎球鞋。当时没人那么穿。"老谢说。

"那他在你这里买了什么？"群青问。

"你们等等。"老谢说着在身后的书架上翻找，抽出一本杂志来，指着里面的一张照片说就是这条裤子。那是一本日本杂志，通篇采访也不知道讲了什么，但照片配的确实是极其年轻的窦唯，而且有好几张，是他和朋友们在北京郊区的水库玩耍。我和群青拿在手上看了半天，没有任何一张照片里能看清他到底穿的是什么裤子。但是群青立刻对老谢说，他要买这种裤子，就要窦唯穿着的这种裤子。

群青当时是同学里最有钱的，因为他自学网页设计，轻松找到好几份兼职，赚到的钱都花在老谢那里。升旗仪式的时候，他穿着从老谢那里买来的紧身利维斯牛仔裤和牛仔衬衫，大摇大摆地横穿操场，看得其他同学目瞪口呆。

渐渐地，学校里那几个青年老师都专门来向他打听裤子是哪里买的。于是群青找我商量，从老谢那里进一些裤子到学校里卖。起初我们小心谨慎，每周末只带两三条回学校。等现金流滚动起来以后，胆子也敞开了。直至生意被学校教导处出面取缔之前，我们陆陆续续卖出四十多条裤子，都是紧身到绷着蛋的款式。于是在接下来的两年里，每周一全校升旗仪式上，操场上有四十多个人穿着我们卖出去的牛仔裤，不时扯着裆部调整蛋的位置——我觉得这几乎算是一场革命了。

群青要分给我卖裤子的钱，我没要，他想尽办法给我，我又想尽办法还给他。最开始用来进货的钱都是他做网页赚来的，而且他在上海寄住亲戚家里，各方面都需要钱。但是过了一个星期，群青送给我一双匡威球鞋，最正统的高帮系带，白底红边，整条华亭路都没有卖。我吃惊地问他是从哪里弄来的，他说他横扫了整个上海，最后在第一百货商店的运动专柜找到，仅此一双，英国制造，我至今都记得价格是三百七十五元，一笔巨款。这是我得到过的最珍贵的礼物。

我和群青一起去签档口合同的那天，我穿着他送给我的匡威鞋，他穿着从老谢那里买来的窦唯同款牛仔裤，这两样东西都不可避免地磨损和褪色，但在我们心中永远代表着尊严和好运。路上我不时去摸左侧肋下，那里的衣服内兜里插着一只牛皮纸信封，装着我全部存款。我们签下的档口在人民广场迪美地下城，转来的租约又续签五年。我对五年没有什么概念，我生命中还不曾出现任何一件事情是以五年作为计数单位的。

我们入场的时候外贸市场已经发生过一次大震荡。华亭路市场2000年拆迁以后，有资本和人脉的老板在淮海路区域开设独立商铺，剩下的汇入襄阳路。老谢的档口和家里的违章搭建在拆迁中被全部移除。他这个人善于一蹶不振，无法适应时代的震荡，于是没有参与襄阳路市场抢占地盘的腥风血雨，在家里炒股票，荒度时日，一年之后才重出江湖，盘下两个小仓库，退居到七浦路市场，自此只做批发买卖。市场的大生意都在一楼二楼交易，三楼是废物们的荒漠。老谢盘踞三楼一角，手机信号若有若无，用电子设备联络不上，要找到他就得转两趟公交车亲自相见。整片批发市场以天桥为起点，乌烟瘴气，小偷成群。全国各地货源汇集，因为抢货和帮派斗争，巷子里的械斗时有发生。老谢的境遇表面看起来一落千丈，实际却因为陆续接了好几笔贸易公司的大单而交了好运。但他无动于衷，大声哀叹，坚持认为自己被流放了，从上世纪的幻梦中被流放。所幸，我们的友谊从那个幻梦中被保存下来。

当时的迪美地下城与其他地方垄断货源和势力割据的状况完全不同，进驻的多半是我和群青这样刚刚入场的同龄人。地下城是九十年代中期建造的新型防空洞，面积等同于半个人民广场，分区域招商，缓慢拓展。一半已成规模，另外一半还无人管理。我们的档口位于边界，编号A37。虽然与期待中的一切相距甚远，但这里的气氛极其地下，男孩女孩都没钱没背景，美院和服装学院的学生居多，也不着急赚钱，因此有一种不成气候的学校社团感觉。大家每天交换来自批发市场和服装厂各种无用的小道消息，使尽浑身解数打扮，只为了让自己看起来不同于外面的普通人。

我和群青虽然干劲十足，却毫无头绪。头一个月我们搭乘地铁和轻轨，纵向和横向扫荡了上海市区和近郊的纺织批发市场，却始终无法在货源上达成一致，而且过多的垃圾货源像污染物一样伤害我们的意志力。之后随着气温断崖下跌，我们渐渐乱了阵脚。到了十一月底，无论什么样的货源消息都会追踪，孤注一掷的念头变得非常强烈，有好几次追进居民小区单元房里传销组织的老窝。我心里很清楚，再进不到合适的货就等着完蛋吧。这是我记忆中最冷的冬天，日以继夜刮着北风，我和群青沿着苏州河，从一个仓库摸到下一个仓库，像冰天雪地里迁徙的动物。

十二月的第一个星期，我们得到消息说虹口那边鬼市有批冬天的货天亮进仓，得赶早去抢。我和群青第二天凌晨三点按地址找到仓库，空无一人。我们在避风处等待，太冷了，只能不停聊天分散注意力和保持清醒。熬到破晓时，薄雾里出现一辆货车，远光灯照在我们身上。

不等司机师傅卸货我们就跑过去看，是从山东运来的一批贴标羽绒服，日单户外功能性品牌。我和群青交换了一个眼神，就已经确定这批货无论如何都要拿下。只是我们热情过头，失去讲价的先机，全部的钱只够支付订金。死皮赖脸与司机师傅交涉下来的结果是，先交订金，晚上九点取货并交付全款，过时不候，订金不退。

我和群青离开仓库以后，双手插兜往轻轨站的方向走，外面是一片拆迁中的棚户区，气温甚至比夜晚更低。第一班轻轨还没出站，我们站在露天站台上，刚刚失去了全部的钱，是真正意义上的一无所有。我问群青："我们去哪里？"

"去找老谢想想办法。"

"不是说好不找老谢吗？"

"我们说好了不从他那里进货，没说不能借钱。"

"这有区别？"

"从他那里进货是不思进取，从他那里借钱是走投无路。"群青的语气不如平时确定，但我心里清楚他说得没错，我们走投无路。到批发市场的时候，老谢刚刚发完一车皮的货打算回家睡觉，见我和群青披着一身晨雾，几句话就问清楚了我们的处境。他先领着我们去楼下出租车司机面馆里吃了一大碗面，然后叫我们等着，他自己去银行跑了一趟，回来的时候手上多出一只塑料袋，大大咧咧从里面掏出来几沓现金递给我们，数目远远超过我们实际需要的。我心里狠狠一暖。

"你们搞到车了？"老谢问我们。

"什么车？"我和群青都一头雾水。

"你们拿什么去运货？"老谢说。

"助动车行吗？"群青问。

"我爸有一辆。"我说。

"我×！你们闹着玩吧。"老谢拍掌大笑。

我和群青面面相觑，不明白他是什么意思。

"几百件羽绒服你们搞辆金杯车都得跑几趟。"老谢说。

"你有金杯车吗？"群青问。

"我不会开车，我骑三轮。"老谢说。

"三轮摩托？"群青问。

"三轮板车啊。"老谢回答。

"你骑板车送货？"群青问。

"你不是百万富翁吗？"我问。

"你们这话说的，一副没见过世面的样子。板车比金杯车能装啊，能和公交车抢道。"

"怎么样，你会骑三轮吗？"我问群青。

"这有什么难的。"群青说。

晚上我和群青在老谢的仓库碰头，骑着他的板车回到清晨的仓库，担心过的事情一件都没有发生。货已经全部清点好了，一捆捆码得整整齐齐，司机师傅开着取暖器，一边吃盒饭，一边听相声。我被暖烘烘的空气里飘浮着的羽毛绒绒刺激得鼻涕眼泪横流。

"你哭什么？"群青问我。

"我没哭，你他妈才哭。"我一说话却呼呼流出更多眼泪。

这批货我们分两车拉完。第一车直接拉到地下城，但地下城那段时间消防检查，晚上十点以后不允许进出，所以第二车只能拉到群青家里。群青回到上海以后没再寄人篱下，自己在浦东轮渡码头附近租了便宜的屋子居住，那屋子破得惊人，没有空调，没有热水，不通煤气，住在那里像是每天都在军训。我俩轮流蹬车，轮流坐在车板上护货，碰到上坡就一起下车推，连滚带爬地赶上最后一班轮渡。那天的黄浦江上大风大浪，整艘船都往一边倾斜，我和群青费了很大功夫才把板车固定好。然后我们拆开两件羽绒服自己穿上，爬上甲板。没有云，空气冰冷干净，能看见明亮的冬季大三角。

"你闻闻，是不是有鸭子的味道？"群青突然把头埋进衣服里。

"废话，说明这是货真价实的鸭绒。"我说。

群青咔嗒咔嗒地点烟，我们被鸭子的味道围绕，暖暖和和，自由自在。

春节里我和群青高高兴兴地去给老谢拜年，正巧碰上老谢过生日，一定要留我们去乍浦路的大饭店吃饭。年初四的夜晚，整条乍浦路灯红酒绿，空气里浸着白酒的芬芳，每间酒楼门口的大水缸里都游着红彤彤圆鼓鼓的发财鱼，齐齐朝着一个方向挤，撞到玻璃再折返。酒楼里面金碧辉煌，桌面大小的枝形吊灯下面坐满人，食物被放在干冰里冒着烟端上来。蟠桃大会也不过如此。

"没想到你平时挺摇滚的一个人，这种做寿风格怎么和我爷爷一样。"我讽刺老谢。

"你们懂个屁。今晚迎财神，明年走大运。"老谢回答。

老谢大宴宾客，渠道上的合伙人、报纸和时尚杂志的编辑、电视台刚刚露面的年轻主持人……还不断有新的朋友从其他地方转场过来的，热情洋溢，都已经喝多了。老谢挨个给大家互相介绍。说到我和群青的时候，他说我们是他来自上世纪的老朋友。我挺感动的，我不知道老谢原来有那么多的朋友，而我们是里面年纪最小的。大家互相握手，拍打彼此的肩膀，坐下来喝酒。他们聊娱乐圈消息、股票、夜总会和世界局势。大部分事情我都没有经验，却听得津津有味。我觉得老谢的朋友们普遍过着既浪漫又务实的生活，在金钱的热浪里翻滚，却愿意为一些特别抽象的事物一掷千金。有位戏剧学院的老师问群青是不是本校学生，还是哪个剧场的演员，看着脸熟，肯定在台上见过。群青说他不是学生，没有念过大学。那位老师一定要留下群青的电话，说等开春招生的时候再联络他。之后服务生端上来一只裱花奶油蛋糕，于是那位老师带头唱起了生日快乐歌。我这才知道原来老谢三十五岁，而我一直以为他只有二十七八岁，他是那种和具体年龄数字没有关系的人，似乎从未年轻，也不会衰老，但是再一想，自我们认识起，确实已经过去好多年。吹灭蜡烛之后，歌却没有停下来。我们一起唱了罗大佑、伍佰、Hey, Jude——"Na, Nana, Nananana"——一首接着一首，越唱越激动，酒越喝越多。唱到《明天会更好》的时候，已经有人开始哭泣，大家都站起来，号啕大哭的人站到椅子上，还要往桌子上爬，被拉住。酒楼里其他桌上的人也加入进来，人群啊年龄啊身份啊，诸如此类的差异都短暂消失，但是在集体的合唱中，整体气氛却突然不可挽回地跌向伤感。

"唉！"坐在我旁边的女孩冒出一句轻轻的叹息，我不知道她是什么时候坐下的。不是我吹牛×，美校也好，地下城也好，我是在漂亮女孩扎堆的地方长大的。我刚刚进美校的时候，高年级的学姐们烫着头，个个打扮得像香港大明星，傍晚在操场上练习迈克·杰克逊的舞步，我觉得自己暗恋过她们中间起码一半的人。所以也不能怪我整晚都没留意到她。她长手长脚，个子中等，自然卷发费了很大力气用皮筋绑住，又随时都要挣脱出来似的。穿着不协调的长裤和短风衣，有种乱七八糟的流浪儿气质。我心里琢磨着她的那句叹息是不是有点讥讽的意思。

"你也是电台的吗？"女孩转头看着我，像是留意到我的内心活动。

"什么电台？"

"那是我搞错了。你是做什么的？"

"我是个体户，和朋友一起卖衣服。"这是我第一次以这样的身份介绍自己。

"挺有意思。但你看起来一点也不时髦啊。"

"我还行吧，我可能是那种在精神上比较时髦的人。"

"哈哈哈,你是有种自暴自弃的气质。"

"那主要是因为我缺了半颗门牙。"

"你的牙怎么了?"

"你看过《古惑仔》吗?"

"哈哈哈,别闹了。你们的店在哪里?"她继续问我。

"不能算是店,没有名字,而且也没决定好到底卖什么。"

"那倒是挺酷的。"

"不是像你想的那样,我不是那种酷酷的成天无所事事的人。我勤劳勇敢。"我几乎每说一句话都在后悔,不知为什么无法自控地想要表演拙劣的幽默。

"我问个正经问题行吗?"女孩问我。

"你说。"

"我能采访你吗? 你和你的朋友 ——"

"你是说正经的采访? 我们有什么可采访的啊。你是记者吗?"

"是啊。"接下来她说了一个报纸的名字,我没有听说过。

"我平时不看报纸。"我非常不好意思。

"我们还在创刊的筹备阶段,而且我还是实习生,今年夏天才正式毕业。"

"为什么要采访我们,不会有人要看的吧。"

"我在做一个叫二十一世纪新浪潮的专题。"

"什么是新浪潮啊?"

"就是写写我们大家都是怎么瞎胡闹的。"

"哈哈哈哈。你叫什么?"我问她。

"消失的象。"

"什么,这是什么破名字?"

"这是笔名,我在报纸上发表文章的时候用这个名字。"

"用这样的名字能写出正经报道吗?"

"不都说了是瞎胡闹嘛。"

"这个名字到底是什么意思啊? 你喜欢动物还是怎么回事?"

"没什么特别的意思,就是一本书的名字。"

"是小说吗? 我书读得少,但我会去找来看看的。"

"不必不必,我也就是随便起的。"

"那我应该叫你什么?"

"小象? 别人叫我什么的都有,我没所谓。"

"那我就叫你小象好了,我觉得你比较像一头小象。"毕竟我从未在真实的世界中见到一头小象啊。我们交换了电话号码,我在手机通讯录里保存了"消失的象"。

接近零点的时候酒楼里的人都开始往外拥,大家合力抬出整捆整捆的满地红,手臂粗细的高升和冲天炮,桌子大小的焰火盒子,垒成一座座碉堡。我看得目瞪口呆,直到第一支焰火呼啸着蹿上了夜晚的天空,震耳欲聋的,我缩起脖子感觉自己身处战场。如果此刻财神正在巡游,他一定也会驻足观望。

"恭喜发财。"老谢拍拍我的肩膀。

"太厉害了,钱的味道应该就是硫黄味的吧。"我说。

"你还没见过前几年更厉害的时候,放焰火放到警察都要封路待命。"

"生日快乐啊。"我也拍拍老谢的肩膀。

"别提了。三十五岁,一事无成,在这里空许愿望。"

"一事无成挺好的,这不正是时代的潮流嘛。"

"后来你还去过歌友会吗?"老谢突然问我。

"再也没去过了,歌友会还没解散?"

"早就解散了。我最后一次见到那群人还是千禧年的元旦,你能想象吗，都过去那么久了。我们去了好几所学校做放映，其实就是玩命玩了三天三夜。后来大家都开始使用互联网了，感觉是一夜之间，每个人都取了不同的网名，比自己的名字酷多了，从此再也不需要在现实中见面了。"老谢大声叹气，又动情了。

"我觉得那样挺好的，我其实没有特别喜欢那些人。"

"我知道，那种臭傻×知识分子味儿呗。但我有时候就是会被这种东西迷住。"

"我不懂知识分子什么的，我只是不喜欢那里的一种阴郁气氛。"

"做生意不能太执着于气氛。"

"你是说我吗？我一点都没觉得自己在做生意，没那种正儿八经的感觉。"

"那你境界挺高的。"

"别笑话我了，我是说真的。我不知道做生意的感觉，你是过来人，你教教我。"

"你见过那些在海里冲浪的人吗，在明晃晃的水里长时间地等待一个完美的浪，等浪来的时候，奋力跳上板子，在浪尖上划出一道又长又美的白色弧线。"老谢这样说，好像我们正置身于虚构的海，而他奋力向前伸出手去说，"你看。"人们踩着厚厚的红色纸屑，引爆更多的引火线，站在硫黄的浓雾中许下新年愿望。我看见群青被点燃的哑炮烧着了头发，却没再见到小象的踪影。

"我们现在看到的也是浪的景观。"老谢说。操，他这句话真的太煽情了。

那批货一共三百七十五件羽绒服，开春前就几乎卖完，提前还清了欠老谢的钱。功劳主要归群青。他会说日语，模样像日本青年，每天只要坐在档口便是一种广告宣传，让人不由自主也想穿上他的衣服，成为同样的颓废派。我们为了更进一步地渲染氛围，从老谢那里要来不少九十年代的日本杂志海报贴在墙上。而且我们只卖一种衣服，特别硬核。不少人以为我们直接从日本进货，有海外关系，对此我们从来也没有否认，口碑很快便传了出去。

赚到钱的虚荣心稍稍鼓舞了我和群青，之后只要那位司机师傅从山东拉货到上海，我们便第一时间去候着。为此经常凌晨便各自出门，沿着苏州河，摸黑骑车去仓库，在冷雾中等待他的货车入库。大部分时候我们都空手而归，但其实我从心底里来说，也没有对好运的再次眷顾抱有期望，倒是师傅被我们倔强的意志力弄得挺不好意思的，建议我们说，要想找到称心货源，还是得亲自去北方沿海地带跑跑，那里遍地都是服装厂。

于是我和群青去驾校报考了 B 型货车驾照。自此以后每星期都有两三天清晨，我们在人民广场公交站见面，一起坐驾校班车去嘉定的练习场学车。第一次去广场集合的时候天都没亮，有霜冻，为了节省体力，我们坐上班车以后彼此都不讲话，打着瞌睡。但车厢里很冷，窗户漏风，很难真的睡着。驶出市区以后两侧是宽阔的土路。天始终不亮，像在大片的阴影里。这样的日子持续了整个春天。

这期间老谢提议我和群青去一趟北京，说那里搞服装的气氛很不一样。这趟旅行我和群青都期待已久，想从野狗一样的生活里喘口气。

到北京的第一晚我和群青在鼓楼的青年旅馆睡大通铺，都是背包客，晚上八点以后淋浴间就没有热水，拉屎得去外面的公共厕所。但附近的胡同里都是二手衣服店、乐器行和酒吧，卖各种意想不到的破烂；去小饭馆里吃刀削面，旁边坐着一群穿匡威球鞋的朋克。特别野，特别贫穷，特别嚣张，让人不由自主想要成为这个公社的一员。

接下来的四天里，我和群青每天都去世纪天乐和动物园批发市场报到，大铁皮棚底下都是满口京腔的男孩女孩，又疯狂又颓废，个个都像在演王朔的电影。我们在世纪天乐的一个档口狠狠心，拿下几件美国的二手皮夹克，价格高得离谱，但老板特别能聊，最后还给我们留了一个地址，叫我们离开之前一定要去那里看他们乐队的演出，他请我们喝啤酒。回去一查才知道他是那种教父级别的鼓手。

最后一天傍晚，我们真的按照地址找了过去，却在什刹海背后的胡同里迷了路，天黑以后整片胡同都没有路灯，我们饥肠辘辘摸进一间酒馆，意外发现二楼的露台在办派对，炭盆里烧着火，很多吃的，很多酒，有个流浪汉在拉手风琴，跺着脚唱悲怆的俄罗斯歌曲。那里卖十块钱一杯的鸡尾酒，一股酒精和香料味，但我和群青喝了一杯又一杯，都喝多了。走出来的时候，不知道怎么地突然置身什刹海边，那里的冰还没有完全化开，湖面上停着白色的鸭子船。而我们什么都顾不上，蹲在树下，哇哇乱吐。后来我们运回来的那几件皮夹克，还没有来得及上架就被隔壁几个摊主一抢而空，早知道豁出去把那批货全包下来了，这件事情我至今想来都有些遗憾。

第二天我和群青宿醉着坐夜班快车回上海，驶出北京没有多久，我便接到小象的电话，黯淡的电子屏上闪动着"消失的象"这几个字时，火车正开进山里的隧道，周围一片黑暗，这个电话像是来自于另一个地方，其他的世界，以至于我接起电话傻乎乎地问："你在哪里？"

"我在学校宿舍，站在阳台上。你呢？"小象的声音从黑暗中传来，又清晰又确凿。

"我在从北京回来的火车上。也不知道开到哪里，刚刚穿过了好几座山，现在外面是平原。"

"真好啊，你去了北京。"

"我猜你肯定忘记了我们的约定。"

"我没忘记。"

"那就是反悔了，发现我们的采访不值一做。"

"我一直在写毕业论文，废寝忘食的，刚刚写完就给你打电话了。

真的很抱歉。"

"抱歉什么，我很高兴你没有消失。你的论文是关于什么的？"

"我不会告诉你的，你肯定会觉得特别枯燥。"

"你不说说怎么知道，没什么能让我感到枯燥。"

于是小象认认真真从头说起。起初我们都还有点紧张，她只想尽快说完，渐渐地却越说越远了。中间她偶尔会停下来，等等我，于是我发出一点声音，让她知道我始终在，无须担心。我握着手机蹑手蹑脚地从上铺爬下来，在过道找了一个靠窗的座位坐下，我一点都不觉得枯燥，反而入了神。中间我打断了她一次，是因为手机提示没电了，于是我拿着充电器来到车厢交接处的插座旁边，坐在地上，接缝处不断涌进来潮湿柔和的季风，我想火车已经离开了华北平原。她问我还在听吗，我说是的，我可以一直听下去。所以一直等到她讲完以后，我才告诉她，"火车已经离开华北平原了。"

"那明天我们约个时间见面好吗？我们可以开始采访。"她问我。

"明天是指醒来以后的明天吗？"我问她。

"是啊，醒来以后的明天。等你回到上海以后。"她确定地回答。

于是我们约定了见面的时间、地点，照理应该道别，但我们都沉默着不想说再见。这样的时刻我应该说些什么呢，我心中有着千言万语，我可以说说美校后山的四季，吴淞码头靠岸的远洋船，还有黄鼠狼的头骨。我还可以问她，你知道吗，北京的公共厕所没有隔断，拉屎的时候正对着对面人的脸。我不记得前后的顺序，但是这些话我全部都说了，直到车厢里的人陆续从无边的梦中醒来。我站起身，窗外已经是黎明的农田和天际线的霞光。

"哎呀！"我惊呼。

"怎么了？"

"我本来想好要在火车过长江的时候告诉你的，现在已经过了。"

我告诉小象。

火车到站以后我和群青告别,没有回家,却直接坐上了通往五角场方向的公交车。歌友会时代我曾去遍了那里所有的大学,没有想过几年后重返是要去见女孩。我在校门口给小象发了一条消息,然后凭记忆穿过操场,往学生活动中心的方向走。我猜想小象还在睡觉,但是她立刻回复了我。她也醒着,而且一点也没有感到意外似的,好像我们本来就说好要在学校见面一样。我却紧张起来,走进旁边的小卖部里想买些什么,口香糖或是可乐,结果只买了一小盒避孕套揣在口袋里。这不在我的计划之中,我和小象没有任何计划。

我原本还在担心是否记得小象的长相,但其实她刚刚进入我的视野范围,还只是一小片模糊晃动的光晕,我便认出她来。她的模样和冬天见面时不太一样,穿着不长不短的裙子,头发没有绑着,迎面走来像一把乌黑的小小火焰。步伐飞快,手指上挂着的一串钥匙响个不停,转瞬便来到我跟前。

我们逆流穿过去教学大楼上课的学生,来到学校后门,各自吃了一碗面条。一夜没睡,却都感觉不到疲惫。小象问我想去哪里,我没有什么想法。于是我们坐在排球场边看了好久排球队的训练,然后才穿过草地回到她的宿舍。又是一个晴朗的白天,干燥的青草轻轻擦过我的裤脚。

"当心脚下。"小象在草地上灵巧地跳跃。

"当心什么?"我跟上她的步伐。

"天热起来以后,草坪上就会有前一天晚上留下的避孕套。"小象回答。

天黑之前我和小象在她的宿舍里用完最后一枚避孕套才抱在一起沉沉睡去,再次醒来已经斗转星移。我们在一起待了两天,离开小象的时候,外面温度骤降,我再次穿过草坪,凌晨的露水降落在我的身上，我的心里怀着无限温柔和无限混乱。

　　三个月以后，我和群青考出了驾照。从老谢朋友那里买下一台几近报废期限的桑塔纳。车是从希尔顿酒店淘汰下来的，之前跑了八年的酒店出租，虽然和梦想拥有的吉普越野相去甚远，但开价只要一万块钱，是我们所能负担的上限。而且车被维护得很好，里外看起来都干净体面，后窗遮着干净的白色纱帘。引擎自然是老化了，动不动就温度过高，车里必须常备一箱水给水箱补给降温，但老谢保证说开上两年没有问题。我们也觉得跑短途拉货足够用了，于是验车之后当即付了款。拥有车以后的第二天，我和群青便打算开车去杭州近郊的服装工厂碰碰运气，顺便在高速公路上拉拉车速，清理引擎积炭，算是为之后去北方跑长途练练手。

　　我们清晨出门去接小象。她早早等在路口，背着旅行袋和水壶。这将是采访的最后一站。我原本以为所谓采访不过是聊一下午的天，结果却从春天一直持续到夏天，小象跟随我和群青跑遍了上海的批发市场。她有种热忱到奋不顾身的劲头，甚至比我们更忘情地投入我们的生活中，以至于所有让我和群青感到疲惫和重复的事情，以她的视角被重新看待之后，又再次具有了意义。

　　群青向来对我找女孩的审美嗤之以鼻，却意外地和小象非常合得来，毫无防备地接纳了她。我觉得这一方面是因为小象有种能令人敞开心扉的天赋，而且完全没把群青心事重重的性格当回事。另外一方面是因为我和小象并没有能够发展成真正的恋爱关系。我对小象的感情强烈且真实，但在我想要付诸真正的行动之前，她告诉我，她的男友在法国念政治学。他们相处多年，感情坚固，互相支持，约定两年后在巴黎重聚。所以她每周末都去法语培训中心上课，打算去法国念书。我想象过和她恋爱，无数次的，但能想到的场景和事情却都非常有限。我没有受到过良好的情感教育，缺乏勇气，而且目光短浅。但不管怎么说,我和小象成了朋友,是值得信赖的朋友,也是伤心万分的朋友。

我和群青第一次真正开车上路都争先恐后要握方向盘,又都很紧张,两个人不断熄火和急刹车,在市区磨磨蹭蹭,等开上高速公路已经烈日当头。车里的冷气修不好了,不得不开着车窗,一旦提起速来,猛烈的风灌进来把群青的烟灰吹得到处都是,而且发动机的声音与公路的噪音震耳欲聋,只有把音乐的声音也开到最大与之抗衡。而小象兴致高昂,她大声跟着唱歌,朗读高速路牌上面奇怪的美丽的地名。

到了杭州以后,我们沿着钱塘江进了山,山里大片大片的茶树令人流连忘返,我们把车停在山腰处,顺着溪流的方向走,在茶林深处遇见一间小庙。庙里的气氛平静温和,有两棵挺拔的银杏,有香火,但没有人的踪迹。我们被一种少见的心情驱使,纷纷抽了签。小象抽的是大吉,我抽的是小吉,群青抽到凶。我想看群青的签上写的是什么,但他已经把那张纸扔进香炉里烧了,说这样菩萨才会帮他解决问题。小象的签上说的是宝塔和星辰,我的签上说的是迁徙的鸟。我们也没有看懂,模棱两可,但都把签留了下来。

我和群青第一晚便已经在网吧搜索了杭州所有制衣厂的地址,在地图上做好标记,规划了路线。第二天出发前群青叫我把现金都拿出来,不要全部放在包里。

"那放在哪里?"我问。

"都分散开来,袜子里、裤腰里都塞一点。"群青回答。

"有这个必要吗,又不是在穷乡恶土。"我虽然不服气,也还是照做了,两只袜筒各塞了一卷钱,其余的钱卷在信封里塞进裤腰,有种郑重闯天下的荒唐感。

接下来的两天,我们循着地图分片扫荡,去了十间工厂,却一无所获。于是第四天,我们抛弃了地图,过复兴大桥以后,沿着钱塘江一路往北，日落前在临海工业区里找到一间工厂，打听下来有一批日本订单的惠比寿牛仔裤正在加工五金配件。我和群青吸取了之前的教训，装模作样，冷静讲价。这批货的量很小，厂里的人显然没当回事，只想随意将我们打发，给出的要价却低得惊人。我们找机会掏出藏在袜筒和裤腰里的钱，赶在对方反悔之前把货拿下。

然而刚刚返回停车场，便有三四个人大声吆喝着从两个方向走对角线朝我们靠拢。我大脑空白一片，用眼角余光看到群青和小象都朝着车的方向冲刺，于是我也拔腿要跑，却被人从侧面猛踢膝盖和肋骨，滚到地上，下意识地紧紧蜷住身体，以缓冲肩膀和后背受到的重击。好不容易挣脱起身，看见一个人仰在地上，鼻梁歪了，他正茫然地伸手去扶。而群青抢着从后备厢里取出的千斤顶，仿佛青年哪吒。其余几个人见这阵势也怂了下来，垂着手，不再逼近。于是群青举着千斤顶和我一起缓缓后撤，掩护我拾起地上的货，跃进车里。接着群青放开手刹，踩下油门，从未有过地一气呵成，车子剧烈抖动着冲出厂区。

外面暮色降临，空气湿热，群青稳稳地握着方向盘，肩膀笔直，令人平静。小象靠在我身边，手指蜷在我的手心里，像一只休息的鸽子。我们的货都在，一件没少，我们的桑塔纳在关键时刻经受住了考验，自此以后也成为忠诚可靠的老友。我捏了捏小象的手指，想说一句话，但稍稍吸一口气，胸口痛到眼前发黑。

"停车。"我突然剧烈反胃到背脊都汗湿了。

"你别瞎动，要是肋骨断了扎进肺里就完了。"群青说着靠边停车。我原想反驳两句，但打开车门便立刻吐了，吐的时候太痛，只能吐一会儿，休息一会儿，靠在座位上小心翼翼地喘气，再继续吐。群青下车抽烟，见我吐得差不多了，便点了根烟，猛抽两口后递给我说，"抽几口，会好受点，能镇痛。"我浅浅抽了一口，适应以后又抽了好几口，烟雾进入身体以后，不知是不是心理作用，痛感真的退去一点，至少又能开口说话了。

"刚刚那几个人是怎么回事？"我问。

"不像是厂里的，没准是当地黑社会。"群青说。

"黑社会来弄我们干吗，我们就拿了这么点货。黑社会那么小气啊。"我说。

"我觉得那几个人多半是搞错对象了。"小象说。

"那你说我们都心虚跑什么呢？"群青说。

"任何人碰到这种情况都会想要跑吧！"小象说。

"你在日本没少打架吧？看你刚刚那架势，不是我们美校的做派。"我问群青。

"装装样子，现在虎口还是麻的。"群青说。

"我至少为采访贡献了精彩的结尾。"我说。

"我觉得我们永远也不会知道这个结尾到底是怎么回事了。"小象回答。

"要是按照电影情节的发展，刚刚那个人被群青打死了，我们在这里抛下车告别，各自消失在荒野，永远不会再相见。"我说。

"你别胡扯，那个人不会死的。而且这里是杭州，也不是荒野。"群青说。

"别那么严肃，哪里都可以是荒野。"我说。

"那天你抽到的签到底说了什么？"小象问群青。

"你真的相信这种东西？"群青问。

"就是因为不相信所以才问你啊。"小象说。

"但我也没太看懂，就说了螳螂啊黄雀啊之类的。"群青说。

"螳螂捕蝉，黄雀在后吗？"小象问。

"原话不是这样，但差不多就是这个意思。"群青说。

"真够无聊的。"我说。

"是啊,真够无聊的。"小象说。

"你花了那么多时间在这个采访上到底值得吗?"群青问小象。

"当然值得,你们等着瞧。"小象说。

"这种虚无的事情,你怎么能那么确定,可真羡慕你。"群青说。

"再给我一根烟吧。"我问群青。

"我的烟快没了。"群青说。

"我还有薄荷糖你要吗?"小象问我。

"我们现在在哪里?"我问。

"不知道,但我们一直顺着钱塘江,再往前可能就是入海口。"群青说着拿出地图。我们凑在昏暗的顶灯底下琢磨许久,对照工厂的位置和行驶的方向判断,我们所处的位置在海宁观潮台的对岸,这时天已经彻底暗了下来,没有月亮,也没有潮水。

"我们要是在这里不走,说不定能看到巨浪。"我说。

"哪来的巨浪?"群青分给我一根烟。

"不知道,潮水是行星之间的引力造成的。"我在胡说八道,我觉得我的脑子摔坏了。

"×,油灯亮了。"群青说。我没搭理他,找出烟盒里最后一根烟。车门全部打开着,但是车一停下来就没有风了,密密麻麻的蜻蜓在低空盘旋,仿佛近处就将有一场风暴。而小象带着她的傻瓜相机跑出很远,闪光灯在黑暗里打出的光晕在我的视网膜上停留了很长时间。

这一趟回来,我断了两根肋骨,轻度脑震荡,有阵子往右侧翻身就会头晕。因为必须在家里静养,吃喝全部依靠父母照顾,持续了一年多的谎言终于说不下去了,意志力也已经瓦解,便干脆从广告公司遣散说起,直到在杭州工厂被打,全部都告诉了家里人,中间一度说得情绪激动,却不敢停下来,怕一旦停下来,那股劲头就消失不见。说完后背发凉,等着大闹一场,但好久都没动静,回过神来,发现我妈背转身去，正轻轻擦去眼泪。弄成这样我特别难受，差点也要落泪。

之后老谢不听劝阻非要来探望我。酷暑天，抱着一只西瓜从地铁站走到我家，又爬了几层楼梯，一身臭汗站在我家狭小的客厅里，像退潮以后搁浅的海豹，满身泥沙。我父母本来就怀着对个体户的偏见，不太待见我那些所谓社会上的朋友，老谢横冲直撞的模样无疑印证了他们的疑虑，于是他们冷淡地打过招呼以后就回避了。老谢浑然不觉，放下西瓜以后，从包里掏出一套《战争与和平》说是给我解闷。之后他情绪激动，绕着沙发前言不搭后语地说了一堆，概括起来就一个意思，我和群青出名了。

"什么意思？怎么出名了？"我莫名其妙。

"你们两个傻×堂而皇之闯进外地黑工厂拿货，械斗之后抢了一批牛仔裤回来。"

"是不是群青跑你那里吹牛去了？械斗个屁，就是个乌龙罢了。"

"报纸上登了啊。专题大报道，厚厚一摞。"

"今天出刊了？那你给我带报纸了没？"

"哎，我把这正事给忘了！"

尽快把老谢打发走以后，我缠紧胸托去楼下溜达了一圈，第一间报刊亭说这期是创刊号，送赠品，已经卖脱销了，第二间报刊亭还剩五六份，我只买了一份，我为小象高兴，希望有更多人能买到剩下的。报纸出乎意料地厚，小象的文章是特刊头版，我站在路边迫不及待地翻到那一页，是一张占据了半个版的黑白照片，我们泊在观潮台对岸时小象跑出很远去拍的。画面里没有我和群青，只有车门全部敞开着的桑塔纳，以及我撑着车框，夹着烟的手。天将暗未暗，我们的车像一台搁浅了的飞行器。周围的风景虽然被定格，却仍然给人瞬息万变的印象。这是整篇报道里唯一的照片，而文章本身竟然占据了接下来的整整六个版面，我明白了小象说等着瞧的意思，这几乎是抗洪救灾级别的报道了吧。

回到家里，我平静了一会儿才开始读这篇文章。读完以后又回过头去，把重要段落重读了一遍，反反复复读了好几遍。里面全部的事情都是我和群青经历过的，我们不断移动，在各种交通工具上，从浦西到浦东，从长江流域到华北平原，带着一点点的钱和可有可无的决心，游荡在批发市场铁皮大棚闷热的通道间。

文章的结尾，没有人消失在观潮台对岸的荒野，小象转而描述了之前一个普普通通的凌晨，我们从浦东江边的仓库出来，珍惜春天仅剩的几个夜晚，没有着急回家，反而往纵深处越走越远。周围的一切都是新的，刚刚浇灌的道路甚至还没来得及命名，我们有一搭没一搭地讨论大陆的尽头是什么，便来到了尽头。那里是一个通宵开工的地铁工地，冷光灯像好几枚巨大的人造月亮，不见人影，但是机器全力运转，一根根直径惊人的管道将那里的泥浆源源不断地输送到卡车上，再运送出去。我们无所事事，在吞吐的轰鸣声中看得如痴如醉。直到灯光熄灭，机器一部接一部地停止运行，天快要亮了，从公共绿地里跑出来一大群觅食的猫，轻轻穿过马路。

"这里为什么会有那么多的猫？我问他们。而群青摆摆手说，不是我养的。"

文章至此结束了，最后的署名是 —— 消失的象 —— 就好像我和群青以及作为第一人称叙述者的小象虽然没有消失在荒野，却依然在奇异的氛围中消失在了时代的这一边。我想起在采访持续的这三个月里面，很多个夜晚，我们三个人从地下城走出来，季风潮湿柔和，我们行走在延安路高架桥底下，如同行走在沉默的鱼腹下面。我极其想念小象，回过神来，拨了她的电话。

"你写得真好，你把我们写得像堂吉诃德一样浪漫。唉！"我说。

"那你为什么还在叹气？"小象说。

"因为在所有浪漫的事实中，你还是漏掉了关键性的一项。"

"不可能，你说说。"

"我们会开手动挡，持有货车驾照，是不是很浪漫，还有比这更浪漫的吗？"

"哈哈哈哈。"小象的声音始终确定，无论如何都不会消失。

一个月以后，我胸侧和背后的瘀青已经消退，老谢帮我挑了一个良辰吉日返工。等我回到地下城才意识到老谢为什么说我和群青出名了，我不得不对着各种人，把事情的经过讲了一遍又一遍，渐渐地那段经历对我来说，便成了他人的冒险。正逢迪美地下城新一轮扩张，成为时髦大学生和年轻白领的乐园，周末总有记者来这里捕捉浪潮的走向。似乎想要赚钱，便总能找到捷径。这样天时地利人和，我们档口的现货第一次被彻底卖空了，我和群青因此决定把去山东跑货的计划提前。

我们不在档口的时候雇了老谢的远房表弟帮忙。表弟十九岁，蓬勃开朗，前一年高考失利，不想复读，也没有正式去混社会的决心。家里情况不错，于是打算送他出国读书。所以他上午学英语，下午来我们这里，周末晚上去酒吧跑堂，和客人练习英语口语。

出发前我们又和那位跑长途的司机师傅见了一面，带着香烟和白酒，算是感谢和告别。师傅爽快地给我们牵了几条服装厂的线，又兴致勃勃传授了一通在路上找小姐的经验，帮我们调整了离合器，最后以昂贵的价格卖给我们一台从广州带回来的新款导航仪。

第一次去山东正是秋天最好的时候，我们计划从潍坊到胶州、即墨，最后至崂山和青岛返程。每到一个城市，我们都按照惯例先找网吧歇脚，吃泡面，搜索当地的服装厂和市场，标记在地图上并且规划好路线，为了省钱，轮流在招待所或者网吧或者录像厅过夜。因为吸取了之前的教训，进入厂区的时候我们都小心谨慎，避人耳目，对门卫通通谎称自己是来应聘的。最终抵达青岛时，已经过去了十几天。除了导航仪不断导致的方向混乱外，其他一切顺利，约定的货都将在年底前陆续发往上海。返程前，我们去海边看了看，天冷了，海滩浴场一个人都没有，移动更衣间都锁起来了。秋天已经彻底结束。我们踩着湿滑泥泞的沙滩走出很远，死去的海藻被留在砾石里，海面起着湿冷的雾，往陆地移动，流动在植物和楼房之间。

回到上海以后我和群青晨昏颠倒，几乎每天凌晨都去地下城接货。我们和其他几十个人一起，各自等待晨雾中一辆辆来自四面八方的长途货车。天寒地冻的，我们都精神抖擞，如同置身战壕。

十二月底我和群青第二次去山东，走相反的路线，从淄博到济南再到泰安，最终在泰安耽搁了很多天。我们在当地一间小工厂觅到一批日本订单，户外冲锋衣，那个品牌当时还没有进入大陆市场，群青想要把整个厂的货全部买断。这个想法在我看来匪夷所思，我们的策略始终是小批量走货，保持更多选择的自由，也不至于被利益压垮。群青的突然冒进令我感到不安，彼此无法妥协。我认为群青利欲熏心，他认为我随波逐流。

第二天清晨群青便出门了。我醒来发现他的旅行袋不见了，手机关机，我去停车场一看，他把车开走了。×你妈，群青。我以为他已经一走了之，于是去附近的火车售票处查了一下当晚回上海的火车票，走到半路开始下雪，我冷静下来，回到招待所，意志力也随之消失殆尽。

然而接近傍晚的时候，群青推门进来。

"我去爬泰山了。"他放下旅行袋，拍去身上的雪粒，仿佛远方来客。

"泰山？"这真他妈的出人意料。

"一上山就开始下雪，我坚持了一段，没有要停的意思，见势不妙赶紧折返了。"

"还在下雪吗？"我起身来到窗边。

"好大啊。"群青回答。

"我一直在想拿货的事情。"

"你怎么想的,我觉得你要是实在不同意……"

"不是这样,可以都拿下来。但是想想去年这个时候。"

"我们像野狗一样从一个仓库到下一个仓库。"

"我就问你,你没担心过眼下的一切都会消失吗?"我问他。

"当然都会消失啊,不然呢,建成一座纪念碑吗?"群青头也不回地回答。

晚上我们勉强找到一间没有打烊的饭馆,喝了不少白酒,出来的时候已经是漫天暴雪,我从没见过这样的风景,被强烈震慑,想着纪念碑的事情,又一个人在无序混乱的大寂静中走了很久,才愿意回头。两天以后雪彻底停了,空气清澈寒冷,高速公路重新开放。我们清理了车身的积雪,用热水浇灌冻住的雨刷,离开泰安之前去了那间工厂,一路沉默,交付了全款订金,拿下整个厂里的货,然后联系老谢,向他临时租用在虹口的仓库。

回程途中,高速公路的积雪已经被清理,堆在护栏两侧,冻成连绵的灰色冰原。一路上看到好几起事故,追尾的,侧翻的,调了个头撞进护栏的,司机们缩着脖子站在外面的积雪里等待救援。我们像极地中的破冰船,筋疲力尽地龟速行驶,精神紧张到不敢打开收音机。直到驶出了积雪的区域,风景瞬间开阔,两旁是冬天的山和冻住的湖。我们的车虽然无法制冷,却能释放出十足的暖气,群青突然精神起来,一脚油门踩到底,我们似乎在重力加速度中穿越到了虫洞的另外一侧,周围都是飞艇的残骸。

回到上海,圣诞节已经结束,于是我和小象说好一起跨年。市区的交通从下午起便瘫痪了,所有人都想在这一天终结旧的事物,我也一样。从一个地方缓慢地移动到下一个地方,经过高架、隧道和桥,电台里播放着冬季的热门金曲，主持人不断接听打进来的热线电话，互相高高兴兴地说着美好的愿望。马路上的年轻人都精心打扮过，穿着靴子，戴着贝雷帽，去和喜欢的人见面。我的心里也不免流动着极为温柔的物质。

到小象办公室的时候，她正挣扎着从行军床上爬起来，毯子还保留着半个人的形状，她嫌碍事地把头发全部绑在头顶，戴着眼镜，套头衫从领口到胸口都是脏的，像是已经在办公室里住了很久。我从没见过比小象和她的同事更疯狂更热爱工作的人，他们的办公室二十四小时都在运作，备着折叠躺椅、睡袋和各种生活必需品，如同夏令营地。

时间还早，小象让我稍等片刻，她要把手里的校对稿看完。她的二十一世纪浪潮项目还在继续，关于我和群青的采访文章让她在报社获得了年度奖励，也获得了更多支持和自主权，包括可以调用摄影记者。这段时间她都在追踪一个本地乐队，我因此也跟着她看了好几场演出。乐队还在自我塑性和调整阶段，整体气质摇摆不定，既愤怒炽热，又柔软放浪。成员的数目也说不好，少的时候两个，多的时候五六个。主唱是体育学院的学生，国家一级运动员，不会乐器，但一心想做乐队，想成为帕蒂·史密斯那样的人，在台上的能量和嗓门都很大，跳起舞来像悬崖上的羚羊。小象毕业以后便和她一起合租了一间旧公房，在五角场附近的教师小区里，走路就能去排练房。大开间带阳台，窗边和门边各摆着一张床，中间用桌子和沙发隔开，装着极其吵闹的窗式空调。她俩都不收拾房间，衣服在椅子上堆成小山，地板缝里全是朋友们通宵畅谈留下的烟灰，锅碗瓢盆和唱片书籍一起摆得到处都是，硬币一旦掉在地上，就别想再找到。

但我和群青都挺爱去那里的，每次赚到钱了就从超市买一堆吃的过去找她们涮火锅。配菜都是群青弄的，要不是见他利利索索地切葱花和剁蒜泥，很难想起来他在日本待了好多年。乐队的其他成员也会带朋友过来，多的时候十几个人，都端着碗坐在地上，有的人还得合用一只碗或一双筷子。这样从头到尾吃上好几个小时，电闸跳两三次也影响不了大家的兴致。有一次散场以后，小象在电脑键盘底下找到五百块钱，我们分析下来这笔钱肯定是有人故意留下的，估计是发了笔横财，便想帮助一下这里贫穷的朋友们。

　　小象递给我一些过期的报纸，于是我坐在行军床上边看边等她，毯子像小动物的窝一样热烘烘的，床脚放着她的法语参考书，厚厚一摞，每本上面都是无数标签和折角。她已经完成了法语考试，我没有问她成绩，但不用说，她可以通过世界上任何一场严苛的考试。我把那些书整理好，挪到一边，胡思乱想着睡着了，被叫醒的时候是晚上九点，小象已经收拾好了东西。她穿着快要拖到地上的大衣，戴着绒线帽。走出门外，像很久没呼吸过新鲜空气的人那样，打了一个寒战。其实天气回暖了，我们开车穿过淮海路，马路上有种纸醉金迷的气氛，巨型的广告牌和霓虹灯全亮着，以至于我们关了车里的暖气，打开车窗。空气又潮湿又暖和，像是春天提前到来，小象把胳膊伸出窗外，来回摆动，轻抚着风，直到开进隧道。

　　"我在报社做实习生的时候，跟着我师傅做的第一个采访就在这里。"小象说。

　　"隧道里吗？"这里开始堵车，前面亮着无尽的尾灯。

　　"是啊，当时还只造到一半，正深入水下。我们戴着安全帽，跟工作人员去过水底的工地。工作人员讲解了盾构法的建造技术，但我没听进去，完全被这里深邃的气氛迷住了，感觉空气的密度和振幅都和外面不同。"

　　"哪里不同了？"我摇起车窗，外面都是废气。

　　"现在不行，现在感觉不到了，我也再没感觉到过。"

　　"到底是什么感觉？"

"那时觉得前方阻断的淤泥被渐渐清除之后，通往的不是江的对岸，而是其他地方。"

"其他什么样的地方？"

"你从来没有考虑过去其他地方吗？"小象问我。

"我不是刚从其他地方回来吗，还遇见了暴风雪。"我没有回答她的问题，更为专心地踩着离合和刹车，向前挪动。我们的头顶究竟是黄浦江的哪一段，我尽力想象其他的地方，想象四壁的混凝土和越来越浑浊的废气外面都是无尽的水和平静的浪。而我们的车已经缓缓沿坡道驶出了隧道，遗憾的是，外面虽然起着雾，楼群的分布一如既往，是我见过无数次的江的对岸。

我和小象去了浦东一间现场酒吧和乐队的朋友们见面，他们在那里做暖场演出。因为在路上堵了很久，到的时候他们已经演完了。那个地方是很早以前的防空洞改造的，一半沉在地下室，要走过一段楼梯和一段又长又曲折的走廊。里面空气浑浊，两面墙上贴满海报和照片，舞台跟前的方寸之地挤满了人，撞来撞去。我们在后台的休息室里找到其他人，他们正好叫了盒饭，于是我们坐下来一起吃了迎接新年的晚餐，互相祝愿新年快乐。

但我们都没能在那里坚持到零点，外面演到一半的时候，消防接到投诉，过来拉掉了电闸，于是所有人都挤在狭窄的楼梯里往外拥，几乎每个人的手里都捏着烟，确实快要烧起来了，但是井然有序，也没有人感到危险。好不容易走到外面，干净清澈的空气一下子涌进肺里，氧气饱和到头晕。门口围着很多人，都不甘心就此散去。在这种地方我总会想起歌友会的老朋友，但其实压根没有相像之处，全变了，过去那种压抑的气氛早就荡然无存，我也不知道那些在学生活动中心门口抽烟的青年后来都去了哪里，来到二十一世纪以后，他们成了什么样的人。总之我再也没有见过像他们那样郁郁寡欢又彬彬有礼的人了。

晚上主唱要去男友那里过夜，我便和小象一起回到她那里。房间里比外面更冷，我们下载了一部电影来看，但小象在办公室里住了两天，特别累，很快就睡着了。于是我把电脑调成静音，独自看完了下半部。窗外传来庆祝新年的焰火声，像来自远方的炮火。接近清晨的时候，我做了极度混乱的梦，在梦中无声地大哭，继而惊醒，伸手在真实的世界中摸索，小象仍然在我的拥抱中，我抚摸她的脸，却惊慌失措地摸到一手真正的泪水。

新年里我和群青都不打算休息，元旦第一天便去市场找老谢，看见批发大楼门口拉着警戒线，漩涡状的人群正在向外疏散。我以为又是群殴，见到老谢以后才知道，是有人爬到大楼顶上跳了下来。二楼东北帮的，我和群青也有点印象，平时穿得珠光宝气的，专卖韩国衣服，二楼连着好几个档口都是他的。去年开始不做外贸了，直接从韩国拿版过来找工厂做假货，胆子肥了，货都是用火车皮装的。结果有一批货被对手抢版先做了出来，导致他这里大批货物积压，资金链立刻断了，借了高利贷，垮掉的过程有如一场雪崩，没能撑过年底。

"我得去庙里拜拜菩萨，新年第一天怎么那么不吉利。"老谢说。

"你太迷信了啊。"群青说。

"你们完全捕捉不到风向，没听消息说襄阳路的市场要拆了吗？"老谢问我们。

"听说了，但没那么快吧。"我回答。

"事情都会有连锁反应，这里的台费已经翻了两倍不止。你们的档口签了多少年？"老谢又问。

"我们签到北京奥运会，还早着呢。谁知道到时候是什么情况。"我回答。

"是啊。讲不定我们半途就发财了。"群青说。

"你说赚到多少钱算是发财？"我问他。

"一百万？"群青说。老谢嗤之以鼻。

一百万究竟是多少，我和群青心中都没有概念，然而周围的事物正在不可避免地经历一场缓慢的持续的地壳运动，塌陷、挤压、崛起，我们身处其中，不可能察觉不到。租约到期的摊主撤走一批又一批，随即便填补进来新的，从未有过断档。我们眼睁睁地看着造假体系的建立和扩张，乌泱泱的假货带来乌泱泱的人流，每到周末，长途大客车拉来四面八方的旅行团。"以前这里不是这样的"—— 我和群青都试图向表弟描述地下城的光辉岁月，但其实没什么可说的，那根本称不上是光辉，只是更贫穷、更混乱和更诚实。倒是表弟在这里交到了不少朋友，打烊以后他和他的朋友们一起去滑冰或者去KTV。他还确信自己见到了谢霆锋。

我和群青都不愿在地下城里待着，觉得那里乌烟瘴气，于是等北方的积雪融化得差不多的时候，又或长或短地，跑了好几趟山东。一方面为了拓展货源，寻找新的方向，免得在地下城同流合污。另外一方面的原因主要在我，我以最愚蠢的方法逃避与小象的告别。在外面待的时间最久的一回，我们在菏泽的一间小厂订下一批冬天的防寒风衣后，离开山东地界，前前后后总共游荡了将近三个星期。原本只想沿着黄河往西行驶一段，而水域逐渐开阔，大片大片的水鸟突然从栖息地起飞。我们下了国道，走地图上没有的小路，中间不时停车、撒尿、抽烟、望野。我没提回程的打算，群青便也不问，两肋插刀，一路奉陪。住招待所，找网吧，泡公共澡堂，不知不觉已经来到黄河转角。在那里的水库遇见一群游野泳的老人，送给我们一袋煮好的玉米，又指点我们去附近山里看瀑布。

进山之前，我和群青前后收到表弟发来的短信，两条短信一模一样，"老谢有事，速速回电"。但我们看到的时候手机已经没信号了。是座小山，荒蛮迷人，昆虫齐鸣，穿过几片荆棘以后已经能听见激流和岩石的碰撞声。但我们心神不定，惦记着老谢的情况，决定不再深入山脊的背阴处，转而朝平坦开阔的地方走，寻找手机信号，结果一路走到公路旁边才接通了表弟的电话，表弟在那头颠来倒去地告知，老谢被警察带走整整一个星期，档口也被查封，现在不让联络，具体情况还不清楚。

"什么叫具体情况还不清楚啊。"群青又拨了几次老谢的电话，当然不可能接通。

"别打了，现在就回去。"我打断他。

"你说老谢干什么了？"群青问我。

"他能干什么啊？"

"嫖娼还是吸毒之类的，都不像是他会干的。"

我们瞎琢磨了一阵，回到车上。按照地图和路标指示的方向开上高速公路，开始折返。因为怀着坚定的决心，一刻都没耽误。夜深以后的公路上都是跑长途的重型货车，像梦游的幽灵，彼此拉开很长的距离，远光灯的范围内都是寂静。我和群青在休息站买了几罐红牛，轮流开车，另外一个人也不敢睡着，大声放着最吵闹的音乐，大声交谈，尽量不打扰地穿梭在那些幽灵之间。

"你知道黄河的尽头在哪里吗？"群青问我。

"在哪里？珠穆朗玛的雪峰吗？"

"我也不知道，你就没想过这个问题吗？"

"没想过，我一点也不想去那里。你呢？"

"我想过啊，但我想的是，我们的终点无论如何也不会在那里。"

十几个小时以后，我们从内环转到延安路高架，清晨，下着雨，空空荡荡，展览中心尖顶那颗黯淡的红色五角星出现时，便预示着下一个岔道口我们即将返回的现实。

我们刚出菏泽没多久的时候，老谢便出事了，被扣在拘留所审着，一审审好多天，像个要犯似的。后来弄清楚事情原委，是有个浙江帮的小子背后插刀，那段时间全市批发市场都在打假整治，那小子趁此形势举报老谢走私。老谢稀里糊涂被人盯了一个月，两车渠道不明的货栽在警察手里。警察顺着老谢的线索，端掉了一整条运输链，牵连不少人。

老谢十五天以后被放了出来，但意志消沉，不愿见人，不接电话，也不回复任何短信。从表弟那里辗转传过来的消息说，家里托了很多关系找到一个被追债的人替他顶罪。到了老谢这里已经算是运输链的最末端，轻轻判了八年。说好的价格是一年十万，但对方家里有小孩和老人，于是老谢送去了全部积蓄，我们都不清楚那一共是多少钱。我和群青去批发市场找过他几次，他的档口始终贴着封条，不出一个月再去看，便易主了。浙江帮那个小子我们都认识，是一个面容苍白、尖嘴猴腮的青年，在防火楼梯抽烟时碰见，还聊过两句。应该也是一个棋子罢了。老谢出事以后，他在市场里也待不下去，突然间销声匿迹。

之后表弟的父母也不敢再让他晃在社会上，把他送进全日制的英语补习学校，着急送他出国。我和群青在这种形势下当然没有挽留，除了结算清楚他的工资之外，还额外给了他一个红包。之后如果他真的要出国，足够他买一张价格合适的往返机票去任何地方。这一年地下城有人一夜暴富，就有人一夜退场，金钱的味道不再是比喻和想象。我所认识的时代冲浪手都已经不知不觉地消失在了白色泡沫里，而我和群青没有被席卷而走，不是出于我们的头脑或者野心，只是因为尚存一些好运。

等到老谢终于露面，天已经凉了。这期间我和群青奔波于仓库、批发市场和地下城，一天都没休息过。所以老谢来找我们，我们决定无论如何要一醉方休。

我在延安路高架下面一路小跑，大老远便看到老谢站在涮肉店门口。寒流突袭，他穿着皮夹克，戴着帽子，面容严肃，像个保安。我想起来我从没见过他严肃的样子，但他严肃起来也一点都不威严，甚至有点可笑，还有点可怜。因为太久没有见过他，我们彼此都挺不好意思的。涮肉店门口摆着烧热的炭，火星一阵一阵地无序飞舞。老谢不知怎么的伸出手来，于是我们郑重地握了握手，他的手干燥有力。我这才看到他的脸上，我以为是灰尘，其实是文了一颗空心的小小泪珠——"真浪漫，牛 × 啊老谢！"我说。

我们三个人都怀着没有明天的决心喝酒，喝得地上都是啤酒瓶和黄酒瓶，被炭火的热气熏得神志不清，频频举杯共饮，愿世间所有的卑鄙者，所有的白痴暴徒胆小鬼，所有的杂碎恶棍匪徒废物混蛋无赖，愿他们万劫不复，愿他们自食其果，愿他们坠入深渊。

"我要去结婚了，祝福我吧。"老谢突然像要去赴死一样地告诉我们。

"别闹了。"我说。

"说真的，我要结婚了，我要离开这里，再也不会回来。"老谢说。

"你什么时候有对象了？"群青问。

"我们在 eBay 上认识的。我把我那些宝贝都卖了。"老谢说。

"都二十一世纪了你竟然还玩网恋。"群青说。

"你把那些衣服都卖了？"我问老谢。

"卖了。阁楼里面那些衣服全都卖了，但你放心，杂志和碟片我都为你留着，全部转移到你们在用的那个仓库里。仓库那边我预付过租金，现在还剩下几个月，到时候你们可以续租，要是不想再租了，我的东西卖了也好，留着也好，随意处置就行。"老谢说着说着真的严肃起来。

"发疯了，你不打算再回来了吗？"我问。

"我做这行十几年，没有回头路。既然想好要走，就不会再回来了。"老谢说。

"你要去哪里?"群青问。

"我对象在悉尼。"老谢说。

"你会说英语?"我问。

"×。"老谢说。

"无论如何你的东西我们都会给你留着的。"我说。

"不用了,我不会再碰那些东西了。我的前半生,都在幻觉中。"老谢缓缓说。

"谁不是呢,你能确定你的后半生就能摆脱幻觉吗?"我想到那些衣服心都要碎了。

"我本来想不辞而别的,再也不见任何一个老朋友,但我还是不够酷。"老谢说。

"我们能找到那个杭州小子。"群青说。

"都到这个地步了,找不找都不重要。"老谢说。

"你这个人啊,还说什么幻觉,你真是一个大傻×你知道吗?"群青说。

"哈哈哈,行吧,我是一个大傻×。"老谢说。然而他前一秒还在笑,后一秒便泪流满面,"那我们在世界上的其他地方再见吧!不见也行。"

"那好。"群青说。

"不见也行。"我说,说完便转身吐了。

恢复意识以后我已经身处医院的输液室,第二袋生理盐水快滴完了。我努力回想几个小时前的事情,老谢的眼泪,我们的交谈,最后我一屁股坐在树下,不愿再站起来,留下手掌的挫伤和额头的乌青,无论如何,记忆的一小片区域已经埋入泥沼,不会再现。然而输液室里暖气十足,护士不见踪影,群青和老谢却都没有离开,在旁边的长凳上睡得四仰八叉,轻轻打呼。我找不到手机,也不清楚时间过去多久,但我一点也不想叫醒他们。我仔细想着老谢和我们告别的话,那些话啊,我一个字都不会去相信。但我知道他要去解决自己的问题了,今天过后,我再也不会见到他。

    老谢具体是哪天走的没有告诉我们,之后我和群青去整理仓库,把他留下的东西都封箱保存了起来。而去年从泰安厂里订回来的那批冲锋衣原封没动在仓库里放了将近一年,终于赶上应季的销售时间。由于数量庞大,群青顺势提出,我们可以趁此机会在淘宝上试水。我对网络销售向来提不起兴致,觉得不够老派,也不够古惑仔。但是群青两年前便已经注册好了账号,早已有了跃跃欲试的启用打算。

    网店的事情上,我们尽力而为,却没有怀着任何期望,然而经历了缓慢的销量爬坡之后,竟然每天最少也能卖出去三十来件,巅峰时能达到一百件,远远超过在档口的零售。我们总结下来,一是出于季节需要,二是我们前前后后在美校和广告公司学会的东西用在页面设计上绰绰有余,三是我们赶上了网络销售的第一波红利。两个月以后,账上总共多出十万块,以前摸爬滚打得到的任何一笔收入都比不上。这个数字过于不真实,以至于我和群青都感到必须庆祝一下,才能克服强烈的虚无感。

    然而我们从来没有庆祝过,我和群青的人生中似乎都从未出现过任何值得庆祝的事物。在过去的三年里更是已经习惯了最低能耗的日常生活,像是一场漫长的锻炼,在物质与精神上始终保持着相对贫穷的状态。我们不知道该如何庆祝,也不知道该去哪里庆祝。

    星期五晚上我们叫上了小象和主唱,一起去了外滩江畔的楼顶酒吧。谁都没去过,是从购物指南杂志上找到的。因为要去好地方,每个人都穿上了自己喜欢的衣服。置身于陌生的昂贵的事物之中,来自于地下城的风格格格不入,但我们自由自在的,并没有因为自己和其他人不一样而感到拘束。酒吧有宽阔的露台,正对江面,刮着料峭的春风,很冷,但是烧着一盏盏的煤气灯,大家都围坐在蓝色的火苗底下,脸被烧得又烫又红,喝了一轮又一轮的酒。这大半年来我狼奔豕突的,忙得跟狗一样,而小象申请好了法国的学校。我们因此很少再单独见面,两个人都克服着自己的脆弱,将情感的需求奋力限制在友情范畴之内。小象剪了很短的头发,像是在做非常具体的出征前的准备。我总能被她心里常存的坚定所打动,此刻变得更为强烈。

"我们打算春天去北京。"主唱说。

"又去演出吗?"我问她。

"这次不是演出,是搬去北京。这一年里去全国各地参加了好几次音乐节,认识了不少乐队的朋友,大家都想往北京跑,都说好了,也都鼓励我过去。北京的能量场真的特别厉害,每次从那里回到上海,都像是做了一场春秋大梦。"主唱说。

"那是下了很大的决心啊。"我说。

"都打算好了吗?"群青问。

"打算好了。有朋友在通县乡下租了一个大院子,还空了两间平房。我在那里住过,他们吃住排练都在一起。我打算先在那里住一段时间。"主唱说。

"你男朋友呢,和你一起去吗?"群青问她。

"分手了。你们没看出来我很痛苦吗?但我不能被这种东西打败了。"主唱说。

"到北京了再另找,鼓楼东大街上遍地都是玩乐队的男孩。"我说。

"小象也和我一起去啊,你没告诉他们吗?"主唱拍拍小象。

"我还没说,之前不是一直没能决定时间吗。"小象说。

"去北京?"我的血液瞬间涌向大脑,手脚发麻。

"你去北京干吗,你也组乐队?"群青问小象。

"报社的师傅调去了北京的新闻杂志,我决定跟他。我一直想当调查记者，北京的杂志辐射面更广一些，可能有更多伸展的空间。"

"你不去法国了？"我打断了她。

"不去了。"小象回答。

"不是都申请好学校了吗？"我不自觉地提高了声音。

"申请好了，但我决定放弃了。"小象尽量平静地回答，仿佛在安慰我，而我分不清自己是混乱还是难过。

"你们两个真太突然了，北京有那么大吸引力吗？"群青说。

"你们不也去过北京吗，那里有种公社的气氛，在这里永远也不会有。"主唱说。

"我理解。在这里永远也不会有。"我说。

后来对岸楼群的霓虹在一瞬间熄灭，但轮船仍然缓缓行驶于黑暗的江面。酒吧里的驻唱乐队已经开始收拾设备，主唱跑去和他们交谈了两句，接过麦克风朝着我们清唱起来——"天下没有不散的宴席，你的眼泪，欢笑，全都会失去"——大家这时候都已经喝多了，变得极其伤感，但我看着小象，她的眼睛闪闪发光。我才缓缓意识到，我的心脏所遭受的重击不是痛苦，而是极其难得的喜悦。我为小象感到高兴，她不再是年轻的女孩，她在自己的世界实践中成了年轻的女人。这让我羡慕极了。我们都为主唱拍手，露台上零零星星剩下的几位客人也都在拍手，不是热烈的掌声，但持续了很久很久。

酒吧打烊以后，我们穿过马路，来到清晨的防波堤，庞大的货轮从晨雾中驶来，每个人的身上都罩着薄薄一层水汽。我们像是身处无边无际的梦，轮流传递着剩下的最后一根烟，小象递给我，我珍惜地抽了一口，又递了下去，轮了两圈。星星在冷冷的光线里逐渐消失，出租车在我们身后排队等待着，而司机都站在外面抽烟，一点也不着急，任由我们继续待着，什么都不做，连烟都抽完了。

"抱歉我没有事先告诉你。"小象坐在我身边。

"别这么说,我没那么小气。"我安慰她。

"当时你从北京坐火车回来,在车上,我们打了一晚电话。"小象说。

"下车我就去见你了。这是我做过最浪漫的事了,以我的智商,只能做到那样了。"

"等我坐火车经过长江和华北平原的时候会告诉你。"

"可别忘了。"

"我的决定没错吧,真不知道啊。我以后说不定会后悔至极。"小象说。

我想说那你随时都能回来,但没有说出来,我并不希望她真的回来。当时我们身处的世界里连一件大事都还没有真正发生过,但我知道在之后漫长的时间里总会发生,到那时,小象只会步入世界震荡的深处,越去越远。要说我感到难过,那是因为我们即将告别,却并没有真的在一起。而此刻,对岸的天空笼罩着水雾和早春粉红色的光。小象坐在我身边,一如既往地清晰、确凿,尚未消失不见。

我们的庆祝才结束不久,外贸市场便发生第二次巨震,襄阳路市场确定了整体拆迁的时间并且发出公告,随之产生的连锁效应导致地下城档口租金再次急剧上涨,相比三年前翻了四倍不止。从襄阳路拥入一批实力雄厚的摊主接手了半边地下城,抹去了这里最后一些浪漫和无序的气象,行业内不正当竞争白热化,从此成为真正的角斗场。我们的档口处于激流中如一粒小小顽石,所幸我们还剩下两年合约,以及几条长期且稳定的货源。因此收到租约到期通知时,我和群青理所当然都认为是搞错了,完全没有放在心上。

直到台主本人找上门来,一看,根本不是当初和我们签合同的那个人。一番交涉以后才弄明白,三年前将档口签给我们的是二道贩子,如今租金水涨船高,而且随着地下城的版图不断扩张,我们的位置竟然在格局的迁移中渐渐占据了中心地带一隅,导致附近板块几个制假的帮派都在打着吞并的主意。台主是温州人，看似是客客气气和我们商量，实际已经和接盘的下家有了协议，完全没有给我们留下余地。

我们负隅顽抗了一阵，然而这期间卷帘门两次被撬，货物没有失窃，却遭损坏。管理员置若罔闻，二道贩子联络不上。我尚且怀有鱼死网破的傻×决心，但第二次恶行发生之后，群青联络了台主，谈拢了价格。一周过后，台主约我们在附近银行见面，现取了十万块钱给我们，算是违约赔偿。事情的发展过分迅疾，令人来不及做出任何情绪上的反应。

从地下城撤走的当天，气象预报挂了热带风暴预警，外面飞沙走石的，地下城里却仍然挤满放暑假的学生。暴雨在午后降临，滞留的人只能等待风暴转弱或者过境，好几个档口放着粤语怀旧金曲，竟然涌现出些许昨日重现的伤感气氛。但排水系统很快就不堪重负，地底开始渗水上来，于是大家又从无所事事的状态中纷纷惊醒，恢复了各自为阵的面貌，从漫起来的大水中抢救货物。

然而没有任何东西值得我和群青去抢救，我们留在这里的大部分货物，连带着情感，本来就已经毁坏了。于是我们坐在浸水的纸箱上面，无动于衷，看着其他人众志成城，用防火沙袋徒劳地阻拦正从地底泛起的浪。而群青当着管理员的面，点了一根烟。

暴雨在傍晚终结，档口整片整片陷落，大家停下手里的动作，在水里发呆和叹息。外面的马路也被淹了，车困在漩涡里，没有交警，于是司机们自己下车疏散，有几个还穿着睡衣，流浪的狗湿漉漉的，都像从一场梦游中醒来。一年里白昼最长的日子已经过去，接下来，暮色将一天比一天提早降临。但是空气干净，流动着深邃的泥土清香，折断的大树横倒在地上，树叶和断枝堵塞了下水口。我和群青光着脚，蹚水走出地下城，原本想带走的东西一样都没有拿，至此与这里告别。我们在这里听过不少都市传说，自己却一样都没有遇见。没有见过窦唯，没有见过谢霆锋。我们也结交了一些朋友，却很遗憾，没能在他们消失前发展出任何坚固的友谊。

失去档口使得大部分事情暂时停摆，而我和群青终于得以度过一个暑假。于是群青三年里第一次回贵州看望父母，直到八月底才返回上海。他已经还清了家里全部的欠款，因此心情轻松，而且在贵州的时候每天爬山，晒得漆黑，精神抖擞。

我们的心情都发生了变化，说不上是沮丧或者消极，但确实有种类似及时行乐的愿望。既不想返回地下城，也不愿入驻批发市场，于是除了保持网店运转之外，干脆打起游击战，每天都装着货物去市场里挨个兜售。要是好运，跑一个上午就全部清空了。而我们两个人仿佛游戏界面里的宝物小贩，行踪不定，无足轻重，不会影响任何一条叙事线的发展，却给他人带去惊喜，同时也收获劳动的喜悦。

年底平凡的一天，我们从仓库出来，去熟识的修车师傅那里给车做保养，顺便把脱落很久的保险杠复原回去，修车铺就在批发市场旁边，于是我们把车放在那里，顺道去市场里面看看行情。刚刚从地下层出来，便看到外面的人仿佛管道里的污水一般，从天桥的方向往市场里涌。我和群青本能地闪开，知道又是一场群架。去年开始，每隔一段时间楼顶和天桥就有人往下跳，还有人跑去更远一点的河边。恶性械斗也或大或小地发生过好几场。楼里不相关的摊主都司空见惯，利落地拉下自己的卷帘门。

我和群青从未见识过规模如此庞大的斗殴，手持钢管的人乌泱泱往里拥，大部分不是市场里的，也分不清到底哪边是哪边，两方面的人进来以后一时都很茫然，盲目地示威。直到赶来的警车警笛齐鸣，仿佛突然吹响的开场哨，两边的人随之自然分出一道空地，对峙片刻以后分成两股洪流，从防火楼梯和电梯往二楼跑，一路打砸。我和群青跟随一小撮群众往外面走，而大楼两头出口都已经被警察封锁住了，不让进出。我们只好回头，找到安全的角落待着，等待风头过去。

"你看那个人。"群青压低声音捅我，我顺着他指的方向，看到消防通道入口站着一个穿着皮夹克的青年，面容苍白，尖嘴猴腮，从自己人的队伍中失散了，握着一把警用手电，倒退着环顾四周。

"×！没看错吧？"我确认了一遍。

"不会错，肯定是今天被他们那伙人叫回来充人数的。"群青说着已经跟了过去，我也紧随其后。我们各自从被捣毁的残骸里捡起一截角铁，握在手里又冷又锐利。

那个人步入消防通道以后，停住脚步，背对着我们，似乎也在彷徨。如果要动手，现在是最好的机会。但我肌肉紧绷，精神崩溃，心脏的噪音让大脑混乱涣散。直到眼睁睁地看着那个人，下了很大决心似的迈出步子往上走，打破了刚刚寂静的平衡。我在意识中已经伸出手去，他却突然大叫一声，往后踩空一步，继而像被子弹打中的大鸟，滚下半截楼梯坐在地上，发出蜂鸣般的呜咽。两个抡着三轮车铁把式的人自上而下，从他身上踩过，冲下楼去。留下那个人，额角到耳朵被抡开了，像一页翻开的书。

眼前的场景过分古怪和阴暗，我一步也不愿继续靠近。无论刚才在我心中燃烧着的是什么样的火焰，都已经彻底熄灭。我和群青远远扔开手中的角铁，发出哐当巨响，那个人竟然回头看我们，像是求助，又像是示好。

不出半个小时，整栋大楼已经哀鸿遍野，特警入场，拉网兜人。封锁打开以后，我们穿过废墟，和其他群众排队等待放行，出示和登记了身份证以后，得以离开大楼。外面飘着细小的雪粒，刚刚清过场，四处都不见人影。我和群青走到修车摊，师傅问里面的情况，我们还处于惊愕中，什么都说不上来。师傅递了烟给我们，说我们的车不行了，随时都要报废，别再折腾了，补点润滑油，再凑合帮我们把保险杠复原回去,等过段时间彻底坏了再找他换辆别的 ——"吉普行吗?"他问我们。我们都不吭声,抽着烟,站在门口等他把车开出来。

"刚刚你有没有动过一丝那种念头?"我缓过来以后问群青。

"嗯。"他回答。

"我们没动手是对的,你说呢?"

"不知道。但我当时想好了,万一我俩真的动了手,不管是谁,都算在我头上。"

"算在你头上是什么意思?"

"作为感谢。"

"感谢什么?"我蒙了。

"我打算走了。他们不会再找到我的,不管出什么事,我都算是畏罪潜逃了。"

"你去哪里啊?"

"我托关系搞定了签证的事情。"

"不是说回不去日本了吗?"

"不回日本,我要去加拿大。彬彬家里人没有回来的希望了,事情已经定局了。但是她考上了加拿大的学校,所以我打算先过去以后再想其他办法。无论如何,到了那里,我和她就都自由了。"

"你确定那是自由吗?"

"不确定,但我现在是这样想的。"群青回答。

批发大楼周围的路障还没有解除,缴械投降的伤者陆陆续续从里面出来,七倒八歪地排成一排,一直排到了大楼拐角,都松了口气似的,大口大口吐着烟。师傅把我们的车开了出来,保险杠用好几层封箱带给重新粘了回去,绑得结结实实。这车早已过了说好的两年期限,但它体体面面,和我们珍惜的每件东西一样,保持着尊严。师傅打开车门说:"你们听说里面的消息没? 又打死一个人。据说几个核心成员当场抽的生死签去认的罪。我在这里十几年了，这种阵势前所未有，门口那些人处理到现在还没处理完。我告诉你们啊，我们今天在这里也算是见证一个时代的落幕了，自此往后，里面所有的人都要重新考虑接下来的打算。"这话说得挺牛×的，我端端正正敬他一根烟。

我和群青也重新考虑了接下来的打算。我们中断了进货，计划在他离开之前将仓库里的存货清空。至于那以后，群青让我早做打算，但他不会再参与其中。我一如既往地接受和应允，心里却一片空白。回想起来，那一段时间里，我仿佛置身于一场被动的梦，而这场梦早在我意识到之前便已开始，起点在哪里，自然无法追溯。我并没有因此而感到困扰或者沮丧，相反，我精神百倍，每天在仓库和市场间摸爬滚打。直到告别的前一晚，我们在仓库里彻夜结算账务，做完的时候也差不多该出发去机场了。路上天慢慢亮起来，广播里通宵的音乐节目正要说再见，我想着这些年里，一起见证过四季的清晨，不由有些激动。而群青歪在旁边睡着了，头枕着玻璃，在颠簸中发出轻轻的咚咚声。因为时间还早，我把车停在机场高架的岔道口，摇下车窗抽了一根烟。冷风灌进来，群青醒来打了一个寒战，茫然四顾，问我："到哪里了？"

"到机场了。"我告诉他。

"我梦见我们在高速上，出口全封了，我们经过一个又一个山洞。"

"这像是现实，不像是一个梦。"我说。

"嗯，这像是一场历险。"群青说。

将群青送走以后，我回到家里关起门来，大睡一场。醒来以后翻出老谢当年大老远跑来送给我的《战争与和平》，发现这套书竟然是他看过的，不仅看过，书页被翻得柔软，还留下不少折角和画线，想必是真的很喜欢才送给我，我不禁有些感动，随之再次感到羞愧和懊恼。我在家里不分晨昏地看书，忘乎所以地置身于书中多雨的旷野，与几支纵队一起行走在浓雾里。在老谢重重画下粗线的段落里，士兵们几乎都处于中场休息，他们刚刚结束了一场战役，吃饱了，还喝了酒，在篝火旁边烧得暖烘烘，虽然失去行动和精神的自由，却被有规则的东西限制和引导着，战场之外的世界荡然无存，反而感觉无忧无虑。对此，我感同身受。等我终于从书里缓过神来，已经过去了十来天，正好是战地医院里一个伤员能下床呼口新鲜空气的周期。

我从家里出来以后做的第一件事情，是去医院补好了门牙。然后我锁了仓库，并从银行里取出三年来的全部存款，交给我妈，作为交换，却不知道自己要交换的到底是什么。我妈看着我的牙，又看着我的钱，百感交集，又气急败坏，大哭一场。第二天钱原封不动地放回了我的抽屉里。我才意识到这真的是很大一笔钱，我不知为何赶上了一次浪潮，清醒过来的时候，却已经搁浅在了岸边。

之后我从邮箱里找出主唱发给我的一条音乐网站的招聘，职位要求写得很模糊，只强调对于二十世纪后半叶的流行音乐具有热情。我按地址写过去一封邮件，立刻得到回复，约好去面试。对方是一个知识分子打扮的青年，比我略略年长。他坐在会议桌的尽头，看起来却比我更羞怯和紧张。我为了缓和气氛，说了一些十年前歌友会的逸事。他不好意思地说，他当年也曾参加过不少活动，还因此在电台做了一年实习生。但千禧年还没到来的时候，他便出国念书了。如今刚刚回国，想要参与互联网文化的发展。他说这里的工资微薄，但我们会共同见证新事物的诞生。这样的话无法打动我，而且我负责的具体工作是条目输入，每天对着同样的表格页面输入唱片信息，如同流水线的工人。

无论如何这都不是我的打算，我对新事物的诞生毫无兴趣，我只是失去了无所事事的勇气，并且还在等待旧梦的彻底终结。于是我按时上班，专心致志，丝毫不感觉枯燥。在工作的第一个星期过后，我在网站试运营的内部论坛里看到"魔岩三杰"的演出消息,他们要在连云港的海边游乐场里举办一场迎接北京奥运会的义演。时间是七月最后一个周末的晚上。

三周以后的星期六,我按照之前巡厂的习惯,清晨从仓库出发,七点前便开上了高速公路。两边都是熟悉的夏日风景,距离我和群青上一次开在这条公路上,已经过去了整整一年。打开音响,还是伍佰,《夏夜晚风》,是一个演唱会的翻录版本,伍佰唱到一半说:"我来过这里好多次,好干净哦。和我住的地方很像,我们那边也下雨,也一样炎热。"

我反正已经习惯了高速公路的酷暑,汗在椅背留下身体的形状,柏油路面的反光像一个又一个的水洼。中途遇见一段暴雨,我在漫长的水幕中同时开着远光灯和雾灯,于无穷无尽的寂静里突然钻出乌云,看到右侧山坡上连绵的白色风车,缓缓转动。

下了高速以后我去麦当劳里大吃了一顿,吹了空调,活动了身体,傍晚出发去往海边。顺着公路驶离市区,大海便在身侧,有时错觉自己正行驶于海面。太阳没有落山,月亮已经升起,同时散发着浅浅的温柔的光。一个小时以后我来到地图上指示的位置,却没有任何游乐场的迹象,远处的沙滩空空荡荡,突兀地立着几根被海风腐蚀的罗马柱。

我一度以为弄错了日期或者地点,但门票确认无误。于是我尽量朝着海岸线的方向行驶,直到被植物和堤坝阻拦,只能下车继续步行。没有舞台,没有白色的光柱,没有人。我在粗糙如砾石的沙滩上奋力往海边走,经过无人使用的沙滩排球网,天迅速暗下来,粉色的光消失殆尽以后,一座巨大的建筑物凭空矗立在我跟前,是沙滩上的金字塔,我叹息着抬头,尖顶旁边出现了一颗明亮的星星。

太牛×了,这是我见过的第二座金字塔。美校的第二年暑假我和群青一起去西安,通宵硬座,下火车以后便直接从游客集散中心坐车去看兵马俑。上了一辆破破烂烂的小巴,只有我们两个人,一上车便睡着了,醒来时置身于荒漠,眼前是一个简陋庞大的铁皮棚,像废弃已久的竞技场。我们虽然心怀疑虑,但在高音喇叭的循环下,被下了迷药似的购买了昂贵的门票。里面竟然也分成一号、二号和三号坑,中间用小火车连接。小火车是免费的,直接跳上去就行。我们坐火车转了两圈,仿佛游览月球陨石坑的旅人。一号坑很大,厚厚的土里稀稀落落放着几个兵马俑,探照灯的强光把空隙里的灰尘照得一清二楚。二号坑和一号坑一模一样,尺寸稍小。三号坑是露天的,还在建造中,没有兵马俑,却矗立着一座金字塔,巨大、压抑。火车会从金字塔的内部穿过去,里面什么都没有,只有一段长长的干燥的黑暗和一些风的回声。

　　我用手机拍下了海边的金字塔,想用电子邮件给群青传送一张照片,但信号时断时续。于是我沿着沙滩一路往前走,将手机举过头顶,尽力收集来自虚空的回响。前面的沙滩上出现了一小堆一小堆聚拢在一起的人,搭着帐篷,烧着炭火,伴着音箱放的歌轻声合唱。我走到他们中间,像走入一段回忆,仿佛那些郁郁寡欢的年轻人自学生活动中心门口失散以后,便始终被困在这片沙滩上。

　　"朋友,你也是受害者吗?"有一个人大声问我。

　　"我吗?"我停下脚步环顾四周。那个人朝我走来,他穿着一件解放军空军夹克,看样子是那种或许能成为朋友的人。

　　"你也是来看演唱会的吗?"他问我。

　　"我可能弄错了,我没找到游乐场。"我回答。

　　"你没弄错,我们也一样,我们都是被骗的。没有演唱会,也没有游乐场,都是虚构的。这里只有大海。"他大声叹息。

　　"都是虚构的啊。"我却放下心来。

　　"你要加入我们吗? 都是朋友,来都来了,我们在讨论怎么维权。"

他指指身后。

"不了,我的朋友也在等我。"我指指前面,感谢了他,和他告别,继续沿着沙滩往前走。我不再怀着寻找任何事物的决心和愿望,反而感到轻松和自由。没有浪,海面漆黑宁静,与天空连接在一起,泛起薄薄的雾。我的手机突然亮了一下,提示我邮件发送了出去,黑暗中金字塔的照片,咻的一声,在某一个瞬间,便穿越了雾的防火墙。

(原刊《钟山》第3期)

我所知道的马万春

尹学芸

1

你要说埧城有谁不认识马万春,连鬼都不信。

他其实很快就要退休了,不到一年。他每天都要说几句,我要退休了……哈。啥事他都能跟退休扯上挂联。你上楼梯的时候没抬头,尤其有人喜欢看手机,他就这样说一句,我要退休了……哈。好像你不抬头是故意的。当然他也就那么一说,不会有啥别的。跟着还有一句,像唱似的说,早就盼着了,可算熬到头了。他穿一双平底布鞋,一身休闲衣裤,倒背着手走路,头发也不染,像刚钻出林子的老神仙。可你要说他工作上想松口气,还真不是这样。他每天大早晨就来上班,很晚才走。办公室的小孩熬得眼都红了,可他不走,小孩也不敢走。当然,我也不走。我不走不是因为他需要我,完全是出于习惯。跟他这么多年,啥事都习惯了,习惯成自然。过去他不是这样的,他顶烦挑灯夜战、加班加点这勾当,说能力低的人才这样。那年头打牌、钓鱼、喝酒，单位管得稀散，但不耽误事儿。他心里有数，糊弄不了他。他想要啥资料，你若没准备，得，这辈子就别想翻身了。他要黑上谁，黑眼白眼不待见你，让你吃口饭能从后脊梁骨下去。我亲眼看见中层干部让他训得哇哇哭，他脸上还呵呵笑，笑得人手脚都是麻的。

也有不怕他的。新进单位的小闺女、小小子，由着他摩挲，比爹妈都亲。就有人管他叫老爹，当着人也这么叫，一点不避嫌。也没嫌可避，他就像个亲老爹，由着孩子起腻。那都是些离家远的孩子，才考公务员，有这样那样的事求着他，他不单给行方便，而且行得大方。比如，人家想多休三天假，他说，三天够么？六天吧。这是对喜欢的人，他可真没脾气。但我跟他在一起，一直君是君臣是臣，从没开过半句玩笑。就是现在，我也一把年纪了，跟他说话也犯怵。说起来别人可能都不相信，马局对你多好啊，走哪带哪。是，对我好，我承认。可我跟他说话犯怵也是真的⋯⋯真不是瞎说。我们行政局，你们也知道，在埙城不大不小，介于一类局和二类局之间，靠近一类局。埙城地方不大，有百十万人口。主街穿鼓楼而过，鼓楼是明代建筑，那天正为能不能披上夜景灯光请专家论证——要说这事儿不归我们局管。报方案的时候我特意说了句，应该归市容⋯⋯或者文物局吧？马局长不搭腔，签完字说了句：还有行政局管不着的事？他一说，我就明白了。只要马局长不想管的事，没有推不掉的；只要他想管，没有抄不上手的。他在埙城，说话绝对好使，他说这里有行政，这里就有行政。有人说，古文物是不能安装灯具的，是为安全起见，过去的照明设备都得拆除。也有人说，天安门也是古文物，夜晚在长安街上不一样璀璨？还有人说，天安门不仅是文物，它还是某种象征和佐证，所以它的保护或维修，不完全倚仗文物法。各种观点针锋相对，场面却很融洽。大家都知道，这种会就那么回事，不过是走个形式。啥会不是走形式？过了十一点半，就有人频频看表，这些老同志，有点不顾三四。当然也许确实是饿了,他们已经习惯了到点儿吃饭。马局长审时度势,看了下手表,说没想到时间过得这么快,我还没听够大家说话呢。为首的一位老同志说,马局长爱听,我们也爱说,就是这些老家伙不经饿,以后欢迎多组织这样的活动。另一位认真地问,我们今天提出的意见,你们会采纳么?这个时候我就站在马局长身边,等着他差遣。这位老同志的话马局长显然听见了,但更显然的是,他不想回答,他故意高声对我说,陈四宾,备酒了么?我今天跟老领导们好好喝一杯。

我看了一眼他,那张国字脸上飘着言不由衷。我大声说,您忘了八项规定了吧?工作时间不许饮酒。

马万春拍了一下脑袋,抬头对大家说,瞧我这记性,把中央规定忘了。这么着,各位老领导放开量喝,我就不陪了,免得扫大家的兴。

为首的老同志问他午饭在哪吃,他说回家吃,中午正好还有一顿中药要服。老同志纷纷聚拢来,问他得了什么病需要吃中药。马局长说,也没啥大不了的,就是植物神经出了点问题。大家纷纷表示理解。植物神经出了问题按说不是大事,可若是往下发展,就不会是小事。养病如养虎,养虎为患哪。大家异口同声说,马局长快去吃药吧,不吃药植物神经指定好不了!

这些老同志黏黏糊糊出门,他们今天当了专家,领了信封,心里都美滋滋的。在别处,他们可没这待遇。下楼的时候有人扶着楼梯栏杆,横着走。马局长在后面送,一磴一磴地下台阶,脚伸出去,总要停一两秒,就像广场阅兵一样。老同志们一再挥手让他回,马局长坚持送到了楼下。这些人中有原副县级领导,他们的子女也有人当了现任领导,所以马局长召开这个会,不是开会本身那样简单。他凡事都要看出三丈以外是个有远见的人。会议提前筹备时,也有人说,这些人中没有真正的专家。马局长拿着笔圈圈点点,头也不抬地说,埧城哪有真正的专家？这些老同志，都为埙城建设做出过贡献，不比专家重要？别人就不敢说什么了。于是规格和范围都没了准星，与其说是征求意见，不如说是一次老干部活动。马局长人缘好得没得说。待面包车关上了车门，马局长才匆匆上了自己的车。

那是一辆柿红色的小型车，新买的。谁也不知道他为啥买这样小的款，买这样红的颜色。我琢磨，他是想讨吉利。从他本心来说，他是个迷信的人，我不止一次开车拉着他去算命。有人退休了就想买好车，唯恐别人瞧不起。马局长不是。他的低调都在人们眼睛里，除非瞎子看不见。按说，我给他关的车门，他应该对我交代句什么，或者看我一眼。可他只把肩膀对准我，脚底一踩油门，车"轰"地启动了。我心里忽悠了一下。我最近心里经常这样，忽悠一下忽悠又一下，特别难受。男人是不是也有更年期？我觉得，我好像是更年期提前了……按说马局长走了我也该轻松了，那些老同志有专门的人照应。哪里有马局长哪里才有我。我不用去格外照应谁，这是规矩——过去也有人开玩笑，说马局长的司机用的年头忒久了，咋不换个年轻人？那时还没车改，马局长坐一辆假奔驰……为什么说车是假的，其实很多人都知道，那车是奔驰改装的，把车标换成了小铜人儿——埙城也就马局长敢这样捂着耳朵偷铃铛……马局长说，你问四宾愿意么？我当然说不愿意。年轻的时候不愿意，现在上了一把年纪，就更不愿意了。后来这辆车就不见了，去哪儿了，我也不知道。他的柿红色小车抹弯时直接朝我踅了下，我往旁边一跳，踩着了一只小鸡子。小鸡子是伙房耿师傅养的，说是快要下蛋了。食堂的大师傅不知道是咋回事，都爱养动物，过去养猫、养狗、养兔子，都让马局长清理了。这个大师傅新来的，不知动了哪根筋，弄来两只小鸡子，说等下蛋的时候炒着吃。当时我对马局长说，我去跟耿师傅说一声吧，单位哪能养鸡呢，传出去也不好听啊。马局长没吭声，过了好半天，说了句，要下蛋呢，养着吧。

过去猫、狗、兔子都没养长过，马局长不喜欢养动物。他在会上说，这是行政机关，又不是饲养场，想养的回家养去。猫狗和兔子转天就都不见了，谁也不知道他们去了哪里。我们单位有一个大院落，栽种着许多藤本植物，葡萄、西葫芦、南瓜、猕猴桃，其实养两只鸡挺好的，下蛋的时候还能听见"咯嗒咯嗒"的叫声，给平淡的生活添点乐趣。食堂有源源不断的剩饭剩菜，喂养它们也挺方便的。

但前提是，马局长得让养。

在机关，大家都知道我是马局长的另外一张脸。我从别人的脸上看得出，我这张脸其实很有些分量。比如，我透着比别人人缘好，谁看见我都会先打招呼。比如，我说话比副局长还好使，那些司机都是鬼精猴，除了马局长谁都调遣不了他们，但我行。还比如，我妈去世的时候，大家都随礼金，一捏信封就知道，礼都不小。我心里明镜儿似的，凭我陈四宾何德何能，还不都是因为有马局长罩着。也有人纳闷，说你跟马局长是啥关系，他为啥对你这么好？从乡镇带到埧城，走一路带一路。过去也有人猜闷，说我们是表兄弟，说我是他叔伯小舅子，再不济也说我们是老乡。我过去跟谁也没坦白过，别人无论说什么，我都笑一笑，不解释，也不分辩。马局长就喜欢我不多话，他说谁要是想从陈四宾嘴里掏出一句话，得上老虎凳才行。

当然这是说笑话。马局长是一个喜欢说笑话的人，不了解他的人根本不知道。他整天虎着脸，见了神仙都难得笑一笑，那是没见着神仙——机关的人都怕他，副局长跟他汇报工作经常前言不搭后语。他给人的印象是严肃，但他真是喜欢说笑话，他记性好，什么笑话从他嘴里说出来都分外好笑。您问他讲笑话的时候都是在什么场合？其实我不说您也知道，小范围的时候，有领导在场，或者有女士在场。他有个小本子，专门记笑话。哪天吃饭要是有主要领导，他能把小本子翻半天。他是个有心人，干啥事都要做三手准备。

大家都知道我们待过行政局、事业局。他经常自豪地说，我们是既干过行政，也干过事业。革命工作就这两样——再往前的事，就没人知道了。其实在大洼乡的时候我就跟着他。我念过小学三册书，第四册说啥也不念了。大洼的孩子其实跟我都差不多，读个小学毕业，或者初一初二就够了，考学也考不上，也不在乎啥毕业不毕业，用我爸的话说，认得男女厕所就行了。我爸那时在大洼乡当炊事员，经常夜里不回家。我爸说，乡里的干部经常搞夜战，有个干部肚子特别爱饿，需要吃宵夜，他得在乡里候着，随时等着差遣。我妈那时特别不理解，说他爱吃宵夜让他吃去，他又不多给你工资，你候着他干啥？我爸说老娘们家只看眼眉前一尺远，我不跟你说，我跟四宾说。我爸把我拉到西屋，说起叫马万春的这个小乡长，年龄不大，刚二十九岁，可是个人物。我问咋是个人物。我爸说，他虎背熊腰，一顿能吃四个荷包蛋。我爸说这些时就像掌握了什么把柄，脸上汗津津的，汪着油。我看着我爸，等着他往下说。吃四个荷包蛋不算本事，我也能吃。果然，我爸又说了一些事情，这些事情真的让我开眼了。

我爸说，这个马万春，虽说是个乡长，二把手，却比一把手还威风。俩乡干部打架，一把手劝了半天，人家不听。马万春往那里一站，打架的就自动熄火了。还有一次，一把手去村里收征粮款，被老百姓给扣起来了。马万春骑着挎子去解救，刚到村头，老百姓就一个接一个地喊，马万春来了！马万春来了！老百姓就把人放了。我爸把我说得心痒，这是啥人啊，难道是小旋风柴进再世？我那时喜欢听评书，就喜欢叫柴进的这个白面相公。我恨不得立马就能认识马万春，我那年十八岁，还没听说过比马万春更牛的人。

那些干部夜战，其实不是干活，而是扎金花。我爸说，他经常看见他们贴了满脑袋纸条出来解手。他们不去厕所，就在厨房外面的靠山墙下，把那里尿得臊气熏天。我爸经常用水管子朝那里滋，那些水流顺着垄沟流进了韭菜畦，韭菜都长得旺绿旺绿的。马万春玩牌从来不带彩，这也是我爸佩服他的原因。马万春有固定的牌友，司法一个，公安一个，组织一个。他们凑到一起，没大没小，啥话都说。但有一样，他们顶多能吃两个荷包蛋，而且跟马万春吃的不一样。这么说吧，马万春吃的跟一把手书记都不一样。这是个秘密，只有我爸一个人知道。那天我爸下乡去买鸡蛋，用两个大纸箱驮回来的。马万春拿起个鸡蛋看了看，是个带血的，很脏。我爸赶忙说，马乡长，我这就洗，洗干净了我才往锅里打，您放心，我绝不会把脏东西掉锅里。马万春摇了摇头，说我不是这个意思，老哥哥。他总叫我爸老哥哥。老哥哥，你知道这是啥蛋么，这是处女蛋，处女蛋大补，你听明白了么？我爸起初是不明白，庄稼人不识字，哪知道啥是处女蛋。我爸使劲听，记住了"大补"两个字。然后问了别人，才知道处女蛋是个什么蛋。既然是大补，那就是他想吃呗。我爸就留了心，带血的鸡蛋都给他留着。那些年兴养鸡，我爸专门去养鸡场收血鸡蛋，秘密地。有个老板黑心，居然往蛋上刷红油漆。我爸告诉了马万春，马万春说他偷税，让公安把他绑了来，吊在树上打，直到他磕头求饶，马万春才让人放了他。

所以，在大洼乡，只有马万春和别人不一样。一把手和所有的小官小员都吃普通鸡蛋，马万春却吃处女蛋。跟着马万春真是长学问啊，在这之前我爸都不知道母鸡下蛋还分类别，没文化，就跟聋子瞎子差不多。处女蛋春天好淘换，到了夏天，我爸就到河边遛王八。那玩意也大补，王八蛋吃多了拉不出屎，我爸用王八血做汤，一顿只做一小盅。都是马万春教的。天上地下的事儿没有他不知道的，要不咋叫人佩服呢。

我爸那年才四十五岁，要不是犯了脑溢血，说不定也能熬到退休拿工资。那天夜里他没去送夜宵，马万春出来想看看情况，见那门虚掩着，就径直推开门，却发现我爸穿着白大褂倚着灶台躺着，人像面条那样软。马万春立马开车把我爸送到了医院，晚去一分钟，人也许就活不回来了。进到医院院子，我爸在马万春的背上吐，红汤绿沫，臭不可闻。可人家马万春一点不嫌脏，还在抢救室协助医生抢救。跟您这么说吧，马万春一直拉着我爸的手，跟他说这说那，可我爸一直没动眉眼。后来马万春想起了一个问题，说老哥哥，你给我说的事儿我记着呢。从今天起，四宾就是我儿子，我一定在乡里给他安排个位置。对，明天就让他到乡政府上班。这话说完，我爸就突然把眼睁开了。医生护士都鼓掌，说马万春人仗义。后来，他还上了县里的小广播。乡里有广播员，专门写好人好事。各乡镇都有转播台，大洼乡的高音喇叭绑在电线杆子上，好几个村庄都能听见。我现在都记得小广播的内容，说他从死亡线上把厨房的大师傅抢救了回来。说病人在他后背上吐，在抢救室，他一直拉着患者的手，愣是把他从阎王爷那里拽了回来。

当然没提给我安排工作的事。

我爸人回来了，魂却没有回来。他终日在炕上躺着，一躺就是三年，把我妈也躺烦了。我妈悄悄跟我抱怨说，知道是这么个结果，当初不如不抢救了。

我说，不抢救马乡长能上小广播？我能到乡政府上班？

我妈想了想，是这道理，也就不抱怨了。

2

我是三个月以后上班的。我爸躺在炕上，吃饭说话都费力，可他每天就说一句话：找马乡长。看见我，他的眼珠就不会转，盯着我就说这一句话。嘴巴一张一合,话说不完整,可我知道他是这意思。我就知道我爸坐下病了。我对我妈说,照这样下去不是事儿,我爸死都合不上眼。我妈说,要不你去找?说真的我不敢去找,我倒是认识他,可担心他不认识我,见了他我也不知道该咋说。那一晚我和我妈坐门槛子上发愁,我妈瘦得都成了干柴棒子,她整夜睡不好觉。我跟我妈说,脑袋掉了碗大的疤,要不我去试试,毕竟他答应过我爸。我妈说,去也白去,你以为你爸是谁,就是一个做饭的。我不听我妈的,去村里的养鸡户那里买了鸡蛋,专门买带血的,还好当时是春天。我也想好了,见了他我啥也不说,就说我爸让我来送鸡蛋。至于其他的事,听天由命。

我是午后去的,十二点多一些就到了。午前怕人家忙,午后怕人家睡,我是计算好时间的。所以我把这些告诉马万春的时候,他很高兴,说这是谁教你的?我说,这哪用教,我都多大了,连这点事都不懂。我把他的房间打听好,就在一棵树后躲着。他一直在餐厅喝酒,一点多才喝完。送走客人,他刚回到房间,我就进去了。他是个小个子,发福了,脖子吞脸脸吞脖子。大篮子足足装了十五斤鸡蛋,个个带血。为了让血显眼,我杀了一只鸡,用小毛刷照葫芦画瓢。这样就是做 DNA 检测也不怕,当然,那时候还没听说过有 DNA 这回事。我跟着他几十年,对天发誓,骗他就那一回。我把篮子放到桌子上,他回身看见了我,说,哎哎哎,你是谁,你咋进来了?我把白毛巾从篮子上拿开,他一看这些鸡蛋,眼圈就红了。

你爸爸……好人哪!他说。

他问我爸咋样了。我说挺好的,就是这段时间想您,整天嚷嚷着要来看您。他来不了,我代表他来。他问鸡蛋是你爸让送来的?我脑瓜一转,说是我自己买的,没告诉我爸。他问为啥不告诉。我说,他起不来,怕他着急。他胡撸一下我头发,说好小子,还是个孝顺儿子。

你爸就是个聪明人，你不比你爸差。好了，把鸡蛋拿回去吧。

我一下就急了，说没别的意思，就是单纯过来看看您。

他说我也没别的意思，我已经不喜欢吃鸡蛋了，让你爸喂的，看见鸡蛋就想起鸡屎味。

他呵呵地笑。

我说，那您现在喜欢吃什么？

他坐椅子上剔牙，他是黑牙根，一排牙齿里出外进。我当时心想，这样的牙齿准好剔。他说，我现在喜欢吃什么，你明天来了就知道了。

我心里突地一跳，难道他想让我来上班？世界上没有那么容易的事吧？

他"噗"地啐了口血沫子，他的牙龈出血了。他张大嘴往里捅了捅，说我欠你爸的。我从没欠过任何人，但我欠陈大招的。你回去对你爸说，我马万春说话算数，你明天就来上班吧！

我转天才知道，他当书记了。送走的那些人，就是组织部门来宣布班子的。后来他说你小子来得是时候，差一天，也许就不是这个结局了。

我这个人仗义，吐唾沫是丁儿，答应下的事儿必须办。他经常这样解释。

后来也有人偷着告诉我，我爸得病绝非偶然。他血压高，总跟他们熬夜，又要早起做早餐，整天睡眠不足。不是三天两天这样，是成年累月这样。按说是在单位出的事，应该算工伤。我说啥工伤啊，他自己的脑血管薄脆，怪不得别人。我把这话学给马万春听，是想让他放宽心，我不会用我爸的病要挟。都过去了那么久，还说啥啊。马万春果然很高兴，他说难得你这么想，你像你爸一样是个明白人。他问我这话是谁说的。我没预备告状，支吾了一下才告诉他，是农技站的刘站长。老刘第二天就卷铺盖卷回家了。他五十多了，一直熬着还想能转正呢。

　　这件事我跟谁也没敢说，我是觉得这事有点岔乎。我没想到事情的结局是这样，本质上我是想向马书记表明个态度，我不想开除老刘。这件事，让我一辈子恨不得缝上嘴，没人的时候我狠狠打了自己俩嘴巴。

　　老刘显然心知肚明。我这样出卖他是不仁不义。有一次在供销社遇见我，嘴里哼哼着围着我转三圈，眼神恶狠狠，像是要吃人。我预备着他给我一拳。他打我我也不还手，我欠他的。他家里有个孩子是残疾，大姑娘二十多了，还不会走路。可他哼哼完就走了。一年不见，他头发都白了，脸上的皱纹深了，背也驼了。他大概也知道我的身份变了，我给马万春书记当司机了。

　　我的第一份工作是在计划生育小分队。马书记把我领过去，对计生委的主任说，这是陈大招师傅的儿子，你叫啥来着？我说我叫陈四宾。他说这名好，一听就是吃官饭的命。计生委主任是女的，毕恭毕敬，给他上了一支烟。马万春又说，陈大招师傅现在还在炕上躺着，他是对大河洼有功的人，炸小河虾谁也没有他炸得好吃。你们都没少吃吧？大家都说，没少吃。还有人说一顿买两份，吃一份，留一份。这话也不知道是真是假，马万春听着很受用。他懒洋洋地吸了一口烟，觑着眼睛说，四宾先在计生委跟你们干，他不会的你们多教教。主任赶紧说，马书记放心吧，这小伙子我一看就是个机灵鬼，准保错不了。计生小分队二十几个人，我一直是那个抢尖拔上的，有啥好事也落不下我，年底评劳模，就我和主任两个人，得了好几百块奖金。我转手就把奖金给了马万春。吃水不忘挖井人，幸福全靠毛主席。我知道盐打哪儿咸醋打哪儿酸。马万春觑着眼睛看我，他习惯觑着眼。他说，给我了不后悔？我说不后悔。他说，不自己留几个？我说，整天下乡吃大队，我工资都没处花去。他说，你说说送给我是啥目的？我说，能有啥目的，侄儿孝顺您啊。再说，要不是您给我当靠山，我能得奖金？

再也想不到，他把钱一张一张码好，卷成一个卷，塞进了我的兜里。他说，你有这心就够了，我不要你的钱。你还有病爹得吃药，还要盖房娶媳妇，用钱的地方多着呢。

我说啥也不要。他打了我的手，喝了声：听我的！我就不再动了，眼睛潮乎乎的，难怪我爸佩服他，说他仗义。现在，连我也开始佩服他了。

他说，有什么事情跟我说。

我问，您是指什么事情？

他说，老刘那样的事情。

我就知道了。他怕别人背后说小话。本质上，他是听不得别人说小话的人，他对人不放心。

每天跟着计生小分队跑东庄串西庄，我都觉得是上了天堂了。我十六岁就在窑地搬砖，为多挣两毛钱，我总是多搬两块，让烧烫的青砖顶着下巴。我来搬砖不是目的，我爸说，你先干着，争取表现好了让老板提携你。我说，搬砖有啥好提携的？我爸说，提携的机会多着呢，比如当会计，当保管，或在窑上学些手艺。老板还有个闺女跟你同龄，让他招你作女婿，我们家就改门风了。我爸是一个有梦想的人，走一步看三步，在村里与众不同。他厨师的手艺就是为大河洼乡政府准备的，说那里的人嘴馋，好手艺准能卖个好价钱，没想到就真干进了乡政府。而且果然有他在前边铺路，我也能在这里找到饭碗。

计生小分队进庄，那真跟鬼子进村一样，鸡飞狗跳，育龄妇女东躲西藏，恨不得上天入地。大喇叭一天到晚嚷嚷，喊育龄妇女做检查。那些小媳妇扭扭捏捏，从检查室出来，边系裤带边甩大辫子，脸红得像刚下蛋的母鸡，低着头匆匆往外跑。中年女人脸大，一进院子就高门大嗓地连骂带卷，说老娘连功能都没了，还抠咻啥？她们故意到院子里系裤腰带，那是一段布拉条，蓝的，或红的，上面尽是褶皱。往左边一甩，右边一甩，在腰上挽一下，使劲一勒，松弛的皮肉耷拉下来，像围个肉皮裙一样往下淌。小分队里女人居多，她们都在一线。我跟主任负责后勤保障，通常是，提前让村里有准备，多少人的饭，吃米还是吃面，会有讲究。主任爱吃炖猪头，用烧化的沥青拔毛，眼窝耳穴之类的细小地方用镊子拔，归我拔，主任说我的眼神好。捉大肚子，或牵牛扒房之类的事我就得冲锋在前了，谁让我是男的呢。有一次，我们得到情报，一个计划外怀孕妇女一直在外藏躲，这天终于回家了。主任让我带人捉拿，我们凌晨四点就把房子包围了，前门后门前窗后窗围了个水泄不通。我踹开门进去，堂屋黑咕隆咚，我不管，径直去了西屋。在门框附近摸灯绳，一拉屋里就亮了。被窝在炕上摊着，怀孕妇女却不在。我把手伸进被窝一摸，里面是热的，这跟母鸡抱窝是一个道理。我就知道她赶在我进来之前逃脱了，但她走不远。我环视这间屋子，只有一只小躺柜，下面用砖顶着。后窗用塑料布绷得严严实实。我突然掀开了柜盖，一股霉气味，这是好久没有晾晒了。里面的被褥满满当当，上面敷一层塑料布，根本不可能藏人。我一挥手，去了东屋。这家只有一个光棍子公公，这些事先我们都了解。按常理，她不可能在公公屋里藏身。可谁知道呢，那些孕妇比敌人都狡猾，关键时刻什么都干得出来。东屋跟西屋的格局一样，柁木是弯的，被白灰包着。上面吊着一个笼筐，被铁钩子勾着。一摊子被窝就在柁木底下，炕头堆着粮食。老汉探出半个身子朝我们挥手，说私闯民宅，你们还有没有王法？把我们逗得都笑了，他知道王法却不知道国法，不知道国法是只生一个好，政府来养老么？被子摊得有点大，脚底下鼓鼓囊囊。我一步上前，把被子揿开了。老汉两条光腿出现了，同时出现的还有大肚子孕妇，原来她只穿着大花裤衩和小布衫，藏到了公公的被窝里，羞得满脸通红。这件事让我们笑了好几天，也给我在小分队赢了不少分。谁会想到儿媳妇会藏到公公被窝里呢，偏是让我看出来了。孕妇被四脚朝天扔上了车，一个超生指标就这样被消灭了。

　　这年底，我又当了先进。在县里的大礼堂演讲，书记县长就在台上坐着，都用欣赏的眼光看我。演讲的材料是秘书写的，马书记亲自把关。第一稿，他嫌内容不生动，添加了很多佐料，说我在工作实践中练就了火眼金睛，打谁面前一过，就知道谁在搞超生。我在乡里试讲的时候有点讲不下去，念别的地方慷慨激昂，念到这儿声音自然就塌了。马书记坐在前排，全神贯注地看我，此刻站起身来说，四宾是一个实在人，说不得假话，说你的眼睛比B超还厉害是有点为难你。张秘书，再改一改吧。于是马书记动嘴，张秘书动手，又把稿子写了一遍。这次用了马书记的亲身经历。他过去在山区搞计生，爱用武装部的望远镜从山坡上往下看，有一次就照见了一个大肚子，不管三七二十一，先逮着人再说。结果，那是一个小老太，六十多了，肚子大是因为在得浮肿病。把这件事搁在我身上，就变成了我自己掏钱买望远镜，大河洼没有山，我坐在用砖垒的水塔上，监视过往的育龄妇女，把计生事业当成自己家的事来干。那天的现场成了我一个人的演讲会，场下总有人鼓掌，不时有笑声，书记和县长都过来跟我握手，都握得时间很长。我看见人群里坐着的马万春纹丝不动，既不鼓掌也不笑。我知道他紧张，甚至比我还紧张。私下我们交流，几个演讲者的稿子都是自己写的，唯有我这个，马书记亲自上阵。他是一个干啥都要干好的人，他太想给别人留下好印象。

　　四宾，给我当司机吧。

　　好。

　　愿意么？

　　愿意。

　　要说实话。

　　说实话也愿意。

当司机可没前途。

我的前途都是您给的。跟着您干就是前途。

那好，我跟你联系个地方拿本子，一周以后，争取能跑车上路。

我二话没说，就跟计生委辞了。大家都很羡慕我，说在领导身边工作，进步会更快。我回家跟我爸说了，我爸却叹口气，吧唧两下嘴，把头歪到了一边。从屋里出来，我妈正起身刷锅，我蹲下给她烧火。我往屋里指了指，问他叹气是啥意思。我妈不避讳，说我爸觉得人干两样最没出息：一个是给人家抡马勺，就是做饭；一个是给人家抬轿子，就是开车。你爸不同意你干这个。

我到屋檐下蹲了半天，屁股抵着倒扣着的咸菜缸，后来我就坐了上去。天慢慢黑透了，有蝙蝠从椽子中间飞出来，在院子里盘旋时，就是个黑点，飞得越高，黑点越小。我觉得我们家的人也就是那只蝙蝠，趁夜黑时飞一圈，打点食吃。我们不是百灵鸟，也不是老鹰，我们没啥资本，是我爸想多了。

不过我爸说的也有点道理。这两样是手艺，都是一般人干的。我爸想让我不一般。他是一个有想法的人，否则哪会深更半夜候着给人做宵夜。

我在计生小分队干了大半年，多少有了些眼界。我知道世界上还有很多职业是好职业，比如，当书记，当乡长，哪怕当个副的。还有当县委书记，当县长，哪怕工作在他们身边。我能想到的就是这些。想光宗耀祖就得当官，当大官。可宰相门前七品官，咱得有个当宰相的爹才行啊！我进了屋，拉亮了灯。我爸头朝里躺着，自打从医院出来，他就没换过地方。他不想头朝外，脸朝着窗他说不舒服。他的脸越来越灰，印堂越来越暗，颧骨像坟包一样凸出来，整个人就有了末日景象。我说爸，咱不能人心不足蛇吞象，我才几天不搬砖了？沉默了半晌，我爸点了点头，虚弱地朝我晃了下大拇指，那大拇指还左右摆了下。我看得出,他竖得不情愿。我知道他想些什么,他是无可奈何了。就在这天晚上,有媒人上门了,介绍的正是砖厂老板家的丫头杨桂芳。我妈忙不迭地应,问我的意见。我还有啥好说的。我爸突然两眼放光,就像回光返照一样,这才是实现了他的梦想啊!送走了媒人,我俯下身子对他说,这要是没有马万春给我安排工作,人家老板的闺女能正眼看我?

3

政府门前这条街,是条商业街。逢到赶集的日子,老百姓的摊位就把街道挤成了鸡肠子。总有人提意见,说应该让小商小贩退到路基下,把街道让出来。马书记却不松口,说路基下是土地,上来下去,买的不方便,卖的也不方便。他就是个"以人为本"的干部,虽然那个时候还没有这个提法。我们那时的车是辆蓝鸟王,从东头开过来,比蜗牛爬还慢。马书记不让我鸣笛,怕吓着赶集的,说咱就慢慢走,反正也没啥急事。有个老太太挎着筐鸡蛋站在路中间,大概是在找地方,因为一直没找着,就那样傻呵呵地站着,我们的车停了好一会儿,才有人拽了她一把,把她拽一边去了。有人说,你挡了马书记的道,要是换了难做的书记,早把你扒拉一边去了。老太太高声说,马书记是人民的书记,他不会把我扒拉到一边去!马书记揿下车窗,跟老太太打了个招呼。

车子又往前挪动了十几米,马书记忽然喊停车。他指着车窗外说,那个卖螺蛳的,听说味道好。我赶紧停下车子,过去买了两斤。这个女人叫刘海梅,是这条街上的美人儿,嘴角有一颗痣,就像电影里的古兰丹姆,我们都认识她。刘海梅说啥也不收钱,朝蓝鸟王看了一眼,说马万春在里坐着?我说,是马书记。刘海梅说,是你想吃还是他想吃？我含糊了一下，没回答。我把十块钱扔到摊位上，匆忙回来了。车子开进乡政府，我把螺蛳提到厨房，装了满满两大盘子，里面放了几根牙签给他端到办公室，又拿了一只大海碗放到一边，盛螺蛳壳用。马万春说，我哪吃得了这么多，你端回去一些，大家吃。于是我把大个儿的挑出来装进大海碗里，小的装进另一只盘子，端走了。这天大家都知道了马书记爱吃螺蛳的事，而且爱吃刘海梅煮的螺蛳。

刘海梅就住在乡政府对面的胡同里，走过去不到五十米。她卖的螺蛳有水煮和酱爆两种。货是趸来的，她只卖手艺。过去我只知道她卖的螺蛳好吃，不知道马书记也迷这一口。这以后，垃圾堆上多半都是螺蛳壳，大家争先恐后买。政府院子里时常飘着一股腥臭气，打饱嗝有人能喷出半个螺蛳肉。她的螺蛳价格跟着水涨船高，比别人卖得贵一倍。味道是个奇怪的东西，对了脾胃，那玩意就是个宝，哪天不吃就觉得缺点啥。

后来就有人刨出了根由，毕竟都是长在这块土上的，好事坏事都瞒不了当乡人。这个刘海梅是马书记的初中同学，再往深里说，算初恋，当年连聘礼都下了，刘海梅却嫁给了另一个人。只不过，刘海梅运气差，她丈夫肾不行，身上浮肿，眼睛就剩一条缝。

村里人说，刘海梅是一朵鲜花插在那啥上。那男的是个小玩闹，八三年严打的时候还进过局子，后因为血糖高，给放了出来。那时不知血糖高是个啥概念，还以为血糖跟吃糖一样，高些也没啥。她当初嫁过去是因为公公在采购股上班，能买进口化肥。那种化肥袋子能做衣服，前边写着"日本"，后边写着"尿素"，这都写进过相声的。刘海梅等于是嫁给了一袋尿素。这说法也在马书记那里得到了证实。那时马书记在河道所做小工，管捞淤泥，一天挣三块钱。有一天，刘海梅走亲戚从这里过，正遇上马万春穿着橡胶裤子从河里上来，脸上头发上都是泥。马万春热情地跟她打招呼，刘海梅却装着不认识他，仰脸看天，绕道走。几天以后，马万春上门去看刘海梅，却发现有人给她家送尿素，刘海梅已经变心了。

那袋化肥在马书记的心里有多重，许多年后我还能感受到。有一次，乡里分二铵，他让我给刘海梅送去了两袋，把后备厢压得都沉下去了。刘海梅接收时面无表情，看着我把二铵码到墙根下，一句客气的话也没有。只有我知道那两袋二铵是啥意思，别人都以为马万春是想帮她。乡里的人也都想帮她，所以大家都拼命买螺蛳。那肉吃起来香，到胃里却不好消化，政府院子里臭气连天，有人放屁就跟打雷一样。

过了腊月二十六，除了值班的，机关就算放假了。马万春把我叫了去，给了我一个信封，说这里有八百块钱，给刘海梅送去。我当时心想，马书记忒好心眼，也太念旧情了。事后我才知道，当年刘海梅要八百元的彩礼，马书记家拿不出，他妈差一点上吊。眼下这八百块钱，能像助人为乐那么简单？我颠颠跑了过去，刘海梅正在哭。刘海梅的丫头叫谢佳佳，把课本摔了一地，叫嚷我不写作业，我也不想上学了，我丢不起那个人！刘海梅低三下四地说，我没偷没抢，咋丢人了？谢佳佳说，你咋丢人了你不知道？这一条街上的人都知道！你不丢人乡里会有那么多人来家买螺蛳？他们咋不去别家买？你别以为我爸死了就没人管你了！那小丫头也就十来岁吧，真个是伶牙俐齿。母女俩一起看见了我，谢佳佳狠狠瞪了我一眼，去了屋里。我把信封给了刘海梅，没说这是谁给的。可刘海梅拒绝了，她抹着眼泪说，以后政府的人来买螺蛳我不卖了，村里有人说闲话。

我到底还是把钱扔下了，我不能完不成任务。走出去老远，小丫头追了上来，用信封裹块砖头往前一扔，信封就到了我脚下。小丫头还真是有办法。她扭头跑了，我站了会儿，只得把信封拿了回来。

马万春冷笑了一声，拉开抽屉，把信封扔了进去。爱要不要，他说，倒好像我有所图，我图她啥？我理解马书记的意思，他对刘海梅没兴趣,不是别人想的那样。这一点我当然清楚,一个整天煮螺蛳卖螺蛳的人,浑身腥气,哪会入马书记的眼。虽然盘子不丑,到底也是年过三十的人了,农家女人跟城里女人不一样,整天灶上一把灶下一把,不像城里的女人被当花养。

当然,也有人说别的。就像二铵的事,刘海梅一家哪使得了,马万春纯粹是炫耀。这点我同意,二铵的事瞒不了人,八百块钱的事却只有我一个人知道。二铵是日本的,一袋一百四,寻常人家根本使不起。可有了上次农技站老刘的教训,我也不敢随便给他说啥了。

我对自己说,你是给人当司机,可也得自己活人呢。

这年正月发生了一件大事,让全乡的人对马万春有了不同寻常的看法。一早上班,派出所的小李失魂落魄地跑了过来,说马书记,大事不好。马书记正在看文件,随口接了句,何事惊慌?小李说,吴所长该上班了也不开门,我扒窗户一看,他在地下躺着。我赶紧用备用钥匙把门打开了,他咋像不会出气了呢?马书记站起来跟小李来到了后面的派出所,那里跟马书记的办公室只隔一排房,却是个单独的院落,有一个月亮门,月亮门的顶端画几棵墨竹,都是吴所长的大作。他长得五大三粗,却是个细人,不单爱画画,还会写诗。吴所长住在最里间,平常喜欢喝大酒,喝多了就说自己是郑板桥,画的竹子能传世,再过两百年就是文物。平时他和马万春两人互看不入眼,老吴说马万春霸道,自己是公安局派出机构,根本不用尿他。有一回因为什么争吵骂娘,老吴掏了枪。马书记把胸脯亮给他,说你往这儿打,眨一下眼我就是你孙子!老吴到底没敢真有动作,一个冷不防,枪被下了。大个子被小个子下了枪,大家都鼓掌。后来他一次一次去求马书记,像女人一样坐门口哭,说再不把枪给我,我就受处分了。马书记才从门缝里把枪给了他,门都没让进。小李边走边介绍情况,昨晚他又喝酒了，屋子里都是酒气，能醉死猫。这是大事儿，我得跟县局汇报。马书记朝他按了下手，说先稳住，了解一下再说。情况就是，吴所长显然是从床上摔下来的，头在砖地上磕破了，满脸都是血，那血已经成黑色，层层叠叠，一层比一层深，在地上好大一摊。他身体扭成了麻花状，一只脚脖子钩住了床腿，一只手朝前伸，是想开门求救。他的脸孔有些狰狞，牙关紧咬，是拼了力气的样子。人肯定是没救了，马书记随手拿条蓝花的枕巾给他盖住脸，着人把他抬到床上。作两点指示：一，关好大门，封锁现场，连只苍蝇都不许飞进月亮门；二，小李骑挎子去接所长老婆。只接他老婆一个人，免得生事。马书记真是大将风度，回到办公室，给自己沏了杯茶，神闲气定喝了起来。他把昨晚打牌的几个人叫过来，"啪"地拍了下桌子。一个副书记，一个副镇长，一个组织干部，都面如土灰。昨晚玩牌输赢是一杯酒，干拉，连水都不许喝。吴所长手气差是一方面，还有另一方面，那三人搭窝，一起对付老吴，看他能喝多少。老吴个子大，心眼却没那么多，一晚干了十几杯，将近一点才散场。吴所长走到月亮门曾经歪了下身子，就像一支门插卡了会儿。三人都看见了，但谁也没有在意。

谁想到就出事了呢。

马书记发了一通火，说这事儿如果捅出去，就是天大的娄子。玩牌喝酒喝死派出所所长，我的副职很能干啊！副乡长扑通跪下了。一个人跪，另两个人也跪，求马书记指一条生路。如果公安局怪罪下来，谁的位子都保不住。马书记缓了缓神情，说，人已经死了，再追究你们的责任也没意义，眼下最要紧的是找一个合适的理由，把事情抹平。你们有啥想法么？三个人都说，我们现在是热锅上的蚂蚁，有想法也都烧没了。马万春说，我尽最大努力保你们，保不了，你们也别怨我。副书记说，您跟公安局长有交情，无论如何替我们挡下，以后我们做牛做马报答您。几个人连连点头，小燕儿一样仰头看着马万春，仿佛马书记是叼着食儿的燕他娘。马书记把他们一个一个扶了起来,他心里其实早就有准稿子,拍桌子是为吓唬猫。他说吴所长是值班的时候死的,应该算工伤,得给他申请待遇。他家是农村的,女人有病,老娘有病,去年盖房借了钱还没还上,大家兄弟一场,能帮的就帮他一把。我的话你们听明白了么?

几个人面面相觑,然后一起说听明白了。

女人进了大门就看出不祥来了。她想直接去派出所,被小李挡住了。小李把她领进了马书记的办公室,马书记亲自给她倒了杯水,告诉她吴所长昨晚喝大酒,把自己喝死了。女人手里的水杯"啪"地掉在地上,张嘴刚要号,被马书记喝住了。马书记说,想号回家号去,这里不是号丧的地方。女人哆嗦了一下,闭上了嘴。马书记说,人死不能复生,光号有什么用,有用我跟你一起号。眼下这里一堆事儿呢,解决完了你回家随便号。女人胆怯地问,他跟谁喝的酒?总得有人为他负点责任吧?马书记说,他喝大酒你又不是不知道,没人跟他喝,是他自己往死里喝。女人抹了一把泪,咬着牙说,死催的,他就是死催的!我过去说过他,整天那样喝,早晚有一天喝死!马书记说,你这样说也不对,这就是他的寿命,不喝酒也会出别的事。女人说,我是妇道人家,外面的事不懂。他这死法咋说,公家管不管?马书记拍了下大腿,着啊,老嫂子可算说到根子上了。现在他的死我封锁了消息,只有很少几个人知道,现在我就是想跟你商量老吴的后事。这件事若是传到公安局去,会给他记大过,他白死了不说,以后对儿女都有影响。

女人忽然变得坚毅起来,说,大兄弟,我听你的。好歹老吴跟你兄弟一场,你无论如何帮帮他。

马万春说,听我的?

女人说,听你的!

马万春说，吴所长生前是我的好朋友，他的事我管到底，老嫂子就放心吧！

这件事的最终结果是，吴所长因为追凶栽坏了脑袋，记二等功，算烈士。家属得了十八万抚恤金。儿子刚满十八岁，被公安局内部招工了。乡机关的干部为烈士捐款的消息上了本地报纸头条，被点名的除了马书记，就是那几个牌搭子，他们都捐出了一个月的工资。事情处理成这样不是双赢，而是三方都赢，你不服行么？

大家都说，除了马书记，谁也没有本事把事情办得方方面面都满意。公安局尤其满意，所长值班喝酒喝死本是事故，却摇身一变成了典型。

至于追的那个凶，是罕村的一个惯犯，前两天刚偷了邻居一匹马。虽说两件事之间有几天的差距，但马书记有办法让它们变成一天。小偷逃跑了，公安追了一阵，就把他忘了。毕竟吴所长是自己栽的，不是让偷马贼打的。

4

杨桂芳经常到我家里来帮忙干活，其实我俩还没定亲。有一回都要喝订婚酒了，马万春让我跟他去山东，这事儿只能回来再说了。我们去了五天，从泰安到淄博又到威海，马不停蹄。对外说是考察，其实就是转转、看看，吃好馆子，住好宾馆。晚上他们几个打牌，经常打个通宵。在威海吃海鲜上瘾又上火，我嘴唇起了一层泡。路上马万春对我说，四宾，耽误你当新郎了。我说，我上火跟这没关系，我离结婚还早着呢，结婚才能当新郎。马书记说，四宾真是个实诚孩子，就想跟杨桂芳过了？我说了杨桂芳种种的好，人家是老板的闺女，到我家从来不摆架子，挽起袖子就干活，我爸我妈都喜欢她。马万春说，窑厂支撑不了多久了,最多一两年。我竖起了耳朵,心说那可是个大厂,四乡八村都到这里买砖。那些青砖梆梆硬,瓦刀砍一下留一道白痕。马万春说,城里的窑厂是国企,已经投产半年了。那种紫砂砖是柿子红,颜色好看,工艺也先进,关键是,又便宜又轻省。我说,红砖没有青砖好看,青砖雅气。马书记说,你这是看习惯了,是小农意识。紫砂红砖是新生事物,比青砖分量轻,耐压力强。政府也会帮着推广,要不了多久,就会占领大部分市场。

我有些气闷,半天没说一句话。马万春探头看了看我的脸,说,还没结婚呢,就替老丈人合计上了?

我说,不关我的事,还有大舅子、小舅子呢。

马书记说,咋不关你的事?要是你俩结了婚,她家的贷款也是你的贷款。她家去年又建了一个窑,贷了好几十万吧?

我起鸡皮疙瘩了,有点被马书记的话吓住了。这个事我听杨桂芳说过,家里人都不同意扩大再生产,尤其是他哥,都要跟他爸断交了。可他爸雄心壮志冲云霄,老了老了非要再整出点动静,硬是顶着压力把贷款办下来了,眼下那座新窑已经建成了。

我拍了一下方向盘,想这好几十万要是漏里头,粉身碎骨都不够还的。

马万春说,你现在好歹也是公家人了,眼光要放长远。

我侧了一下头,觉得他话里有话。

马万春揿下了车窗玻璃,一股热风"噗"地吹了进来。路基下的农田里正有人在收割,农人弯着腰,光着脊背,脊梁被太阳晒得像玻璃,反着光。山东这地方地大物博,土地平展展的一眼望不到边,收成好,可也累死个人啊!马万春说,当年我也是受过这苦大累,还在河道里挖淤泥。人家正式工穿着白汗衫在堤上的树荫底下乘凉,我们挖泥装到筐里,再挑到大堤上,浑头巴脑都是泥,一天却只挣三块钱。若不是刘海梅甩了我,这样的日子说不定就过下去了。

我听着,领导说话我不习惯插嘴。

马万春说,刘海梅甩了我,让我受了很大刺激。我下决心要成为正式工,不惜一切代价。过年我把家里的年猪送给了河道所的所长。那年刚包产到户,一头猪是家里的贵重财产。我妈心疼得直哭。我说,您别哭,以后我还您十头猪。几年以后,我转了正,真的还了我妈十头猪的钱。

我想起了那一篮子处女蛋,送给马万春之前抹了鸡血,他却没要。后来他跟我说,自然带出的血不那样。从那儿我再也没有骗过他,你没人家聪明,就得比人家老实。这是没办法的事。鸡蛋提回去给我爸增加营养了。我爸不知道那些蛋的身份,我把血都洗净了。马万春没要我的东西也给我办了事,他比河道所所长仗义。

马万春说,所以我很感谢刘海梅,否则我一辈子可能都不如一头年猪。

我心里一震,喉咙里像是长了草,卡得难受。马万春不是随便说闲话的人,他说这些,是没拿我当外人。我想起了自己背砖时的日子,冬天棉袄里子都湿得呱唧呱唧的,手指肚起厚厚的茧子,用剪刀剪下一块肉,都不知道疼。下颏底下都被磨脱层皮,有一回还被烫出个泡,里面汪着水,很多天都不好。我那时就想每天多背砖,争取能背来一个媳妇。

你难道还想让儿子背?

我的脊梁忽然一阵发凉,冒了一层冷汗。我的儿子还不知在哪转筋呢。我小心地说,我是不是做错啥事了?

马万春说,你别多心,今天我就是想说说话。按说这话我不该跟你说,你爸虽然是做饭的,但我们哥俩有交情——所以有些话我想提醒你,我没有别的意思,我就是想提醒你——别因为砖厂老板的丈人身份就把自己搭进去——那根本就不是个身份。你还年轻，将来会过得比他好。

我爸躺了三年多了，骨瘦如柴，皮肤像洇湿的纸一样薄，脸上似乎就剩下了两只眼和一只鼻头。一只鼻子出气，两只眼睛看人。眼下，这差不多是他的全部功能。他越来越耐不得我妈碰他，给他擦脸，他说疼；给他擦腿，他说疼。他说我妈的手就像木锉，摸哪哪疼。这是因为有杨桂芳在场。杨桂芳一点也不像个乡下女孩，十指尖尖，细瘦细瘦，就像温室里的一棵豆芽。这棵豆芽在我家却像根柴棒子，戴着大围裙，夯撒着两只手，专门干粗活，掏灶灰，给我爸洗油腻衣服，甚至去倒便盆。干哪样其实不像哪样，可她愿意干，我妈就满意。我俩几乎没在一块待过，待在一起都觉得不自在。说心里话，我有些喜欢她。那种喜欢毛茸茸的，像隔着一层纱，特别舒服，却不好表达。我暗暗把她跟机关的那些吃商品粮的女干部作比较，她一点不逊色。马书记这一点拨，我有些恍然大悟，想她怎么那么像别有用心的。她看上的不是我，是马万春的司机身份，否则她一个砖厂老板的女儿，咋会到我家当丫头？这个小骗子，让我心里打翻了五味瓶。车开得歪歪扭扭，后面的司机一个劲儿鸣喇叭。我想，她再不像乡下丫头，也是农业户口，是柴火妞，将来嫁给我，也得过庄稼日子。庄稼日子是我们费尽心机逃避的啊！

从山东回来是晚上十点多。夜深了，天黑得有些模糊。我提着一兜煎饼匆匆走进院门，杨桂芳正好出来泼脏水。看到我，她满面羞涩。我在夜色中都能看到她粉红的腮，像新开的桃花一样美艳。我心里一动。就是这一动，让我生出了一些气愤。我不知是气愤她还是气愤我自己。我把煎饼摔在了她怀里，说你以后不要来了，我跟你有啥关系，你天天往我家跑，人家会说闲话的。她大概觉得我在跟她闹着玩，扭捏了一下，细声细气叫了声宾子。我爸我妈才叫我宾子，我瞪起眼睛说，宾子是你叫的？她愣住了，盆子和煎饼叽里哐啷掉在了地上。我说，你以后不要到我家来了，我不想再看见你。说完，我撞过她往里走。脚下咔嚓咔嚓一阵响，我踩煎饼上了。我的心也像碎了一样难受，脚下不由得用了些力，越难受越用力，心里说，踩死了才好。

　　我妈在堂屋门口站着，十五瓦灯泡悬在卧室门口，麻花电线上落满了灰烬，像站着一排苍蝇。最借亮的地方是那口锅，锅里有水时，灯泡的影子像是水里煮了枚蛋。我妈站在黑影里，只有身后有一坨光晕，耳朵上边是齐整的华发。她打年轻的时候就是少白头，眉眼模糊，可我却能看见我妈生气了。她严厉地说，你刚吃几天公家饭，就不知道自己几斤几两了！

　　我用鼻子哼了下，心说，我的事不用你管。

　　我妈说，窑厂老板的闺女，配得上你。

　　我直接去了西屋。我知道我爸在东屋躺着听得见我说话。我大声说，你们知道啥！

　　我妈回了东屋。这所宅院静悄悄，一点声息也没有。我踮起脚尖走到了东屋的门口，想听他俩说些啥，等了半天，也没人言语。我又把耳朵往门缝贴了贴，还是没动静。我出去解手时，发现他们屋里的灯早灭了。也许原先就没开？我没注意。

　　我爸是转年春天去世的，有关杨桂芳的事，他比我妈想得开，到底是在机关待过的，知道人往高处走的道理。况且，我爸比我还希望我往高处走，遗憾的是，他死杨老阔前边了。我是说，他若是晚死几天，就能听见杨老阔的死信儿了。杨桂芳的爸叫杨老阔，是一个心比天都大的人。他家是富农成分，受了半辈子欺负，一心想改天换地以后做大事，好扬眉吐气。秋天原本是窑厂的黄金季节，因为没有订单，坯场都长了草，烧制好的青砖卖不出去。工人发不出工资，整天去他家里闹腾。一孔新窑和一孔旧窑长在地里，像一对难兄难弟。某一天早晨，杨老阔拿根绳子走出了家门。那根绳子横亘在他两手之间，中间是个凹槽，许多人都看见了。但因为知道他眼下遭难了，谁也没理他。他径直去了新窑，在门口上了吊。杨桂芳的哥不哭爹，说你欠下那么多的账，让我们以后咋活啊？我从他家门口过，心上也不由得像被小绳拴紧了，难受得不得了。我特意往门里看了一眼，一簇美人蕉开得火红，没看到那个细瘦细瘦的人。他家的门楼在村里顶气派，瓷砖贴的是松鹤图，门口阔大，是准备进出汽车的。一边还摆个石狮子，像庙门一样。就有人说不吉利，石狮子镇的地方得是豪门大宅，你个小门小院也整这排场，不出事才怪。

杨桂芳后来不知所终。

有一天我对马万春说，好悬，当初多亏听了您的话。

大洼乡没有别的出产，有的是黑土地。那些洼地原本是泄洪区，1958年发大水，洼里一片汪洋。当时的口号是"北保北京城，南保天津卫"。罕村的正中位置溃了堤，半个村庄都被冲没了。螃蟹往埝埂上爬，弯腰就能捡一口袋。大洼里的土地很肥沃，高粱长得像电线杆子，黑豆茂盛得披一身油。连蚂蚱都盛产，有人想吃土味了，一早赶过去，蚂蚱都在高粱秆上趴着，露水打湿了翅膀，它们飞不起来，就像被念了符咒一样。八十年代末期，有一波大规模的农田基本建设。包产到户分的是土地，那些洼地因为距村庄太远，都被集约经营。新当选的市长来大洼乡调研，当年他在这里当过三个月知青，因为来的时间短，显得特别有感情。故地重游，市长碰见了百年不遇的大旱。大旱之年在城市里没有反应，谁也不会因为水位下降少洗一个澡，公园里的花草树木照样葱茏。大洼里却是另一幅景象，高粱奄奄一息，点一根火柴，都能星火燎原。市长穿白衬衫灰裤子，戴草帽，两根白线绳兜在下巴上，圆乎脸，鼻翼两侧笑出了很深的法令纹。这是当年报纸头版上的照片，市长两手叉腰站在大洼的边沿上，像极了画里的伟人。市长皱着眉头说，改革开放十多年了，大洼怎么还是老样子。为什么不打机井？为什么不修路渠管网？为什么不种水稻？喜看稻菽千重浪，遍地英雄下夕烟啊。县长在旁边附和说，明年，一定让市长看到千重浪的盛景。市长扭过头来叮问，明年，你确定？县长迟疑了一下，找马万春。马万春从人缝里挤进来，急忙说，确定，请市长放心，我们说到就能办到。市长把县长扒拉开，点着马万春说，记住我们之间的君子之约，明年我还来，你要用新产的大米招待我。大洼有多少亩土地？马万春张口就说一万亩。其实大洼到底有多少亩土地，谁也没有丈量过。市长当即作两点指示：一，农口单位对口支援，要不惜人力物力；二，资金、物资予以保障。市、县、乡、村四级联动，共同完成大洼的万亩农田改造。我要喜看稻菽万重浪！市长一挥手，一群人呼啦啦都走了。有人竖起大拇指，说这话比当年毛主席说得还有气魄。县里连夜进行部署，大洼周围乡村的劳力统一调度，马万春任总指挥。县长担心他在这么短的时间完不成万亩稻田的改造任务，马万春说，哪里有万亩，顶多三千亩。完不成任务，我提头来见！

5

食堂进了大洼，所有的人力物力财力都进了大洼。他是一个特别能打硬仗的人，喜欢大场面，善于营造大氛围。工地上红旗招展，锣鼓喧天。大喇叭安到大洼腹地，大洼乡的广播员用蹩脚的普通话不厌其烦地发布动员令。单靠自己的力量不行，马万春充分显示了协调能力。他平时擅结交，到哪都能跟人称兄道弟。为了请求农机支援，我跟他去市农机局局长家送礼。他家住四楼，我们给人家送大米，谎称大米是大洼乡产的，有机绿色无公害，这是试种的一小部分，各位领导只能先尝鲜。等到大规模种植，全市人民就可以都吃上优质大米了。大米是一百斤装，他不让我扛，他扛。起初局长以为他是司机，我把几瓶香油和两条鲤鱼放到玄关的台子上，局长先跟我握手说，你就是大洼乡的马书记？我赶忙说，我不是，那个扛米的才是。大米就在马万春的肩膀上，从一楼扛上来，吃功夫。他脑门子上都是汗，进屋却不放下，等着局长找地方。局长是厚道人，不知怎么对我们才好，端茶，递烟，一句官话也没说，就俩字："支持。"市长的批示都不好使，你马书记有面子，农机局全力以赴。马书记亲自扛大米，这是事先谋划好的，相当于苦肉计。没想到局长那么容易感动，穿着拖鞋送我们下楼，我们的车开出去老远，局长还在招手。

　　水务处的处长是女的。人家的家那个讲究，木地板，漆得油光锃亮，比我们家炕头都干净。给女处长送的苹果，是马书记进山亲自选的。马万春说，女领导一般不爱做饭，爱吃水果减肥。我们找到了一片果园，选出的苹果个头圆，一般大，不红的不要，个个都像大闺女的脸蛋。一个果树园子就选出这一筐，看上去爱死人。筐上安俩鞋帮子做的背襻，他是背上去的。他把自己打扮成一个山民，戴草帽，穿实纳帮布鞋。他觉得，这个形象更容易感动人。女处长把门开了一条缝，根本不放我们进门。我说，这是我们大洼乡的马书记，亲自给您送苹果来了。女处长问，你是谁？我说我是司机。女局长嘲讽说，你是司机，让书记背筐？马书记赶紧说，不是我想背，是司机的脚崴了，现在骨头还错着位呢。我说，您就让我们进去吧，我们早晨四点就去果园选苹果，到现在连口水都没喝呢。马万春颠了一下果筐，说您不让我们进去我们就在这里站着，明年您就可以收获新苹果了。女处长说了声无赖，把门拉开了。

　　站到玄关，我们却不敢往里进，我们从没见过这么干净的地板。

马书记那么冲的人也有点怯了，跺着脚，不敢动。女处长这时真正体现出了领导水平，一把把马书记往里拉，说还傻站着干什么，还不快把果筐放下。

果筐放下，上面没有加盖，女处长一看眼就直了，啊，咋这么大，这么圆，这真是埧城产的苹果？不是日本进口的？那些年富士苹果刚引进不久，在市面上还是稀罕物。

女处长给我们倒了香喷喷的茶，端过来时，噗嗤笑了，说马书记你好有意思，在我面前演戏是吧？马书记脱了外面的罩衫，里面是小碎格的名牌衬衫。马书记平时可是个讲究人，穿衣服从不马虎。他提了提领子，说不是想演戏，是怕背筐把衬衫扯破了，一件衬衫要半个月工资呢。

女处长对我说，我看看你的脚伤。

马书记抢着说，他里头疼外边没伤。

女处长瞪了他一眼说，唬我是吧？

马书记憨厚地笑，说，他年轻，还没娶媳妇呢，我怕把他压坏了。

女处长收起笑脸，问，我们怎么支持你们才满意？

马书记说，大洼里打三眼机井怎么够，市长看不到稻菽万重浪呢。

女处长问他打几眼，马书记说，大洼的土地近万亩，一眼机井的出水量可以灌溉三百亩，您说打多少合适？女处长连声说，不行不行，那样我们不成纳鞋底的了？马书记说，这只是理论上的，洼里要修路，要挖灌溉渠，边界要搞林荫带，还要预留土地种其他作物，还要有坑塘养花种藕。后来大洼打的机井连我们都数不过来。当然，三年以后女处长出事儿了，挪用支农资金七千多万，给大洼乡用了多少，根本就是个糊涂数。那天我们请女处长在饭店吃了饭，饭桌上她管马万春叫老哥，还在旁边的鞋店给马书记买了一双鞋，说以后别穿成这样进城，丢人。

回来的路上，马书记问我服不服。我一连说了好几个服。我想了又想，也没弄清楚女处长是怎么转变的，就在我面前，像是大变活人，从冷若冰霜，变成了马书记的老妹。后来她经常给马书记打电话，马书记一叫老妹，我就知道是她。

我如果说，这是马书记的人格赢人，这没错吧？

我最服马万春的，还是喝酒。大洼的攻坚战可不是七几年上海河的时候，一句"我们要根治海河"，几万人推起小车就走。那是人民公社年代，出工能记工分。治理大洼就不一样了，说劳动力统一调度，可村里哪有多少劳动力？大喇叭喊了半天，来的都是"三八""六〇"部队。年轻人都在外打工，给钱都不愿意干泥水活。涉及周边的其他乡镇，协调起来更有难度。马万春有办法，让我拉他去附近的驻军。支农资金下来，我们先买了辆越野车，比驻军首长的都高级。门口的卫兵都认识我们的车，"啪"地打个敬礼，都不用登记。师长姓杜，是个老西，说话一口醋味，干事那叫麻利。马书记请求支援，杜师长说，闲话少说，先喝酒，支不支援我看你的态度。食堂的大圆桌能坐三四十人，围了一圈小平头，只有马万春是背头。酒杯就是水杯，三两一个，先走仨。马万春旁若无人，先干为敬。一桌人大眼瞪小眼。杜师长说，看什么看，喝酒如同打仗，败了不算英雄，向马书记学习！说完，自己喝了三杯。下面的人一起说向马书记学习也纷纷干了三杯酒。马书记捡了几个花生米扔进嘴里，不慌不忙，又喝了三杯。杜师长没想到酒是这么个喝法，左右看看，也勉强把酒喝了。我始终没落座，在旁边伺候着，倒水，点烟。马书记眼红得像兔子，他不是神，但他身不动，话不乱。第五杯的时候就开始有坚持不了的、喝多了的那些小军官，被人像棉花包一样往外抬，四爪像螃蟹一样在空中乱蹬，汤水顺嘴角往外流。第六杯，桌上就剩杜师长和马书记俩人了。第七杯不寻常，杜师长已经为难了，马书记却一口干了，虽然表情很痛苦，但我知道，那杯是水，不是酒。这是关键性的一杯。他一碰唇就感觉到了，但声色不动。因为担心不挂杯，我赶忙给满上了酒。第九杯，杜师长瘫在椅子上，一张长脸蜡黄，他的手一刻也没有离开肚子，就像电影中的军人中了枪弹一样。他晃着手说，传我的命令，整建制集合。一群人围着他，传也不是不传也不是，马书记摇摇晃晃站起身，端着酒杯走了过去，说杜师长，你明天出兵，我再喝一杯。杜师长努力睁着醉眼，把那杯酒夺过去蹾在桌子上，说，喝什么喝，明天老子亲自带队，给你挖渠。

这场酒，许多年后也经常有人提起，因为再没人能喝出当时的水准。用杜师长的话说，把师部的后防都喝空了。一个师的兵背着供给扛着铁锹出现在大洼是什么阵仗，就像打淮海战役一样。后来马万春经常说，县长调不动部队，我行。

那天，马书记是被我背上楼的。他上车之前一直都能撑着，直到我发动了车子驶出师部，他才翻江倒海地吐。他爱人去值夜班了，一对双胞胎儿子住在姥姥家。我把他放到床上，给他扯下鞋袜，沏好茶水。我不敢走，怕他出意外。我见过他喝大酒，但从没见过他喝酒失态，他就像铁打的、钢铸的。我坐在椅子上看着他。他热得不时折摆，用手模仿刀切割胸口，恨不得让五脏透透风。我知道他烧得慌，从冰箱找出根棒冰让他吮吸。大概是夏天剩下的，唯一的一根棒冰，有一尺长。放到马书记嘴边，他像个刚出生的小猪崽一样，合着眼，起劲地嘬。他其实已经处于深度昏睡了，沉下去一口气，好半天上不来，胸口呼扇呼扇的，就像肺叶随时要炸开一样。他所有的动作都是下意识，我真怕他一口气憋过去，醉死人的事也不是没发生过，吴所长就是例子。马书记是有些量，平时三杯两杯不在话下，所以他敢到部队叫板。但这种豁出命的喝法，我也是第一次见。他爱人下班的时候，我坐在椅子上睡着了。他爱人推了我一把说，该回家回家，在哪儿睡呢？我这才发现房间都被收拾过了，窗子全部打开了，马书记蜡黄着一张脸躺在床上，脸上浮着一层油。马书记胃疼了一个星期，他感念那第七杯，救了他的驾。事后他跟杜师长开玩笑说，师部的酒把他的铁胃烧了个窟窿。

军用帐篷也是部队支援的，因为马书记的胃，建了个小伙房，老厨子是附近村上的，专长是炖乳鸽汤。如果书记县长以上的领导来，就在帐篷里就餐。另一个帐篷里还有大伙房，可以安顿随行人员。服务员其实是乡里的妇女主任，来人沏茶倒水，端菜送饭，没事我们俩就下五子棋，或者看燕子。帐篷前被压路机轧出了一块场板，平整光滑，我们用树枝把棋盘画在地上，用土坷垃当棋子。她赢了揪我耳朵，我赢了揪她耳朵，直到看见天上燕子飞来为止。工程铺展开，马书记每天坐车围着大洼转一圈，我就基本没事了。妇女主任叫陈四妹，我叫她四姐，比我大四岁，待我就像亲兄弟，乳罩的挂钩钩不上也让我帮忙，仿佛我不是男的。

她有两手绝活，一是捏脑袋，一是揪脖颈，都是为去火。马书记脑门上的小红点就出自她手。马书记仰在靠背椅上，她先用两只大拇指从眉间往上捋，在发际处分开，朝两边推，皮肤就会出现一缕红，她的手可真有劲。这样几次，待面皮发热，拇指和食指对角捏几次，一个小方红点就捏成了。上边一排五个，下边一排五个，像十颗红桑葚。这样大的工程哪会不上火，马书记开一回会嗓子哑一回。工程进度推进得不理想，喊四妹去去火。挖掘机坏了，喊四妹去去火。前边揪喉结，后面揪脖颈，就见陈四妹咬着牙，食指和中指的指背像钳子一样夹下去，揪得嘣嘣响，像弹动的猴皮筋一样。再看被揪的地方，先是瘀红，后是黑紫，有时候，会揪出血泡子。马万春那么坚强的人，也要攥紧拳头才能咬牙不嚷。揪完了才骂，死丫头，下那么狠的手，看将来哪个婆婆敢要你。

有一天,护士长背着药箱来了。她提前也没打招呼,吱溜钻进来,我们三人正在摸十三点。闲下来没事,我们就陪马书记玩会儿牌,换换脑子。护士长是马书记的爱人,他背后这么叫,我们也跟着这么叫。陈四妹先看见她,匆忙站起身,把屁股底下的凳子带倒了。陈四妹热情地说,嫂子来了?我让大师傅加菜,我们野战餐厅也有好吃的。说完,去后厨了。我反复烫杯子,我知道她有洁癖。马书记把一副牌捋整齐,反复戳反复戳。马书记说,护士长今天怎么有空来前线了?护士长是个大个子,比马书记高,是个美人,就是不苟言笑。护士长说,最近身体没事儿吧?马书记说,好着呢。护士长说,这帐篷够宽敞的,还有双人床。马书记说,再舒服也不如家里,这工程快他妈完工,我一天也不想待在这里了。

护士长哼了一声,问,脑袋上的红点谁捏的?

其实那颜色已经很淡了,但多少还有些印记。我本来想出去,听了这话就不敢动了。我不知道她这话是在问谁,我看着马万春。

马书记咳了一下说,那谁,四宾。

她瞟了我一眼说,四宾手够巧的,再捏一次给我看看。说完她往后厨方向看了一眼。明摆着的,那么细巧的红点咋会出自老爷们的糙手。

马书记赶忙说,你在这儿吃饭么?

护士长说,不吃。

药箱放到桌子上,砰地抠开翻盖,拿出来一堆药。管闹肚子的、管头疼脑热的、治胃的、治嗓子的,应有尽有。拿出一样护士长念叨一样,最后拿出来的是一个大纸包,护士长瞥了马书记一眼说,这是紫河车,给你开胃健脾的,不是给你补肾益精的。然后,护士长说,没事儿吧?没事儿我走了。

马书记一动没动,是身子没动,嘴唇朝一边用力,都要歪耳岔上了。我从没见他脸色那么难看过，眉头皱出一个疙瘩，像一头蒜。我特别希望四姐这个时候能过来，她嘴巧，能调剂气氛。我不行，嘴比棉裤腰都笨。说真的，我没听懂护士长的话，但感觉护士长来者不善，话说出来冷飕飕的。她背起药箱就走。马书记说，四宾，送送你婶。

外边有一辆红色的夏利，停在我们吉普车的旁边。护士长却没往那里走，而是站到了路边的一棵柳树下，脸上花花搭搭都是柳条的影子。护士长说，陈四宾，平时就你们仨在帐篷里？

我说，还有厨师呢。

护士长说，老马脑袋上的红点不是你捏的。

我脸一红，没说什么。

护士长说，你多久没有回家了？

我说，我昨天还回去了呢，洼里淘了些鱼，马书记不想吃，让我给家里送去了。

护士长说，那个丫头夜里住哪？

我赶紧说，就我和马书记值夜班。她家就在附近的村上，她是本地人。

你们倒像一家三口。护士长丢下这话转身走了。护士长上了那辆夏利，夏利抹弯掉头，护士长坐得正正的，没摁下车窗。我把手举起来，摇了摇，她根本没看见。想了想护士长的话，我觉得挺奇怪。他说我们像一家三口，这角色怎么分配？

我觉得好玩，偷偷跟陈四妹说了。她扮了个鬼脸。我说，我们要是一家三口，我是儿子，你是女儿。她说，我是妈好不好？我说，羞不羞，有大四岁的妈么？陈四妹说，咋没有，就当是后妈。我突然想起护士长拿的药，问她啥叫紫河车，陈四妹说她也不知道。转天她问马书记啥叫紫河车，马书记说，一味中药，也叫胎盘。

说胎盘我就懂了。人的、猪的、羊的，哺乳动物都有胎盘。我也知道胎盘能入药，听说有人吃过活的，恶心死了。可护士长那句话我还是有点不明白，"让你开胃健脾，没让你补肾益精"。这是啥意思？我隐约觉得这不像好话，所以这句话我没问。

护士长也太小心眼了。我觉得她有点像相声里说的，吴氏老太太生张飞，无事生非。

6

上冻之前，大洼的路渠管网和水利配套工程全部完毕，就等来年下稻秧，稻菽万重浪的景观指日可待。工程扫尾热闹了一阵子，大红绸剪彩，县剧团搭台唱大戏，演员穿着白纱裙跳舞，冻得打一个喷嚏，鼻涕都蹿了出来。早春顶冰碴下稻种，插秧从邻县借来了十几台插秧机，昼夜奋战，绿汪汪的大洼像菜板一样整齐。马书记还是放心不下，哪天不去溜达一圈就觉得缺点啥。他也成了半个水稻专家，他做功课，是提防市长问他。比如，他有时候问我，水稻是一年生禾本植物，有二十四条染色体，喜高温、多湿、短日照，幼苗发芽最低气温十至十二度，最适合二十八到三十二度的气温。我说的对吗？于是我赶紧翻小本，那里都是马书记收集的各种资料粘贴上去的。回答准确，马书记就放心了。

那年的水稻长疯了。也许是因为肥好水好阳光好，穗子大，颗粒重，稻秧密密实实，看着亩产像是能打千八百斤的，这可真是天遂人愿啊。从水稻开始发黄，就开始准备迎接市长来检查指导。在朝向大洼的地方搭了三米高的瞭望台，站到上面能看出十几里，那可真是一望无际啊！农历六月中旬，说市长要来。我和陈四妹去埧城买红毡子，瞭望台变成主席台。无线麦克风买进口的，怕现场的效果不好。会标的内容在常委会上过了好几次，一会儿叫莅临指导，一会儿叫督促检查，县委那边听市委的，大洼乡就像个二傻子，什么事都听上级吆喝。定好的时间市长没来，说去澳大利亚谈项目。热风一吹，稻子熟了。有一天，我跟马书记转大洼时发现西南角少了好大一片稻子，足有一亩。我们下去查看，断定夜里被人偷割了。马书记简直气炸了肺，就像好好的一脑袋头发被人剃去了一块，不好看了！他真是长了钢牙了，敢偷我的稻子！他当即通知派出所布置警力挨门逐户调查，一亩多地的稻子不好藏掖。原来是外乡的兄弟俩，连割带背折腾了一宿，最后怎么背回去又怎么背回来，平铺在稻垄上，厚厚一层，这就像在做示范了。马万春指示，人先拘留，从严从重处理。市长来之前，不许放出来。

第二次，已到农历八月中旬，一晃就是一个月，市长说来又没来，把马书记急出了一嘴泡。很显然，水稻都成熟了，这样等下去，容易出大事儿。稻秧一天一个样，今天有点绿，明天就成一捧干柴了。既怕响晴薄日，又怕阴雨连绵。马书记一天一个电话，催问县委办公室，市长还来不来，啥时来。县委办公室都不敢接他的电话了，市长来不来，他们说了不算。马书记火气越来越冲，每天早晨起来先斜着眼望天，骂一阵子娘。到底骂了多少人的娘，谁也数不清楚，传到领导那里，领导都有了看法。这还多亏是水稻，植物的秸秆有些韧性。若是小麦，麦熟一晌，晚一天割头全掉了。有一天早晨，马万春实在忍不住了，直接给县委书记打电话，说再不割万亩水稻就糟蹋了。书记说，怎么会是万亩，你不说顶多三千亩么？马万春愣住了，说八千亩，不多也不少……也不少粮食呢，今年可是大丰收啊！书记说，八千亩和一万亩是一回事么？你别总万亩万亩的挂在嘴上。我不是市长，你少糊弄我。把马万春噎得半天才喘上一口气，说这要是下一场大雨……县委书记说，每天联系气象台，掌握天气形势。把大炮移过去，严密监视云层。那种大炮可以驱散乌云，让天气形势可控。结果老天不给面子，这天夜里下了冰雹，大个儿的雹子像乒乓球那么大，把院子里倒扣的一个脸盆砸漏了。我被叮叮当当的声音震醒，出来一看，马书记穿着裤衩和小背心在院子里站着，脑袋上肩膀上落着冰蛋子，脸上汪了一层水，就像个假人。

  陈四妹打着伞跑过来，哭着说，您不能这么糟蹋自己，您要是有个好歹，大河洼乡……可咋办呀！

  轰轰烈烈的一场战役打成了一个笑话。稻田被砸成了打麦场，机器根本没法收割。老乡拿着镰刀去洼里捡稻穗，据说一家能捡几千斤。我跟马万春去看过一次，好家伙，大洼里人山人海，连外县的人都来了。各种家什稀奇古怪，有人用木板绑成了一个犁耙，上边垛着一人高的水稻捆子。稻穗沉甸甸地往地下垂，看着就想过去拎一把。犁耙下面没轱辘，也不知他们是怎么把水稻运走的。我以为马万春看到这个情景会难过，可他呵呵地笑了，而且笑得收不住。他眼睛看着高远的地方说，这大洼过去靠天吃饭，十年九涝。我这是养活了多少人啊！四宾，咱这是干了件修好积德的事，市长算个鸡巴！对，这就是他的原话，话糙理不糙，我懂他的意思。

  重要的是，大洼从此成了水浇田，种啥长啥。很多老百姓都念马万春的好，不信你们到大洼里访访，就知道我说的是实话了，那可是百年大计，造福几代人。但在干部队伍里不行，大家话里话外都在笑话他，开会时仨一群、俩一伙，有嫉妒，也有幸灾乐祸。说他费了九牛二虎的力气，却闹了个竹篮打水。马万春开一回会，骂一回娘。市长就像一阵风，刮过去就没事了。转年他进京了，当了更大的官，就把大洼乡忘了。再换届，县级领导的大名单里没有他，马万春一下就变得灰头土脸，很长时间不跟外人接触，觉得没脸见人。

  越野车跟财政局的桑塔纳2000换了，那辆车旧得就像拖拉机，开起来地动山摇。他没多作解释，连我都觉得他的车有些惹眼。那天在酒桌上，财政局的商局长说自己的车没马万春的好，马万春张口就说，我正好坐腻了，咱说换就换。

可我知道他不情愿。回来的路上他说，坐这车得窝着腰，就像坐井里。

我说，您干啥要换车呢？

我开车都觉得开越野过瘾，马力大，劲头足。尤其爬坡，那些小车根本不能比。一踩油门，车像离弦的箭一样。

马万春没回答我。我偷偷从镜子里朝后看了一眼，就看他抹了一下眼睛。

我心里突然酸了一下，很不是滋味。我知道他这是迫不得已。

秦琼都有卖马的时候，我这算啥呢。他这么咕哝了句。

陈四妹在大洼乡也不寻常，有点像万绿丛中一点红，谁都宠她。她照例给马万春捏小红点，有时会捏很长时间。马万春指着自己的脑门说，丫头手艺见长，过去捏的像桑葚，现在捏的像梅花。他有时叫她丫头，有时叫她四丫头。有时候她也张罗给别人捏，但谁都不好意思让她服务。有一天晚上十点多，陈四妹让我去给她买卫生巾，给我十块钱，我没要。跑出去给她买了两包加长的，是卫生巾里面最贵的。我也不知道啥牌子，反正哪个贵我买哪个，回来发现她屋里却锁着门。听见马书记屋里有动静，我敲门进去了。马书记坐办公桌前抽烟，她坐外面的椅子上，骑着，下巴放到椅背上，瞅都没瞅我。我把卫生巾塞到她怀里，发现她像是刚哭过。我刚要走，马书记说，四宾别走。陈四妹一甩袖子抱着卫生巾出去了。马书记让我坐，我说站着吧。我的意思是，都这个时间了，也该睡觉了。马书记不耐烦地说，让你坐你就坐下。我只得坐在刚才陈四妹坐的椅子上，上面还有她的体温。

马书记往烟灰缸里弹了弹烟灰说，四宾多大了？我说二十六了。马书记说，来的时候还是小孩子，一晃都这么大了。个人问题考虑得怎么样了？我不好意思地摇摇头。我的事马书记其实都知道，有人给我介绍个小学教师，人家嫌我没学历。又介绍个供销社的营业员，个子才一米五，实在看不入眼。哪一个都不如窑厂老板的闺女杨桂芳，唉，当年要是跟她结婚，儿子都会打酱油了。

马书记说，四宾说良心话，我对你咋样？

那还用说？我给他的杯子倒了水，说，您的恩情我一辈子都报答不完。

马书记说，我不要你报恩，我只要你听话——你有没有考虑眼眉前的人？

我想了想，乡里除了电话员和广播员，还有计生站有几个女的，可她们都是临时工。我总不见得现在还找个农业户口回家种地吧？

马书记故意说，我不相信你对你四姐没感觉，这个点儿还去给她买卫生巾。

我慌忙摆手说，是她让我买的。

马书记说，那就是四姐对你有意思，否则她哪会让你干这个。

我说四姐不拿我当外人，她还让我摘过乳罩后面的钩子呢。

马书记指点着我说，好啊，原来你们早就有情有意了……你以为四姐真的摘不下那钩子？

我是有些发蒙，按道理说，这绝无可能。可四姐让我摘钩子我从没往别处想，她不把我当外人。我的手指头接触到了她的皮肉，我一点想法也没有。她是亲四姐，怎么可能呢！

我赶忙表白说，四姐是机关干部，大专毕业，比我高大上。我做梦都不会有非分之想。再说，我俩年龄也不合适，她比我大……

大四岁不算大。马书记很快接口说。

可我心里说，何止大四岁，她还多周了两岁。都是本乡本土的人，啥事想瞒人不容易。

看来你对四姐也有意思。马书记盯着我。

想起四姐刚才哭过的样子，我丧气地说，我乐意四姐也不能乐意呀！

马书记说，要说你四姐条件是不赖，大专生，长得又好，嫁远了我还真不舍得。四宾，你们俩是我的手心手背。

马万春很响地擤了下鼻涕，他动感情了。

我也有点动感情。马书记的这种感情我懂。护士长说我们像一家三口，有时我也有这种感觉。

我说，我回家跟我妈商量商量。

马万春说，你妈还不得高兴傻了？这么好的儿媳妇上哪去找？

我从屋里退出来，心里真的五味杂陈。

我在黑暗中站了会儿，想这是咋回事。是马书记的意思，还是四姐的意思——可她刚刚哭过呀。四姐让我摘乳罩的挂钩，是不是把我当小孩子？也许是在试探我？我心跳得更厉害了。我问我自己的心，其实我配不上四姐，人家念过大学，是正式国家干部。你陈四宾是谁，要不是马书记赏口饭吃，你说不定还在砖厂背砖呢。

我妈却不同意，坚决不同意。我没敢说大六岁，大四岁我妈已经不接受了。说女大三抱金砖，大四岁老古语都没个说法。她还名声不好，名声好早就嫁了。我问她有啥名声。我妈说，四宾你就会开车呀，谁不知道她跟马万春不清不白？我急了，说你咋能瞎说，我整天跟他俩在一起，是你清楚还是我清楚？我妈说，我咋是瞎说，你整天跟他俩在一起，就没看出不正常？我说，除了给马书记捏小红点，任何不正常也没有！我赌气去了另一个屋子，心里其实特别疼，却不知道疼的是什么。老实说，他俩的特殊之处我不是没发现，我不是木头，可我就是不愿意相信。马书记当我是儿子，把她当闺女。虽然他俩差不了几岁，可马书记看她的目光，就像爹看闺女。我是把他俩都当亲人的，我不愿意埋汰亲人。

眼下怎么办呢？我没法回绝马书记，我若回绝，就不是陈四宾了。

马书记说，你叫陈四宾，她叫陈四妹，一看你们俩就有缘分，前世修来的。

我困难地说，四姐看不上我。

马书记说，别再叫四姐，叫四妹……多好的名字。能把她娶回家，你们陈家算是烧高香了。

不能说我的心里没阴影。我的阴影面积跟我回"家"有关。家其实就是一套里外间的办公室，跟马书记的办公室格局一样。若不是有些特殊关系，这样的房子哪里会轮到我们。婚礼是马书记给操办的，伙房预备了六桌，我一分钱也没花。相反，我收了两千多份子钱。陈四妹穿大红的软缎棉袄，头发盘了起来，一点不显年龄。在这里吃了饭，我们又回家办婚礼。我妈早就转变了，看见陈四妹亲着呢。村里人都说，我们家能娶女干部，我爸在坟墓里都会笑醒的。

躺在两条被子里，她不动，我不敢动。我有点不敢相信娶了她，也不敢相信她真的嫁了我。她皮肤白皙，浓眉重眼，只是眼球有点鼓，是俗语中的青蛙眼。结婚一场，看不出她高兴，也看不出她不高兴。我猜，她是年纪大了不好嫁了才找我，断不会因为看上我了才会嫁，我有这个自知之明。这样想，我就有几分高兴。当然，也可能像马万春说的，不舍得她远嫁，才让手心嫁给手背。她跟我一样，听马万春的。这样想，我的高兴又多了些。马万春是个重感情的人，我在前边说过，他不是一般的重感情，真拿我们当手心手背。既然是他的手心手背，做出点牺牲又算什么呢？何况，这也不算什么牺牲。如果不是大几岁，凭人家的干部身份、地位、模样，咋能找个司机，人家还不定咋委屈呢。想到这些，我反而有些心疼她。女人出一家进一家不容易，嫁不着可心的，一辈子可比男人难熬。再想想我们曾经的亲密，看燕子，揪耳朵，让我摘乳罩挂钩，是不是也是种暗示呢？只是我是个木头，没往别处想。我悄悄摸了下她的手，她手稍微动了下，没躲。那手可真软，像棉花糖一样。过去也摸过，可不像现在这样带电。根根指头都水似的凉，让我烫得吱吱响。此刻我就像个变电站，电压充足得能电死一头大象。这是正极，还有负极。我就觉得我心里有一点甜，但甜不透，心里鼓荡着热情，但也到此为止。关键是，我看不到她有什么愿望和打算。我便反复想我们曾经的亲密无间，瞅燕子，揪耳朵，就像亲姐弟。在大洼里干工程时也躺一张床上歇着，她的腿还搭到我的腿上，眼下却成了这样。关系变了感情也变了，距离也变了，只是不知道这是越变越好了还是越变越坏了。

　　回"家"的感觉总是怪怪的。我经常会莫名其妙地胆怯，在门前停一下，先拧锁，停顿，然后再慢慢推开门，仿佛会从里面钻出头怪兽。可那头怪兽从没出现过。那怪兽从没出现过，我的心就总提着。似乎那怪兽一旦出现，我提着的那颗心才会放下。我暗暗骂自己有病，这不是找不自在么。这些她当然不知道。她总跟我冷脸子，我则习惯跟她赔笑脸。她要是哪天高兴点，我就高兴得像三岁时捡了一块糖，整个世界都是甜的。我一个人的时候总是很难过，那种难过有点化不开。我也问过她，为啥要嫁给我。她毫无表情地说，听马书记的。这话又让我气闷，虽然这话也是我想告诉她的，可她一说，我的心就疼得特别厉害。

　　一年以后，我们的儿子陈可出生了。护士长把孩子从产房抱出来，撇着腔调说，陈四宾，好好看看这孩子像谁。我愣了一下，才想这话没毛病。我讪笑着接过孩子，问护士长，您看他像谁？护士长端详着说，既不像你，也不像她。这话简直是火上浇油，这个护士长，从来就不说一句顺耳的话，难怪马万春不喜欢她。可又一想，这话仍然没毛病，不像父母的孩子多着呢。我把孩子匆匆抱出产房，我妈在病房候着。我问我妈这孩子像谁，我妈扒拉一下他的长下巴，说傻儿子，还能像谁，跟你小时候一模一样。

我妈一句话，说得我泪流满面。

7

他在乡镇待了十三年，终于进城了。事业局是一个小单位，只有三十几个人，有一栋独立的三层小楼。大门都锈蚀了，开合的时候咯吱咯吱响。马局长一看就很生气，说这是过日子么？用破门穷半截。换成是你们家，再穷也得装个门面吧！他铁青着脸看那些工匠刷外墙漆，用水磨石板铺地面，大门换成电动的，进出都要刷卡。这是埧城的第一个电动门，马局长总是敢为天下先。来办事的人也奇怪，事业局有啥可金贵的，弄一道那样严实的门想挡谁？那时事业局没有钱，账上就趴着七块五，这些工程款都还没着落，可马局长就是敢干，一下就给事业局的人长了志气。大家都说，过去那个局长是个书呆子，破皮包里装的都是书，走到哪看到哪。当了六年局长，一分额外的用度也没争取来，过年过节连只小鸡子都发不起，眼睁睁看着别人吃香的喝辣的。大家跟着他一起遭罪，事业局的人到哪都比人矮半截。这要是财政不保工资，人人都得把小脖扎起来。马万春一上任，立刻换气象。特别是，大家还发西服，纯毛料子，藏蓝色，上衣配马甲，下面两条裤子，事业局的人一下就抖了起来。有人在酒桌上开玩笑，说县里是杀鸡用了宰牛刀。事业局这点小破事，马万春动根指头就玩转了。也有知心人劝他点儿背不能怪社会，凡事都得悠着点，不能太出风头。大洼万亩农田改造,你自己跑市里申请资金,到部队调兵遣将,啥事都自己干了,还要书记县长干什么!你让他们的脸往哪搁,还以为你是有啥想法呢!他满口否认,其实我知道,他是真的有想法,只是没赶上趟。要是那个市长当年不进京,要是改造大洼的事不出意外,他指定不是这种结局。他跟我描绘过,有一天他会离开埧城。这地方的干部太保守,干起工作来憋屈,施展不开手脚。他说,陈四宾,我若去别处,你还跟着我么?我当然说跟着,只要您不嫌弃,您去哪儿,我跟着去哪儿。他从后面摸一下我的后脑勺,我就感觉到他特别满意我的回答。后来渐渐不提了,他的心灰了。有些话他不说出来,但我看得出来。他经常不去开会,有时县长找他,他都敢云山雾罩,说自己脚崴了,犯腰疼呢。其实他就在牌桌上,或在外面洗脚,有点像破罐子破摔了。心性变了,生活习惯也变了。他年轻时爱吃的那些大补的东西,统统上不得桌子。坐到饭店他就说,拌一盘萝卜皮,削深点。或者要盘炸素丸子,豆腐的,冬瓜的,反正不吃肉,肉腥都不沾。他人也眼见得消瘦,皮带自己往里面扎了好几个眼儿。那年流行触屏手机,他总看见人家一划拉一划拉的,很眼馋,让我也帮他买一个。我说款型、品牌多着呢,您自己去挑个喜欢的。就这样,我陪他去蓝天手机专营店,就在四正街上,买了部最新款的摩托罗拉。买完手机朝外走时他回头看了一眼,一个女孩从里面的玻璃门里出来,穿天蓝色工装,月牙门襟在左侧,内里是件绣花的白衬衫。女孩蹬着白色高跟鞋往外走,他突然喊了一声,谢佳佳!

我早忘了谢佳佳是谁。他不忘,他心里记下的人和事,从来都不忘。这也是我佩服他的地方。谢佳佳是个漂亮女孩,有些惹眼,微胖,胸脯很鼓,走起路来一颠一颠的。女孩看看我又看看他,有些懵懂,您怎么认识我?他亮了下手里买的产品。女孩不解地说,这有什么问题么?马万春朝我摆了下头,我猛然想起来了,说这是马书记,大河洼乡的马书记,你不认识了?你妈是不是叫刘海梅,她现在还卖螺蛳么?谢佳佳这才醒悟,跟马局长握手,说她妈早不做买卖了,现在给她看孩子。她今天是休完产假第一天上班,怎么那么巧,就遇到了家乡人。

我说,现在马书记改叫马局长了。

他们说话的时候,手一直搭着。我猜马局长是忘了放。这女孩长得太像她妈了。不看见她,我已经把她妈忘了,看见她就什么都想起来了。谢佳佳似乎把前嫌都忘了,兴奋得眼里冒着光。她一个劲地后悔要是早一点出来就好了,这单生意就归她做了。马局长二话不说,把手机给了我,拉着谢佳佳又回到了柜台前,选了款才上市的三星。回来的路上,马局长掩饰不住地兴奋,说一晃这丫头都这么大了,跟她妈简直是一个模子刻出来的,她妈年轻的时候比她还好看。她身上有一股味道很好闻。我问是什么味道,马局长却不说了。想到她在哺乳期,我说,是不是羊羔子味?马局长"啪"地拍了我一下,让我有点发蒙。他有时脑子转得太快,我跟不上他的节奏。但无论怎么说,这天赚了个手机我还是很高兴。到单位我给他提到了办公室,他又给我扔了回来。你那个破手机早该换了,十回有八回打不通。

给护士长吧。我说得诚心诚意。我啥时都叫她护士长。

给她干啥。他轻描淡写地说,她连电话都没工夫接,浪费。

对于他们家,他从来也不多谈。说起护士长,他就用四个字:干净、利落。就像说别人一样。

如今这一切早过去了,我儿子都初中毕业了。成绩不太好,还想上一中,马书记找了人,一分钱也没花。别人进城都费九牛二虎之力,陈四妹先在事业局挂了一阵子,去了统计局。那地方人多是非也多,陈四妹眼睛不好,不能久盯电脑,只能做点一般性的工作。她身上的一股劲慢慢磨没了,在统计局也是一般科员。她也不再避讳比我大六岁这回事，有时公开说老得像我妈。她问我，你当初不想娶我吧？咱俩傻不傻，怎么就听了马万春的撮合。她当闲话说，我当闲话听。年纪大了，心里多少有点不自在，但不像年轻的时候扎得慌。我对自己说，年轻时候的事也不一定就是个事，也许是你自己想多了。她不提，我很少往回想。人都得往前看，是不是？况且孩子都这么大了。只是有一次她打电话告我的状，说我瞧不起她，一下子把我惹毛了。其实我也没说她啥，只是夸我兄弟媳妇年轻漂亮。兄弟比我小三岁，媳妇比他小五岁，兄弟媳妇跟陈四妹差了十四岁，两人站在一起，可不就像两代人。她心里可能也是自卑的，从不给兄弟媳妇好脸色，总跟我说兄弟媳妇这不行那不行，没文化，连个成语都用不对，刷牙不舍得用牙膏，只挤黄豆那么大点儿……只是我没想到她会告我的状，她咋能因为这么小的事就告我的状呢？她是有这毛病的，回娘家总说婆家的不是，这这那那的，我都能忍。可她咋能找马万春告我的状呢？下班的时候，马局长把我叫到了办公室，没开灯。马局长的脸像在烟雾里一样看不清楚。我去摸开关，马局长说，这样说话好。声音轻飘，却有股寒凉。我本来摁亮了灯又摁灭了。他说一我不做二。灯光晃了眼，我的眼前漆黑一团。他让我坐到办公桌前，他脸朝向窗子，沉默很久才说，四宾。他叫了两声，我应了两声。他说四宾，四妹年纪是大了点，可当初也是你自愿的。没人强迫你，对不对？话又说回来，她要不是大几岁，怎么也不可能找个司机。四宾你说是不是？

我身上的毛孔都张开了，自己都感觉自己像个刺猬。可我不能孬起来，像陈四妹对我那样。我的身体止不住地抖，脚底下像踩了电门一样。马局长从没跟我那样说过话。眼睛觑着，说话不张嘴唇，那些字一个一个从牙缝里往外挤，仿佛是他用皮肉造出来的，带着腐臭和霉菌。这表情我见过，他瞧不上谁才会这样，那种极度蔑视、极度轻贱令我无地自容。当着马局长的面，我狠狠扇了自己一个嘴巴。

你这是干啥？

我咬着嘴唇不说话，一张嘴我怕会哭出来。

事业局其实也没多少事业可干。我的印象里，马局长每天的任务就是开会，批文件，喝酒，打牌，赶了这场赶那场。那个手机专卖店，我又陪他去过两次，一次是手机出了点毛病，他弄不好，我也弄不好。第二次是从那里过，他给谢佳佳打电话，说中午请你吃个饭。谢佳佳说不去，他让我把车停在门口，等。隔几分钟就拨下电话。谢佳佳出来了，脸上挂着泪。马万春慈爱地看着她，就像爸爸在看闺女。这眼神，让我想起了他当年看陈四妹。他问谢佳佳怎么了，谢佳佳捂着脸哭了，说，小经理欺负她，柜台上的人都欺负她。明明是她的业绩却算在别人头上，发工资时比人家少好几百。马局长问我咋办？我心领神会，装腔作势说，佳佳妈是您的老同学，她的事您不能不管。把谢佳佳一下说愣了。马局长问我咋管。我琢磨了一下，麻着胆子说，给她换个工作？马万春说，这倒不难，就怕人家不乐意。谢佳佳一下抱住他胳膊，说，马叔，您帮帮我吧。大恩大德永世不忘。马万春抽出自己的一只胳膊，说，你先别急，这件事不是着急的事，容我慢慢想办法。我问马万春去哪，他说去皇昊。皇昊是埧城的高档酒店，有西餐厅。我点好餐，好歹吃了口油脂味很浓的点心，就回了车里。我睡了一觉，他们还没下来。我到楼上去找他们，服务员说，人早走了。我赶紧给马局长打电话，马局长说，他在附近有点事，走过来了，暂时不用车了。我开车回了机关，边走边想，也不知谢佳佳是咋回去的，这里离手机专卖店有好一段路呢。

马局长要么不管，要管就会管出个子丑寅卯，他就是这脾气。两个月以后，谢佳佳去房地产公司上班了。这家公司是埧城唯一的上市企业，由政府主管，说白了，就是政府的融资平台。谢佳佳去那里上班，旱涝保收不说，收入还很可观。我们单位也来了新人，是房产公司老板的女儿。这些事别人不知情，我知道是咋回事，马局长干啥都不瞒着我。我私下夸马局长仗义，人家是安排闺女，您是安排两姓旁人，这境界差着行市呢。马局长看着窗外飞着的鸽子不搭腔，他可能知道我这话不是真心的。我吓了一跳，难道我跟他不说真心话了？他知道我跟他不说真心话了？我顿觉头皮发麻，像失了魂一样。谢佳佳是谁，是刘海梅的女儿。刘海梅是谁，是早年用了他的人。他当年又送钱又送二铵，如果谁以为他是可怜孤儿寡母那就错了，马局长的心思，一般人看不出。谢佳佳在上班的时间给马局长送来个大花篮，上面插了许多白百合。谢佳佳说，祝马局长生日快乐。那天是八月十五中秋节，没有几个人知道马局长是那天生日，小丫头也不简单。马局长围着花篮转了转，说这大过节的，怎么像是来吊唁？谢佳佳登时脸就灰了，结巴着说，我们不懂事，光想着百合有香味，花漂亮，没想到不吉利，我这就去换。马局长一把把她拉住了，看神情我就知道马局长是在逗她玩。马局长天不怕地不怕，哪会怕几朵百合花。马局长说，我就这么随口一说，咋这爱当真呢！谢佳佳的脸半天缓不过来，她实在是给吓坏了。

　　办公楼装修，是大装，不单改水电暖，也改房屋结构。上面又加出来一层，由三层变四层，几乎一人一间办公室。资金都是马万春从省里争取来的，共三千二百万。马局长坐那里发愁，说钱太多了，盖一幢楼都有富余。我的宿舍原本挨着他的办公室，马局长说，你搬对面去吧，我把这里换个小床，好躲清静。他的办公室是套间，有张双人床，卧室在东。我的宿舍在西，墙壁掏个门，就有点像正阔三间了。可我这里直接通楼道，他的卧室就不行。星期天我来监工，工匠都在干活。粉刷，铺木地板，衣橱衣柜和床上用品跟着进屋。衣架的烤漆不匀，我指出来，送货的工人用喷枪喷色素，喷上去的是酱红色，与周遭有色差。工人有点不好意思,我挥挥手,让他们走了。

　　这扇门可以用指纹开门。里面输入了他的信息、我的信息,还有谢佳佳的信息。谢佳佳很快成了常客,经常抱着一堆资料来,开门就进,就像事业局的干部职工一样。当然,干部职工没人进那间房。有天中午一起吃饭,房地产老总也过来了。马局长说,现在我给谢佳佳当秘书,房地产公司应该发我一份工资。房地产老总爱说笑话,说,我们连人都给你,你还要钱干啥?

　　陈四妹知道了我换宿舍的事,她知道机关办公楼的格局。我问她听谁说的。她说你甭管,那个谢佳佳,还没他儿子大。我说,你少管人家的闲事。她说,你别造孽,造孽的人不得好死。是,我承认,造孽的人不得好死,可不是我造孽啊! 那天是星期天,儿子去楼下踢足球,我俩在厨房包饺子。陈四妹突然丢了擀面杖,劈手给了我一巴掌,说你拉皮条,有奶就是娘,就是你造孽,你不得好死! 我捂了一下脸,蹭了一脸面。脸上皱巴巴的,噗噗往下掉渣。过去她说话经常恶声恶气,但没动过手。这下把我打急眼了,你当我陈四宾是吃素的? 我拿起擀面棍就朝她挥,她朝后一仰,擀面棍从面门直划下来,额头、鼻尖、嘴唇刮出来一溜擦痕。嘴唇当时就肿了,像含着糖一样。她哇啦哇啦地叫,震得楼房直晃悠,骂我是王八蛋、胆小鬼、死猪心、窝囊废,说,当时怎么就瞎了眼,嫁了你这么个大字不识一筐的货,可惜了我这个大学生! 我紧咬着嘴唇,使劲擀饺子皮,我不能让怒火蹿出来,我不能让事情没法收场。这些年都忍过来了,还有什么不能忍。外面门锁咔嗒一响,她一下哑了声。儿子进来问妈妈的脸是怎么弄的,她说不小心栽的。说完看了我一眼,眼神有些恓惶,好像是在说,一个老爷们,还真下得去手。我的心一下又软了,下楼去给她买碘伏棉,边走边想,活着也就这么回事,干啥非针尖对麦芒。

　　有一天,谢佳佳搭我的车去买化妆品,我好奇,到里面转了一圈。

门脸不大，却有纵深，是超市的那种货架格局，商品很丰富。顾客也不少，围着一个人在问什么。谢佳佳进门就喊桂芳姐，预定的韩国产品到货了么？那人拨开人群走过来，我就定住了。这人是杨桂芳，窑厂老板的女儿。她爸骨头渣子都该烂没了，她却在埧城当起了老板。她还是年轻时的秀气模样，长发，穿一身白纱裙，走起路来像仙女，脸比年轻的时候还要粉白，大眼睛一忽闪，我就掉魂了。真的，那一瞬间我就是想哭，仿佛半辈子的委屈一起朝上涌。人哪，都戴木头眼镜啊。我看不透，马万春同样看不透。我手脚冰凉，像个傻子一样。她毫无波澜地走向我，笑眯眯地说，好多年不见，四宾可是稀客。看需要点什么，我多打些折。

谢佳佳买了保湿面膜和隔离霜，我也买了，不买就觉得对不起杨桂芳。我故意买了些贵的，也是韩国货，好多花些钱。可买了我又不想送给陈四妹，她那张脸，横竖都是褶子，扑多少粉也抹不平。这些东西至今还在我的抽屉里，我每次看见，都要发半天愣。很明显，杨桂芳比我过得好，虽然她不吃公家饭，可捧着自己的饭碗多滋润，能把人羡慕死！后来我挂上了一把锁，不想看见了，省得心里不太平。

在事业局七年，马万春再不是大河洼的那个马书记，锐气没了，也没了干劲儿。人显得闷了，只有打牌的时候精神。机关的氛围也是疲疲沓沓的。因为活不多，一个月的工作，大概三天五天就干完了。大家偷偷摸摸在上班时间打扑克，马局长看见了，也装没看见。有一天，我们驱车去国家大剧院看了场京戏，就我、谢佳佳和马万春三个人。来得早，我们先到东安商场转了转，每人买了套丝绸睡衣。好家伙，都两千多。他和谢佳佳都买了男款，我也想买男款，马万春说，四宾还不买款女装，回家省得跪搓板。谢佳佳也跟着起哄，说四哥原来是个"气管炎"哪，赶紧给嫂子买，膝盖硌坏了我们心疼。我啥也没说，默默买了女装。心里想，马局长完全可以不说这话，他真是拿自己不当外人哪！钱都是我出的，那时财务管得不严，咋下的账我已经忘了。他在戏院打了个盹，戏就演完了。出了戏院马万春说，啥是啥啊，咿咿呀呀的，一句没听懂。戏是谢佳佳张罗看的，那丫头是个戏迷，我就记得演戏的有张火丁，剩下也没留下啥印象。后来又看了场奥运会的开幕式，马万春很兴奋，说埙城百万人口，就咱们仨来看现场了。书记县长都没来，你们俩就自豪吧。我们俩都说自豪。确实也自豪，那样大的场面，锣鼓震天，看台上有许多外国人，只能让人生出自豪来。谢佳佳突然揪了下我的耳朵，像当年的陈四妹那样，让我起了身鸡皮疙瘩，方向盘都跟着打哆嗦。我气恼地说，你不要命了！不解气，又跟了句，你不要命还有别人呢！说了我有些后悔，但心肠随后又硬了，爱咋咋地。干扰司机正常行驶，本来就是她的不是。马局长不表态，谢佳佳一路都闭紧了嘴，否则她就像个家雀子，一张嘴没完没了。后来谢佳佳来得少了，她到马万春的办公室，见啥拿啥，毫不顾忌。马局长很烦她。有一回，马局长拉开抽屉，里面装满了中华烟。她上前抢了两条，装进了自己的包里。马局长问，你又不抽烟，拿烟干啥？谢佳佳说，我老公抽烟，他还没抽过大中华呢。马局长的鼻子都要气歪了，挥手让她走。她刚走到门口，马局长说，要不给你公公再拿两条？谢佳佳真要回来，马局长把抽屉"啪"地关上了。我最后一次见她，是山水人间小区竣工，从她手里拿两套房。马局长一套是跃层，有三百多平方米。我一套是平层，一百七十平方米。其实，提前已经找了老总，给我降下十几个百分点。马万春降了多少我就不知道了。谢佳佳跑的手续，业绩算她的了。谢佳佳来送房钥匙，马局长甚至没见她。我把她让到了我的屋里，问她小孩多大了，她说上幼儿园了。日子过得真快，我问，那时你的奶够吃么？鬼才知道我怎么会问出这句话。谢佳佳自豪地说，吃不完的，上班的时候不能碰，一碰就滋出去很远。大概想起了什么,她一下害羞了。我想起她小时候,给她家去送钱,她追出去老远,用信封裹块砖头给我扔回来,她可真有办法。我就见过她那一面,对她印象不深刻,但对那个场景印象深刻。没想到人生路窄,兜来兜去又碰上了。她问马局长在干啥,我说在开会。她说我等他散会再走。我说,你不走他的会就不散。她听懂了,发了一会呆,突然问我,陈四宾,你说他是好人还是坏人?

我说,当然是好人。

她竖起一根指头冲天,坏人。

我问咋个坏法,谢佳佳丢了句,你问他,转身走了。从此我再没见到过她。

谢佳佳这话让我琢磨很久。我就是从那个时候开始琢磨马万春,总企图弄清楚他是一个什么样的人,谢佳佳为什么说他是坏人,他究竟坏在哪儿,还有什么坏是我不知道的。你们说我是不是有病了?这件事让我郁闷,也让我很着迷。我经常翻来覆去回想过去的事,推敲一些细节,好确定他到底是好人还是坏人。奇怪的是,我还是认为他是好人。这让我很不甘,我觉得,我也许一直在被假象蒙蔽。

那天来做足疗的是个新人,因为喝多了酒,马局长躺那儿就睡着了。足疗做完了,他也醒了。他问几点了,我赶忙看手机,说,差一刻三点。他说马上走,三点县委有个会,要提前入场。他在前边走,我提溜着包,在后面跟着。我问小玉做得咋样,他问哪个小玉,我说刚才那个,孩子才六个月,正在哺乳期。他问我咋知道。我说,您没闻到奶腥味?她的胸脯都湿了,做足疗时挤压的。马局长"哦"了一声,摇摇头。我不知道他是真没看出来还是装不知道,按说啥事都瞒不了他的眼,他装不知道就坏了。他大概猜出了我在试探他,突然收住了脚转过了身子。我心里一凛,他却抬头看了一眼招牌,说这家是个东北老客在经营,前几天接的手。那个小玉是哪的人?他问。我长舒一口气说，是长春人，身份证上的名字叫马冰玉。当然，身份证也不一定是真的。

他眼角瞥了一下，突然问，你咋知道？

下午三点那个会，是组织部门的谈话会。事前一点消息都没有，马局长调到了行政局。行政局是大局，三四百号人，一幢大楼十几层。相比之下，事业局的小楼虽然加盖到四层，仍像个儿童玩具。从县委出来，马局长的电话就响个不停，都是向他表示祝贺、请他吃饭的。我算看透了，人啊，有的时候真像小孩子过家家。昨天还斜起眼看你，今天就变热络了。马局长接了一个又一个电话，每个都说有安排了、有安排了。他撤下车窗，出了一口长气。太阳落到了城外边，城里的天空就灰了。同样是局长，一类局和二类局是不一样的。大家都说，一类局的局长给个副县长也不换。平时都说不怕清闲，太清闲了就没人瞧得起。在事业局这几年，马局长就是虎落平川的感觉。我从倒车镜里看了他一眼，他肯定很激动，可他不表现，越激动他就越不表现。他就是这种脾性。我心里暗暗想了下，他要走了，总不会再带我吧。我直了下腰，莫名松了一口气。来到十字路口，就像鬼使神差，我说，一会我把马冰玉接来让您相看相看？他不耐烦地说，哪个马冰玉？

我才想起我们刚从马冰玉那里出来不久。

我就知道他是提防我了。他肯定是提防我了。一路他再没跟我说话，这要是过去，他的话会没完没了。回忆他小时候，都是怎么打架打胜了、怎么捉弄老师和同学。很多话，我听有一百遍了，很多事迹我都会背了。我问他是回机关还是回家。马局长打着哈欠说，回家。

过去他可不愿意回家了，高兴不高兴都不愿意回家。我把他拉到小区大门外，他破天荒说，就到这儿吧，你别进去了。还没容我停车，他就开始推车门。车子是他自己的，一辆三菱大吉普。是有一年他在事业局的时候从市局要来的，一直在车库里锁着。我还记得他要车的理由是，埧城是半山区，下乡去山里要爬大坡，轿车根本爬不动。

我掉车头的时候见他在一家小商场的外边抽烟，只他一个人。我不知道他在想什么，也许是像我琢磨他一样在琢磨我？

我把车停到单位，然后骑电动车回家。我从来也不开公家车或他的车回家，几十年了都这样。

8

县委外面是一个大花坛，足疗店与花坛之间有一片老百姓的房舍。我在县委门前停好车，从一条胡同穿过去，也就五六十米远。只要县委有会，我把马局长送进去，就去找小玉。我已经找她三四次了。

这条胡同是青砖铺的小道，常年照不见阳光，砖缝里长满了青苔，九十点钟了，还挂着露珠。夏天从这里穿过，身上也起冷痱子。店里有人认识我，只要我一现身，就喊，小玉，照顾你哥！如果是陪马局长来，我从来也不进去，在车里或别处候着他。我告诉小玉，别跟"老板"说我来过。小玉很聪明。穿过胡同就是条热闹的街，都是卖假名牌的服装店。卖衣服的小姑娘站在门口，张着猩红的嘴唇，一个比一个能嚷。我去那里逛逛也挺好，有时还买件T恤衬衫啥的，让马局长笑话。我说我一个当司机的，能有新衣服穿已经不错了。说完我才发现这话有问题。马局长果然说，我亏待你了？我赶忙说，哪能呢。这个世界上，您比我爹对我都好。我说的是真话，可说出来就觉得味道不对。怎么说味道都不对。我心里整天七上八下，头发一把一把掉。过去我满脑袋头发像猪鬃，又厚又硬，短短几个月，差不多都掉光了。我儿子对我说，爸，你再掉就成三毛了。马局长也让我去做足疗，我坚决不做。我说我怕痒，脚不能让外人摸。马局长冷笑一声，我才发现又说错了,过去我做过足疗啊! 我万分后悔来行政局,不来就不用面对这样难堪的场面了。可我不来行么? 按说车改了,单位都取消了司机身份,马局长完全可以一个人走。退一万步说,那样大的行政局,哪里会缺司机! 可马局长一声招呼不打,就把我的工作关系转了过来。一到场面上就四宾长四宾短,当我是近人。可只有我知道,我们俩之间有一堵墙,谁迈过去都困难。他特别在意一些小事,你不在意的事,他在意。我从亲他到怕他,就是从那一个阶段开始的。

但别人看不出什么,他们都当我是马万春的人。只是我又多了心病,他用不着我了,为啥还要带我呢?

我一个人来就是爷,往床上一躺,小玉就知道该干什么。她把我的脚搁在膝盖上,用拳头顶,用指头按,冷不防挠一下我的脚心,跟我逗着玩。有次我用脚趾钩了她一下,结果她的衣扣挣开了,乳房像球一样滚了出来。我说,你人瘦,那玩意咋长那么大? 小玉赶忙用手朝里抹,说有孩子吃奶么。我盯着她的脸看,把她看羞了。我每次去,都给她买些小礼物,就像随意过来串个门子。我们就是这样的关系。她做足疗时特别卖力气。有时我让她使小点劲,她笑笑,说哥好不容易来一次,我不能对不起人。

我和小玉已经不是一般关系了,最起码在我心里,不一般。她啥话都对我说,真把我当娘家哥哥了。这是我一直小心维护的结果。我经常给她买水果、点心。去新疆回来,给她带戈壁玛瑙项链,小玉高兴得像只小麻雀。她捏脚的时候会用些小把戏,在她怀里蹭,给我捏腿时,一直捏到大腿根。手下用着劲,眼睛看我的脸。我领会她的意思,她不拿我当外人。我两只手垫在脑后,看屋顶。屋顶都是苍蝇屎,吸顶灯像一个碱大的馒头。我想马万春躺在这里会怎样,他是一个干啥都上瘾的人,他聪明,就觉得整个世界都是他的。没有什么是他动不得的。我却对啥都没兴趣,对女人更没兴趣。真的,打从制造出一个儿子开始，我就很少跟陈四妹在一起。我一直都自卑，自卑到有心理障碍。她曾经很生气，说你到底是不是男人！我想，我当然是男人。我想起杨桂芳就心动，过去心动，现在也心动。但心动也没办法啊！我有自知之明。现在我只对一个人感兴趣，那就是马万春。我就想知道他是好人还是坏人。还有，他为啥要带我来行政局。

有一次，他跟我说，四宾，你说大象厉害还是瓢虫厉害？

当时是在云南的一个景区，我刚调来行政局，他就让我跟他去云南考察。一同去的还有另外三个人，一个副局长，一个办公室主任，一个财务科科长。他们三个人都比我年轻，对待我就像对待马局一样。我愿意这样么？我不愿意。咱知道自己的身份，我还得活人呢！但马万春愿意。吃饭的时候他拍旁边的椅子，示意我坐。我不敢坐，可别人也不敢坐，最后还是我坐了，就像有针扎屁股，我一顿饭吃不消停。我总觉得马局这样是做给别人看的，他不是真看重那把椅子。我们从昆明直接飞到了西双版纳，从一座原始森林公园出来，又走进了动物园，然后他突然问我，是大象厉害还是瓢虫厉害？

我努力睁大眼睛看，不知哪里有瓢虫。但瓢虫盖着黑点的后背在我脑子里晃了一下。我说，当然是大象厉害，谁都会认为大象厉害吧？

可马万春说，瓢虫厉害。瓢虫能爬到大象的背上，大象却连瓢虫在哪里、干些啥都不知道。他声音很轻地问，你说到底谁厉害？

我打了一个寒噤。一只瓢虫趴在大象的脊背上，可我看不到。我又分明知道马局长是在打比方，我太了解他的说话方式了。我们几个人站在一起，他却刻意问我，分明话里有话。他说任何话都有潜台词，没有潜台词就不是他马万春了。

我在亚热带气候里却出了冷汗。我脸上的笑肯定比哭还难看。我永远也忘不了出冷汗的那种感觉，脊梁沟似乎能传出哗啦啦的水响，大脑一片空白，眼前白花花的，汗水从眉梢滴到了眼角。我什么也看不到。

你说我说得对不对？马局长赶尽杀绝。

布帘没有遮严，有光泄了进来，照我的脸。我伸手去拉，够不到。小玉走过去，把布帘拉严了。那里有一个小高桌，小玉靠了上去，衣服拂着了我的脸，我抨了一下，她靠了过来，一只手揪了下我的耳朵，像在押扯一件玩物。

我心里膈应了一下，但一看到小玉圆鼓鼓的脸，就释然了。

小玉脸色绯红，心咚咚直跳。看她削薄的衣襟起伏，我就知道她心跳得厉害。她还是个孩子。我往里侧了侧身，她在外边坐下了。

哥，你咋对我这么好？

我没妹。

那我以后就当你妹。

是妹就要跟哥说实话。

哥想听啥？

你真叫马冰玉？

她霍地站了起来，要发誓。我赶忙拽她，说，逗你玩呢。她说，我今年二十二了，一直就叫马冰玉，骗哥我就是小狗。

我握住了她的手。她的指头根根都很粗，掌心有厚厚的茧，被水泡得肉皮子鲜红。她从十六岁干这行，也是老江湖了。老公是她师哥，也在别处干这个。孩子是不小心生的，其实他们还没有真正结婚。我小心地摸她的手，思谋怎么才能把心里的话说出口。我处心积虑这么长时间，就是想问她一句话。问完这句话，我就再不会来找她。有的时候，我真要被那句话憋疯了。

你和我们……老板，在一起的时候都做啥？

哥啥意思？

就是有点……好奇。

知道你瞧不起我。

瞧不起你会给你买项链？

小玉误会了，噌地站起身，生气地说，是你给我买的，不是我让你买的！一条项链有什么了不起，你别以为我没见过！想知道他都干些啥，你去问他！

我陡然坐了起来，说你小点声、小点声。我没想到她性子这样烈，这才哪到哪啊！

我冷冷地看着她。接触这么久，我当然知道小玉是什么样的人。她们这样的女孩子，这些年我真是见得太多了。我说，我就是因为不能问他才来问你，你当了那么长时间的妹，这么点交情总还有吧？

小玉一下哭出了声，抽噎说，我就知道你瞧不起我。你买这买那都不是真心的，你哪会认我们这样的人做妹妹，我们就是由着你们欺负的。我早就看出来你其实是个卧底。你是想举报你们老板！

我一下捂住了她的嘴，低声喝道，你简直是疯了，这话也敢乱说！

她扭动着身子挣脱我，把我带下床来。我好歹跐拉上鞋子，点着她的脑袋说，你不能乱说，你不能乱说。直到此刻我才知道自己真没出息，我掉眼泪了。小玉似乎被吓着了，小猫一样缩着肩膀往墙角躲。她用衣袖擦了把眼泪，突然抓住门把手，两次都没能把门拉开。回力的时候，门从外面轻轻一推，开了。马万春在门口站着，像尊神。

我想笑一下，可我笑不出。我哆嗦着身子往外走，马万春侧转了一下身子，给我让开了道。我说，没想到马局长的会开得时间那么短，知道时间这么短，我根本不会跑足疗店来。马万春说，你来又不犯法，不就做个足疗么——怎么，不怕痒了？小玉想拉他的胳膊，被他一搪手，挡掉了。我加快脚步走了出去，外面的太阳滚烫，我身上的汗却比冰还冷。

我什么也不敢想。我知道，想什么也没用了。

这是一个分水岭。我是说，这一年其实都是分水岭。不不，什么时候是分水岭我其实弄不清楚，我的脑子乱了。就说这次开会，给鼓楼要不要装灯光，前一个月，他把我叫到了办公室。他其实已经很长时间不找我了。几个司机他不固定地用，赶上谁是谁。我无事可做，在行政科晃荡。别人看我还是过去的我，见面客气，有事找马局长先到我这儿打一晃。只有我知道，我们早就跟过去不一样了，在事业局的时候就不一样了。有别人在场，马万春跟我又说又笑，一旦剩下我们俩，就一句话也没有，正眼都不看我。也许是我想多了？反正我一见到他就紧张，在他面前总像做了亏心事一样。我亏心么？我不亏心啊！也许我亏过心？但机关的人都说我自律，从不借着马局长这根签耍威风。有啥可耍的呢，一个老司机，周围的人随手拉一个都比你文凭高。还有人传言，说马局长做什么重大事情都会征求我的意见，其实，哪能呢，是大家误会了。

马局长让我坐在沙发上，他端着一杯水也坐了过来，跟我隔一个茶几。马局长开门见山说，当年你爸让我带带你，我不能半道把你丢下。有我吃的肉，就有你喝的汤。所以，我走一路，你跟我一路。陈四宾，让你受委屈了。我顾不上想别的，心里很紧张。我猜度他下面会说些啥。你爸是我老哥哥，我可以对不起全世界，但不能对不起他。这话放过去我会很感动，现在却越发惶恐，我希望他快点步入正题。马万春说，这么多年你连辆车都没买吧？都是我把你耽搁了。你看，我这么个小老头，快要退休了，大越野真不适合我。我希望换个小不点，像七星瓢虫那么大就行。我紧张地思索，以为他要让我推荐车牌，或者，让我为他买车？他知道我手里有散碎银子。你人高马大，开越野是如虎添翼，四宾，越野车就归你了！他说。我惊得屁股险些从沙发上颠下来，但关键时刻我稳住了，应该说，这没有超出我的承受能力。我问马局长多少钱可以过户,马局长说,你也知道,这是辆新车。虽说出厂十年了,但没跑多少路。当年我买它还花了三十五万,现在呢,我也不想买太好的车,三十万左右的就行。想也没想,我说,我给您三十五万。我手里只有三十五万。这是我攒了十几年的私房钱。我心里想的是,给出这三十五万,我跟他马万春就两清了,我再不欠他什么了。可姓马的大概看出了我的心思,或者,我的慷慨让他觉出了不舒服,他又说了句,不跟四妹商量商量?

9

陈四妹离家出走了,在我把大越野开回家的那个晚上,她就离家出走了。

我家窗外是条横向路,她在厨房看到了我停车。她以为我停车会拿了东西进门。这是习惯想法,除了送东西,我从没把别人的车停在自己家的楼下,我时刻想着自己就是个司机。可我空着手进门,让她觉得奇怪,她问我,一会儿还出去?

我说,不出去,我买了辆大越野,以后你回娘家我可以光明正大送你了。她说,这不是马万春的车么?我说,我花了三十五万,现在这车姓陈了。我一点也没隐瞒,我不想隐瞒,把所有的事和盘托出。这车怎么来的她知道,当初马万春根本没花钱。我有三十几万私房钱,陈四妹不知道,马万春知道。他为啥知道?因为都是沾他光得来的,否则我一个司机,哪有机会捞外快。

其实我完全可以不这么说,完全可以把话说得委婉点,让她好接受些。可当时我有一种恶狠狠的心理,我心想,我难受,我凭啥让你舒服?

马万春把我黑了,这是一定的。不管他出于什么动机,他黑我这一把都足够狠。首先,我开他的车,谁都会觉得我又沾光了。车不怕开,就怕不开,这个道理他懂,谁都懂。即便在车库里锁十年,他那个价格卖我也过分。我知道他就是想羞辱我,让我有苦说不出。可这都是表面上的。他心里肯定还有更复杂的想法,他弯弯肠子多着呢,我真猜不透。

陈四妹在炸带鱼。我看着她的一张扁脸也如同进了油锅,瞬间就变了颜色。她的头发花白了,额上都是一杠一杠的抬头纹。我预备她发疯,臭骂我一顿,王八蛋、胆小鬼、死猪心、窝囊废。这都是她的口头禅,这么多年,我已经让她骂习惯了。可她嘴唇一阵哆嗦,突然一转身,端起油锅朝我泼来。那些热油在空中就像彩色珠子,黄澄澄,黏糊糊,颤巍巍,裹着几块带鱼落到了地上。陈四妹往这边冲时,脚底下的拖鞋一趿溜,险些滑倒。她在玄关处摘下围裙,换下拖鞋,一声也不吭就走了。她没说话,我也没说话。

这就是开会头天的事。

马局长开车走了,他的柿红色小车真像个瓢虫,车顶还粘了几片树叶子。昨天夜里下了些泥点子,只负责把车弄脏了。我也上了自己的车。我越来越不爱在机关伙房吃饭,是不想坐谁的对面,谁看我的眼光都像嘲讽,活了这么些年,我心里越来越胆怯。只有坐到车里,我才感到安全和舒坦。出了机关的门,我也没想好去哪里,但朝主路一看,就看见了那辆柿红色的车,跟在一辆路虎的后边。我突然有些高兴,那车小得就像趴在地上一样,可不就像个瓢虫。我一脚油门跟了上去。前边不远处就是红灯,我看得真真的,我和瓢虫之间有一只蝴蝶、一只柴狗。前边有右转专用道,蝴蝶和柴狗一溜烟都向右转了,就像成心给我制造机会。我的脚始终没有离开油门,车子和我,都像大象一样力大无穷。我为什么不显示一下自己的力量呢?时速表显示为八十,对于这样一辆大越野,八十简直是一种轻视。

你说我忘了踩刹车?不是的,我不是忘了,我是不想踩。当你什么时候想显示自己的力量的时候,就明白我这种感受了。

只是有一点我还是弄不清楚,马万春到底是好人还是坏人,你们谁能告诉我一声,我横死都能闭上眼睛了。

(原刊《收获》第3期)

戴珍珠耳环的淑芬

蔡 骏

一切都在变,一切都在过渡,只有全体是不变的。世界生灭不已,每一刹那它都在生都在灭,从来没有过例外,也永远不会有例外。

——狄德罗

一

1987年,秋天的一日,天潼路七九九弄五十九号,过街楼上,我外婆给我吃好早饭,送我去读书。下半天,北苏州路小学,我外公跑到教室门口,穿了蓝颜色中山装,戴干部帽,面色不大好,还落眼泪水。外公拿我牵走,校门口是老闸桥,苏州河上秋风,卷来一百样味道,熏了我鼻头,连打三个喷嚏,想是外婆牵记我了。我一路看野眼,赭石色水面上,一镬子浓油赤酱,夕阳泼上来,油镬子煎开荷包蛋,金光灿灿流溢。苏州河上已难得见到木帆船,一长列水泥机动船,马达声声，首尾相衔，似一串大闸蟹，依次钻过河南路桥、四川路桥、乍浦路桥，徐徐东去。到了第一人民医院，外婆困了病床，不声不响，原来是脑溢血，医生开了病危通知单。拖过几日，外婆没了。西宝兴路办好丧事，当夜，外婆来寻我托梦，我当她还在人间，脑溢血，追悼会，反而是噩梦一场。托梦短暂，噩梦倒蛮长远，外婆一直没再回来，妈妈给我办了转学，画画也不学了，等于生离死别，因为我要搬家了。

等到寒假，选定良辰吉日，万里无云，我爸爸借一部黄鱼车，车了我跟我妈妈，踏上西藏路桥，铁桶般煤气包，像一颗恬静的原子弹。经过天目西路，刚造好的新客站，长寿路笔直往西，我爸爸踏了黄鱼车到底，曹家渡迎面而来。沪西电影院的油画海报，高仓健眺望远方，不是《远山的呼唤》就是《幸福的黄丝带》。斜对面竖起一座街心岛，依次戳了沪西状元楼、邮电局、新华书店、大新照相馆、恒泰昌绸布店、健民浴室、明华药房、长江刻字、环球商店、健民旅舍、工商银行、华森理发店，俱是三层楼房门面，鳞次栉比，形如蜂巢，挤了一作堆，甚为闹忙，又像军港入口，立满炮台碉堡的要塞。1988年的沪西曹家渡，万航渡路、长宁路、长宁支路，围出一只三角形，以街心岛为圆心，辐射出去五条马路，像一只五角星，张牙舞爪，扑朔迷离，老话里讲"万箭穿心"，颇不吉利。我爸爸踏了黄鱼车，"万箭穿心"右上角转弯，苏州河旁边，三官堂桥下，孤零零戳一栋工房，六层楼，像自来火盒子，万航渡后路八十五号，底楼一○三室，便是我的新家。

新房子是我妈妈单位分配，五十个平方，一室一厅，煤卫独用，进门灶披间，卫生间有抽水马桶，马赛克瓷砖浴缸。新家还有天井，长条形状，抬头看天，二楼到六楼晾衣裳，床单被套万国旗，内衣裤小白鸽，迎风翩跹，跃跃欲飞，水滴滴答答淋下来。我爸爸自家动手，简单装修，新房子贴了墙布，铺了地板、瓷砖，踏了几趟黄鱼车，车来一套旧家具，五斗橱、樟木箱子、电冰箱、洗衣机、黑白电视机。得了新房子，便要上交老房子，我外公搬来同住。客厅只有一张棕绷大床，我困床头，外公困床尾，各裹一条棉被，穿了棉毛衫、棉毛裤，开了电热毯，塞了热水袋，三九寒天，室内比室外冷，一老一少，堪堪熬过。过好年，我妈妈送我去读书，曹家渡13路终点站，电车竖两根小辫子，环绕三角形孤岛一圈，乘两站路，到长寿路第一小学。我认得了新同学，还好无人欺生，都是好小囡。搬来曹家渡头一年，我平安度过了甲型肝炎的瘟疫时期，外婆不再来寻我托梦，她住了西宝兴路铁板新村，困了骨灰盒头里，便是大人们讲的"死亡"。小囡一旦懂了这点道理，就离长大不远了。

　　我还没来得及长大，淑芬就来了。她的体量长大，骨骼比常人粗壮，肩胛辽阔，屁股丰腴，形如一卷中国地图。淑芬有农村女人的红面颊，好在眼睛大，瞳仁里有光，像猫的眼乌珠，美中不足，眉毛稍显淡薄。淑芬鼻梁高直，人中稍短，嘴唇皮饱满，若是光线恰当，略似敦煌莫高窟造像。淑芬的唇上有绒毛，头发浓密兴旺，绳子扎了背后，飘来荡去，光可鉴人，似一匹黑骏马尾巴，气味醇厚纠结，用力吸入肺腔，一滴滴清香。冬日萧瑟天井，仿佛满山葱茏，绿野仙踪，月朦胧，鸟朦胧。隔了三十年，我去湖南采风，路过一大片山峦，金黄果子的山茶树，熏人迷醉沉郁，夜里梦着淑芬，她头发丝里气味，才晓得是山茶籽油。淑芬是我叔公介绍来的，叔公是外公的嫡亲兄弟。我外公是镇江丹徒人，少年时光被日本人捉了修路，辗转到得上海，再做工人，娶了我外婆，后来有了我妈妈。我叔公命运不同，长江上跑船，一跑就是四十年，从水手跑到船长，操了船舵，上到重庆，中到武汉，下到上海，万里长江角角落落，只要可以通船，他跑遍了不止一趟。我六七岁时光，叔公的货轮开到上海，停了黄浦江上码头。叔公吃了黄酒，带我悄咪咪上船，倒是个奇异世界，柴油跟机油气味里，管道像黑夜大肠，弯弯曲曲，内脏流了油水，肺叶蒸腾。汽笛一声响起，我在甲板上掼倒，随波逐流，轮船已出了吴淞口，要去葛洲坝水电站，运送上海造的电站设备。要不是我叔公老酒醒转，想起我这小鬼还在船上，旋即在长江口掉头返航，我就要逆流而上去三峡，望望巫山神女。因为这桩事体，我妈妈意见蛮大，等我再看到叔公，已是1990年，农历闰年，一年有十三个月，也是我的本命年。我妈妈是共产党员，对迷信讲法嗤之以鼻，没给我穿红内裤。我外公倒是命犯太岁，年轻时光留的病根，折过两根肋膀骨，等到我外婆走了，外公变成鳏夫，落落寡欢，终日沉郁，早春一夜，外公吃了半斤黄酒，解手昏倒，送医院，查出来肝硬化，开了病危通知单。我妈妈托了关系，每日给我外公打一支白蛋白，先打进口的，价钿吓煞人，只好再打国产的，也是自费药。听闻我外公命悬一线，叔公从镇江乘火车来上海。我带叔公去医院，到三官堂桥左转，沿了江苏路，过长宁路、武定路、市三女中、愚园路再左转，便到同仁医院。我外公困了病床，手背吊了盐水瓶，面有黄疸之色。兄弟重逢，叔公无啥好讲，叹气，吐痰，落眼泪水，点一支红塔山，又被护士骂，只好掐掉香烟，难以尽述。后来读到杜甫"少壮能几时，鬓发各已苍"，我便想起叔公来望外公的遥远下午。

　　淑芬是叔公的同村，隔几日，叔公带她从乡下上来，照顾我跟我外公，就是住家保姆。是日，太阳光像细细密密金粉，照得微尘乱舞，穿过幽暗天井，洒在我的数学作业上。我偷偷看淑芬侧颜，左边耳朵半透明，曲径通幽，绽开毛细血管，荡一小片粉色耳垂，透光一只耳洞，像春天树梢，弹出一枝嫩芽，有碧绿叶片，也有深深芯子。画画老师教过我，人身上最难画两样，一是手，二是耳朵，既复杂，又完美，尤其是耳朵，统统是曲线，回环缠绕，明暗交错，必是老天爷吃醉老酒，神志无知落脱的副产品。淑芬摆下一只化纤条纹蛇皮袋，一只上海牌女式手提包，灰颜色皮子上，印了外滩风光。斜剌里太阳光，从淑芬的左耳亮到右耳，亮出一只单调、枯萎、衰败红肿的右耳朵，像晒干了的黑木耳，又像风烛残年的我外公。两只耳朵判若天渊，好像两只娘胎里出来，拼了同一个头颅两边。至于淑芬的珍珠耳环，我要再等几个月才见着。淑芬在我家里头一夜，我外公还在医院，叔公搭了夜班火车回镇江，我妈妈翻出一条新被头，让淑芬困了客厅棕绷大床。我说，我困啥地方？我妈妈说，你也困这张床。关了灯，我先钻被头筒，想到有个女人跟我困一张床，我便穿了棉毛衫、棉毛裤，仰天平躺。等一歇，听到窸窸窣窣声音，有人脱绒线衫，静电噼啪作响，怕是腈纶材料。眠床晃一记，隔壁被头翻动，气流扑来，乍暖还寒。我困床头，淑芬困床尾，她后背心朝我，但是两只脚长，几乎碰到我这边床挡。我跟淑芬静下来，好像床上没困人，两只被头筒里皆是空心。摒不牢，淑芬终归翻身，跟我一样平躺。我看了天花板，微微转头，望向玻璃窗外天井，月色清艳，我爸爸养的花花草草，牵丝攀藤，老鼠影子如噩梦蹿过，拖一条细长尾巴。淑芬又翻身，这趟面朝我这一边，喘气声音粗重。我再转身，面朝墙壁，屁股朝淑芬，被头筒渐热，春梦渐生。老早我时常翻来覆去困不着，早上苦作乌拉爬起来，被我妈妈催了揩面刷牙齿去上学。这一夜，淑芬呼吸动静不小，却有催眠功能，好似层层海浪卷来，秋冬枯黄的芦苇丛，沙沙沙，沙沙沙，潮头扑上来，潮头又落下去，泡沫白滚滚，幕天席地，无处逃遁。天亮醒转，我嗅着酱菜、腐乳、花生米味道，一碗泡饭，热气腾腾摆了台子上。半张床已经空了，淑芬的被头叠得正气，靠了床尾，残留余温。我速速穿衣裳起来，扒筷子，吃早饭，烫着舌头尖。淑芬立了天井门口，问我，好吃吧？我嘴巴笨，先低头，再点头，再背起书包，去上学。

我外公出医院前，我爸爸背了十斤水泥、三十斤黄沙、几十块砖头回来，砌到天井围墙上，连接二楼阳台下沿，再砌一堵砖墙，封掉半只天井，三夹板做一扇门，四边用硅胶密封，便是淑芬的房间。我外公回到家里，看到淑芬，半天没话好讲。外公是老实人，不欢喜跟人搭腔，家里有个保姆，便觉着不自在，淑芬毕竟是女人，有各种麻烦事体。鬼门关前兜过一圈，我外公的肝脏坚硬如铁，等于半个废人，还是个药罐头，每日要吃三种西药，熬一服中药，每个礼拜跑医院化验、打针、配药。淑芬看得懂药瓶上的字，分得清每一种药，一日吃几趟，每趟吃几片。淑芬还会熬中药，抓药手势、火候分寸都好，家里缭绕了丹参、当归、茯苓、阿胶、山茱萸、甲鱼壳的浓烈气味，绕梁三日不绝，让人神魂颠倒，扶摇直上六层楼，飘去三官堂桥，沪西曹家渡数万居民，仿佛集体罹患了肝硬化、腹腔积液，以及肝肾综合征。我爸爸是个电工，在上海第三石油机械厂上班，这两年厂里生意好，经常有机器坏了要修，中班夜班蛮多。我妈妈是上海市交通运输局的纪检干部，下班回来六点钟，再去买小菜、烧饭，七八点钟才能吃夜饭，要是碰到出差，或是去北京开会，我跟我爸爸还有外公，三个男人泡三包方便面，要么开水泡冷饭，吃吃咸菜萝卜干。现在有了淑芬，负责买菜烧饭，她晓得我欢喜吃水里的，东海带鱼、江北黄鳝、太湖螺蛳，犹如过江之鲫，轮番端上我家餐桌，但不铺张浪费，会得杀价钿，不浪费一分菜金。淑芬还会杀鸡、杀鱼，手臂膊戴一对蓝布袖套，刮鳞拔毛，开膛破肚，取胆剔肠，弄得清清爽爽。淑芬杀甲鱼是一绝，先引龟头出壳，眼皮一张一合，手起刀落，关公温酒斩华雄，八大王已身首异处，血溅五步，熬成汤给我外公吃，据说有中药功能，延年益寿。我外公吃饭不上台子，生怕传毛病给我，一个人坐了方凳子上吃，生出凄凉伶仃之意。淑芬晓得我外公忌口，专门烧几样菜给他，统统是家乡味道，镇江城外丹徒县，长江南岸村庄，我小时光去过两趟，每趟皆是寒假，朔风劲吹，天地萧瑟，枯枝衰败，水汊环绕，田埂上男小囡骑了脚踏车，女小囡穿了花棉袄，农舍升起炊烟，白雾茫茫。我外婆也是丹徒县人，我妈妈想拿外婆葬在上海的公墓，我外公却想送外婆回乡下,落叶归根。淑芬来我家时光,我外婆的骨灰盒头,已埋于故乡田野,起了坟茔,刻了墓碑,拜托我舅公照料,就是外婆嫡亲兄弟。我外公说,等他死后,要跟我外婆葬于一穴。实际上呢,我外公来上海五十年,乡音已改,平素只讲沪语。淑芬倒是一口乡音,她也会普通话,但是蹩脚,半是镇江扬州腔调。每夜九点,我外公就要困了,淑芬在煤气灶上烧水,铜铫子倒进塑料脚盆。我外公双脚水肿,脚腕如同馒头,典型肝硬化症状。淑芬坐了小矮凳,佝偻后背,捏一条热毛巾,帮我外公按摩肌肉,软化血管,聊胜于无。我外公汰好脚上床,淑芬再拿一只脚盆,倒满温开水,让我放下两只脚。淑芬手上老茧粗厚,还生冻疮,捏了我的细细小腿,慢慢交搓揉,汰出一池老垢。淑芬粗懂穴位,按了足三里、血海、三阴交、脚底心涌泉,手劲排山倒海,深入骨髓,酸得我吱吱乱叫。待到穴位按好,淑芬摊开毛巾,帮我揩清爽,脚底温热,钻到被头筒里,方能困得熟,噩梦退散。

淑芬有两套衣裳,款式一样,一件红、一件绿,每个礼拜换一趟。清明后,天气渐热,她脱了绒线衫,外套不变,经常汗津津。淑芬不在家里汰浴,主仆之间分寸,她是拎得清,泾渭分明,绝不越界。每个礼拜,淑芬拣了空当,去曹家渡公共浴室,买票子汰浴,价钿实惠,每趟回到家里,头发还没干透,湿漉漉披了肩胛,像一圈圈海藻,深海里发了幽光。五一劳动节,淑芬放了一日假,我妈妈亲自买菜烧饭,叫她出去兜兜转转,不要闷了家里。淑芬终归调了衣裳,的确良衬衫,白颜色,涤纶纺的,蛮挺括,下头黑裤子,总好过红的绿的,脚上还是搭扣胶底鞋。在我贫乏的想象力下,淑芬到了南京路,多数是中百一店,买各色衣裳、鞋子,还有雪花膏。天黑前头,淑芬准时回来,两手空空,只背一只红书包,印了动画片《花仙子》主角小蓓。淑芬打开书包,有一只塑料铅笔盒子,画了米老鼠跟唐老鸭,还有两双回力牌运动鞋，一双红、一双白，都不是淑芬尺寸，她的脚跟男人一样大。两双跑鞋都蛮小巧，分明是我的脚码，白跑鞋是送给我的，至于红跑鞋、花仙子书包、米老鼠铅笔盒子，统统是淑芬买给女儿的。淑芬的女儿叫小桃。

二

隔了三十年，戴珍珠耳环的淑芬，还有小桃的面孔，在我脑海的暗房里，慢慢交冲洗，黑白底片变成照片，一点点鲜明光艳起来。小桃不像她娘，恐怕随她爹，圆面孔，丹凤眼，眉毛清爽，鼻头细巧，皮肤苍白单薄，看得出青颜色毛细血管。她梳一根小辫子，跟她娘一样乌黑油亮，荡了胸口前头，如同麻雀飞散，扑入我的胸口。小姑娘发育比男小囡早，胸部已蛮明显，比我高半个头，还厚颜无耻地叫我阿哥。三伏天，小桃从镇江乡下来上海，淑芬陪女儿住了私人旅舍，就在曹家渡，长宁支路上一条小弄堂。我晒得热昏，脚上蹬了回力牌白跑鞋，穿进小弄堂，两旁搭满前后厢房，造起三层阁，头顶一线天，二楼对面好握手，家家大门敞开，生煤球炉，小囡汰浴，兄弟分家产，婆媳吵相骂，看戏似的。弄堂蜿蜒幽深，深得像人的盲肠，行到山重水复，竟藏一座小教堂，四面被民房包围，竖了木头尖顶。新乐路襄阳路口，我妈妈单位对面，也有一座老教堂，白俄人的东正教堂，气派大得多，拜占庭式圆顶，天蓝色洋葱头，却没一个信徒来祷告，因为白俄人老早离开，教堂等于一具漂亮空壳。曹家渡天主堂，尽管寒酸相，缩了角落里，病恹恹像我外公，却还在心跳，呼吸喘气，门口坐了几个老太婆，满头霜雪，前脚做好弥撒，阖眼皮读《圣经》，尚有阳寿未尽。隔壁私人旅舍，几乎是间危房，木头摇摇欲坠，蜘蛛吐丝结网，反倒衬得小教堂固若金汤起来。爬上三层阁，淑芬看到我进来，也是一惊，抬起手臂膊，遮牢自家左边面孔，五根手指间，慢慢泄漏出光来，原来是一枚珍珠耳环。不是一对，只是一枚，单吊在淑芬左耳朵，滴溜溜圆，像一颗玻璃弹珠，但不透明，左边面孔跟头颈，倒映一层银白反光。珍珠背光一面，深沉暗郁，像我爸爸厂里产生的石油机械零部件，送去新疆塔克拉玛干沙漠，深入地下岩石几千米，挖出乌漆墨黑的液体黄金。我头一趟看到淑芬的珍珠耳环，旁边的小桃已失了颜色。小姑娘穿了短袖衬衫，回力牌红跑鞋，眼睛盯牢我不放，叫人进退维谷。房间局促，没电风扇，热得像蒸笼，只有一卷蚊香，袅袅升了绿烟。还好有老虎天窗，浮了黛色屋顶上，正对天主堂十字架，吹入三两热风。淑芬摘脱珍珠耳环，塞了裤子口袋，掏出一张五块纸币，正面炼钢工人，背面露天采矿，叫我带小桃出去兜兜。三十七度高温，到了曹家渡街心岛，我跟小桃进了邮局，兜了书店。我刚读好五年级，还是小朋友面孔，身坯像只猢狲，人人觉着是阿姐带了阿弟。我买两根娃娃雪糕，找回四张一块纸币，正面少数民族女人，背后万里长城。我们嘴唇皮舔了雪糕，糖水滴落到她的红跑鞋上、我的白跑鞋上，鞋舌头像人舌头舔了。我跑进向阳食品店，摸出两张钞票，买一包盐津枣、一包话梅，跟小桃分而食之，像两只小鸡啄米，吃得舌头发咸。我性情温暾，碰着人就低头，闷声不响，从小养成坏毛病，不敢看别人眼睛，我妈妈总骂我不上台面，但我别转头说，小桃，明早一道吃早饭好吧？小桃舔了盐津枣说，好啊。

　　小桃在上海小住半个月，我难得每日早起，闹钟调了六点，刷牙齿揩面，走到曹家渡，陪小桃一道吃早饭。晨光熹微，露水蒸腾，彻夜蛰伏的老饕们出洞了，搜肠刮肚，胃液翻腾，舌头发颤，馋吐水嗒嗒滴，依次扫荡糕团店、馄饨店，生煎馒头、鸡鸭血粉丝汤、锅贴、粢饭糕、油墩子，围了三角形街心岛，热气滚滚，氤氲蒸腾。肉馅的香味道、内脏的腥气味道、甜蜜酱的幸福味道、臭豆腐的腐败味道，水乳交融，吊了人的鼻头尖、舌头尖。小桃的话开始稠了，普通话咬字周正，只带一点点口音，比她娘讲得清爽多了，像我们班上女同学。太阳光开始旺了，曹家渡一点点闹忙，红绿灯跳起来，13路电车小辫子翘起来，几千部脚踏车转起来，铃铛声甚嚣尘上，赛过坦克车旁边，散开乌泱泱骑兵，静静的顿河，要么分道扬镳，要么胜利会师，浩浩汤汤。沪西曹家渡是三区交界，好像上海的金三角，撑市面是静安区，占了半壁江山，包括三角形街心岛，走万航渡路去静安寺；我家的六层楼工房，沪西电影院，属于普陀区，直通长寿路大自鸣钟，苏州河两岸工厂；隔一条万航渡后路，我家出门右转，钻过三官堂桥，便是长宁区地界，淑芬日日去农贸市场买菜，泊了苏北安徽来的船队，满载活鸡活鸭、虾兵蟹将、碧绿西瓜，随了苏州河的潮汐，浮沉起落。我陪了外公，再约了小桃，三个人穿过小菜场，沿了熏人迷醉的河岸小路，从沸热荡到温暾再到静谧，走到精神病院、华东政法学院（老早圣约翰大学），最后是中山公园后门。外公精神头上来，买了三张门票，圆形塑料角子，掼进检票箱。公园万树葱茏，顿觉阴凉，老头帮聚拢，听一少年拉二胡，瞎子阿炳《二泉映月》，琴声像哭声，有板有眼，有腔有调。小桃听得呆了，流连忘返，盯牢拉二胡的少年，倜傥年纪，弹眼落睛。我是自惭形秽，拖了小桃说，有啥好听的，下趟我吹笛子给你听。小桃不语。转过石亭夕照，林苑耸秀，极司菲尔花园旧景，终到一株参天古木，树根赛过圆台面，分出五六根巨株，像五根手指头，往上海五个方向延伸，千树万叶，犹如栖了十万只黑鸦，垂了羽翼，遮天蔽日。风乍起，树已成海，浪涛声声，充盈双耳，又像撑开一面巨伞，地上生出无限大的树影子，地下也生出无限大的树根，须须蔓蔓，盘根错节，从头顶到脚底，盖了整个中山公园。我想象其中一条树根，沿了苏州河床爬行，匍匐钻到曹家渡，钻到我家天井，跟夜来香根须纠缠，暗通款曲，节外生枝。大树底下有牌子介绍，学名悬铃木，上海人讲的法国梧桐，树龄一百二十年，意大利漂洋过海而来，一八六六年，一个英国大班手植，远东所有悬铃木的老祖宗。几个老太婆在树下烧香，据说这棵大树是老神仙，树大根深，法力无边，许愿灵验。我外公不信，笑笑走了。小桃膝盖骨一抖，跪了大悬铃木树下。我惊说，你做啥？小桃说，大树会保佑我的。我说，保佑啥？小桃说，保佑我长命百岁。小桃双手合十，一声不响，大悬铃木却一直在响，树欲静而风不止，几吨重的树叶子，像开了音乐会，盖过尘世嚣嚣。

小桃离开上海这日，我请她看了场电影。沪西电影院蛮古老的，蒋介石搞"四一二"这年造的，最早叫"奥飞姆大戏院"，曹家渡五岔路口转角上，正对三角形街心岛，门脸气派，等于五六层楼高。今日海报是电影《本命年》，油画上满脸阴霾的男人，半天才看出来是姜文。我说，就看这个吧，我正好本命年。小桃说，我也是。进了电影院，冷气开放，外头撒哈拉，里头西伯利亚，我穿了短裤，冻得刮刮抖。我看不懂电影，却装作啥都懂，看到片尾，刑满释放的姜文被小流氓捅死，小桃问我，到底死了吗？我说，主角是不会死的，肯定救活了。电影散场，鱼贯走出太平门，总教我想起太平间，我外婆走后的第一站，也是冷气开放，人生散场。走到我家门口，小桃不肯进去，拖我上了三官堂桥。吹拂苏州河上野风，晒了热滚滚太阳，我又问，小桃还会来上海吧？小桃不回答。少顷，小桃扒了桥栏杆说，哥哥，你说这条河底下，有没有水怪？我说，苏州河要是有水怪，老早臭得熏死了。小桃说，我们乡下每条河浜里，都潜了一只水怪，要么乌鱼精，要么泥鳅精，要么黄鳝精，每年有人淹死，热天游泳的、冬天滑跤的、秋天跳河的。我说，小桃也会吓人了。小桃说，见过水怪的人，魂灵会被带走。我说，我妈妈跟我讲过，不要迷信，《聊斋》里的故事，不作数的。小桃笑笑说，我见过，我家门前小河浜里，有一只蚌壳精，夜里缠了水草,翻开两瓣壳子,吐出几十颗珠珠,月亮下一粒粒反光。我说,这就是珍珠吧,不对,是你的噩梦。小桃说,绝对不是梦,我从蚌壳精身上,捡回来一颗珍珠,养在我的搪瓷碗盏里。我说,珍珠还能养?小桃说,我养了一个热天,珍珠变大了一圈,养到秋天快要过去,珍珠变得透明了。我说,这不是玻璃吗?小桃说,是啊,跟玻璃球一样,最后不见了。我说,你妈妈的珍珠耳环,也是蚌壳精吐出来的吗?小桃朝我白眼说,反正不是偷的。我急说,不是这意思。小桃说,我妈妈的珍珠耳环啊,我从小就看到过,但她不太戴出来。我说,就一只吗?不是一对?小桃说,只有一只,我妈妈不准我碰她的耳环,我偷偷翻她柜子,被我妈妈打过好几次。我说,淑芬阿姨也会打人?小桃摸摸肩胳说,最多几块乌青,三天就褪。我说,你爸爸不拦她?小桃长远不响,我也闷掉。小桃翻转身说,苏州河里的水怪,我猜是乌龟精,要么蝙蝠精。我说,为啥?小桃说,乌龟寿命长啊,藏了淤泥里,闭气一个秋冬不死。我说,蝙蝠精呢,水里有蝙蝠吗?小桃说,你看。小桃跷起手指头,只往苏州河上一指,羊脂玉色的指甲上,泼溅起一片柔光,烈日凌空的水面上,凭空多了一只飞行物体,扇了两片小翅膀而来,竟然真是蝙蝠。这点黑魆魆的小东西,仅在太阳落山后现身,缘何此刻出动?我想起舞台上的魔术师,谈笑风生间,变出一只小白鸽、一缸小金鱼。小桃的手指头,好似擦了金粉、涂了咒语,光天化日下,变出一只活生生的蝙蝠,分明是一场大型幻术,美国大魔术师大卫·科波菲尔也不过如此。小蝙蝠飞来方向,恰是我家隔壁,上海绢纺厂,堆积数以吨计蚕茧尸体,机器开动,轰隆隆,轰隆隆,飞絮漫天,如丝如缕。工厂阴森的屋顶下,便是天然的蝙蝠巢穴,好像南美丛林溶洞,白天倒挂在洞顶,黑夜乌泱泱外出狩猎。苏州河上蝙蝠精,等于小桃白相玩伴,召之即来,挥之即去,转眼消失在桥洞下,可能就倒挂在我脚底下,或者潜入迷醉的河流深处,修炼成精,正宗水怪。我嗫嚅说，小桃。小桃眯起双眼说，看船。只见从武宁路桥方向，首尾相衔而来十几艘船，好像蝙蝠精开道，切开乌漆墨黑水面，船头浊浪翻涌，列队穿过三官堂桥，逆流而上，从吴淞江到大运河，再到镇江城外。下半天，小桃胆子蛮大，自己坐火车回镇江了。二十年后，小桃住过的小旅舍，连同四周围老房子都拆了，造起长宁88购物中心，玻璃幕墙，镜子怪兽。曹家渡天主堂，却从穷屋陋巷之中，凤凰涅槃，搬场到"万箭穿心"正西方，新造一座哥特式教堂，官名"圣弥额尔天神堂"。大门坐西朝东，紫气东来，红砖外墙，彩色毛玻璃，画了《圣经》故事，尖顶直刺苍穹，十字架金光夺目，反倒成了曹家渡地标，好像静安寺之于静安区。

三

淑芬的过去是个谜。我只晓得，淑芬是读过书的。我家里藏书，多是我妈妈老早买的小说和文学期刊，还有华东师大中文系自学考试教科书，还有我爸爸的养花指南，他当兵时光的防核武器跟生化武器手册，统统藏了壁橱底下，被我一本本翻出来，摊开来晒太阳，家里洋溢了反帝反修、批林批孔、儒法斗争、伤痕文学、先锋文学、寻根文学、拉美魔幻现实主义的丰富且吊诡气味。曾经让我如痴如醉的三百本连环画，已被它们的小主人束之高阁。这是我一生当中的青铜时代，等于古埃及在尼罗河、古巴比伦在两河流域、古印度在印度河、商朝人在殷墟的甲鱼壳上刻字的阶段。《水浒传》宋江招安后征辽国讨田虎平王庆擒方腊后三十回，我读了十遍；《悲惨世界》第二卷滑铁卢战役，我读了二十遍；姚雪垠《李自成》第一卷，我读了三十遍；《钢铁是怎样炼成的》我读了四十遍。我外公常常摊开文稿纸，捏了狼毫笔，抖抖豁豁抄写，不是佛经，不是唐诗宋词，而是蒲松龄《聊斋志异》，不是原著文言文，而是后人译的白话文，这样外公才看得懂。《聊斋》故事，三分之一美艳女鬼，三分之一仙侠狐妖，三分之一市井无赖。我欢喜看打打杀杀，比方《田七郎》，我外公抄过三遍。田七郎为好兄弟报仇，杀了御史阿弟，再自杀，再尸变，杀了县官，看得我汗毛凛凛。

　　暑假快要结束，我妈妈陪我外公出去跑亲眷，我爸爸在厂里上班，我去寻同学走四国大战，热得浑身湿透，回到家里，只见淑芬坐了客厅，拿了我外公的白话本《聊斋》，舌头舔了手指翻书，这是她的坏习惯。我凑到她背后一看，原来是《罗刹海市》一篇，我看过蛮多遍，既没女鬼，也没狐妖，却有海外异闻，倒是像《镜花缘》。淑芬的左耳朵上，多了一枚珍珠耳环，让我的瞳孔一缩。原来只要家里无人，耳环就会悄咪咪放光，这是淑芬的秘密，现在是我跟她两个人的秘密。淑芬被我一吓，合上书本，跑进天井做生活了。淑芬来不及摘脱珍珠耳环，拧开水龙头，放满满一铅桶水，拎起来平平稳稳，一滴都不溅出。淑芬手臂膊不粗，但是力道十足，晾晒衣裳被单，直接用手绞干，清清爽爽，好像绞索挂上头颈，包准十秒钟毙命，绝不拖泥带水。我蹑蹑踏入天井，一对娇凤婉转啼鸣，我外公养的，披红挂彩，学名虎皮鹦鹉。地上一只长毛兔，我爸爸送给我的，蹭到我的脚馒头，热烘烘，有点焐酥。我说，淑芬阿姨，我好看看你的耳环吧？淑芬别转过头，蹙起眉头，甩掉手上水滴，揩布擦清爽，摘脱珍珠耳环。我的两只手掌心平摊，轻轻托了耳环，没啥分量，镶嵌一只银钩子，末端弯曲，细长如钉，用来穿透耳洞。珍珠本身冰凉，残留女人体温，吸收太阳光，困了我手心掌纹里，似要融化，速速物归原主。淑芬收起珍珠耳环，两只耳朵清清白白。我不知足，提了第二个要求，淑芬，我能捏捏你的耳朵吧？淑芬倒是没翻面孔，贴了我的耳朵说，骏骏外公讲过，你从小欢喜摸外婆耳朵，是吧？我打一个寒噤，当我还是小小囡，欢喜困了外婆旁边，手指头捏了外婆耳垂，毫无皱纹，像一块捏不碎的水果软糖。我没看到外婆戴过耳环，但她确有一对耳洞，我能闻着洞内气味，催眠似的芬芳，既无美梦来缠，更无噩梦来惊。这一不上台面的嗜好，从我三岁开始，保持到小学三年级，直到再也摸不到外婆耳朵，因此滋生的悲伤，甚于痛失外祖母这桩事体。淑芬回到客厅，坐于矮凳，转过左边面孔说，骏骏，轻一点哦。我坐定下来，咽一口馋吐水，手已抖豁，我说，真的？淑芬说，不要耽误时光，我还要淘米烧饭。终归，我弹出右手，触到她的左耳朵，大拇指摸耳垂正面，食指摸了反面，两根手指像一对筷子，捏牢碗盏里的肉，淑芬亲手炒的小牛肉，肉头顺滑，纹理细腻。淑芬凝固不动，像服装橱窗里的假人，呼吸也轻下来，扑簌到我头发里；她头发里的气味，扑簌到我鼻孔。太阳光刺进来，先被窗门玻璃切碎，又被头顶吊扇绞碎，天花乱坠下来。淑芬脖颈上有层薄汗，耳垂阴凉，大热天摸了舒意，吊扇都是赘物，叫人不再燥热，自然凉下来、静下来、稳下来、惬意下来。淑芬被我捏得发痒，咯咯笑了，闭上眼皮享受，反倒是我在服侍她，手指头分泌油脂，渐渐搓热耳垂，像一块碧玉，手心里焐了时光久，也会得变暖热。我盯了淑芬耳朵孔，正对草木葳蕤天井，所谓天堂，就在女子耳垂上，六岁小姑娘，三十岁淑芬，六十岁太太，皆有这一对天堂，永久保鲜不变质。淑芬眼睫毛抖了说，骏骏还想外婆吧？我说，外婆刚走时光蛮想的，后来一直捏不到她的耳朵，才晓得外婆死了，再也不回来了。淑芬说，骏骏要是再想外婆，可以捏淑芬的耳朵，但有个条件，千万不好叫你爸爸妈妈晓得，也不好叫你外公晓得，懂了吧？我缩回手指头，舔舔自家舌头说，懂了。天上飘过一片云，家里又暗下来，彩色片化作黑白片，最后无声片。

　　热天过去，我升上预备班，到五一中学读书，悄咪咪开始发育，显著标志是饭量倍增，淑芬每趟给我添饭，都要多看两眼，好像我怀了一个日长夜大的怪胎。外公身体一日日好转，不必一直要人伺候，淑芬一日日空下来，要么抱了绒线球，捏了两根棒针，给我结绒线手套，给小桃结绒线裤，要么开无线电，跟我外公一道听越剧《杜十娘》《祥林嫂》，王永生大师唱《金陵塔》，但她只听得懂一半。老早在外婆家，老闸桥的弄堂，左邻右舍都认得，常常串门跑动。现在搬来曹家渡，住了六层楼工房，每层四户人家，几乎老死不相往来，鸡犬相闻不见，倒是麻将牌声音响亮，春夏秋冬梅兰竹菊，大珠小珠落玉盘。二楼阿哥是个例外，此人本是大学生，不知何故退学，变成待业青年，家里蹲，自学日文，天天阿伊屋哎奥，准备东渡扶桑读书。二楼阿哥有全套金庸、古龙、梁羽生、温瑞安、卧龙生，时常抱了书来我家里，跟我交换苏联小说和文学期刊，比如我看的第一本金庸叫《碧血葬香魂》，红花会总舵主陈家洛跟乾隆皇帝还有香香公主的故事，至今记忆犹新，后来才晓得大名《书剑恩仇录》。二楼阿哥人是瘦长，像一根甜芦粟戴了眼镜，他每趟来我家里，看到淑芬在灶头熬中药，自然搭讪几句，多是照顾老人话题。淑芬也不扭捏，大大方方，还能开两句玩笑。二楼阿哥生在贵州遵义，爹娘支援内地大三线，他是十岁才回上海读书，家里只有一个太奶奶，清朝宣统年间生人，已经老年痴呆，上个月摁倒骨折，困了眠床，动弹不得。二楼阿哥照顾太奶奶，单枪匹马，焦头烂额，自己吃饭都成问题。他问淑芬有空儿吧，每日上门一趟，每趟两个钟头，照顾老太吃流食，调尿布，热毛巾揩身，不要生褥疮就好。淑芬既没答应，也没拒绝，她讲此事不小，必要主人同意才好。送走二楼阿哥，我蛮紧张，便问淑芬，你真要走了？淑芬说，骏骏不要吓，淑芬不会离开你的。当夜，淑芬跟我妈妈商量，我妈妈当即同意，也不减少薪水，淑芬还住了我家里，唯一要求是错开时光，不耽误买菜烧饭跟照顾我外公。半夜里，我爸爸埋怨我妈妈，做啥这样大方？我妈妈说，反正淑芬每日有半天空当，上二楼有事体做也好，住家保姆要是太闲，容易生出事端，不是钞票，就是男人。我妈妈讲到此地，我爸爸也就闷掉。

　　每日午后,淑芬到二楼阿哥家里,但比照顾我外公辛苦得多,老太几乎不能动,一口绍兴话,淑芬也听不懂,老年痴呆,大小便失禁,还要端屎把尿。淑芬吃力管吃力,但在我家里做生活,丝毫不曾懈怠,每趟从二楼下来,都会用肥皂汰手,免得带了老太污秽物。二楼阿哥每趟支付三块酬劳,淑芬在我家里吃住全包,每月可得一百块,等于净赚,加上二楼的外快,淑芬赚了不比我爸爸少了。但我不再跟二楼阿哥热络,他看中我家的《安娜·卡列尼娜》,尽管我看不懂,也不肯借他,哪怕全套楚留香也不换。二楼阿哥祭出法宝,一套雪米莉全集,封面不是香港艳星,就是欧美荡妇娇娃,让我缴械投降。我拿雪米莉藏了床单底下,家里没人时光,偷偷拿出来翻两页,其实没啥黄色,无非是香港皇家警察派遣美艳女警,卧底国际贩毒集团,却被毒枭做成人肉包子,故事横跨香港、东南亚、欧洲,惊动意大利黑手党,蛇蝎美人发射响尾蛇导弹,袭击克格勃特工。隔一个礼拜,淑芬调换床单,发觉我的秘密,她也翻了几页,真是不巧,翻着阿拉伯王子跟应召女郎的春宵一夜。淑芬说,骏骏,你怎么看这种乌七八糟的书？我是面红耳赤,百口莫辩。淑芬没收了雪米莉,还给二楼阿哥,据说臭骂他一顿。我是一声不敢响,生怕淑芬告诉我妈妈。后来我再看到二楼阿哥,装作太平无事,他也不提雪米莉了。

　　1991年,是个多事之秋,我每日守了电视机,看报纸上国际新闻。我妈妈不想让我天天看飞机导弹,刚放寒假,便给我请了画画老师。曹家渡三角形街心岛上,原本清一色国营商店,现在新开几爿极小的门面,承包给个体户,其中一家画像店,门口挂了三张肖像素描,一张林青霞、一张山口百惠、一张玛丽莲·梦露,皆是举世无双的美人。门里有几张老头老太肖像,表情僵硬,阴气森森,我有点点戒惧。画像叔叔头发披到肩胛,马脸一张,两撇胡子翘起,竟像超现实主义的达利。他吃香烟有腔调，只吃万宝路，自来火点着烟头，不疾不徐甩灭，手指间星火撩人，再吐一圈烟雾。画像叔叔给我一张画夹、一支铅笔，让我画一只陶瓷杯子。我从一年级开始学画，搬到曹家渡，只好中断荒废，我妈妈有点后悔。在长寿路第一小学，美术老师夸我会素描，懂透视法，还会调色彩，画班级黑板报。我憋了劲，捏了铅笔，手指头发抖，勉强画出一只陶瓷杯，笔触乱七八糟，明暗也是僵硬。画像叔叔帮我补了几笔，化腐朽为神奇。我妈妈说，赞的。画像叔叔说，小鬼画得不错，我收这徒弟了。画像叔叔健谈，嘴巴没停过，他跟我妈妈都是老三届，我妈妈运道好，没兄弟姊妹，免去上山下乡，顶替我外公进了单位，还上了工农兵大学。我爸爸运道更加好，根正苗红，通过政审，光荣参军，当兵三年回来，分配进厂做了工人。画像叔叔就苦大仇深了，他是知青，去了黑龙江，冰天雪地北大荒，偷偷摸摸在农场里画画，先是生产工具静物，再是北国萧瑟风景，最后北地胭脂肖像，差点被诬为流氓罪，还好恢复高考，上了中央美术学院，专攻西洋油画，在北京办过画展，再到高校当老师。我妈妈不禁要问，先生才高八斗，为啥屈就在小小画像店里？画像叔叔说，不谈了，当今高校就是大观园，一年三百六十日，风刀霜剑严相逼，我是闲云野鹤之人，遭到小人算计，不为五斗米折腰，挂冠而去，来到曹家渡，盘下这一小门面，自食其力，一时蛰伏，大隐隐朝市。谈到此地，我妈妈已不好意思还价了。

  寒假里，我每天十点钟去画画，上课到十二点钟，从圆锥体、苹果、水瓶，画到石膏像。我妈妈还要上班，就叫淑芬陪我，顺便买点小菜。天寒地冻，人人穿大衣帽子，嘴巴哈了白气，我戴了绒线手套，淑芬一针一线结的，露出四只手指，已冻得通红。淑芬面颊也红，但没老早明显，不再是两只红苹果。我妈妈送给淑芬一瓶油，每日早晚搽一点，皮肤不再皴裂，冻疮也好了，就是老茧褪不掉。画像店里有一扇小门，里厢颜料味道深重，淑芬说，让骏骏进去看看嘛。画像叔叔面孔一板说，这是我的画室，藏了宝贝，啥人都不准进去。淑芬冲他一句，臭美。画像叔叔坐了吃香烟，翻翻艺术杂志，淑芬当即提醒，上课时光金贵，主人用钞票买来的。淑芬骂起人来，元气丰沛，好像教训贼骨头，句句都像臭豆腐干，闻起来恶形恶状，画像叔叔吃到肚皮里，反而吊起胃口，甘之如饴。最后一课，画像叔叔说，今日不画石膏，直接画人像。我说，模特呢？画像叔叔点一支万宝路，眼乌珠盯了淑芬。这一记，淑芬一跳三尺高，学了洋泾浜上海话说，瞎话三千，先生是要吃我豆腐，电视上模特都是小姑娘，穿了胸罩三角裤，走路扭屁股，羞煞人啊。画像叔叔笑说，我讲画像模特，不是时装模特，更不是泳装模特。淑芬面孔煞白，抬起手来，就要抽画像叔叔耳光。我说，淑芬，不要。淑芬的手落下来，指了画像叔叔的美术杂志说，这点书里女人，统统是光屁股光胸脯，你叫我脱光了让骏骏画画，想要带坏我的小囡，还是要对我耍流氓？画像叔叔笑得烟灰烧到自家身上，急忙扑灭火星，还是烧出一只洞眼。淑芬说，活该。画像叔叔说，淑芬，不要你脱衣裳，只要你坐定此地，让骏骏画你的胸像就好了。淑芬面孔通红说，要死快了，画我的胸，我是养过女儿，奶过小孩的胸，不好看了，实在要看，去看黄花闺女。画像叔叔抱了肚皮大笑说，淑芬，你真是个有趣的人，胸像不是画你的胸，是画你胸部以上包括面孔。淑芬将信将疑说，真不用脱衣裳？画像叔叔说，真不用。我也说，淑芬，真不用。淑芬说，你们这些男人，保证不诳我？画像叔叔存心说，你这样想脱衣裳啊，来来来，今日不画人像，骏骏，我们画人体。淑芬说，滚蛋，你要我坐哪里？前一秒钟，画像叔叔还是嬉皮笑脸，倏尔一本正经，掐灭手里烟头，观察画室光线，让淑芬在墙边坐定，头顶一扇天窗，冬天太阳光，像一泼浆白的淘米水，自斜上方倾盆而下，在她的头发跟面孔上，涂出滴水成冰的反光。画像叔叔说，棉袄脱掉,没形了。淑芬说,你个骗子,不是讲好不脱衣裳吗? 画像叔叔拎起一件袍子,外面颜色柠檬黄,内衬是珍珠白色,丝绵料作,挺括反光,邪气金贵,要是油画就赞了,黑白素描是大材小用。淑芬无话可讲,脱了外头棉袄,露出红颜色绒线衫,换上袍子。画像叔叔再上来,两只手捏了淑芬,帮她调整姿势。淑芬拍他手背说,放老实一点,不要趁机出外快。画像叔叔说,你不摆好姿势,骏骏就画不好了。淑芬只得软下来,任人摆布,画像叔叔扳动她的肩胛,直冲画架方向,再别转她的头来,露出左半边面孔,回眸一望。画像叔叔后退观察,又觉得啥地方不对,他拉开抽斗,拿一条天蓝色丝巾,让淑芬包上头发,不许泄露一根,压牢左边耳朵半截,只露出下面耳垂。丝绵袍子加天蓝丝巾,淑芬像被点穴,变成一尊雕塑,僵硬,屏一口气,眼神散了。画像叔叔说,淑芬啊,人要放松,自然一点,就当平常做好生活,坐了休息。淑芬说,我连眼皮都不敢眨,大气都不敢出,吓煞我了。画像叔叔说,你要是浪费时光,就是浪费骏骏的学费。淑芬说,对啊,骏骏抓紧了,快点画。画像叔叔抬起一只手,冲了淑芬说,眼睛看我的手。画像叔叔说罢,手放下来点香烟,淑芬的眼神跟了他的手,落到香烟上。画像叔叔说,眼神不要转啊,留在老地方,我刚才手的位置。淑芬才明白,眼神固定下来,慢慢澄明,好像沉淀后的井水。画像叔叔盯了淑芬说,赞,美人其秀在骨。淑芬浅笑,正襟危坐骂道,十三点。画像叔叔贴了我耳边说,看到了吧,这神态最佳。我是闷声不响,比模特淑芬还紧张,摘脱手套,捏了炭笔,手臂膊发抖,生怕惊走了淑芬的神。我先给淑芬打形,勾出头发、面孔、头颈轮廓,再确定五官位置,稍有走样,画像叔叔便指点几句,然后刻画五官,铺调子,排线,笔触上来了,深入眉眼细节。淑芬跃然纸上,但缺一点装饰,她的左耳朵,好似空枝对晚风。我的道行浅,画到这个程度,已是如履薄冰,生怕多一笔太浓,画蛇添足,少一笔太淡,缺斤少两,淑芬左耳上耳洞，迟迟落不了笔。画架子对面，淑芬眨眨眼皮，浑身发痒，坐不定了。画像叔叔夺过我手中笔，轻描淡写，点出淑芬的耳洞。他再帮我补漏，密密疏疏排线，加强明暗光影，手指头涂抹淑芬面孔，一点点让颜色变匀，指背关节让颜色散淡，磨砂纸一般打磨，血肉立体起来，好像一部黑白电影，女主角淑芬，借尸还魂，呼吸吐纳，要从白纸黑炭里跳出来。画像叔叔叼一支烟，自来火点上，慢慢甩手腕，烧成枯枝熄灭。淑芬还是不动，老老实实坐定，画像叔叔打一个响指说，起来吧。淑芬展开眉眼说，你不诓我？我说，淑芬，好动了。淑芬吐出舌头说，断命的脚都麻了，针扎似的，模特不好当呢。淑芬挪动双脚，短短几米距离，好似万水千山，一路痛骂画像叔叔戳磕，待看到自家肖像，眼乌珠云开雾散，却咬了嘴唇皮说，骏骏画得好，但这不是我。我说，为啥？淑芬叹气说，淑芬要是这样漂亮，哪有如今苦命？画像叔叔说，达·芬奇画蒙娜丽莎，到底像不像她本人，啥人都不晓得。淑芬说，只有眼睛像我。画像叔叔说，对了，这是点睛之笔，我去敦煌莫高窟、洛阳龙门山、大同云冈采风，画过几百个菩萨，你的眼睛、鼻梁、下巴，都有中国早期佛像特点。淑芬解开头上丝巾，脱了丝绵袍子说，不作兴，你说我像菩萨，我压不住的，不如当尼姑。画像叔叔打量淑芬身体，啧啧说，凡是学西洋美术，必先学解剖，淑芬，我看你的身体尺寸、器官比例，不太像中国人，更接近欧洲女人，古希腊身坯，特别适合油画，细细品来，你还是女生男相。淑芬翻翻白眼，穿上自家棉袄说，我们乡下有句讲法，男生女相，一生富贵，女生男相，一生劳累。

十堂画画课学好，画像叔叔赞我花好稻好，赠我一本《人体造型与解剖画范》，封面是个光屁股女人，有句讲句，这幅素描功夫是真好。淑芬说，要命了，这也能给小孩看？一回到家里，画像叔叔送我的教材，便被我妈妈没收，从此再没寻着过。淑芬的素描画像呢，也被我妈妈藏起来，叫我收收心。腊月廿八，淑芬要回乡下过年，我送她到曹家渡。我说，淑芬，小桃还会来上海吧？淑芬说，看小桃的命吧，要是运道不好，就要来上海。我说，为啥是运道不好？淑芬说，不讲了，走了。我说，淑芬，我等你回来。淑芬拎起上海牌手提包、化纤蛇皮袋，登上13路电车，一对小辫子翘起，慢悠悠围绕街心岛，向新客站方向而去。天上好像落雪了。

四

过好年，刚一开学，小桃运道不好，果然来了上海，但她没住旅舍，而是住医院。我问淑芬，我好去医院望望小桃吧。淑芬说，过两日，小桃会来家里做客。两日后，礼拜天，淑芬牵了女儿的手，来跟我妈妈见面。这半年，我长了十厘米，我妈妈不再买童装了，淑芬买的回力牌跑鞋，我的脚已穿不落。但我还不及小桃高，她已蹿到淑芬的个头，样貌也有微妙变化，初看不大觉着，细看面孔长了一点点，非但没变漂亮，反而有点难看相，就像我们班上女同学们，都在这一阶段，传说再过两三年，方才变成美少女。我外公手忙脚乱，冲一杯乐口福，削一只苹果，拿出香瓜子、长生果等家里所有零食。小桃没啥胃口，只吃一粒大白兔奶糖，倒是嘴巴甜起来了。我是第一代独生子女，但我妈妈欢喜小姑娘，无奈计划生育严格，要是生养二胎，开除党籍公职。小桃打扮过了，气色蛮好，身上清爽，并没医院消毒水味道。我妈妈拉了小桃的手，问了读书功课情况。小桃先背一遍王安石《泊船瓜洲》，京口瓜洲一水间，恰是镇江故乡风景，再背龚自珍《己亥杂诗》，皆一字不差。小桃说她欢喜看书，还看科幻小说，最近在看《大西洋底来的人》。我妈妈夸赞小姑娘聪明、乖巧，相比我懂事体多了。房间里热络起来，倒是我立了壁角，闷闷不乐。淑芬还要跟我妈妈讲话，我们转到天井。春光大好，我爸爸最宝贝的君子兰，姹紫嫣红地开了。长毛兔跳过来，我拎起它的长耳朵，送到小桃怀中，兔子肉头厚，热烘烘，雪白细毛飞扬，小桃打了个喷嚏，兔子跳到地上。小桃说，我妈妈住在哪里？我指了指天井里，一扇三夹板小门，搭扣上一把挂锁。我妈妈关照过我，淑芬的房间，不好进去的，天井里的这一角落，变成我的禁区，犹如阿里巴巴的山洞。回到客厅，淑芬跟我妈妈还在讲话，窸窸窣窣，我听不清爽。我爸爸拉我们到卧室，打开新买的录像机，日本原装进口，挂了松下 Panasonic、胜利 JVC 两只牌子。我爸爸挑了一盘录像带，阿诺德·施瓦辛格《终结者》，我已看过两遍，就陪小桃看第三遍。小桃抱了乐口福，目不转睛，录像看到最后，身怀六甲的女主角，开车深入墨西哥荒野，小桃问我一句，你看懂了吗？我说，看懂啥？小桃说，这个女的肚子里，就是男主角的小孩。我说，你怎么知道？小桃说，你真笨，这都不懂。我摇摇头说，嗯，我只看杀来杀去的戏。小桃说，这个小孩长大以后，就是反抗机器人的英雄，所以呢，男主角回到过去保护的人，就是他自己的孩子。我说，你说得有点绕脑子，我们打游戏吧。我翻出任天堂红白游戏机，我爸爸买给我的寒假礼物，但他用得比我多，人家是通宵打麻将，我爸爸是通宵打1990坦克大战。小桃说，男生的游戏，我不玩。我说，你想玩什么？小桃贴了我耳朵说，住医院闷死了，你能陪我出去玩吗？我一愣，点头。小桃说，下个礼拜天，早上七点，我在13路终点站等你，不要告诉我妈妈。淑芬到门口说，小桃，该走了。淑芬眼眶发红，还捏了我妈妈的手。我妈妈摸摸小桃头发，叫她有空来坐坐。小桃只嗯一声，就被淑芬拖走。我说，我想送送。淑芬直摇头，小桃也叫我回去。我妈妈说，你送送吧。淑芬拖了小桃走前头，我像尾巴跟了后头。走到曹家渡，三角形街心岛，淑芬带女儿兜商店，问她要买衣裳吧，要买鞋子吧，要买零食吧，小桃都是摇头。兜到战斗文化用品商店，小桃才开口买了一只圆规、一副三角尺，初中算数几何要用。路过画像店，门口一幅素描肖像，霹雳虎吴奇隆，必是照了磁带封面画的。小桃想进去看看，淑芬捉牢女儿说，呸呸呸，有啥好看，不许进。小桃挣脱妈妈，前脚跨过门槛，门上第二幅肖像素描，却是老太婆面孔，眼乌珠幽深，皱纹盘根错节，好像盯了我要讲啥。淑芬面色大变，从通红到煞白，一只手揪了小桃衣领，一只手甩出去，要打女儿耳光。我辨出苗头不对，抓牢淑芬的手腕，但她手劲粗重，小桃没啥事体，我已掼倒在地。我吓得要命，却虚张声势，硬劲拦了小桃面前说，淑芬，不许打小桃。还好画像叔叔出来，长头发油腻打结，一看到淑芬，画像叔叔笑说，哎呀，贵客到了，进来坐啊。淑芬白他一眼说，坐你的大头鬼，晦气。画像叔叔说，不作兴，我是开门做生意的。淑芬一只手搂了小桃，一只手搂了我，身体越发暖热。画像叔叔看看小桃，点一支万宝路说，淑芬，小姑娘漂亮啊，是你女儿啊？淑芬说，关你屁事。画像叔叔弹弹烟灰，揩揩身上颜料说，淑芬，有啥事体不开心，尽管跟我讲嘛。淑芬说，下回再讲，走了。淑芬捋了捋头发，箍好发圈，牵牢小桃的手，往愚园路方向去了，我外公住过的同仁医院。

　　淑芬做生活时光改了，每趟我家吃好夜饭，我妈妈自己洗碗，要么叫我洗碗，淑芬就去医院陪夜，早上才回来。上半天无事，淑芬也可去医院，陪小桃看医生、配药、打吊针。隔一个礼拜，我一早出门到曹家渡，13路终点站，小桃已等候多时。她穿一件红衣裳，灯芯绒裤子，面孔发皱，眼圈泛青。我说，没睡好？小桃说，隔壁床位病死了，早上家属哭哭啼啼，吵死了。我是心里一抖，好像小桃背后，跟了一个女人魂灵头。我说，你怕吗？小桃说，死是不怕的，就是怕烦，你也不要怕，这种毛病不会传人。我说，我懂的，你不是甲肝，也不是流感，今天想去哪里玩？小桃说，想走得远一点。我说，跟我上车。我们抢着最后两个空位，卖票员问，到啥地方？我说，终点站，提篮桥。13路是巨龙电车，升起两根小辫子，前后两节车厢，三扇车门，当中绞盘转动，两排香蕉座位，丁零当啷，围绕三角形街心岛，好似一条巨龙出海，要去寻哪吒拼性命。我打开书包，掏出一包牛肉干、一包烤扁橄榄、一包甘草杧果、两包可可豆奶，像小学生春游。电车朝太阳走，第一站，武宁路，我的中学；第二站，叶家宅路，我的小学；第三站，胶州路；第四站，西康路，赫赫有名的大自鸣钟，钟是老早拆掉，徒留地名，还有圆盘路口；第五站，江宁路；跨过苏州河，第六站，恒丰路；第七站，便是新客站。往后我记不清了，从闸北到虹口，经过老北站，电车翘过两趟辫子，抛锚马路当中，卖票员骂山门下来，重新撑起小辫子，电线上火花四溅，小桃扒了后挡风玻璃，看得扎劲。走走停停一个钟头，并不觉得漫长，我乘了几百趟13路，从始发站到终点站，这是头一趟。提篮桥下车，迎面一座厚重门楼，层层嵌套往内，包了两扇铁门，看来固若金汤，又像镶了木框里的油画。旁边挂了牌子：上海市提篮桥监狱。小桃说，你带我来探监吗？再换一部公交车，穿过外白渡桥的铁网格，小桃方才见着外滩，一长排古老大厦，老早只存在于淑芬的手提袋上。黄浦江飞了点点白鸥，一艘远洋巨轮切过江面，像手术刀切开病人腹腔，暴露出一只坚硬的肝脏。小桃哈出一团团白气，病中蜡黄面色，染出两团晕红，一树桃李。我打开书包，取出画夹子跟铅笔。小桃说，你干吗？我说，上次路过画像店，你说想要看人画画，我画给你看啊。小桃说，你要画什么？我说，画你。小桃说，不要。我说，你站好，很快画好了。小桃说，我生病，不好看，等我病好了再画。小桃别转屁股朝我，望了对岸浦东，尚是无垠旷野，东方明珠还没造，唯有耸峙的码头行车，上海船厂的巨型船坞。小桃，黄浦江里的水怪，一定是条乌青色的超级大鲇鱼，鱼头上的胡须有那么长。小桃张开双臂做手势，好像这两根鲇鱼须，沿了陆家嘴弯角延伸，从建造中的南浦大桥，一直到还没动工的杨浦大桥。

离开外滩,经过和平饭店门口,便到南京东路。此地是人来疯,摩肩擦踵,我带小桃转弯,穿过北京东路,走到江西中路。迎面一栋西洋大楼,我指了三楼阳台,两边罗马柱围绕,望得到外滩的背面,是我老早爸爸妈妈家里,加上天潼路的外公外婆家里,我是轮番流浪度过童年。小桃说,我家只有我妈妈。我说,你爸爸呢?小桃说,我爸爸在很远的地方,路过镇江,住了医院,才认得我妈妈。我说,你妈妈也是病人?小桃说,我妈妈是护士,我爸爸出院那天,留下一只珍珠耳环。我说,为啥只有一个?小桃说,我爸爸讲这是海水珍珠,贵重得不得了,只有这一个,我爸爸离开一个月后,我妈妈发觉怀孕了。我听了头晕,半懂不懂,小桃吊了我的胃口,荡到苏州河左转,翻过老闸桥,经过我读过的小学,便到天潼路七九九弄。我在五十九号过街楼下,望了二楼窗门,已是别人的家了。回到老闸桥,春风习习,夹带苏州河腥臭气,好像淑芬熬的中药味道,纷纷从河底淤泥里生出来,滋养两岸的男子妇女、老人小囡。我外婆还活着的时光,有一日,我外公坐于河边晒太阳,不知何故,失足落到苏州河里,还好没淹死,被河里的船民捞上来,再裹了棉被送回家里。要是小桃没瞎讲的话,我外公的离奇坠河,大概是水怪作祟,不是乌龟精,就是蝙蝠精的复仇,讲不定肝硬化的毛病,还是当时光种下的。我不敢再看河面,倒是催了小桃,还想听淑芬的故事。小桃倚了桥栏杆说,我妈妈肚皮一天天大了,她是实习护士,还在卫校读书,急了要寻我爸爸,可惜,他留的单位地址,统统是不存在的,只剩下珍珠耳环。我妈妈没办法,只好偷偷吃药打胎,但我太想活下来了,就是打不落,捱到八个月,我妈妈被学校送去做手术,医生讲要出人命,只好让我生下来。我妈妈被卫校开除,她抱了我回乡下,等我长到五岁,我妈妈就嫁给我后爹了。我说,后爹对你好吧?小桃说,他还好,就是喜欢吃老酒，吃饱老酒发疯，还会打人，前两年我妈妈怀孕，被他踢了一脚，小孩落掉了，等我后爹酒醒，就去广东打工，没再回来过。我流了清水鼻涕，讲不出话。小桃说，我的毛病加重了，打针、吃药、吊盐水，镇江的医院已经跑遍，南京的医院也去过两趟，看病要花钱，我妈妈听说在上海挣得多，她就到了你家。我说，到底什么病？小桃说，治不好会死，娘胎里带出来的，我妈妈吃过打胎的老偏方，种下了我的病根。我说，有这种事体？小桃说，医生说不是，但我妈妈觉得是她害了我，到处借钱治病，亲眷看到我们就像看到瘟神，我头一趟来上海的医院，我妈妈交了住院费，口袋已经空了，医生开了一个疗程，问是进口药，还是国产药，我妈妈要进口药。我说，钞票从啥地方来？小桃叹气说，你真笨，我妈妈带我来你家，就是来借钱的，我们看录像的时候，我妈妈在跟你妈妈哭呢，最后借到了两千块。我惊说，我妈妈还有两千块，我以为买了录像机、买了游戏机，我家存折就见底了。小桃说，我说多了，我妈妈关照过我，不能让你晓得，你别说出去哦。我说，保证不出卖小桃。

　　隔天，我就出卖了小桃。我拿出一只饼干盒头，分量不轻，动静不小，丁零哐啷，塞到淑芬手里。打开一看，数不清的硬币角子，各类面值纸币，淑芬惊说，骏骏想做啥？我说，小桃跟我讲了。淑芬眼乌珠一瞪说，这丫头，看我打不死她。我说，不要打小桃，要救她的命。我有一只储蓄罐，一年级开始藏角子，最开始一分，后来五分，再塞一角纸币，这两年塞一块，最大面值五块，一塌刮子倒出，一百零八块七角三分。今年压岁钿，我收到七只红包，准备买游戏卡的，我也一道装进饼干盒头。淑芬眼眶一红，手臂膊钩了我头颈，拿我按到胸口里，好像掼进一团棉花糖，可以听到淑芬的心跳，洗衣机滚筒一般翻转，必定有一只气量庞大的心脏，当中又有一点坚硬，我长大后才晓得是内衣钢圈。

小桃用了进口药，一半口服，一半吊针，一个疗程后，非但不见好转，还有恶化迹象。用药已经无效，医生建议开刀，还有机会保命。淑芬要凑手术费，再问我妈妈借钞票，我爸爸不响，我妈妈想了一夜天，去银行取出两千块，存折真正见底了。但是小桃的手术费、医生红包费，还是差一大块。淑芬决定卖掉珍珠耳环，应该能补上缺口。礼拜日，我陪淑芬到曹家渡街心岛，国营华森理发店，她来上海一年，做头发是头一遭，发卷筒插了乒乓满，像五颜六色的狮子头，烫成波浪卷。淑芬身上衣裳，也是问我妈妈借的，戴了珍珠耳环，理发店的客人们，纷纷侧目。我们乘四十五路公交车，从万航渡路到静安寺，有一家国营旧货商店，我妈妈介绍的，专收古董字画、钟表珠宝，价钿公道，童叟无欺。淑芬走到柜台上，寻着一个老师傅，撩起刚做好的头发，露出珍珠耳环。本是闷屁的我，竟也学会帮腔撬边。我去学校图书馆借过书，寻着一本科普读物，有一篇专门讲珍珠，就是蚌壳里分泌的碳酸钙，又分淡水跟海水，天然跟养殖，淡水珍珠产量大，但质量低，海水珍珠正相反，波斯湾、大溪地所产，价值连城。淑芬耳朵上这一枚，应是广西合浦的"南珠"。淑芬摘下珍珠耳环，问值多少铜钿。老师傅问，右边一只呢？淑芬也会编故事，她讲本是一对耳环，老祖宗传下来的，传着传着，只余下这一枚了。老师傅皮笑肉不笑，打开强光手电筒，十倍放大镜，细细看了耳环，似能鞭辟入里，透视到珍珠芯子，却是摇头叹气。淑芬面孔煞白，我也急了问，啥情况？老师傅说，不谈了。我再问，不是海水珍珠？是太湖的淡水珍珠？老师傅说，根本不是珍珠，是仿珍珠，就是玻璃，涂一层珍珠颜色，不值铜钿。我说，不可能，再看看吧。老师傅板了面孔不响，旁边客人窃笑。淑芬低了头，收起珍珠耳环，塞进裤子口袋。珠宝师傅又说，倒是耳环钩子，我看是925纯银，还值点铜钿，可以收的。淑芬眼里又放光，问多少？老师傅说，一口价，二十块。淑芬往地上吐口痰，呸。

小桃只好等死。我哭了一个月，淑芬叫我不哭，小桃后爹在广东打工，新近寄来汇款，可以做手术了。开刀前一日，淑芬去玉佛寺烧头香，我去同仁医院望小桃。早上，病房里又死一个，小桃缩了床上，人已小了一圈，住院前八十斤，现在只剩六十斤，面黄肌瘦，连胸都没了。小桃只吃流食，我也没拎水果补品，只带一本儒勒·凡尔纳的《神秘岛》，给她解解厌气。小桃让我坐了床沿，我生怕靠她太近，嘴巴里呼出的浊气，会让她灰飞烟灭。小桃说，不要怕，我不会死的。我说，对，现在医学发达，连我外公还活着。小桃说，记得《终结者》最后吗？我说，男主角死了，女的怀孕了，孩子长大是未来的英雄，对吧？小桃说，记性不错，我这几天在想，我爸爸为什么会突然出现，又突然消失？我说，你有他消息了？小桃摇头说，因为啊，他也是一个时间旅行者。我说，你讲啥？小桃说，这个时代，我爸爸还没出生呢，五十年以后，我爸爸会穿过时间隧道，来到我出生前一年，他是来保护我妈妈的，他和我妈妈的孩子长大后，会是一个大英雄，就是我。我说，好像是个圆圈。小桃说，我妈妈的珍珠耳环，我爸爸只送一个，而不是一对，我也想通了。我说，为啥？小桃说，五十年后，人类被机器人统治，社会上就会流传，戴珍珠耳环的少女，而且只戴一只耳环，才是拯救世界的英雄。我说，对，戴珍珠耳环的小桃。但我不敢告诉小桃，她妈妈的耳环不是珍珠，而是玻璃。我说，五十年后，我们就六十多岁了。小桃说，如果你还活着，我会嫁给你。我说，要是那时光，我已经死了呢？小桃说，我们是不会死的。小桃的眼里皆是光，好像立了苏州河上，弹指一挥间，变出一只小蝙蝠。第二日，小桃做了手术。连续三天，我没见淑芬。第四天，淑芬才回来，闷声不响，一进门就做生活，汰衣裳、择菜、淘米。我看她面色暗淡，脖颈松弛，头发披散，眼面前几根乱发，银光闪闪。我妈妈一看山水，晓得情况不妙，便也不问了。

次日，一个老医生到我家里。此人跟我外公同样年纪，样貌气色却有天渊之别，鹤发童颜，背脊骨挺直，走路虎虎生风，面色白里透红，双目有光，太阳穴鼓鼓，颇似电台评书里的世外高人。他是我妈妈托关系预约的退休医生，原本在一家不错的医院，现在发挥余热，上门社区服务。老医生给我外公量血压，用听诊器，按压脏器，最后打针，手势煞煞清，行云流水，我外公舒舒意意。我妈妈泡好茶叶，老医生已经收工，坐了客厅沙发，开始忆苦思甜。我在写英文作业，偷听几句，这位老医生不简单，新中国成立前，国立上海医学院毕业，四十岁不到，已是医院院长，碰着十年动乱，打倒成"牛鬼蛇神"、反动学术权威，发配乡下给农民打针，送瘟神，治疗血吸虫病，培训赤脚医生，造福一方，后来落实政策，让他回到上海的医院，继续悬壶济世，直到光荣退休。我妈妈听得扎劲，又做思想政治工作，讲起新中国成立以来若干历史问题，劝他不要纠结于老早事体，沉舟侧畔千帆过，病树前头万木春，一切要向前看，你是医学专家，讲讲养生之道吧。老医生跷起二郎腿，抱了茶杯说，我是学西医的，但我家是祖传中医，世代在京城坐诊，专治妇科儿科，清朝贝勒福晋，生了疑难杂症，都来求我家方子……我妈妈屏了不笑。老医生又说，前两年，有个小姑娘，生了一种怪毛病，西医哪能也治不好，三甲医院开了刀也没用，就等办后事了，托人送到我手里。我也是廉颇老矣，束手无策，死马当成活马医，从我爷爷留存老方子里，寻出来一帖，结果哪能啊，半个月内，起死回生，两个月后，已经痊愈。小姑娘重新上学，再没复发过，读书成绩是真嗲，今年还没中考，已经保送市西中学，否极泰来啊。老医生讲了扎劲，我一抬头，看到淑芬立了天井门口，也在偷听。淑芬本身要去二楼，照顾八十岁老太，但她迟迟没走，反而钻回小房间。等一歇，老医生吃好茶，便要告辞出门。淑芬及时出来，换了的确良衬衫，头发重新篦过，面孔清爽，雪花膏气味，左耳朵挂了珍珠耳环，抱一叠子床单，山青水绿，娉娉婷婷，步入客厅。老医生双目一亮，我妈妈跟我外公，同时一惊。淑芬向老医生点头笑笑，便到灶披间，打开煤气，摆上砂锅，给我外公熬中药了。老医生放下茶杯，立了淑芬背后头，看她熬中药手势，砂锅上热气滚滚，淑芬出一层薄汗，头发沾了鬓角，的确良衬衫半透明了，背后洇出胸罩带子。老医生说，这位小姐，你的煎药手势，赛过中医院的护士。淑芬回头笑说，先生夸奖了，我哪里是小姐，我是家里用人。老医生说，哎呀，此地界藏龙卧虎。淑芬说，先生，今朝有缘分，我也读过卫校，做过护士，每趟看到医生，就像看到亲人。老医生叹说，原来是同行，难怪老人护理得好，个个身体康健，何须我这老朽。淑芬忙了煎药，不再搭腔。老医生从背后端详淑芬的珍珠耳环，兴起而吟咏，沧海月明珠有泪，蓝田日暖玉生烟。我说，什么诗？我妈妈说，李商隐《锦瑟》，写你的作业吧。等到中药煎好，一镬子浓汤端到我外公面前，老医生方才告辞。淑芬立了门口说，今日里，先生传授我煎药的窍槛，淑芬实在感激，请让学生子送送老师吧。我妈妈，我外公，还有我，一律不响了。老医生笑说，恭敬不如从命，便跟淑芬一前一后，出了我家大门。

  又一歇，不见淑芬回来，我放下作业，走到门口望望，我妈妈叫我回来，不要挤闹忙。二楼阿哥冲下来，面色不大好，浑身臭味道，问淑芬哪能还没来，太奶奶已在床上出了三泡尿两泡污了。天黑了，淑芬还没回来，灶披间里，她留下腌好的带鱼，飘出腥味道，我妈妈等不及，自己开了油锅，给我烧干煎带鱼，但我只吃一块，饭也剩了半碗。我妈妈放下筷子说，不要想淑芬了，笃定是去医院陪夜了。当夜，我跟外公困了床上，听到苏州河里夜航船，马达声声翻滚，要么从苏州城外寒山寺，顺流而下来的，要么走大运河，穿越京口瓜洲，二十四桥明月夜，逆流而上淮河，八公山草木皆兵。暗潮入梦，我睁开眼乌珠，望了天井方向，今宵十五，月光皎皎，农历四月天，花草繁茂，好像一片沼泽森林，让人沉溺不能自拔，沉到上古淤泥里……我看不清她面孔，只觉着她的舌头尖温热。我问她，小桃？她不响。我翻身，想摸她面孔，却摸着一只耳朵，吊了珍珠耳环。我再问，淑芬？她还不响。我捏了她的耳环钩子，慢慢交用劲，一点点粗暴起来，好像从门锁里头，拔出一把钥匙，痛得她啾啾叫、呜呜哭，眼泪水淌淌滴。耳环拔出来，耳孔露出来。门开了。梦破了。天井一片宝蓝色，又像一幅水墨画，沾满墨点，一滴滴晕开涟漪。觉着身上黏、湿、滑、冰冰冷，我轻手轻脚爬起，不敢惊动外公。冲进卫生间，我换了一条裤子，坐上抽水马桶，两只脚发抖，额角头冒虚汗，仿佛浸了苏州河底，周遭一腔黑水茫茫，乌龟精从脚底爬过，蝙蝠精从头顶飞过，淤泥里埋了金澄澄的元宝，掐了人的喉咙口。我在卫生间坐到天亮，淑芬还没回来。妈妈帮我弄好早饭，我背了书包上学。上半日，体育课，我没啥精神，跑步落到最后一名，胖子都比我跑得快，老师训我一顿。下半天，我在英文课上困着，又被老师揪起来，罚立壁角。放学回来，我走到家门口，正好碰着淑芬。她也刚回来，珍珠耳环不见，手上拎十几包中药，浑身味道，呛人鼻头。我问她，昨日夜里，你去了啥地方？淑芬不响，面孔一板，进了房门。

淑芬天天在家里熬中药，味道比我外公的药还凶。我每趟吃夜饭，都觉着像吃药。我爸爸拼命吃香烟，尼古丁对抗中药，以毒攻毒。半个月后，小桃终归出院，淑芬叫一部残疾车，突突突，屁股冒了烟，先到我家里。小桃气色尚佳，不像开过刀样子，最近吃中药调理，正在恢复元气。淑芬拿一把牛角梳，先帮小桃梳头，统统梳到右边。淑芬再拿一瓶酒精，蘸了棉花，擦拭小桃左耳朵，正反两面，内外耳郭，擦得金光似亮，酒精气味重，好似吃饱二两白酒。我惊问，你们要做啥？淑芬说，骏骏不要管。小桃说，哥哥安心。小桃讲话还是吃力，有点气喘，我只好缝上嘴巴。淑芬拿出一根大头针，开打火机，火舌头像人舌头，一点点舔了针尖，颜色从银转黑，金属哑光亮色。淑芬说，小桃，我跟你讲啊……话音未落，大头针已送出，穿透小桃耳垂。我是吓得一叫，小桃肩胛一抖，咬紧嘴唇皮，大头针已退出左耳，几乎没沾血，露出一只耳洞。淑芬手势极快，像护士打针，抬起酒精棉花，塞到小桃耳朵上，再涂金霉素眼药膏消炎，看得我自家耳朵生痛，我外公都别转头去。小桃眼泪水满出眼眶，顺了面颊下来，耳洞里一点点渗出血丝，好像人生了毛病，血的颜色都变深了。我想，要是我妈妈在家里，必定不会允许淑芬这样做。待到小桃止了血，淑芬说，再忍一忍。淑芬掏出珍珠耳环，钩子如同银针，又像一把细细的钥匙，再用酒精棉花擦拭，轻轻插入小桃耳洞。我抓牢小桃的手，但她抽出手来，反压在我手上，指甲掐了我的手背，痛煞我了。淑芬的珍珠耳环，已荡了小姑娘耳朵上。小桃方才松开手，我用舌头尖舔了手背，几道血印子翻开。我外公说，淑芬，小姑娘打好耳洞，还要养几天的。我外公哪能懂这道理，必是我外婆活着时光讲的。淑芬说，没关系，我的耳环钩子是纯银的，没落过色，没生过锈，不会发炎。我爸爸从里屋出来，抱了照相机说，小桃，现在光线正好，啥地方拍照片？小桃说，曹家渡。淑芬拿小桃背上肩胛，好像没啥分量。我爸爸帮忙拎一只上海牌手提袋，我帮忙拎一只蛇皮袋，分量不轻，味道浓烈，老医生开的中药。我外公都要出来送，淑芬关照他不要折腾。我外公最听淑芬的话，正襟危坐不动。小桃出医院前，提过一个要求，想在上海拍张照片，黑白照就可以，彩色胶卷太贵了。淑芬答应女儿，小桃又提第二个要求，戴了珍珠耳环拍照片，淑芬也同意了。小桃得寸进尺，第三个要求，先要打出耳洞，才能戴上珍珠耳环，淑芬却不同意，怕她吃不消。小桃犟头倔脑，要是不打耳洞、不戴珍珠耳环、不拍照片，她便不吃药、不吊针、不进食，坐以待毙。淑芬只好答应，拜托我爸爸帮忙拍照片。我爸爸除掉花花草草，最欢喜摄影，从竖了拍的海鸥

4A，再到海鸥DF-1，还有冲洗黑白胶卷全套行头，宝贝得不得了，不让我碰一记的。走上万航渡后路，最前头是我爸爸，淑芬背了小桃在当中，我拎一蛇皮袋中药在最后。太阳既不稀薄，也不毒辣，真正的温良，如同一镬子汤水，浇出四个人的影子，越拉越长远，淑芬跟小桃的影子，完全叠了一道。到了沪西电影院门口，小桃说，就在这里吧。淑芬放下小桃，我爸爸举起海鸥DF-1照相机，摘下镜头盖，取景框里望了小桃。小姑娘戴了耳环，尽管只是玻璃，也在太阳下一闪一闪。背景是《古今大战秦俑情》电影海报，冬儿葬身火海前，口含徐福长生不老之药，嘴巴对嘴巴喂给蒙天放，保他千年不死。我爸爸连拍三张照片，确保万无一失。小桃连笑三趟，笑到没力道了。淑芬从女儿耳朵上拔出耳环，酒精棉花止血，再贴一张护创膏。淑芬背起小桃，我跟爸爸帮她拎了包，一道乘13路电车，七站路，坐到新客站。下车穿过广场，耳旁南腔北调，不是四面楚歌，便是燕赵悲歌。气味迷宫里，山东大蒜、四川腊肠、武汉鸭头颈、高邮咸蛋，一路纠缠到检票口。淑芬背了小桃，像背一只双肩包，左手拎手提袋，右手拎中药蛇皮袋，深一脚，浅一脚，穿过检票口。小桃匍了她娘背上，回头望我道别。四周围人潮翻涌，各色蛇皮袋、黄麻袋、塑料铅桶、长短扁担、十八般兵器，依次将她们吞没。

当夜，我问爸爸要小桃照片。我爸爸说，瞎胡搞，135黑白胶卷，总共三十六张，今朝只拍三张，全部拍好才能冲。等一个礼拜，我爸爸单位工会活动，嘉定南翔一日游，照相机里胶卷才拍光。我爸爸在家里搭了暗房，显影水、显影罐、量杯，流程繁复，如履薄冰，克格勃间谍腔调，冲出三十六张底片，夹上一根绳子晾成照片。等到天亮，小桃面孔方才清晰，我跑到曹家渡邮电支局，买了信封邮票，塞进小桃三张照片，寄到镇江乡下去了，后来我蛮后悔，当时没留一张下来。三十年后，我爸爸已是真正的老头子，装备也升级到了佳能数码单反，我问他，还能寻到底片吧？我爸爸问，啥底片？我说，三十年前，沪西电影院门口，你给小桃拍的照片。我爸爸说，小桃是啥人？我说，淑芬的女儿。我爸爸弹了弹烟灰说，做梦。1991年，小桃离开上海一个月后，我真的梦到她了。小桃变成新娘子，我来吃她喜酒，新郎官是个肥头大耳的男人，简直暴殄天物。淑芬嫁女儿哭哭啼啼，抱了白婚纱的小桃不放。婚礼照片竟是黑白的，只有新娘子一个人，还是小姑娘，耳朵上单吊一枚珍珠耳环，新鲜打穿的耳洞，渗出一滴滴殷红的血，背景还是沪西电影院跟《古今大战秦俑情》。梦醒，天井阶前落了梅雨，房间里潮唧唧，竟能挤出水来。我从床上跳起，我外公被惊醒，问我啥事体。我手脚冰凉，扑到爸爸妈妈房间，只问一句，淑芬有消息吧？我妈妈说，淑芬打电话到我办公室，小桃前几天没了，在乡下办了丧事，遗像用了你爸爸拍的照片。

五

这年热天，马路上最吃香的，是叶倩文的"天地悠悠过客匆匆潮起又潮落，恩恩怨怨生死白头几人能看透"。我妈妈出差了好几趟；我爸爸倒是空了，蹲了家里熬中药，结果炸掉两只砂锅，给我煎荷包蛋，又烧焦两只铁镬子；我外公夜里自己泡脚，脚馒头越来越肿，像两只热水瓶，他还吃错过两趟药，半夜送去医院，一家门忙了通宵。我的长毛兔发情了，脾气暴躁，食欲旺盛，跟这一阶段的我一样。我的暑假特别漫长，上半天看《太空堡垒》，下半天看《同一屋檐下》，夜里看《成长的烦恼》，每隔几日，我就问一趟，淑芬会回来吗？我妈妈每趟说，不晓得。我妈妈又关照我，淑芬的房间，还是不好动的。

但我捺不牢，最热的一日，爸爸妈妈不上班，外公在困午觉，我偷了一把钥匙，打开淑芬房间的挂锁。灰尘翻腾起来，小房间是真小，促狭得不好转身，只好摆一张木床。水门汀潮湿，墙角爬了青苔，经过一季梅雨，皮癣一样蔓延。头顶一根细绳子，挂了一只胸罩、一只内裤，一只像蝴蝶、一只像桃子，都是白棉布的。我摸了摸，淑芬尺寸蛮大，胸怀广阔，老早阴干了，硬邦邦，必是走得太急，没来得及收作。枕头边，有一面椭圆形小镜子，背面是个古代美人，怕是林黛玉。我抓起小镜子，照出一张愁眉苦脸。我穿了背心短裤，爬上小床，靠了淑芬的枕头，阖了眼皮，深呼吸。床单已经发酸，但不熏人，好像栀子花腐烂，混了头发油气味。我不敢困着，一翻身，面孔贴了枕头，觉着隔了床单，有硬物顶我胸口。我掀开床单，藏了一本《聊斋》，白话文本，我外公抄写过的。《聊斋》下头，还藏了好几本书，再一看封面，心旌摇荡，竟是雪米莉全集，一年前藏了我的床单底下，淑芬没收还给二楼阿哥，哪能还在此地？我翻起一本《女娇娃》，印刷质量差劲，错别字连篇，铅字还会排错行，页角上有折痕，沾了油墨的手印子，舌头舔了手指翻书，方才留下这样痕迹。我困了淑芬床上，看她留在书上的指纹螺旋，又学她的坏习惯翻书，舌尖一片油墨味，竟像我外公吃的中药，传递到大小周天，奇经八脉，直达脚底心涌泉穴。倏忽间，朗朗乾坤，炎炎夏日，天井小房间里，却似堕入后半夜，数九寒天，塞外飘雪。我跟淑芬困同一张床，裹同一条棉被，呼吸同一团霉烂空气，打开同一本禁书，一灯如豆，擦亮蝇头小字……二十年后，我在四川成都开会，认得一位前辈作家，方知所谓"雪米莉"，种种绮情故事，大半出自他的手笔，纯属当年书商包装。觥筹交错间，脑子里跳出一盏探照灯，光如闪电，劈开1991年的曹家渡，天井小房间里，床单下的雪米莉，像一卷录像带，字里行间，一笔一画，纤毫毕现地拷贝、存储、重播，再拷贝，纸页里霉烂味道，也跳到我的鼻头孔里，按下播放键、慢进键、暂停键，按下我的指纹，油墨晕染，竟跟淑芬的手印子，合二为一。

热天还没过去，淑芬倒是回来了。她拎了上海牌手提包，穿了的确良衬衫，脖颈几道横纹，本来饱满壮阔的身体，像轮胎被人扎了洞，一点点漏气干瘪。我外公最开心，我爸爸也觉着解放了，我妈妈不敢再提小桃。每日午后，淑芬还去二楼阿哥家里，照顾老太。我渐渐明白事理，淑芬这趟回上海，是来赚钞票还债的。秋天开学，我升上初一，面孔爆了青春痘，一粒粒红的紫的，被我挤压爆浆，纷纷开到荼蘼，就像我外公肝脏，一日不如一日，一夜比一夜坚硬，淑芬这粒灵丹妙药，已经过期失效。淑芬烧的菜色，一蟹不如一蟹，我妈妈有几趟吃了放下筷子，只好自己拿锅铲上阵。到夜里，淑芬烧了热水，给我外公泡脚。淑芬又端洗脚水过来，让我两只脚放下去，她坐了小矮凳上，要给我按摩汰脚，我却说，淑芬阿姨，妈妈关照我，要自己汰脚了。淑芬看看我，也没动气，立起来便走。我抬起两只脚，自己用毛巾揩干，钻到床上困觉。又一日，我爸爸在天井浇花，觉着味道不大对，露天虽然穿风，但花草叶子留味道。我爸爸是老烟枪，只吃牡丹跟红双喜，难板出客吃一根中华，都是上海卷烟厂的，今朝味道特别，上海隔壁来的。我爸爸鼻头嗅来嗅去，好似电影《虎口脱险》中的德国狼犬，嗅到淑芬小房间门口，至此案破。淑芬承认在天井偷吃香烟，她从镇江带来一包烟。我妈妈跟淑芬长谈蛮久，具体谈了啥，我不清爽，反正我妈妈面色不大好。

　　我跟淑芬有了生分，真拿她当成一个保姆，细想想，好像也没错。一日，我外公出门去晒太阳。家里没别人，淑芬存心靠近我，我低头躲开，淑芬笑笑说，骏骏长大了，会得害羞了。我说，淑芬阿姨，我要专心看书。我打开一本海明威的《丧钟为谁而鸣》，其实看不懂。淑芬说，好啊，骏骏专心看书，现在每到夜里，淑芬也在看书。我心里一惊，难道我翻过她床铺，偷看雪米莉的秘密，已经穿帮？听说有人在书里夹头发丝，外人一经翻动，必定生出异样。还是我留下油墨手印子，淑芬比对指纹，发现不是她自己的？淑芬说，我在看你外公的《聊斋》。我松口气说，淑芬阿姨欢喜哪一篇？淑芬说，聂小倩。我说，看过。淑芬说，聂小倩运道好，宁采臣把她从棺材里挖出来，起死回生，宁采臣家里还有老婆，等到大老婆死了，宁采臣便跟小倩做了夫妻，生了儿子，小倩还让宁采臣纳妾，又生两个儿子，长大统统当官，有福气。我说，这段恶形恶状。淑芬说，骏骏，不好瞎讲，老祖宗写的书，终归是好的。我说，不讲鬼了，讲讲活人吧。淑芬说，活人不及死人，没啥讲头。我撑起胆子说，小桃呢？淑芬说，乡下不方便火化，小桃是土葬，请人打了一副桃木棺材，埋进我家自留地里。我说，你是想让小桃变成小倩？淑芬说，万一有这可能呢？我想起小桃讲过，五十年后来的爸爸，又想起她的蚌壳精，后背心一凛。我不敢看淑芬的眼睛，以为会发红，眼角浸湿，慢慢交流溢，扑扑满出来，可惜一样都没变。淑芬说，骏骏，坐到淑芬旁边来。我说，做啥？淑芬说，捏捏淑芬耳朵。淑芬撩起鬓边头发，露出一只左耳朵，不管面孔身体哪能走样，这只耳朵坐定不变。但我想起小桃的耳朵，也跟淑芬左耳朵一样，便恓惶说，不捏了，我又不是小囡。淑芬说，骏骏是嫌弃淑芬了。我说，不嫌弃。淑芬说，瞎讲，骏骏也会骗人了。我说，淑芬阿姨，珍珠耳环还在吧？淑芬说，还在，你要看吧？我说，不看。淑芬一脸愠怒，想要发火，却也强压下去了。

秋风起，冷暖无定，时晴时雨，总体来讲，一日日冷下去，老人最是难熬。我外公终归进了医院，还是肝硬化顽疾，住了同仁医院一个月，我爸爸妈妈加上淑芬，三人轮流陪夜。我去望过两趟外公，看他奄奄一息，我没心思讲话，生怕让他吃力。秋天快过去，天尚未亮，我梦到一只蝙蝠，从隔壁上海绢纺厂屋檐下出来，贴了苏州河水面擦过，又飞进我家天井。我被一阵阵哭声惊醒，分明是我妈妈在哭，蛮伤心的，淑芬在旁安慰，皆是陈词滥调。我一翻身，钻了被头筒里，枕头蒙了面孔，遽然浸湿了。外公并不算太老，只有六十六岁，老话里讲，这是一道坎，外公运道不好，没跨过去，便进了太平间，再送殡仪馆，穿上我妈妈买的寿衣，暂住冰柜之中。家里开始闹忙，轮番有人上门吊唁，送白纸挽联，毛笔写了"千古""驾鹤"等等，通常配了皮绵子，就是丝绸被单，绳子吊起来，好像绸缎庄，又是书法家协会。我爸爸连夜搭了暗房，从老早留下的底片里，放大出一张黑白照片，是我外公正面照。我妈妈抱了照片，去曹家渡画像店，请画像叔叔画一幅遗像。隔了两日，我妈妈拿回画像，不是素描肖像，而是正宗油画，黑边木头画框包了，又像炭笔画，因为是黑白油画，要么纯黑，要么灰白，要么明光，要么暗黑。外公坐了画框里头，跟照片一式似样，面孔却更立体，似笑非笑。

　　大殓之日，也是我外公头七，我妈妈租了龙华殡仪馆大厅，油画遗像挂了帷幔正中。我外公是个小人物，平生唯唯诺诺，与世无争，却因这幅遗像，死后哀荣，亲友们印象深刻，经久难忘。我才明白，画像店里的老人肖像，统统是人死以后，已经困了太平间，或者殡仪馆里化妆，家属子女拿照片来，请画像叔叔要么素描，要么油画，完工之日，挂起遗像，哭天抢地大殓，塞进焚尸炉，烈火烹油，化为灰烬。追悼会上，淑芬戴了黑袖章，头插白花。她不是亲眷朋友，保姆身份尴尬，单吊立了最后。旁边是二楼阿哥，送了一只花圈，顺便也来道别，日本签证下来了，过两天乘船东渡，既不是东京，也不是大阪，而是金泽。我说，你去了日本，太奶奶哪能办？二楼阿哥说，我爸爸妈妈已办好退休，回上海来住了，可以照顾老人，不必劳烦淑芬了。等我外公火化，我妈妈捧了骨灰盒，我爸爸捧了遗像，又租两部大巴，载了大半宾客，回来吃豆腐羹饭。酒席订了沪西状元楼，宁波甬帮菜，曹家渡最高档馆子，我还是头一趟吃，有名的是糟卤，也接红白喜事，上了全鸡、全鸭、全鱼、全蹄髈。酒席散尽，我妈妈结了账单，送走镇江来的叔公，已没力道走路，还是淑芬搀了我妈妈回家。

后半夜，我一个人困在大床上。外公已在骨灰盒里，好像洞穴里的两匹狼，一匹死了，另一匹便独占地盘。秋冬之交，夜里最难将息，我穿了棉毛裤，裹了厚棉被，缩了靠墙一边，不敢困到眠床当中，好像外公还在旁边，跟我一个床头，一个床尾，他喉咙里的浓痰、僵硬的肝脏、水肿的双脚、淑芬煎熬的中药，纷纷散逸气味，萦绕在我鼻孔。我睁开眼，望了天井方向，月光像老鼠足迹，笃笃笃，爬进玻璃窗，爬进客厅地板，爬到我的棕绷床上，钻进被头筒，跟我捉迷藏。我想捉着这只老鼠，轻轻一扑，便滚落到地板。我还是棉毛衫、棉毛裤，穿上拖鞋，蹑手蹑脚，扑入天井。夜凉如水，鸟笼子里，我外公的虎皮鹦鹉单足独立；地上草窟里，我的长毛兔温热地发梦；我爸爸养的植物在吞入氧气，吐出二氧化碳；淑芬的小房间门缝里，泄漏一点点亮光，好像收集了月光的边角落。我推开三夹板房门，看到淑芬坐了小床上，日光灯照了她的后背，肉色棉毛衫，右手一把牛角梳，梳齿插入头发，一粒粒篦出尘埃、油脂、皮屑。淑芬左手端了小镜子，小到照不出面孔全貌，只有两只眼乌珠、一只鼻梁、两片嘴唇皮，本身丰润，现在裂了几道口子，像伤疤。小镜子稍稍一转，我看到淑芬左耳朵，戴了一枚耳环，哪怕是玻璃，依旧发出深海生物的光，又像滚烫的蜡烛油，扑簌扑簌落到脖颈、肩胛，顺了后背起伏，坠入腰眼的深潭，方才凝固熄灭。小镜子再一转向，照出一双陌生眼睛，既不是小囡，也不是大人，我一时间认不出。但我眨眼皮，镜子里也眨眼皮，好像我的魂灵头，已被收入这面椭圆形镜子，《红楼梦》的风月宝鉴，还会照出小桃，也许是具白骨，但我不会害怕。淑芬放下小镜子，别转头来，竟没丝毫表情，两只眼乌珠盯了我，犹如下水道地漏。我的心内一绞，落荒而逃，关上三夹板门，再关天井铁门，跳回床上，头蒙了被头筒里，海水便淹没头顶。醒转天亮，穿好衣裳起来，我妈妈给我做了早饭。

我说，淑芬呢？我妈妈说，你外公没了，二楼老太也有人照顾，淑芬没生活做，已经回乡下了。我说，啥时光走的？我妈妈说，早上六点，跟你叔公同路。我说，哪能不告诉我？我妈妈说，快吃饭，上学要迟到了。当日，我爸爸清理了天井里的小房间，一套雪米莉已经不见。

没几日，家里来了不速之客，画像叔叔来敲门。我妈妈蛮意外，问他有何贵干。画像叔叔说，淑芬去啥地方了？我妈妈说，回乡下了，不会再回来了。画像叔叔说，真的走了？画像叔叔往门里瞭两眼，我爸爸出来说，真的走了，你想做啥？画像叔叔后退一步说，有乡下地址吧？我爸爸说，不晓得。画像叔叔说，你们不晓得吧，淑芬欠了我三千块。我爸爸一惊说，哪能这样多？画像叔叔递给我爸爸一支烟，我爸爸一看是万宝路，摆摆手说，我只吃国烟，不吃外烟。画像叔叔点上烟，慢慢甩灭自来火说，不谈了。我妈妈说，我给乡下写信，看看能不能寻着淑芬。画像叔叔说，算了，不必再浪费一张邮票了。画像叔叔隔了门缝，看到我立了我妈妈背后，笑笑说，骏骏长高了嘛，记得有空多画画，再会。我嗫嚅说，再会。画像叔叔拍拍屁股走了，门口残留万宝路香烟味，我爸爸说，外烟就是臭。我妈妈说，淑芬没讲实话，她老公的救命汇款，怕是不存在的。我说，要给淑芬写信吧？我妈妈摇头说，就算淑芬收到信，也没钞票还啊，要她卖血卖腰子？我爸爸点上一支牡丹，烟头都在抖豁说，淑芬还欠我们钞票呢。

圣诞节，恰是外公断七，我妈妈早上烧了遗物，我外公穿过的中山装、戴过的干部帽、冬天的保暖鞋，还有毛笔抄的《聊斋》。下半天放学，我走到曹家渡，遍地枯黄落叶，沪西电影院隔壁，清仓甩卖冬装，挂了横幅"大出血"，尚无任何圣诞味道。三角形街心岛上，画像店挂一把铁锁，两幅素描遗像迎风招展。唯独长宁支路弄堂里，曹家渡天主堂，老头老太们排队去做圣诞弥撒。我不想太早回去，趁了天没黑，一个人立了马路边，看看读报橱窗。旁边还有一个老头，披了灰呢大衣，雪白头发，面色红润，也在看国际新闻，嘴巴里念念有词。我盯了他的面孔看，老头说，小弟弟，你认得我啊？我说，你是医生吧？老头点头说，从医四十年。我说，今年春天，你上门给我外公检查身体，对吧？老医生说，我去过的人家多了，你是哪一家啊？我说，万航渡后路，三官堂桥边上，六层楼工房，底楼有天井一家。老医生笑眯眯说，想起来了，你外公还健吧？我说，上个月没了。老医生叹气说，生老病死，节哀顺变。我不响。老医生尴尬说，小弟弟，你也欢喜看报纸啊？我还是不响，橱窗玻璃上，映出一老一少对峙。老医生说，小弟弟，你到底有啥事体啊？我像一幅素描画像，黑白分明，直角挺硬地盯了老医生，盯了他耷拉的眼皮、浑浊的眼乌珠，甚至看到自家倒影。老医生惊说，小弟弟，你家的保姆，她叫叫叫啥？我说，淑芬。老医生嘴角上翘说，对，淑芬，她还好吧？我说，淑芬回乡下了。老医生说，代我望望她，我走了。老头刚要转身，我说，等一等。老医生说，小弟弟，又哪能了？我看不到自己眼睛，但我晓得蛮吓人的，像一把刀子。我说，这辈子不许你再到曹家渡来。老医生一怔，面色仓皇，后退半步说，晓得了。老医生别转屁股就走，三步并作两步，恨不得插上翅膀，地上结了几块冰，他一脚踏上去，结果打滑，仰天摜倒在地。还好旁边有人路过，赶紧搀他起来，年纪大摔跤最易骨折，老医生不慌不乱，还能自己立定，动动脚骨，转转腰腹，好像无啥大碍，拍拍裤子上污垢，继续往中山公园走，也没回头，消失不见。圣诞节的太阳坠落，天终归漆黑，我的眼神终归柔软。

六

我家又要搬场，就像外婆没了以后，我家搬来曹家渡，"万箭穿心"的三区交界地带，一艘生老病死的摆渡船，让我外公熬过最后阶段，现在我外公已经上岸，这艘船便要顺流而下，带我去下一阶段了。我妈妈单位又分了新房子，这趟要搬到静安区昌平路。我在曹家渡的最后一冬，此地多了一帮子野猫，据说是曹杨新村流窜来的，凛凛寒风里，昼伏夜出，打家劫舍，从来不捉老鼠，倒是偷走了我妈妈吊了天井里的一整条鳗鲞，无法无天。上海落了罕见的大雪，零下三四度，淑芬给我织的绒线手套，我的手指已穿不落，我妈妈给我买了一副皮手套。这日，我从信箱里开出一封信，邮票上印了男人头像，左边四个小篆"日本邮便"；右边写了"夏目漱石"，寄信地址是日本国石川县金泽市……二楼阿哥来信，金泽是江户时代名城，加贺百万石之地，面临日本海，冬天会积下厚厚的雪。我望了白茫茫天井，雪花从云端跳伞，降落到曹家渡，冷酷地处决植物，玻璃窗积一层霜花。二楼阿哥在语言学校读书，夜里到居酒屋打工，辛苦是辛苦，钞票赚得也是多。二楼阿哥拜托我打听淑芬的下落，因为淑芬欠他五百块。我没告诉爸爸妈妈，藏起这封信，剪下盖销过的日本邮票，夹了我的集邮簿里。

  过了年，雪融化，等到开学，我爸爸忙了装修新房子。曹家渡的老房子，一日日了无生气。等到清明，按照常规套路，天上落了雨，宜上坟，宜入土。良辰吉日，我妈妈请出我外公骨灰盒，赶去乡下入葬，我爸爸自然同行。我说我也要去，我妈妈本不同意，后来拗不过我，只得补买一张火车票。春风又绿江南岸，镇江火车站下车，小店里吃了肴肉、小刀面。此处离长江不远，还有金山寺，法海压了白素贞，我倒想去北固山，刘备招亲的甘露寺。但我们抱了骨灰盒，实在不便当，只好乘长途车去丹徒乡下。出城往东，道阻且长，如海上行舟，颠得人胃里不舒意。到了我外婆出生的村庄，穿过几道田垄，金灿灿油菜花田里，孤零零一座坟冢，浸在淅淅沥沥雨中，已长出一层青青的春草。舅公来了，跟我爸爸一道，掘开坟墓，葬入我外公的骨灰盒，终归跟我外婆同穴，长眠于故乡风景，三尺黄土下。新的墓碑刻好，我妈妈备好供品，葱烤河鲫鱼、百叶结烧肉、王家沙青团、绍兴花雕酒。磕好头，烧好香，我妈妈叫我吃了青团。舅公留我们过夜，但我妈妈婉拒，反而留给舅公两百块，嘱托照顾坟墓。

我以为要回镇江城里，我妈妈说，去寻淑芬。倒是离此地不远，但不通车，只得步行。我爸爸顶了伞，背了照相机，一路咔嚓咔嚓，拍油菜花田。我跟妈妈合一把伞，越陌度阡，裤脚管尽是泥泞，雨雾蒙蒙入眼。终到一座静阒的村庄，家家户户都造二层小楼，唯独一栋破败农舍，好像得了瘟疫，离群索居，四周小河浜围绕。门口一株桃树，枝干扭曲枯瘦，像个驼背老人，勉强生出几簇绿叶，爬了碧绿的洋辣子。不过，桃花开得正艳，春风春雨零落，一簇簇粉白花瓣，大团云彩，从天上降落枝头，再向房前屋后蔓延，篱笆墙般保护主人。我一低头，遍地花瓣葬身，一抔淤泥浸成血色，让人无从落脚。我说，好像小桃。再看旁边小河浜，墨绿颜色，雨点落了圈圈涟漪，浮了几片桃叶。我想这池水底，必有一只蚌壳精，悄咪咪吐出珍珠，或者玻璃。淑芬家里没人，门口挂了大锁，隔了窗门，可以看到灶头，结了硕大的蜘蛛网，几个月没人住过了。我绕到屋后，想寻小桃的坟墩墩，一无所获，白雾茫茫，只有河浜、稻田、蒿草丛生的林子。我妈妈摸了我的头说，去寻你叔公。没几步路，便到叔公家里，毕竟是老船长，房子气派，门口两部摩托车。叔公备好夜饭，底楼摆开圆台面，烧了七八样农家菜，专为招待我们一家。我叔公说，淑芬刚回乡下，她男人就来了，带她去了广东。我妈妈说，广东啥地方？叔公说，这就不晓得了，怕是不再回来。我爸爸两手一摊，奈么好哉，死蟹一只。我妈妈说，淑芬跟我诉过苦，小桃又不是她男人亲生的。我叔公说，小桃怎的不是她男人亲生的？我妈妈惊说，小桃不是私生女吗？我叔公吃一口老酒说，瞎讲了，淑芬只有一个男人，十八岁出嫁，第二年小桃出世，这丫头不像娘，倒是随她爹。我妈妈说，淑芬没读过卫校吗？我叔公说，淑芬只念过初中，几时上过卫校啊？那个是中专，要托关系的。我爸爸敬给叔公一支中华，正要搭腔，我妈妈瞪他一眼，叫他熄角。妈妈说，淑芬的珍珠耳环，又是啥来历？我叔公吐出一只烟圈说，淑芬娘留下的一只梳妆箱，等交到淑芬手里的时候，箱子已经空了，只剩这一只耳环。当夜，叔公在楼上腾出一间客房，农村房子宽舒，我们三人挤了一张大床上。我问我妈妈，小桃也会骗人吗？我妈妈说，小桃不是骗人，小桃是想活下去。我说，想活下去，就可以骗人吗？我妈妈蛮长时光没声音，但我晓得她没困着，我用手指头捅了捅她，我妈妈翻了个身说，不要烦我，快点困，明早去镇江城里，带你看看金山寺、北固山、望长江。我爸爸翻身钻出蚊帐，烟头星火明灭，窗门开一道缝，春风春雨愁人，跟尼古丁一道挤进来，蚊帐摇曳得影影绰绰，水怪一般妖冶。

　　镇江回来没几日，我家就要搬场。天井里的花花草草，我爸爸不会舍弃。我外公留下的虎皮鹦鹉，还是要一道搬走的。但是新家在三楼，仅有一个阳台，实在养不了长毛兔，只好被我爸爸宰了，烧一镬子兔子肉，我一口都没吃过。在曹家渡的最后一夜，吃好夜饭，我一个人溜出去了。荡到沪西电影院门口，油画海报是《大红灯笼高高挂》，巩俐坐了两只红灯笼当中，可怜兮兮，但我还是欢喜《古今大战秦俑情》的冬儿。马路斜对面，三角形街心岛上，除掉沪西状元楼，各家店面都已打烊，灯火一盏盏灭了，月亮吊上头顶，像莲蓬头洒了清辉。画像店里没人，门板紧闭，挂锁套了搭扣上，我带了我爸爸的电工刀，慢慢拧开螺丝钉。挂锁依旧完好，门已经开了。摸进画像店，开灯照出十几张素描，也有彩色油画，有的已裱好画框，涂了黑油漆，为追悼会准备的。还有一扇小门，飘出颜料油彩气味，画像叔叔的画室，他不准我碰的禁区。我偏偏要进去，打开两盏大灯，迎面看到淑芬，不是正面，她侧了头，下巴跟肩胛平行，穿了柠檬黄的丝绵袍子，内衬是白颜色，每道褶皱都有颜色，低落是灰褐，弹出是金黄。她的两只眼睛都睁大，眉毛稀薄，鼻梁蛮高，嘴唇皮丰润，头上绑了天蓝色丝巾，好像青花瓷的釉彩，收藏起所有头发，只露半截左耳朵，像一扇撬开的蚌壳，吐出一枚珍珠，吊了耳垂下方，圆心深邃，上下耀目，照亮脖颈后一片。淑芬坐了油画里，不是黑白素描，而是威尼斯红、孔雀绿、绿松石蓝、天青、赭石、绿褐，高高低低涂了画布上，侧面看有浮雕般阴影。背景乌漆墨黑，衬得淑芬的面孔透亮，像涂了奶油，颊上化开红晕。最亮是珍珠耳环，再是一对眼乌珠，凝神盯了我，涂上丰艳的嘴唇皮，画中人从腐烂中复生，在我心里敲上钢印，牵走魂灵头，她不再是淑芬，而是《戴珍珠耳环的淑芬》。这幅油画边上，挂了一领柠檬黄色丝绵袍子、一条天蓝色丝巾。我慢慢拎起它们，仿佛拎起一身皮囊，鼻头嗅了，喉咙发抖起来。我方才发觉，丝绵袍子背后，还藏了第二幅油画，模特还是淑芬，角度大差不差，也是侧了肩胛，别转面孔望我，露出一只左耳朵，吊一枚珍珠耳环。但在这幅画里，我头一趟看到淑芬的身体，她脱了丝绵袍子，不着一丝一缕，从脖颈到脚指头，一身白光荡漾，落到我的眼乌珠里，让我的喉结弹出来，像一颗小核桃，上下吞咽翻滚。淑芬用后背朝了我，我的目光好像手指头，触摸她的三角形肩胛骨，像一只猫的后背，左边手臂膊垂下，露出半只乳房，乳头是赭石颜色，一颗樱桃般大小，笔触在此地停留，不再是二维平面，堆砌交关多颜料，画布上突出几公分，立体三维世界，喂养过小桃长大。白如月光的颜料，顺了淑芬的背脊骨线条，堆积到后腰，胯骨扭曲扩张，暴露两瓣臀部，像两片擦亮了的扇贝，从深海捕捞上来，尚在一张一合呼吸。至此，画幅开始辽阔，像铺一幅地图，无边无际地丰饶，年复一年，夜以继日，生养她的子民，不必掩盖装饰，甚至不加遮羞，颜料中叠加，光线中流溢，明暗中交错，笔触里发酵……

裸体的《戴珍珠耳环的淑芬》油画下有落款,画像叔叔的完成日期,恰是去年春天,小桃在上海住医院时光。画架子上有包香烟,万宝路只剩一半,加上一盒自来火。我掏出一根火柴棒,对准火柴盒的黑磷面,轻轻一擦,火苗刺啦刺啦来了。我的手抖得太凶,两秒钟便熄灭。我擦亮第二根自来火,这记手指头平稳了,火苗在我瞳孔里跳慢三,照亮淑芬的眼睛,目光更加通透,耳环也不再是玻璃,而是正宗的合浦"南珠"。倏尔,火头吻上了淑芬嘴唇皮,先亲出一簇簇金黄,再烫出一只焦黑洞眼。我学了画像叔叔腔调,慢慢甩灭火头,最后一点点,烧到手指甲上,已经不觉着痛。火苗是一张嘴巴,饥肠辘辘了几百年,碰到淑芬的面孔,就拼命唷啊咬啊,削尖了牙齿撕了嘴唇皮,带倒刺的舌尖舔过鼻头,连汗毛带骨头吃下去,两只眼乌珠是人间佳肴,蓝颜色头巾是主食,左耳朵是一道硬菜,饭后甜点是珍珠耳环……

我睁开眼皮,没被火燎着,但是快要被呛死了。画室里有个自来水龙头,画像叔叔调颜料汰画笔用的。我闷了口鼻,跌跌撞撞,水龙头开到最大,接了满满一面盆水,拼命泼洒到着火的油画上。火头只灭了小半,赶快接满第二盆水,这样反复泼了三四遍,终归浇灭火头,再用鞋底踏灭。画室内烟雾腾腾,我的眼泪水横流,两幅《戴珍珠耳环的淑芬》,已经烧成焦炭,世上再没人能见识淑芬的身体。我摸瞎冲出画像店,曹家渡街心岛,我一路狂奔,脱头落佩,幸好天黑人少,没人注意到我。回到家里,我妈妈吓煞,以为非洲外宾来访。我的面孔是黑的,头发烧得卷曲,衣裳成了汰脚布,全身烟熏火燎。我妈妈烧了热水,剥光我衣裳推进马赛克浴缸。我浸了一个钟头,潜入水下憋气,好像一艘德国U形潜艇,从海底出击,才能免于烧死。当夜,我妈妈审问了我蛮久,问我到啥地方闯祸了,但我摒牢牙关不松,这是我跟淑芬的秘密。

等到天亮，搬场车来了。我妈妈请了搬家公司，不用我爸爸踏黄鱼车了。几个身材矮小的搬运工，操了江西话冲进来，没承想个个力拔千钧，抱起电冰箱、电视机、洗衣机、五斗橱就往外冲。我坐到后车厢里，举手挡了大橱，免得镜子碰撞碎裂。我还负责拎鸟笼子，我外公的虎皮鹦鹉，他留给外孙的唯一遗产。车子一路颠簸，搬运工打开后车厢门，我手搭凉棚跳下来，曹家渡已在几公里外，此地是静安区昌平路，同样靠近苏州河。新家的房型蛮好，南北通透，热天有穿堂风，我自己困一间房，还有一台黑白电视机。偶尔夜半，我也能听到苏州河上，垃圾码头的汽笛声声。搬来此地以后，我有好几年没回过曹家渡，生怕碰着画像叔叔。

三十年后，我的两颊胡须繁盛，曹家渡同样面目全非，甚至无人再加"沪西"两个字，上海市区范围翻了几倍，轨道交通图上看像一只八爪鱼，原本的"沪西"成了市中心，"沪北""沪东""沪南"讲法相继消失。曹家渡五岔路口，消失了一条小马路，"万箭穿心"之势不再。四周房子拆光，造了开开商厦、悦达889广场、长宁88中心、芳汇广场等等，纷纷往天上发展。沪西电影院位置，拔起一栋烂尾楼，已烂了十几年，不知何时完工。沪西电影院本尊，搬到后头一栋裙楼，屈居于香辣蟹楼上，苟延残喘十多年，我去看过两趟电影，全无小时光样子，前几年寿终正寝，呜呼哀哉。曹家渡的心脏，三角形街心岛，已成一块三角形绿地，种下几十棵大树，早已亭亭如盖，人何以堪。唯一幸存下来的，竟是万航渡后路，三官堂桥下头，我住过的六层楼工房。苏州河倒是不臭了，清汤寡水，平淡无奇东流去，再不见苏北安徽来的船队。我历经过很多次搬家，如今搬回到曹家渡附近，时常开车经过老早的家，沿苏州河畔捷径，往中山公园方向，可以少吃好几只红灯。前两日，我妈妈来我家里，辅导我儿子语文作业。我妈妈说，淑芬回上海了。我说，淑芬在啥地方？我妈妈说，浦东三林塘，跟她男人住一道，保姆是做不动了，现在医院做护工。我问，淑芬还戴珍珠耳环吧？我妈妈说，天晓得，问这做啥？我说，没啥。

（原刊《人民文学》第5期）

骑白马者

孙 频

1

我骑着摩托车沿山路盘旋而上。

正是五月,黄刺玫漫山遍野,横扫其他植物,凭着气势竟跻身山中一霸,几欲把半条山路都吞噬掉。走着走着前面忽然就没有路了,嬉笑打闹的黄刺玫挡住了去路。在阳光下看上去,这些浅黄色的野花忽明忽暗,像一些鬼魅之眼睁开了又闭上了,忽然间又睁开了。发酵过的花香肥腻殷实,在山风中静静飘着,让人恍惚觉得前面一定隐藏着什么。等到摩托车碾过去,却发现,什么都没有,花妖后面仍然只是一条寂静的山路。

在没有人的地方,树木、石头、山谷看上去都明艳异常,还有些凶猛,随时会扑面而来。

沿山路盘旋而上的时候,会看到这巨大的山体里镶嵌着贝壳类的海洋生物化石,还能在断崖上看到里面清晰的岩层,花岗岩、片麻岩、辉绿岩、石英岩、角闪岩，一层一层，如那些早已长眠的时间。曾经的海洋、鱼群和火山如今静静埋葬于这大山深处。在山中行走，常有沧海桑田之感忽然迎面袭来。

走着走着，路的前方猛地跳出一个半山坡，林中一片开阔的空地上现出一座孤零零的小木屋，这是护林员住的房子。我一直骑到离木屋很近的地方才停住，熄灭油门，从摩托车上下来，顺便把挂在车把上的一个塑料饭盒摘下来。屋门口正蹲着的一个男人始终没有回头看我一眼。我走过去，站在他身后，发现他正给一只小狗挠痒痒。另外两只大狗躺在旁边晒太阳，它们过于安静了，已经不再像狗，好像已经过渡成了另外一种陌生的兽类。听到我的脚步声，它们没发出任何一点声音，其中一只微微睁开眼瞟了我一眼，便又闭上了。那只小狗大概刚出生不久，巴掌大，正张开细嫩的四肢，露着肚皮，任凭主人给它挠痒痒。我站在他身后，咳了一声，说，这小狗是刚抱来的吧？以前没见过。

他还是没有回头，只背对着我说话，声音听起来嗡嗡的装满回音，刚生下没两天，是那对母子生的。说着他指了指那两只晒太阳的大狗。那两只狗看上去年龄个头都差不多，分不出哪个是母亲，哪个是儿子，都纹丝不动地晒着太阳。

他继续摆弄那只小狗，我则继续站在他身后看他摆弄狗。深山里的光阴夹杂着虫鸣鸟叫和草木的清香，缓缓从我们身上踩过去，脚步迟缓犹疑，似乎只要我一伸手，就能抓住它。木屋前的一块菜地是他自己开垦出来的，主要种土豆。土豆是山民们的主要食物，几乎顿顿不离土豆。一般来说，早晨是土豆小米稀饭，中午是烩土豆或焖土豆，晚上是土豆泥，拌上盐，再喷上一勺葱油。地头干裂的黄土里像牙齿一样长出了一排参差不齐的青菜，还有几棵剑拔弩张的大葱，各自在头顶举着一朵毛茸茸的大花，引来了一群蜜蜂。

此外便是无边无际的山林。这木屋和菜地像是从山林手里好不容易抢出来的，一不小心就会被夺回去。我看到木屋边上已经包了一圈瘦小的毛榛和栎树。山林是会自己走路的。有时候猛一回头，却发现它已经跟在你身后了。

四周山林如海，木屋如沉在井底，站在屋前就能听见阴森的山风在密林深处徘徊低吼，伴着红角鸮哀哀的叫声，一种长着两只大耳朵的鸟。不过当有阳光照下来的时候，山林看起来忽然就璀璨极了。站在这半山腰上看下去，山林绚烂夺目，绿色的是油松和侧柏，白色的是山梨花或杏花，红色的是花楸或山杨，黄色的多半是黄刺玫。等到秋天的时候，黄刺玫的果实可以采来磨成面粉，做馒头或者是烙饼吃，有一种奇异的清甜。

蹲在地上的护林员终于站了起来，矮个儿，穿着一身洗得发白的旧迷彩服，表情呆滞地看了我一眼，又偷偷看了一眼我手中提的饭盒，目光缓缓驶到别处，说，过来了？我在这山里第一次遇见他的时候，他就是这样，穿着这身旧迷彩服，眼睛一旦盯住什么就半天不动，像压路机一样死命在上面碾压。有时候，他分明已经不再看你了，但出于庞大的惯性，他一时还不能把自己的目光及时拖走，只好任由那些空心笨重的目光黏在你身上。因为一个人独自待久了，他的语言能力已经明显退化，经常要过半天才能找到下一句话，这使他的每一句话听起来都是残疾的。

第一次见到他的时候，他牢牢盯住我看了大半天，我被看得毛骨悚然，他才终于说了一句，过来了？我说，一个人巡山怕不怕？他呆望着远处，极慢地眨了两下眼睛，半天才丢出一句，谁说不怕？我问，一个月给你多少钱？他转过身去用慢动作喂狗，那时候还只有那一只母狗，等狗都吃得差不多了，他才丢出一句，八百块。这时他慢慢扭头看了我一眼，磕磕绊绊地补充道，额也是挣过大钱的人，早几年，在山下的，厂子里，看门，一个月还给额，三千块……三千块呢。后来，厂子，不景气，关门啦，额上山也是图，图挣人家，两个钱。

我明白了，他也是逆流上山的人。这几年山民纷纷从山上搬下去，搬到平原的县城里，多半都是因为打工和孩子的上学问题。山民们大规模迁徙下山使得平原上人口剧增，一时房租上涨，有几个新小区的房子几乎都变成了山民聚居区。山民们下山之后把山上的土豆和伞头秧歌也带到了平原上，以至于晚上的广场舞里突然嫁接了好几条扭秧歌的伞队，花红柳绿的。大山里则更加空荡幽静了，鸟兽和树木纷纷住进了废弃的山村。但也有少数人会逆流而上，从平原回到山里。比如这护林员，比如我。

我也住在这样一间小木屋里，在阳关山更深的八道沟里。我在木屋墙上挂了一张巨大的地图，无聊的时候就站在地图前看地图。我从小就是个喜欢琢磨事情的人，我慢慢在地图里看出了一些门道。地图上有三条大通道，一条是蒙古高原和东部平原之间的长城，一条是青藏高原和南部平原之间的茶马古道，还有一条是从古长安出途经大漠一直向西的丝绸之路。这三条大通道把平原和高原，沙漠和绿洲，游牧区和农耕区都连了起来。移民们千百年来在这些通道上迁徙流动，远离故土，走西口、闯关东、下南洋。

就像这阳关山，全是密密麻麻的原始森林，古时候的人们大概是为了躲避战乱，从平原来到深山里，很多年后又因为子女的教育问题迁徙到平原。有的山村学校，原来有一百多个学生，后来到几十个，十几个，到最后只剩下了一个学生。我已经分不太清楚，对于人们来说，这种迁徙是一个必然要到来的进化过程，还是一个不可抗拒的衰败过程。对于我来说，前半生是跟着欲望走的，后半生，我只想跟着心走。

我把手里的饭盒递给护林员，刚炸的油糕，皮还脆着，给你送几个过来。他站在那里没动,只拿眼珠偷偷扫了饭盒一眼,半天才敢问一句,甜的咸的?我说,石榴形状的是咸的,半月亮形状的是甜的。他仍不肯接饭盒,笨重的目光碾压过黄土和大葱,不知道要落到哪里,嘴里却说,额自小,好吃甜的,就是,甜的吃多了,这不,牙也快掉没了。我硬把饭盒塞给他,他这才接住了,也并不急着打开,就那么用两只手矜持地抱在胸前,好像并不想要。嘴里还在向我拼命解释着,额不是,很爱吃,油糕,不太好消化,额不急着吃,等,等放到晚夕(傍晚)再吃。

对于他来说,吃一顿油糕就等于过节。我隔三差五来给他送点吃的,几乎每次都这样,他表示他不是很爱吃,也并不急着吃,要先放一放再吃,然后等我转身离开的一瞬间就会把它们吃光。我再次骑上摩托车准备拧油门的时候,他双手紧紧抱着那只饭盒忽然大声对我说,夜来,有一只花豹,敲额的门,额用强光手电,一直照它,照它,它就在门口,蹲了一黑夜,天明才走掉,额一夜,没睡。我说,晚上记得把门从里面关好。然后拧了一把油门。他手捧饭盒小跑两步又追上来,有些绝望地对我喊道,你没见,好大,一只花豹,就在额门口,守着。

他张开的嘴里果然没几颗牙,看着有些荒凉,像个黢黑的山洞。我知道他不想让我走。但我还是拧了一把油门,骑着摩托车重新上了山路。

这条山路是沿着文谷河修的,河拐弯的地方,路也跟着拐弯,像河的影子。文谷河从阳关山最高峰出来之后,自西向东,流经几座大山几道大沟,最终流入盆地,汇入汾河。河流的两岸孕育出不少小村庄,珍珠一样被河流串成一串。所以只要跟着河流就能出山。在我小的时候,木材厂砍下的圆木都是放进河里,顺流而下带出山的,放排人站在木排上点着竹竿。那时候,我经常会骑在一截圆木上跟着河流漂一段再爬上岸，在岸边看着那些滚圆笔直的木头在河道里熙熙攘攘地拥挤着，谈笑着，结伴出山而去。冬天，河道结冰，白色巨蟒一般蜿蜒在山间，那些圆木则一路滑着冰，照样呼啸着出山。

河流在视野里若隐若现，即使钻进了河柳丛里踪迹全无，仍然可以听到哗哗的流水声就在咫尺。走着走着，河流冷不丁又冒了出来，活泼泼地在阳光下闪着金光，河流两边青草夹岸，蒲公英携伞飞行。偶见有白色的巨石挡在河道中间，河流也是欢快地侧身而过，并不上前挑衅。

几道巨大的山沟像神将一般守在河流两侧，八道沟、八水沟、大背沟、大沙沟、小沙沟、未后沟、西塔沟。在每个沟口都驻守着大力士一般的山风，它们终日呼啸着守在那里，逡巡、比武，力大无穷，可以轻易把一辆汽车掀上天。

走着走着忽然看到河边的山坡上着了一树白花，山梨花开得太多太稠，好像整棵树都燃烧起来了。这棵树像支火把一样站在山坡上，竟把周围一圈都照亮了。我站在树下，花瓣像雪一样落在我脸上。又往前走了一段路，河滩上出现了养蜂人的帐篷和蜂箱。我停下摩托车，向他走过去。在回到山中的这两年时间里，只要在山里见到陌生人，我都会试图过去搭讪几句。我试图在找寻一个人。我相信这个人其实还在这深山里。

养蜂人头上戴着斗笠，斗笠下罩着烟雾一样的面纱，看不清眉眼。我走过去的时候，他隔着一层面纱打量着我，并不言语。我看着那层面纱，心里忽然就一紧，但还是和他打了个招呼，忙着呢？蜜蜂在这里采的是什么蜜哪？他隔着面纱吐出三个字，百花蜜。一阵山风拂过，烟雾一样的面纱荡漾起来，露出了他的一只嘴角，那只嘴角看起来坚硬神秘。

我抬头看了看天，群山之上已经开始出现幽暗的暝色，一只苍鹰张开巨大的双翅，正在暮云里无声滑翔。我用手指关节敲了敲蜂箱，对他说，给我打一斤蜂蜜，不会掺假吧？

他二话不说，噌地揭开一只蜂箱，里面设着隔断，像小公寓房一样，无数只蜜蜂正栖息在里面，猛一看，简直让人有点眩晕。有几只蜜蜂从箱子里飞了出来，我吓得往后一躲，他使劲向我招手，怕什么，蜜蜂要怕你才是，蜇了人它就没刺了，少了刺的蜜蜂是不会回家的，反正是要死的，它们情愿死在外面。死在里面的尸体也很快会被其他蜜蜂清理出去，你看看这蜂箱里多干净，啧啧，比我住的棚子都干净，蜜蜂可比人爱干净多了。

他说着抽出一块隔板，上面粘满蜂蜜和蜜蜂，他用指头蘸了蜂蜜放在自己嘴里吮吸着，边招呼我，来嘛，过来吃，你吃吃看嘛，看到底是真的还是假的。说着又从木板上掰下一块胶状物递给我，再吃吃这个，蜂胶，卖得死贵，好东西，和人参一样。

我嚼着那块难以下咽的蜂胶搭话道，一只箱子里住这么多蜜蜂，就一个蜂王？他放下隔板，小心盖上箱子说，原先一只箱子里就一只蜂王，不过现在蜜蜂与时俱进，改革了，有的箱子里能住两只蜂王。蜂王也不容易，一天到晚坐着不动，就干两件事，吃蜂王浆和生孩子，一辈子吃了生，生了吃，一只蜂王一天要生三百只蜜蜂呢。

我指了指箱子旁边的蜜蜂尸体说，这些蜜蜂怎么就死了？都是丢了刺的？他捡起一只死蜜蜂给我看，死掉的蜜蜂轻飘飘的，像个空壳，他说，因为它是只雄蜂嘛，这就是它的命，雄蜂的婚礼和葬礼是在同一天举行的，结婚的那天就是它的死期。人各有命嘛，蜜蜂也一样。

山中的光线正无声而迅速地向西撤退，地上的灌木和河流渐渐失去颜色，褪变成枯瘦的黑白。只有长着松树的山顶还在夕阳里闪闪发光，如同银色的雪山。我看了看河滩四周，只有密林和灌木丛，还有这条日夜不息的河流。我问他，你一个人就在这河滩里过夜，不怕吗？

他嘎嘎大笑着把斗笠摘掉，方才的那只神秘的嘴角消失了，变成一个圆圆的大脑袋，眼睛和嘴巴都比别人大一个号，整张脸看上去有一种辽阔感。这样一张脸，在黄昏的光线里看着竟有几分明媚。不像是我要找的人。不过也说不定，人的面相是可以随环境变化的。

我下意识地看了看周围，确实，那个暗处的人可以幻化做无数种面孔出现。因为，我根本没有见过他。

他用手指指蜂箱，说，有这么多小朋友陪着我，我还怕啥嘛。我们养蜂人就是跟着花期走，一路上都在打听哪里的花刚开了，哪里的花快要开了，哪里开花去哪里，像不像采花大盗？前几天听人说方山的枣花开了，明天就准备赶过去呢。和你说，有一次我在野地里搭帐篷，旁边就是个老坟墓，不管它，反正我也不认识谁在里面，里面的人也不认识我，无冤无仇，总不至于半夜出来吓我。要是里面是自己认识的人，那就有点麻烦了，为啥？因为你能想见它的样子嘛，你要敢闭上眼，它就在你眼前晃啊晃，晃啊晃，你就觉得它真的从里面走出来了，你说是该和它喝酒呢还是和它聊天呢。所以不认识的死人也就不用怕嘛。停顿片刻之后，他瞪着两只铜铃大眼补充了一句，伙计，蜂蜜你到底要还是不要？

我买了一罐蜂蜜，挂在摩托车把上，沿着山路继续往前。走着走着，连山顶上金色的夕照也消失了，夕阳沉没，鸦青色的群山愈发肃穆寂静。我经过了大沙沟、八水沟，走到八道沟的时候，天色已经完全暗下来了。山路两边的森林已经变成了没有任何缝隙与光亮的黑森林，阴森蓊郁，有几棵大松树的枝杈狰狞地举向夜空。森林和崎岖的山路完全连成了一体，已经看不到河流在哪里，但水声还挂在耳边，愈发清脆。光听着这流水声，会觉得这条河正在黑暗中变结实变强壮，似乎马上就要从地上站起来了。渐渐地，连我自己也被这夜色完全融化了，我伸出手来竟看不到自己的五指，我消失了。

等到眼睛完全适应了这大海一般的黑暗，就会发现这样辽阔的黑暗也是分层次的，深深浅浅的黑暗杂糅在一起，如同剪影。进了八道沟就是苍儿会，路边出现了一个岔路口，我略一犹豫，还是拐进那条岔路。几分钟之后，一座空无一人的山庄阴森森地出现在了我面前。

我把摩托车停到一边，坐在一块石头上，点了一根烟慢慢抽上了。夜空里已经出现了星星，深山里的星空分外澄净，那些闪着寒光的星星看上去就在头顶，伸手就能摘下来。此刻我的头顶上方正悬着一把巨大的勺子，北斗七星横亘于荒野之上。一年当中的二十四个节气里，北斗星的勺子把都会指向不同的方向。几千年里，山民们都习惯以北斗星来判断时令。

星空下的山庄默无声息，没有半点灯光，看上去鬼影幢幢。这座度假山庄已经被废弃在这深山里好几年了，门口大石头上刻着四个字"听泉山庄"。进了山庄的大门先是一片山杨林，一大片建筑在树林里若隐若现，有宾馆、餐厅、会议室、活动室。在宾馆的后面还有几个巨大的园子，有一个江南园，花园里种下了不少茂林修竹，按照江南景致设下了四景：杏花烟、梨花月、孤山梅、梧桐雨。又在园内引水造湖，湖边建有亭台楼阁，一座水榭叫"夕月楼"，一处凉亭叫"苍霭亭"，轩为"听雨轩"，还仿照网师园建了一扇月宫满月门。湖上架有石拱桥，可在桥上垂钓观鱼。假山叠成数道绝壁，一条瀑布从山顶飞泻而下，假山边种了红枫、牡丹与黑松。秋日霜染枫叶，冬日，还可以出来一种青松伴崖石的生趣。

再往前走是一个世界园，园子里都是一些微缩版的世界著名建筑，金字塔，埃菲尔铁塔，比萨斜塔，凯旋门，自由女神像，希腊神庙，还有一座小型天安门。这些微缩建筑像侏儒一样挤在一起，相互取暖。再往前走是一个史前动物园，林立着各种用水泥做的史前怪兽，除了各种各样的恐龙，还有鱼龙、长颈龙、沧龙、械齿鲸、帝鳄等怪兽，还有些叫不上名字的奇怪动物，很多已经缺胳膊少腿。最后一个园子是个花花绿绿的游乐园，废弃的过山车如巨蟒一般盘旋在杂草之中，旋转木马下面挂着几匹颜色剥落的木马，首尾相追，一动不动。当年山庄还没有建完就停工了。

如今，山庄门口早已荒草没顶，在夜色中看过去，似是狐妖鬼怪们住的荒冢。

2

抽完一根烟，我站起来，抬头看着夜空。这星光下的废墟早已脱尽了肉身，骨骼林立。所有过往留下的残垣断壁，与这原始森林交错生长在一起，在荒野中散发出一种奇异的美。其实我早就发现了，就是那种一切变成废墟之后奇异而无法言说的美。

最初的焦虑在山林的星移斗转中渐渐消失。每次当我在月光或星空下驻足，悄悄打量这座废墟，都会觉得，在这样的深山老林里留下这样一处梦境般的废墟，也许并不是全无意义。我好像暗暗捡到了一个被遗留在深山中的谜语，却无法告诉任何人。

大山与夜空的交界处闪过一颗流星，拖着大尾巴，转瞬即逝，脚下的大戟和青蒿散发着冷香。在这样寂静的山林里能听见时间层层剥落之后，掉在地上的扑簌声，如落叶一般。

听泉山庄里面包裹着的是曾经的阳关山木材厂。1956年建成，1998年消失。

我就是在那座木材厂里出生长大的，父母都是厂里的工人。小的时候，我和厂里的发小周龙，在春天的时候去山里捡柴挖野菜，卷耳、鹅肠菜、小苣荬、歪头菜、野葵都是可以吃的，金露梅和银露梅的嫩叶采了可以当茶喝。野杏花折几枝，插在罐头瓶子里可以开好几天。

春天的大山里，花香熏得人昏昏欲睡，每到中午，厂里的大喇叭就开始广播评书，家家户户听着评书吃午饭，就着野葱和腊八蒜。然后在花香里小睡片刻。

夏天的时候，我们去山里采木耳、挖草药。我熟悉这山中的每一种药材，蛇苔可以治蛇毒，木贼止血明目，翠雀可以治牙痛，蝇子草治肠胃炎，小花草玉梅可治肝炎，梅花草清热退烧。黄昏的时候，我和周龙经常躲在木材厂对面河里的大石头上偷偷观察别人，我们对厂里每个人下班后做了什么都看得一清二楚，竟慢慢掌握了每个人的生活规律。那时候全厂只有一台黑白电视机，信号还不好，到了晚上，便有人抱着电视，有人拖着电线，有人裹着床单，一群人前呼后拥地抱到山顶上去看。我和周龙则在天完全黑下来之后，躺在尚有余温的大石头上，沐着月光，听着身下哗哗的流水声。萤火虫在我们身边飞来飞去，星星点点的，有时候还会落在我们额头上，胳膊上。

秋天我们去山里捡蘑菇采野果。蛇莓、山桃、覆盆子都熟了，毛榛的种子可以做肥皂，野酒花可以酿啤酒，刺梨和毛樱桃可以酿果酒，五铃花的根可以熬糖，野玫瑰可以做玫瑰酱。工人们把砍下的树木放到窑里熏干，再把干木料垛成一堆一堆的四方形，一眼看过去，简直无边无际，如兵营扎寨。那时候人们盖房子都得用木料，为买到木料还得走后门，所以木材厂的工人们都以自己的这份工作为骄傲。

冬天的时候我们进山打猎。大雪足有半腿深，山腰上挂着雪白的冰瀑，晶莹剔透，往返的时光都凝固下来，文谷河已结成冰河，在冰面上滑着冰就可以一直滑出山去。山中冬夜漫漫，工人们没有什么娱乐，有时候便以听房为乐。有人在熄灯之后，裹着大衣穿着棉鞋，蹑手蹑脚走到人家门口，坐下来，把耳朵趴在门上听房。有时候听着听着就靠在门上睡着了，结果早晨人家一开门，他扑通一声摔到了人家家里的地上。还有的时候，竖着耳朵听了半天却什么都听不到，忽然有人把手搭在他肩膀上拍了拍,我都还没回家呢你听什么?快回去洗洗睡吧。

我十二岁那年才第一次出山,第一次见到了坐落在平原上的县城。那天晚上我坐着厂里的运木料的卡车,跟随父亲进了趟县城。我正在车厢里睡得迷迷糊糊的,忽然被叫醒,猛然看到前面跳出一大片灯火。我从没有见过那么多灯光,那么多商店,街上有那么多人。有些被吓住了,竟说不出一句话来。后来跟着父亲进了一个商店,我吓得连头都不敢抬,里面摆的好东西实在太多太多了,我却根本不敢多看一眼,就一直低着头。没想到世界上竟有这么多好东西,简直像来到了天上的街市。

我是1997年参加的高考。高考完之后我就已经有预感,可能要与心仪已久的大学失之交臂了。高考完的那个傍晚,我一个人在山里溜达,不觉走进了八道沟。这种大沟的两面都是高山耸立,沟中间一条河川,河川的名字多简单粗暴,依顺序分别叫做头道川、二道川、三道川。出沟后都汇入文谷河,随河水出山。高山之间的一道天空渐渐暗下去了,有住在山顶的苍鹰偶尔从头顶滑过,姿态静谧悠远。

我不想回厂里,也不知道该干点什么,有一种无边无际的巨大虚空,于是就那么沿着河川一直往前走,往前走。走着走着天就黑透了,高山和夜空之间生出一道柔和的界线,再走,半轮明月就爬上来了。月光照着山谷,河流闪着银光,我脑子里想了很多很多,像是把自己的一生都在这个晚上想完了,却又像是什么都不敢去想。

我一边胡思乱想一边沿着河流往前走,泉水叮咚,微云淡月,晚风里尽是草木的清香,走夜路的野兽也会躲开我,它们都怕人。我就那么走啊走,后来走着走着忽然发现天已经开始亮了,月落乌啼,东方出现了青白色的天光。我竟然在山谷里走了整整一夜。

高考成绩出来了,我果然只考上了一所普通大学,又因为四年的学费问题，我最终做出了决定，放弃上大学，去城里打工。那时候我便暗暗发誓，即使是打工，有一天我也要让所有的人都看看。

在我离开厂里的第二年，因为木材逐渐被钢筋水泥代替，商品房开始代替自建房，木材已难有销路，木材厂完成了它的历史使命。大部分工人只好下山，到平原的县城里租间房子，自谋生路。还有的工人去了更远的河北、山东打工。我的父母也跟着工人们去了平原上的县城里，开始了四处打零工的生活。

1999年的秋天，我独自一人进了阳关山，回了一趟深山里的木材厂。让我惊讶的是，已经停电停水的厂里居然还住着十来个工人，他们已经在废弃的工厂里住了一年多了，其中居然还有周龙和他的母亲。

秋天是山里最美的季节，层林尽染，秋阳点亮了山中的每一片树叶，好像每一片树叶上都站着一支蜡烛。松树下的银盘巨大如伞，大片橙色的沙棘如火焰燃烧，山鹊争相啄食刺李，松鼠用石头打磨着橡果。我和周龙在山里慢慢转了一天，我问他这一年多是怎么生活的。他说，其实也好办，喝山里的泉水，吃山里的野果蘑菇，砍柴生火，自己再种点土豆，也就够吃了，在山里哪有活不下去的？我说，晚上没电你们做什么。他说，晚上就点着蜡烛聊天。我说，就你们十来个人天天在一起，还有什么可聊的？他嘴角微微一笑，目光很柔软地亮了一下，可聊的多着呢，我们想说的话说都说不完。我沉默了一会儿才说，为什么不下山去？他的目光垂下去，看着脚下的一株草芍药，说，觉得在山里自由，也不知道出去了能干什么。

晚上，我们在他破败的宿舍里，点着蜡烛，喝着用地榆嫩叶泡的茶继续聊天，过了十二点了，我们还在聊，过了半夜两点了，我们还在聊。我们坐在昏暗的烛光里，守着彼此巨大的影子，都毫无睡意，似乎真的有说不完的话，却又不知道自己到底说了些什么。就这样，我们一直相守着坐到了天亮。东方既白，他吹灭烛头，在一缕青烟里对我微微笑着说，你看，有没有可聊的？

又过了几年，我父亲去世，我按他的临终交代把他葬在了大山里。山里的坟墓就像山里的人家一样，都孤零零地游荡在大山的褶皱里，很少有墓碑的，无名无姓，只是每座坟墓上都种着一棵柳树。有的柳树已经很老很老了，得两个人才能抱得过来，树皮漆黑皲裂，像是真的来自于阴森的地下。柳树下的坟墓则小如馒头，几乎要缩回到地底下去了，这必定是座年龄很老的野坟。

埋葬好父亲之后，我又回了趟厂里。走到厂门口的时候吓了一跳，原来的木材厂和厂里一望无际的木料垛都不见了，取而代之的是一座修了一半的度假山庄。门口镇压着一块巨大的石头，上面刻了四个字，用红油漆描了：听泉山庄。

这山庄好像是从天外飞过来的，铁门上挂着一把生锈的大铁锁，我在门口往里张望了半天，正准备翻墙进去，忽觉得背上有些异样，一扭头，正好和一个坐在树下的老头四目相对。那老头坐在大树的阴影里，正饶有兴趣地看着我。我向他走过去，他戴着草帽，指缝里别着一根筷子那么长的手卷纸烟，放在嘴角品了一口，眯着眼睛，有些高兴地对我说，翻啊，继续翻啊，额看着你翻，怎么不翻了？

额，是山民们独有的一个发音，一到了十几里之外的平原上就会自行消失。很多年里，我走在城市的街上，在人群里偶尔听到这个发音，都会觉得像被什么东西狠狠咬了一下，连忙在人群里到处寻找。那个代词却已经同它的主人一起消失在了人海里。

我忙说，老伯，木材厂呢？你知道这里原来有个木材厂不？

老头坐在树下，把一条腿抬到另一条腿上，抖着腿说，兀来大（那么大）个厂子，额能不晓得？小子，你是来买木料的还是来耍游乐园的？

我一愣，说，老伯，我家就是这厂里的啊。

老头也愣了一下，继续抖着腿说，你看着兀来小，衣裳穿得时兴，也是这厂里头的人？你不晓得？木材厂倒塌以后，有个老板看中了这个地方，真是个偶人（坏人），看见有山有水风景好，就把厂子租下来，还租了额们四百亩地，一亩地一年给四百块钱，说是要盖个度假村搞旅游开发。说现在种几亩地又挣不了钱，让额们都给他打工，他给额们发工资。不少人家的小子在外头打工，都给叫回来了，说家门口就有钱挣。现在彩礼要得太重，不少小子都吃（娶）不起婆姨，就都回山里来了。结果那偶人盖度假村盖了一半就跑了，估计是没钱了。把额们都耍笑了一遍，真是个偶人，租下的地也毁了，庄稼都不能长了。跟前的两个村，苍儿会和岭底，因为抢度假村的工程还打了起来。

我问，那老板后来去哪了？

老头站起来，顶着大草帽，拍了拍屁股上的两片土，上下打量着我说，早跑尿了，不晓得去哪里了。有人说他为了盖度假村欠了一屁股债，还不起钱躲起来了，有人说他跑到南方做买卖去了，又挣了大钱。反正是找不见了，听说这偶人也是从阳关山里出去的，不晓得是哪条沟里生出来的。原先日捣（骗）额们说，要搞旅游开发，旅游能带动跟前几条沟致富，村里几家靠路的都赶紧借钱开了农家乐，俺行（家）也开了，结果呢，连个鬼都不上门吃饭。

我使劲朝铁门里张望着，说，那厂里留下的十来个工人去哪了？

老头把烟叼在嘴角，从身上摸出一把青铜色的大钥匙，走过去把铁门哗啦啦打开，说，那就不晓得了，额守在这里本来是要收门票的，里头有恐龙嘛，好看着呢，不过你原先就是厂里头的人，就不收你的钱了。

我在废墟一般的度假山庄里游荡了半日，仿佛在梦游。我曾经熟悉的宿舍、厂房、熏窑、食堂，连一点痕迹都没有留下，好像它们只是我的一个梦境，从来就不曾真实存在过。但分明地，我每踩下去一脚，都有一种心惊胆战的感觉，好像踩在了它们的尸骨上面，我走得步履蹒跚，像一场战争之后唯一剩下的幸存者。

我在宾馆后面忽然看到了那片荒芜破败的江南景致，它们出现在这北方的深山里，看起来有一点侵略性，有一点胆怯，还有一点滑稽。因为长期无人打理，那一点江南的情致早已变形，疯长成一种自暴自弃的匪气。继续往前，我来到世界园里，看到了那些侏儒般的小型建筑，有的只建了一半，我感觉自己像个误闯进来的巨人，它们个头矮小，拥挤而诡异地站在一起，又像是正在卖力地服役，拼命要告诉人们，这就是世界，世界其实就是这个样子的。然后，继续往前，我看到了那些用水泥做成的恐龙和怪兽，很是魔幻。风吹日晒，恐龙身上涂的颜料已经褪掉大半，露出了里面的水泥。我错愕地从一个微缩世界里一步跨进了史前，看着这个马戏班一样笨拙的史前园，竟觉得有些心酸，不忍多看。以为这就该走到头了，没料到，一个五颜六色的游乐园猛地蹿了出来，立在我面前。设备已经生锈，盘旋的过山车看上去摇摇欲坠，木马呆呆立在眼前。更令我惊奇的是，就在这游乐园里，竟然还有一块整齐干净的莜麦地，边缘清晰，像一块突然飞过来的绿毯子铺在那里。莜麦地里连棵杂草都看不见，说明这地是有人经常来照料的。

我在这片废墟里站立了很久。天色渐渐暗了下来，山林拖着自己巨大的阴影静立在四周，腕龙伸出的长脖子变成了一道蛇形的黑影，似在空中拼命探寻什么。那些矮小建筑的屋顶在昏暗中看过去，像一片阴森的墓碑。在那一瞬间，我有一种感觉，我觉得修建这山庄的人根本不是来赚钱的，他像是跑到这深山老林里来搞一场盛大的行为艺术。他用这种魔幻而天真的组合方式把这些建筑叠加起来，最后竟让它们在深山里叠加成了一种梦境，古怪而神秘。他更像一个艺术家。

我走出山庄大门的时候，那个老头还等在那里。看见我出来了，便又把铁门锁上。我说，老伯，你们村不是开了农家乐么，太晚了，我今晚不下山了,要不去你们村住一晚?他攥着那把大钥匙,似乎在黑暗中犹豫了一番,最后还是点点头,对我说,俺行就有,跟额走吧。

老头姓井。去他家的路上,我问,农家乐平时有生意吗?他摇头晃脑地说,不是和你说了嘛,平日连个鬼都不上门。当初要是不给人们念想,人们也不会想着甚开农家乐挣钱,靠甚旅游挣钱,额们在山里本来也活得好好的,有吃有喝,就是钱少点。跑回来的小子们后来又下山打工去了,得挣钱吃婆姨啊,不然这辈子就等着打光棍吧。现今村里的光棍汉是越来越多了,女子们如今都不愿留在山里,都想嫁到城里,要楼房要小汽车。额们是老了,不想动了。

我说,那个开发度假村的老板是个什么样的人,你见过吗?

他说,怎么能没见过?烧成灰也认得他。那个偶人,个头中不溜丢,平常人长相,横看竖看都不像个兔头(厉害)。

我笑笑,说,这人其实挺有意思。

他忽然扭头看了我一眼,我们在黑暗中短暂地四目相对了一下,他说,你认识这人?

我在黑暗中都感觉到了他的目光,微微一愣,说,没有没有,就是随便说说。

黑暗的森林从四面八方包围着我们,我能听见森林里传出的白骨顶苍老的叫声。老井的影子已经消失在了黑暗中,模糊一团,他看上去就像一个透明的魂魄在我前面游荡。走着走着,前面的密林里忽然渗出一点灯光。是一个小山村。

3

这个山村叫山水卷。在这深山里,时常散落着一些古老而优美的村名,像什么柳树底、木瓜会、佛罗汉、杏坛、青岸。

村里不过十来户人家，十几盏灯火撒在漆黑的山谷里，萤火虫一般微弱。刚一走进村口，忽听见一片犬吠声袭来，此起彼伏，划破夜空，有几盏灯火在犬吠声中次第熄灭下去。还亮着的几盏愈显孤寂和寒凉，似乎只要用手轻轻一碰，也会转瞬熄灭，隐遁于黑暗。山村背后黑色的山峰看上去巍峨阴森，高耸入夜空。

一进村我就感觉到了，这个村子里有一种奇怪的紧张，好像空气里到处飞舞着密密麻麻的神经末梢，不小心碰到一根，其他就会哗哗响成一片。我跟着老井进了他家的院子里，东面三间房，西面三间房，六间房里只有东面最里面的那间亮着灯，其他几间都黑黢黢地沉着。那间房里亮着一盏昏暗的灯泡，灯光枯瘦，整间房看上去像一颗黑暗中长出来的牙齿。院子中间有一棵枣树，树下有张石桌，桌子上还歪歪扭扭刻着棋谱。

老井让我在树下坐会儿，他去给我做晚饭。我问，你老伴呢？他指指屋里，躺着呢，是个瘫子。我正坐在树下抽烟，忽听见院子里什么地方有轻微的脚步声，脚步声在我背后忽然停住，我猛一回头，看到我背后站着一个男人。一个四十岁左右的男人，光着膀子站在那里，一只手里夹着一根烟，烟头一明一灭。另一只胳膊只剩下三分之一，创口已经被新长出来的肉包起来，包成一只稚小的胳膊，看上去像是刚刚从身体里长出来的肉蕾。男人盯着我，慢慢举起左手吸了口烟，烟头一闪，脸上倏地亮了一下，目光阴沉凶悍。

这时候，老井把晚饭端出来了，一笼山药丸子，一锅小米稀饭，一碟炒酸菜，还有一口杯高粱酒。他对男人低声喝道，连个衣裳都不晓得穿，快进去。男人并不理他，又游弋到了我对面，继续挑衅地盯着我看。他走路的时候，那只小胳膊在他身上甩来甩去，像个随身携带的玩具。老井又给我捧出一碗血红的西红柿酱，说，这是额家小子，早二十年前就下山打工去了，那时候还没什么人下山打工的。他在山下受了不少苦，有阵子还挣了不少钱，后来做买卖又全赔进去了，在山下活不下去了就又回山里来了，回来的时候就成这模样了，少了只胳膊，婆姨也跑了。

男人不耐烦地喝了一句，少说几句不行？老井闭了嘴，拿围裙反复擦了擦手，呆了一呆，进屋去了。一阵晚风拂过，树上的小青枣像下雨一样噼里啪啦落了一地，我走过去给男人递了一根烟。他就着窗户里暗黄的灯光，冷飕飕地打量着我身上穿的衣服，脚上的鞋子，又对着我的鞋子冷笑了一声，说，你脚上的耐克是真的假的？我没说话，递烟的手也没收回来。他犹豫了一下，还是接住了那根烟，又就着灯光仔细辨认了一下是什么烟。最后才叼在嘴角，啪一声，用火机点着了。

抽了口烟，他炫耀地抖了抖右侧的那只小胳膊，好像随时要打开窝着的翅膀飞走，然后又用标准的普通话问了我一句，你来山里干吗？我说，我们木材厂的人早都下山了，我就是回来看看。他眯起眼睛盯着我，回来看看？看什么？有什么好看的？我说，木材厂什么时候变成度假山庄我都不知道，这是什么时候的事？他一边抽烟，一边鹰隼般地在我面前盘旋着，说，奇怪吗？时代发展的必然结果，现在都买楼房住了，你家还用木料盖房子？

我不言语，坐到树下开始吃饭，小青枣像棋子一样敲打着石桌，不时落到我碗里一颗。吃到一半忽听见他又问我，你在山下做什么？我含糊地说，做点小生意。他冷笑两声，小生意？能抽起这么好的烟？

我没再说话，蘸着西红柿酱大口吃完了那笼山药丸子，那杯酒我一口没动，这个地方让我感到不安。山中的夜晚凉气逼人，他不穿上衣是故意的。显然，展览残肢能带给他某种快感。

我小的时候，没事就在这些山村里玩，对这些山村太了解了。因为闭塞，山村里的人近亲结婚的比较多，所以生下来的孩子要么是傻子要么就特别聪明。又因为在大山里长大，从小受的禁锢很少，山野的广袤无际使山民性格里有一种无拘无束的东西。一旦下山，之前物质和眼界的匮乏，就会导致他们充满掠夺性，每到一个地方就多一层欲望，很像当年的蒙古族骑兵。我之所以这么了解他们，是因为，我自己就是这样一个山民。

我掏出烟盒，自己点上一根，又给他递过去一根。这次他不接，因为没有了右手，那只左手看起来极长极大，关节突出，有些可怖地挂在那里。我伸出去的手只好又缩了回来。山里温差大，晚上还挺冷，他站在那里似乎打了个冷战，那只小胳膊挂在那里，像金属一样闪着寒光。我不再看他，只管低头抽烟。

然后我看到了他的两只脚，光脚穿着塑料拖鞋，又移到了我对面。只听他说，这杯酒，你为什么不喝？嫌这酒不好？我笑了笑，说，不会喝酒。他用左手端起酒杯晃了晃，又逼过来一句，为什么不喝这酒？怕有毒？我环顾了一下四周，村庄两边都是黢黑幽寂的高山，一轮金色的残月刚爬上山顶，坐在院子里也能听到来自山谷里的流水声。我看着他的眼睛慢慢又说了一遍，真不会喝。

他也盯着我看了几秒钟，忽然一翻手，把一杯酒都倒进喉咙里去了，然后使劲把杯子往桌上一蹾，继续盯着我说，看清楚了吗，有毒没？

我说，兄弟，哪有这样喝酒的。他像匹马一样喷着刚硬的酒气，目光开始变钝变笨重，坦克一样缓缓向我碾压过来，他盯着我说，你骗谁？做生意的还有不会喝酒的？我当年下山就是这么喝过来的，一开始给人打工，后来一步一步做到经理，后来我自己创业，为了拉客户差点把胃都喝烂，在山下那么多年，我能不知道？你倒是给我说清楚，这酒你为什么不喝？

我目光落在他那只肉蕾一样的小胳膊上，我盯住那里看了几秒钟，笑着说，这胳膊怎么没的？欠人钱了还不起？

他手里还捏着那只空酒杯，死死盯着我，并不说话。我把一只手伸进裤子口袋里，慢慢摸索着，他的眼睛又盯着我那只手，一眨不眨。我们之间的空气变得很脆很硬，玻璃一般。夜更深了，山谷里的流水声愈发清晰，近在耳侧，似乎我们此时正漂流在一条大河之上。我那只手终于从口袋里掏了出来，握着半包揉皱的香烟，我把那半包烟扔在了石桌上。

我们谁都没去动那半包烟。这时候，老井戴着围裙过来收拾碗筷，闻到男人身上的酒味，忽然，他伸手就在男人的后脖子上扇了一巴掌，嘴里说，又喝酒，甚也干不了还老想喝酒。男人没有还手，直直扛着脖子，一边翻起眼睛瞪着老井，那只小胳膊来回晃荡着。僵持了一会儿，他扛着的脑袋慢慢垂了下去，然后，也没和我打声招呼，就趿着两只拖鞋走开了。

老井在很慢很慢地收拾碗筷，并不抬头看我。我站起身来，又点了一根烟，说，由着他多说几句，少了条胳膊，谁心情都不会好。老井头也不抬地说，他觉得自己也风光过，他不甘心落下这个下场。我半天无语，抽完一根烟之后才说，刚吃过饭，我出去转转，消化消化。

说完我才忽然注意到，不知什么时候，院门已经从里面锁上了。院子里摆着一只洗衣服用的大铝盆，储了一盆水，月亮正卧在里面，像一只安静的贝壳。

老井把碗筷哗啦抱进铝盆里，月亮碎了一盆。他一边用丝瓜瓤刷碗，一边说，早些去西房里歇息吧，黑天半夜的去哪里转，山上有麻虎（狼）。

这时候我已经敢肯定，这个村庄是有秘密的。不过，在这大山里，每道褶皱里都可能隐藏着一个秘密。有的秘密如林间草木一样，从长大、凋零到腐朽，都不会有人知道它们曾经存在过。有的秘密如山间蛰伏的猛兽，即使离得很远，你也能从空气中嗅到它们身上的气味。

我想起我九岁那年，有一次来了一支测矿的队伍，在山里到处放炮炸石头，折腾了几天无功而返。那天，我一个人在山上玩，忽然碰到一个妖怪一样的老人，头发和胡子长得都快拖到地上了，指甲太长了，已经卷了回去，卷成了蜗牛壳的形状，身上披着麻袋一样的破布。我吓得半死，不敢哭，连路都走不了了，却听见老人忽然结结巴巴地问了我一句，小儿，是不是……日本人投……投降了？前两天……我听见打炮了，是哪个……部队……打的炮？原来，这是一个解放前藏在了山洞里的老兵，当年他们那支部队和日本人在这山里打仗，除了他之外全军覆没，他怕被日本人抓到，躲起来就再不敢下山，一躲就躲了几十年。

我又想起小时候在山上玩耍的时候，只要下过雨，山坡上就会露出很多白骨，还有很多龇牙咧嘴的骷髅，朝天瞪着两个黑洞。胆子大的小孩会把骷髅当皮球一样踢来踢去地玩。据说这里曾是秦朝的一个古战场。

我又想起岭底村那个面目和善的老头，据说他的老婆早就跟人跑了，下山去了。很多年里，就只有他和他唯一的女儿相依为命，那女儿长大之后也没有嫁人，三十大几快四十岁的时候，还和父亲生活在一起，寸步不离，无论种地还是赶集，都是一起来再一起走。

我又想起这大山里有一种古老的风俗，拉偏套，从前几乎每个山村里都有拉偏套的女人。就是一个女人可以有很多相好的男人，相好的来登门，没有空手来的，都讲究一个义字。要么带钱，要么带吃的，还要帮助女人家里种地。这样一来，女人就靠着拉偏套养活了一家人，给丈夫买酒，供养孩子们上学。

那次下山之后我又是好久没再上山去，等到再上山的时候，已经是五六年之后了。这次，我拎着简单的行李只身上了山，雇了几个人，在离听泉山庄不远处的山谷里，建了两间木屋。后来又从附近的村民手里买来一辆二手摩托车。

我再一次站在了听泉山庄的门口。大门紧锁，锈迹斑斑，门口的荒草已经没过人头。我想起了曾经在木材厂生活的种种片段，记忆如落在雪地上的爆竹碎片，使眼前的废墟看起来竟有些触目惊心。它看起来仍然不像是真的。我从小长大的木材厂就埋葬在它的下面，可是那木材厂的下面还埋葬着几百万年前的岩层，岩层的下面又埋葬着曾经的海底，几亿年前，这里邀游的是鱼虾和海兽，各种水草交缠嬉戏，贝壳伸出柔软的手脚在海底走路。那时我只要双脚腾空，就可以在这海底游来游去。

时间静静地埋葬了一切。

周围一片死寂，看不到一个人影，我于是翻墙进去了。宾馆和餐厅的玻璃都已经碎掉，一扇扇窗户张着黑洞洞的嘴巴，山风如蛇一样穿梭而过，呼啸于其中。宾馆大堂里的桌椅都还在，蒙着厚厚的灰尘，墙上挂着巨大的蛛网，只是没有一个人影。我穿过去，来到了后面的园子里，那几个园子更加破败，都已经被荒草吞没，蝮蛇在草丛间游过。那些侏儒般的建筑隐隐藏匿其中，偶尔露出一角诡异的飞檐，看上去像一片年久失修的乱坟岗。怪兽身上爬满绿色的藤蔓，在死寂中竟生出一种奇异无声的暴烈。一辆手推车扔在墙角，上面爬满了牵牛花，从车轮到车把，将那辆破手推车严严实实地缝在了里面，粉色的紫色的牵牛花盛开在冰凉的金属上。更令我惊奇的是，那块莜麦地居然还在，平整干净，傲气逼人，竟长得生机勃勃。

从山庄出来之后，我向老井住的那个村庄走去。走到村口的时候，太阳刚刚开始落山，金色的山顶闪着光，而黑暗已经开始从无边的森林深处升起。这次我看清楚了，村口有一座破旧的山神庙，庙前有一棵几人抱不拢的老槐树。三个老人并排坐在树下的大石头上，一个模子里拓出来的动作和表情，袖着两只手，目光僵硬迟缓地盯着我看。我走过去很远了，他们的目光还黏在我身上。山村里就这样，谁家如果来了一个亲戚，全村人都要跑过去围观好半天，好像是全村人的亲戚，所以我并不奇怪。

村子不大，我很快就把整个村子绕了一圈。

山村枯寂，鲜有人声，只有叮咚的流水绕村而过，竟有回声，一时让我怀疑这村子早已经变成空心的了。全村竟然没看到一个小孩，我记得小的时候我去那些山村里玩，村口的大树上经常爬满了小孩，那些小孩看起来就像是从树上刚长出来的。现在，山村里只剩下了几个石像一样的老人，他们坐在门口的石磴上，颓败的屋檐下，飘着灰白的头发，灰蒙蒙的眼珠子可以盯住人一看大半天。

我坐在河边的大石头上慢慢抽了两根烟，看着河水在我脚下一点一点变暗变浑浊，黑色的河水陡然比白天变得狰狞，流水声脱离开河水，游荡于四野。天黑下来了，一轮明月爬了上来。河边是一片古老的松树林，有一棵松树还站到了水中，倒影瑟瑟。松树高大疏朗，树下铺着厚厚的松针，踩上去柔软异常，让人的脚步声都有了兽类的警觉与轻盈。有的松树下还长着雪白的银盘和姬松茸，在月光下闪着银光。我起身走进松林，松涛阵阵，清亮洁净的月光从枝叶间筛进松林，使地上看起来像匹华美的豹子。

我行走的时候，月亮穿过树枝也跟着我无声行走，一切都寂静极了。

居然没有犬吠声。我忽然就感觉到，那个秘密可能已经被这个村庄消化掉或吐出去了。现在，这就只是一个与世隔绝的小山村，安静、苍老、弱小，被时代遗弃，随时都可能消失在大山深处。我在松林里隐约看到，村子里的几盏灯火次第亮在了山谷里。

老井家的院子开着门，我走了进去。院子里空荡荡的，地上铺着一层月光，一个老头坐在枣树下，正趴在石桌上独自下棋。枣树下吊着一盏昏暗的灯泡，在黑暗中挖出一束光柱，光柱里像雪花一样飞舞着无数只小飞蛾。我走近那束光柱仔细辨认了一下，正是老井。他埋着头，看起来很忙，一个人既下红棋，又下黑棋，刚飞出去一匹红马，又跳出来一只黑炮。我在他对面坐下，我们两个人被罩在灯光里，如同乘坐着一艘孤单的宇宙飞船，周围皆是茫茫太空。

我说，老井。他抬起头盯着我看了半天，目光由虚变实再变虚，重新低头看棋，嘴里喃喃招呼了一句，上来了？手里又跳了一个红车。他下棋，我看棋，沉默半天，我忽然像想起了什么，问道，你老伴呢？他没有抬头，说，没了，都说瘫子不好死，还不是死了，谁都要死的。我又问，那你儿子呢？怎么没见你儿子。他还是没抬头，好像也没听见我说什么，只专心看着棋盘，忽然，他用很大的力气杀出黑炮，啪一声吃了红车。吃完之后，手里摩挲着两只死掉的棋子，慢吞吞地问了我一句，你从哪边过来的？走松树林没有？在松林里没看见额家那小子？

我看了看不远处黢黑的松树林，疑惑地说，你儿子在松树林里干吗？他又捡起一只黑卒走了一步，说，他就埋在那林子里，没看见？我浑身一哆嗦，吃惊地看着他，你说什么？他把黑卒推过河，眼看着它送了死，这才慢慢抬起头，看着我说，他都走了五年多快六年了，你上次来额家，你走了没几天他也走了，也不晓得去了哪里，也不晓得是死是活，连个电话都没打过。额就在林子里给他立了个衣冠冢，额要是哪天死了，等他的鬼魂找回来的时候，好歹也有个去处。

我惊呆了，半天才问出一句，他为什么要走？他把那些黑色的棋子纷纷推进河里，目送着它们纷纷被淹死，只留下孤零零的老将和两个孱弱的士兵遥遥守在故地。他把那些棋子全部推下河之后，突然就暴怒地说，你说为甚，他好歹也是见过世面的人，也是挣过大钱的人，别人都不敢下山的时候他就下山打工去了，他在山下什么没见过？你穿的好鞋吃的好烟让他看，你说是为甚？不是你刺激了他？他还是想活出个人样给额看，就他一个残疾人。

我忽然不知道该说什么，便沉默下来。月光像霜一样在院子里铺了一层，寒光闪闪。他已经重新开始摆棋，很认真很用力地把一个个棋子摆好，还觉得不够端正，搅乱又摆。他的声音却逐渐变小变弱，好像不知道自己在和谁说话，你说额家那小子要是当年不下山，就在山上放放牛，种种地，是不是也过得不赖？空闲时候还能和额一起下下棋。他下山的那些年，额老盼着他能回来，回来看看额们，可等他真的回到山上了，额又觉得他不该回来，觉得他还是在外面好。出去了的就再回不来了。

我沉默不语。

他又说了一遍，出去了的就再回不来了。

棋摆好了，他呆呆看着两队人马，看了许久许久，好像在等对方先走。对方不动，他便终于替对方先走了一步当头炮，这才像想起了什么，忽然问了我一句，你又回山上干甚来？我说，还是山上好，自在。他冷笑一声，说，现今山上的人差不多都下山去了，山上的学校都没了，人们都觉得山下好，热闹，你倒回来干甚？我又沉默片刻，说，山里清静。他笑了一声，头都没抬。

一时无话，他又寂寞地走了两步棋。犹豫了一下，我终于问道，听泉山庄那老板后来一直没回来？他忽然抬头盯着我，说，你打听田利生想干甚？我说，田利生是谁？他说，你不是想打听山庄的老板吗？就是这人。我说，没什么，就是忽然想起来问问，这人其实挺有意思。

他手里摸着一枚棋子，试探着问我，田利生是不是也欠了你钱？

我说，没。

他胡乱把那枚棋子敲下去，慢慢说，听说这偶人……盖山庄借了不少钱，还占了额们的地，现今是旅游开发没搞成，地也不能种。要能把这偶人找见就好了。

说到这里，他用眼角的余光偷偷瞟了我一眼。

我说，找见他又有什么用？

他说，怎么没用？有用，让他把这盖了一半的山庄盖完，搞旅游。

我说，你上次不是说，这人要么躲起来了，要么就是跑到南方挣大钱去了。

他忽然抬起脸来看着我，声音平平静静，真要挣了大钱额都给他放鞭炮，起码能让山庄那个烂摊子开业了。

一阵山风吹过，挂在枣树下的灯泡猛地摇曳起来，昏黄的灯光披头散发地晃动着，他的那张脸一明一灭，时而跳进光影里，时而又躲在阴影里。我能感觉到，有什么东西正从黑暗的心脏里缓缓地一步一步地走出来。

被风吹下的枣树叶纷纷扬扬地旋转于我们的头顶，好像我们正端坐在一场大雪之中。我替他推出一个红车，说，中国这么大，谁知道他去了哪里，怎么可能找得到？他手里捂着一枚棋子，并不放下，眼睛盯着棋盘说，你要是欠了债，会往哪里躲？

说罢他抬头缓缓看了我一眼。我微微一哆嗦，没吭声。

他继续道，你想那田利生自小就是在这山里头长大的，他对哪里最熟？他要在这大山里躲起来，还能被外人寻见？怕一辈子也寻不见吧？他盖这山庄把自己的钱都砸进去了，你说他要是真的在南面挣了大钱，能不回来收拾他这烂摊子？

我又替他敲了一枚棋子，看着棋盘说，你的意思是，这个人其实一直就躲在这山里？他没有言语，只从腰间摸出一张纸撕成两半，又摸出一包烟叶，卷了两根纸烟，伸出舌头舔了舔，把口封上了，递给我一根。我抽了两口，说，这人找到找不到和我也没什么关系，我就是随便问问，人家又没欠我的钱。他干笑两声，继续抽烟，一根烟快抽完了，他才半笑着说，看你这么上心，额还以为那偶人也欠了你的钱，欠了钱就把狗日的找出来，问他要钱嘛，你要说没欠那就没欠。

我已经敢断定，这些村民也在寻找那个叫田利生的人。

确实，我也想找到他，但我对他的寻找并不像真实的，更像网络中一种虚拟的游戏。

那个晚上，到很晚我才告别老井，一个人沿着河流，朝山谷里的木屋走去。月亮大极了，近在头顶，月光照亮河流，河水闪着水银似的碎光，银盘和白桦都在月光里闪着银光，夜归之路看上去光华夺目。红纹腹小鸮的哀鸣幽深地回荡在山林里，当地人管它们叫呱呱油，它们多住在坟墓或枯树上，叫声也比别的鸟枯冷，在深夜里很容易分辨出来。一只青鼬无声无息地在我前面踱步，我停下，让它先过去。一只大花鼠攀着树枝从我头顶跃了过去，毛茸茸的尾巴在月光下甩过一道优美的弧线。

我伫立月下，看着自己被月光投在地上的影子。这影子像时间的阴面，我可以看到它，而时间的阳面，我是无法看到也无法触摸到的。它的源头也许在那些镶嵌在山体中的海洋化石里，也许在山中那些千年古树的年轮里。不知道这时间的阴面和阳面之间，是否有着一道神秘的阀门，可以随意出入往返。回到山中的这段时间，我住在木屋里，只有两身衣服来回替换，却觉得已经足够了。一双已辨不出颜色的旧耐克鞋，袜子破了洞，仍旧穿在脚上。喝山里的泉水，每日吃两顿饭，也多是土豆莜面，或是山里采来的蘑菇和野菜。除此之外，我竟什么都不需要了。曾经那些缤纷绚烂的欲望一层层褪去，如今竟有一种水落石出的枯瘦和洁净。

我抬头看了看月亮，月光像雪一样落在了我脸上。它似乎可以把一切照出原形，让一切无处隐遁。没有人知道，我其实根本不缺钱，在我随身带的那张银行卡里静静蛰伏着一笔庞大的存款。然而我发现，我对钱的概念渐渐模糊下去了。如我所料，重新回到山里之后，每日的生活几乎都不需要钱。那张银行卡终日藏匿在我贴身的衣服里,我没有一次想到过要用它。它的功能正渐渐退化,正变得与一块石头一张纸无异。有时候忽然想起它,又觉得它像一个时刻栖息在我身上的庞然大物,诡异可怖。

月光倾盆而下,整个山林如沉在很深的水底,黢黑的树影成了摇曳的水草,夜行的动物和鸟儿姿态轻盈逍遥,如水底的游鱼,连山间的石头都变成了珍奇的贝类。脚下的山路似凌空铺设而成,能一直通到月亮里去。我跟着流水声慢慢往前走,并不在意到底走到了哪里,就像多年前我高考完的那个夜晚,我沿着山沟一直往前走,往前走。那个晚上,我在心里规划好了我的一生,我决定一旦走出这大山就永不再回来,无论吃多少苦。后来,走着走着,山与天的交界处就出现了一层青色的光芒,然后,那点光芒慢慢蜕变成了玫瑰色、橙色、血色、金色。我知道,天就要亮了。

这么多年里,我时常做梦,却永远只能梦到十八岁时候的自己,我梦见自己终于去上大学了,走进教室却发现教室里空无一人,走廊里有我高中同学的背影,我拼命追过去,但怎么都看不到他的那张脸。这二十年的时间里,我渴望能追上所有的人。

现在,我只渴望被所有的人忘记。

4

山中岁月虚静,一日便长于千年。我骑着那辆二手摩托车漫山遍野地溜达,从一道沟到另一道沟,从一个村庄到另一个村庄地找人喝酒。一来是为了打发孤独,二来是为了打听一些关于田利生的消息。

找人喝酒之前,我一般要先去岭底村买点酒肉。岭底村的村口有棵大槐树,一千多岁了,快老成了妖精。树下有个小卖部,极矮小的一间房，门窗都不过巴掌大，黑乎乎的，像只螺蛳壳蹲在那里。门上终年挂着门帘，夏天是竹帘，冬天是棉布帘，棉布帘是用五颜六色的布头拼起来的，喜气洋洋的，在冬天尤其是下雪天十分扎眼。

这么小一间店，一掀帘子进去，就会被里面凶悍的香气迎头一击，像大棍袭来一般。这家小卖部常年卖自家煮的猪头肉，也不知道是用什么办法煮的，皮肉通红烂熟，异香扑鼻。有时候去得早些，便能看到一只金红色的猪头完整地摆在案上微笑，鼻子、耳朵都完好无损。他家也卖猪尾巴和猪蹄，但口感上稍逊于猪头肉。

这天，我掀帘子进去，店主戴着两只油腻的蓝套袖，正坐在猪头后面抽烟。见我进来，叼着烟挥起刀，在案板上哗哗刮两下，拍拍猪头问，要哪边？我略一端详，说，要鼻子，再要一只耳朵。话音刚落就见刀光一闪，猪鼻子和猪耳朵给我砍下装了袋。我又要了一瓶八两醉，付了钱，还递给店主一根烟。在山里，见人就递烟是一种礼仪。

我拎着酒肉，骑着摩托车晃到了葫芦村。听说这村里有个人和田利生比较熟。我知道老井和那些债主可能也在寻找田利生。与他们相比，我像一个潜在水底的人，在水波的光影里，在明暗的交替中蛰伏着，我抬起头就可以看到他们从水面上游过去的影子。斜射的阳光落入水中，穿过波纹，忽然照亮了水底的某个秘密。

我也问过自己，为什么要寻找这个与自己无关的陌生人。显然，我和老井和那些债主们找他的目的是完全不同的，老井是想让他把山庄建完，债主们是为了问他要钱。可是对于我来说，每次在月光下去看望那片废墟的时候，总觉得那坟墓般的废墟里面埋葬着一种奇特的生机。天真而骄傲，像一个少年写在日记本里的稚拙理想。

但我和老井有一点认识倒是不谋而合，那就是，这个人很有可能还在这山里。

走进葫芦村，我刚想问人打听有没有一个叫刘天龙的人，忽然就见一面墙上用石灰赫然刷了三个大字,天龙街。气势轩昂,大字后面还有一个箭头朝里指示方向。一种沙漠客栈里才有的杀气从这三个大字里溢出来。我沿着这条天龙街往里走,却不知道哪家是刘天龙的家。有锣鼓声在街上欢天喜地地穿梭回荡,好像大夏天就在准备过年一样。我循着锣鼓声来到一个敞开的院子门口,只见院子里有一圈人围着一只大鼓,大鼓很大,像个小房子,里面能住好几个人。三条壮汉裸着上身,正扎着马步,围成三角形隆隆打鼓。其中一个像是怕裤子掉了,不时空出一只手来提提裤子。

旁边还围着两个拍大镲的壮汉,金黄的大镲上系着红绳,在阳光下鲜艳夺目,大镲一开一合,状如闪电。两个壮汉如雷神一般威风。外围还围着几个妇女,一边嗑瓜子,一边盯着大鼓微笑着,也不知道在笑什么。还有一个圆鼓鼓的女人坐在地上看打鼓,一边看一边拍手,她看起来怎么也有五十多岁了,居然还扎着两只羊角辫,像个大号的儿童,但目光呆滞,看起来多半是个傻子。因为近亲结婚多,山村里经常能见到各种傻子,倒也不稀奇。

终于热火朝天地敲完一个段落,几个人满头大汗地歇下来喝水,一边喝一边用鼓槌敲对方的脑袋玩。我凑过去问,现在不过年不过节的,你们怎么想起来大夏天敲鼓?那个提裤子的打量了我一眼,喝了两口水才说,歇着没事情做嘛,种地本来就不挣钱,现在地也没了,被田利生租走搞旅游开发了。在外头打工一个月挣两千块钱,还不包吃住,没尿意思,还不如回山里舒坦,反正也饿不死,给人打什么工嘛。额们几个凑钱买了个鼓,没事就打鼓玩嘛,清早打,晚夕打,自家给自家寻点高兴事。

山里人喜欢打鼓倒是真的,他们对鼓有各种打法,丰收鼓、花庆鼓、牙鼓、求雨鼓。我摸摸那口大鼓,像一只温顺沉默的大动物,我小心翼翼地问道,你说的那个田利生,现在跑哪去了?一个女人灵巧地吐出两片瓜子皮，差点吐到我脸上去，只听她说了一句，鬼晓得那狗日的躲到哪去了。我只好又问，你们村有没有一个叫刘天龙的，他家住哪？一个长着一口黄牙的男人笑了，一个指头朝街上比划了一下，往里头走，要一直往里，最后一家，看仔细，就那独门独户的一家啊，就是他家。

我只好顺着天龙街一直往里走。很快一条街就走到头了，房子一家挨着一家，并没有见到黄牙男人所说的独门独户。我正在街尽头来回打转，忽然看到不远处的山坡上孤零零地坐着三间砖头房子。那三间房看起来又瘦又小，游民一般孤单又羡慕地望着村庄。我知道黄牙男人说的谜底了，最后一家啊，就是这家。

走到房前，只见屋檐下挂着一条横幅，红底白字"农民大学"，横幅在风中猎猎飘摇。门口停着一辆破旧的电动三轮车，在旧脸盆和破瓦罐里种着几株指甲花和鸡冠花，还把空鸡蛋壳扣在上面，以增加花的营养。我正猫着腰看花，竹帘一挑，从中间屋里出来一个矮个子男人。因为个子矮，看人的时候习惯性地仰着脸，好像时刻在寻找太阳的方位，向日葵一般。他问我，你寻谁？我说，我找刘天龙。他很干脆很自豪地说，额就是。我晃了晃手里的猪头肉和八两醉，说，过来找你喝酒。

他狐疑地看了我一眼，用很聪明的口气说，怕是找额有什么事吧。然后他反手挑起帘子，另一只手做了个邀请的姿势，请，屋里坐下再说。

屋里简直可以用家徒四壁来形容，一张土炕，炕上卷着两卷寒瘦的被褥。一张木桌，两把木椅，一只破板凳，墙角还卧着两只鼓鼓囊囊的大麻袋，不知道里面装着什么。我忍不住好奇还是问了一句，这麻袋里装的是什么？他朗声说，猪饲料。

他去给我倒水切猪头肉，我在屋子里到处闲逛。屋里还有个歪歪扭扭的破书架，书架上摆着几本满是灰尘的书，有《论语》《奇门遁甲》

《黄帝内经》《处世谋略》《孙子兵法》《中毒与急救》《丰田车》。一只水泥板柜像棺材一样一声不吭地蹲着，大概是用来装粮食的。板柜上摆着一张照片，他和一个女人的合影，刘天龙站着，那女人坐着，女人看起来年龄比他大好多，像是他妈。再仔细一看，我忽然发现，照片里的女人正是那个扎着两个羊角辫看打鼓的傻子。

我一边思忖一边抬起头，正看到墙上贴着一张发黄的纸，最上面用挺拔的钢笔字写着"天龙报第十期"，下面的标题是"您我共同走一起，脱贫定会大风起"，再下面是密密麻麻的四字真经，我看到最后一句"谦虚互友，百川乃大"，再下面还有落款"一个想和大家一起走上精神与经济共同脱贫的农民"。还盖了一个红色的大印章"农民大学"。

这时，刘天龙把切好的猪头肉端上来了，酒杯也取来了，还在一只古董般的陶瓷茶缸里给我沏了一杯银露梅茶。我说，你自己还办了一份天龙报？厉害呀。他把两只手搭在胸前，像个导游一样向我介绍道，办农民大学总得有份自家的报纸嘛，天龙报额已经办了十期了，内容都是额一个人编一个人写，额相信再多办几期，效果就会出来，你看这句，肚中无食，身上无力，心无理念，如人无心。还是能说到点子上吧？

我点点头，编得不错。

他又移步到书架前，拿起那本《丰田车》，用手掸掸灰，拍着书对我说，额把这本书研究了最少十几遍，人家丰田车的理念是什么？就是先造人再造车，掌握丰田的生产方式，必须懂得丰田怎么培养人才，怎么造就丰田文化，你看看人才在这社会里多重要？额和村里人说，他们不听，不听额也没办法嘛，额和他们本来就没法子交流。

我指着那本《奇门遁甲》说，你还研究这个？里面是不是有穿墙术和隐身术？你学会了没？他像没听见，伸出手把那几本书上的灰尘挨个掸了掸，一一摆放整齐，有些倨傲地向我介绍道，你看额还研究中医和哲学。额得了病从来不去看医生，都是自家给自家治病，山里头什么草药都能采到，额还能给额老婆治病，还给额二叔治好过肺结核。你有没有肺结核？额可是知道一个治肺结核的秘方，还是悄悄告诉你吧，捉一只癞蛤蟆，活的，往蛤蟆嘴里塞三个生鸡蛋，用泥把蛤蟆糊住，放到灶洞里烤熟，再把蛤蟆肚里的熟鸡蛋取出来吃下去，吃了几次就把他的肺结核给治好了。额也喜欢看哲学，额认为农民脱贫是需要有哲学思想的，不然能脱了个贫？额说什么他们都不信。你看看这《孙子兵法》，额认为农民养猪一定要先看看孙子兵法，养猪靠什么？一是道，二是天，三是地，四是将，五是法，阴阳、寒暑、远近、死生都决定了你能不能养得好猪。

说到这里他又做了个邀请的姿势，请我参观他的另一间屋子。门上也挂着门帘，我一挑门帘进去，猛地看到屋里正卧着三头大白猪，不知是什么品种，身材魁梧，鼻子很长，头很小。原来这间屋子是专门用来养猪的。我说，你在屋里养猪啊，猪的待遇不错。他微微点点头，垂下的一只手翘着兰花指，这使他整个人看起来忽然有几分奇怪的轻盈。他说，外面风吹日晒，冬天把人都冻成活鬼，猪也能冻死，三间房额和额老婆又住不过来，就让出一间给猪住嘛，谁住不一样？

我说，给猪住也挺好，挺好。

这时门帘一挑，忽然飘进来一个人，说是飘进来的，是因为此人居然没有脚步声，忽然就出现在了我们身后。我扭头一看，吓了一跳，是个圆滚滚的女人。再一看，这不是刚才看打鼓的那个傻子嘛。她体形笨重肥大，但走起路来居然没有任何声音，影子一般就飘了过来。她扎着两只羊角辫，头发上刚插了几支蒲公英花，盯着我呆呆看了几秒钟，忽然咧开嘴，无声地对我笑了笑。然后又拉住了刘天龙的一只手不放。

刘天龙拍拍她的头，你这是又耍得饿了吧？然后转头向我介绍道，这是额老婆。我想起他俩那张母子般的合照，心里不免暗暗吃惊。只见刘天龙似乎犹豫了一下，但他好像很快就下了什么大决心，他抬起一只手拍着女人的肩膀，那只手上的兰花指还翘着，他的眼睛躲开我，看着我身后的三头猪，郑重地对猪说，额老婆叫花花，是额从山里头捡回来的，她一个人在山里转悠迷了路，额碰见她的时候，她都快要饿死了。和你说实话吧，她脑子有点问题，还是个哑巴，也不知道是从哪道沟跑过来的，她也讲不出来。额就把她领回家里来了，额也是一个人过，她也是一个人，俩人一起搭伴过日子总比一个人好吧。别看她有点傻，可是会认人，也能认下回家的路，每天跑出去耍，耍累了就自己找回来了，都丢不了。

我摸出两根烟，递给他一根，他说，出去抽，这里有猪，别呛着它们。我们走出去，就那么站在房前抽了会儿烟，一根烟抽完，他不似刚才那么郑重紧张，我们都仰起脸来看着天上快步奔跑的云。大山里的天空经常是一种剔透的蓝色，像一面汪洋大湖悬在我们头顶。我找话道，确实，两个人过怎么也比一个人要好，一个人还是太孤单了。

他继续仰脸看云，我注意到他那只翘起的兰花指始终没有放下。认真看了半天云，像是累了，他终于垂下头，说，你这人不赖，走，伙计，回屋喝酒去。

我俩围着桌子开始一杯一杯地喝酒，那女人抱着一只塑料碗坐在我们前面的那只小板凳上，碗里放了几块猪头肉。她拿勺子吃肉，每吃一块，就抬起头对着我使劲地笑。刘天龙起身给她碗里倒了点醋，说，晓得吧，蘸着醋吃肉不腻。又坐下，眯着眼睛，把一杯酒哗啦倒进嘴里。几杯酒连着下去，自己并不吃肉，却又忙着给女人碗里添了几块肉。

他忽然一声叹息，你算说对了，两个人怎么也比一个人要好，就是和一个傻子一起过，也比一个人要好。她怎么也是个人啊，她是个伴儿啊，大黑夜里，只要身边躺的是个活人，心里头就觉得踏实。你看额这老婆，是个傻子，还不会说话，只会哭和笑，高兴了就笑，不高兴了就哭。有时候额去山里采草药采木耳，她就四处找额，额要是晚上住在山里没回来，她能哭一个晚上。你看她心里明白不明白，谁对她好，她都明白着呢，就是说不出来。额每天给她扎辫子给她做饭，还给她看病给她洗衣服，都是额伺候她，没人伺候额，可是能有个伴儿额就知足了。

我说，人是得有个伴，起码心里头就不空了。我们又干了一杯，我把烟盒放在桌上，他假装看不见，直到我递给他一根，他迟疑了一下，才默默接住。抽了一口烟，他徐徐喷出一缕青烟，拿烟的那只手还是翘着兰花指。他忽然有些伤感地说，额无儿无女，一个人过成什么样就是什么样了，额要是死了，也只有额这傻老婆会哭额，会到处去找额。额也算有点头脑的人，就是生错了地方，这个没办法，额认命。额现在就想给村民们办个农民大学，额当校长，带领全村人致富，从物质到精神上的致富。脚踏大地，手撑春天。怎么样？也是额写出来的。

我像忽然想起来什么，随口说了一句，你让我想起一个人，叫田利生，你认识这人不？我觉得你俩不知道什么地方有点像。

刘天龙放下杯子使劲一拍大腿，说，额要是不认识他谁还认识他，额在他那里打工的时候，他觉得额能写会画，很赏识额，就让额给他写山庄的宣传语，深山明珠，华北宝藏，这句宣传语听过没？就是额写的啊。

我装作恍然大悟的样子，说，原来就是你写的啊。

他神情变得肃穆庄严，个头好像忽然间也膨大了一倍，他郑重点点头，的确是额写的，盖度假山庄的时候，额可帮他写过不少东西。他还请额喝过酒，就额们两个喝，一直喝一直喝一直喝到半夜。

他指了指我的杯子，又指了指他的杯子，有些焦灼地来回比划着，试图给我解释，就是这样坐着喝，喝了两瓶好酒，就着腌狍子肉和麻油拌苦菜。他能看得起额，他是真能看得起额呀。

说到这里他忽然哽住，说不出话来，便又独自喝下去一杯酒，之后用手指抹了抹两只嘴角，定了定神才说，额知道，村里人都看不起额，额也不在乎他们看不起额，额活得很知足，有吃有穿有老婆，还有书看，还想怎样？人一辈子还不就是这样，到终了人人都一样。额知道田利生的不少事，喝了点酒，就告诉你吧，其实田利生和额一模一样，也是山沟里长大的穷小子，要甚没甚，可是人家比额有本事，挣了钱，又回山里盖度假山庄，钱不够，还能把别人的钱借来用。后来他就跑了，孙子兵法里的瞒天过海嘛。

他忽然吊起两只醉眼看着我，额早先问过他，你打包票这度假山庄能挣了钱？你猜怎么？他光是笑了笑，甚也没说，你说他这是甚意思？

我默默不语地抽着烟。

他这时候伸出一根指头慢慢朝我晃了晃，又使劲指着自己，那根指头在微微发抖，指了自己好半天才说出话来，额刘天龙一辈子就这样了，额认了。可有的人就不像额这样认命，你晓得田利生的本事有多大，他喝多了自己告诉额的，他当年下山的时候，身上就装着几块钱，晚上就睡在桥洞下面，在城里给人到处打工，什么营生都干过，连死人都抬过，后来赚了点钱还被人骗过，可是他后来还是挣到了大钱。他可是有本事的人哪。

这时候傻女人端着空碗蹭到了刘天龙身边，一边对我怯怯地傻笑一边看着盘子里的肉，见我看她便躲到了刘天龙身后，又探出一角脑袋来偷偷看我。刘天龙夹了两块肉放到她碗里，她高兴得手舞足蹈，又坐回板凳上去吃起来。我给他和我各倒了一杯酒，一口喝干，我说，连你老婆的辫子都是你给她扎的，不容易啊。

他拍着胸脯说，自己的老婆嘛，刚来了额家的时候，她瘦得像只毛猴，你看这会儿，吃胖了最少也有五六十斤。额就盼着额能比她多活几天，要是额先死了，怕她一天也活不了啊。

我想起了我的妻子，但我不愿对任何人提起她，我只愿把她埋在自己心里。我第一次见到她的时候，我刚去省城打工不久。我在城中村里租了间最便宜的房子，我开始四处找工作，一边找工作一边去大学里蹭课。城中村藏污纳垢，楼下是烟雾缭绕的麻将馆和粉色灯光的小发廊，还有肮脏的小诊所，门口挂着灰扑扑的白帘子，帘子上印着个红十字。栖息在城中村的除了村民，就是落魄的本地人和刚进城的外地人。

那晚，我一个人在楼下的小面馆里要了一碗面，一个女孩坐到了我对面。长头发长脖子，小眼睛，高颧骨，穿条短裤，光脚穿着拖鞋。她的右胳膊上有青色的文身。她也要了一碗面，然后递给我一根烟，自己也点上一根，老练地抽了一口，朝我喷出两个烟圈，嘴角半笑不笑，说，老见你在这吃面，外地人吧？我停下吃面，看着她，说，是。她说，在外面混不容易吧？我忽然就无来由地愤怒起来，说，你管我。她撇了撇嘴角，说了句，傻×。然后朝昏昏欲睡的服务员打了个响指，给我来四个啤酒。

两瓶啤酒喝完，我问她，你是做什么的？她握着瓶脖子说，我是本地人。我说，本地人怎么了，了不起？她把酒瓶往桌上使劲一蹾，用一个手指指着我的鼻子，说，傻×，你敢再说一遍。我扔下筷子，手中握了一个空瓶子，看着她说，你到底想干吗？她呆了片刻，小眼睛里忽然泛着光，半笑着对我说，操，你知道不，你和别人真不大一样，我早就注意到你了，我看你快连碗面都吃不起了吧。我倒喜欢看你在那想事情，也不知道在想什么，哎，你说说，你倒是想出什么来了？

我手里还抓着酒瓶子，我很想告诉她，其实我考上了大学，只是我没去上，录取通知书就在我身上。但我什么都没说。

只听她又说，哎，要不咱俩处对象吧，在一起租房子能省下一个人的房租，还能一起做做饭，一个人的饭，妈的，真是不好做，剩个饭还得再买个电冰箱？再说了，这里的房租马上又要涨了，还不能月付，最少押一付三。

我说，你为什么不回家？她撇撇嘴，我自己跑出来的。我久久看着她胳膊上青色的文身，说，你多大岁数就跑出来了？她又招手要来两瓶啤酒，我们一人一瓶，瓶盖飞出去，她咣咣猛灌几口，嘴角挂着白沫，她也不擦一下，只咧开嘴，笑着说，十六，下雪天穿着秋裤光脚跑出来的，牛×不？

我们在城中村合租了一间出租屋，她有台旧电视机，还有炒瓢电饭锅碗筷等一套现成家什。她在出租屋的电灯开关上，门把手上，窗户上，都贴上了彩色的纸蝴蝶，还在桌子上摆了两个坐在一起的木偶人。在一起住了半年她都没回过一次家，也从没有给家里打过一次电话。

住了半年之后我提出要离开。那个晚上，她洗了头发，换了件干净睡衣，关好门窗，悄悄打开了煤气阀才在我身边睡下。我半夜被尿憋醒，只觉得头晕恶心，想喊人，却已经说不出话来，浑身像团棉花，我滚下床，挣扎着爬到门口把门打开，我俩才勉强捡回两条命来。此后她便没收了我的钥匙，把我关在出租屋里看电视，每天下班带饭菜回来给我吃，无论我去哪里她都寸步不离地跟着。我说，你觉得这样有意思吗？她说，你别想走，你就在家里躺着看电视，我什么苦都能吃，我也能挣到钱，我养你。

又过了一段时间，一个周末，她让我陪她一起去逛街。那天她特意扎了个高高的马尾辫，显得人很精神，中指上戴着一个几十块钱给自己买的戒指，她说戴戒指就表示自己快要结婚了。她一路上都拉着我的手。逛街的时候，我借口到公共厕所里上厕所，然后，赤手空拳地从她身边逃走了。

　　我对坐在板凳上的胖女人笑了笑，她像一个稚童一样盯着我，然后也无声地笑了起来。

　　这时候我转移了话题，我说，田利生这么赏识你，也没告诉你一声他去了哪？

　　他的目光似乎在我脸上停留了一下，并没有聚焦起来，又很快移到了猪头肉上。他看着那半盘肉问，他也借了你的钱？

　　我一惊，忙说，没，我根本不认识他，我就是觉得这个人挺有意思的。

　　他忽然语速很快地说，怎么个有意思了？甚就叫有意思？实话告诉你吧，你想找他，额比你还想找他呢，他跑了，额的工作也没了，额那工作成天写写画画，多好。

　　我说，那你去找过他吗？

　　他点点头，说，额倒是去山水卷找过他，前几年的事，当时山水卷的村民把他藏起来了，怕他被那些要债的人收拾了。他要是死了，他们的地也没了，旅游开发的事也泡汤了，他们肯定要保护他。结果额去了也没找到他。估计是他后来又从山水卷跑了。

　　我说，他自己跑了？为什么？

　　他说，山庄盖了一半，他不得想办法弄钱？不知道跑哪去了，后来也没见他再回来，估计是没弄到钱。

　　我说，现在地也不能种了，度假山庄又成了个烂摊子，说句实话，像他这样的人，你们恨不恨？

　　他看着我慢慢地笑了，露出了一嘴炫目的黄牙，他说，说句实话吧，一亩地四百块钱，人们还是愿意把地承包给田利生，为甚呢？因为现在种地根本不挣钱，不如包给别人还有两个租金。你说下山打工吧，额就不愿意去，租个人家的破房子，山下的人也看不起你，在自己家起码心里舒坦。现在这社会，人人都想着怎么致富，额村里的人本来还等着靠他的旅游开发挣钱呢，他倒跑了。不过田利生这个人其实并不爱钱，你是不知道，他平时连件好衣裳都不舍得给自己买，抽的也尽是赖烟，吃饭就吃一碗面，你说他要钱有甚用？所以嘛，他把挣下的钱都投到度假山庄里打水漂了。依额看，钱对他来说就是过过手，他自己都不留，恨他做甚？

我忽然就有些失态，刚倒的一杯酒居然就洒出去一半，我连声说，对，钱其实就是过过手，还不知道最后流到哪里。

我们又一连喝了好几杯，直到把一瓶酒都喝光。他趴在桌子上睡着了，发出一串轻微的鼾声。坐在板凳上的女人捧着那只空空的塑料碗，像小女孩一样看着我，我朝她看的时候，她便使劲对我笑。我指了指趴在桌上的刘天龙，试着对她说，他睡着了。她像是没有听懂，还是咧嘴对着我笑，嘴角垂下一道口水，一直滴到了手上。我摇摇晃晃地起身，走了出去。走到屋门口忽然听到后面有呜呜的声音，回头一看，却见她已经不在凳子上了，她过去抱住刘天龙，嘴里正发出呜呜的哭声。她又胖又大，刘天龙又瘦又小，看起来她像只柜子一样，能把刘天龙整个装进去。我想过去帮忙，又一想，终究还是没进去。

我离开卧在这山坡上的三间小屋，朝着自己的摩托车走去。在这山林里，即使醉酒摔倒也无妨，大不了就地在路边的草丛里睡一觉。这是我在山外渴望了多年的自在。

晚上，我举着一支蜡烛站在那张巨大的地图前。上高中的时候，我最喜欢学地理，尤其喜欢背那些花花绿绿的地图。再长的河流，落到地图上也不过是一条细细的蓝线，就像被施了魔法的龙，一直变小变小，直到最后变成了一只虫子。那时候看地图对我来说是一种享受，我会觉得自己获得了无限的自由，如大鸟一般，可以随意在那些高山大川之间往返。

事实上，在离开大山之后，我也确实流浪过很多地方，我每到一个地方，都遇到过自称是从洪洞大槐树迁徙出来的移民后代。我在广州做服装批发生意的时候，曾在一个村里见过一座王氏祠堂，祠堂里详细记载着这户王姓家族的迁徙过程，他们的祖宗是明朝洪武年间从山西洪洞迁徙过来的。

我在成都时曾经认识了一个女人，东北口音，她却说她家祖上是清朝时候从山西移民到东北的。她说她还是山西人，又问我打听关于山西的种种，说她一直想去趟山西，尤其想去五台山烧香许愿，她特别想有个自己的孩子，听说五台山许愿很灵。又说她们那个地方的人，不是移民就是流民，要么就是被派过去戍边的，没有几个是本地人。她在成都开一家按摩店，手里有几个花枝招展的姑娘。她自己四十大几了还没有结婚，无儿无女。后来她认了个十八九岁的干女儿，认亲的时候隆重摆了酒席，还邀请我去参加。那干女儿当场叫了声妈，领了一个六万块的红包。她对她干女儿说，只要你听话，肯为我养老送终，我死了以后财产都是你的。酒席上她喝醉了，抱着她的干女儿痛哭，一边哭一边不停地说，以后你把我当亲妈，我把你当亲闺女，你把我当亲妈，我把你当亲闺女。

过了没多久，她的干女儿就偷了她的全部积蓄逃走了。她反倒一滴泪都没有了，她笑着对我说，怕什么，当初老娘出来闯荡的时候也就这样，手里一分钱没有，晚上直接睡马路，不就是绕来绕去又绕回去了，地球还是圆的呢。再后来，她就消失了，不知道去了哪里。

我还曾在开封的一条老街上见到过一个卖馄饨的人，他长着一张外国人的脸，深目高鼻，却说着一口流利的河南话。我问他是哪个国家的人，他用围裙擦擦手，说，师傅，俺就是河南人，俺爷爷就是在这开封长大的，他的爷爷是北宋时候就来到开封的犹太人，来了就再没走。我说，你真不觉得自己是犹太人？他长长的睫毛在阳光下像鸟一样扑闪着,我发现他的眼珠是蓝色的,但他还是认真透顶地说,俺就是河南人,以前有人也回去过,后来又回来了,犹太人根本不认我们。

　　流浪的地方越来越多之后,我从大山里带出来的口音渐渐消失了,没人能听得出我到底是哪里人。我有时候会说自己是东北人,有时候说自己是山东人,还有时候会说自己是湖北人。我孤独地北伐、南征,事实上,我已无法向别人讲述我究竟来自哪里。在我看来,我出生的大山与任何地理上的划定都没有关系,它是隐藏在空间里的空间,是存在之外的存在,古老、坚固、缥缈。有时候我远远想起它的时候,都忍不住会怀疑它到底是不是真的。如果它并不是真的存在,那我便也不是一种真正的存在。那我所有的欲望和不甘也只不过是一种幻象。

　　夜已经很深了,还是睡不着。我披衣出门,沿着山路慢慢往前溜达。黑串在不远处发出甜润的叫声,dear,dear。一大片山林在晚风中摇摆,发出低低的呼啸声。满天都是星星,夜空就在头顶,那些星星似乎随时都能掉下来。我借着星光,不觉走到了听泉山庄的门口。那片废墟在黑暗中静默着,我隐约还能听到它的呼吸声,它看起来像极了我在城市里反复做过的那些梦境。

　　我坐在门口的石头上抽了根烟。山庄的梦幻感让我再次想到了那个叫田利生的男人。我能感觉得到,他一定还在这大山里,甚至,他可能就躲在离我不远的地方,一边抽烟一边默默地观察着我。想到这里,我不禁打了个冷战,起身朝四下里看去,只有寂静黢黑的山林,我却仿佛看到这无边的山林里浮出一张人脸来,这人脸越来越清晰,发着光亮,像灯笼一般飘到了我面前。他似有千言万语要和我说,却只和我默默对视片刻,便又消失了。

　　我打听到了,听泉山庄里那块霸气的莜麦地是属于兄弟俩的。这对兄弟都是老光棍,住在几里地之外的杏坛村,相依为命。我买了一块猪头肉,买了一壶八两醉,看那家店里卖的五香豆腐干也不错,便又称了二斤豆腐干，一起拎着上了摩托车。

　　据说这兄弟俩住的院子是全杏坛村最破的院子，所以很好找，我一进村就毫不费力地看到了这个院子。土坯墙塌了一半，院门是用细树枝扎起来的，我刚一进去，忽然有一只皮球那么大的小狗滚到我脚下，细声细气地冲着我叫起来，一边叫一边不停往后退。院子里有两间正房坐北朝南，西面搭了一间小棚子做厨房，房前种了几棵树，还种了一排黄瓜，有只黄瓜很老了也没人摘，大头朝下耷拉着。有个老人正抡着镐头在树下刨坑。听见狗叫便停下来，一手拄着镐头，一手搭起凉棚朝我这边张望。

　　我有些看不出他的年龄，只见他一头白发，脸上有一只很大的红鼻子，十分夺目，大概是因为酒糟鼻的缘故，鼻头通红，在阳光下看上去像只草莓。两只小眼睛因为害了眼病，不停流泪，只是很勉强地睁着一条缝。他驼着背，穿着一条很长的灰色涤纶裤，裤腰提得极高极高，一直提到了胳肢窝那里，又用红裤带使劲绑上，这使他看起来只有下半身没有上半身，好像两条腿直接就和脑袋连在了一起。

　　我心想，不知道这是哥哥还是弟弟。一边想一边朝他走去，那只小狗划着四只小短腿，一边倒退一边还不忘朝我叫几声，叫得有点敷衍，它看起来简直比一只老鼠大不了多少。我走到老人面前，他两只手紧紧扶住镐头，小眼睛十分警惕地盯着我。我对他晃了晃手里的酒肉，说，老伯，我也是这山里的，就是过来坐坐，找你们喝酒。在大山里，从一个村到另一个村串门喝酒是常事。他还是用两只手牢牢抓着镐头，沉默了片刻，忽然就语速极快极暴躁地冲我嚷了一句，俺不认得你，回你行（家）去。

　　我正站在那里不知所措，右边那间黑洞洞的正房里忽然吐出一个人来。又是一个老人。这个老人看起来更高更瘦，拄着一支拐杖立在门口。他身上穿着一件很古老的旧军装，把扣子一直扣到最上面一颗，箍着皱巴巴的细脖子。他眯起眼睛打量了我好半天,然后朝我招手道,进锅舍(屋子里)坐坐来。

院子里刨坑的老人跳着脚喊道,你认得这人?瘸腿老人不耐烦地朝他做了个赶鸡的动作,不认得就不能说话了?快做你的活吧,管得真宽。说着,拄着拐杖把我带进了他屋子里。一进屋我感觉像掉进了山洞,周围黑咕隆咚,需要呆立片刻,眼睛慢慢适应了这黑暗,才大致看到了屋里的陈设。地上凹凸不平,有一张土炕,炕上连着冷灶,一只板柜和一只立柜一胖一瘦地站在一起,地上还有张破木桌,一高一矮两只凳子。我环顾了一下四周,发现屋里光线暗主要是因为窗户外面罩着一层牛皮纸,大概是冬天的时候怕冷,起保温作用,结果到夏天也懒得拆了,反正到了冬天还要用。

我把酒和肉放在小木桌上,说,老伯,能喝点酒不?他先看了我一眼,又盯着酒肉看了半天,好像在辨别它们的真假,然后冲着门外喊了一声,燕红啊。不一会儿,一个二十七八岁的姑娘走了进来,借着屋外的光线,我看到这姑娘长得倒眉清目秀,烫着卷发,穿一条绷得紧紧的牛仔裤。她进来看了我一眼,叫了一声,爸,咋了?他指指猪头肉,说,把肉切了,额们喝点酒。她有点不高兴地说,说不喝了不喝了又喝。但还是拿着肉去了厨房。

他坐在高凳子上,让我坐在矮凳子上,这样使他看起来有点居高临下。他指了指自己的腿,意思是那条腿不能打弯,只能坐得高高的。我说,是你闺女?他很得意地说,是额当年从垃圾堆上捡回来的,她刚生下几天就被爹妈扔到垃圾堆上了,额把她捡回来把她养大成人,还供她念完了初中,你晓得她现今在哪不?在广东,可挣钱了。

这时候我听见那姑娘对院子里刨坑的老人说,爸,你快歇歇吧,日头这么大。我心想,原来她管两个老人都叫爸爸,看来是被这兄弟俩一起养大的。别的小孩从小都是一个爸爸一个妈妈,她倒好,从小两个爸爸。这么想着，心里忽然就一阵难过。只听院子里的老人高声吼道，干不完歇什么歇？去哪儿歇荫凉？歇下来怎么活？歇下来吃甚？

过了一会儿，她把切好的猪头肉端了进来，切得薄薄的，拌了黄瓜丝，浇了醋，拿来两双筷子。我招呼她一起吃，她对我笑了笑，我给你们做面去。说罢又出去了，两条细长的腿挺好看，我心想，这姑娘在广东不知道干什么工作。

这时候地上忽然大摇大摆地走过去一只大老鼠，并不怕人，好像是按时出来散步的，倒把我吓了一跳。他却很镇定地说，额当是什么，一只毛姑姑嘛，家养的毛姑，和家里人一样。这时候我发现那筷子上面都是一层厚厚的油腻，好像几百年没有洗过的样子。他倒了两杯酒，催促我，吃嘛。我畏惧地看着那筷子，迟迟不敢动手。他慢悠悠地自己先喝了一杯，又往嘴里送了块猪头肉，嚼了，斜着眼睛看着我说，你不吃是嫌额脏，怕额下毒毒死你吧？

我忙说，怎么可能，我是不饿，早饭吃多了。他又给自己倒了一杯酒，像蜜蜂一样凑过去闻了闻，又小口喝了半杯，咂咂嘴，说，你不用和额犟，人总得动脑子吧，人不用脑子能行？人不用脑子那就是猪。你真不用和额犟，额是参加过二万五千里长征的人，参加过敌后武工队，额能不晓得？

我心里正想着他的年龄不大可能参加过长征，忽听见他使劲敲着筷子又说，你不用和额犟，怕额下毒毒死你是吧？你动个筷子不行？死不了，吃吧。我只好横下心来，拿起油腻腻的筷子夹了一块猪头肉送进嘴里。我俩碰了一杯酒，他有些高兴地说，你看，没把你毒死吧，你怕个甚？你真不用和额犟，额甚没见过？毛主席，周总理，额保证完成任务，额是民兵队长，小分队，跟额走，拿绳子捆了狗日的，这阵子就去村西头集合，快跟上额。

他脸上出现了一层梦幻般的迷狂色彩，他好像迷路了，又好像急于要靠近某种沉睡，一种古怪的沉睡绑架了他。在那么一两个瞬间里，他满是皱纹的脸上真的浮现出了几缕四十年前才有的光华，那种年轻璀璨的光华从很深的皱纹里忽然浮了出来，又在瞬间凋敝、消失。我明白了，这人可能脑子已经有点不清楚了，他已经分不清四十年之前和四十年之后的时间了。这些时间对他来说，已经如雨林里的藤萝交缠，永远地共生为一体。他甚至分不清楚自己到底是二十岁还是六十岁。

我给他满上酒，敬了他一杯，他神情恍惚地喝掉酒，嘴里又开始咕哝，你真不用和额犟，额什么都知道。

我说，我不和你犟，给我讲讲，你这腿是怎么瘸的？

他审视地盯着我看了好半天，才犹疑地说，你是上面来的干部？

我说，不是，我就是随便问问。

他有些微微的失望，但还是开口道，这腿，拐了好多年了，额在街上本来走得好好的，就被一辆车撞倒了，额可不是那种讹人的赖皮，额对那司机说，没你的事，走吧。那车就走了，结果额的腿就落了个残废。残废是残废了，不过一年能有一万块钱的残疾补贴，额和额大大（哥哥）就靠这一年的一万块钱过生活。你想想，一万块钱啊，这么多的钱还不够额和额大大花？额俩花都花不完。所以告诉你吧，不要以为额没有钱，额的钱多的是，额满足得很，一个正常人一年也挣不下一万块钱吧。额可是民兵队长，村里的民兵都得听额的，一个民兵跑过来告诉额，鬼子又进村了，额得拿枪，枪放哪了？你等着，额去问问额妈，她就躺在那张炕上，她老是病着，下不了炕，就一直在那炕上躺着，等一下，额要给她去送饭。

我下意识地扭过脸朝那张炕上看了看，炕上铺着一张墨绿色的油毡，油毡上面只有一卷油乎乎的被褥和一卷卫生纸。并没有一个人影。我忍不住打了个寒战。

5

那姑娘送进来两碗手擀面，刀工了得，面条切得如银丝一般，上面撒了黄瓜丝浇了西红柿卤头。然后就坐在一边看着我们，自己也不吃饭。我用叔叔对小女孩的口气问她，燕红啊，两个爸爸你觉得哪个更亲？她没说话，倒是老人喷着一嘴浓烈的酒气，用筷子敲着桌子说，哪个亲？额和他是一辈子合不来，他那脾气，见谁骂谁，连额也骂，要不是老子残废了一条腿每年能挣一万块钱，额俩吃什么喝什么？喝西北风？早把两张嘴吊起来了。

这时候忽听见有人在窗根下用极快的语速回骂了过来，一万块钱怎么了，没你的一万块钱还不活了？每天三顿饭是谁做？每天是谁去种地？是谁割的莜麦？老子每天给你做饭伺候你十来年了，你说甚说？

那姑娘朝我摆摆手，小声说，他们就这样，每天就在这院子里转圈，也不敢出门，也不和邻居交往，每天都要吵架，不过一会儿就忘了，他俩其实谁也离不了谁，少了一个另一个也没法活，就靠在一起相依为命呢。

屋里的老人不敢再大声骂回去，只是小声嘟囔着，告诉你，不要和额犟，人都是长脑子的，对不对？他抬起头看着我，又问了一遍，人都是长脑子的对不对？我说，对。他滋溜又喝下去一杯，然后又一杯。我说，老伯，你每天都怎么过的？他用手抓起一块豆腐干，咬了一口，细细嚼了，说，怎么活？慢慢活。

然后他低头看了看我碗里的面，说，快吃吧，里面没下毒。我端起碗往嘴里划了两口面，他见我吃了面，便笑眯眯地又问我，看你身上穿的衣裳不赖，你每天花五十块钱够不够？额看你不够。额还不知道，这社会，你肯定不止一个老婆，你说吧，你到底有几个女朋友？别以为额甚都不知道，额不会看电视？电视里演的额都记得清清楚楚，一个男的找了好几个老婆，说是女朋友。人总得动脑子的，对吧？额还是个民兵队长。

我又吃了一口面，说，我现在就一个人。他快乐地用筷子敲着桌子，你看，你看，额就说嘛，你一天花五十块钱肯定不够，你老婆和你离婚了？是嫌你女朋友多吧？好几个女朋友，一天花五十块钱怎么够？我看他挺高兴，便说，老伯，你呢，怎么一直没成家？他慢慢搬动了一下自己的那条瘸腿，就像在搬动一件笨重的旧家具，然后，他把脸慢慢扭向那张黑黪黪的炕上，他的声音听起来忽然有些悲伤，他说，额妈就躺在那张炕上，她病着，起不来，她一直就躺在那张炕上，她问额，二强，是你回来了？外面是不是下雪了？穿厚点，不要冻着了。

这时候那姑娘把酒瓶子抱走了，她说，不能再喝了，一天三顿要喝酒，都是喝最便宜的酒，四斤酒十五块钱，有一次喝得爬都爬不起来，躺了一段时间，就那段时间没喝酒，一下地就又开始喝。他哀求地看着她，闺女，再喝一杯，就一杯啊。她便又给他倒了一杯，顺便给我也倒了一杯。然后抱着酒瓶子出去了。

我俩把这杯酒也干得一滴不剩，我才问道，老伯，听泉山庄的游乐园里有一块莜麦地，可是你家的地？他昂着脖子，很得意地说，除了额家的还能是谁家的地？田利生那个偶人，一亩地四百块钱就要租额们的地，人都是长脑子的，对不对？四百块钱能花几天？花完了钱额们到哪里找人要钱去？只要还有地就不怕饿着，粮食才是额们的大事，以为额真没脑子？额是民兵队长，手下管着十几号人，毛主席，周总理，额都和他们老人家保证过的。

我说，那田利生也同意把你们的地留在游乐园里继续种？

他的眼睛看起来像是浸泡在酒精里的，通红通红，却越来越浑浊。他盯着我说，那偶人敢不同意？他不同意试试，额可是民兵队长。忽然，他趴在我耳边小声说了一句，额手里可是有枪的，谁不怕额？然后又抓起一块豆腐干扔进了嘴里，慢慢地慢慢地嚼着。

我说，那块地在游乐园里，那你们怎么进去种啊？

他有些不屑地看着我，怎么也不用脑子想想，人都是有脑子的嘛，肯定是有后门的，那后门的钥匙就归额保管。

这时候，从门外忽然跳进一个人来，冲着我们用极快的语速嚷道，你说钥匙归你保管？天天去种地的是额，钥匙在额身上，甚时候轮到你保管了？

我一看，是那个在外面刨坑的哥哥，此刻他驼着背跳到我们面前，两条腿上直接连着一个白花花的脑袋。我忙说，老伯，快歇下来吃口饭吧。他狠狠瞪了我一眼，额的活干不完就不吃饭，不像你们这些闲驴瘦马，甚也不干也敢吃饭？！粮食从地里长出来就是随便让你们吃的？你说，你打听田利生到底想干甚？

我吓一跳，忙站起来说，不想干吗，就是进去玩的时候看到你家的地还在游乐园里，种得还不赖，一年能打多少斤莜麦啊？

他吼道，地是额的，谁也别想租走，盖金銮宝殿也不行，给额金元宝也不行。

我说，没人要动你们那块地，田利生都没动，我就是想问问你们，那田利生后来到底去哪了？

他举起脸，气冲冲地对我又吼，额们不晓得，额们和他没关系，他开发他的旅游，额们种额们的莜麦。那偶人还想租额们的地？他小子试试。额现在还天每（每天）去种地，秋天就能打莜麦吃，别人家哪还有地种？现今这全村就额还有地，谁也不能动了额的地。

我被他的气势吓得后退几步，顺手拿起放在板柜上的一把扫帚端详起来，我找话说，这么软和，是不是拿马尾巴做的？他驼着背向我冲过来，一把抢过扫帚，吼道，不要动额家里的东西，甚也不要动。然后又冲着坐在凳子上的弟弟吼道，她燕红不要以为拿回来五万块钱就能吞掉额们的财产，财产是额们俩的，不能给别人，谁都不能给。回来了不就是吃额的喝额的，将来结了婚生了娃，再带回来一个小的吃额的喝额的。

弟弟瘸着一条腿，站不起来，只好使劲翻起眼睛看着哥哥说，额说藏在板柜里保险，你说会被毛姑姑咬，非要埋到地里头，埋到地里头就不会被人发现？等额们睡着了，人家偷偷进来就把钱挖走了，埋在院子里，一挖就挖到了。

哥哥又大吼，额把兀来大个坑都挖好了，棺材都能埋进去，还埋不下五万块钱？

弟弟说，人总得有点脑子吧，你到底有没有脑子？埋在院子里，黑夜被人挖走了怎么办？

哥哥咆哮着，那你倒是说，到底放到哪里保险？不埋到地里埋到你的骷髅里？

弟弟拄着拐杖拼命站了起来，哥哥驼着背冲上去，两个老人扭做一团，像动画片里的熊大熊二抱在一起嬉戏打闹。

趁他们打闹，我把口袋里的五百块钱放在板柜上，悄悄出了屋子。出门一看，那姑娘正无声无息地守在门口。她在阳光下对我笑了笑，笑容很是好看，她总让我觉得她不像是在这个家里长大的，好像和这个家里一点关系都没有。她说，从小就这样，我早就习惯了。顿了顿她又说，他们说的财产就是这两间破房。你不要怪他们，他们只是太没有安全感了，因为他们太可怜太不容易了，所以他们的任何东西都不允许别人动一下，他们怕自己仅有的一点东西都被人抢走。

我点点头，说，两个老人能养活了自己已经不容易了，能活在自己的世界里其实也挺好。她皮肤苍白，鼻子挺拔，从侧面看，下巴尖尖的，从她脸上隐约能看出她亲生父母的模样。我想，她小时候会不会奇怪，为什么别人都是一个爸爸一个妈妈，而她却是两个爸爸。只是心里想想，到底没说出口。

她看着地里刚刨出的那个坑，忽然有些疲倦地说，他们总怕被人骗了，其实就两间破房，哪有什么东西可被骗的。我这几年在广东打工，这次给他们带回来五万块钱，想让他们修修房子，可他们不愿意，一定要把这钱存起来，又不肯存到银行，说银行不安全。两人每天商量着把五万块钱保存到哪里，都商量了有十来天了，天天吵架，还是没个结果。过两天我也要回去上班了。在南方的时候，我总想回来看看，可一回来又想赶紧走掉。

我想应该对她说点什么，但终究没有再开口。

她把我送到门口，忽然说，你找田利生？早两年我就听村里人说过，田利生可能跑回他老家躲起来了，他老家那个村叫花前村，过了西塔沟，都快到老蜜沟了。这个人，我见过一次，有一次我爸爸带我去那游乐园里种莜麦，园子里没什么人，正好碰到他了，他一个人坐在木马上抽烟，见了我们还过来帮我们种地，其实人还挺和善。

这天，我骑着摩托车到镇上寄信。我每月给妻子写一封信，我从不留自己的地址，因为她根本不可能给我回信。不过这并不重要，重要的是，我一直在给她写信。

离开她之后，我辗转过好几个城市，干过各种活，又试着交过几个女朋友，却都无法长久。我仍然渴望成功，舍得用一个月的工资买一张成功学讲座的门票。我从不和过去的同学联系，也不想知道关于他们的任何消息。几年之后，我却还是在某一天回到那个城中村，四处打听她的下落，她居然还在那个城中村里租着原来的房子，当时那城中村已经被列入拆迁范围。再后来，我结婚了，我妻子就是她。结婚后我才发现，她其实比谁都适合做妻子，她喜欢默默守在我身边，喜欢做饭喜欢做家务，尤其喜欢蒸馒头。蒸馒头的时候，她总是独自待在厨房里，久久看着锅里冒出的白雾笼罩一切，她整个人会变得极其静谧安详。

庞水镇上有一个小邮局,邮局里常年只有一个男人上班。我每次去的时候,都见他穿着墨绿色的制服,像棵植物一样长在柜台后面盖邮戳。我会趴在柜台上久久看他盖邮戳,怀疑他晚上睡觉是不是也在这柜台后面,因为他看起来永远都一模一样,从不曾挪动过。他并不主动和我搭话,好像他根本就不需要和人说话,他只是埋着头盖那些黑色的邮戳。

寄完信走出邮局,阳光正从一朵巨大的云里钻出来,整个世界忽然陷入了一种意外的明亮,好像到处都是崭新的,到处都在闪闪发光。我坐在台阶上抽了一根烟,那邮局里的职员竟然也走出来了,坐在我身边问我要了一根烟。他居然有腿,并且会走路,我吃了一惊。我们俩坐在那满是灰尘的台阶上各自抽了一根烟,相互没说一句话。

邮局旁边是个破旧的小诊所,诊所里有个白胡子白眉毛的老中医,看起来至少有一百岁了。诊所门口常年立着一块木牌子,上面写着几句话,"东方曰星,其时曰春,其气曰风,风生木与骨。南方曰日,其时曰夏,其气曰阳,阳生火与气,阴生金与甲,寒生水与血。"抽完烟,我骑着摩托车走了,他依然坐在阳光里,默然目送我远去。

庞水这个名字就是大水的意思,听起来颇为富丽堂皇,因为这个镇子是在三条河流汇聚处长起来的,最不缺水。建国后在这里建了一个文谷河水库,那水库在冬天的时候会结成一面洁白的冰湖,大镜子一般,明晃晃地落在群山之间。冰湖上一马平川,开阔辽远,山峰隐匿,世界忽然变得浩荡洁净,大卡车都能轰隆隆驶过去。冰湖极大极璀璨,便衬得那镇子瘦小羸弱,瑟瑟地偎依在冰湖旁边。

前几年不知从哪里传过来旅游开发这几个字,全镇的人都在摩拳擦掌,做了不少小木船在水库上漂着,但深山里鲜有人至。到了冬天,这些小木船便一起被冻进了冰湖,像琥珀里的小虫子尸体。原先的相貌还在，只是不能动了，这种沉寂会在某个瞬间里忽然给人一种无来由的阴森感。

每次经过这镇子的时候，我都会想，田利生会不会就藏在这镇子里，就在这些来来往往的人群里，每一个擦肩而过的陌生人都可能是他。他的衣角倏忽闪过，出现在月夜的山林里，湖中的倒影里，出现在山鹧的叫声中。只是，我一直无法看清那张脸。在那么一两个瞬间里，他从人群中猛地回过头来，我却忽然看到了一张和自己一模一样的脸。我惊骇地发现，我已经变成了他，或者，是他变成了我。

他像我的一个梦境，我觉得我必须得找到他。

我决定去一趟花前村。从我这里到花前村，要翻过几座大山，经过几条大沟，八道沟、大沙沟、小沙沟、未后沟、西塔沟。再往前走就是老蜜沟，已经进入了原始森林的最核心地带。那里的植被基本都成了针叶林带，到处是高大疏朗的落叶松，只夹杂着少许青杆和白杆。因为海拔高，那里只坐落着极少的几个村庄。

早晨起来，带了两个凉馒头我便骑着摩托车上路了。路过一片白桦林的时候，我听到有啄木鸟在林子里，笃笃笃，有条不紊地敲打着树干。山民们把啄木鸟叫做花牵树得木，听起来更俏皮更明艳。白桦林的旁边还有一片红桦林，一白一红，唱戏似的。红桦的树皮不像白桦那么紧致结实，看起来颇有些衣衫褴褛的感觉，但那些红色的树皮在清早的阳光里鲜艳夺目，几近于要燃烧起来了。在我小时候，就用过红桦树皮做的帽子和书包。

每翻过一座山，经过一个大沟的时候，便能听到有很远很空旷的风声从深不可测的地方奔跑而来，衣服被吹得鼓起来，像只气球，似乎连人带摩托车都能被轻轻托起来，御风而行。所以每经过一道大沟的时候，尽管被山风吹得七歪八扭，我心里却十分喜悦，感觉自己马上就要飞起来了，连笨重的摩托车都在瞬间变得轻如羽毛。

越走海拔越高，山路两边的植物从花楸、糙苏、蛇床、舞鹤草渐渐过渡到亚高山灌丛草甸带，随处可见地榆、花锚、金莲花、木贼。鸟儿也从啄木鸟、褐马鸡、斑鸠过渡到了云雀、金雕、红嘴山鸦。走着走着，便见前方群山之间，天高云淡处飞过一只大金雕，两只巨大的翅膀稳稳托着流云，睥睨一切，迎着阳光悠扬骄傲地滑翔。我久久目送着那只金雕远去的背影。

已是正午时分，腹中开始感到饥饿，我停下摩托车，把两个凉馒头吃完，趴到河边喝了几口水。河边的草地上长满了眼睛一样的紫地丁，好像遍地都是柔软的目光。吃完我继续赶路，沿着河流又走了一段路，忽然看见河边栖息着一大群羊，一个放羊的老汉孤零零地坐在河边的石头上。看见我过来他急忙向我招手，我停下摩托问他怎么了。他手里握着一支赶羊铲，脸上紫黑色的大嘴唇，笑起来的时候，嘴巴可以一直豁到耳根处。他笑着说，伙计，着急不着急走？不着急的话就跟额说几句话吧，好些天没人和额说过话了，憋死了，这羊又不会说话，羊要能说话额早就和羊捣歇（聊天）去了。

我看了看四周，除了他和一群白花花的羊，就是山林和草甸。我想了想，便放好摩托车，问他，这羊是不是都在午睡？他连忙点点头，说，它们刚吃了草舔了盐，晌午要歇两个钟头，头羊不动，大羊就不动，大羊不动，小羊就跟着不敢动。

头羊是一只威风凛凛的黑山羊，长着两盘大角，管理着一群温顺的白绵羊，白绵羊都蜷成一个团，看上去像一块块岩石。我掏出烟盒，递给他一根，自己也点了一根。我俩对着河水抽了会烟，他问我，去哪尔？我说，花前。他抬头看看天，那不远了，再翻过两座山就是。

他们放羊的一天动辄要走十几里路，所以看哪里都觉得近。一只小羊不愿再佯装睡觉，想偷偷溜走，老汉见状，并不起身追赶，只用羊铲射过去一颗石子，小羊便又乖乖躺下，继续装睡。两根烟抽完，我们到底也没说上几句话，我觉得有点对不住他，但还是决定继续上路。他也打算继续上路，便叫醒了头羊，那只威风凛凛的黑山羊亮着两只大角站了起来，于是，所有的绵羊都跟着站了起来，简直像一支训练有素的部队。山羊沿着河流往前走，后面跟着浩浩荡荡的绵羊部队。我骑着摩托车也慢慢向前走。

羊群准备过河了，这儿的河流从一片河柳里冷不丁拐出来，带着些野气左顾右盼，脚步湍急匆忙。那只山羊带头过河，走到河中央的时候，脚下一打滑，居然掉进了河里。后面的绵羊见头羊掉进河里了，纷纷跟着跳进河里，最后面的小羊们犹豫了一下，也跟着跳进了河里。顿时，一条河像煮饺子一样，漂满了大大小小的绵羊。绵羊不会游泳，只好一边挣扎着一边咩咩叫着，一边被流水冲走。

我见状，赶紧扔下摩托车过来帮着捞绵羊，老汉快要哭了，一边跳脚一边大叫，不要跳了不要跳了，你们怎么就不能长一点脑子。说罢扑通一声跳进了河里，手忙脚乱地扛起一只绵羊，再扛起一只，绵羊在他肩膀上哀哀地哭叫着，自己跳进去的，也不知道在哭什么。我们折腾了半天，最后还是淹死了好几只绵羊。老汉守着一堆绵羊的尸体，好像农民在秋天刚刚收成的棉花。

村里人要开着拖拉机过来接他和羊，而我打算继续赶路，他为了表示对我的感谢，送给了我一只刚刚淹死的小羊，说羊羔肉最是鲜嫩。我看看天色，已经下午光景了，西行的阳光开始迟钝下去，不敢再逗留，我便把死去的小羊绑在摩托车的后架上。它摸上去四肢柔软，好像还活着一样。

6

因为海拔的原因，能感觉到山林里的凉意越来越重，脚下的泥土也渐渐变成了深色的黑毡土。两边的油松和冷杉变得越来越高大粗壮，高高的树冠连得遮天蔽日，连一丝阳光都透不进来。林子里的很多地方还残留着去年冬天的积雪，这些积雪可能终年都化不掉。山林的深处隐隐能听到大鸮的叫声，阴森凄厉。

太阳已经开始落山，苍鹰的身影飞进夕阳里，接着，那最后的金色光线也一点一点消失了。即使是在日落之后行走在这样的原始森林里，我仍然没有感觉到任何恐惧，我真正的恐惧，其实都在人群里了。在我最充满征服欲的那些时候，其实也是我最恐惧的时候。我做过搬运工、洗碗工，做过服装批发，做过调料推销员，开过小超市，开过小饭店，再到酒店，再到金店。那些往事像用玻璃垒起来的，垒到一定程度的时候，却发现一切竟是透明的，就像不曾存在过一样。那是我创造出来的一个乌托邦。

一弯冷月从山林间升了起来，云朵流动得很快，看起来像是月亮正在云层后面奔跑。山林间的积雪反射着冰凉的月光，高大的冷杉像剑一样刺向夜空。走着走着就看到，前面隐隐出现了几点微弱的灯光，那是个隐藏在森林里的村庄。

果然是花前村。我有些纳闷，这样一个原始森林深处的小村庄，终年有积雪不化，为何给自己取名为花前。村里只有七八户人家，最边上一户人家的大门洞开着，门上还挂着一盏红灯笼。山风呼啸而过，红灯笼在风中左右摇曳，血红色的灯光溅了一地。

我扛着那只死羊进了院子，院子里又是狗叫又是鸡叫，还有猪在什么地方哼哼，听起来像进了动物园。我打量了一下这院子，借着月光能看到院子里坐着三间房，奇怪的是，只有两间的上面盖了二层，而且二层比一层瘦小一圈，看上去像小孩子过家家把积木随便搭了上去。

其中一间房里亮着昏黄的灯光，我推门进去。屋里有一男一女，男的坐在自制土沙发上，很瘦小，剃着个光头，小眼睛，留着两撇八字胡，八字胡下面有两颗巨大的门牙，他正像只大兔子一样一边剥着吃花生一边喝酒。女的则很丰满，黑色紧身衣绷在身上，到处波浪起伏，一只眼睛稍微有点斜视，头发染成栗色还烫了，挂着一头卷儿，她一手端着酒杯喝酒一手往铁皮炉里扔柴。这森林最深处的村庄一年四季都得生炉子驱寒驱潮。

我说，我来这里找人结果迷路了，能不能借宿一晚上？我可以出钱。我又指了指那只死羊，说，这羊羔是今天刚死的，淹死的，不是毒死的，也送给你们吃肉。男人用小眼睛盯着我看了几分钟，又盯着死羊看了几分钟，忽然咧开嘴笑了一下，一嘴黄牙，招呼我道，伙计，来找人的？尽管住下，来，先过来喝杯酒再说。又对炉前的女人说，老婆，快去拿根猪尾巴来。然后，他又笑嘻嘻地看着我说，额可保存着好几条猪尾巴呢，自家舍不得吃，都给切人（客人）留着呢。本来还保存着个猪鼻子，一直没切人来，额就自己吃了，早知道就给你留着嘛，是不是？

女人把一条粗大的猪尾巴端了上来，还添了一个酒杯。他给我倒了杯酒，我一看，酒装在一只大葫芦里，有点仙气，喝了一口，好烈的高粱酒，感觉和喝酒精差不多。他给我抓了一把花生，说，尝尝，这是额自己种的。我剥了一个花生，扔到嘴里，生的，很涩，像是刚从地里挖出来的。我说，吃着不赖，你还会自己种花生？他抿了一口酒，有些不屑地晃晃光头，种花生？小看额了吧，你看看这锅舍（屋里）的家具，每一件都是额自己做的，柜子是额自己打的，这沙发是额自己包的，还有这房子这院子，都是额自己盖的。他又拎起一段猪尾巴朝我晃了晃，这猪也是额自己养的，额养猪，从来不喂什么乱七八糟的泔水，额就喂它粮食和土豆，吃的和人一样好，额养的猪那都是无公害猪。你去附近几道沟里打听打听额田中柱是什么人物？额不骗你，额还真是个人物。

说罢，他骄傲地和我碰了一下杯，一饮而尽，然后，剥出一粒花生，高高抛起来，用嘴稳稳地接住了。

我打量了一下周围，房间里的家具倒真不少，有床有立柜有平柜有茶几有沙发，还有两只花凳，上面摆着两盆呆头呆脑的万年青。柜子上地上还摆着很多根雕和葫芦，天花板上也挂着大大小小的葫芦，挤眉弄眼地看着我，最大的一个简直有半个人那么大，老态龙钟，像个葫芦爷爷，我好像不小心闯进了葫芦的老穴。所有的家具上都落着一层厚厚的灰，看起来已经有几千年没有打扫过了，出土文物一般。

我说，难道这根雕也是你自己做的？他不解地看了我一眼，好像我的问题着实羞辱了他，他反问我道，不是额做的是你做的？连这吃饭的木碗，看到没，都是额自己做的。这葫芦也是额自己种的，上面都刻了画的，三打白骨精，猪八戒背媳妇，要什么有什么，你要不要买几个？这花凳也卖，价钱嘛，你看着随便给，反正都是额亲手做的，几百不嫌多，几十不嫌少。

我喝了一口杯中的酒，呛得嗓子疼，但猪尾巴卤得真不错，绵软入味。我啃完一截猪尾巴，说，看不出你还这么心灵手巧。他又往嘴里扔了一颗花生米，把两只手得意地叉在胸前，我注意到他的右手上少了半根指头，使那只手看起来像某种武器一样可怕。他冷笑一声说，你以为？额当年技校毕业的时候也是个人物，额从小练过武术，会缩骨功，有一次打架被关起来了，额就用缩骨功跑了出来，再抓老子，老子还用缩骨功跑出来，看谁还敢抓老子。额还会电工，额可是一个好电工啊，所有的电路问题，不管大大小小，额都能解决。你也不去打听打听，额田中柱是谁？告诉你吧，额真是个人物，年轻的时候有人让额去国家安全局上班，只要交一万块钱就进去了，可是额不愿意，守着老婆过小日子多好。额不喜欢受人约束，不喜欢成天坐在办公室里上班，额要是愿意，早就在国家安全局上班了。额这个人就是喜欢自由快活，啊，喜欢自在散淡。额也不愿意跟他们出去打工挣那几个辛苦钱，在山里多好，守着老婆，能种地，还能上山打猎。你不知道额枪法有多准，额年轻的时候进山打猎，跟着野兽一跟就是七八天，也不睡觉，什么花豹狗熊野猪，都打到过。对了，那副花凳你到底要不要？便宜卖给你。还有那只最大的葫芦也便宜给你，上面刻着寿星佬儿。

我咳嗽了一嗓子，有些不好意思地说，我骑着摩托车，不好带啊，以后再说吧。他立刻说，怎么不好带，额给你绑在摩托车上。话音一落，我们俩都沉默了下去。沉默了半天，为缓解尴尬的气氛，我站起身来到处游弋参观，看到这屋子还套着一个里间，我便进去参观。里间地上摆满了各式各样的工具，刨子、电焊机、切割机、电圆锯、电钻、气钉枪、车床，和墙上杂乱无章的电线及一大堆插板连在一起。我忽然感觉自己像来到了科幻电影的某个空间里，周围的世界忽然就变得不真实起来，连外屋的那两个人也忽然像外星人了。这些工具上也落着厚厚一层灰，几千年没有打扫过的样子，使我意识到，这还是在田中柱的家里，我并没有游离到外星球上。

回到沙发上我俩继续喝酒，我说，老田啊，你从哪儿弄了这么多工具？他正嚼着一颗花生米，嚼着嚼着就得意地笑了起来，好多都是额自己用破零件做的，那台电焊机看到了没？就是额自己做的。我大惊，你还会做电焊机？他一边对我笑着一边忽然伸出了那只缺了指头的右手，在我面前炫耀地晃了晃，像是怕被我抢走，又赶紧收回去了。他指着那只手说，晓得这个指头怎么没的？就是被这玩意儿切下来的，就像切菜一样，那指头掉下来了自己还能动。这不，额指头少了一根，少一根就少一根嘛，什么了不起的事，额眼睛都没眨一下，额起码自由，自由多好。你说，自由好不好？

我说，对，挺好挺好，老田，我得敬你一杯酒。他高高兴兴地连喝了几杯，喝得小胡子上都是酒，在灯光下亮晶晶的。他忽然摸着光头站了起来，摇摇晃晃地走到床前，从床下拖出一只尿盆来，他笑嘻嘻地问女人，老婆，你说额尿到哪儿去呢？然后，不等老婆回答，他就叮叮当当地尿到了盆里。

为了能盖住这撒尿的声音，我大声说，老田，你家里哪来的这么多灰？怎么像刚从地里刨出来的。他心满意足地尿完，抖了抖，放下尿盆，又摇摇晃晃地回到了沙发上。他脸上的表情越来越明媚喜悦，好像一晚上发生了很多欢天喜地的大事。他指着女人说，额老婆不喜欢打扫卫生嘛，不喜欢就不扫嘛，灰多点就多点嘛，又死不了人，你说是不是？钱少就少花点嘛，又死不了人，你说是不是？额和额老婆天每（每天）都过得高高兴兴，想干甚就干甚。额和额老婆说，你想和谁睡就和谁睡，主要是图个高兴嘛，啊，图个高兴。额老婆有二十几个相好的，就是图个高兴嘛，额们过得比鸟儿还自由。

说到这里他扬起小眼睛看了看挂在墙上的歪歪斜斜的破钟，忽然说，九点了，到了额睡觉的时间了，一到点额就睡着了，额先去睡了，你们俩聊吧。说罢起身走到床前，脱了外面的裤子，穿着一条脏兮兮的绒裤钻进了被子里，然后悄无声息地用被子蒙住了头。过了大约一分钟，最多一分钟，我便听到被子下面传出了有节奏的鼾声。

那女人把手里的酒喝完，把最后一根柴扔进了红红的炉膛里，把炉门关上，然后斜眼看着我。我有些心惊，想，她为什么要这样看着我。后来一想，她的眼睛斜视嘛。那女人放下杯子，站在炉子前，两只手搭在肥硕的胸前，有点像报幕员。她沉默片刻，似乎有些犹豫，但还是问了我一句，你……不睡？我忙笑着说，时间还早，睡不着啊。她依然站在那里没动，两只手还搭在那个位置，来回搓着。

她又沉默了一会儿，忽然低下头看着自己的两只手，一缕烫过的卷发垂下来遮住了她的一只眼睛，她挑起那只眼睛，用眼风斜斜瞟了我一眼。我忽然有些紧张，胡乱拿起一只杯子，问，我口渴，哪里有水？她指了指蹲在墙角半人高的大水瓮，我走过去拿起葫芦瓢，舀水喝了几大口。

喝完水回头一看，那女人已经走到了床前，她指了指沙发又指了指地上及床上，说，你随便睡，想睡哪睡哪，额也睡了。说罢上了床，也拿起被子蒙住头，很快就无声无息地睡着了，把我一个人留在了空荡荡的地上。在昏暗的灯光下，那两个蒙在被子里的人安静得有些吓人，像两颗埋在土里还没来得及发芽的土豆。

我走到院子里点了一根烟，那只狗冲我有气无力地叫了两声便也悄无声息了。松树清冽刚劲的冷香塞满了整个院子，如同一场冰凉的大火在燃烧。只有原始森林深处才有的神秘像只巨大的野兽，无声地行走在我身边，我看不到它，却能感觉到它的呼吸就蹭着我的鼻子。月亮再次从云层后面钻了出来，冷冷注视着大地上的一切。我一边抽烟一边在院子里徘徊，我明白了，这个女人是拉偏套的。没想到，直到现在，大山深处还有女人操持着这种古老的营生。

我和衣在沙发上迷迷糊糊睡了一觉，第二天早晨，天还没亮，就见院子里已经烧起了一堆熊熊大火，火光在晨雾中挖出了一个明亮的大洞。火上架着一口澡盆那么大的铁锅，猛一看，还真的以为是架起了澡盆子准备洗澡。我凑过去一看，锅里煮的都是小土豆，老田正叉开双腿，扎着马步，用一把铁锹使劲搅土豆。我说，老田你这是在做早饭？怎么做这么多？他头也不回地说了一句，额家从不吃早饭，这是猪食。

天渐渐亮了，晨雾退去，整个院子慢慢从黑暗中浮了出来，带着点不情不愿。火堆在晨光中渐渐枯瘦下去，热气腾腾的猪食熟了。老田喂猪的时候我认真参观他的院子，发现院子里有五间房的地基，却只盖了三间，我问他为什么，老田慈祥地看着自己的几头猪，说，盖了三间就没钱盖了嘛，能盖几间算几间，是人盖房子，又不是房子盖人。

我看见院子里有棵枣树，枣树杈上挂着的玉米穗子比我见过的玉米都要小，就好奇地问，老田，你这玉米是什么品种？这么袖珍，你的小土豆也是袖珍品种？

这时候他老婆也起床了，正在院子里梳头，她打着哈欠接了一句，没钱买化肥嘛，纯天然的，可不长这么小。

我又踱步到鸡笼子前，一看，里面养着几只草鸡，一只公鸡，居然还有两只褐马鸡。我说，老田，你居然养褐马鸡，你怎么没养两只孔雀？他笑得小胡子都翘了起来，大嘴咧开，露出了三十二颗牙齿，说，以前养得更多，还有珍珠鸡，额还驯了只老雕，厉害得很，后来都死了。我说，可惜了，怎么死的？他老婆不紧不慢插了一句，饿死的。

这时候老田已经把那口刚煮过猪食的大锅洗得锃亮，他兴致勃勃地敲着大锅说，今儿晌午吃羊肉，就把你夜里带来的那只羊羔给煮了，吃羊羔肉再喝点酒，别说国家安全局，叫额去做神仙额都不去。说着说着他的口水已经流出来了，忙擦了一把。他又围着那口锅手舞足蹈，看看，这口铁锅也是额自己打的，费了不少铁哪。我大惊，你还会自己打铁？他不屑地看了我一眼，敲着他的大锅说，打铁算什么？你记住，这世上根本就没有额不会的事情，额田中柱大小也是个人物。看看这锅，煮两个猪头不成问题，煮一只整羊也不成问题。今儿吃你的羊，等额过年煮了猪头，把猪鼻子和猪耳朵都给你留着，你年后过来，放开肚子吃。

等到中午时分，果然吃到了喷香的煮羊肉。我们三人围着桌子，一边大块吃羊肉一边喝酒，他老婆酒量惊人，一眨眼就悄悄灌下去好几杯，看样子能轻易把几条大汉放翻。我惊叹，好酒量。老田一边啃羊骨头，一边说，额和额老婆说，你想喝酒就喝酒，想抽烟就抽烟，想睡谁就睡谁，人就图个高兴嘛，要不图高兴，额老早就去国家安全局上班了嘛，哪有守着老婆好？你看额家门口一年四季挂着红灯笼，

321

不过年不过节也挂着,就图个高兴嘛。有一次额小姨子来额家,黑夜等额老婆睡着了,额就和额小姨子睡到一起了,快活嘛,人活着图甚?就图个快活。

他老婆一只脚踩在椅子上,嘴里啃着羊肉,斜着眼打量他一番,就你?

他觍着脸从羊肉里剔出几块小拐骨,拿块破布细细擦了半天,然后把羊拐骨捧在手心里,像捧着一团雪花。他笑着对老婆说,就是说个笑话逗你高兴,等额把这羊拐骨染成红色了给你玩,好不好?四个羊拐骨,还差个乒乓球,额也给你做。

7

我酒足饭饱地歪在椅子上打着嗝,慢条斯理问了他一句,老田啊,你们这村里的人是不是都姓田?他啃着羊蹄点点头,大部分姓田,几辈子以前就是一个老祖宗。我说,那你们不都成亲戚了?他说,出了五辈子就不算亲戚了。我忽然像想起了什么,问道,有个叫田利生的人你认识不?是不是就是你们村的?

他把脸从羊蹄上抬了起来,看着我忽然意味深长地笑了一下,两撇小胡子一抖动,说,额和他打小一块放牛一块耍,你说认得不认得?你说过来找人,就是找他吧。我说,这人真是你们村的?他在八道沟那边开了个度假山庄,你知道不知道?

他抱着那根羊蹄又慢慢地啃了一会儿,啃得只剩下了一根明晃晃的骨头,然后扔给了趴在地上的狗。他似笑非笑地看着我说,先说说,你找他干甚?我忙说,其实也没什么事。他说,你是不是也觉得田利生很有本事?我正不知道该如何搭话,只听他又继续道,人家十几岁就下山了,在城里到处做买卖,听说挣了大钱,可不是有本事的人?

我刚想开口，他忽然语气一拐，自己把话接上了。他声音忽然变大变粗，像他身体里住着的另外一个人猛地探出了方形的脑袋，他说，人人说他有本事，你倒给额说说看，什么叫有本事？到底什么叫本事？

我一时愣住了，但很快就明白过来，现在他根本不需要我的回答。果然，他又继续，额俩光屁股时就在一起耍，田利生有几斤几两额还不清楚？放牛他不如额，打猎他不如额，手巧他不如额，额能打到豹子，他打到过甚？种地他不如额，额一个人种了几十亩地，额能一个人盖房子，额能一个人打家具，额能用破零件组装电焊机收音机，额连剃头都能自己给自己剃，你看额这光头剃的，不赖吧？你倒是给额说说看，到底什么叫有本事？

他用缺了一根指头的右手拍着桌子，脸涨得通红，披在肩上的衣服也掉了下去，露出了穿在里面的背心，我看到背心上印着几个红色的大字，金万程轮胎。他老婆咣当扔过来一条羊腿堵住了他的嘴，她说，快少说几句吧，额跟着你没饿死就算不赖了。说罢又一仰脖子，滋溜下去一杯酒。他又要跳起来辩解，我忙说，你可能还不知道吧，这田利生为了盖度假山庄欠下了不少钱，被人到处追着要债，现在都不知道跑哪去了，他会不会就在你们村？

他呆了一呆，好像一时没听明白我在说什么，片刻之后又像恍然大悟一般，把掉下去的衣服重又披在肩上，笑嘻嘻地对我说，欠了人好多钱？怪不得你上来找他，额晓得了，你是公安局的。我忙说，不是不是，我就是想找他说说话。他独自点了点头，若有所思地说，那额晓得了，田利生欠了你不少钱，你是来讨债的。

我又要否认，他却忽然扭过脸来，神秘地笑着对我说，要是欠了你钱，那额得告诉你，额在山里头真见过田利生一回。去年额去西塔沟打猎，在林子里忽然撞见了他，他和另外两个人在一起溜达，额说，你甚时候回来的，也不回村里坐坐？他说，过阵子就回村里去，这几天忙，和朋友谈个事情。他指了指和他一起走的那两个人，介绍道，这是额的朋友，原来在八道沟的那个木材厂里上班，额们有事，先走了，回村里了找你喝酒。他们三个就走了，他后头一直也没回村里来，额在山里也再没碰见过他。

我大惊，问，他说的那个在木材厂上班的人长什么样？他又独自喝了一杯酒，歪头想了想，说，就瞟了一眼，谁能记那么真，也就是个普通人样。我说，个子呢，个子高不高？他又倒了一杯酒，却举着酒看着他老婆说，老婆啊，你看看这有本事的人到头来欠了一屁股债，你说你是跟着他好还是跟着额好啊？他老婆撕了一块羊肉，回他说，少放屁。

他又扭过脸来，兴高采烈地对我说，伙计，你说说看，你说他田利生真比额有本事？他能强到哪里去嘛？最后还不是躲回山里来了，哪有额过得自在。

说完他把杯里的酒咣当灌进了肚子里，然后，看了看墙上的破钟，忽然说，到额午歇的时间了，你坐着，吃着，喝着，额得先睡会儿。然后摇摇晃晃地站起来走到床边，娴熟地钻进了一堆皱巴巴的被子里，把头严严实实蒙住，立刻又睡着了。

回去的路上，我一直在想，如果田中柱说的是真的，那和田利生在一起的那两个人究竟是谁。可能是周龙，也可能是别的工人。难道他们一直就在这山林里没走？他们又怎么会和田利生在一起？

一只赤狐在前面闪过，它回头看了我一眼，倏忽便没有了踪影，一阵山风袭来，整个山林发出了沉闷沙哑的喘息声，我像行走在一只巨大的肺里。这山上的几道大沟都幽深不可测，没有人知道那些大沟的尽头到底通向哪里，也没有人知道这山林的深处究竟埋藏着多少秘密。想在山林里找到一个人，几乎是大海捞针。

天黑下来了。我在幽寂的黑森林里赶路，一边想起了很多往事。

我想起了很多年前的夏日傍晚，那时候，木材厂还没有倒闭，我和周龙躺在厂门口那条河里的大石头上，偷偷观察工人们下班以后的动向，谁和谁在谈恋爱，谁和谁刚闹了别扭，谁喜欢一个人进山采木耳，我们都知道得一清二楚。等天彻底黑下来之后，我们躺在尚有余温的大石头上，听着耳边潺潺的流水声，看着身边飞来飞去的萤火虫。

我又想起在城市里生活的这么多年，就是在路边看到一棵树，我都会习惯性地走过去看看树底下有没有蘑菇。我父亲过世前，住在我买的楼房里死活不愿用有马桶的卫生间，一定要远远跑到公厕去上厕所。我忽然想到，让一个人彻底放弃自己的习惯真的是一件很难的事情。这个想法在已经被黑暗笼罩的森林里发出了奇异的光亮。猫头鹰藏在什么地方哀鸣，我恍惚看到路边的黑森林里静静立着三个没有脸的人，石像一般，他们正无声无息又满怀心事地看着我。

又一个黄昏，我独自来到听泉山庄的门口。木材厂改成度假山庄之后，门前的那条河还在，河里的那几块大石头也还在原处。我躺在那块最大的石头上，等待天色一点一点暗下来。半透明的黑暗像植物一样从山林里、河水里长了出来，很快就淹没了大地上的一切。我躺在那里，多年前的那些人和事如在眼前，我伸手就可以摸到他们，仿佛中间这二十年的时光其实并不真正存在过。我恍惚看到周龙就躺在我旁边，一边听流水声，一边伸手捉住了一只萤火虫。我对他说，这么多年你都去哪了？

没有人应答，只有在黑暗中愈发清晰的流水声包裹着我。我定睛往四下里一看，除了我，并没有第二个人影。山林与巨石都已经隐匿于黑暗，边缘清晰可触。不远处的听泉山庄死寂地蛰伏在黑暗中，与平时并无不同。

我连着去河边守了多夜，都没有看到任何人影。二十年前的那些人和事，再次变稀薄变透明，当我向他们走去的时候，他们朝我笑着，却从我身体里穿行而过，了无踪迹。

　　这个晚上，我在河边的大石头上一直坐到深夜，抽了半包烟，只听到附近有黑串在叫，开始有困意袭来，我便起身，准备回去睡觉。

　　从山庄门口经过的时候，我忽然就产生了一个奇怪的念头，想进去看看它半夜的样子。于是我翻墙进去，穿过那片杨树林，朝着那片鬼影幢幢的废墟走去。

　　一轮残月挂在高大的树枝上，大嘴乌鸦站在月亮里啼叫。我一步一步地往前走，仿佛听到脚下踩到了什么呻吟声。我有一种奇异的感觉，我只是站在了天地间的一重空间里，在我的脚下和我的头顶，还有数层空间，我认识和不认识的人正在其中来来去去，熙熙攘攘。

　　前面就是那幢黑黢黢的宾馆，宾馆的后面就是那几个梦境一般沉睡的园子。它在黑暗中看上去分外庞大和沉寂，我在那幢楼下点了一根烟呆呆站立了一会儿，任由四面八方的荒凉包裹着我。一根烟抽完，我用力碾灭烟头，再抬起头的时候，忽然发现宾馆的一扇窗口亮出了很微弱的光。我浑身一哆嗦，疑心是自己眼花了，揉了揉眼睛定睛再看，确实是一点微弱而惊心动魄的光亮。

　　我循着那点光亮进了宾馆的大门，爬楼梯上了二层，我屏住呼吸，无声无息地走到了那个房间门口。我轻轻推门，门虚掩着，一推就咯吱一声开了，散发出木质腐败的味道。

　　房间里有两张床，中间一只床头柜。然后，我看到地上坐着三个衣衫褴褛的人，围着一支正燃烧着的蜡烛，他们正坐在那里聊天。听到门响，那坐在地上的三个人不约而同地朝我扭过脸来。

　　尽管十几年没有见过了，我还是立刻就认出，其中一张脸竟是周龙。另外一张脸似曾相识，当后来看到他的那条断臂的时候，我忽然想起来了，他是老井的那个儿子。还有一张脸是我从没有见过的，一个陌生人。

他们围着一支蜡烛坐着，蜡烛的旁边摆着一壶茶。周龙看到我似乎并没有太大的意外，他让我也坐下，从床头柜上拿了一个空杯子，给我也倒了一杯茶。我喝了一口，是拿金露梅嫩叶晒的茶。

　　我们四个人默默地坐着，一时无话，我终于先开口道，我们有十几年没见了吧？周龙的脸在烛光里忽明忽暗地跳动着，我有些看不清他的表情，只见他点点头，说，有十几年了，时间过得真快。我说，这十几年你都去哪了？他说，哪儿也没去，我一直就在这山里。我惊讶道，你从来没有下过山？他静静地说，从来没有。我说，那你这十几年在山里都干吗呢？他似乎笑了一笑，然后沉在一团暗影里说，可做的事情太多了，打猎、采蘑菇、摘野果、晒茶叶、酿酒，晚上泡壶茶一起聊天，可以一聊就聊到天亮。

　　我听到自己的声音开始发抖，有那么多可聊的吗？他的脸被烛光劈成两半，一半是明的一半是暗的，我看到明的那一半在烛光里柔和地笑着，像极了多年前我们一起在他宿舍聊天的那个夜晚。然后，我听到他说，可聊的多着呢，我们想说的话连说都说不完。

　　我忽然想起来，宾馆的这个位置正是从前木材厂职工宿舍所在的位置。我看着那团烛光，不由得打了个冷战，踌躇半天还是说了一句，这宾馆是不是就盖在咱们厂以前的旧宿舍上面？周龙没有说话，只是坐在那里，安静地微笑着。他什么都不问我，不问我这么多年去了哪里，都干了些什么，他一句话都不问。这让我越来越感到惊慌，我把那半杯茶一口气都喝了下去，还是觉得口干舌燥。

　　我舔了舔嘴唇，转脸对老井的儿子说，我去过你家，还在你家住了一晚，你记得不？他用那只完整的胳膊给我添了茶，目光柔软，同样安静地对我笑着说，你记错了，我从来没有见过你。我有些绝望地说，怎么没见过？你姓井，你爸爸在村里开了个农家乐，你妈是个瘫子，对不？他只笑着摇了摇头，却不再说话。

我又扭脸对那个陌生人说，你是哪里的朋友？ 也是我们木材厂的吗？ 我怎么从来没见过你。那男人盘腿坐着，上身纹丝不动，也对我笑笑，说，我就是这山里人。我问，哪道沟的？ 他笑着说，在这深山里，处处可为家。我忽然就脱口而出一句，你是田利生吗？

他在烛光里甚至都没有再看我一眼，只平平静静地说，朋友，你认错人了。我忽然就有些失控，我对这三个人大声说，你们认识田利生吗？ 就是建这个山庄的老板，我想和这个人聊一聊，就只是想聊一聊，我有很多话想和他说，我知道他想干什么，我知道他为什么要建听泉山庄。

他们三个好像根本没有听见我在说什么，周龙对那陌生人说，刚才讲到哪去了，继续啊。那人便又讲了起来……第四天晚上我偷偷去天桥下一看，他还睡在那天桥下面，他的那匹白马就拴在旁边。白天这里不许流浪汉放铺盖，他白天就骑着马在城市里到处捡垃圾，靠吃垃圾为生，只要看到有字的纸就捡起来保存着，他把这些有字的纸攒起来装订成一本厚厚的书，晚上就躺在马路边看这本书。我偷偷躲在一边，见他躺在了路边，在身上盖了一条很脏的破被子，捧起那本自己装订的书，很认真地一个字一个字地看着。我觉得不忍心，便忽然从暗处走了出来，他有些吃惊地看着我。我要给他放下点钱，他坚决不要，我拿出一个面包给他，他也坚决不要。我在他面前呆呆站了一会儿，说，你的马怎么办呢，城市里没有草原，它吃什么？ 他说，我的马从来不吃草。然后他又低下头去看书，我只好离开了。到了第五天晚上我又去天桥下一看，他已经不在那儿睡了，他的马也不见了。因为我发现了他，所以他骑着马走了。以后我再也没见过他……

我忽然有一种天方夜谭里的感觉，山鲁佐德为了活下去，必须在每天晚上给国王讲一个故事，而且从来不能讲到结尾。我想，他会不会就是田利生，他被另外两个人绑架了？ 为了活下去，他得不停给他们讲山外面的故事？可他讲得津津有味，甚至都不看我一眼。我又想，也许他真的不是田利生，他就只是一个陌生人。听到后来，一阵困意袭来，我居然睡着了。

　　第二天醒来的时候，我发现房间里只有我一个人，那三个人都没有了踪影。我环顾了一下房间，很久没有人住过的样子，玻璃已经碎掉，地上、窗台上落满了灰尘，床头的油漆剥落下来，整个房间里散发着一种腐朽的霉味。我有些怀疑昨晚看到的三个人只是一个梦境，但是一低头，我看到地上有蜡泪的痕迹，床头柜上还摆着那只我昨晚用过的空杯子。

　　连着几个晚上我又去听泉山庄等着他们，我彻夜站在黑暗中寻找一扇透出烛光的窗户，但是，没有，他们再没有出现过。

　　我终于做出了决定，接手听泉山庄的烂摊子，重新把中断了几年的土地租金付给山民们，把重建山庄的很多工程也承包给了当地的山民们，我给他们开出很高的工资，在外面打工的那些小伙子们又纷纷回到了山里。我还请了设计师来专门设计山庄里的那几个园子，把从前留下的废墟重新修葺一遍。江南园里亭台楼阁，移步换景，新建起了明月楼、花药馆、饮绿轩、听风阁。园中新挖了一池湖水，拱桥卧于湖水之上，湖边柳树成行，傍晚夕阳西下之时，万千垂柳临风摇曳，如烟如雾。湖中种了荷花养了锦鲤，可以泛舟，可以观荷，还可以凭栏赏月。假山奇石间曲径通幽，花药杂草隐没其中，只闻幽香沁人。

　　整个山庄更加像一个不真实的梦境了。

　　我把我银行卡里那笔庞大的存款全部用了出去，一分钱都没有留下。我用了二十年历尽艰辛攒下的这笔钱，如今它如流水一般悄无声息地流走了。我张开双手，手心里空无一物，心中却万般宁静柔软。

　　在山庄正式开业前的那个晚上，我又给妻子写了封短信，信中写道，"时间说慢也慢，说快也快，有时候觉得一辈子其实也不过就是一眨眼的工夫。只要我们的魂魄还在这个世界里，就还有相见的一天。我在这里过得很好，山川沉静，斗转星移，它们是如此的牢固而长久，没有人间的一切变数。钱在这里没什么用处，在这里几乎不需要花钱，我的每一天都过得很平静很自在，没有什么可以再绑架我，相信你也一定会喜欢上这里的。"这天正好是我妻子去世三周年的忌日。

那时候她已经生病几年了，病情日益沉重。她去世的前一天晚上，忽然爬起来，动手给我蒸了很多馒头，各种形状的馒头，燕子形、佛手形、石榴形、莲花形。我不忍多看，也不忍阻止，只说，蒸那么多能吃得完吗？她也不说话，细细把面团捏成各种动物和花卉，放进锅里。出锅的馒头白胖雀跃，散发着人间最结实最朴素的气味。最后，她关了灯，躺在我身边，我把她抱在怀里，她已经变得极轻极瘦，像个小女孩一样，没有一点分量。我们就那么拥抱着，久久无语。晚风从窗户里吹进来，纱帘像烟雾一样弥漫在屋子里，摞在桌上的一堆馒头在黑暗中绽放出小麦的清香。我以为她快要睡着了，却听见她的声音忽然从什么遥远的地方飘了过来，很轻，像片羽毛，还有些欢快，她说，你本来是可以去上大学的，可惜没上成。我每天晚上睡觉前都要担心，一觉醒来你已经不在了，现在终于不用担心了。

山庄开业之后，只有前三个月有陆陆续续的游客来玩，山上的，山下的，有单独来的，有三五成群结伴来的。三个月之后，山庄里已经基本人迹罕至。我知道，过不多久，山庄的铁门又会重新锁上，那把大铁锁很快就会变得锈迹斑斑。

我毫不惊奇。因为，这一切我从一开始就知道。

8

又一个深秋来到了，大山里再次变得绚烂而萧瑟，五光十色的树叶纷纷扬扬地飞舞在金色的阳光里,大喜鹊几口就吃掉了一只山梨,松鼠们坐在树下耐心地打磨橡果。山庄的大门早已经锁上,很久没有再打开过了。

  这个深夜,满天星光,一条灿烂的银河从头顶迤逦而过。我在山中独自溜达,不觉来到山庄门口,便点了一根烟,在荒草里的一块石头上坐了一会儿。夜露寒凉,打湿了我的衣服,我正准备起身回去,却忽然看见有个人影正立在山庄门口。是个男人的身影,中等个子,我看不清他的脸。只见他站在那里,隔着铁门朝里面张望了很久,然后他掏出一根烟,点上了,一边抽烟一边有些快乐地哼起了一支小调。一根烟抽完,他碾灭烟头,又趴在铁门上,留恋地朝里面看了一眼,然后转身离去。他慢慢消失在了黑暗中。

  我想冲着他的背影大喊一声,田利生。但终究没有,我只是站在原地,目送着他的背影一点一点地消失在了夜晚的森林里。

  然后,我裹了裹披在肩上的衣服,慢慢朝我的小木屋走去。

(原刊《钟山》第4期)

飞 发

葛 亮

喂呀呀！敢问阁下做盛行？
君王头上耍单刀，四方豪杰尽低头。

—— 题记

楔子 "飞发"小考

清以前，汉族男子挽髻束于头顶；清代则剃头扎辫，均无所谓理发。
辛亥革命，咸与维新，剪发势成燎原。但民国肇造期的"剪发"，把辫子齐根剪断而已，发梢披散，非男非女。发而能"理"，决定性条件乃西洋推剪之及时传入。有了推剪，中国男人才有延至今日之普遍发型。
"理发"之英文表述，是 to have a haircut。cut 者，切割而已，就与"发"之动宾配搭而论，规范化汉语把它演绎为"理"，言简意赅。
不过粤方言自有特点，广府人善于吸纳外来词并使之本土化。例如"理发",地道粤方言要说"fit 发",把 fit 读得更轻灵,便成"飞"。何以粤方言弃 cut 而选 fit？首要原因是 fit 之核心内涵乃"使之合适",把头发修整得合适,正好跟"理"相符。"飞发"即"fit 发",其有上海话可资佐证。自十九世纪中叶出现洋泾浜英语迄今,上海俚语把配备传动装置的小机械称作"飞",如单齿轮作"单飞",三级变速自行车叫"三飞"。洋泾浜的"飞",已被确证为对于 fit 的借用。异曲同工,粤方言借 fit 指称理发。

民间另一"桥段"即与配备了弹簧的推剪相关。剪发师傅是用推子和剪刀来剪发,每推一下,手部都有一个向外甩的动作,把顾客的头发甩至一边,因此便有了"飞发"一词；而近更有一说,源于男发剪技之"铲青",亦作"飞白"。铲也要铲得有层次,可看出渐变效果。此"渐变",便是英文的 fade,也就是飞发之"飞"。由此源自西方的"Barber Shop",便顺理成章成为港产的"飞发铺"了。

一

年初的一次春茗,我的朋友谢小湘对我说,你们中文系,真是个藏龙卧虎的地方。

我摆摆手,表示谦虚。

我和小湘算是港大的校友,但在校时并不认识。他是读电机工程的。他爸是港岛一间酒楼的主理,机缘巧合,在一次朋友的婚礼中相识。他每每和我饮茶,总是会告诉我一些学系的新闻。大约因我深居简出,他四处包打听的性格,是有些讨喜的。

他说,真的,我前些天遇到了你的师兄,翟博士,他开了个理发店。

我一时愣住,头脑里风驰电掣,想起了翟健然。高了一级,跟系主任研究古文字。博士论文研究楚简,四年,认出了五个半字,在当时的学术界还引起过不小的轰动。毕业以后，传说他在新亚研究所做过一段时间的研究员，许久没有联系了。

我于是明白了小湘说的"藏龙卧虎"。是的，近年来，我们中文系不走寻常路的同窗，的确不少。在一次文化部组织的活动上，我和学妹小哲惊喜相遇。才知道她早就放弃了对"新感觉派"的乐理研究，投身梨园，已经是香港粤剧界崭露头角的花旦。依稀谈起当年我给她带导修，说，师兄，我大二古典小说课程演讲提到"任白"，唯你一个还能聊得上，我就觉得自己得出来闯一闯。至于闯得更大的，是我同门师弟陆新航，博论跟导师研究南社。前段时间，还在巴士上看到他巨大的照片，写着港大五星导师。才知道已经跻身补习行，是业内甚有名望的"四小天王"。同学聚会，他自谦下海不过是要给女儿买奶粉。旁边同学起哄，瞒不过上了新闻啊，"天王陆生斥半亿，喜购康乐园跃层别墅。"

但是，翟师兄开理发店这件事，还是有些超越了我的想象。印象中的他，头发有些谢，终日穿一件深灰的美式夹克，见人脸上总是有谦卑的笑。但只要不见人的时候，立刻换上了自尊而清冷的表情。

五月的一个周末，我收到了一张甲骨拓片。是个搞现代艺术的朋友，要做一个专题展，叫"符语千年"，大约是有关中国巫文化的。他电邮中说，这是新出土的甲骨，上面有些字不认得，请我找人帮他认一认。

我忽然想起了翟健然，就找出小湘给我的地址。

当我到达北角时，太阳已经西斜。我沿着春秧街一路穿过去，才发现，这里已经和我印象中的发生了很大变化。早就听说要仿照台北的松山，做一个文创园区，没想到几年间已经成形了。路两旁的唐楼都带着烟火气，保留了斑驳的外墙，甚而还能看见五十年代鲜红的标语痕迹。墙上装有简洁的工业风外楼梯，虽也是复古的，但因为明亮的红色，却带着劲健的新意。我想一想，原来是《蒂凡尼的早餐》中防火梯的样式。大约走到了以往丽池夜总会的旧址，已经是一个广场，这才看见有一些肥胖的铸铁雕塑。这些人形没有面目，或坐或卧，都是很闲适的样子。我立刻意会，这是本地一个艺术家的新作。他的雕塑系列"新欢·如胖"（For New Time's Sake），分布在这座城市不同的地点。比如油塘地铁站，或是湾仔利东街。这些作品中的形象一律是富足而悠闲的，有着今朝有酒今朝醉的表情，或许寄予了对本地人生活的亟盼。其实香港人是如何都闲不下来的。我就在转身的时候，看见了"乐群理发"的标牌。

这幢红砖墙的独立建筑，在广场的一隅，不知是什么名堂。外面是转动的红白蓝灯柱，在香港其实也很少见到了。

我确认了一下地址，推门进去。门上有铃铛"当啷"一声响，提醒有客人进来，也是复古的装饰。店里有人迎出来，正是翟师兄的脸，挂着殷勤的笑。他招呼我，问我预约了几点。我说，我并没有预约。他说，不碍事，正好有个客 cancel 了 appointment，他可以为我服务。

但是，翟师兄始终没有认出我来。我一时竟不知怎么开口与他叙旧。他的模样依旧，并未老去，而神情昂扬。穿着洁白的制服，身姿也是挺拔的。更不可思议的是，头上竟是一头丰盛的黑发，用发油梳得十分整齐。

在我愣神的时候，他问我怎么剪。

当时我的眼睛，正盯在墙上挂着的一张猫王海报。艾尔维斯·普莱斯利，在这店里昏黄的射灯光线中，浅浅地笑。

翟师兄站在我身后，微笑说，虽然依家[①]兴复古，但这个"骑楼

[①] 粤语，现在。

装",还是有点夸张哦。

我这才回过神,说,那、那就稍微修一修。

"修一修",这个似是而非的要求,往往会让理发师和顾客都有台阶可下。

但是,翟师兄却忽然现出肃然的表情,道,到我这里,怎么可以修一修。来,我给你推荐一个发型。

我喏喏着,以为他会拿出一本目录给我挑,这是一般发廊通常的做法。然而,他指着橱窗玻璃的一幅招贴画说,我只剪这六种发型。我放眼望去,这几张发型示意图是以手绘的。模特都是欧美人的样子,暗影呈现深邃的轮廓,头顶一律用白色标记了耀眼的高光。

每张图底下有英文的注释。比如"City Slicker"、"Aristocrat"、"Valentino"、"Executive"。在一张看起来十分浮华、布满了波浪的发型下头,写着 Play Boy。

翟师兄跟着我的目光,详加介绍说,这个"水浪涡"靓仔得来,但打理起来好麻烦。"九龙吊波"就好些,出街冇问题。

他反身看一看我,依你的头型,剪这个"蛋挞头"最正。既然怀旧,就做足。

这烟火气的名字让我愣一愣,看不出怎么像"蛋挞",但却似曾相识。他瞧出了我的犹豫,便说,潮流就是这样。兴足十年,兜兜转转又十年。当年 Casablanca 里头的 Humphrey Bogart 就是这个发型。

我顿时明白为什么觉得眼熟,于是点点头说,那就这个吧。

坐下的时候,我的心情很复杂。因为我在翟师兄的眼中,只看到了面对一个陌生顾客的殷勤,以及职业性的微笑。我想,即使并非同门,但毕竟在一个系里待了四年的时光。记忆竟然真的可以了无痕迹。

他走到了墙角,打开一只电唱机,又弯下腰,挑拣了会儿,才将一张黑胶唱片放进去。音乐响起来,瞬间就将这店里的空间充盈了。

沙沙地响，圆号和萨克斯风的前奏，是久远前灌制唱片的信号。即使许久没听爵士，我还是认出来，"Summertime"。比莉·哈乐黛的声音，永远略带苦难感。

翟师兄按了一个按钮，开始将理发椅缓缓降下，我的脸冲着天花板。听着音乐充盈着空间，不算狭窄的店堂忽然显得拥挤。

翟师兄给我干洗头发，手法十分轻柔。我的目光停留在了天花盘旋的裸露的排风管道上。我看到一滴冷凝水与另一滴聚合在了一起，越来越大，就快要滴下来了。

这时候，我感觉到眼睛上一阵温热。翟师兄将一块毛巾覆在我的脸上，同时间我闻到了植物清凛的味道。黑暗里头，我听到他说，这是柑叶精油，能够放松心神。听爵士，要闭上眼睛。哈乐黛的声音，像一个黑洞，进去了，就一眼望不到头。你知道吗，我第一次听"Strange fruit"，听到泪流满面。

说到这里，他的语气轻颤了一下。其实此刻，我努力想睁大眼睛，看一看翟师兄的神情。我回忆在大学里的每一个和他交谈的线索，他的寡语、不苟言笑，都恍如隔世。

包括在头顶工作的一双手，按摩间的停顿和敲击，也让人踌躇。当我终于想要问句什么，他告诉我，头已经洗好了。

他用吹风机将我的头发吹干，然后说，我要开动了。

翟师兄拿出一只电推，在我的后脑勺动作，手法十分娴熟。我面对着落地大镜，看到他专心致志，这倒是有几分印象中面对古文献的情形。此刻，我放弃了唤起他记忆的想法，于是有充裕的时间看清楚整个店面的陈设。虽然墙体用原木砌成，没什么多余的装饰，走的北欧路线，但细节上，却有许多欧洲 Barber Shop 的痕迹。透光的玻璃柜里，摆着品牌的洗发水、润肤皂，甚至还有不同款型的须后水。普普风的大幅电影海报，镶嵌在镀金的画框中。桌椅，包括他特制的工具箱，都规则地铆着铜钉，是略有奢华感的暗示。

我从镜中看到对面的墙上贴着许多的黑白照片。有风景，也有人。仔细看去，大都是本地风物，拍得非常有韵味。光影之间，竟让我联想起喜爱的摄影师何藩。其中一张，我一眼认出，是在港大附近水街的甜品铺"有记"。照片上的女人，是我们都十分熟悉的老板娘。她以精明著称，但对学生仔，永远有一种宽容慈爱的神情。

我不禁说，这些照片，真好。

别动。翟师兄略使了一下力气，将我的头扳正。然后轻轻说，我过去这些年，都花在这些照片上了。

我心里倏然漾起暖流，虽然不知道他何时有了摄影的爱好，但是感慨，师兄原来以这种方式，记录下我们共同的母校时光。

我说，"有记"去年关门了啊。

他说，嗯，是啊。

我发现他在用推刀时，话少了很多，似乎神情也肃然起来。我想，这样好，还是以往的翟健然。

过了一会儿，他改用了剪刀。在两鬓铲青的上缘修剪发梢。这时唱片放完了，我只听到耳畔有极其细碎的声音。嚓嚓嚓，嚓嚓嚓，好像蚕食桑叶。

他说，再冲下水。

他给我擦干头发，一边问我，等一阵出去是倾公事①，还是去party？

我愣一愣。

他笑说，莫误会，我要为你塑型。不同场合，塑型的方式不同。

我说，其实没什么所谓。

---

① 粤语，谈生意。

他开了电吹风,一边用手指一点点地将湿头发顺着一个方向捻开。吹风的声音很大,忽然戛然而止,店堂里过分地静了。我的目光又移到那些照片上,其中一张,看不出是什么年代,但应该是久远的。一位理发师傅,站在街边给个孩童剪头发。理发椅不够高,上面还架了一只矮凳。旁边有个穿着碎花短衫的母亲。她看着理发师的手势,一边用手绢擦着汗。脚边是个菜篮子,里面装着丰盛的果蔬。

翟师兄将一些发油抹在我头顶,一边说,还是做个斯文的型吧。

我问,你为什么把理发店开在这里?

他手略为停了一下,然后说,这里原本是我的摄影工作室。

我说,你只拍黑白照片啊?

他笑一笑,对。你不觉得拍摄黑白照片,其实和剪头发是一回事吗?

我想一想,无从发现其中的联系。

他指着其中一张给我看,那是一个巨大的天台,有星星点点的光晕构成了斑驳的形状。他说,为什么黑白相好,因为是用最有限的,表现最多的。不同的光影部位间,黑色与白色的浓度都不同。黑白之间,还有太多的层次,我们叫灰度。灰度的频率、节奏和连贯性,最变幻莫测。我们亚洲人的发色以黑色为主,懂得观察、处理得出色的话,中间也绝非只纯粹地有黑、白两色而已。最可看的,其实是中间渐变的部分。

这就是我剪头发的道理。男人的发型,无外乎厚、薄两个部分。头顶发线最厚,发脚和"滴水"①部分的发线则最为单薄,每每露出头皮与皮肤。一个优秀的发型,同样存在着灰度,如何去铲青或偷薄,使头发在薄与厚之间展现出优美的渐变、结构、轮廓和光泽,道理就

---

① 粤语,指男性的发鬓。

如摄影中对灰度的处理一样，无比奥妙，要将这个灰度拿捏得好，是门很大的学问。懂得欣赏的话，实在又是一件很好玩的事。

他将一面镜子放在我身后，左右观照，我果然看见，中间有水墨退晕一般的渐变，从鬓角到耳际，是圆润青白的流线。

我看着镜中的自己，也有些陌生。这是一个我从未剪过的发型，带着某种老派的年轻，但似乎还原了这些年在我身上消失的一部分。

我说，剪得真好。

翟师兄眨一眨眼睛说，谢谢侬。

他见我愣住了，便说，你的广东话很流利，但是能听出上海口音。我认识一个老人家，口音和你一模一样。

他从上衣口袋里掏出一张名片，对我说，谢谢帮衬，欢迎下次再来。

我接过名片，上面是一个英文名字：Terence Zag。

在校时从来不知道，一直循规蹈矩的翟师兄，还有个时髦的英文名。

我终于忍不住。我说，师兄，你不认识我了吗？我是毛果。

这回轮到他愣住了。

但很快，他就哈哈大笑起来。他说，你是不是找翟健然？

我茫然地点点头。

他笑得更厉害了。我一直以为比我大佬要靓仔好多，还是时时被人认错。

他将名片反转过来，一拱手道，我是翟康然，幸会。

在明园西街见到翟健然时，已经是黄昏了。

翟康然带着我，在北角的街巷往返穿梭，终于停下。我再一次看到了"乐群理发"的标牌，但这个门脸却要小得多，甚至有点过于简陋。

它的左边是一个花店，右边是一个腊味铺，两者间其实应该是一处后巷。它就在这巷口上搭建起来。门口也是三色的灯柱，但却是用油漆画在墙上的，静止的螺旋形图案。

翟康然并没有进去。只是在门口喊，大佬，有人揾你。

就有人掀开了塑胶门帘，走了出来。

没错，是我的师兄翟健然。

我一时有些恍惚。因为面前是两个一模一样的人，但似乎又大相径庭。走出来的那个，仿佛比我印象中的头发更为稀薄了。他佝偻着脊背，架着高度数的近视眼镜，但并没有挡住青紫的黑眼圈。他脖子上挂着围裙，出来时，还使劲在围裙上擦一擦手。

而我身边的这个，挺拔而壮硕，穿着合体的 A&F 的 T 恤衫。站在夕阳里头，金灿灿的。他见翟健然出来，没有多话，但目光却向店里草草扫了一眼，转身便走了。

见到我，翟师兄眼里有惊喜的一闪，这让他刚才木然的神情生动了一些。

他说，毛果。

而我也只是微笑了一下。因为，毕竟刚才和翟康然的见面，已经消耗了大半故人重逢的热情。

这时候，天上忽然下起了淅淅沥沥的雨。翟健然拍了一下我的肩膀，将我让进了店里。

店里的空间非常局促，还有两个人。准确地说，是两个老人，一个站着给另一个在剪头发。站着的那个，头发已经快掉光了。我注意到，他和翟健然的脸相十分相似，更瘦一些。脸色干黄，也戴着眼镜。眼镜腿上缠着胶布。

翟师兄开口道，爸，这是我学弟。

老人轻轻"嗯"了一声，并没有抬头，只是说，坐。

翟健然将椅子上的一摞杂志搬下来，让我坐。这椅面上的皮革似乎修补过。我坐上去，感到不太平整，大约是里面的海绵脱落了。迎面是一个变电箱，上面贴着一个财神，手里拿着"招财进宝"的条幅。下面有个接线板，延伸出各式缠绕的电线，蜿蜒向店里各个角落。

我看到翟健然有些抱歉似的看着我。我才想起说明自己的来意，从包中拿出 iPad，找出朋友传来的拓片，说请师兄帮忙认一认。

翟师兄扶一扶眼镜，很仔细地看，然后从手边拿出一张报纸摊开，开始用笔在上面勾画。

有些淡淡的香气在空气中浮动，是隔壁的花店传来的。但同时也有些陈年腐败的、酸而发酵的味道，是这老旧巷弄的气息。

每几分钟，便有行人匆匆经过，大概是抄后巷作为捷径。耳边传来老人清喉咙的声音，间或有孩子的吵闹，和女人大声的呵斥。

翟师兄专心致志，似乎没有被这些所打扰。同样专心的是他的父亲翟师傅，大概因为视力的缘故，他将头埋得格外低，几乎贴着那位客人的脖颈。他用剃刀细细地在客人"滴水"处刮着。这是理发最后的程序。他仿佛做工艺的匠人，用了很长时间刮完了一边，接着又去刮另一边，又用去了很长时间。他轻轻对客人说，得喇！

翟师傅用一只鬃毛扫在客人后颈轻轻地扫，一边很小心地将围单一点点地扯开来，好像生怕头发楂儿掉进客人的衣领，然后扑上了爽身粉。客人满意地在镜中看一看，从口袋里掏出包烟，递一颗给他，道，好手势！

客人付过钱。翟师傅忽然喝一声道，你畀多咗喇，老人优惠二十八蚊咋！①

他一边敲敲大镜上的价目表，上面写着：长者小童，二十八元。

客人一愣，却即刻佯怒道，老人？你话我老人？丢！我无头发咋？收咗佢啦！

---

① 你给多啦，老人优惠只要二十八块啊！

他也不依不饶,硬是抽出了几张,塞回这老客人手里,道,你以为我唔知咩,你上个月满六十五,都可以申请长者八达通啦。同我扮后生,唔知丑!

两个人就这样嬉笑怒骂着。老客人终于拗他不过,将钱收回去,却没忘回头追一句,得闲来揾我饮茶。我请!

翟师傅用围单在理发椅上掸一掸,然后对远处挥了挥手。

他坐下来,点上那颗客人留下的香烟,抽了一口。翟师兄立刻抬起头,对他道,阿爸,医生话,你唔好食烟啦。

他一扭颈子,背对着我们,说,你理我做乜嘢?

翟师傅走到门口,看着外头的雨,好像下得大一些了。我听到他和隔壁腊味铺的人寒暄。对方说,今日落雨,生意唔好。早点收。

他点点头道,都系,长做长有啦。

这时候,翟师兄叹了一口气。我安慰他说,不急。我让朋友再问问别人。

他摇头道,都认出来了。翻来覆去,不过还是那几个字。可见近几年,也并没什么新的发现。

我很开心地说,师兄还是你厉害。好汉不减当年勇!

"认出来又点? 又揾唔到食。"[①] 这时候,就听到翟师傅苍老的声音传来,虎声虎气的。

我们两个于是都沉默了。

这时候,我才看到翟师傅盯着我看,目光透过眼镜片,鹰隼一般。他拍拍理发椅,冲我说,坐低。

我犹豫了一下。他更大力地拍,说,坐低。

---

① 认出来又怎么样? 又不能用来讨生活。

我于是坐下。翟师傅给我围上了围单,拿出剃刀,开始在我后脑勺上动作。我感到了一阵凉意,但那不是来自锋刃,倒好像是丝绸柔软地掠过我的脖颈。

这时,头顶响起了一个炸雷。雨忽然更大了,势成滂沱。雨水沿着塑胶皮的门帘流下来,外头的景物也都模糊了。雨打在铁皮的屋顶上,砰然作响。但翟师傅的手并没有一丝停顿,甚至没有过犹疑。那种凉意渐渐暖了,像是猫尾巴在皮肤上轻扫,有种舒适的痒,一下又一下。

暴雨卷裹。终于有雨水从屋顶渗漏下来,滴落在了我面前的镜台上、隔壁的座椅上,以及打湿了那一摞杂志。翟师兄倒是有条不紊,在滴水的各处放上不同的容器接着,仿佛驾轻就熟。他将一只空保鲜盒放在镜台上,很快里面就积聚起了一汪小潭。

这时,嗞的一声,灯忽然灭了。店铺沉入一片黑暗之中。

暗中只有一星光,在镜子里头一闪,那是翟师傅还叼在嘴里的香烟。

我什么都看不见,想他也是一样。但我感到他的手没有停,锋刃丝绸一般,熟练而清晰地在我颈项、两鬓游走,有极轻细的摩擦声。

翟师兄点亮了一支蜡烛。昏黄的光晕中,我忽然看见了一颗人头,在我的身后的柜上微笑,不禁一个激灵。

我有些恐慌地转了一下头。终于看清,那不过是一颗塑胶的模特儿的头,有茂密卷曲的头发,大概是用于给理发师日常练手。

感觉到有一双手轻轻地将我的头扳正,说,别动。

声音似曾相识。在黑暗中,这双手没有停。

翟师兄找到了电箱。将电闸拉了上去,店堂重现光明。

翟师傅已经在用毛扫扫着我颈子上头发楂,他笑笑说,睇下点?

我看到我的两鬓、后面的发际,被他刮得十分干净。是匀净的青白色。然而，让 Terence 引以为傲的灰度，所谓"fading"，没有了。不见退晕，非黑即白，界线分明。

他将我的围单取下来，有一些轻柔的光从眼镜片后放射出来，对我说，依家青靓白净①翻！

但即刻，鼻孔里轻嗤了一声，说，不知所谓，飞发佬呢啲位都整唔清爽，畀啲客出街，好丢架！②

我听出了他话里的针对。站起来，下意识地掏出了钱包。他用手使劲一挡，说，你在那边付过了。我帮条衰仔补镬③，唔收得。

翟师兄送我出门。沿街的店铺陆续关门了。也是华灯初上的时候，不知是哪户人家，飘出了极其浓郁的炒虾酱的香味。

我们默默走着。我说，师兄，你离开新亚多久了？

他愣一愣说，有一排喇。④

我说，你学问这么好，不可惜吗？

他摇摇头，说，你知道的，我在校时就不善人际，应付不来这么多的事情。好多都是功夫在诗外。与其要费心机和人打交道，不如整天和人头打交道，还简单些。

我说，你在这帮你爸爸，那 Terence 那边呢？

他又沉默了，半晌，说，一言难尽。

送我到了路口，我说，师兄，好久没见了，一起吃个饭吧。

他说，不了，改天再约。我要回去帮阿爸收铺了。

我顶着新发型去学校上课，意外地受到了学生们的赞美。

---

① 粤语，形容人清俊，白皙洁净。
② 理发师连这些地方都不能剪干净，还要让客人上街，太丢脸了。
③ "镬"原指煮食器具，在粤语中演变为"事件"，多指负面。"补镬"引申解为补救过失。
④ 粤语，有一段时间啦。

如今的大学生，行止已不以含蓄为准则。他们总是如此直接而发自肺腑地表示喜欢与不喜欢。下课时，有个学生专门走到讲台对我说，毛老师，呢个发型好劲，好似 Sam 哥。

Sam 是吴镇宇在《冲上云霄》里扮演的角色，当年街知巷闻，是个型到爆的机师。

我承认，我的虚荣心莫名地得到了很大的满足。

于是两周后，我又去了"乐群理发"。

我的头发生得快和茂密，而且发质硬挺。九十多岁的老外公常说，我刚生下来，就是"一头好鬃毛"。所以，想保持一个时髦的发型，于我殊为不易。

我和翟康然预约了下午的时间。他见到我，似乎很高兴。

我有些意外的是，翟健然也在。他佝偻着身形，坐在一边的沙发上，看着翟康然为上一个客人做收尾的工作。

那客来自法国，有着巴黎人一贯的健谈与爱交际。他走的时候，连坐在旁边的我，都知道他是一家欧洲香精公司的驻港代表，住在西半山，有两个孩子和一条金毛犬，以及一只英短金渐层猫。他似乎对翟康然的服务十分满意，说要介绍更多的朋友来。

终于，翟康然让我坐下，去换了一张唱片。"Torn Between Two Lovers"的吉他前奏在店堂里头响起来了。所有的陈设好像都镀上了一九七〇年代的昏黄。

他给我围上了围单，看看镜中的我。忽然眉头一皱，轻轻说，有人动过了。

嗯？我有些茫然。

他说，那些 fading 的部分，有人动过。

我明白了，他指的是用去了很多的时间，打出的渐变式"飞青"。

但我吃惊的是，这头发已经长了半个多月，他竟依然一眼看出，那些他所说的黑白之间的"灰度"，被人染指。

他咬了一下嘴唇，似乎忽然明白了。他转过头，狠狠对翟健然说，你看看，他永远不放过。别人都是错的，只有他自己那套老古板的套路才是对的。

我在镜子里，看到翟健然张了张口，终于欲言又止。

在以下的时间里，没有人再说话。翟康然面目十分严肃，格外细心地为我剪发。剪刀在我的面颊、前额、耳尖游动。

金属摩擦的声音，混合着音乐的声响。

"Couldn't really blame you, if you turned and walked away. But with everything I feel inside, I'm asking you to stay ."

他的动作依然很轻柔，应和音乐的节拍，金属在皮肤上游动。我倏然记起了另一把剃刀，是丝绸轻掠过的感觉。

在他为我塑型的时候，翟健然终于站了起来，走近了我们。

或者是为了打破一直沉默的尴尬，我说，师兄，这张照片上的人，好像你们两个。

我指的是墙上一张很老的黑白相。因为我在另一间"乐群"见到过同一张，只不过更为老旧些。那上面有几个年轻人，都是在彼时很时髦的打扮。他们一律留着齐肩的长发，站在中间的那个，眉目酷似翟师兄和 Terence。

翟健然目光落在了照片上，愣住了。他没有回答我，但似乎是什么让他下了决心，他很认真地说，阿康，你再考虑一下。

翟康然也就开了口，但声音有些冷，我说很多遍了。他想剪头发，可以到我这里来。

你知道那是不一样的。翟健然叹了口气。

Terence 在我脖子上扑爽身粉。口气软了下来，说，大佬，就算林生不收回间铺,好快政府也要清拆。他不是要更怒气? 依我看,长痛不如短痛。

翟健然搓一搓手,说道:你知道老窦①的情况,我们要对他好一点。

我听到了他声音中的无力。Terence 手停一停,回转了身,眼睛直直看着他的胞兄,说,他的情况,难道不是在安老院更保命? 你辞咗份工,由他性子,陪他日做夜捱,就是对他好?

翟健然哑然。他没有再说话,而是径直向门口走去。

走出去的一刹那,好像被猛烈的阳光刺了眼睛。他用手挡了一下,似乎回头又看了我们一眼。

当我出去的时候,看见翟师兄还站在烈日底下,整个人呆呆的。

我走过去,说,师兄,你怎么还在这儿? 多晒啊!

他这才回过神,用一块不太洁净的手帕擦了擦额头的汗。他说,我在等你。

等我? 我说,为什么不在里面等?

他用殷切的眼光看着我,说,我、我想请你帮个忙。

我们坐在附近一间冰室里。外面的阳光似乎是太猛烈了。景物在蒸腾的空气中,影影绰绰地抖动。炎热得不太像是初夏。我们靠窗坐着,可以看到外面依墙生了一丛芭蕉,叶子浓绿而肥厚,在暴晒中耷拉了下来。

翟师兄呆呆望着面前的杯子,说,这个冰室有四十多年了。小时候,阿爸收工,会带我们来吃红豆冰。你看那个肥仔老板,是我的小学同学。

---

① 粤语,称父亲。

我说，师兄，我能帮什么忙？

他似乎立时不安起来，用手指捻动吸管。他眯起眼睛，忽然抬起头，对我说，医生话，阿爸还有一年多了。

他将身体前倾，想要与我靠近些。他说，肺癌第三期。我们只要一年，再租一年就行。

他说得支离破碎，但因为早前他和康然的对话，我基本上拼接起了事情的大概。

我说，所以，是业主不肯续租了，但你们还想将老店做下去？

他点点头，说，阿爸不知自己的情况，还想要做。其实是几十年的街坊了，但林伯去年过身，他的仔想收翻间铺，不租给我们了。

我们近来成日收到匿名投诉。四大部门都来，消防、地政、食环什么的，好折磨。又说你是僭建，要看地契。那么旧年代的地契，业主不帮手，我真的应付不过来。

想起了翟康然的话，我说，按理讲，休息一下，对伯父是比较好的。

翟师兄摇摇头，你不知道，阿爸好硬颈。明知成条街都快清拆了，还要做。

我和业主谈过一次，可他觉得太麻烦，不如收回。我嘴巴又笨，都不知该怎么说。博论答辩，我都结结巴巴，是上不了台面的。其实前年你发新书，我去书展听过你的演讲，讲得真好。你能不能帮我去跟业主说说，我们只要一年，就一年。

我说，其实，Terence 说让他到新店里来，倒是个两全的办法。

翟师兄沉默了一下，终于说，阿爸和细佬已经几年没怎么说话了。还是你陪我去，好吗？

我看着他热切的目光，说，好。

翟师兄似乎舒了一口气，整个人也松弛了下来。

他想起什么似的,对我说,你在店里看到的照片,是阿爸在"丽声"的电影训练班拍的。旁边都是他同期的学员,后来蓝天和丁虹,都做了大明星了。

二 "飞发"暗语

旧时广府理发业,内部使用暗语繁多。

如称理发为"摩顶、割草、扫青",理发师则称"摩顶友、扫青生","理发店称"扫青窑";头发叫"乌云"或"青丝子",剪发洗头叫"作浆";胡须叫"蚁王",剃胡须称"管蚁";挖耳称"推雀";徒弟拜师为"单零"。

到了近时飞发铺,又用"草"来指代头发。以此类推,厚头发是"叠草",短头发是"短草"。剪发为"敲草",洗头则为"浆草",烫头发为"放草"。染发为"包草",吹头发为"爬草"。头发茂盛的客人,则为"草王"。

理发师傅之间,交换顾客信息,也自有一套话语系统。"生"代表男性顾客,"莫"代表女性。小女孩为"莫仔",成年女性为"莫全","顺莫"指靓女,"波亚莫"则专指"挑剔麻烦的女客"。

店堂内外,数目字的暗语则从一至十,编成顺口可唱歌诀:

百万军中无白旗,夫子无人问仲尼。霸王失了擎天柱,骂到将军无马骑。

吾公不用多开口,滚滚江河脱水衣。皂子时常挂了白,分瓜不用刀把持。

丸中失去灵丹药,千里送君终一离。

这些暗语乍看玄妙，但细看不过是关于数字笔画拆分的字谜。如"百万军中无白旗"，即把"百"字的上边一横与下边的"白"字分开，便成了"一"；"夫子无人问仲尼"的"夫"字，将其"二"与"人"分开，便成了"二"；"霸王失了擎天柱"，将"王"字的中间一竖抽去，便成了"三"；"骂到将军无马骑"的"骂"字，将下边的"马"字去掉便成了"四"……以此类推，"丸中失去灵丹药"，将"丸"字中的点抽去，就成了"九"；"千里送君终一离"，将"千"字的上边一撇"离"去，便成了"十"。这种类似文字游戏的暗语，亦似江湖隐语，长期流行于市井业界，也别有一番趣味。

三

翟师傅叫翟玉成。年轻时候有个外号，叫"孔雀仔"。

这其中有一段故事。他当年考上"丽声"的电影训练班，培训期间是要住宿的。年轻的孩子们，晚上玩得疯一些，夜里回宿舍迟了，吵醒看更的阿伯，不免被唠叨几句。阿伯是新界大埔人，没有读过什么书，一见他就说，"雀仔，外出揾食咁迟都知返啦。"原来是不认识他的姓"翟"，只当是"雀"。一来二去，"雀仔"就成了他的花名。翟玉成自己是不甘心的，因为他格外地骄傲和自尊，又精于潮流装扮。有人便完善了这个外号，叫他"孔雀仔"。但是，虽然他的相貌可称得上清秀，但却并非特别出众或个性张扬。这个绰号就显得名不符实。久了，大家仍旧叫他"雀仔"。

后来，当他在理发店做工时，老板为了招揽生意，便将他在"丽声"时的照片放大，贴到了店里当眼的位置。果然吸引了一众师奶，到了店里便点名让他剪。追着他问，丁虹是不是割过双眼皮，蓝天和赛落是不是一对，李由是不是有私生子。开初时候，因为能带出自己的见闻,他便好脾气地一一作答,至少也是敷衍。一时之间,他成了当红的理发师傅。但久而久之,他的故事不免重复而缺乏新意,而在这个过程中,每次的讲述其实多少也触碰了他的痛处。毕竟这些同期学员,有一两个已经成为了明星。而他又是格外自尊的人。有次,一个太太忽然向他打听起梁慕伟,他终于不耐烦,冷笑一声,说,他迟过我好多先入来"丽声"。

或许是他的神情触怒了太太敏感的神经,于是客人在服务结束时,去经理那里投诉了他,还抛下一句,故意很大声让他听到,"有乜巴闭①,不过一个飞发佬!"

或许如此,让他动了自己开店的念头。

至于为什么要开理发店,他也有一套说法。

那时节的青年人,在工厂里打工其实是时髦。可翟师傅除了短暂地在一间塑胶花厂做过一个星期,再也没有打过一天的工。用他自己的话来说,"工"字不出头。要想出人头地,就要有自己的一片生意。

这观念,大约是家里世代累积的言传身教。按说五十年代时,内地迁港移民如涛而至,翟家来的时候,已是尾声。情形又是较为落魄的,不像前人带了雄厚的资本来,他们除了几枚傍身的黄鱼和细软,别无所有。

翟家在佛山也是大户,家里有种植香柑的果园。但到他父亲一辈,已经是强弩之末。时代的一番迭转之后,自然是动了根基。到了香港,本想过东山再起,但人生地不熟,英雄难有用武之地。将不多的家底跟人投资,不知底里,也败在了里头。按理说,如果甘下心来,细水长流地过倒也算了。翟父是心气高的人,爱面子,先前的排场不想倒,

---

① 粤语,有什么了不起。

便更加速了衰落。他们从半山搬到了北角，是在翟师傅上小学的时候。在他成长的记忆里，父亲是个半老的人，总是带了周身的酒气，和输了牌九的怨气。翟师傅是二房庶出。他的"大妈"，父亲的原配，终日躲在逼仄的小房间里，吃斋念佛。所有持家的重担，便都落到了翟师傅的母亲身上。母亲又的确是能干的，迅速地将自己嵌入了这福建人与上海人混居的地界，独当一面，几年后竟在春秧街开了一爿南货店。翟师傅自小就浸淫在这方尺之地，深谙于福建人的务实和上海人的精明。这让母亲大为放心，觉得家业有继。

但她不知道的是，这做儿子的内里呢，却是个理想主义者。虽然读书不成，但深爱电影和戏剧。大约皇都戏院一有新的戏码，便迫不及待翘课去看。而且呢，海纳百川，并不挑戏。从邵氏的黄梅调，一直看到张彻的新武侠，当然还有午夜二轮重放的詹姆斯·迪恩的黑帮片。看得多了，自然人就自信，觉得自己也可以演。北角一带，当时有一些左翼剧团，都是热情的年轻人为主力。他就报名参加。可试戏的时候，那剧团的负责人说，演戏靠天分，但得有个方法。你底子不错，还缺些方法。

这话对他是很大的激励。他并不当是托辞，而体会出了自己是块璞玉的意思，"玉不琢不成器"。后来在报纸广告上看到电影训练班在招收学员，便毅然辍了学。

如今，翟师傅仍然保留了定点看粤语残片的习惯。甚至在理发铺里，终日开着一台小电视，有个台叫"岁月流金"，都是老电影。台词他都背得出，只当是店铺里的背景音。

在训练班期间，他照样早出晚归，似乎比以往更为勤奋。因为这孩子独来独往惯了，家里竟没有看出一丝破绽。直到了年尾，有个女孩子找上门来，才知道自家儿子竟瞒天过海了半年。

这女孩是翟师傅在训练班交下的女朋友。后来他回忆起，便说是初恋。但他对这初恋的回忆并不美好。也怪自己儿女情长，夭折了演艺事业的大好前程。这女孩后来也并没有读完训练班，草草地就嫁人了。中年失婚，后来又嫁，境遇也每况愈下。翟师傅便评价说，将自己当戏来演，可不就败给了"命"字。

  这事让翟家大为光火，尤其翟师傅的父亲。老翟先生的亲生母亲便出身梨园。这女人到了翟家，生下了他，却抛夫弃子，又偷偷跟戏班子跑了。这令他成长的境遇很不如意，所以一辈子痛恨伶行。此刻，老翟先生前所未有地清醒，指着儿子骂，我是戏子养的，知道戏子的德性。生个儿子，还要当个下贱的戏子，死都阖不上眼。

  好说歹说，翟师傅不学电影了。但中学他也是死活不想再上。家里就想他早点接手南货店，他便说，人各有志。我这辈子可不再劳你们操心了。

  他自然有自己的主意。在公司上训练班时，年轻的孩子们没少见到往来的明星，便也提前染上了娱乐圈虚荣的习气。男的要型，女的要靓，除了衣装，便是被前辈们带去 Salon 做个好看的发型。发型要 keep 住，绝非易事，常常帮衬便也日渐看出了端倪。一来二去，他便懂得这里不单是整个香港最潮流的地方，还是个如假包换的交际场。这发廊开在铜锣湾百得新街，叫"新光明"。客人大抵是社会绅商名流、导演明星和骑师等等。

  翟玉成便去毛遂自荐。老板见小伙子是以往的客人，以为他胡闹。他就将训练班的照片拿出来。老板看照片上方烫了四个字："明日之星"。他说，我一个"明日之星"，都来给你撑场面，不就是店里的生招牌吗。

  老板一想也对，便叫他试试，半年出不了师便走人。不成想读书不行，演技欠奉，这年轻人学起剪发却灵得很，合该是祖师爷赏饭吃。

活好，加上人样子标致，说话又很伶俐。打小在南货店锻炼出的好口才，全都派上了用场。不出一年，已惹得新老顾客都十分喜爱，人人点他。他在店里是"8号"，行话叫"番瓜"。预订的电话来了，大半是找"番瓜仔"或"雀仔"的。木秀于林，长了自然惹人不待见。再加上他自己，见技术上再无所精进，也有些疲于敷衍那些九不搭八的故事。所以，后来遭遇了投诉，对他并不是意外。或许，反而是一个台阶，他便就此跟老板辞了职。

老板自然早看出了他的心气儿，也不想再留了。算是好来好去，还多给了一个月的工资。但他没想到的是，一个月后，这小伙子便和自己打起擂台。

说起鲗鱼涌英皇道上的"孔雀理发公司"，那真是翟玉成师傅一生中的高光。是他落手落脚，亲自打理起的生意。

北角一带的老辈人，谈起"孔雀"，总是有许多可堪回味之处，仿佛那是他们的集体回忆。如同时下上海静安区的老人儿，谈起百乐门，谈得眉飞色舞，其实并不见得都是当年叱咤舞场的"老克腊"。毕竟"孔雀"作为一间高级发廊，当年用的是会员制，并非可以自由出入。

大家记忆中的，大约是"孔雀"堂皇的门口，高大的西门汀罗马柱上是拱形的圆顶，上面有巨大的白孔雀浮雕。灵感来自翟玉成爱去的皇都戏院上的浮雕《蝉迷董卓》，声势上却有过之而无不及。据说当年在夜色中，这孔雀便是缤纷绚丽的霓虹，不停地变换着颜色。在罗马柱旁，则有一对汉白玉的维纳斯。但和人们所见的断臂女神不同，这对维纳斯复原了自己的双臂，一个举着镜，而另一个则托着一只地球。创意谈不上高妙，但足以让人印象深刻。

就如同对这繁华包裹下内里的不知情，当这间高级发廊在北角的版图上荡然无存，人们也并说不出子丑寅卯，仿佛先前描述的，只不过头脑中的海市蜃楼,连自己都疑心它曾存在过。对于这个花名叫"孔雀仔"的发廊老板,也就有了许多的猜测与想象。因为他的年轻,没有人会相信白手起家的传奇,坊间流传的是他与一个女富商之间的暧昧。

多年后,翟师傅已入老境,再回忆起霞姐这个人,会觉得恍若隔世。因为开始与结束,似乎都没有清晰的界线。但有件事他记得很牢,可谓眉清目楚。

那时他还在"新光明"。有天黄昏时,正在为一位女客梳很复杂的盘髻。时间久了,客人阖目养神,忽然睁开了。在镜子里头,他看见这女人原本严厉的目光柔和了,落在他在头顶动作的手上。她说,你的手真好。指头又白又长,比女仔的手还漂亮。可惜了,应该去弹钢琴。

对于"可惜了"的评价,他在心里不置可否。但当下却是享受这句话,手势便分外地仔细与尽心。

后来,霞姐的确教会他弹钢琴,但他也只会她教给他的那几支曲子。在如水的夜凉中,他坐在"丽池"顶楼的落地窗前,弹《致爱丽丝》。霞姐说,我教会你,就是要你只弹给我听。你不要弹给别人。

"丽池"有三分之一的业权,属于霞姐的先生。准确地说,霞姐是他的外室。这男人发迹于南洋,捭阖半生,在一片莺歌燕舞中想通透了,叶落归根。霞姐跟他,从青春少艾到袅袅徐娘。他自然也没有负她,算是打点好了她的后半生。香港就这一点好,交易都在明处。哪怕中间有情,都是实打实的,没有一丝虚与委蛇。霞姐对翟玉成有真心,但也是"讲清楚"后的真心。她看出这个年轻人有着同辈不及的现实与早熟。这份自知之明,不会给她带来麻烦。只是因为年龄的关系,还欠缺见一些世面。这她不怕,她的过去,就是他的世面。

翟玉成承认,这个女人深刻地影响了他,并不仅仅在经济和事业上。还有她的品位和审美,在漫长的岁月中以心得与阅历做底,没有保留地传授给了他，塑造他，并使之居高不下。至于爱情，因为年龄的悬殊，于他们都显得奢侈。但毋宁说，她给他带来了十分完整的情感教育。有关爱的质量，门槛被无限提高。这让他此后对女人变得很挑剔。与他个人的境遇无关，就只是挑剔。

无疑，是她为"孔雀"带来丰厚的人脉，使得"会员制"经营可实行得顺风顺水。这其间形成了微妙的舟与水的辩证。达官巨贾、名人士绅以"孔雀"的服务彰显地位，后者自然也倚重于前者打开局面。而从"新光明"这样的发廊挖来师傅与客源，到后来似乎成为顺理成章的常态。尤其是邓姓大哥，是霞姐的"契哥"。作为家喻户晓的明星，兼有三合会首脑身份，他入股"孔雀"，自然使得业内不敢再有任何微词。无论有心还是无意，本地的小报都算是拍到了几张他口中叼着雪茄、在保镖簇拥下进入"孔雀"的照片，算是做实了"力撑"的姿态。

让翟玉成抱憾的，始终是半途而废的演艺生涯。在他又蠢蠢欲动时，邓哥适时发出警告，有关这一行的水深不可测。但这不影响他格外善待娱乐界的朋友，例如女猫王沈梦、歌手吴静娴等等，都是他的座上宾。后来，在他们的鼓动下，他终于在两部电影中客串过角色。一部因为尺度问题，没有上映。他在里面演一个偷渡而来和女友团聚的青年，因后者的背叛而自尽。最后有一句台词，"香港也没这么香。"而另一部里，则是和女主角有简短床戏的花花公子。他在里面的表现十分生硬，且能隐约看到松弛的肚腩。他为对自己身体的不自律而懊恼，也从此放弃了演戏的梦想。霞姐也只是宽容地笑笑，"'雀仔'就是这个脾性，你说他不听。试过不行，他就安生了。"

在现在看来，这句话有如谶语，甚至预示了翟玉成一生的转折点。当"试"成为常态的时候，人往往会忽略评估其中的代价。何况彼时，香港的经济已走向了蓬勃，每个人对自己能力的预判，都会稍微夸张一点点。然而就是这么"一点点"，可能会影响未来的走向。

并非是要为翟玉成开解,但是有一些历史事实,可能会帮助我们了解他的心态。上世纪整个六十年代,是香港工业腾飞时期。由1962年至1973年,香港的本地生产总值GDP撇除通胀后,每年以9.4%复式增长。1962年的本地生产总值为86亿港元,上升至1973年的410亿港元。一九六〇年代,香港工业成就举世知名,是全球最大的纺织制衣、钟表、玩具、假发、塑料花等的出口地;旅游业亦享誉盛名,有"购物天堂"之称。就业情况良好,失业率几乎接近零。

不得不说,翟玉成除得自遗传的生意头脑,比较他的父辈,还多了与生俱来的野心。在家人尚在犹豫时,他毅然投资了一家成衣公司,并且在此后的两年获得了丰厚的利润。当然,这其中自有霞姐的点拨。在一个蒸腾的时代中,她要做他的底,让他放心地当他的弄潮儿,而不至于从浪尖上跌下来。他是风筝自飞于南天,卓然同侪,他身后有一条看不见的引线。而放线人,便是霞姐。

但是,翟玉成对这条引线的感受,渐渐地从牵挂而转为牵制。其中有一种很难言喻的傀儡感。迅速的成长,让他产生了一种错觉,以为自己的骨骼血肉已经足够地丰满强劲。而这一点,让他在性事上表现出更为明显的主导。这是具有迷惑力的细节。霞姐点上一支烟,拍拍他光裸的后背,满意地叹一口气,称他已"大个仔"了。他们都没有体会到,这句话下面暗藏的危机。

仅仅在两年后,香港爆发了前所未有的工潮,并因此发展成为轰轰烈烈的反殖运动。百业萧条,"孔雀"自然难以独善其身,翟玉成在成衣厂的投资,亦有不小折损。他没有听霞姐的,拒绝选择壮士断腕,关闭"孔雀"。这间高级发廊每天都有着庞大的开支,不得不将晚上的霓虹也关掉。翟玉成对霞姐说,"孔雀"是我的梦,还没有做踏实,我舍不得醒。

事实上,这次坚持成为日后他与霞姐争持的资本。这个时代,或许先天就是为翟玉成这样的年轻人所准备的。为了"孔雀",他日渐逸出了霞姐那代人相对保守的轨道,而与这城市的起伏同奏共登。年轻的翟师傅,曾是一九六九年底远东交易所开业以来,第一批入市的香港人。恒生指数两周后创下160.05,当年新高,由此开启了这座城市的股市神话。

神话的覆灭,是在五年之后。老辈的港人回忆,都说其过程不突兀,有许多不可思议的信号,如今被称为笑谈。翻开当年的报纸,"置地饮牛奶"收购战,"过江龙饱食远扬"事件,桩桩足可警惕,但在一个全民嘉年华的时代,只当是这神话链条中的异彩。自一九七二年至一九七三年,香港有119家公司上市。市民们陷入了"逢买必涨,不买则输"的狂欢中,每日以粗糙而世俗的方式,举办自己人生的盛筵。"鱼翅捞饭""鲍鱼煲粥""老鼠斑制鱼蛋"是一九七三的荒诞与疯狂。这一年,"孔雀"也迎来了它的巅峰时刻。翟玉成亲自登高,将两颗硕大的哥伦比亚祖母绿,镶进了浮雕白孔雀的眼睛里。

孔雀瞳仁中的绿光,说不出地艳异,其实是最后的回光返照。只一个谣言引发的蝴蝶效应,便破碎了泡沫,让恒指在一年间跌至150点,跌幅近91%。来势汹汹的股市坍塌,殃及楼市,元气大伤。数万股民毕生积蓄朝夕化为乌有,哀鸿遍野。这场股灾,让多年后的香港人谈起,仍是噤若寒蝉。以致TVB以此为题材的剧集《大时代》播映,派生出了都市迷信般的"丁蟹效应",如幽灵在城市上空游荡不去。

即使到了暮年,翟玉成听到了《大时代》的主题歌《岁月无情》,总会伴随着一阵生理的痛感。

"爱几多,怨几多;柔情壮志逝去时,滔滔的感触去又来。"所谓柔情与壮志,只不过都是孔雀的尾翎。盛时展开来是一幅锦绣;一根根地脱落了,被踩踏进了泥土,怕是自己都不想回头去看一眼。

幸或不幸,当年他遇到的,也还都算是重情义的人。最后的疯狂中,他暗自转移了霞姐的部分资产投入股市,直至一败涂地。她没有起诉他,甚至没有追讨,权作为了分手的礼物。而因道上的规矩,邓姓大哥要为"契妹"讨个公道,便教手下人斩了他的一根手指。斩断了,即刻派人送去医院,给他接上了,也算是顾念交情,留足面子。

在医院里醒来,他睁开眼睛,看到陪在病床边的,是好妹。

郑好彩是"孔雀"的美发助理,其实干的是俗称"洗头妹"的活儿。当然她一边为贵客们洗头,一边也在接受着剪发的训练,再过一个月就满师。

在"孔雀"这样的理发厅工作,于她这样的女孩,多少有一些虚荣的性质。对其他人来说,还未来得及体会这场中的浮华便要离开,是会不甘心和落寞的。但她却没有。

"好彩"在广东话里,是"幸运"的意思,经理就顺理成章给她起了个英文名字,叫Lucky。如今要离开了,Lucky没有了,她还是好彩。

她自然说不出"成败一萧何"这样的话,但她信命,也服气命,是随遇而安的脾气。日后,她便总是想起当年面试时的一幕。那日看其他来面试的女孩,都是漂亮的。她也算生得周正,胳膊是胳膊,腿是腿。但身形却敦实,其实是很好的干活的身架子。但是,她举目四望,看这理发厅里是她想不到的堂皇,水晶吊灯将繁花般的光影投在了天花板和四壁上。喷泉跟着音乐的声音起伏,上面有个小天使,手中是一把金色的弓箭。这些都与她的日常无关,她便有点慌,好像自己走错了地方。面试的一个环节是洗头。到了要她下手的时候,她的手不听使唤,不停地抖。被她洗头的那个模特索性站起来,说,不行了,这妹仔抖得厉害,跟触电了一样。我都跟着抖。

好彩叹口气,擦一擦手,准备离开。手却又不抖了。这时她听到一阵笑声。就看见一个青年靠着门站着,西装搭在肩膀上,嘴上叼着一根烟，似笑非笑望着她，说，留下吧。

好彩愣愣地看着，想，这人可真是个靓仔啊。

经理便赶紧说，还不快谢谢成哥。

她张一张嘴。此时的翟玉成，还未从一夜笙歌的宿醉中醒来。他揉一揉惺忪的眼睛，悠长地打了个呵欠，对她摆了摆手，转身就离去了。

或许，就是这惊鸿一瞥，让好彩总是有了种种的回味。日后，她常问起翟玉成当时为什么要留下她。翟玉成开始会笑着敷衍，说，睇你靓女嘛。她自然是不信，再追问，翟玉成就不耐烦再说了。

其实进来"孔雀"后，她极少能看到翟玉成。因为大堂里的电梯可以直达三楼，那里是办公区和贵宾室。而老板照例并不会在他们工作的地方出现。偶尔看见了，他往往和别人在一起寒暄或应酬。她远远看见他在笑，却觉得这笑里其实是疲惫和肃然的。

那天，她最后离开"孔雀"时，禁不住还是回头看一看。巨大的拱顶上，已经没有了霓虹闪烁。在渐沉的暮色中，是一团突兀的灰。她心里头有些哀伤，倒不是为了自己。她想，不知道这么大的房子，以后可以派什么用场，会是什么人接手。那么美的喷泉，不知还留不留得下来。"但我再也不会回来了。"这样想着，她心里莫名地也有些悲壮。

可是呢，离开没有很久，她却又回来了。但大门已经贴了封条，进不去了。她透过大门的门缝向里看，里面一片漆黑。这让她觉得十分狼狈。她开始在门口徘徊，一面在想办法，一面在心里骂自己"大头虾"。她想，丢什么不好，哪怕丢了整个工具箱呢。偏偏丢了这件。

丢掉的是一把剃刀。ZWILLING J.A. Henckels，德国产，"孖人"牌，很贵。才买了三个星期。原本是想用来做自己出师的礼物。可实在是太喜欢，就提前买了。这花去了她半个月的工资，想来还是十分肉痛。她沮丧地想，这真是赔了夫人又折兵。公司匆匆散了伙，还有半个月工资没着落，这把刀一丢，可凑了一个月的整。

正当她左顾右盼，终于准备放弃时，看到公司的后门开了。天无绝人之路，刚想要溜进去，却看走出了一伙人。几个魁梧的汉子，中间架着一个人。那人走路踉跄着，脸色煞白，一只手上裹着纱布，已经被血渗透了。她仔细一看，是翟老板。吓得一个激灵，忙躲到了暗处去。她心里头风驰电掣般，想起了公司里听到的许多流言，不是说这人已经和姘头卷款逃去了国外吗？

她又看了一眼，看到翟玉成向这边方向偏了一下头，青白的脸上是麻木和绝望。她回忆起了那长久前的惊鸿一瞥。他似笑非笑地看着她，说，留下吧。

她看到一辆车在后门停下，那几个人将翟玉成推了上去。她心里咯噔一下，不知哪里来的勇气，飞快地拦住了一辆的士，说，跟上前面那辆车。

翟玉成醒来时候，看到的人，是郑好彩。

她伏在床头的栏杆上睡着了，睡得很熟，竟微微打着鼾。他在回忆里使劲搜索了一番，终于想起了这个长相敦实、脸庞红润的姑娘，是"孔雀"的员工。听有些人叫她"好妹"。

他感到肩膀有些酸痛，轻轻移动了一下身体，床"咯吱"响了一声。郑好彩揉揉眼睛，蒙眬地抬起头，看见翟玉成正看着她，这才猛然醒了过来。她用手背擦了擦嘴角的口水，一时又愣住了，和眼前的这个人对望了一下。

忽然，她想起什么似的，站起身，将床头柜上的保温桶打开来，倒出了一碗，往翟玉成面前一放。翟玉成下意识地往后一躲。好彩说，猪脚啊，今朝起早炖了两个钟。以形补形。

翟玉成和郑好彩的婚礼，并没有留下什么痕迹，甚至没有一张像样的结婚照。

好彩是个孤儿，在圣基道福利院长大。翟玉成早先因为投资股票的纠葛，跟家里断绝了关系。其实他父亲早已去世，母亲积劳成疾，前两年也过身了。留下一个"大妈"，已经老得不行了，倒是还在家里吃斋念佛，不闻窗外事。翟玉成跟几个兄弟反目后，也再没回过家里，从此形同孤家寡人。

结婚那天，便自然省去了一个"拜高堂"的环节。来的都是以前好彩在纺织厂上班的工友，都是一样敦实爽朗的姑娘，在一个潮州卤味店摆了一桌。到拍照时，姑娘们簇拥着好彩，倒将翟玉成挤到了一边去。照片上新郎就讪讪地站着。日后好彩看那照片，说，好像是一群女工旁边站着个傻佬工头。

其实，好彩并不想婚礼铺张，她甚至从未对小姐妹们说过翟玉成的过去。关于以前，她只想记得那个将她"留下来"的瞬间，中间可以跳过所有的事，再联结到这个眼前的人，依然是她在乎的。

婚礼后，她将姐妹们的"人情"都记了账，这一块将来是要还的。她经年的积蓄，都是嫁妆，竟然也有不小的一笔。翟玉成没有人来随份子。但是第二天，却收到了一个很大的礼包。打开来，里头是厚厚的一沓"大牛"①。这礼包没有具名，只在右下角写着四个字："孔雀旧人"。

这笔钱，他们没有动，因为不清楚来历，便存到了银行里头。但后来，终于还是用掉了，因为"孔雀"虽然申请了破产，翟玉成却还有一些零星的外债没有清。息口不高，但几年间的通胀很厉害，都怕夜

---

① 香港民间称五百元纸币。

长梦多。

  好彩没和翟玉成商量，自己出去觅了间铺子。她本不是个精打细算的人，但她现时手里握着压箱底的嫁妆，却知道一分一毫都是未来，不能有半点的差池。

  到了开张的前一天，她才带了翟玉成看那间铺子。这铺子搭在明园西街的后巷，左手是个五金铺，右手是个烧腊店。外头粉白的墙，是好彩落手落脚刷的。铺子上头，"乐群理发"四个字，一笔一画都格外方正踏实。门口的三色灯柱，不是红白蓝，倒是红白绿。翟玉成想，这是仿照"孔雀"的灯柱。他是别出心裁的人，别人要用蓝，他偏要用绿。但眼前这灯柱是转动不了的，因为也是好彩一笔一画地画在墙上的。

  好彩左右看看，悄悄对他说，我们好好做，往后把隔壁的店也盘下来。

  翟玉成看看好彩，她眼里满满憧憬，全是将来。此时，他心里却都是过去，忽然发酵一样，堵住了他的胸口。他深深地吸一口气，想，这辈子，就这样了。

  小门面的生意，靠的是街坊帮衬。好彩醒目，知道开业那天自己给自己送了一个花篮，又放了一挂鞭炮，便是让左邻右舍都知道。

  人们便看，这小夫妻两个，女的有股市井的爽气，见人三分亲。男的很俊秀，话少，神情倒是郁郁的。虽然没有什么夫妻相，干起活来，倒是十分默契。两个人都是勤勉的。那时候的香港人，别的不认，就认人勤力，所以都慢慢地喜欢他们了。

  其实，翟玉成被斩了手指，接上了，却留下了后遗症。大概是伤了神经，雨天疼，拿起稍有重量的东西便抖。越想集中心神，越是抖得厉害。

他不能剪头发,也不能替人刮胡子。只能给好彩打下手。夜晚在灯底下,他惨然一笑,说,当年你手抖一时,我留下你。如今我可能要抖一辈子,你能留我到几时?

好彩什么话也不说,只是将他的头揽到自己胸口,紧紧地。翟玉成听到好彩的心跳,也听到自己的心跳,渐渐地,就跳到一处了。

可他究竟是不甘心,闲下来,便跷起二郎腿。举着剃刀,拿自己的膝头哥练。开始不行,手稍微一抖,膝盖上就是一道血痕。他便擦掉了渗出的血珠,再练。一个小时练下来,就是密密麻麻、蛛网似的血道子。

好彩见到了吓一跳,说我好彩唔好彩,怎么嫁给个傻佬。她便买了个冬瓜。冬瓜大小像是人头,上有一层绒毛,像是人的须发,正好给他练手。

练完了,晚上他们将这冬瓜吃了。从此一时冬瓜海带汤,一时蚝豉肉碎,一时花生瘦肉,轮番地煲。晚上吃,他们就笑,都觉得这一餐好像是赚来的,心里满足得很。

他这样练着练着,手倒真的渐渐定了。

有一天,他们收到一个包裹。打开来,里头是一把剃刀,还有一只推剪。好彩认了认,"哎呀"一声叫起来。原来这把剃刀,是ZWILLING J.A. Henckels。和她在"孔雀"丢掉的那把一模一样。

包裹上没有具名,还是那四个字,"孔雀旧人"。翟玉成看好彩高兴得像个孩子,心里也笑,暖一下。

到了年底时候,好彩有了身己。第二年入秋,生了一对双胞胎。两个男孩,广东人叫"孖生仔",是好兆头的意思。孩子的眉眼像翟玉成,清秀。身形似好彩,敦实实。他们就给起了名字,一个叫阿健,一个叫阿康。

但都觉得意犹未尽，就请教店里的老客，教中学的叶老师。叶老师就给加了个"然"字。翟健然，翟康然，果然雅了许多。

孖生仔六岁的时候，好彩又怀孕了。夫妻两个就说，这回要好彩的话，就是个女仔。

翟玉成对好彩说，女女好，知道疼惜人。好彩说，对，长大了，会帮阿爸捶筋骨。

两人就说，那我们去黄大仙，烧香许个愿，求给我们一个女仔。

生下来了，真是个女仔。夫妻俩欢喜极了。对他们来说，这是双喜临门。隔壁的五金铺不做了，租约夏天到期。他们就跟业主商量，想把铺子盘下来。两厢就谈好，就差签约了。他们说，这女女是我们的福将。以后会越来越好。

给女女取名字，爷娘各一个字，叫"彩玉"。到街坊发猪脚姜、红鸡蛋，都说这名字好听，很吉利。

出了月子，好彩要抱了女女去福利院看院长。这些年，逢到年节，好彩都要去自己出身的福利院，好像回娘家。翟玉成说，路途远，我陪你去。

好彩说，前街孟师奶约了今日来烫头发，她晚上要去北角饮宴。老街坊，不可失信人。你好好帮她整。

见他不放心，好彩说，我叫阿秀陪我去，总成了吧。

阿秀和好彩是一个福利院出来的姐妹，这些年一直要好。翟玉成便说，好，那你早去早回。

好彩到了福利院。大家都很欢喜，聊了很久。院长说，我也快退休了，看到你过得好，心里真是开心。我当年没给你取错名字。

回程时，好彩就想，如今有了女女，天遂人愿，该去黄大仙烧炷香，还个愿。

她便让阿秀先回去。阿秀忖一忖说，那行，家里等我煮饭，你知道我婆婆厉害。你自己小心点啊。

好彩在黄大仙庙烧了香，又发了新的愿。从庙里出来，她闻着自己一身的香火味，觉得心里定定的。

她往大巴站的方向走，看见迎面走来一队童子军。小小的男孩子，穿着浅绿制服，走路雄赳赳的，都很神气。大概是刚刚野营回来。好彩想，孖生仔再过一年，也到了幼童军的年纪，到时穿上制服，也会一样神气。

她这样想着，心里满足，一面就看这队童军手牵手过马路。

当邻近她的时候，忽然看见一个男人斜刺跑过来，手里举着一把刀，摇摇晃晃。孩子们一哄而散。男人愣着眼睛，只追其中一个男孩，眼看就要追上，刀要斩下来。好彩没时间想，一个箭步上去，挡在了男孩前面。一回身，护住了那孩子。那刀便刺在她后背上，她推一把孩子，叫他快跑。男人拔出刀，又更猛地刺下来。

好彩倒在血泊里。人们制服了那疯汉，报了警，叫了救护车。想将她扶起来，扶不起，见她已经没有了知觉。手里还紧紧抱着自己的婴儿。女女脸上身上都是血，直到将她与好彩分开，才号啕地哭起来。

翟玉成赶到医院，跟着担架车往手术室里跑，一边大声叫着老婆的名字：好彩，好彩……

好彩煞白着脸，这时忽然张开眼，看着他，竟淡淡笑了下。她说，"我唔好彩啊。"

就又闭上了眼睛。

好彩死后的那个月，翟玉成那根被斩断的手指天天疼，疼得钻心。

有人来探他。他就狠狠扇自己耳光，说，那天要跟去，好彩就不会出事。

别人劝他。他就说,千不该万不该,去什么福利院。福利院是孤儿所,她好来好去,留下仔仔女女做孤儿。

人们就又劝他,还有你在,孩子们怎么会做孤儿呢。

这时候,女女彩玉哭起来。他冷冷斜一眼,并不管。他说,不是为咗呢个死女胞,好彩点会出去,点会去黄大仙还愿?佢累死佢阿妈,抵死。

人们看他哭着,一边诅咒自己的亲生女儿。有些不解,更多的也万分同情。这男人突然遭遇不幸,是觉得人生坍塌了,糊涂了,总要时间才能走出来。

但翟玉成这以后天天任由婴儿在家里哭,哭到没力气。也不开工,自己一个人坐在家门口喝酒。喝到酩酊,就躺倒在了地上不起。

孖生仔的小哥俩,却因此迅速地懂事了。他们还没有消化和真正理解母亲的死,却已经在讨论和试探中,模仿阿妈的手势照顾妹妹,给她喂奶粉,换洗尿布。

但他们毕竟也还是很小的孩子,并不具备常识。如果不是因为社会福利署的义工来家访,他们都不知道妹妹已患上了黄疸病。

待发现了,已经迟了。婴儿太小,也太弱,没抢救过来。出世未两个月,便随阿妈去了。

将女女葬了,葬在阿妈身边。当天回来,翟玉成又喝得大醉。孖生仔远远看他,谁都不敢说话。他看儿子们,眼光里忽然都是恶。走过来,左右开弓地打。阿健闷着头,任他打。打累了,他喝一口酒,又换了阿康打。阿康挣扎一下,他打得更凶。小小的孩子,捉住他的胳膊,狠狠咬下去。趁他一松手,跑出家门去了。

街坊的舆论渐渐就变了,不再同情他。

但可怜一对孖生仔。阿妈走了。还是长身体的年纪,没有人照顾,还有个不生性的老爸,往后可怎么办?

有善心的,便偷偷招呼了小兄弟两个到家里吃晚饭。临走,哥哥眼睛定定地看饭桌上的叉烧包。街坊以为他没吃饱,便包起来给他带走。

回到家,清锅冷灶。翟玉成一只手拎着酒瓶,看到儿子们,骂道,死仆街,放学唔知返,学人做古惑仔!

从腰间抽下皮带就要打。阿健不躲,由他揪住衣领。阿健从书包里拿出叉烧包,说,阿爸,你先吃了吧。你一天没吃饭了,吃饱了才有力气打。

翟玉成一愣,抬起的手慢慢垂下来。他觉得这只右手,忽然间抖得很厉害。他用左手牢牢地握,但终于无力地松开了。他猛然将儿子揽过来,用下巴紧紧抵住,觉得眼前一热,立时模糊了。

手这时候,倒是慢慢不抖了。

第二天,人们看到翟玉成在"乐群"门口,脚下搁着几只油漆桶。他弓着身子,细细地刷那三色的灯柱。是缘着好彩当年画下的轮廓,一笔一画,刷了一道又一道。

四　有关"三色灯柱"的典故

迄今香港的飞发铺,店外仍然悬有一到两条红蓝白灯柱,被称为Barber's Pole。这通常被理解为招徕顾客的手法,实则不止灯饰这么简单。

其渊源可追溯至中世纪的欧洲。在《开膛史》一书中,我们可以看到一张中世纪理发师画像。理发师的右手拿着剪刀,平时为人们理发用；而左手拿的是比刮胡子用的剃刀大得多的手术刀。这是因为，1215年拉特兰会议作出裁决后，形成了一个新的职业——理发师兼外科医生（barber-surgeon），并且风靡中世纪的欧洲。1361年法国巴黎理发师协会颁布规章，并于1383年重申，"皇帝的第一位侍从理发师掌管全巴黎市所有理发师的业务"，且是"国内所有理发师和外科医生的首脑"。从这则规章中可以看出，当时被理发师一统的外科医学地位。

在那个时代，很多手术都是由理发师完成的，所以有种说法理发师是外科医生的祖师。1365年巴黎已有40名理发师出身的外科医生。在英国，爱德华四世（King Edward IV）在1462年成立了第一个理发师公会，并将其作为其他行业的典范，授予公会成员在伦敦理发和外科手术的垄断权。至1540年，亨利八世准许有证书的理发师参加外科医生协会。

早在中世纪，欧洲已出现并流行一种放血疗法，但是血在宗教教义里一直处于一种比较敏感的存在，所以早期实施者都是教会内部的神职人员，直到1163年，教皇亚历山大三世下放了放血疗法权利，将任务交给了民间理发师。每逢春、秋两季，许多人特别是有钱人，都要定期接受放血，以增强体质，适应即将来临的气候变化。

理发行业的柱状标志就起源于放血之举。因为放血通常就在浴室中进行，病人先用温水沐浴，使血液流动加快，这样更容易放血。病人手中握着一根木棍，理发师在要放血部位的上方缠上绷带（通常是在上臂）阻止血液流动，再用小刀割破隆起的血管，血就此流出，由于压力较大，有时甚至喷涌如泉。放血后，理发师把绷带洗干净，放在室外的柱子上晾晒。久而久之，这种在风中飘动的绷带竟然成了理发师招揽生意的广告。

于是，人们设计了一个招牌。顶端的黄铜水池用于盛放水蛭，底端的水池用于收集血液，圆柱代表病人手中握着的木棍，而柱子上的红色和白色条纹则是源于理发师将洗过的绷带悬挂于柱子上晾晒。风中的绷带相互扭转，围柱环绕。大约1700年左右，这种圆柱就成了理发馆的固定标志。随着外科技术的发展，外科医师协会规定外科医生的标识为红白相间条纹，理发师的标志则调整为蓝白相间的条纹，以示区别。后来，理发店标志将二者结合起来，使用红、白、蓝三色条纹，红色代表动脉，蓝色代表静脉，而白色则是缠绕手臂的绷带。

此后，放血以及其他外科医疗交还给医生，理发师回归本业。然而，门口使用三色灯柱，却已经成为了理发店的一种标志。直至今日，旋转的灯柱在世界各地依然被当作理发店的象征，甚至还出现在某些地方的法律文件中，例如2011年美国宾夕法尼亚州的《理发师执照法》就要求："每个理发店应提供一根旋转灯柱，或一个表明能提供理发服务的标志。"

五

我陪同翟健然见了飞发铺的业主林先生。在一个钟头后，林生答应了我们续租一年的要求。他最后对翟师兄说，我是看当年好姨的面子。这一年，叫你阿爸好来好去，莫再荒唐了。

这话里的话，隐隐的，未免冷酷。但既然已有了结果，也就不深究了。

年底时，我一个好友结婚，让我做"兄弟"。朋友是个华裔，在美国长大，对中国文化抱有归根式的好奇。因为和香港一个女孩迅速地堕入了情网，这个婚礼便要成为他们共同想要的样子。中西合璧的婚礼形式，包括"兄弟们"的服装与发型，也是一种不可思议的复古。因为多年的交情，自然是迁就了他。我看着他发来的图片，想象着我们将要顶着一式一样的发型出现在婚礼上。我终于揶揄他说，你是要让我们都做你的葫芦兄弟了。

他在 WhatsApp 的那头似乎很茫然。我于是知道，以他的成长环境，是不会理解这么曼妙而贴切的比方的。但是，我仍然答应他，去为"兄弟"寻找能剪出这张早期好莱坞电影海报中出现的发型的师傅。

于是我找到了翟康然。我说，Terence，麻烦你，我知道复古是你的拿手好戏。

他看了一眼，笑笑说，这个我恐怕剪不来，太古早了。不过我可以带你去见我的师父。

我有些吃惊，心里想，难道他的师父就是翟老先生吗？

但是，鉴于我知道他和他父亲的关系不是很和睦，于是也没有多问。

于是我见到了老庄师傅。

别误会，我这样称呼他，并非是因为他如何仙风道骨。而是他的年纪看上去，确实足够大了。这是从他脸上的皱纹和体态看出来的，尽管他极力地让自己看上去挺拔些。是的，在我看来，他是个很体面的老人。头势清爽，梳理得一丝不苟。制服里头的白衬衫领子浆洗过，抬手时可以看到一颗考究而低调的袖扣。

大约因为 Terence 作了介绍，他见我便用上海话打招呼，侬好哦？

我说，我其实是南京人。

老庄师傅便笑了，说，江苏人啊，那我们才是老乡，你听我上海话里有江北口音。我老家是扬州。伊拉香港人也搞不清爽，江浙人在这里都叫上海人。

这时，一个满头发卷的师奶说，庄师傅，你好帮我弄一弄啦。

他忙走过去，把一个宇航员帽样的东西推上去。那是台烘发器，看得出有了年头。他一边轻声和师奶说了句什么，一边拆下她头上的发卷，又喷了点水，才开始给她吹头发。这时候眼里的笑意没了，眉头因专注紧锁，嘴也抿起来。

他熟练用卷发梳，一边梳理一边吹风。这吹风机是白铁制成的，是个海螺壳的式样。我依稀觉得在哪里见过。忽然想起来，是年前的一个贺岁的卡通片《小猪佩奇》。有好事的网友将祖师版的吹风机刷成了粉色，竟与佩奇别无二致，不期然掀起一股怀旧风潮。如今在这里见到了实物，有异样的亲切，不禁多看了几眼。那师奶以为我在看她，有些不好意思，用广东话说，后生仔，你是不知我们年纪大了，头发薄，卷一卷才好出街见人。庄师傅就说，吹出力道，打松了，又年轻十岁。

师奶便笑了，改用上海话说，庄师傅嘴巴甜得咪。

庄师傅说，我老老实实，不讲大话的。

师奶呵呵笑道，冲这个甜嘴巴、好手势，我月月都从九龙过来帮衬的。大家好讲上海话，认牢这个师傅。

庄师傅说，哪里有，有两个号头没来过了。

师奶便立即说，你都晓得，阿拉在浦东买了别墅，虹口也有套房子，一年总要回去住一住才划算。

庄师傅便接话，侬就算不住，房价这些年都是坐火箭升上去，富婆做得适意得咪。

师奶似乎急了，身形一扭，开口声音忽然有些娇嗲，侬弗要乱讲啊。

这时候，Terence 忽然低声说，师母来了。

那个师奶便好像定住似的，正襟危坐。一个身形精瘦的女人走过来，蜡黄脸色，利落的短发，面目严肃，倒不太能看出年纪。她抱了一摞白色的毛巾，放进了座位旁边的抽斗里。打量那位客人，倒是微笑了一下，说，何师奶，好气色。

这瘦小的人，竟是浑厚的烟嗓，倒显得整个人不怒而威了。

先前的师奶，声音低下去了八度，客气道，老板娘讲笑。阿拉侄孙周末摆满月酒，飞个靓头发去饮宴。

老板娘说，多谢帮衬啦。

说完，收了几条用过的毛巾，放进一只塑料篮子里，利落落地又走了。

她前脚刚走，这何师奶便道，阿弥陀佛，得人惊。

"唔好郁。①"就听到庄师傅柔声道，大概头发吹到了尾声。师奶熟练地从桌上抽出一张纸巾，掩住口鼻。庄师傅用一大罐喷发胶喷洒了一圈；又找出一罐小的，在额头喷了喷。

"何师奶，我同你讲……"庄师傅刚开口。"自然定型，今晚唔好落水洗……知道喇，次次来，次次讲。"何师奶不耐烦似的，却又轻声笑起来。

庄师傅拿一面镜子，给她左右照照。又给她细细掸掉身上的碎头发。何师奶站起身，说，真的好手势，靓翻啰。

便到柜台去结账。她临走先搁下五十块小费在台上，然后才出门去，身姿虽丰润，竟是有些婀娜的。

庄师傅将钞票塞给 Terence 说，康，拿去给你朋友买雪糕。

Terence 笑着推却，说，师父还当我们是细路仔。

庄师傅就装到自己口袋里，倒有些不好意思，说，嗨，世道不景，阿拉这辰光，唯有靠熟客啰。

这时候，便听到庄太的那把烟嗓，是熟，熟得很。六十岁的人了，还跟人飘眼风。这个何仙姑！

庄师傅呵呵笑着，说，话时话②，好歹人家也帮衬了二三十年。

---

① 粤语，不要动。
② 粤语，话又说回来。

老板娘说，是啊，住在北角就帮衬；搬去了土瓜湾，坐船也要过来同上海老乡倾倾偈。

Terence 就说，师母，何师奶口水多过茶，师父可是目不斜视。

庄太就佯怒道，康仔，你就护你师父的短吧。

说罢叹一口气，说，如今都请不到小工，我一个要顶八个用。你们男人家进来剪头发，剃须、汰头、擦面，至少要用六条毛巾。我哪里洗得过来。

庄师傅便道，夫人辛苦，谁叫你是女中豪杰。

庄太嘴里嗤一声，我是劳碌命，老板娘是摆摆样子，人家有别墅的才是女中豪杰。

庄师傅回过头，对我们做了一个鬼脸。庄太说，以往生意好时，我们光师傅就有十几个。你看现在，那边的龙师傅，来香港才二十多岁。现在刚过八十寿，也还是在做。

我远远看去，这个师傅须发皆白，胖胖的，一脸的福相，倒真看不出已经是耄耋老人。他哈哈一笑，说，我这是香港精神，手唔震，就做落去。我们这间老字号，客同师傅，都是死一个少一个。有啲一百岁，坐住轮椅都嚟帮衬。两三个月冇嚟，到个仔嚟剪发，我话乜咁耐唔见你妈姐？佢就话过咗身啰。①

庄师傅这时坐下来，接口道，对，李丽珊是香港精神。我孙女最钟意麦兜，吃菠萝油也是香港精神。

他打开一只纸袋，拿出面包，又打开一只保温杯。一边啃面包，一边便说，从早上到现在，才有空吃口饭。你是 Terry 的朋友仔，不和你见外了。按规矩我们上海师傅做事，有客时不能吃东西。不像广

---

① 有的一百岁了，坐着轮椅都要来帮衬。三两个月没来，到了他儿子来剪头发，我说很久没见你阿妈啊？他就讲已经去世了。

东师傅，叼着香烟给客人剪发，冇眼睇。①

这时候龙师傅转身收拾手上的活计，背影有些蹒跚。庄师傅轻声说，看他乐呵呵，去年底心脏才搭了桥。没办法，也是没有年轻人肯入行。

Terence 便说，师父急人用，我就来帮手。

庄师傅使劲摆摆手，大概是面包吃得急，堵在嘴里讲不出话来。庄太就接口道，可不敢请你，你老窦不要上门一把火烧了我们"温莎"。

这时候，我才仔细环顾了这叫作"温莎"的理发店。带我来的时候，阿康特别强调，这是一间上海理发公司，不是一般的飞发铺。

其实地方不很大，大约是因为两整面墙都是镜子，感觉阔朗了许多。地面用石青色的马赛克，唯有柜台后镶嵌一面大理石，在柔和的灯光里，也并不显得冰冷。上面钉着几个明星的黑白"大头相"，赫本、梦露和吕奇。巨大的月份牌，上面有个旗袍女子。丹凤眼，腮红，欲语还休的样子。整个厅堂里响着极其清淡的音乐，是上个世纪的风雅。惟有一只方形的挂钟，式样和做工，虽是金灿灿的，却显出批量生产的简陋，让这气氛有些破了功。

这时，庄师傅吃完了，将那装面包的纸袋折叠好，扔进垃圾桶里。细细地洗了手，这才走过来，说，拿给我看看。

我将朋友发来的照片给他看，他说，呦，花旗装，这发型可是很久没剪过了。你这个朋友仔有眼光。

他便拍拍我的肩膀，先去洗个头，然后遥遥地喊，五叔公！

刚才那个龙师傅便引我过去。我坐到洗头椅上躺下来，他说，后生仔，到这边来。这边是男宾部。

---

① 粤语，看不下去。

我茫然站起来，才看到他站在店堂的另一侧，有几个水盆。庄师傅哈哈笑着说，阿拉上海理发公司，分男女，"架生"不同。广东理发店汰头朝天睏，阿拉铺头，男宾是英雄竞折腰。

我在龙师傅指引下坐下来，俯下身将面冲着白瓷洗脸池。龙师傅用手试试水温，这才轻轻将水淋在我的头上。这感觉很奇妙，好像童年时外公给我洗头的感觉。这位老人家手力道很足，又有很温柔的分寸。擦干前，用指节轻轻敲打，头皮每一处都好像通畅清醒了，舒泰极了。

站起身，庄师傅冲我招招手，让我在一个庞大的理发椅上坐下来。

我这才注意到，男女宾的座椅原来也是不同的。女宾部的要小巧简单一些。

五叔公汰头适意吧？他一边用吹风机给我吹头，一边问。

他便好像很得意，说，那是。我们这边啊，人手依家少咗，可功架不倒。汰头、剪发剃须、擦鞋，讲究几个师傅各有一手，成条龙服务。哪像广东佬的飞发铺，一脚踢！

这吹风机的声音很大，我有些听不清他说话。吹完了，我说，师傅，这风筒有年头了吧。他说，你话这只"飞机仔"？你自己看看。

我借着光一看，刻着字呢，隐约可见字样，"大新公司，一九六〇年三月七日"，算起来有六十年了。

我笑笑说，是个古董呢。

他一边剪，一边说，要说古董，我这里不要太多。就你坐的这张油压理发椅，我在日本订了来，盛惠三千八一张，我买了八张。当时一个师傅的月薪才三百块，是一年薪水。六〇年代，可以买两层楼呢。

庄太接口道，埃个辰光，真不如买了楼。乜都唔做，现在卖了手头两千多万来养老。

庄师傅不理她，你看这老东西，质量好。真皮坐垫头枕，几十年才换了一次皮，脚踏可调高低，椅背可校前后，还带按摩，适意得咪。这么多年，帮我留住了多少客。

他一边说说，一边踩那脚踏，椅背便降下来。我似曾相识，说"乐群"那里也见过这张椅。

Terence便道，我那张，是找人仿制了师父这里的，如今买少见少。"温莎"这几张真古董，林家卫拍《一代武宗》，江震的白玫瑰理发店，在这借过景。景能借，椅子能仿，可手艺借不了。艾伦你就闭上眼睛，叹下什么是真功夫。

我果然闭上眼睛，一块滚热的毛巾敷在面上，顿时觉得毛孔都张了开来。就感到一把毛刷在脸上轻抚，有一种小时候的花露水味道，滑腻而冰爽，是剃须枧液。一丝凉，从唇上开始游动，然后是下巴、颈项、面颊两边，奇异的张弛，是伴随手指在脸部的轻按与拉伸。这感觉似曾相识，但似乎又是全新的体验。大约因为一气呵成，有一种可碰触的洁净。像是锋刃在皮肤上的舞蹈，令人几乎不忍停下。

我忽然明白了，翟康然的师承，的确不是来自他的父亲。

我的脸上又被敷上了毛巾，作为这冰爽后的一个温暖的收束。

椅子被渐渐升起来，我看到庄师傅牵过椅子侧面的一条皮带，将剃刀在上面打磨。他说，这东西我们叫"吕洞宾裤腰带"，我一柄"Boker"，磨了几十年，还禁用得很。

他笑道，你大概听说过扬州三把刀。这剃刀在上海理发公司才叫发扬光大，我"温莎"的回头客，来来往往，都是为了再挨我这一刀。

我看见他将刀刃已经磨成了波浪形的剃刀，用布擦干净，很小心地放进手边的盒子里。

庄师傅剪头发，不用电推，只用牙梳和各色剪刀。他的手在我头顶翻飞。剪刀便如同长在他的手指间，骨肉相连，无须思考的动作，像是本能。流水行云，甚至不见他判断毫微。手与我的头发，好像是老友重逢般默契。

待那只大风筒的声音又响起来,已是很长时间后了。但我似乎又没有感到时间的流逝。镜子里头是个熟悉的陌生人,如同时光的倒流,与这店里昏黄的灯影、墙纸上轻微蜿蜒的经年水迹、颜色斑驳的皮椅,不期然地浑然一体。

成个电影明星咁!庄师傅赞道。他最后细心地调整了我额前发浪细微弯折的曲度。

临走时,庄师傅从柜上取下一个金属樽,对我说,你的发质硬,要仔细打理,照我说的方法。我送你一罐发蜡。

我接过来道谢,上面只有"温莎"两个字。他倒是眨了眨眼睛,道,都说我们上海师傅孤寒[①],那是没遇到知己。

走出店,翟康然看看我说,我师父做的花旗头是一绝,和外头不一样。但他不教我。

我问,为什么?

他问,你没看出,他根本看不上广东飞发吗?

其实,他是看不上我阿爸!没有等我回答,他说,但师父答应他,不给我出师。他一天不教我花旗头,我就不算是他徒弟。

我终于问,你为什么不跟翟师傅学剪发呢?

翟康然没说话。我们俩在北角默默地走,我看到了翟师兄对我说过的皇都戏院。在英皇道的拐弯处,巨大的玫瑰色的背景,是业已斑驳的浮雕,《蝉迷董卓》。我细细地辨认,看不出蝉,也不见董卓,但可以想见昔日的堂皇。如今熙熙攘攘的人流,没有谁在此驻足,哪怕抬起头看一眼。不期然地,我想起了"孔雀"。

---

① 粤语,吝啬。

我说，Terry，我想进去看看。我们走入去，其实里面并没有什么可看的。只有两个卖玩具的档口，和一个临时搭建起的报纸摊档，兼在卖色情杂志。翟康然翻看了一下，说，也不知还卖不卖得掉，价钱倒没怎么涨。当年冲田杏梨那期出街，我们几个男生集钱买《龙虎豹》来看。摊主说，铺租可涨得好犀利。翟康然就掏出钱，买了一本，说，当个纪念吧。

这地铺的尽头是个眼镜店，叫"公主眼镜中心"。他对我说，那时候我哥刚上初中，来这里配近视眼镜。我爸说，讲好孖生，又唔见康仔眼有事，晒咗啲钱①！你说谁好好的，会想要近视。我哥读书勤力，家里那个十五瓦的小灯胆，不近视才怪。

自然这地处偏僻的眼镜店，也并没有什么生意。我们驻足，老板便走出来，脸上挂了殷勤的职业笑容。他愣一愣，招呼说，康仔！

Terence 便道，水伯，我陪朋友来看看。他是个作家呢。

这叫水伯的老板说，好好，作家好。我细个时，成日睇梁羽生小说。你写不写武侠的？

我便说，我想写写老香港。

水伯踌躇一下，便大笑道，老香港，咪就系我啲呢班老嘢②，有什么好写哦。

接着他又说，哈哈，康仔，不如写你老窦啦。我好耐未见佢，仲未死？③

阿康便答他，就快了，肺癌第三期。不过佢自己唔知道。

我只觉头脑轰的一声。水伯变得手足无措，他显然没预计到老伙计之间的玩笑话，会招致如此答案。但阿康说得不露声色，风停水静，

---

① 粤语，浪费钱。
② 不就是我们这班老东西。
③ 我很久没见过他，还没死哪？

仿佛只是在讲一件极小的家庭琐事。

　　我看出,他眼里有淡淡的恶作剧的神情,在面对这一瞬难言的尴尬时。他并没有给水伯足够的反应时间,就告辞离开。留下这个老人,五味杂陈的表情还凝固在脸上。

　　我们走进北角官立中学。大概因为这天周末,并没有什么人。

　　校园里有一棵参天的榕树,垂挂的气根,在地上又生出了新的枝叶。它的大和古意,与校园里翻新的校舍、运动设施似乎有些不相称。

　　我们在树底下的长凳坐下,阿康说,我好久都没回来了。现在看,这些东西怎么都变得这么小。

　　你不知道,以往对面有个夜总会。舞小姐的宿舍就在楼上。我们这些男生一下课,就跑到教学楼天台上看,好彩能看到她们换衣服。她们也不避人,还跟我们抛飞吻。有一次啊,我们刚跑到天台上,就看见了教导主任,眼巴巴地望对面。

　　我大佬就从来不跟我们去看。他们都说,我跟翟健然,除了长得分不清,没一处一样。可是我第一次逃学,就是我哥帮我顶下来的。

　　那天逃学,翟康然走进了"温莎"这间上海理发公司。

　　他是受了一个同学的影响。这个同学是 Queen 乐队痴迷的拥趸。一九七〇年代,因为 Queen 和 The Osmonds,加之本港温拿乐队的推波助澜,几乎全港的青年男性都开始蓄发,留"椰壳头"成为盘桓良久的时尚标杆。但此时这波风潮早已经过去,这个男生仍然坚定不移地将一头长发作为对偶像表达忠诚的标志,哪怕冒着被处分的风险,仍然在所不惜。但某一天,他走进了教室,同学们惊奇地发现,他的头发剪短了,一同剪掉了他的不羁。但他的新发型,整洁而精致,却呈现出了某种高贵而成熟的气质。在这些成长于北角街巷的孩子们来说，这是新奇的。翟康然和他们一样，第一次体会到发型对一个人的改变，可以如此巨大。他看到这个同学，显然对自己的改变持某种骄傲的态度。当反复被人问起，这个孩子才言简意赅而略带神秘地说出"温莎"两个字。

翟康然站在这间理发公司门口，看着这两个字。它的标牌上有一个简洁的男人人形，用的是剪影的手法。他打着领结，嘴上叼着烟斗，是个西方的绅士的形象。在一瞬间，翟康然觉得自己十多年养成的审美，受到了某种击打。

他走进去，首先就看见了大理石影壁上赫本与梦露的大幅黑白海报。梦露浅笑着，垂着眼角望着他，带着某种欲语还休的魅惑。他同时听到了舒缓而节奏慵懒的音乐，这和此时香港的流行也大相径庭。年轻的他并不熟悉，这是爵士，来自柜台上的一台山水牌唱机。

他模仿着身边的大人坐下。立即有个胳膊上搭着毛巾的人走过来，半屈着身体面对他。他的手里有一只木盒，里面放着几种香烟，有万宝路、总督等牌子，供客人挑选。学校的规矩，此时让他仓皇地摆了摆手。这人便转向下一个客人。他看着身边的人接过了报纸与香烟，立刻有一只Zippo的K金打火机，"咔"地在嘴边打响。这"咔"的一声，在翟康然听来，有一种难以言喻的形式美感。他想，他自己家的铺头，只在阴湿的墙角放着几本公仔书——《傻侦探》《财叔》《老夫子》《铁甲人》，用来哄一哄哭闹的街童。

他远远地看见这店里的师傅。

这些师傅各司其职，有的在给人洗头，有的在刮脸，有的在客人临出门前为客人擦鞋。有条不紊，是他所未见过的排场与讲究。师傅原来都是一样的装束，穿着枣红色的制服。这是"温莎"许多年没变过的barber jacket。这制服上两侧各有一个口袋，左红万、右马经。

唯有一个人穿着深蓝色。这个人和他的父亲年纪相仿，但却比他老窦挺拔得多，浆洗得挺硬的衬衫衣领，将他的身形又拔高了一些。他打着黑色的领结，和门口招牌上的绅士一样。此时，他正弓下腰，与一个客人耳语，脸上是专注与殷勤的表情。

就这样，翟康然目睹了庄师傅为一个男客服务的整个过程，并且就此做了决定，要拜他为师。

在回家的路上，翟康然步态轻松，尽管他花去了他积攒的零花钱。但他耳畔似乎还响着带着上海口音的那句略软糯的"先生"，而不是粗鲁地叫他"细蚊仔"。他觉得自己的脸颊无比光洁。因为这声"先生"，他剃去了在荷尔蒙涌动下，已经长得旺盛得有些发青的唇髭。此前，他从未刮过胡子。这个上海师傅柔声问他要不要刮去，因为此后长出来，会更加坚硬。他毅然地点了头，像是接受了某种告别青春的仪式。他在路上走着，忽然闭上眼睛，回味着手调的剃须泡在脸颊上堆积的润滑、而后锋刃在皮肤上游动略为发痒的感觉。他再睁开眼睛，觉得神清气爽，他是个真正的"男人"了。

翟康然傲然地走进了逼仄的家。他已预计到了父兄的反应。在昏暗的灯光里头，翟健然抬起头，看着胞弟顶着从未见过的发型进了门。他恍惚了一下，大约因为这张和自己一模一样的脸。他的目光从眼镜片后投射过来，定定地、呆钝地落在了阿康身上。然后猛然转过头去，他看见醉酒的父亲，红着眼睛，像是在望一只误打误撞从外面走进来的野猫。

翟康然在父亲的眼睛里，终于看到了一丝怯懦。为了掩饰这怯懦，翟玉成从腰间抽出了皮带，走向自己的儿子。他比平时走得慢一些，并不是因为他喝得比平时更多，而是他有些犹豫。当他说服自己，"慢"只是更为表现自己权威的动作，翟康然已经捕捉到了父亲的犹豫。当后者终于抡起了皮带，要抽向他的时候，他一把握住了父亲的手。眼神里浮动了一种轻蔑的笑意，这笑意和他的新发型配合得天衣无缝，是见过了世面的少年老成。这笑终于激怒了翟玉成。他使了一下劲，却发现自己动弹不得。这时，他惊恐地发现，原来儿子已经长大了，长到了与自己相等的身量，甚至更高，因看向自己的目光是俯视的。

翟康然当然有了得逞的快意。一个飞发佬的儿子，却去别人那里剪了头发，并且是他从未操刀过的发型。他知道父亲已经深深体会到了羞耻。是的，这十几年来，经过父亲的手，他多年剪的是最为简易的"陆军装"与"红毛装"。身为一个飞发佬，翟玉成并不想将精力用在自家孩子身上，因为无关乎营生。他对两兄弟向来是粗疏和敷衍的。

这个精致而略显浮华的发型，在一个中学生的头上，无论视觉与心理，都对他造成了打击与挑战。他想，他长年寄身于街巷，大概有多久没剪过这样的发型了。

翟玉成后退几步，颓然地坐下来。翟康然只当是他内心的挫败与虚弱。他的举动，印证了孩子对他的想象，这就是个终日酗酒、混吃等死、虚张声势的飞发佬。

但是做儿子的不知道，在这一刹那，父亲的脑海里出现了"孔雀"两个字。这是他内心最后的体面，多年来隐藏在他记忆的暗格中。像所有的秘密一样，被用酒精麻醉，行将凋萎，但终究是没有死。

翟康然自然不知道当年"孔雀"的盛况，即使有老辈的北角人曾经提起，他也不会觉得与自己有丝毫的关联。这间港产的发廊，已经彻底从城市版图上消失，成为某个阶层温柔的时代断片。前无过去，后无将来。

翟玉成知道，尚年少的儿子，终于与他青年时的职业理想出现了交集。这或许是遗传的强大。幸耶不幸，但儿子的理想，却是寄身于另一个人身上。

你要同个外江佬学飞发？他问儿子。

对！翟康然并未正眼看自己的父亲。他仅仅是通知他。

庄锦明看见这个男孩走进来，直截了当地向他提出了拜师的要求。
他望着这个不知天高地厚的孩子，心想，如今是什么世道，广东仔都这么理直气壮，想学"上海理发"？

彼时，尽管整个香港飞发业在时代的浪潮中节节败退，上海理发公司在其中，仍然是个奇妙的闭环。
这大约因为某种流传至今的排场与尊严。

剪头发在庄锦明家里，算是世业。老早的扬州三把刀，他家里是占了两把。爷爷辈除了剃刀，还有修脚刀，一上一下。后来时世迭转，背井离乡，便都转做了头上功夫，出了几个有名的理发师傅。"上海老早剃头店，都是阿拉同乡开的嘛。"这是颇令他自豪的一句话。他父亲出师后，便在上海金门饭店的"华安理发"做，算是很见过了世面。"埃个辰光，剃头店的门是旋转的，有红头阿三开门，老高级的。"后来庄老先生积攒了客源，自己出来开店。再往后，便和几个朋友南下了香港。

大约过了些时候，庄老先生便将儿子也申请了来港。说实话，刚来时，少年的庄锦明对香港是失望的。他回忆起当时感受，常以"蹩脚"一言蔽之。满眼是低矮陈旧的三层唐楼。而因为还未大规模地填海，湾仔铜锣湾一带，也是缺乏气象的。虽说他出来时，相形昔日繁华，上海已有些"推背"，但较香港还是绰绰有余。好在他所在的区域是北角。那里有许多的上海人，殷实些的迁去了半山继园一带。到他来港，还有不少散居民间，在春秧街、明园西街等处和福建人混居在一起。这里便称为"小上海"，自然也带来了上海人的品位和生态。洋服店、照相馆、南货店是不缺的。早上起来，想吃地道的粢饭、咸浆、鳝糊面也都可以找得见地方。庄锦明并不觉得和在上海时有太大差别。

此时，年轻如他，当然意识到了"上海"二字，已经成为了某种时髦的风向标。而上世纪的五六十年代，如庄老先生开的上海理发店，也成为这海派的时髦里最显性的基因。上海理发师傅，为香港带来了"蛋挞头""飞机头"等经典发型，也带来周到的服务。"顾客至上"的原则甚至价格的高昂，形成了某种洋派传统的仪式感，令街坊式理发的粗枝大叶相形见绌。

到庄锦明开店时，上海理发虽远未至强弩之末，其实已过了盛时。这大约因为全球化与资讯的传递已经进入了新的纪元。各种流行与风潮在欧美出现，短时间内就可在世界燎原。然而这风潮又的确捉摸不定，受到各种因素的影响，反战、平权、朋克运动，甚至只是一出电影。飞发师傅们并不懂得这些，他们只看到香港年轻人的头发越留越长，可以许多个月都不剪。而蓬松与疏于打理，竟然也会成为某种审美和流行。这是不可思议的，并影响到了他们的生计。

庄老先生过身后，庄锦明退租了原来在渣华道的铺位，选择在春秧街另开了一间新店。对于一个上海理发店，这具有某种革命的意义。从另一角度来说，或许也是他的聪明之处。

他的前辈们，是不曾在如此街坊的地方开店的。上海理发店，一直都是壁垒分明的阶层标志。但"温莎"的到来，则打破了这一壁垒。在有限度地保留一贯的服务与形式的前提下，它以入乡随俗的作风和惠民的态度面对了街坊。这就是其意义。换言之，它让北角的普罗街坊得以平价享受了从未体验的飞发排场，以及与之相关的虚荣。在消费学和市场学的界定里，"上海理发"类似贺施所提出的 Positional Goods（地位性商品）。庄锦明可谓抓住了其中的精髓，且深谙其道，如同当下某些奢侈品牌与大众连锁店的合作，推出所谓设计师款。牺牲了一点矜持,就获得新的市场与口碑。

于是,"温莎"的铺租,自然也就更为合算。它没用庄家老店张扬气派的门脸儿。在熙熙攘攘的春秧街上,它的左邻右舍,是面粉厂、南货店以及果栏。每天清晨伊始,这街道上即开始了一天的劳作。所以它的气质,也便随之勤勉而务实,类似于某种脱胎换骨。比起老店,它也关得更加晚,在门前"叮叮当当"的电车声中,来往的人们都看得见它的灯光和招牌上绅士剪影的标志。

如此,庄锦明为北角的街坊忠诚地提供着对绅士的服务。但他却并未牺牲应有的品质与流程。比如师傅次第接力式的服务,各司其职。这对于人手是有要求的,鉴于香港人工的相对高昂,便很需要控制成本的艺术。

在这方面,庄锦明可谓得天独厚。他出身于理发的世家,而与他的太太家里亦是同行。在他奔赴香港继承父业时,两家留在内地的亲戚,正与时代同奏共跫。他们是知青的一代,经历了上山下乡,被下放到安徽和苏北插队。他们通过高考和招工,回到城里,成为了教师、工人和家庭主妇。

在时间的淘洗中,他们渐渐忘却了祖业。直到有一年清明,庄锦明携太太回来,给他祖父上坟。他们发现,这个香港亲戚衣锦还乡,靠的正是家传。这才唤起了他们对手艺的记忆。庄锦明看着三堂哥一家,局促地住在已颓败的亭子间,在走廊里烧饭,不禁脱口而出,不如你们来帮我吧。

于是这些亲戚们,申请了三个号头的探亲签证,来到香港,为新开的"温莎"助阵。即使手势生疏,但遗传的天分,使他们在汱了一个星期的头之后,已然可以上手,独当一面。在这三个月里,庄锦明管他们吃住,给他们三四千一个月的月薪。当他们回去时,带了万余元的港币现金。可以想见,相对于内地当时普遍工资,这是一笔巨款。

因此，亲戚们可谓前赴后继，"温莎"也从未缺过人手。

庄锦明回想起那时的自己，尽管摆出了躬身的姿态，内里仍有些气傲。

他看着这个少年，长着广东人典型的微凹的眼睛，眼里泛着微光。庄锦明以一种看似亲和实则居高临下的态度打发了他。

但是，这个少年第二日傍晚又来了。坐在同一个位置，是在等客区的角落，大约为不影响其他的顾客。他一声不吭，只是定定看着庄锦明剪发。由于他并未打扰店里的工作，无可指摘。直到快要打烊时，他才走过来，再次表示了想要拜师的愿望。

这一天很累，庄锦明没有了敷衍他的兴趣，就说，后生仔，你看，我们不需要人手了。

少年问，我想学徒，我不要工钱。

庄锦明直截了当地说，我不收学徒。

但是这个少年仍然每天都会来，甚至不再询问他，只是以一种坚执的目光望着他，眼睛都不眨一下。庄锦明在他的注视下有些不自在，但久了也渐渐习以为常。

直到有一天，他听到了两个客人的议论。

一个说，这细路，不是"乐群"那个飞发佬的仔吗？孖生的。

另一个答，是哦，不知是老大还是老二。

这个便说，老二吧。老大是个四眼仔。

店里的师傅便对庄锦明说，难怪熟口面。自己家开飞发铺，跑到人家铺头拜师，系唔系黐线？①

---

① 是不是脑子有毛病？

这句话提醒了庄锦明。后来，翟康然问起，究竟是什么原因，让师父忽然回心转意，收下了他。庄锦明笑而不语。

其实，当他在春秧街开铺的那一天，他已经十分清楚，自己会触动同业的利益。

而近在咫尺的"乐群"，必然是其中之一。即使"温莎"以屈尊的姿态，但在价格上还是比"乐群"高了二十元。但毕竟高得有限。一如前述，北角的居民已视"温莎"为改变生活品质的捷径。这并阻挡不了客源的流动。如果付出了十几二十块，就可以不用忍受横街窄巷里经年的污水与死耗子味，享受好得多的服务，何乐而不为。

直到终日在宿醉中上工的翟玉成，也意识到了情势的变化。他看见隔壁铺卖烧腊的大强仔，从"温莎"中走出来，喜气洋洋地。长相粗豪的强仔顶着一个精致的蛋挞头，走出来，青靓白净起来。翟玉成无名火起，因为强仔终年都在他那里剪一个陆军装，那是一种极易打理的、类似光头的发型。中饭的生意空当，一只电推就可顺手搞定。强仔的移情，既不符合就近原则，也无关乎效率，这足以令人警惕。

"温莎"的出现，改变了北角飞发佬的生存环境，是必然的。在翟玉成们看来，无异于鸠占鹊巢。他们深信这间上海理发公司，一定名不符实。"白粥价，碗仔翅当鱼翅卖！"是对非法打破业态的控诉。翟玉成并未加入这种控诉。只有他自己知道，他心底埋藏着一个"孔雀"。这个别人眼中的神话，是他个人的秘密。尽管永远秘而不宣，也使得他在内心不屑于和这些飞发佬们为伍。

但是，当得知自己的儿子要拜在这个上海师傅门下时，终于对他造成了打击。

那段时间，"温莎"的生意已经经过了开业时盈门的火爆，进入了平稳期。但是庄锦明心中并不畅快。

即使有所准备,他所感受到来自同业的敌意,依然大于想象。关于他出现了诸多的流言。在开初的时候,他还一笑了之。但是这些流言在流传的过程中,捕风捉影,生长、丰满、自我逻辑化,变得越来越有鼻子有眼。

其中之一是说,他开所谓"上海理发店",但自己却不是上海人。他的祖上,是来自苏北乡下的修脚师傅。这自然是为了撼动他的权威与手艺继承的合理性。而另一说,则是讲他在开店执业之前,是在北角的殡仪馆,专为死人剪头发。这个诡异的谣言,显然是空穴来风,却有着令人啼笑皆非的依据,是因为他用来打薄的牙剪,比一般剃头佬的要小一号。

这些谣言彼此交缠串连,编织成了一个完整的故事。这个故事的核心内容便是,他是个出身低下、手段阴暗的侵入者,"上海"二字不过是用来惑众的表皮。

在长期的哑忍后,他决定捍卫自己的尊严。

他收翟康然为徒,于是有了意气的性质。
他不相信翟玉成在这个谣言链条中的无辜。打击一个,便可儆百。

翟康然在意外的喜悦中进入了"温莎",因为珍惜,他很清楚成为一个学徒需要做的一切。

没有拜师礼,没有敬师茶,他理解为这是所谓洋派作风。他也有了一身制服,枣红色,左红万,右马经。虽然并非为他量身定做,有些宽大,但他依然有了某种骄傲。他看着镜子中的自己,背后也有镜子,一个叠一个,一个套一个,前前后后便有无数个自己。像是将这有限而无限的世界充盈了,他心底升起了一丝浅浅的得意与安心。

这店堂里的爵士，忽然转成了一个女子苍厚的声音，妖冶慵懒。他不知这是白光的歌声。但穿过这歌声，他似乎看到了三十年代的老上海。那是他从未去过的地方，只在电视与画报上见过。但他仿佛看见了摩肩接踵的大厦，外滩一望无尽的灯光，滔滔的黄浦江水，远方传来鸣船的汽笛声。入时的男女，衣香鬓影，拥在一起舞蹈。在霓虹的闪烁中，若隐若现，晨昏无定。

他想，这就是他的理想。他要成为一个上海理发师傅，他离着理想越来越接近了。

他还是个少年，理想也注定有少年的天真，以及少年的一根筋。他在中五辍了学，投入了他自己所认为的事业。

这时，旁边响起一个声音，康仔，倒痰罐啦！等着积元宝咩。

他这才回过神来，赶紧拿起痰罐。里面的味道让他干呕了一下。痰罐里的污物上，漂着几颗烟头，是冲鼻的气息。但他忍住，利索地走出去。

看着他的背影，这一瞬，庄锦明心里有一丝不忍。他甚至动摇了一下，但稍纵即逝。他想，已经一周过去了，这孩子竟没有看出他非出自真心。他甚至没有体会到周遭的嘲噱与淡淡恶意。

在翟康然看来，师父安排他的工作无外乎两样，给客人递烟与倾倒洗刷痰罐。他想当然将之视为历练。他看过太多这样的故事，师父用不可思议的方式考验徒弟，其中大多与屈辱相关。但这些考验，无一不指向倾囊相授与终成大器。

这一天收工前，庄锦明点起了一炷香，要求他扎下马步，然后悬着手摇晃一支筷子，模拟理发的动作。

翟康然想，终于接近了这个故事的正式起点，师父开始教他了。

他定定地站着，让自己的背挺得更直一些。但不久之后，他感到腿开始沉重，手腕也因无依恃发起了酸。

当他的腿开始发抖时，感到膝盖被猛地一击。

他连忙振作了精神，让自己站得更直一些。

他的身后又响起了上海话，间或是讪笑的声音。这是他这些天里，唯一感到不友善的地方。这些师傅，总是在他经过时，改用上海话交谈，似乎有心要让他听不懂。他听到他们在身后议论。他们都是知情的人，他们在等待他的耐心和自尊感的崩塌。

这时候，门打开了。庄锦明看见一个精瘦的男人走了进来，脸色青黄，顶有些谢。重点是，来人有双微凹的眼睛。庄锦明心里冷笑，他想，事情终于接近戏骨了。

翟玉成看着自己的儿子，以一个滑稽的姿势站着，面对自己，手里执着一根筷子。因为看见了父亲，他的手忽然静止，整个人的姿势便更为滑稽，像是一个傀儡。意想中的，他感受到了屈辱。

儿子的身后，站着一个男人，头发梳理得一丝不苟。嘴角有些下垂，是严厉的表情。他的手中举着一只鸡毛掸，狠狠地打在儿子的腿弯，说，手莫停！

这一下，仿佛打在了翟玉成身上。他走到翟康然跟前，说，康仔，走。

庄锦明又一下打下来，说，叫你手莫停。

他看到了这个男人额上渐渐爆出了青筋，但仍不露声色。这已经让他意外。庄锦明想，小看了这个广东飞发佬，还真沉得住气。

庄锦明始终没有正眼看他。在长久的沉默后，这男人终于拉动了翟康然一下。

庄锦明这才站起身，厉声道，我教训徒弟，旁人插什么手。

他仍然没有看翟玉成。翟玉成静默了一下，提高声音说，这是我儿子。

庄锦明冷笑,同时闻到了一股酒气。他想,酒壮尿人胆。这人露出了色厉内荏的一面,所以管教不了他的儿子。他转向翟康然,问道,康仔,是吗?

翟康然一声不吭。

翟玉成上前一步,定定看着庄锦明道,你又飞发佬,我又飞发佬,凡事讲个将心比心。

庄锦明说,我不懂什么飞发,阿拉上海师傅,只讲理发。

翟玉成脸上的肌肉抖动了一下,这轻微的表情被庄锦明捕捉住了。他想,好,看他能怎样。

翟玉成说,你唔返学,唔返屋企,依家唔认我呢个老窦。① 我只问你一句话,你跟定这个外江佬学飞发?

愣在那里的翟康然,这时忽然抬起了脸,看着父亲,坚定地点了点头。

翟玉成叹一口气,回转了身去。他往前走了几步,站定。却又转身过来,举起了自己的右手,竖起食指。他说,康仔,你听好。二十年前,我为"孔雀",断咗呢条手指,后来驳返。

他虚无地笑一下。人们看到他用左手握住了这只手指。只听到"咔啪"一声,近旁的人来不及反应。看到翟玉成又举起了这只手指,已经无力地垂挂下来,仅有一层皮肤相连,像是一节凋萎的枯枝。

大约因为万分疼痛,他轻咬住了嘴唇。但面部表情,竟然还十分平静。他说,依家断多一次。你我两父子,今后桥归桥,路归路。

这时候,瞠目结舌的人们才回过神来。他们七手八脚地拥住翟玉成,要将他送医院。但是,他轻轻推开了人们,自己往前走。他甚至

---

① 你不上学,不回家,现在不认我这个老爸。

自己用左手，推开了沉重的玻璃门。疼痛让他体力不支，稍微晃动了一下。但他只在门口站了几秒，便昂然地、步履坚定地走开，渐渐消失在众人的视线中。

良久的安静后，庄锦明听到了人们的议论，他间或听到"孔雀"两个字。这是流传在北角很久的传说。

他感到自己攥着鸡毛掸的手心，已渗出了薄薄的汗。

六

理发店的胰子沫，
同宇宙不相干，
又好似鱼相忘于江湖。
匠人手下的剃刀
想起人类的理解，
画得许多痕迹。
墙下等的无线电开了，
是灵魂之吐沫。

——废名《理发店》

七

我在这个冬天，接到了翟健然的电话。

赶到医院，我看到翟师傅静静地躺在床上。他紧闭着眼睛，面目紧蹙，头发凌乱地散在枕头上，像是经历过了挣扎。他的右手伸在被子外面，插着点滴。那手干枯黑黄，经络密布，仿佛被风干水分的树枝。其中一条枝丫，有着明显的错位，那是他变形外翻的食指。

翟健然将我叫到一旁，轻轻说，昨晚一直昏迷，今早才醒过来，现在又睡过去了。医生说了，也就这两天的事。

我看到了他的黑眼圈，比平常更为浓重，应该是一宿没有睡。我心里不禁有些发涩，说，师兄，真难为你了。

翟师兄叹一口气，戚然道，但凡醒过来，就跟我嚷嚷，说要回飞发铺去。现在也嚷嚷不动了。

我说，话时话，你陪了他一整年。

他摇摇头，老窦心里明镜似的。他知道，我也只是陪着他，不是陪他的手艺。

我们便静静地坐着，再也没有说话。倒是可以听到翟师傅微弱的呼吸声。每次听上去不太均匀了，翟健然便急忙要站起来。等他呼吸和缓下去，才又坐下。

窗户外头，望出去，有整面的闯眼睛的绿。那是一座古老的教堂，似乎在翻修。绿色的纱幔是为了遮住脚手架，便只能看见教堂的轮廓。方正的钟楼，以及一个高耸的尖顶。

半晌，门打开了。我们看到翟康然走进来，他身后还有一个人，是庄师傅。

庄师傅看上去，比我上次见到更老了一些。他终于没有了挺拔的姿态，变得有些佝偻了。他在翟康然的搀扶下走过来，手里拎着一个工具箱。

他看着床上的翟师傅，无声地叹了口气。翟康然将一只凳子放在床头，让师父坐下来。庄师傅稍事停顿，打开了工具箱，拿出了牙梳和推剪。

他伸出手，摸一摸翟师傅的头发，说，都是汗啊。康仔，给你老窦擦一擦。

翟康然用一块消毒棉,一点点地在父亲头上擦拭。他的手,有轻微的抖动。

庄师傅声音发冷,低声道,衰仔,咁样抖法,仲想出师?!

我看到翟康然站起来,走到窗前去。他背过身,肩膀无声地颤抖。我走过去,看着他。他已泪流满面。

庄师傅叫健然将翟师傅的头垫高,自己微微躬身就着他,开始动作。无关乎步态的蹒跚,他的手竟还是灵活利落的,从头顶开始,一点点地、小心地剪。剪下一点,便用毛巾接着那头发,不让它落在枕头上。病房里,一时间,只有"喀嚓喀嚓"的金属摩擦的声音。因为安静而空旷,这声音一点点放大,竟然十分响亮。

我们看到翟师傅的眼皮轻轻动了一下。他睁开了眼睛。

他的头不能动弹,但能看到我们,眼珠一轮,最后落在了庄师傅身上。这混浊的眼里,有些虚弱的光,我可以辨认出一瞬的惊讶,然后松懈下来。

他转向庄师傅。我们听到了他干枯而艰难的声音,他说,都传你以往是给死人剪头发的,我不信。如今瞧你这手势,八成是真的。

他的嘴唇翕动了一下,微微张开,竟然笑了。

"唔好郁。"庄师傅没有停止动作,他的手,正在翟师傅鬓角,用剃刀修整"滴水"。他说,我这柄"Boker",用了二十年,还锋利得很,比你的"孖人"可禁用多了。

你又知我用"孖人"? 翟师傅眼睛对着天花板,好像在自言自语。

庄师傅刷上须泡了,轻手而利落地为他剃须。手并未有一丝停顿,他说,十几二十年,你的事,我什么不知道。

我们在旁边看着这一切。庄师傅剪这个头发,用去的时间格外长,剪得格外细。在临近尾声时,他为翟师傅的脸颊擦上了一点须后膏。我闻到了淡淡的薄荷味道。

他对翟师傅说，我哋上海师傅唔孤寒嘅。贵嘢来嘅①。一般人我不给他用。

他站起身，轻轻地抬翟师傅的头，将头下的垫单取出来。然后拿出一面镜子对着翟师傅，问，老板，点啊？

翟师傅看着镜中的自己，似乎端详了许久，才开口说，好手势。

说完这句话，他又微笑了一下，这才阖上了眼睛。

尾　声

翟师傅的追思会上，用的是他年轻时的照片。

那黑白照片是翻拍过的，有一点模糊，但是，可以辨认出这青年惊人的英俊。大约是因为那双微凹的眼睛，里面还盛着许多的憧憬。但人似乎又有面对镜头的羞涩，整个面目便生动了起来。

翟师兄告诉我，这是老窦当年考电影训练班的报名照，他找了许久。

来吊唁的人并不很多。老庄师傅看见我，热情地打招呼。我问他可好，他说，上次没来得及和我说，他已经关了"温莎"，将理发椅送给了阿康三张，其余捐给了港岛民俗博物馆。

我表示了惋惜之情。他却很看得开似的，摆摆手说，年纪大了，去年经过了疫情，更想通了。他说，康仔出师了，我教会他剪花旗装。

顿一顿又跟我说，他没想到，剪了一辈子头发，最后一个客，是翟师傅。

说到这里，他不禁也有些失神，道，我们这行，医者难自医。到时我的头发，又是谁来剪？

---

① 粤语，这可是好东西。

临走时，我向翟师兄道别。

看他眼神远远地落在远方，手里是一封帛金。

那信封上工整地写着四个字："孔雀旧人"。

（原刊《十月》第5期）

森中有林

郑执

一、黄鹂

两只黄鹂被吕新开从粘鸟网上摘下来,是清明节前一天,也是爹妈忌日。要不是日子赶得寸,他也不至于往深想,他想,这对黄鹂是爹妈化身的,不然咋这么巧是一公一母?铁定是惦记自己了,特意过来瞅一眼,索性对俩小玩意儿叨咕句:上班了,挺好的,放心吧。那只母的竟然应了一声,音儿瘪得能听出来饿不少天了——鲜有人比吕新开更懂鸟——黑枕黄鹂,母的眉羽比公的长,黑亮亮一绺儿朝后挑,像女人描眉时哆嗦手了。来机场上班四个月,麻雀、乌鸦、杜鹃、野鸽、山雀、红隼、夜鹰,吕新开摘了个遍,从没如此金贵过谁,下手比绣花都细,生怕折了哪只膀子,愣在网前耗了半个钟头。他后悔犯懒没披大衣出来,被风打了个透。四月都出头了,沈阳还刮西北风。

吕新开呼里呼哧地回到办公室,倒是没让两只黄鹂冻着,一边裤兜儿揣一只,掌心搓热当被裹着。已经八点半,大李刚早饭还没吃完,半缸大米粥吸溜儿一早晨了；小李刚不知道搁哪儿弄来根红绳，正往一颗空弹壳屁股上绑，手笨，一直脱扣，嘴里骂骂咧咧的。办公室一共就他们仨人，俩同名同姓，大李刚三十六，小李刚二十二，长得还连相，都是团团脸，绿豆眼，吕新开刚上班那会儿，以为亲哥儿俩呢。四个月前，吕新开第一次走进屋，那鼻子霉味儿从此挥之不去——与其称办公室，不如叫储物间，撑死就十平方米，还在半地下，刨去一个储物柜、两张桌子、一张行军床，连并排过俩人的地方都匀不出。吕新开双手插兜儿，站在原地转圈儿踅摸。小李刚问，找啥呢？吕新开装听不见，本来就不爱搭理他，这人嘴欠，比自己小一岁，仗着十七岁就上班，在机场也算老人儿了，开玩笑没大没小，上个月俩人差点儿动手，亏大李刚拉架，拽吕新开去走廊劝，别跟小崽子一般见识。小李刚又问，卵子落屋里了？吕新开问，昨天分那箱苹果呢？这句是问大李刚的。大李刚说，全烂的，扔了。吕新开问，纸壳箱呢？大李刚说，都搁门口呢。吕新开来到走廊，端起那箱烂苹果，去厕所倒进垃圾桶里，再回来的时候，空纸箱就做了两只黄鹂的新家。他用透明胶带封了箱顶，再拿钥匙捅出两排窟窿眼儿，装修完毕。两只黄鹂对临建房应该是挺满意，几声脆叫打窟窿里传出，底气明显比刚才足不少。小李刚暂停手中活计，啥玩意儿啊？吕新开说，鸟。小李刚说，废话，我问你啥鸟？吕新开眼皮都懒得抬，声音更低说，黄鹂。小李刚问，多大？有肉吗？吕新开这才抬头，拿防贼的眼神回瞪，清楚这小子不是开玩笑。平时小李刚打的鸟，基本都被他带回家吃了，猫头鹰都他妈敢下嘴，炖了锅汤，第二天还把剩的装保温瓶带办公室来，问谁想尝尝。大李刚捡了饭勺里剩的几粒米，来吕新开身边蹲下，顺窟窿眼儿一粒粒塞进去，打算在这儿养？吕新开说，带回家。大李刚说，黄鹂叫得好听，但不好养。吕新开自言自语，两个黄鹂鸣翠柳，下句啥来着？大李刚说，我初中文化。吕新开说，小学课本里的，说

400

啥想不起来了。小李刚说，两个黄鹂鸣翠柳，我跟你妈交杯酒。——捅完句屁嗑儿，自己咯咯乐。吕新开忍无可忍，刚要开骂。大李刚又说，小时候没好好学习，现在后老悔了。说罢碰碰吕新开胳膊，挤了个眼，意思算了。吕新开合计也算了，他不想跟任何人置气，至少今天不想。小李刚没皮没脸，还接话，当初好好学习，现在又能咋的？大李刚说，不咋的，起码分苹果不至于总轮到烂的。小李刚哼了一声，将红绳套进脖子，黄铜色的弹壳在胸前晃晃着——跟个二傻子似的。吕新开心说。

　　坐单位班车从机场回到大西菜行时是五点。纸壳箱一路被吕新开捧在腿上，两只黄鹂挺懂事，一声没吭，省了麻烦。吕新开主要是嫌跟同事搭话麻烦，平时坐班车，不管困不困他都装睡，没别的，就是懒，懒得记那么多人名。进屋五点多，大勺里有前天炖的豆角，剩个底子，点火热了热，半个凉馒头掰开泡汤，对付一口就出门了。

　　天开始长了，但冷还是冷。彩塔夜市上个月已经陆续出摊儿，更多的厂子开始不管饭了，夜市反倒更热闹了。把北头第一家是铁亭炸串，哈喇油爆面包糠的香，还是把吕新开给勾过去了。炸串这玩意儿，吕新开打搬到沈阳那年第一次吃，就上瘾了。小时候在山里和县城，从没尝过这口。甜酱跟辣酱分装两盘，自己上手刷。吕新开最爱炸鸡排，先滚一圈儿甜酱，再蘸单面辣酱，合他咸淡。俩大鸡排下肚，才算见点儿饱。再往前走，是家游戏厅，偶尔兴起，他也钻进去找人掐两把《街霸》，今天没工夫，他赶着去再前面一家杂货店。那家关门早，夜市开摆，一家三口就锁门吃饭，因为地摊儿卖的东西更便宜，所以只做白天生意。吕新开家里的锅碗瓢盆不少都是从他家买的，之前去的时候，他记得见过鸟笼子。

　　赶上老板正要上锁，吕新开进门了。他没记错，指着收银台后面堆在最顶的鸟笼子问，那个多钱？老板说，那个不卖。吕新开说，摆那儿不卖，啥意思呢？老板说，我以前养了只八哥，死好几年了，跟笼子都有感情。吕新开问，八哥咋死的？老板说，话说太多累死的，逮个人进门都得显摆两句，伤元气了。吕新开说，闲着浪费，我要。老板说，五十。吕新开说，二十。老板说，三十。吕新开说，破不锈钢，又不是竹子的，二十五。老板装着一脸不情愿，收下钱，把鸟笼子交给吕新开，问，你养的啥鸟？吕新开说，黄鹂。老板问，单绷儿还是对儿？吕新开说，对儿。老板说，对儿好，不寂寞，黄鹂就得养对儿。吕新开说，两个黄鹂鸣翠柳。老板瞅他一眼，还买别的吗？不买我锁门了。

　　再回到彩塔街上，天黑利索了。向西的丁字路口，有人烧纸，两团火焰一左一右地蹿动，好像黑夜在对自己眨眼——原本是回家该走的近路，眼见大风卷起烧得正旺的黄纸在半空中盘旋，他想起爷爷说过，那是孤魂野鬼在抢钱，突然犯了硌硬，随即掉头，继续往夜市南口走，宁可绕远。出了南口再往东，就是青年大街，也是从市区直通机场的主干道，吕新开每天坐班车来去的必经之路。自打年后开始动迁，整条街一天一个景，全程二十来公里，不是扒房、挖沟、埋管，就是栽树、架灯，没一段囫囵路。吕新开提着鸟笼子，沿青年大街慢下脚步，周边的拆迁户也出来摆摊儿了，夜市挤不进去，只能沿浑河排一长溜儿。吕新开有一搭没一搭地转悠，想踅摸两个小盅，回去给鸟盛水跟食儿。眼瞅快逛到头儿了，肚子突然一阵阵疼，感觉要蹿稀，反思一下，问题不应该出在炸鸡排上，不干不净吃了没病，估计是给凉馒头拔着了，要不就是早上让风吹着肚脐眼了。他赶紧加快脚步往家拐，还没走几步，拦路一个八九岁的小男孩坐在地上撒泼，挨了他妈两手锤，说啥就是不起来。吕新开路过一瞅，原来是为个玩具气枪走不动道儿了——来复式，一比一。他自己早就想买一杆来练手，说不上为啥，忽就犯起撩闲的心。摊儿主是个大姐，吕新开故意提高嗓门问多钱，大姐张口三十。他急屎，没心思讲价，甩下钱，拎枪要走，被大姐叫住，非送子弹，钢弹跟塑料弹都有，选一个。吕新开抓起一包钢弹蹽了，塑料还玩儿啥意思？他离开时，听身后那孩子快哭抽抽了。

吕新开一路小跑到家，左手鸟笼右手长枪，冲上楼，直奔厕所，总算没在最后一刻失守。一泡拉完，才把两只黄鹂放笼子里安顿好，第二泡又来了，这回肚子疼得他一脑门儿汗，再出来时，腿都快站不住了，直接在沙发上卧倒，盖上毯子，看眼表，快八点了，随后迷迷糊糊地睡着了。

他又梦见了嘎春河，明闪闪的河水，从两岸的山杨林跟白桦林之间蜿蜒而过，到了夜里还会发光。嘎春河从松花江来，途经新开农场的一段并不深。五岁前，爷爷常领吕新开去河里摸鱼，有时也拎火枪去打野鸭。五岁后，吕新开就敢自己去河边了，不一定非摸鱼，夏天光泡泡脚图个凉快，爷爷也管不过来。那场山火过后，爷爷比从前更难了，要养活孙子，每天还得坚持进山巡逻。爷爷去世后的这些年里，每次吕新开梦回嘎春河，都是以那场山火收场，梦中的一切都被烧成了红色，连河水都是通红的。儿时一起长大的小伙伴们，从头到脚冒着烟，散落在又高又密的落叶松林中，隔着河水冲他招手，吕新开从不敢越过去，即便他清楚那是梦。

从沙发上醒来时，吕新开又钻了趟厕所，肚子没那么疼了，出来时感觉都瘦了一圈儿，晕晕乎乎，可能是发烧了。从茶几抽屉里翻出半盒扑热息痛，还没过期，吞了一片，打算回床上睡，听见窗外又传来乒里乓啷的空酒瓶子撞响，不用看表也知道，半夜十二点过了——街对面那家烧烤店关门的时间。一箱箱空酒瓶往门口摞，女服务员下手狠得像抛尸，天天陪一帮酒蒙子熬夜，就指这阵儿撒闷气呢。今天门口没人打架骂娘，已经算消停了。吕新开来到窗前，望着那摞酒箱子，又是一人高的红色，抽冷子就起了恨意，其实早都恨了好几个月了，灵感突如其来，拎过那把气枪，上好钢弹，拉开窗，架稳，瞄准最顶上的红箱，目测直线距离不到五十米。吕新开收紧鼻息，扣扳机，只听街角一声炸响，碎玻璃碴子从镂空的箱中飞散到地面，月光捅了翡翠窝。女服务员奔出来，顿时蒙了，扫视一周，更蒙了，立马躲回店里，今晚肯定是不敢再折腾了。吕新开在心里正乐呢，感觉烧都退了一大半。上网摘鸟都四个月了，到现在小李刚还霸着那杆单管猎枪不让他使，老子七八岁就跟着爷爷摸枪，五十米开外俩卵子给你穿串儿，埋汰谁不会使枪？吕新开一边乐一边上膛，这把瞄的是正数第二箱最中间那瓶，直接扣扳机。霎时间，一声惨叫盖过酒瓶子的炸裂声——刚刚一辆倒骑驴不知打哪儿冒出来——只见一个男人紧捂右眼，从车座上翻落在地。

这回轮到吕新开蒙了。

接下来的两天，有警察在临街几栋楼里挨家敲门，正好赶周末，人都在家。吕新开知道出事儿了，把枪藏在床底下，终于还是等来了警察。简单寻访，更像查户口，临街三五十户，感觉也难问出个所以然来。心肯定是虚，吕新开跟警察反打听，人咋样儿了？那天半夜是听着救护车叫了，没出人命吧？那个年轻警察说，在四院眼科呢，八成瞎了。吕新开嘀咕，没出人命就行。年轻警察说，多倒霉，一个收酒瓶子的，得罪谁也不知道。老警察瞅瞅小年轻，意思话多了，俩人就上楼敲门了。吕新开关上门，还没缓过神儿，大李刚的电话就打进来，问他啥时候上班，星期六都替他值一天班了，病假还要请到哪天。大李刚会说话，他说的是领导不乐意了。吕新开合计一下，说，明天就回去。挂掉电话，他坐回沙发，发会儿愣，听见两只黄鹂在阳台叫，起身去给添了一撮小米，这两天一直拿雪碧瓶盖凑合盛着。吕新开观察这俩小玩意儿，明显都胖出一圈儿，毛色渐显嫩黄，又琢磨了一阵，终于下定决心出门。

下午两点半，吕新开打车到四院，下车后在对面的银行取了一千块钱，工资卡里就攒下这些。穿过门诊，上二楼，拉住院部的护士打听，赶上一个好说话的，告诉他，前两天半夜是收了一个男的，眼睛让玻璃碴子给崩了，查了一下登记，在407病房，叫廉加海。

上四楼的时候，吕新开腿肚子转筋了，从小到大都没惹过这么大祸，关键是心里绞得慌，人家一个收酒瓶子的，本来就不容易，凭啥挨这一遭？真要瞎了，往后可咋办？登记上写了，廉加海，四十六岁，正是一家之主，顶梁柱的年纪。吕新开楼梯也没力气爬了，干脆坐在台阶上缓缓，竟有点儿委屈。这两天他一直找借口安慰自己，找来找去，唯一说得过去的借口，就是自己当时烧糊涂了。坐了能有十分钟，直到打扫卫生的拖地撵他，吕新开才憋足一口气，站起身朝407走。

在病房门口，吕新开听见屋里传来单田芳说评书的动静——《三侠五义》。走进去，病房一共三张床，中间那张空着，挨门口的床上躺着一个大高个儿，双眼裹一圈儿纱布，应该在睡觉。最里面挨窗那张，一个男人靠着枕头被褥坐，听半导体的就是他。这人面色黝黑，剃平头，脖子短粗，右眼贴一块方纱布，应该是廉加海没错了——乍看可不止四十六岁，像个小老头儿。吕新开走上前，廉加海扭脸看他，俩人半天谁也没说话，廉加海先是关掉了半导体，随后左眼越睁越大，好像在对吕新开说，我猜到你是谁了。吕新开掏出那一千块钱，放在床头柜上，才开口，大叔，对不起，我叫吕新开，我来认错的。你眼睛是我打的。廉加海说，我眼睛是酒瓶子崩的。吕新开说，酒瓶子是我打的，拿气枪。廉加海眨了眨左眼，说，你挺准啊。吕新开无言。廉加海又说，坐吧。

吕新开原本打算，先找受害者认错，再去派出所自首，"心安"排在"理得"前边。来的路上，他假想过好几种画面：家属讹他一笔，揍他一顿，这都能接受，最怕还是丢工作，万一赶上子女不是善茬儿，再叫个记者来曝光，上把早间新闻，人也一起丢了——但他说啥也没想到，自己被廉加海摁住扯了一下午家常，人家还给他剥了个橘子，吕新开觉着不可思议，橘子瓣儿送进嘴前还顿了两秒，怀疑是不是被下了毒，可转念又在脑子里扇自己嘴巴，真是小人之心，我是碰上活菩萨了吧？廉加海对他说，事儿都已经出了，历史不能倒退，你敢主动找我来，就说明你不是个坏孩子。你多大了？吕新开说，二十三。廉加海说，七四年的，属虎？吕新开说，对，大叔脑袋挺快。廉加海说，我女儿跟你同岁，也属虎，十月份的，你几月？吕新开说，我四月底。廉加海说，大半岁，独生子女？吕新开说，对。廉加海说，嗯，我女儿也是。在哪儿上班？吕新开说，在机场。廉加海说，飞行员啊？吕新开说，驱鸟员，在地面活动。廉加海说，这工作挺有意思，我有个战友以前跟你是同行，平时打鸟用啥枪？吕新开说，大叔，那天晚上我就是想拿气枪练练手，真的，我对不起你。吕新开说着，鼻酸突然止不住，眼泪落下两行，起身给廉加海鞠了一大躬，头沉下去就不起来，更嫌自己丢人，这些年想爷爷的时候都没哭过。廉加海说，坐吧，孩子，坐吧。吕新开抹一把眼泪鼻涕，又在空床搭边儿坐下。廉加海又问，你爸哪年的？吕新开说，五二的。廉加海说，我大你爸一岁，论起来你得叫大爷。吕新开改口，大爷。廉加海说，父母做啥工作？吕新开说，爹妈都没了。廉加海说，咋没这么早？吕新开说，我五岁那年，一场山火烧死的，俩人一起。廉加海叹了口重气，接不下去话。吕新开继续说，我不是沈阳人，我家在黑龙江农村，一个叫新开农场的地方，挨着大兴安岭，我是爷爷带大的，我爷爷是护林员。我去县城上高中那年，爷爷也没了，打那以后就我自己，一直都我自己。廉加海边听，手上又剥好一个橘子，递上说，这些年没少受委屈吧，孩子？吕新开一愣，突然又开始哭，一直哭，没完没了。

  吕新开离开四院时，正落太阳。他坐在公交车里，心踏实不少。窗敞着，风灌进来吹干脸上泪痕，凉飕飕，感觉像刚洗了个透澡，从里㸒到外，闭眼能睡着。来沈阳第五年了，五年里，吕新开没跟任何人说过这么多话，还都是陈年积压的旧话，搁心里再憋下去可能会变质、发霉、长毛的话——抖搂一个干净，吕新开觉得自己像一个新生儿，一只才破壳的雏鸟。吕新开听了廉加海劝，没去自首，毕竟也没人报案，就算哪天警察真找上门，廉加海也向他保证，不追究责任。不过廉加海有个条件，吕新开必须每天下班去陪他说话，一直到出院，去了还得给他带两只一手店的猪爪，就爱啃猪爪。吕新开都应下了。不过那一千块钱留在床头柜上，他手里不剩钱了，下个月开支还得等俩星期，只能先跟大李刚借点儿。夕阳的余温洒上身，稍有了些暖意。吕新开心里㧱着未来几天的大事小情，眼皮渐渐贴在了一起。

　　吕新开睡过了，下车往回走两站。他挺喜欢住大西菜行的，热闹，有人气儿。房子是大姨留下的，套间，铝镁设计院分的宿舍，借给他住。大姨去海南以前，钥匙留给吕新开，说就当替她看房子了。在此之前，吕新开在航空职业技术学校住了三年宿舍。大专文凭是他到沈阳后，大姨逼着他考的。备考那半年，他就睡在大姨家的沙发上，那时候大姨夫已经先一步去了海南。最开始吕新开不乐意再念书了，被大姨硬拽着辅导了一个月，后来居然慢慢就上道儿了。收到录取通知书的当天，大姨破天荒夸了吕新开一句：我早就看出来，你智商随我们老刘家了，没随他们那一家子农村人，长相也没随——大姨就是那么个人，一句好话都能叫她说得硌牙。吕新开跟大姨不亲，绝对跟这有关，哪怕俩人是彼此在刘家最后的亲人。搬来沈阳之前，他跟大姨只见过一面，还是他七八岁的时候，大姨来新开农场给自己妹妹上坟，火车两天一宿来，两天一宿回，住都没住。可能也因为爷爷根本不招待，躲山里连面儿都没露，上坟还是吕新开领着大姨去的。总之吕新开那时候就看明白了，两家指定有大矛盾。刘家姊妹两个，姥爷跟姥姥据说是知识分子，以前在沈阳的某大学教书，八十年代末先后病死了,大姨后来对吕新开说,就是让你妈给气死的。他在沙发里备考那半年,每天跟大姨也说不上几句话。大姨没孩子,男人又不在身边,每天下班回到家,吃完饭就钻进屋里看书,要不就是趴小书桌上画图,反正除了上厕所都不出来。这样的日子,后来总算在吕新开的点灯熬油下结束了,开学前三天,他就迫不及待地搬进了学校宿舍,连寒暑假都不回来,除非赶上年节,回来跟大姨吃顿饭。有两年的年三十,大姨去海南过的,他就买饺子自己回宿舍吃。他合计,这样挺好,应该也合大姨的意,他俩都是不爱欠别人的人。

进了门,吕新开先给两只黄鹂倒了水,自己煮了袋方便面,站着几口吃完,洗澡的劲儿都不剩了。眼科医院应该没啥传染病,直接上床,沾枕头就着了。路上就预感,今天晚上应该能睡个安稳觉,不过在睡着前的一刻,吕新开的脑袋里最后冒出一个感想——这要是他自己的房子该多好。

第二天去病房看廉加海时,吕新开不光带了猪爪,还带了俩鸡架、半斤熏鹌鹑蛋,外加一袋拌腐竹。廉加海心情不错,开玩笑说,这几个菜不整半斤白酒,真挺白瞎。吕新开说,要不是护士看得紧,我真就给你带酒了。廉加海问,你喝酒吗?吕新开说,滴酒不沾。廉加海说,难得。本来吕新开还有后半句:最烦酒蒙子。话到嘴边还是忍住了,他见廉加海胃口一天比一天好,心反倒揪起来——刚进屋时,正赶上护士换药,廉加海的右眼眶里血赤糊拉,他扭头没敢多看。护士还说,今晚能确定下次手术时间,叫家属来签字。护士走后,吕新开哆嗦着问,大爷,眼睛还能保住不?廉加海说,刚进来时说能保住,现在又说够呛了,做最坏打算呗。吕新开问,最坏打算是啥?廉加海说,摘除,装个狗眼睛。吕新开感觉喉咙被一大口口水给卡住,连吞了两下,才说出话来,大爷,手术费得多钱?砸锅卖铁我出。廉加海摇摇头,用不着你,我有医保,本来有,等我出院就去要。吕新开没太听明白。

廉加海把猪爪放下，说，你真当我是收破烂儿的了吧？吕新开说，你说有时候也送嘎斯罐。廉加海说，那都不是我本职工作，我本职工作没跟你提过吗？吕新开好奇了，没有，大爷你到底干啥的？廉加海说，我是警察，狱警。他瞧出来吕新开不信，又说，我的警官证就在那夹克里怀兜儿，你自己翻。吕新开说，不用了，我信。大爷，那你不上班，收啥酒瓶子啊？廉加海说，这个问题说来话长，前年我下岗了。吕新开又糊涂了，警察咋还能下岗呢？别逗了。廉加海说，是被人顶包了，劳改局的领导贪污，把我们八十二个转干的指标给卖了，一个卖五万，逼我们下岗。吕新开嘀咕，还有这事儿。廉加海拿起猪爪继续啃，说，都告他两年了，等出院我接着告，告赢那天，医保都得给我补回来，这两年去药房买盒板蓝根我都留单子。

　　第三天傍晚，吕新开拎着猪爪进屋时，中间那张空床上背坐着一个年轻女孩，扎一根马尾，腰绷得溜直，两只手扣在膝盖上，像个乖学生。吕新开走近了，那女孩一歪头，起身就要走，跟故意躲他似的。打他身边晃过时，瞥见个侧脸，吕新开也没好意思多看，转跟廉加海打招呼，我来了，大爷。廉加海点头，冲女孩说，再坐会儿啊。女孩也没应声，像在怄气，但离开的脚步很慢，趿拉鞋底走路。廉加海主动接过猪爪，叹气说，大了，也管不了。吕新开说，你女儿吧？廉加海说，是不是看不太出来？得亏长相没随我，随她妈了，她妈白。吕新开不知道该怎么接话，没吭声，坐上空床，屁股底下还有女孩的体温。廉加海把猪爪放一边，盯着吕新开看了一会儿，你有对象了吗？吕新开说，没有。廉加海又问，你觉得我女儿长得咋样儿？此话一出，吕新开就明白啥意思了，但他闹不明白这小老头儿心里盘算啥呢，咋就盯上他了？他一个农村出身的孤儿，一月挣一千块钱不到，图他啥呢？再说这又算啥？我欠你只眼睛，你搭我个女儿，没听过这思路啊。吕新开左右想不通，把半导体给拧开，故意小声说，长啥样儿没太看清啊。廉加海把半导体又给关了，说，要不我明天再给她叫来，你俩多坐会儿。吕新开瞅这意思是绕不开这话头了，干脆挑明吧，大爷你到底啥意思？廉加海说，我觉得你俩挺合适。吕新开琢磨着必须接招儿了，掰手指头说，我属虎，她也属虎，是吧？廉加海说，没错。吕新开说，我爷爷说过，二虎相争必有一伤，不合适。廉加海说，咱别扯那封建迷信的，我是党员。吕新开打偏了，心说早知道有这一出，刚才就该撒谎说有对象了。廉加海乘胜追击，说，小吕，你别以为我是心血来潮，我是真看上你这个孩子了，你是个善良孩子，我女儿也是，你俩合适，真的。吕新开换路子开始服软，说，大爷，我配不上你女儿。廉加海两腿一盘，身子前倾，说，可别这么说，都是平头百姓。没有人是完美无缺的，对不对？多少都有自己的小缺陷，大爷拿你举个例子，你这孩子，性子挺急，还有点儿鲁莽，这算缺陷，但是你敢作敢当，说话算话，心思也细，这都是优点，一个人优点只要盖过缺陷，那总体就是一个好人，对不对？吕新开点头，这话没错。廉加海接着说，我女儿，优点也很突出，孝顺、懂事，还聪明，打小学习就好，长得也不赖，挺受端详的。吕新开敷衍说，看得出来。但廉加海突然不往下说了，左眼也开始游离——吕新开发现，人俩眼睛少了一只打配合，心思果然更容易暴露。他忍不住追问，那缺陷呢？廉加海支支吾吾，啊，啊。吕新开重新占领高地，不依不饶了，接着说啊大爷。廉加海干脆低了头，把两只猪爪从塑料袋里掏出来，对吕新开说，今天一人一只，你陪我啃。

俩人算是不欢而散，等公交的时候，吕新开越想越憋气。难怪那女孩走路蹭着地走，敢情是盲人！双目视力一个0.02，一个0.03，廉加海说得好听，不是全盲——那叫缺点吗？亏自己当初还怕被人讹钱，原来人家要讹你一辈子，还不敢讹钱呢，钱起码有数儿。吕新开心里发狠，挖只眼赔他都认了，瞧不起谁呢，自己就算再穷再不济，这辈子也不可能娶她回家。

吕新开气得饱饱的，到家也没心情吃饭，第一件事就是进屋从床底下拽出那杆气枪，进阳台拿锤子叮咣一通砸，惊得那两只黄鹂在笼子里上蹿下跳。劈成两截儿的枪杆，攥在吕新开双手中，他才算冷静了点儿，想想也不知道这是冲廉加海还是冲自己。屋里电话响了。吕新开进屋一接，火又蹿回来——还他妈追家来了！当初廉加海跟自己要座机号的时候，还寻思对方是怕他跑，该给，不避讳。哪承想全是阴谋啊，老东西道行太深了。吕新开张口就急了，你手术到底要多钱？我全赔，连手术加医药费，你都算清楚，半年还不起我还一年，一年还不起我还两年，你还想咋的！电话那边喘了一阵，廉加海才说，我为打个电话爬了好几层楼，你等我歇口气儿。吕新开不耐烦，有话赶紧的。廉加海说，我在你夹克兜儿里揣了封信，你好好看一下。护士叫我了，我回去了。

小吕同志：

　　你好。本人廉加海，当兵出身，也是党员。我对党对天向你保证，以下绝无半句戏言：

　　1. 我女廉婕，家教严格，洁身自好。若你二人结合，你就是她第一个男人。

　　2. 我女廉婕，外冷内热，知恩图报。若你二人结合，只要你不负她，她定不负你。

　　3. 本人离异多年，与前妻无财产纠纷，外债已清，名下有房产一处，现与我女廉婕同住，若你二人结合，登记之日即可将名下房产过户与你，做婚房相赠。本人迁出，绝不打扰。

廉加海
1997年4月7日

信纸上的题头是"沈阳市第四人民医院"。吕新开倒推了一下，敢情他第二次从病房回来，这封信就写好了。吕新开将信铺在小书桌上，捋了捋折痕，顺手拿镇尺压上，大姨以前画图用的。随后他又出了门，打车回了四院。

进到病房，吕新开没有再坐中间的空床，直接坐上了廉加海的床尾。廉加海面朝墙侧卧着，左眼压在枕头里，也不知道是睁着还是睡着呢。吕新开坐的方向对门，只有头顶一根灯管还亮着，才发现第一张床的大高个儿应该是出院了，病房里就剩他们俩人。吕新开假装回头看天，其实在偷偷观察廉加海。窗外夜色淡蓝，大风天把夜空多吹出了几颗星星，就在此肃静一刻，半导体的声音突然响起来，由小渐大，这回是刘兰芳的《杨家将全传》。原来廉加海没睡，拧开了半导体，又把手收回枕头底下垫着。俩人就这么一声不吭地听完了一整段，直到插播广告了才开口说话。吕新开说，大个儿出院了啊。廉加海说，是个消防员，伤得不重，眼睛保住了，刚才被老婆接回家养去了。吕新开问，再手术时间定了吗？廉加海说，后天早上。吕新开说，我请假过来。廉加海说，不用。吕新开说，我给你剥个橘子啊。廉加海说，大夫让少吃橘子，上火。吕新开说，那我明天给你买点儿桃罐头。廉加海说，明天你别来了。吕新开说，大爷，今天是我不对，脾气又急了，不该那么跟你说话。廉加海翻过身来平躺，左眼仰视吕新开，说，明天下班，你跟小婕见一面吧，小婕都同意了。吕新开点点头，去哪儿见？廉加海说，太原街的京九快餐，知道不？吕新开说，知道，没吃过。廉加海说，明晚六点。吕新开说，行。廉加海靠起身来，从床头柜里变出那一千块钱，夹在一本《知音》里，平平整整。廉加海说，钱拿回去，你俩吃饭逛街使。

4月9号。星期三。早上一进办公室，吕新开先还大李刚四百块钱，又多给了五十，就当之前替自己值班的感谢费。大李刚嘴上说不用，手还是接了。九点半，小李刚才进屋，脖子上不挎弹壳了，换了条真金的项链。吕新开说，迟到了。小李刚说，我比你来得早，刚在食堂吃饭呢，咋的？吕新开说，你咋不连中午饭一块儿吃了呢？小李刚说，关你什么事儿啊？你前两天还没来呢。吕新开说，我请假了，大李刚替我班。小李刚说，臭你妈农村人，是不欠削了？吕新开就是故意找碴儿，单挑你是个儿吗？小李刚说，咱俩出去。小李刚瞄大李刚一眼，见这把没有要拉架的意思，硬着头皮扭身进走廊了。吕新开跟出去，小李刚还要往出走，被吕新开叫住，就这儿吧。没等小李刚反应过来，吕新开从身后一个大脖搂子将他放倒在地，紧跟着泰山压顶，膝盖死死顶压对方胸口。小李刚根本上不来气，只听身上泰山冲自己吼，以后少跟我狂，听着没？小李刚嗯。往后摘网子我一天你一天，打鸟你一天我一天，好使不？小李刚嗯。当泰山从自己胸口移走时，小李刚才发现大李刚正倚门口看热闹呢，他的目光随后被一片裤裆遮住，瞪眼见吕新开从自己头顶跨过，一路出了走廊。

吕新开走上空地，头顶的天空是墙灰白。预报有小雨，看样子下不成，也不影响正常飞行。虽然在机场上班，但吕新开很少抬头看飞机，更没坐过，他只是单纯地不喜欢飞机，对飞行也没有向往。他更享受跟风景平起平坐，讨厌居高临下。他爱坐火车，最好是能睡上一两宿的长途卧铺，大觉接小觉地睡，醒来也不知道在哪儿的感觉最美。他曾经坐了两天一宿的火车来到沈阳。他的大姨曾经也是坐着那趟车，反方向从沈阳去大兴安岭给自己的妹妹上坟。二十多年前，母亲也曾坐过某一班火车，也或许坐的是长途汽车或者卡车——吕新开突然就想家了，想自己在大山里的那个家。

青年大街的路越挖越宽，越来越难走，班车到大西菜行已经五点半。吕新开飞奔进家，换了身体面衣服，皮夹克是当年妈妈从沈阳就带过去的，收腰蝙蝠袖，是男款，他印象中妈妈爱穿男装。等他打车到了太原街，已经六点过十分了。吕新开心里挺愧疚，让人家女孩等自己，不地道，何况人家身体本来就不方便。小跑到地方，他突然又不敢进了，躲在路旁的一棵银杏树后，扫一眼，就发现了挨着玻璃窗坐的廉婕，还是扎个马尾，灰格子衬衫，牛仔裤，白旅游鞋，还是规规矩矩坐在那儿，腰板绷得直，面前只摆了一杯可乐，半天才喝一口。隔这个距离看，完全看不出来眼睛有什么不一样，没戴墨镜，也正常眨，文文静静一个姑娘。吕新开合计，毕竟还是跟一般人有区别，五米距离应该还是发现不了自己，干脆从树后面绕出来，走近两步继续站那儿看。他感觉自己这样不道德，甚至是下流，但他又挺爱观察她那些小动作——一会儿拢拢头发，一会儿紧紧领子，每隔几分钟就把手腕上的电子表凑近耳朵，应该是听报时，直到看见她又一次听完报时，起身抻抻衣角，准备要走了。吕新开才看了眼自己的表，都六点半了。但他仍然没挪窝儿，目光追着她从门口出来，下台阶很小心，先用前脚掌试探，后脚跟才敢落实，连贯起来，就是拖着地走路，应该挺费鞋的，为啥不整根盲人棍呢？肯定是不想让人当自己是盲人呗，怎么说还是小姑娘，心高。

　　眼瞅廉婕都领先一段了，吕新开才想起来跟上，始终隔着两三米。几次见路面上坑坑洼洼，吕新开都差一点儿冲上去要搀她胳膊，但她总是能安全迈过，时慢时更慢。一段路下来，吕新开发现自己已经开始为她提心吊胆了。原来她是要坐公交车，237，正好跟自己也顺路，吕新开也站一旁等。车来了，吕新开紧跟在她身后上车，担心她登阶会仰下来，双手随时做好推举准备。下班点儿都过了，车上人少，两人都有座，吕新开坐在她斜后方，隔着过道，这是个新角度。月光刚好偏向她那侧，吕新开盯着膝盖上那双手细看，手指修长，像弹钢琴的手，就是手指骨节稍粗。就那么一路看着，大西菜行到了，吕新开也没下车，继续坐，又过了两站，怀远门，她下车了，吕新开也下车。下车再看眼表，七点二十五。没走几步，她扭身一拐，进了家门市。吕新开抬头——敬康盲人按摩院。明白了，她应该是在这工作。直接跟进去就暴露了，吕新开站在门外，徘徊了五分钟，想想该怎么圆谎，打了个腹稿，才跨进门去。

白炽灯明亮，甚至有些晃眼。进屋右首是收银台，细长条的屋正中摆放了三张按摩床，两个男师傅把边儿各坐一张塑料凳，一个戴墨镜，一个双闭眼，应该都是全盲。再往里瞧，左首还有个里屋，是套间。戴墨镜的起身，问是不是会员，吕新开说，不是。墨镜又问点名找哪个师傅，还是随便，正赶这时候，廉婕从里屋出来了，正系白大褂最顶一颗扣子。吕新开说，这女师傅吧，我不受力。墨镜坐下了。廉婕系好扣子说，进里屋吧。吕新开乖乖进去，里屋又挤两张床。廉婕说，趴下吧。吕新开脱了皮夹克，就近那张床趴下，脑袋刚塞进那个洞里，就听见门被关上。廉婕问，哪儿不舒服？吕新开反问，我能翻过来吗？趴着难受。廉婕说，随便。吕新开就翻过来。廉婕站到他的脑顶正前，说，翻过来就先摁肩了。吕新开说，摁头行吗？脑袋有点儿麻。廉婕不再说话，指节顶住俩太阳穴开摁。吕新开感觉手劲儿太大，耳膜都被挤出噗的声音来。吕新开说，哎呀，重了。廉婕说，不重，正好。吕新开奇怪，抬眼仰视廉婕的脸，还真是第一次端详正脸，虽然是倒着，也能看出是标准瓜子脸，下巴短短，鼻头尖尖，有点儿丹凤眼——他大胆跟这双眼睛对视，还是没觉出任何不同，不算特别剔透而已，一下能从中望见自己，一下又消失了——知道了，原来是隔了一层薄薄的雾。廉婕说，你是那个相亲的吧。吕新开一惊，你咋知道呢？廉婕说，认得你动静。吕新开说，咱俩没说过话啊。廉婕说，在病房，你跟我爸。吕新开心说，耳朵果然灵。廉婕说，我的情况，我爸说了吧？吕新开反问，你咋不问我，今晚为啥约好了没去？廉婕说，习惯了，上个月也有一个没来，上上个月有俩。吕新开说，但是我又来了。廉婕说，来就来呗，按摩还是得给钱。吕新开问，你爸是怎么介绍我的？廉婕说，就说人品不错，在机场上班。吕新开心虚，没讲怎么认识的？廉婕说，没有。她的十指探进吕新开的头发里开始抓，你几天没洗头了？吕新开说，两三天吧，是爱出油。你平时都有啥爱好啊？廉婕说，小时候爱看看书，弹弹电子琴，现在只能听歌，听评书。盲文书太贵，也买不起。我眼睛不是天生的，知道吧？吕新开说，知道。你爸说你以前学习可好了，写书法还得过奖状。廉婕说，听我爸说你大专文凭呢。吕新开说，啥用没有，进单位没门子，都得从临时工干。接下来两人好一阵没话再说。吕新开眼皮发沉，摁头确实挺舒服，但又不忍心冷场，随口说，我考你一个吧。廉婕说，考啥？吕新开说，两个黄鹂鸣翠柳。廉婕说，一行白鹭上青天。

一行白鹭上青天。一行白鹭上青天。

就是这句，在嘴边转悠一星期了。吕新开在心中一遍遍默念：两个黄鹂鸣翠柳，一行白鹭上青天。像一首摇篮曲，自己到底还是被哄睡着了。

二、森林

嘎春河是一条不存在的河，也不能说是真的不存在，河在，但名字不存在于任何一张地图上，只有当地村民才这么叫，其实就是一条再普通不过的小河，追根溯源，也很难让人联想到松花江，或者长白山天池 —— 它到底是从哪儿流过来的，我爸也根本答不上，他甚至都说不清这条河到底有多长，本来有多宽 —— 不过据他回忆，2008年那会儿，肯定比三十年前要窄不少，主要因为全球气候变暖，降雨量逐年下降，再加上两岸的原始森林被砍伐殆尽，泥沙这才趁机下山抢了河的地盘。2008年的秋天，我爸出狱的第二年，带着我回了趟他长大的黑龙江农村老家，原本是打算把我未曾谋过面的爷爷奶奶的坟，连我太爷爷的坟，一起迁回沈阳。可是全村祖祖辈辈的坟都在森林里，森林没了，坟也就都没了。我跟我爸在一片光秃的山坡上扑了个空，后来还迷了路，下山重新回到吕家村时，天已经黑透了。那年我九岁，打小我就没怕过黑，唯独挺惊讶，我爸待在监狱里还有精力关注全球变暖的问题。

说起我爸这个人，他是个酒鬼，自己把自己给喝废了。他的前半辈子，本来滴酒不沾，而且他最烦别人喝酒——骤变发生在2006年，我妈车祸去世，我爸从此被酒精缠上了。假如每个家庭都有一本属于自己的家族日历，那么2006年，在我们一家人的日历上，应该被圈上黑圈儿。那年春天，我妈没了，我爸进了监狱。这些都得慢慢回忆，十三年一晃，有些事我到现在还没反应过来。

我爸小时候挺苦的，五岁没了爹和娘，跟着爷爷在农村山里长大，一个叫新开农场的地方，本来叫吕家村，二十世纪六十年代跟周边几个村子合并叫成新开农场，九十年代农场又拆伙，改叫回吕家村。刚叫新开农场的时候，我奶奶从沈阳过来插队，之后跟当地农民结婚，也就是我爷爷，生下我爸，从此跟沈阳的家人决裂，直到一场山火，把她永远留在了大兴安岭的原始森林里。关于那场山火，网上查不到，大概发生在1978到1979年间，再多我也不清楚，都是听姥爷讲的，他嘱咐过我，永远不要跟我爸打听。但我记住了一个细节，那场山火的起因是有人在森林里烧纸，一个村民进山给老婆上坟，在坟前喝醉了酒，纸还着着，人睡过去了——就因为这个，我妈去世后，我跟我爸和我姥爷去扫墓，从来不烧纸，只献花。我爸对烧纸有阴影。

那天晚上，我跟在我爸身后，从山坡上一路朝下走，他的脚步迈得很坚定，一路上也没有回头看过我一眼，可我感觉他也不是很擅长分辨东南西北，身为一个农村出生长大的孩子，似乎不太应该。下山的路上，经过一片木桩，粗细各异，有的已经冒出新枝丫，也不知道是哪年哪月被砍倒的。有条小草蛇穿梭其间，一路跟着我，画"S"前进，我反过来追它，它又跑掉，我想继续追，被我爸给骂回来。多年后，我考摩托车绕桩时，突然想起那条小蛇，我把自己想象成它，顺利通过。

我爸最后是奔着灯火走的。山坡下，河对岸，几间农舍的灯光很零散。我爸领着我，敲开眼前最近一家的门，是个独居的老猎户，八十多岁了，我爸竟还认得他，叫了声爷爷——吕家村的男人基本都姓吕，所以叫谁都习惯了不带姓。我爸随后报上自己名字，说，爷爷，我是新开啊，老猎户突然变得很激动，请我们进了屋。一老一少两个男人喝着白酒，唠了半宿，原来老猎户跟我的太爷爷是发小儿，一辈子都没离开过吕家村。老猎户跟我爸说，当年上边下来人推坟的时候，自己本来想替我爸守住祖坟，偏赶上那年在山上摔断腿，下不了炕，也没我爸的联系方式，养到再能出门上山时，山都平了。我爸摇着头，没说什么，反倒问起村里的人都去哪儿了。老猎户说，一大半的人都搬到镇上了，留下来的人，基本都以伐木为生，外带卖卖山货。那晚我爸喝醉了，我俩就在老猎户的家里睡了一宿，第二天才回到镇上，搭火车往沈阳返。那是一趟来去空空的旅途，二十几个小时的回程，我爸跟我说的话加在一起没有十句。我后来想，我爸要是没回去那一趟，这世上还有一个地方跟他同名同姓，可自从那趟回来，他不再只是孤儿，连名字都丢了。

我爸的名字，是他妈妈起的。我的名字，也是我妈妈起的。我叫吕旷，旷野的旷。我妈眼睛不好，双目视力接近全盲，因此寄情于我——目之所及，旷野无边，能看多远看多远——这是她的解释。我妈的眼睛不好不是天生的，是一种后天的视神经疾病，加上当年吃错药，十岁开始，视力就越来越模糊，没出两年就基本看不见了。我姥爷为给我妈治眼睛，掏光了家底，还拉了一堆饥荒，老婆跟他离婚，他一个人把我妈带大。我小时候，一年被我姥爷领去四院好几回查视力，人家大夫都说了我妈的病不遗传，他就是不放心。我眼睛特别好，随我爸了。我爸那双眼睛没利用好，大眼漏神，看待问题浮皮潦草，远不如我妈的心眼亮。

在我的印象里，我爸妈的感情应该是特别好，走在路上，永远手拉手。家里洗衣服做饭都是我爸，我妈多不少时间，常被用来教我背唐诗。上小学以前，我就会背三四十首唐诗了。小时候，我妈常教育我，人要多读书，书读多了，自然心明眼亮，人生才会进步。如今我长大了，回想我妈的话，对也不对，多少有点儿过时。靠读书进步，时间成本太高，现在人等不起。我说的其实也是自己。我高中一毕业就进入社会，也就是2017年。发觉时代变了，名牌大学找工作一样难，心里也就平衡了。互联网领导一切了，手机玩儿得明白就能赚钱，年轻人只要把自尊心放一放，出头机会遍地都是，虽然这关并不好过，但我是这么想的，也是这么做的。曾经我也一心想考大学，高中三年成绩还凑合，因为家里穷，本来报考了飞行员，盼着等进了航校就不用再跟我爸伸手要钱，体测跟面试都过了，没承想因为政审被刷下来，理由是我爸蹲过一年牢。为这事，我就想跟我爸要句对不起都没有，一赌气，干脆把高考也给逃了。那年国庆以后，我坐火车去了北京，找不到别的工作，只能送快递，最狠一天干过十六个小时，回宿舍的路上，骑摩托睡着了。宿舍六人一间，有个河南哥们儿，下班就趴床上看直播，工资都给女主播打赏了。开始我好奇，跟着看，接触多了，自己也玩儿了起来，但我的玩儿跟他的玩儿不一样。

2018年，我刚注册"速手"的时候，在注册页面卡了半宿，卡在想不出起啥网名。到后半夜，心一铁，直接输入那六个字：狗眼儿两张嘴。半年后我开通直播，粉丝在直播间都问，为啥叫这么个名？挺瘆人的。我就解释，第一，我上小学时外号叫狗眼儿；第二，我姓吕，双"口"吕，拆开两张嘴。就这么简单，没创意。最开始粉丝喜欢叫我"狗眼儿"，后来粉丝多了，公屏满屏"狗眼儿、狗眼儿"，说实话心里还是不舒服，总让我想起上小学挨欺负那段日子，后悔起了这个名，活该。改了又怕掉粉，于是慢慢引导他们叫我"二嘴"，等我开始被叫"二嘴哥"时，粉丝刚突破十万。

我的外号都是因为我姥爷。他的右眼是只狗眼睛，像个玻璃球，心儿是草绿色的。关于他的眼睛，我从小就问，姥爷自己说是执行任务时受的工伤，我爸也这么说，真实情况我也不清楚。我上小学一年级那会儿，都是姥爷来接我放学，蹬个倒骑驴。我户口跟我爸落在大西菜行，小学最开始念的是二经三校，挨着彩塔街，不远就是浑河。我们班的男生，放学一见我姥爷来，就喊他"老狗眼儿！老狗眼儿！"，我也就成了"小狗眼儿"。为这个我没少跟同学打架，可是因为瘦小，基本都是挨打，给自己气得直哭。有几次脸上挂彩，坐上倒骑驴，我姥爷就问，又跟人打架了？我说，全都因为你，以后别来接我了，你给我钱，我自己坐公交。我姥爷说不放心，等我上了三年级才能自己走。当时我们班不少同学家长都是开车来接，奔驰宝马也有，我从小自尊心就强，看人家钻进小轿车，我跟一车空嘎斯罐，脸恨不得埋裤裆里。那年姥爷已经五十四岁，蹬不动了，咬牙下本给倒骑驴装了个马达，劲给足了也不慢，能跑三四十迈，裆底下嗵嗵冒黑烟，呛得我直咳嗽。

我姥爷是个好人，也是个厉人，谁逮谁敢欺负两下，多少次我陪他一起去送嘎斯罐，连饭店小工跟他说话都像呲嗒狗似的，也没见他闹过脾气。但他总跟陌生人强调，自己是个警察，监狱系统的，别人当然不信，他就亮出自己的警官证，人家更当他精神不好。警官证我看过：廉加海，1951年9月18日出生，汉族，单位是沈阳某监狱，地址在苏家屯。当年我也不确定真假，但照片上他穿警服的模样确实挺精神，跟老了完全不像一个人。直到2006年年底，我在广播里听到新闻，一个退休的前劳改局领导在深圳被抓，罪名是在二十世纪九十年代长期贪污受贿。当时姥爷一边做饭一边对我说，姥爷没撒谎吧。那领导就是被我姥爷他们一帮人告下来的，一告十来年。讽刺的是，带头告状的我姥爷，那年刚好到退休年龄，恢复公职后直接领退休金，到死也没再穿回那身警服。

我的初恋曾经问过我一个问题，她问我对童年最美好的回忆是什么，当时我答不上来。分手以后的某天，我突然给她发了一条微信，回复我的答案，是猪爪跟螃蟹。点击发送才发现，她把我删了。不过我倒是挺感谢她问过我那个问题，因为我本人不是一个热衷回忆过去的人。我想起，在我五岁或六年那年，我妈过生日，我爸买了猪爪跟大飞蟹。我跟我妈爱吃螃蟹，我爸跟我姥爷爱吃猪爪，两样都不便宜，一年上不了我家饭桌几回——那天的一桌菜，就是美好，美好得十分具体。我还记得，我爸上来就把一整盆螃蟹的壳都给揭了，拿勺挨个抠出黄儿来，凑了小半碗，一口口喂给我妈。那天还吃了好利来的蛋糕，我妈让我替她吹蜡烛。我妈平常也不喝酒，那天稍喝了一点儿，脸红得厉害。饭后，她弹奏了一曲，家里那台电子琴，还是她小时候我姥爷给她买的。弹的哪首曲子我不记得了，总之是《小星星》一类最简单的调儿。我妈还在的时候，教我碰过几次琴，我完全没展露任何兴趣，我妈也没硬逼，后来她不在了，琴也就再没人碰过。

我妈说过，如果不是因为眼睛，她的理想职业是音乐老师。她说自己最喜欢的地方就是学校。我上一年级那年，我妈每周都来学校几趟给我送饭。她干活儿的按摩院在怀远门，对面有家司机食堂，盒饭好吃还实惠，两荤一素五块钱。我最爱吃那家的锅包肉，番茄酱口的，我妈每次就打包了带来。怀远门到大西菜行要坐两站，我妈走路慢，下车再走到校门口，有时候菜都凉了。她会陪我坐在校门口吃完，听着校里校外孩子们的嬉闹声，她的脸上就会露出笑容，像在欣赏一场音乐会。等我吃完了，她再坐车回按摩院。就那次我对姥爷甩脸子，嫌弃他那破倒骑驴丢人，第二天中午我妈就来了，肯定是姥爷跟她告状了。那天她是拎着一袋子肯德基来的。肯德基好吃，但是家里没条件，那天以前，我只在店里吃过一回，也是我妈带我去的。在校门口，我俩还是在那棵柳树下的石磴子上坐着，我妈先是对我展开批评，教育我不要跟别人攀比，虚荣心最害人。我低头认错，我妈才打开袋子：一个香辣鸡腿堡，一杯可乐，一盒上校鸡块，还有一杯草莓圣代。我记得自己吃得特别快，就怕吃慢了圣代化了，过程中糊了好几嘴柳絮。吃到最后我又放慢下来，因为要等我班同学从外面回来，我得让他们亲眼看见我吃肯德基。平时我吃饭急，那天却吃了一整个中午，我妈倒什么也没说，就一直陪我坐着，肯德基的塑料袋在她手中叠得方方正正。

也就是那一天，在彩塔街跟青年大街的十字路口，我妈准备过马路，坐237回怀远门，一辆轿车把她撞倒了。刚撞完时我妈还能爬起来，意识也清醒，人是在坐救护车去医院的路上没的。当时有目击者称，是我妈过马路闯红灯。我妈不可能闯红灯。后来又有人说，我妈在等红灯的时候，背后被人推了一把，总之人家轿车没违法，判也是那么判的，最后象征性赔了三万块钱。

那天是2006年4月11日。星期二。黑圈儿中的黑圈儿。

墓地选在回龙岗墓园，我爸让刻碑的把自己名字也凿上去了。刻碑那老头儿说，没见过你这样的，年纪轻轻，多忌讳啊。我爸说，早晚的事儿，何必再花两份钱。半个月以后，他在外面喝酒，跟人打架输了，竟然回机场取了他上班打鸟用的猎枪，回来找人报仇。机场同事发现枪丢了，一个先给我爸打了电话，另一个直接报案，最后我爸去派出所自首，录口供时酒还没醒呢。警察问他，知道偷枪是多大罪吗？我爸还跟人狡辩，说自己偷的算办公用品。还好是自首，最后轻判了。没人知道他到底咋想的，我妈没了以后，我好像变成了透明的，他无论干什么都不会考虑到我。一年后他出狱，我跟他就像陌生人一样。工作丢了，出狱后他又闲晃了一年多，大部分时间待在家养鸟，越养越多，最多的时候，阳台晾衣杆上挂着七个鸟笼子。他一天除了给我做早晚两顿饭，对鸟比对我上心。最招他稀罕的还是那两只黄鹂，活了十来年，高寿。自从那趟吕家村之行回来，他经常对着那两只黄鹂说话，管鸟叫爹娘，我就知道我再不可能懂他了。后来他出去喝酒，都是跟几个养鸟的朋友，他养得最好，别人就撺掇他干脆去八一公园卖鸟，他也去了，第一天就卖出去两对儿雏儿，都是那两只黄鹂的后代。鸟成了他这些年的营生，一个星期出去摆三四天，卖鸟也卖鸟笼子。我家的小客厅，常年被一地鸟笼子霸占。

我妈没了不久后，我姥爷也不蹬倒骑驴了，改种树。当时我爸劝姥爷别再折腾，搬回家来一起住，他伺候，那是在他出事儿之前。我肯定举双手赞成，姥爷来了，我就不用每天跟我爸大眼瞪小眼。姥爷不同意，倒骑驴虽然蹬不动了，但他还是闲不住，认准一个种树的"俏"活儿——那是一个红极一时的投资项目，以超低价格购地，雇人栽上树苗，不等长大就连地带树卖出去，赌增值，类似炒股票。项目被包装成公益事业，种树防风固沙，倒手还能赚钱，当时广告做得铺天盖地，结果半年不到，被揭穿是非法集资，几个老板跟演艺人员被抓。我姥爷就是这场笑话中的一个小标点，种树人。跟他一样的小标点，据说还有六七十个。但他们也是这场骗局中，仅有的没亏还赚的一批人。他们被公司雇去，划片儿种树，每个月能领一千多块钱。一车车杨树苗用卡车运来，他们只管种。我姥爷分的片区在国道边，过了机场再往东，马上到农村了。他一共负责十亩地，道北边四亩，道南边六亩。姥爷把自己在市里租的房子退了,直接搬进了国道边的小砖房里,连吃带住地种树。我爸进去以后,我被姥爷送到了武校,就冲武校管吃住,一周五天住校,周六周日他接我回砖房去住。姥爷说他实在没精力一边种树一边带我,希望我理解。说真的,要不是小时候耽误那一年文化课,我学习应该能挺好。我用脚步丈量过那两块地的每一寸土,夏天逮蛐蛐、蜻蜓、扁担钩,到了冬天,赶上场一尺多深的大雪,就够我蹦跶一下午了。姥爷种树有自己一套规矩,他是先围着两块地界勾边儿,每块先种四条棱,好比画画前先裱好了画框,宣告这是属于他的画布,他人禁止涂抹。从夏天到秋天,我亲眼见证姥爷完成了自己的初步规划,南北两块地被杨树苗圈成两个四方的空场,可惜没等到用绿色填满,项目就黄了,姥爷自然也停止了种树,靠养老金生活,但那两块地始终没人来收,他就一直在那间砖房里住着,非说自己在那睡得踏实。十年后,在我动身去北京之前,去看过他一次,他整个人精神焕发,胃口很好,但比过去絮叨了,三句不离我七岁以前的事。他种的那些杨树苗,都已经长得很高了,每一棵树干上都长满了大大小小的眼睛。其中正对窗子的一棵,树干正中刻着一个很显眼的"婕"字。

三、春梦

一晃离婚都快二十年了,早前一直挺有定力,怎么突然开始想女人了?—— 某个雪夜,廉加海坐在万顺啤酒屋里,紧盯窗外驮满积雪的倒骑驴,冷不防这样问起自己。夹一筷子小凉菜,半杯散啤送下肚,他开始反思 —— 老婆甩手走人那年,女儿廉婕小学还没毕业,他一个人既当爹又当妈。那会儿他还是个狱警,轮班不规律,一个星期至少两天得住苏家屯,没法回家做饭,只能让廉婕上爷爷奶奶家吃。可廉婕要强，眼睛几乎看不见以前，对他说，爸，你教我做饭吧，洗衣服我已经没问题了。他教女儿做的第一道菜是西红柿炒鸡蛋，一边颠勺一边哭，不敢哭出声，不出声女儿就看不见。他清楚，女儿那不是要强，是懂事儿，心疼自己爹，知道她爹跟她爹的爹关系不好，不想让自己爹总低声下气。廉加海老早就明白了一个道理——世上有的亲人，只是亲在血缘上，实际上辈子兴许是仇人，他自己家就是最好的例子。廉加海是家里老大，下面有一弟一妹，从小到大，苦历来都是他这个当大哥的吃，当兵几年领的补贴全寄回家，弟弟娶媳妇他出钱，妹妹嫁人，嫁妆也是他包，爹妈咋就还嫌他做得不够呢？弟弟妹妹后来过得都强过他，他碰上难处需要钱，咋就一个比一个会哭穷呢？这些问题，廉加海想不通就想不通了，只要认清自己这辈子不可能再指望家里，那就把亲人当同事处，谁也不该谁的，少来往就少计较，反倒豁然开朗。自己女儿自己养，他女儿比这个世上任何一家的孩子都懂事儿，这是福分，他得惜福。

不过也二十年了，他廉加海又不是唐僧，没想过女人不可能，但也只是身体上想，不是精神上的，身体上那叫生理需要，不归精神管，可以原谅。廉加海来万顺喝酒的历史并不长，一年多前被几个蹬三轮儿的老哥们儿领来的。这帮人爱往这糊堆儿，酒菜比别家便宜是一方面，主要是大落地玻璃正对北富舞厅，舞女们搔首弄姿地进进出出，白看不要钱，连吃带喝，品头论足，都当自己是选美比赛评委了，干过眼瘾也值个儿——夏天就赚了，挨个露半拉胸脯，光两条大腿，比菜下酒。不怪有人给这地方起了个缺德名，叫穷鬼乐园。廉加海刚来到乐园时已经入冬，没赶上露肉，他就跟人喝酒打牌，块儿八毛，玩儿得不大。可时间一长，廉加海寻思这不行，太耽误挣钱，害他一天少送好几趟嘎斯罐，越不挣钱，对女人越只能干眼馋，恶性循环啊。没等来年立夏，廉加海就再不来了。有嘴欠的编派他说，老廉啊，一天天数你最玩儿命，光知道挣钱，适当得放松一下啊。廉加海反问人家，老婆没了，跟谁放松？那人又说，咱哪个不是离婚的，自己想办法啊。廉加海又不傻，还明知故问，啥办法？那人就是说起一串不三不四的顺口溜来：……往西再往西呀。嘿嘿。

　　廉加海确实是演戏，其实私底下早采取过行动，只是不好意思跟人提——这种事说到底还是隐私，隐私都不背人，那不活成动物世界了。那天晚上，廉加海蹬着倒骑驴是一路往西，就快蹬出铁西区了，停运的铁路道边，一排洗头房入夜就亮起粉红小灯。出来的时候，他肠子都悔青了，悔自己没板住，一百元花得太不值，省下来够买外孙子要的那套什么忍者的文具了。外孙子刚上小学，吵吵要半学期了，他都没舍得给买，里边十分钟就败霍没了，关键花钱还买不痛快，中间那小姐一直偷瞄自己右眼，比硌硬门口停那倒骑驴还明显，闹得他给钱时又把警官证亮出来，说自己眼睛是工伤，结果一屋仨小姐全乐了。

　　2005年的冬天，就在廉加海下定决心再不花冤枉钱以后，他爱上了一个女人，精神上的。

　　那个女人叫王秀义，六三年的，离婚带个儿子，在中医药学院工作。廉加海想起来也笑话自己，人家连你叫啥都不知道，自己搁这单相思，还合计爱不爱情。自己十六岁当兵，五年没见过几个女人，复员回沈阳，经人介绍认识了前妻，处了一年结婚，二十三岁就当爹。啥叫爱情？脚打后脑勺儿过日子的人，没闲工夫思考这么深刻的问题，再后来那日子过得更别提了：女儿治病，跟老婆打离婚，还债，下岗，告状，女儿大了又要操心对象，一年年的晃个神儿就老了。不过这一圈儿回想下来，一桩桩事自己都办妥了，除了告状还没个结果——廉加海突然就悟明白了，为啥自己开始想起女人了？因为他再没有那么多事可操心了。外孙子已经上小学，蹦精蹦灵的孩子，长大指定有出息。女儿跟姑爷感情好得要命,小日子过得牢实,不欠账就等于富裕,俩人又孝顺,一直张罗叫他搬回去住。还要啥自行车——就是在这么个心情下,刚巧碰见了那个叫王秀义的女人,爱情把他给堵门口了。

　　爱情到底该咋谈,廉加海外行。他第一次有冲动想跟人探讨这个问题,可身边跟谁探讨都不合适。赶巧那天中午女儿叫他回家吃饭,专门给他买了一手店的猪爪。姑爷吕新开滴酒不沾,也不耽误他喝高兴,心血来潮,对廉婕说,你带孩子上公园吧,晒晒太阳。廉婕最有眼力见儿,明白爷儿俩有话单唠,领孩子出了门。廉加海给吕新开也倒上一杯,说,今天为爸破个戒,整一口。吕新开没犹豫,干了,说,爸,你是不是有话要说?廉加海突然害起臊来,还绕弯子,没啥,看你们过得好我就高兴,你跟小婕感情咋这么好呢?真让人羡慕。吕新开随口说,谁羡慕啊。廉加海说,我就羡慕。吕新开说,爸,你肯定有话,说吧。廉加海说,其实我一直有个问题。吕新开说,你说。廉加海说,当初我拉拢你跟小婕好,你还骂我是骗子,后来见了人,咋就一下认准了呢?吕新开说,我还当你要说啥呢。廉加海又给吕新开倒一杯,来,你给爸讲讲。吕新开说,我也不知道咋形容,就是感觉。廉加海问,怎么个感觉?吕新开清清嗓子,说,就感觉想跟这个人过日子,不是处对象,是想要过一辈子。廉加海竟然鼓了个掌,说得好。那就算一见钟情呗?吕新开吓一跳,说,算呗,其实是二见。廉加海自干一杯,想说什么又咽了。吕新开又补充一句,反正就是想对她好,想一直对她好。廉加海跟磕头虫似的点着脑袋,又给自己起了一瓶。吕新开这才突然反应过来,说,爸,你是不是想找老伴儿了?

　　廉加海之前同样只见过王秀义两次,一次在中医药学院的食堂,一次在人家里。第一次,廉加海给食堂后厨换嘎斯罐,食堂管学生跟职工两千来号人吃饭,嘎斯费得很,大罐平均十天就光。那天是十二月头,刚下过一场小雪,地滑,廉加海卸罐的时候摔了个屁蹲儿。上二楼换好了罐，当时下午一点半，他一向都是这个时间段来，整个食堂没人，就一个后厨的小伙儿招呼他。大罐太沉，正在大理石砖面上拧着圈儿拽呢，那个叫王秀义的女人，从卖饭票的窗口里走了出来，手里拎一塑料袋饭票，五颜六色，她叫住了廉加海。她说，大哥，你后屁股脏了。廉加海回头一看，哎呀。头再转回来时，两张餐巾纸递到了自己面前，她说，擦擦。廉加海像是接受命令，乖乖擦屁股，一直没好意思抬头，盯住女人鞋看，一双半高跟的黑色小皮靴，挺时髦，但皮子薄，他猜里面应该带毛，不然这大冬天得多冻脚啊。擦完，廉加海才抬头说谢谢，她的手又伸过来，把脏纸接了回去，冲他笑笑，走出了食堂。廉加海杵在原地，屁股后反劲儿地疼起来，心说，这女人长得可真好看。

　　第二次见到王秀义，是十二月尾，日历快换下一年了。中医药学院的职工楼有三栋，都是老笨楼，就在校区里，嘎斯罐也归廉加海。那天扛上五楼一家，门打开，竟是王秀义，应该是刚剪的短发，有点儿像成方圆。她还是冲廉加海笑笑，廉加海闹不清，她到底认不认得自己呢？屋里收拾得立立整整，红地板擦得亮，廉加海鞋底脏，正要换鞋，她说，不用换，没事儿。廉加海啥也没说，直接扛罐进了厨房，厨房也利索，大勺黑亮，菜刀跟剪子在钉子上挂着。拎起空罐正要走，一个男孩从里屋出来，管她叫妈。男孩看样子十六七八，长得一表人才，眉眼跟他妈一个模子扒下来的。男孩对廉加海点了个头，说了句"你好"。等廉加海扛着空罐出了楼栋，才反过味儿来，自己都没跟人孩子回问好，脑袋都想啥呢？乱了。全乱了。她这个年龄段，肯定结婚有孩子了啊，想啥呢。

　　直到第三次见王秀义以前，廉加海都不知道她的名字叫王秀义，还是听卫峰讲了才知道。

　　卫峰是廉加海以前看过的犯人，比廉加海小七岁，属狗。八六年犯故意伤害罪进去的，八年。卫峰在号儿里那几年，廉加海跟他处得还行，能聊几句。卫峰一米七出头的个子，一点儿不起眼，可骨子里那劲儿挺瘆人，平时不惹事儿，但也绝不认亏吃，死刑犯照样儿不怵。进去之前，卫峰是车筐厂的一个普通工人，出来以后，找不到工作，开过一段时间大货车，又因为跟人打架被辞了，再后来托人留在了中医药学院烧锅炉。就前两年，廉加海跟卫峰在青年公园碰上，俩人都挺感慨，喝了顿酒。一来二去，卫峰牵线，廉加海提着两盒月饼加三条烟敲开后勤科长家门，中医药学院的嘎斯罐就都被他包了，打那起干脆把收瓶子的活儿给撂下，忙不过来，铆劲儿送罐。为表谢意，廉加海给卫峰也拿了两条烟，卫峰没要，最后单喝了顿酒。廉加海觉得这人挺仗义，能处。自打下岗以来，廉加海身边也没啥朋友了。

锅炉房就在职工楼底下，廉加海从楼里出来，屁股坐上倒骑驴又下来了，拐两步进了锅炉房。他跟卫峰也有小半年没见着了，应该瞅一眼。锅炉房不小，但向来只有卫峰自己。矮平层黑茫茫一片，水蒸气烫脸，地上跟空气里全是煤渣子，火苗从闭不严的大锅炉门里挤着往外蹿。锅炉后的角落里吊下来一个黄灯泡，下面一张小木桌，一个破躺椅，还有一地的烟头，那就到卫峰的地盘了。卫峰斜窝在躺椅里，脸上盖着毛巾，身上就一件衬衣，跟蒸桑拿似的，连人带毛巾都是黑黢黢的，谁要不知道这有个人，能给吓一跳。桌上摆着四盒菜，有红烧肉，还有炸刀鱼，三瓶大绿棒子空了，还有一瓶剩一半。廉加海发现照之前多了一把带靠背的小木凳，学生用的那种，坐下说，整挺丰盛啊。卫峰脸隔着毛巾说，喝点儿啊？廉加海说，不了，一会儿还得接孩子放学。卫峰扯下毛巾，额头一层汗，身子始终一动不动。廉加海握了握剩那半瓶啤酒，说，这都煺热乎了，我看节目里说，喝热啤酒对肾好。卫峰说，好不好能咋的，还能用得上是咋的。廉加海问，忙不最近？卫峰说，奇了怪，这两天总想起老孙。廉加海说，咋的呢？卫峰说，我合计这人到底是不是个精神病。廉加海又说，咋的呢？卫峰说，谁家正常人写诗啊。廉加海说，也不能这么说，那是挺智慧一个人，有大文化。卫峰说，那天突然想起来，他在号儿里写的一句诗，他天天写，天天念，我就记住了一句——我是个只存在于冬天的人——这他妈不就是说我吗？廉加海在心里品了品，还是说，咋的呢？卫峰说，夏天谁他妈还烧锅炉啊。

廉加海驮空罐回去的路上，一直顶着风，只好开了马达，多少心疼油。风好像从多年前就认识他，可风不会老，这挺不公平的。他想起在深牢大狱里工作的年月，自己跟犯人又有啥区别呢？都是在高墙里吃喝拉撒，只不过犯人不下班罢了。卫峰说的老孙，是个奇人，一个大学中文系的老师，一个诗人，一个死刑犯，四十岁那年杀了自己的老婆，被判死刑。他坚称是误杀，上诉两年，最后还是维持原判。离执行不到半个月的时候，人跑了，越狱。具体怎么实施的，成了谜，因为人最后被击毙在棋盘山上，问不着了。老孙跟卫峰住同一间号儿，两年时间，每天就是写诗念诗，一屋子都挺烦他，打又懒得打，臭知识分子，要死的人了。老孙越狱当天，幸亏不是廉加海值班，不然他现在就不是被下岗，是被开除公职了。当时是秋天，城里一半的警力都去追老孙了，廉加海这帮狱警也被领导拎去局里训，人到底咋跑的？能跑哪儿去？丁点儿线索都没有？人跑了五天，最后没想到是卫峰立了个功。他主动找廉加海汇报，说老孙跑之前，一直跟他提棋盘山。卫峰不爱搭理，他就自己在那儿嘚啵，说啥玉皇大帝在那儿落了一盘棋，大运压在底下，棋子千年不挪，他要挪一挪。廉加海赶紧跟领导汇报，反正都火上房了，派两队人马包围棋盘山，人还真藏山顶上了，身上就带一把大斧子，拒捕，一枪给打死了。最后卫峰因为立功，减了一年刑，出来以前，他对廉加海说，我得感谢老孙，我猜他肯定是个好老师，谈问题一点就透。

送完了外孙子，廉加海蹬着空倒骑驴，回到自己租的小单间，吃口饭，洗一把，躺上床，从脖颈子酸到脚后跟，天天如此。廉加海使劲儿先把老孙给忘干净，才能开始梳理下午卫峰跟他讲起的关于王秀义的那些情况。王秀义当姑娘的时候挺不省心，天天混西塔，处了一个对象，婚也没结，就怀上孩子，生下来没两天，那男的就跑韩国去了。她这段历史，中医药学院里的人都知道，连卫峰也总听人提。卫峰说，得亏落了个好儿子，学习特别好，在省实验念书，全校拔尖儿，给他妈长了脸，院里也就没人敢再多讲究。尤其那帮有孩子的大学老师，自己文化挺深，孩子学习啥也不是，打心眼儿里嫉妒。廉加海心说，懂事都是天生的，跟咱家小婕一样。卫峰还透露个情况，说王秀义有男人了，就这两年的事。廉加海嘴上说，你了解不少啊，实际心里反思，他上门时咋没发现屋里有男人生活的迹象呢？以他的职业底子来讲，不应该啊。估计还是太紧张，眼睛顺一条线进出，左右没好意思多瞟。那是个啥样的男人？卫峰说，社会上混的，叫郝胜利，在北市挺有号。廉加海还问，俩人结婚了还是搭伙过呢？卫峰终于不耐烦了，你打听她啥意思，有想法啊？廉加海嘴硬想往回掰，反问，那你咋知道这么清楚？卫峰说，我在这院十来年了，啥不知道？后又追了句，说了你都不带信的，我俩天天见面。

过完春节，2006年正好踏入二月份，廉加海也有整一个月没再见到王秀义了。大年初三，"互助会"的蔺姐来了个电话，问他今年打算啥时候动身，这回去八个人还是十个人，另外会费吃紧，是不是该齐钱了。廉加海心不在焉，支支吾吾，一会儿说下个月，一会儿又说过了十一，齐钱的事让蔺姐做主，自己都行。蔺姐问他，你没事儿吧？廉加海说，没事儿，一切正常。蔺姐又问，要不咱们几个骨干出来吃顿饭啊？投票决定。廉加海又说，都行。他就再不说话了。蔺姐可能也觉得没意思，电话就撂了。"互助会"的全称是"监狱下岗职工互助会"，廉加海是会长，蔺姐是副会长。蔺姐对自己有意思，廉加海心里清楚，其他老同事也都知道，他自己愣装了好几年傻。但话说回来，他们这些个骨干成员，从十年前开始一起上访，早时候一年两三趟，慢慢岁数都大了，后改每年固定一趟，在哪儿扇扑克一扇一宿，感情比上班那会儿更深了。"互助会"最开始就是廉加海牵头组的，如今这些年，还是没个结果，他心里有愧，对不住这帮老哥们儿姐们儿。他甚至想过放弃，要不认了吧，人一直不愿从旧梦中醒来，新生活的大门也将永远沉睡。这不是他说的，这是他在一本书里看的，能写书的人，肯定比他活得明白。认也是种智慧。

初八中午，廉加海回女儿家吃了顿饺子，猪肉酸菜馅儿。他活儿也不忙，下午蹬车路过北市，车把一歪，顺道就拐来万顺门口，果然有两个蹬三轮儿的老哥们儿正喝呢，隔落地玻璃冲廉加海招手。廉加海这趟来是带目的的，不喝也不吃，上来就跟俩人打听郝胜利。岁数大的那个，早年在社会上瞎混，还真知道。廉加海给他点了根烟，听他讲，郝胜利小名三利子，家里哥儿仨，他是老小，二十世纪八十年代就在北市这片儿混，人高马大，打架下手贼黑，严打那阵子犯过事儿，躲南方去了，九几年才回沈阳。廉加海说，难怪，要是蹲过号儿，我不该没听过。那人又说，现在当老板了，有个拆迁队，没少划拉钱。你打听他干啥？廉加海随口说，打过交道。那人咂巴一嘴，给人家打工啊？你是够狠还是够恶啊？吹牛吧。廉加海不乐意听了，提高声音说，我白道他黑道，自古黑白不两立。那人看看他说，你吵吵屁啊。

背起人来，廉加海是真自卑了，于是又下定了决心，状还得告，说死必须恢复公职，不然真被郝胜利给比下去，太窝火了，那不就是个大流氓吗？那么温柔的一个女人，怎么能跟大流氓好呢？可论实际的，人家挣大钱，自己蹬三轮儿，还瞎一只眼，掰掰手指头，哪样比得过？除非自己穿回那身警服，站到王秀义面前——他一直自信自己穿警服挺带劲的。爱情让人冲昏头脑，这话不假，不过自己姑爷也说了，爱谁就是想对谁好，想一直对那个人好，单论这一点，跟钱没太大关系。

　　从二月中开始，廉加海棉袄胸口里一直揣着两副女士鞋垫，他看电视购物买的，纳米发热，八十八一副。他买两副，因为怕目测不准，小的一副三六，大的一副三八，大了可以裁，再小咋也小不过三六吧，总有一副能用。可转眼都二月底了，学生还没开学，中医药的食堂只供值班的人吃饭，用气省多了，想要见到王秀义，只能指望她家里罐用完那天——她家里要真住了个大男人，外加一个正长身体的大小伙子，做饭用气应该不慢吧？廉加海心里躁得慌，脚底下都蹬不顺溜儿。最近他每三天就换身干净衣服，就怕突然接到王秀义家的电话——上次从她家出来，廉加海特意把号码存手机里了，这个心眼儿动了很正常，可那号码再也没响过一下，心思全白费。他也不是没想过打电话过去，但那就太明显了，得找个由头。坐在青年公园门口，廉加海双手捂住一个煎饼馃子暖手，犹豫再犹豫。心思乱的时候，廉加海就爱来青年公园坐坐。廉婕刚上小学时，最喜欢来青年公园，那会儿廉加海跟老婆感情也还不错，主要因为女儿当时眼睛还好好的。一家三口在湖上划小船，船是廉婕吵吵要坐的，可一上去就晕船，头枕在廉加海大腿上睡着了。廉加海轻轻地摇桨，怕惊醒女儿，最后干脆任船被风赶着漂，晃晃摆摆，像三口人的摇篮。当时廉加海以为，自己的一生大概也就是这个样子了，平静，安稳，一点点波澜，四周望得到边。

　　煎饼馃子吃到一半，电话还是打了过去。嘟声响那几下，廉加海抓紧把嘴里嚼的咽了，调整呼吸，撒谎不是他强项，心里突突怕露馅儿——那边接起来，几秒钟没声。廉加海抢先说，你好，我是给你家换嘎斯罐那个，没啥事儿，就是上回去换罐的时候，发现你家管子有点儿漏，不知道咋的今天突然想起来，提醒一下，趁早换了安全。要是嫌麻烦，我帮你换也行，本来一会儿也要去你们院，就这事儿。那边停了几秒，传来声音，你来吧，谢谢——是那个男孩的声音。

　　下午四点，廉加海把倒骑驴停在楼下。肩上少了罐，廉加海觉得自己脚步都轻快了，他站在门口，没有直接敲门，拍拍立整身上衣服，此时门自己开了，还是那男孩。男孩说，你好，请进。廉加海说，你好。进了门，廉加海一眼就发现了脚垫上那双男人的皮鞋，是双大脚。再往里看，一个玻璃烟灰缸翻在红地板上，烟灰铺散一地——准确说应该是砸上去的，因为地板上多出一个大坑，上次来时没有。男孩主动说，不用换鞋。门关上，廉加海才看见沙发上坐着的那个男人，留个毛寸，脑袋挺圆，虎背熊腰，光看腿就有一米八多，应该是郝胜利了。他正在看电视，手上烟灰直接往地上弹。廉加海没再多看，被男孩引着来到厨房，蹲下去装模作样地检查起胶管。男孩站在身后问，漏吗？廉加海说，多少有点儿老化了。男孩问，要换新的吗？廉加海说，今天过来得赶，没带管子，你家有胶带吗？男孩说，有透明胶，行吗？廉加海说，那不行，虎皮膏药有吗？

　　男孩在沙发旁的斗柜里翻东西时，廉加海就守在厨房里偷看——郝胜利连瞄都没瞄过男孩一眼，但他也没有在认真看电视，播的是《武林外传》，自己外孙子也爱看，逗乐的，可郝胜利连笑都没笑过一下，眼睛里明显有其他的事在转悠。男孩拿着一贴膏药回来，廉加海才注意到，男孩的嘴角跟眉骨上一青一紫两小块，不细看不明显。廉加海自己摘下头顶挂的剪子，膏药裁一半，胶管接口缠一圈儿，拧开煤气，凑鼻子假装闻闻。男孩问，好了吗？廉加海说，应该没事儿，能凑合。脸咋整的啊？男孩眨了两下眼，说，磕的。廉加海说，你妈没在家啊？男孩说，出门了，多少钱，叔叔？廉加海起身说，不用了，再有问题，让你妈给我打电话。男孩点点头。廉加海往门口走时，赶上郝胜利起身进厕所，两人擦身而过，郝胜利猛过自己一头，脑袋左边有条一拃多长的大疤瘌，从太阳穴拐到脑顶，像条蜈蚣伏在草窠里。从进门到出门，廉加海就没被他正眼瞧过一下。

两副鞋垫一直没送出去，廉加海就一直随身揣着，转眼又进了三月。那天，"互助会"的骨干终于聚起吃了顿饭，在兴工街的甘露饺子馆，一间小包房生挤下十一个人，廉加海跟蔺姐坐主位，肩膀挨肩膀，不知道的进来，以为俩人办婚礼呢。菜没等上齐，投票已经决定，过了五一就上访，为节省会费，这次只出六个人，住五天，廉加海跟蔺姐在名单里雷打不动。廉加海没发表任何意见。饭桌上，他也没怎么说话，听别人扯闲篇儿，发现这帮人一年比一年爱唠过去上班的事了，主要集中在那八十二个下岗职工身上，谁谁老婆跟人跑了，谁谁在五爱街挣着钱了，谁谁孩子结婚酒席寒酸了，好像彼此的生活还紧密联系着，哪怕一年也见不了两回面。一顿饭从上午十一点吃到下午四点，回回都这样。那天廉加海话没说几句，酒喝了不少，最后实在坐不住了，先走的。蔺姐非留他多坐会儿，廉加海说还得接外孙子去，留下一百块会费，就跟大伙儿拜拜了。不过那顿饭也算没白吃，听大老刘提起来，目前有个种树的俏活儿，一个月给开一千八，还管住，就埋头种树，他自己计划开干。之前廉加海在电视上见过，明星做的广告。一千八算不少了，满打满算比自己送一个月罐还多点儿，确实可以考虑。

跨上车座，脑门儿给风一吹，廉加海比刚才迷糊了，左眼都重影儿，车一直往右边顺拐。右边这只狗眼，估计该换了，大夫说过，这玩意儿能挺个五六年到头儿了，过期了就得拿掉，要不就花钱换个晶体的，虽说也还是摆设，总比空落个眼眶吓人强。廉加海合计，等钱富余再说，先将就着用，也不耽误啥。骑到了二经三小学门口，廉加海一身酒味儿，怕孩子闻见，猛灌了两口随身的茶水。放学铃一响，他的外孙子吕旷，第一个飞奔出校门，三两步蹦上车板，催他快走。廉加海一边发动马达，心里一边乐，他明白啥意思，这孩子脸皮薄，还是怕被同学瞧见。一年级都上第二学期了，原来这个坎儿还没过去呢。坐上倒骑驴，吕旷的脸永远只向前看。廉加海发现他棉袄俩胳膊肘一边磨一个洞，像在地上蹭的，就问，没跟同学打架吧？吕旷脸也不扭，说，没有。廉加海又问，现在还有人欺负你吗？吕旷说，没有。廉加海心里也难受，吕旷打小冒话早，廉婕教他背首诗，扭脸工夫就会，这么聪明个孩子，不说生在金窝银窝，哪怕是条件能算上普通的家庭，将来的人生路也好走得多。没办法，谁跟谁凑一家是天注定的，好赖最后还得看他自己。廉加海一个酒嗝儿涌进嘴，憋气又给顶下去，说，旷旷，要是实在忍不了，就打回去，大小你也是个男子汉。姥爷理解。吕旷终于回了一下头，没说话，又把头转过去，继续迎着风。

　　第三次见到王秀义，是廉加海自己争取的。开学没过几天，他接到中医药食堂要罐的电话，专门掐中午十二点半到的，食堂里全是人，廉加海在地上斜着滚大罐，左右还得躲着人，后厨的小伙儿走出来帮他，四只手抬起走。小伙儿问他，今天咋赶这点儿来？廉加海说，我也排不开，以后可能都这点儿来。小伙儿说，这么多人，砸了谁脚你负责啊。廉加海说，我加小心就得了。抬完，廉加海一个人转着空罐出来，故意拐两个弯儿，假装路过属于王秀义的窗口，抬头才发现"饭票口"改贴了"饭卡口"，原来是鸟枪换炮了。窗口外，陆续有人拿饭卡朝充值机拍上去，王秀义坐在里面收现金，哔的一声，交易完成。廉加海注意到，王秀义对每个人都会微笑，熟人还会打声招呼，实在招人喜欢。他趁有一小段没人时，鼓足勇气来到窗口前，王秀义伸手正准备接钱，他从怀里掏出两副鞋垫，塞进窗口说，给你买的。王秀义定住两秒，是你啊，大哥。说完又那么笑一下。廉加海忘了笑了，说，一副大点儿，一副小点儿，但愿能合适。王秀义眼睛转着，见廉加海后面排了人，收起鞋垫，说，谢谢啊。廉加海说，那我走了。王秀义起身叫住他，大哥，要不你在楼下等我会儿，二十分钟下班。廉加海点头，临下楼时，空罐差点儿被他忘在原地。

都快一点半了，王秀义才下楼来。廉加海站在楼门外，冻得直跺脚。王秀义小跑着上前，说，你咋不在一楼大厅等呢，真死心眼儿。廉加海说，没事儿。王秀义说，我以为今天能早呢，不好意思。廉加海还说，没事儿。王秀义说，我请你喝杯咖啡吧。廉加海说，啊，都行。其实他第一反应是，地方离多远？近就走着去，远了，说死也不能叫人家坐倒骑驴啊，不行打个车。正合计着，王秀义说，不远，坐我车吧。

市委对面的避风塘，廉加海平时总路过，一帮小年轻在里面搞对象，自己从没进来过，屁股坐下都分不开瓣儿。王秀义买了两杯咖啡，廉加海喝一口，不知道说啥。王秀义又笑了，嫌难喝？廉加海说，第一次喝。王秀义说，你这人挺实在。廉加海不说话。王秀义说，我儿子跟我说了，那天你上我家去给修管子，都没要钱。廉加海说，小意思。王秀义说，都没问你贵姓呢。廉加海说，免贵姓廉，公正廉洁的廉。王秀义问，为啥给我买鞋垫啊？廉加海嘴又笨了，扭捏两下说，我看电视上说保暖效果好，纳米发热，对女人好。王秀义笑了。廉加海问，笑啥呢？王秀义说，这都三月份了。廉加海说，也是，用不上了。王秀义说，又不是不过冬天了，来年能用上。廉加海点了点头，又喝一口咖啡，真挺难喝。王秀义说，我三六的脚，三八那副你带回家给嫂子吧，别白瞎。廉加海说，离多少年了。王秀义说，咱俩一个情况。廉加海差点儿脱口而出我知道，但他拐个弯儿说，自己带孩子，咱俩一个情况，我女儿跟我大的。王秀义说，我儿子就是我的命。廉加海说，你儿子真有教养，你不容易。王秀义说，说实话，都是天生。廉加海说，没错，没错。

俩人在避风塘坐了不到半个点儿，王秀义又开车顺廉加海回中医药取倒骑驴。车啥牌子，廉加海不懂，好像叫马什么达，标儿像个小燕。大红色车，挺配她。车是郝胜利给她买的。廉加海就记住这个了，

王秀义说了两遍 —— 他对我挺好。这句再往后，廉加海耳朵像是漏风了，脑袋里没留下几个字。原来她跟郝胜利认识多少年了，郝胜利脑袋里镶那块钢板，就是为她拼命落下的。话不用再多说了，啥意思还不明白吗？为啥非要出来喝咖啡说？人家心里都有数儿，给个台阶好看，他懂。王秀义故意往这个话题上拐的时候，其实还挺刻意的。廉加海坐在车里，有股香味呛人，加上刚才那几口咖啡喝得心慌，直恶心。虽然还有句话，廉加海憋在心里，也只能当自己忘了。

天猛地暖和起来，一场春梦也该结束了。来去匆匆的。三月中的某天，廉加海扛罐上楼时把腰给闪了，在家躺了两天，也没敢跟女儿和姑爷说，撒谎自己有别的事忙，得他俩自己接孩子了。闪腰也不是头一次了，可这一次，廉加海感觉自己老了，老到希望的大门只是朝他微微敞开过一道缝儿，立马又关死了。原来希望这东西，也是见人下菜碟。躺床上看了两天电视，廉加海一共打过两个电话，一个打给蔺姐，简单问了两句齐会费的情况，果然有人装死不交钱，能理解，都是不想再自欺欺人了呗。第二个电话，打的是那个种树项目的咨询热线，问一下种树都要啥条件，听动静对面是个小姑娘，挺客气，说啥时候想过来都行，只要有基本的劳动能力，别的没要求，最后把廉加海手机号记下了。

重新下床的第一天，是星期天，廉加海给中医药职工楼一家送完罐下来，见隔壁栋口前停了一辆警车，正是王秀义家那栋。巧的是，其中一个警察自己还认识。廉加海叫住刚下车那个年轻的，郑羽？对方吓一愣，细瞅瞅才反应，廉叔？你咋搁这儿呢？廉加海说，这三栋楼的罐都归我管。郑羽点个头，啊。廉加海问，办案呢？郑羽说，啊。廉加海主动说，那你忙去吧。郑羽又问，廉婕挺好的啊？我听说结婚了。廉加海说，孩子都上小学了，挺好的。郑羽点头，说，挺好就好。廉加海反问，你呢？郑羽说，结婚了。廉加海说，有孩子了吗？郑羽说，媳妇刚怀孕。廉加海说，恭喜啊。郑羽说，谢谢叔，哪天我上家看你去。说完他就被岁数大的那个警察催着进楼栋了。廉加海明白，最后那句就是客套，那心里也挺热乎。郑羽是个好孩子，他过得好也是应该。

郑羽是廉婕的初恋。虽然俩人也是廉加海猛撮合的，但人家本来就是小学同班同学，自己曾经就有那意思，他只是添把柴。廉加海跟郑羽他爸老郑一起当的兵，老战友了，两家知根知底，老郑也没反对。廉婕跟郑羽都二十岁那年，俩人约会了三次，就算正式好了，当时郑羽还在刑警学院上学。处了半年，有一天廉婕回家跟廉加海讲，郑羽说自己从小就喜欢她，她不敢信。廉加海说，那有啥不信的，郑羽不像撒谎的孩子。本来挺好一段缘分，直到半年后郑羽把廉婕领回家吃饭，他妈死活不同意，刀架自己脖子逼俩人分手。廉婕回来，哭了半个月。结婚以前，郑羽就是廉婕唯一的一次恋爱。结婚以后，廉婕给吕新开讲过这段，吕新开不是小心眼儿，反倒跟廉婕开玩笑，孤儿有孤儿的好，人生大事，自己拍板，谁的窝囊气也不受。吕新开说这话时，廉加海也在场，他心说，这个姑爷自己没看走眼，老天对他们父女俩不赖。

廉加海站在王秀义家楼下，突然上来直觉，实在忍不住想求个对证，于是就进了锅炉房。卫峰正往炉子里一锹一锹添煤，见廉加海来了，又铲了两锹，关上了炉盖子，煤渣子绕着他周身飘。廉加海说，忙哪？卫峰说，咋的了？廉加海说，来警察了。卫峰放下锹，说，又来了？廉加海说，谁家出啥事儿了？卫峰说，找王秀义的。廉加海早知道自己感觉对，也没太意外，问卫峰，她咋的了？卫峰说，郝胜利失踪了，媳妇报的案。全学院都知道。廉加海心里揪了一下，问，郝胜利有老婆？卫峰说，儿子都上大学了。廉加海问，啥叫失踪了？卫峰说，一个礼拜不见人了，他媳妇跟警察咬死说是王秀义给拐跑的。

廉加海问,实际呢?卫峰说,谁知道。

三月底的某天,大概是整个月天气最好的那天,廉加海一大早又给种树的热线打了电话,约好下午去看地。那片地——准确说是两块地,中间夹着国道,来去最多的是大客跟大货,放眼四周再无他物。廉加海第一眼挺喜欢这个地方,不知道为啥,让他想起当兵那几年,驻在山里,站岗的时候,眼前就是一片空地,生满野草,经常有黄鼠狼和野猪路过,它们偶尔也停下脚来,看一眼廉加海。销售的小姑娘问廉加海,大爷,你身子骨还行不?廉加海说,没问题。小姑娘说,人可能得住这儿。廉加海说,挺好的。小姑娘问,大爷你还有啥问题吗?廉加海想想,问,平时有领导检查吗?小姑娘笑了,说,没有。廉加海说,那我种给谁看呢?小姑娘说,大爷,样板间知道不?廉加海说,知道。小姑娘说,我以前卖房子的,打个比方,大爷种这十亩地,就等于样板间,虽然楼还没盖好呢,但是万一别人想看房,咱得能拿出房给人看。跟这十亩地一个道理。你种一棵树,背后其实是一百棵树。一百个人一起种,背后就是一片大森林,懂了吗?廉加海说,懂了,以点带面。小姑娘说,大爷真有水平。没问题的话,随时可以过来,一车树苗下周就到。

蹬回市里的路上,廉加海腰疼得厉害,后悔刚才坐小巴来就好了,回去还能搭小姑娘的车给他顺回去。廉加海想,既然决心种树了,干脆就把倒骑驴卖了吧,干完这礼拜,以后就不送罐了,用不上了。他又想,从今往后,再也不会见到王秀义了吧?郝胜利到底跑哪儿去了?那女人的命可真苦。可惜自己没本事,不能给女人托底的男人,就别把爱不爱的挂嘴边了。廉加海感觉自己终于想通了——如果不是因为自以为是,他也不至于冒出要跟王秀义做个永别的念头。

廉加海给自己安排的那场永别,在4月11号。日子本身没什么特殊意义,他只是在难得睡了一个大懒觉醒来后,突然就想起王秀义,趁着还没完全清醒，壮胆打了个电话，得知王秀义当天轮休在家。电话里，他对王秀义坦白，自己以后不送罐了，他要去城市的另一头种树了，手头正好剩最后一满罐，就当送个人情，不要钱。王秀义没拒绝。廉加海迅速爬起床，洗了把脸，才算是醒彻底了，他对着镜子反问自己，为啥非要再见一面呢？留点儿念想不好吗？思来想去，只能劝他自己，好像还有话必须说，那话跟爱情没一个字关系。

　　路上，廉加海感慨，当天的天气挺合适，阳光不烈，云薄薄一层，风也微微的。车板上唯一的一罐嘎斯，是廉加海为自己准备的信物。到了王秀义家楼下，扛罐上五楼，家门大敞着，两个工人在撬地板。廉加海站在门口，王秀义还是冲着他笑。廉加海说，是不是赶得不是时候？装修呢？王秀义说，没关系，进来吧。廉加海穿越被炮轰过一样的客厅，进厨房换好新罐，手上掂量下旧罐，至少还剩一半。廉加海说，这半罐你要留下也行。王秀义说，拿走吧，家也没地方摆。廉加海问，儿子呢？王秀义说，再有俩月就高考了，住校比家里清静，正好趁这工夫整整地板。廉加海问，人还没找到吗？王秀义说，找人归警察，我不找了。想走的人，你也留不住。廉加海说，是姓郑那个警察吧？王秀义眼睛瞪大一圈儿，说，你认识啊？廉加海点头，说，老相识了，我以前也是警察，之前没跟你提过。王秀义说，确实没提过。之前咽回去的话，廉加海犹豫再三后，还是吐出了口——郝胜利打你儿子，你是装不知道，还是真不知道？王秀义捋了一下刘海儿，眼神越过了廉加海，她说，我儿子是我的命。廉加海没话说了，该明白的都明白了，但最后还是撂下一句，我们应该不会再见面了，你多保重。没等王秀义说再见，他就转身下了楼。

　　与王秀义永别后，廉加海扛着半罐气走出楼栋，都撂上倒骑驴了，就最后那下寸劲儿，腰又闪了一把，这次他听见咔吧一声，疼到钻心，扶紧车座缓了会儿，动弹还是费劲，原地合计半天，决定去锅炉房里先坐会儿，歇口气。廉加海进去，喊了两声卫峰，没动静，他忍着疼，一步步蹭着往深了走，想去找那把学生凳。经过大锅炉时，脚底下踩了一裤腿炉灰，低下头看，锹横着，他又叫一声，仍没人应。廉加海回味，刚好像有道银光在灰黑中抓了自己一眼，于是左手撑腰，身子一寸寸地抻着劲儿往下蹲，右手探进那堆炉灰里扒拉——第一眼不确定那是个啥，可能是个水壶盖，也可能是个厚易拉罐——不对，那是件比那些东西都扛烧的金属。光太暗，廉加海蹲在地上一时辨不清楚，一时又起不来身——最后竟是卫峰的眼神令他刹那间拐了心眼儿——啥时候进来的？卫峰从角落里钻出来，面色暗红，不知道是火烤的还是刚喝了酒。他盯着半蹲在地的廉加海追问，你蹲那儿干啥？廉加海反问，忙活啥呢？卫峰说，停暖好几天了，掏掏炉灰。廉加海说，正好想跟你要点儿。卫峰问，要这玩意儿干啥？廉加海说，我现在种树了，都说炉灰能养土，树长得快。

撑饱四大编织袋的炉灰，卫峰帮着在车板上摞好，保证车板前后平衡。廉加海咬牙跨上去，腰已经不是自己的了。卫峰问，你这德行能行吗？廉加海说，没问题，进去吧。卫峰没进去，一直站身后望着他蹬出院的南门。等拐上了街，廉加海才把车停在道边，揉着老腰喘粗气。就是在他刚刚把东西偷偷揣进裤兜儿的那一刻，隔着布料的触觉令他意识到——那不是一块普通的钢板，那是一块钛合金板，医用，当年廉婕她爷爷火化完推出来，胯里装那个假股骨头就是这种乌银色，烧不化，掂在手里轻飘儿的，比钢轻一半。廉加海拿不准卫峰刚刚到底有没有看见，他也来不及想更多，职业病告诉自己，该有说道的事，必须有个说道。随后他掏出手机，给郑羽打了个电话，没接，也不知道换没换号码，改发了一条短信，灌了自己一肚子茶水后，咬紧牙继续蹬。

他的腰好像被一双巨手给掰折了。廉加海不确定自己还能蹬多远，当他第一站路过敬康按摩院时，干脆把倒骑驴停下来。他朝屋里喊了两声廉婕的名字，等了两分钟，女儿从门内慢悠悠地走出来。廉婕问，爸你咋来了？廉加海说，顺路，看看你。廉婕说，我挺好。廉加海说，忙不？廉婕说，一般，正打算买肯德基给旷旷送去呢。廉加海说，爸拜托你个事儿。廉婕笑起来，啥事儿啊？还整这客气。廉加海从裤兜儿里掏出那块板，拉过廉婕的手，塞进她手心。廉婕看不清，问，这啥啊？廉加海说，郑羽还记着吧？廉婕说，说啥呢，当然记着，你跟他咋了？廉加海说，我刚才给他发了短信，说好去找他，但我有事儿过不去了，你帮我把东西交给他，沈河分局知道在哪儿吧？离青年公园不远，你打个车去。廉婕说，爸，你没瞎掺和啥事儿吧？怎么还跟郑羽联系上了？廉加海感觉自己的腰可能废了，揪起嘴说，他办案子求我帮个小忙，顺手的事儿。廉婕笑说，不信，吹吧就。廉加海说，不撒谎。待会儿一定打车去。廉婕低下头说，也不知道你们这是唱哪出儿，我都多少年没见过郑羽了。廉加海没在听女儿说话，他脑袋里正盘算，待会儿等廉婕进了屋，他就把倒骑驴停胡同里，打辆车上骨科医院，拍个片子，他真的是多一下也蹬不出去了。廉加海继续说他自己的，他说，今天我接不了旷旷了，我想，往后我也就不去了，让他自己坐车就行，旷旷那么聪明，离家也不远，我想他丢不了。廉婕眨眨眼，问，爸，你到底怎么了？廉加海说，我也得替孩子想，我确实给他丢人了。

四、女儿

是否每一棵树的生日都在春天？我不知道，也不确定，一棵树的生日该如何计算——假如按照扎根入土的日子算，我的生日就是2006年4月19号——廉加海的女儿，廉婕过世的第八天，正是春天。

就在那天，那个叫郑羽的年轻警察，第一个来砖房找廉加海。他穿着便服来，手提两盒脑白金，一瓶虎骨酒。当时廉加海的腰只能是强挺着，走路始终用两手撑着后腰，像个老罗锅儿。此前几天，他才刚把自己那点儿家当——也可以理解为破烂儿，搬进这间砖房。他一个人蹬着倒骑驴来回市里，折腾了两趟。砖房把道北这四亩地的西北角，第一批树苗已经抵达，围砖房半圈儿，成排躺着，廉加海起初顾不上，每天从我们身上跨过来跨过去，就在他那间小房里忙活，奖状糊满墙，都是他以前当警察时立功的凭证。郑羽从我身上跨进门的一刻，迎面愣了一下，好像早都不记得廉加海曾经也跟他一样，是个警察。

　　房子里还没收拾完，廉加海只能请郑羽一起坐在土炕沿上，脑白金跟虎骨酒也摆上了炕。廉加海对郑羽说，何苦大老远跑一趟，还拿这么贵的东西。郑羽说，别人送的，也没花钱，虎骨酒不错，长骨头能有帮助，试试。廉加海说，有心了，孩子。郑羽说，腰可不能不当回事儿啊，骨折应该在医院躺着。廉加海说，没骨折，大夫看了说骨裂，养着就行。郑羽说，这样就别种树了。廉加海说，本来也不着急，一天种一棵，日子一样到头。郑羽说，叔，小婕的事儿，你应该第一时间跟我说的，葬礼我应该到。廉加海说，太突然了，确实也没准备。郑羽这才想起，从兜里掏出两千块钱，还没张口，就被廉加海摁住了手。廉加海说，你能来看我，叔就感激不尽了，收回去。郑羽较劲说，这是我爸妈给的，你一定得收。没等说完，廉加海直接夺过钱，硬塞进郑羽的夹克兜里，说，绝对不能收，回家替我谢谢你爸妈，我心领了。郑羽像突然被泄了劲，也不再争，身子塌下来说，当初要不是我妈，我现在可能都不叫你叔了，廉叔。廉加海说，缘分没到，别怪你妈。他又说，你现在过得好，小婕在天上能看见，肯定也替你高兴。说完他发现，低下头的郑羽好像哭了，伸手揉了把眼角加鼻梁，又抬起头说，叔，你给我发短信那天，是不是就是小婕出事儿当天？廉加海说，对，4月11号。郑羽说，我那天开会，后来才看到短信，中午就在办公室等你来着，后来再打你电话你又不接。廉加海说，我中午就去医院了，拍片子，手机没在身上。郑羽说，都是那一天啊。廉加海说，赶得不巧。郑羽问，你本来有啥情况啊？廉加海把身子换向另一个角度坐着，腰稍微缓过来一些才说，其实也没啥情况，王秀义家的罐是我送，你知道吧？郑羽说，知道，咋了？廉加海说，我那天进屋，发现她把地板都撬了，就觉着不太正常。郑羽说，这个情况我们也了解，王秀义自己说是家里发水把地板泡了，后来我们跟楼下打听过，没听说哪天漏过水。廉加海点着头。郑羽掏出烟，给廉加海也点了一根。廉加海抽上一口，说，多少有点儿奇怪。郑羽以点头回应，叔，我明白你咋想的，我刚进单位那年，就跟过一个案子，男的把老婆砍死了，血渗进地板缝里洗不干净，男的就把地板全撬了，不过那家是一楼，当初为了防潮，地板底下还铺了一层毡子，得亏我们再回去的时候，毡子还没来得及揭，在那上面才找到血迹。你也是在想这个吧？廉加海抽着烟点头。郑羽问，就这个情况？廉加海说，就这个情况。郑羽说，叔还挺老练。廉加海摇摇头，也是瞎合计。郑羽说，其实电话里说就行。廉加海说，本来想当面比较严肃。郑羽烟抽得快，脚下刚踩灭，手上又续一根，接着说，问题是，郝胜利从失踪那天，车一直停在自己家楼下。廉加海也踩灭了烟，说，人可能真跑了呢，也说不定。郑羽说，郝胜利的社会关系本来就复杂——话紧接又被他打住，只说，叔啊，再多我也不方便跟你说了。廉加海说，理解。

那天郑羽临走的时候，廉加海双手撑腰，硬要送他出门。站在砖房门外，郑羽看着地上一排树苗，对廉加海说，叔，你也该歇歇了，早点儿回家去吧，以后生活上要是有困难，你就跟我说，就把我当半个儿子。廉加海说，叔有你这句话就够了。说完他也跟着看地上，说，要不帮我种棵树再走。

我被种在了砖房朝东开的那扇窗前。活儿都是郑羽干的,廉加海站在一旁,郑羽不让他上手。郑羽开车离开以后,廉加海回到屋里,还是在炕角上发现了那两千块钱,郑羽是趁进屋取水桶那工夫放的。下午三点,廉加海折腾饿了,土灶刚搬进来那天就收拾出来了,改过的土灶也用嘎斯,廉加海开了气,煮一锅水,下了半棵白菜、一块豆腐,就着两个大饼子,吃掉一整碗菜。吃完饭,他在屋里晃悠一圈儿,又走出来,站到我的面前,手里攥一把抹墙的小三角铲,面对面端详过一阵,才动手在我身上刻起字来,刻的是一个"婕"字。

那天的太阳落得慢。廉加海一直站在我面前,好像一尊静止的雕像,直到他又开口说,小婕啊,孩子都没有罪,你说是不是?她儿子是她的命,你也是爸爸的命,爸现在没命了,但我又没死,赖活着,是不是等于我就不存在了?——打那天起,廉加海每天都会赶日落那一小时,拉把折叠凳,坐在我的跟前,有一句没一句地说话。他有时候会抽烟,大多数时候不会,就那么坐着。他时常跳跃着讲起他们一家人的某段往事,好像那是别人家的故事,想到什么说什么,偶尔还会停留在某个细节上重复。还有段时间,他总叨咕关于眼睛的话题,像做算术题一样。他这么说:以前家里就我们父女俩,一共两只好眼睛,平均一人一只,后来为我姑爷牺牲一只,他又进这个家,三个人三只好眼睛,平均还是一人一只,再后来就有了旷旷,四个人有五只好眼睛,平均每人一又四分之一只好眼睛,如今只剩下我们爷儿仨,还是五只好眼睛,我不会除了,但平均数肯定是更大了——原来咱们家的好眼睛一直在变多,按理来说,生活应该是越过越好,这个账没算错吧?他每次算完一通,自己还会再补一句,肯定没错。几年之后,当我已经长得很高,躯干上由于廉加海定期修剪枝丫,结出大小不一人眼状的痂,某天他突然绕着我观察了很久,嘴里嘀咕,小婕啊,原来你有这么多的眼睛,一定比我们看得都多,我们谁也比不上你看得多了。

透过砖房的小窗，刚好能看见廉婕的黑白照片挂在墙上，旁边还有张一家四口人的合影，彩色的。从照片里看，属于他们家的八只眼睛都是完好无损的，最亮的一双，属于那个叫吕旷的男孩。

郑羽走后的第二天中午，廉加海正给我浇水的时候，接到一个电话，是那个叫王秀义的女人。电话里，她管廉加海叫大哥。廉加海对她说话的语气，跟平时不太一样。王秀义说，自己就是想问问他怎么样了。开始廉加海没怎么说话，就听王秀义一直说。她说，郝胜利可能不是失踪，很可能是死了。一开始她还安慰自己，这辈子就是被男人抛弃的贱命，郝胜利不过也是腻了而已，回到了他自己的家，现在她觉得，如果郝胜利是死了，自己心里反倒舒服一点儿。她问廉加海，会不会觉得她冷血。廉加海也没接话。王秀义又问，报纸跟新闻看了没？廉加海说，这儿没电视，也不给送报纸，但他在半导体上听了。王秀义说，上礼拜又死了两个人，都是郝胜利拆迁队的，算是左膀右臂，自己还跟那两个男的在一桌吃过饭。廉加海依旧面无表情，承认这个没听报道里提，光说都是被利器从脑后勺儿敲死的，尸体一具被扔在浑河边，一具被抛在北站附近的胡同里。王秀义说，警察现在怀疑是仇杀，郝胜利干拆迁这么些年，冤家数不过来，应该是得罪了哪个不要命的，杀一个是杀，杀三个也是杀，郝胜利可能就是第一个，尸体没找到而已。廉加海反问她，你给我讲这些啥意思？王秀义说，没别的意思，就是想让你知道，我知道你关心我，不然上次来家里，也不至于说那些话。廉加海说，早知有今天，我一句都不带问。王秀义说，她确实再没有人可以说这些了。廉加海最后对她说，要是不愿意跟他说实话，就挂了吧。挂掉电话，廉加海放下水桶，直接进屋上了炕，当时刚过中午十二点，他一直睡到第二天清早。

第二个来找廉加海的人，是他的姑爷吕新开。那天已经是半夜，吕新开骑一辆摩托车，人是醉的，后坐垫上绑了件长条的东西。他把车停在砖房门外，卸下东西，摘去外面裹的两层挂历纸，里面是一杆猎枪。廉加海从屋里出来，被他吓了一跳，问他到底喝了多少酒。吕新开叫了声爸，说，你别害怕，给小婕报仇的事，就交给我，你不用管。吕新开被廉加海拉进了屋，摁坐下，还一直要酒。廉加海说，别喝了。吕新开就突然哭了起来，说，爸，我要报仇。廉加海说，孩子啊，你傻透腔了。吕新开又问廉加海，你不是说找到卫峰了吗？人在哪儿呢？说话不算数？廉加海说，昨天又接到电话了，卫峰说他一定会来，叫我先别再找他。你赶紧把枪送回去。吕新开说，我不回去，我就搁这儿等他，只要他有胆儿来。说完自己又哭了。廉加海说，卫峰是个说话算话的人。廉加海又说，我这两天在想，可能有些仇，根本没有仇人。我一辈子的仇，都不知道找谁报。吕新开抹着眼泪说，爸，我听不懂。廉加海说，这件事你再也不要管了，我会处理，你现在就回机场去。

那天晚上，吕新开还是在砖房里睡了一宿，他太醉了。第二天，天蒙蒙亮时走的，临走时给廉加海跪下磕了个头。廉加海说，回去好好认错，其他你放心，爸会办妥。

吕新开骑摩托离开的那一刻，我突然发现，两个人的背影像一个人。一年以后，吕新开出狱回来，我发现他们俩连模样也越长越接近，生人甚至会当成亲父子。出狱后，吕新开每个月都带吕旷过来一趟，爷儿俩喝酒，吕旷就在野地里自己玩。吕旷特别淘气，喜欢枪，夏天拿一把滋水枪，胡乱往哪棵树底下浇水，后来闹他姥爷给买了一把塑料手枪，可能因为我正对着窗口站，他从屋里往外射时专爱瞄我，偶尔也瞄我头顶落的麻雀和乌鸦。还好是塑料弹，打在身上并不疼。我算是看着那个孩子长大的，他直到上了高中，每年还会来这里住上一段，几年时间，个子蹿得比我还快。还是在某一年的春天，突如其来的感想令我为之一震——原来我是在替廉婕看他长大。

那年春天，卫峰是最后一个来找廉加海的人，廉加海一直在等他。那天是4月28号。卫峰到的时候，是黄昏，太阳还没落山。他先坐大巴到机场下车，自己两脚走了五公里过来，灰头土脸。他跟廉加海俩人第一眼相见时，彼此点了个头。卫峰点一根烟，站在砖房门口抽。廉加海说，等你半个月了，为啥才来？卫峰说，我也得留时间安排后事。廉加海说，以为你跑了。卫峰说，能跑哪儿去。王秀义是不是给你打过电话？廉加海承认，打过。卫峰问，都说啥了？廉加海说，啥也没说，但我心里有数儿。卫峰说，事情本来走不到今天这步，算你倒霉，我也认。廉加海说，我就想知道，到底是王秀义，还是她儿子，谁？卫峰踩灭烟头，说，现在唠这个还有啥意思。廉加海说，我就是想弄明白。卫峰说，让你弄明白，就都白忙活了，你永远也明白不了。不可能让你明白。廉加海说，那你又图啥？卫峰不说话，又点起一根烟。廉加海说，对她有感情。卫峰说，那天你要是没赶上我正掏炉灰，你还能猜着？廉加海说，不是猜，家里地板撬了，厨房那把张小泉剪子跟菜刀都不见了，我就明白一半了，要不也不会进锅炉房找你。卫峰说，你就是赶巧。

廉加海跟卫峰一直站在门口，熬走了太阳。卫峰不耐烦说，咱俩别搁这儿废话了，再磨叽我可能改主意了。廉加海说，你可以自首。卫峰说，那孩子马上高考了，你知道吗？廉加海说，知道。卫峰说，他肯定能考上好大学，将来出人头地。廉加海说，我相信。卫峰说，我可以死，但不能自首。廉加海说，明白了。卫峰说，我答应来，你也得跟我保证，保证不再动她娘儿俩。廉加海说，我谁也没想动，证据都没了，但我得给我女儿要个说道。卫峰点头。廉加海说，你招儿挺高明，警察注意力都被你转走了。卫峰说，你说那俩？都惦记王秀义，多陪两条命，郝胜利不冤。廉加海说，是三条命，三条。卫峰又点上一根烟，抽掉一半才说，那天我骑车跟了你一路，以为事儿能在

449

咱俩之间解决。廉加海接话说,把我也整死。卫峰摇头说,真没想到那步。我真不是故意推她的,知道她看不见,我就想抢她手里那个塑料袋。她要是直接去找警察,不是先给孩子送饭,也就没现在了。廉加海说,历史不能倒退,那天我不该去医院,我的命不值钱。卫峰说,电话里说了,我今天就是来偿命的。他从怀里掏出一包耗子药,又说,有备而来的。

那天晚上,有夜风来过。两片叶子从我头顶抖落,先是一片,接着又一片。两个人一直在砖房里喝到深夜,直到卫峰抽光最后一根烟。他揣了三包烟来。喝到一半时,廉加海还用土灶炖了一锅酸菜,切了半块五花肉下进去。肉是他前天早上在农村大集上买的。卫峰正对着窗户坐,窗半敞着,往外是一片空地跟那棵孤零零的小杨树。他望着窗外说,把我埋窗根儿底下,够胆儿咱俩做个伴儿。廉加海说,立块碑也行。卫峰说,啥也不要,记住,我不是死了,我是不存在,没人会找我。廉加海说,我可以给你种棵树。卫峰始终望着站在窗外的我,说,我看那棵就不错,现成的。廉加海说,随你意。卫峰又说,树长在我身上,我就又存在了。廉加海补充说,一年四季都存在。

五、沈阳

山崎川是名古屋赏夜樱最经典的路线,吕旷几乎是全程被欧阳阳拖着,沿河边走了小两公里。樱花早就在前面三天被他看腻了,加上刚刚从居酒屋里酒足饭饱出来,吕旷早困了。欧阳阳拉的是他的手腕,没有牵手。这样不失亲昵,彼此又都放松。欧阳阳果然是聪明女孩儿,心里自有轻重,上过床也不等于他们俩就是男女朋友,牵手那就是另一回事儿了。

横跨一道小桥时,一对儿身穿和服的年轻日本情侣从他们身旁经过,女孩染着黄头发,两绺长鬓角打卷儿,撑把纸伞,伞顶画的也是一片樱花。吕旷把手腕从欧阳阳的手中收回来,掏出手机,对着那对儿情侣下桥的背影拍了一张,闪光自动忘了关,一圈儿白光将对方包围,情侣双双回眸,男孩的眼神里露出错愕。欧阳阳赶紧又拉起吕旷的手腕,从反方向下了桥。等拐到河的另一边来,欧阳阳才说,刚才那样不礼貌,日本人胆子小。吕旷揣回手机,说,当年侵略咱咋没见胆子小呢。欧阳阳打他一下,说,你怎么也这么说话。吕旷说,我发现日本人还挺会起名的。欧阳阳问,怎么呢?吕旷说,猪肉不叫猪肉,叫豚肉,鸡翅不叫鸡翅,叫手羽先,河泡子不叫河泡子,叫川,名起得洋气,听着一下就上档次了。欧阳阳说,你真没劲,好心带你赏夜樱,气氛全叫你破坏了。吕旷说,本来嘛,这不就是个河泡子?一步就能跨过去。欧阳阳说,不想跟你说话。说罢扭头朝前大步走。吕旷就在她身后跟着,樱花瓣浮在窄而浅的河水上,从两个人的右手边缓缓前进。吕旷还是不觉得晚上的樱花比白天好看,麻木是真情实感。

回到小公寓里,两个人洗过澡后,做了一次。欧阳阳租的地方很小,目测顶多十五平方米,卫生间比火车上的厕所大不多少。宽不足一米的单人床,两人得并排侧身才能挤下。欧阳阳又冲了遍水出来,钻回吕旷怀里,把他的手搭在自己腰上,脸贴脸地说,你眼睛真好看。吕旷说,我一直有个问题,问了你别生气。欧阳阳说,可不保证,你问吧。吕旷问,你到底是姓欧阳还是姓欧啊?欧阳阳瞪起眼说,我咬死你!你是真不知道还是跟我演呢?吕旷说,是真不知道。欧阳阳尖声说,姓欧!欧!同学三年,你太让人伤心了!吕旷说,咱俩又不是一个班的,我听你们班同学都管你叫欧阳啊,我上哪弄明白去。欧阳阳说,他们那是故意的。吕旷说,我看是你父母故意的,肯定觉得复姓洋气,故意给你起这名字,混淆视听。欧阳阳说,我发现你这个人,真的是挺讨厌,再说我真生气了啊。吕旷闭嘴。欧阳阳翻了个身,脸冲墙，又拱了拱屁股，换面重新贴紧吕旷的肚子。欧阳阳说，那我也问你一个，高中那三年，你为什么没跟我说过话？吕旷说，这得问你吧，那时候我不就是个透明人吗？你多优秀啊。欧阳阳说，你说话就不能不阴阳怪气的？吕旷说，实话啊。欧阳阳说，你应该再考个大学。吕旷哼了一声，上大学有没有用，你还不清楚吗？欧阳阳朝墙叹了口气，算了，不跟你说了。说罢，她的确没再出声。吕旷主动把前胸贴紧她的后背，皮肤滑溜溜，像怀抱着某种小动物的幼崽，下面又起了反应，刚要试探，就听到细细的呼噜声传到耳边，只好又静止下来，对欧阳阳的后脑勺儿说，告诉你个秘密，这次来日本，是我第一次坐飞机。

吕旷上高中那三年，说是透明人可能有些夸张了，但平平无奇是真的。高中学校管得严，学生一年四季穿校服，想引人注目只能凭长相，其次靠才艺。吕旷自认长得一般，身无长艺，七岁在武校学的那几招套路武术，最后一次登台表演还是初一那年文艺会演，后来自己都觉着像耍猴儿，谁再撺掇都不上当了，打那再没跟人提过小时候上过武校的事。三年，吕旷几乎也没什么特别要好的朋友，集体活动也从不参加，足球篮球一个不爱，早恋也跟他不挨着，最常干的就是躺在宿舍里看漫画，也喜欢翻图书馆里的军事杂志，这两样都可以帮他减少刷手机的时间，当时很多同学喜欢偷偷聚在厕所里打《王者荣耀》，吕旷都替他们爸妈心疼话费。虽说也有一两个女同学给他递过情书，不过吕旷心里清楚，对方选自己当目标，无非因为她们自己也都是平平无奇的存在，先价值比对，再资源匹配，那不叫恋爱，那叫配对儿，吕旷觉得太可笑了。他在高中三年唯一得意的事，是学校批准了自己的住校申请，本来家离学校不远，不符合住校资格，但班主任了解过他的家庭状况后，多半出于对他的同情，特批了。吕旷一周只有周末回家，而周六周日正是父亲赶八一公园卖鸟最忙的两天，父子俩见面时间基本就是两个晚上，吕旷已经很知足了。到了寒暑假，他有一半时间都去姥爷在国道边的那个小砖房里住，父亲也不拦他。直到2017年，吕旷去了北京，他再也不用费尽心思地躲父亲了，他把整个沈阳都躲开了。

吕旷从小床上醒来时，欧阳阳妆已经化了一半。吕旷看手机，快中午十二点了。欧阳阳说，下午带你再吃一家寿喜锅，就送你去车站。吕旷起身，站到欧阳阳身后，盯着镜子看她化妆，自己全裸。欧阳阳回避着他的目光说，穿上点儿，羞不羞。吕旷觉着无聊，进卫生间简单冲了一下，出来套上衣服，拉开窗帘，楼下的街道很干净，离大马路远，零星有行人跟车辆经过。

下午那顿饭，吕旷还困着，胃没醒透，只拣了小锅里几片和牛吃，裹着欧阳阳替他打好的生蛋液。吕旷倒是对那颗鸡蛋起了兴致，不停问欧阳阳，日本这鸡是怎么养的？生吃肚子里不长虫吗？中国的鸡蛋可以这么当佐料吃吗？欧阳阳说，鸡是无菌环境养的，你回了北京，去进口超市肯定有卖，估计就是贵一点。她直接让吕旷记住两个牌子，回去照着买就行。欧阳阳又问，你吃饭有什么怪癖吗？吕旷问，什么算怪癖？欧阳阳说，我不吃香菜，葱也不吃，一顿饭不能同时吃三种以上的肉类。吕旷说，毛病真不少。我不吃肯德基。欧阳阳说，这算什么怪癖。随后她转移话题，问吕旷，你之前一共有过几个女朋友？吕旷反问，你是说正经的？欧阳阳一口苏打水喷出来，那你还有多少个不正经的？吕旷放下筷子，装模作样地掰起手指头，从左手数到右手，接着对欧阳阳说，把你的手给我。欧阳阳中计，伸出手问，干什么？算命啊？吕旷说，我十个手指头不够用。欧阳阳狠狠打吕旷的两只手，吕旷反应快，只命中左手。欧阳阳气哼哼地说，上学那时候怎么没发现你是这么坏一个人呢？吕旷说，上学时你就没发现过我。欧阳阳收起表情说，其实我认识你，也知道你名字。你住校，头发特别长,晚饭点儿总碰见你从宿舍里出来,头发永远湿漉漉的,在夕阳底下闪金光,还挺跳眼。吕旷若无其事地说,这倒不像撒谎,我爱洗头。欧阳阳说,有一次,高主任把全高三头发不合格的男女生都揪到主席台上罚站,拎把剪子挨个剪,所有女生都哭了,里面就有我。吕旷说,也有我呗。欧阳阳说,对,轮到你是最后一个,你说死不让碰,高主任都快跟你动手了,最后还是没得逞。吕旷说,我记得,后来找家长了,我叫我姥爷来的。欧阳阳问,所以最后头发保住了吗?吕旷说,毫发无损。说罢得意起来,搂了一把自己的长发。欧阳阳说,你还没回答我问题呢。吕旷再度装起严肃,说,正经女朋友就有过一个,北邮的大学生,重庆人,玩"逗音"认识的,好了不到一个学期,都觉得没啥意思,就分了。欧阳阳问,长得好看吗?吕旷说,没你好看。欧阳阳呸了一口,少来。那不正经的几个?吕旷说,逗你呢,我多正经一人啊。欧阳阳拿筷子搅着自己那半碗蛋液,低头问,那我算正经的,还是不正经的?吕旷说,算一起落发的战友。欧阳阳说,你可没落成,你叛变了。吕旷撂下筷子,说,那你觉得我这趟来日本是找谁来了?欧阳阳嘴一噘,说,谁知道还有几个女的在后面排着呢。吕旷说,我明天早上六点飞机,你说呢?

下午四点,吕旷被欧阳阳送到名古屋站,身背一个大双肩包。欧阳阳帮吕旷买的是JR线最快的车,票也最贵,吕旷给钱她硬是不收。进站前,欧阳阳又跑到便利店给他买了一排养乐多,两袋零食,还有一瓶矿泉水。吕旷说,整得跟小学生春游似的。欧阳阳说,上车发微信。吕旷说,知道了,妈。欧阳阳捶他肩膀一下,两人互看一眼,最终默契地浅浅抱了一下,没有亲吻。

进站上车,车厢里不到一半人。吕旷找到自己座位,靠窗。车刚启动,欧阳阳的微信就在裤兜儿里振起来,吕旷掏出手机——

阳阳:坐下了吗?

二嘴：马上安排入睡。

阳阳：到了发微信。

二嘴：妥了。

阳阳：东京的酒店还没订吗？要不要我帮你订？

二嘴：想骗我身份证号没这么容易。

阳阳：正经的。

二嘴：计划睡大街。不用管我。

阳阳：懒得管。爱跟谁睡跟谁睡。

二嘴：也不是不可以。下车微信摇一摇。

阳阳：你能不能改个微信名？

二嘴：为啥？

阳阳：土。

欧阳阳仍在输入中，收到对方一个动图，是两个卡通红唇在不停接吻，唇间飘出小心心。

二嘴："二嘴"要是这个意思。还土吗？

阳阳：你会想我吗？

吕旷又在收藏的表情库里翻了半天，终于找到那张小女孩扑进小男孩怀里的动图，截自宫崎骏动画《悬崖上的金鱼姬》，正要落手点，被欧阳阳打断。

阳阳：算了。不问了。

吕旷还是把图发了过去。过了半分钟，欧阳阳又把那个动图发了回来。

阳阳：宫崎骏的动画片，都是女人更主动。不说了，你睡会儿吧。这几天都没睡好。

吕旷手指空舞了几下，最终划掉了微信，点开云音乐，掏出无线耳机戴上。

车进东京火车站时，六点刚过，下了车，吕旷直接傻眼，周身的人潮让他怀疑自己是只被拔了触角的蚂蚁。他长这么大，眼睛里从来没有一次性容纳过这么多人，从四面八方涌来，又向四面八方涌去，吕旷感觉自己被同类的呼吸围剿，就快要淹死。吕旷在站内至少被困了半小时，问路语言又不通，最后干脆跟随一个方向的人流闭着眼睛走，总算逮住一部向上去的滚梯，尽头有半光不光的天色在守候。到户外，吕旷深吸了两口气，方向不复存在，他继续学瞎蚂蚁原地三百六十度转了个圈儿，意识到自己身处站前广场的某一角，身后是东京火车站的红砖建筑。吕旷掏出手机，随手拍了一张，随后挑了眼前最近的马路横穿，追逐新的人流。

　　第二天早上四点半，吕旷坐酒店小巴到成田机场，飞沈阳的航班是六点半，值机窗口正开，吕旷抢了第一个。值机的年轻女孩，低头偷偷在嘴巴里憋死了一个哈欠，恰赶上吕旷站到面前，抖了下身子，马上点头说了句日语，吕旷听不懂，也能猜到是道歉。吕旷递上护照，女孩动作麻利，机票一边打印，她一边伸手朝下方的传送带指了指，说了两句，吕旷也没多余反应，顺势把背包从肩上卸下，甩上传送带，后换来一张贴着托运签的机票。吕旷目送背包平移向远处，才回味过来，自己从北京飞来的时候，背包一直随身，现在忽感脊背上空落落的，一点也不踏实。

　　过了安检，吕旷饿了，往登机口走那一路，开张的几家都是西餐，完全没兴致，继续走一段，已经到了，就索性找了个靠登机口最近的窗边位子坐下。巨大的玻璃窗外，晨光穿透一层低厚的云，看起来还挺美的，天气算不错。吕旷戴上耳机，闭目养神。

　　于半睡半醒中，吕旷回想着昨天晚上到底是怎么一晃而过的——他记得，他背着大包走了很远一段路，直到前方再无成规模的人流，自己已经来到了一条相对安静的街上。街边有一家门脸不大的小酒店，他进去查看房价，拿手机换算，单人间合人民币六百多，在东京已经算便宜了。办好入住，他没有直接上楼，而是返回刚才路过的那家街角的OK便利店，买了四罐麒麟啤酒。啤酒很冰，他捧在怀里回到房间，脱下背包，坐进小沙发里就开始喝起来，就着欧阳阳买给他的两袋零食。四四方方的一块死玻璃窗外，是东京的夜景，东京塔很出挑，红白相间了一阵，又变成蓝绿色。他心想，自己好不容易来趟日本，跟东京竟然就是隔窗一望的缘分，也是过于随意了。自己酒量不好，四罐啤酒下肚，已经有点儿晕了，衣服也没脱，上床斜躺着。欧阳阳的微信进来，问他找到酒店没有，他才想起来还没报平安，顺手把刚刚拍的东京火车站发了过去。欧阳阳回复他，不觉得眼熟吗？他回复，什么眼熟？欧阳阳回复，东京火车站，跟沈阳站一模一样。他放下手机回想了一下，好像确实长得像，但又懒得百度照片，就继续想，真的是一模一样吗？沈阳居然都跟他到东京来了。想着想着，他就那么睡着了。

吕旷被人拍醒的时候，是五点半。两个身穿安检制服的日本男人，在他面前弯着腰不停说话。吕旷摘下耳机，蒙住片刻，对方意思应该是叫他起身，他才站起来。年纪大戴眼镜的男人，操着磕巴的英文对吕旷连说带比画，可是吕旷除了yes跟no一个字都听不懂。两个男人有些急了，吕旷更急，对方伸手想拉他走，他也不动。老眼镜手里不停比出"八"的手势，嘴里还学怪声，吕旷都想笑了。两个日本人忙活了二十分钟，眼看都开始登机了，吕旷终于不耐烦起来，逼不得已掏手机给欧阳阳打了两个微信语音，没接，这个点儿肯定睡得正死呢。正值此时，一个披米色风衣的男人，从登机口走了过来——这人刚才站在登机口一直看吕旷，三十上下的模样，个子不矮，短背头一丝不苟，半长的风衣里面，棉白布衫配藏蓝色九分裤，纯白运动鞋上裸着脚踝——整个人像是刚从MUJI店里走出来的。如果不是他用流利的日语跟两个日本人沟通一番后,又对吕旷说起中文,吕旷真以为这也是个日本人呢,讲话都是一样的细声细气。这人问吕旷,你的托运行李里,是不是有把枪?吕旷一时神飞,没有啊!这人说,再想想,是玩具枪吗?吕旷定了下神,恍然大悟——原来刚才老眼镜手上比画的不是"八",是"手枪",嘴里配的音是:"bang!bang!bang!"

枪是一把金色的沙漠之鹰,钢制枪身,长短、口径、手重,跟真枪丝毫无差,已超出玩具枪范畴,应归为仿真枪——是欧阳阳送吕旷的礼物。吕旷从京都到名古屋的第一天晚上,欧阳阳领他轧马路,路过一家军事玩具店,吕旷在门口就被迷住了。吕旷喜欢枪,不像大多数同龄人因为玩"吃鸡"才开始把武器型号挂在嘴边,他是上学那会儿看军事杂志就已经如数家珍。他独痴迷手枪,尤其某些特制款式,闪金亮银,雕花带刻,简直就是艺术品。为此他不是没动过当兵的念头。吕旷与橱窗中的那把沙鹰对视时,眼神甚至令欧阳阳嫉妒——她欧阳阳一个大活人还比不过件死物?多半就是出于嫉妒,欧阳阳没问吕旷一句就把东西给买了。

好心帮助吕旷的这个男人,姓王,叫王放,也是沈阳人,生活在东京。王放一路陪着吕旷又从安检出来,进了一间小屋。小屋里还有两个日本警察在,加上那两个安检,六个男人一起等吕旷的行李送过来。王放问吕旷,你是把玩具的盒子都拆了吗?说明书也扔了?吕旷说,嗯,占地方都扔了。他又补充说,不是玩具,除了不能开火,跟真枪没区别。王放瞅瞅他,笑了,说,这时候不用这么实在。四个日本人看着眼前两个沈阳人扯闲篇儿,默不作声,一个个表情比当事人还紧张。吕旷对王放说,今天太感谢你了,哥,不然真给我整蒙了。王放说,都是老乡,不说了。你多大?吕旷说,九九年的,刚二十。王放说,真年轻,属兔吧?吕旷说,对。王放说,我正好大你一轮。此时,欧阳阳打回来一个微信语音,吕旷嫌麻烦就给挂了,看手机时间，都快八点了。吕旷说，哥，为了我你都没上去飞机，心里过意不去。王放说，我怕你语言不通再惹麻烦，反正我也不着急，机票公司给报销。吕旷说，这钱应该我出。王放突然眯起眼端详吕旷，你网名是不是叫——二嘴？吕旷愣住无语。王放继续说，我看过你的直播，其实我第一眼就认出你来了。

一个女安检携吕旷的大背包进门，打断了二人的对话。吕旷在注视下当场开包，脏衣裤、洗漱包、两盒巧克力、手机充电线、转换插头，逐一摊晒，那把金色沙鹰埋在最底下，用一件黑色T恤裹着。两个警察先接过枪，仔细检查一番，再等三个安检重新把其他物品筛摸一遍，五人细语几句，老眼镜才跟王放和吕旷点点头。此后二十分钟，王放至少替吕旷填了五份表格，吕旷只管签字。王放说，枪得扣下，如果还想要，他们可以代为保管，等你下次再来东京，或者寄到日本的朋友家里也行。吕旷说，我不要了。王放说，不要还得再签一份文件。吕旷不耐烦了，日本人可真磨叽。

两人从小屋被放出来时，已经是早上八点半了。吕旷问王放，你的行李怎么办？王放说，比我先一步到沈阳，刚才我跟他们沟通了，等到了沈阳再找机场的人要。吕旷说，我欠你的，哥。王放说，还是先买机票吧，下午一点半还有一班飞沈阳的。

买好票，吕旷重新托运了背包，跟王放一起再过安检。折腾来回，眼瞅十一点了。吕旷提议请王放吃个饭，王放没有拒绝，选了一家日式拉面。吕旷又提议喝一杯，王放也点头。两个人早都饿了，吃完两碗拉面，才开始慢慢喝啤酒。吕旷还是第一次见吃饭这么斯文的男人，吃拉面的时候，左手筷子右手勺（是个左撇子），右手掌心一直攥一张纸巾，额头吃出一层薄汗时就拿纸巾浅浅地蘸两下。等到喝起冰啤酒时，再把纸巾折成长条，绕扎啤杯的杯腰缠一圈儿，手不沾水——要是搁以前，吕旷会管这叫"娘"，但是安在面前这个男人身上，吕旷觉得这就叫"讲究"。王放问他，现在来日本自由行是不是很方便？吕旷说，其实挺方便，但我没工作，办签证费劲，不过现在上网花三千块钱就能搞定，人都不用去领事馆。王放问，你为什么没考大学？吕旷说，就是不想念了。哥，你说读那么多书，真有用吗？王放说，人虽然不一定非要在学校里读书，但读书一定是有用的。吕旷问，你高中是哪个学校？王放说，省实验。吕旷说，学霸，牛。后来就到日本上大学了？王放喝了一口啤酒，说，高考那年遇些事情，考砸了，二本掉到大连外国语，二加二，大三那年才来的东京。吕旷说，我那朋友也是大二才过来。王放笑了，女朋友啊？吕旷说，不算，就是高中同学，在名古屋大学。哥，你是做什么工作的啊？王放说，大学专业是日本文学，毕业后在出版社跟广告公司都做过，现在在一家动漫公司，快五年了。吕旷突然兴奋起来，咧嘴说，太牛了，我最喜欢日本动漫，真的！不信咱俩加微信，我头像都是"自来也"！—— 激动过后，吕旷稍有点儿后悔，感觉自己在人家面前毛愣得像个小崽子，但还是忍不住说，我的签名就是那句，"游龙当归海"—— 想不到王放直接跟他对起暗号——"海不迎我，自来也"。吕旷突然体会到什么叫相见恨晚了。他淡定一下，才说，哥，像你这种人，怎么会看我直播呢？王放反问，我这种人，是哪种人？

  吕旷刚开始玩儿"速手"那会儿，胡乱拍拍段子，根本没人看。后来一次跟快递公司的几个男孩去京郊烤串儿一日游，偶然发现一间废弃多年的小独栋，吕旷醉着酒，趁夜进去楼上楼下拍一圈儿，谎称是间"鬼屋"，没承想小火了一把，点赞五万多。之后他受评论启发，干脆把自己定位成"鬼屋探险"，每周末都在北京周边搜寻所谓的"鬼屋"拍段子，著名的"朝内81号"他也去过，不过被打更的给骂了出来，有时候再跑远点儿，去天津跟河北的农村。他胆子大，得益于小时候跟姥爷住在荒郊僻野，生生锻炼出来的。粉丝慢慢多起来后，他一周开四天直播,靠打赏每月能赚个八千一万,钱虽然不比送快递多,但再也不用起早贪黑,连玩带闹地把日子给过了,更符合他对二十岁的预期。如今他在"速手"粉丝二十七万,"逗音"粉丝也攒了四万,行情却大幅下滑,钱几乎赚不到多少。他渐渐发现,自己玩儿那一套,在短视频领域里越来越没人看——这也是为什么王放建议他尽快转型:改作"up主",制作高质量长视频,可以继续专攻"鬼屋"跟探险,再拓展到神秘事件和都市传说,找专人剪辑配乐,往内容的上游走。王放觉得吕旷口才不一般,适合走这条路。王放说,当初我看你直播的时候,就这么想。吕旷提问,光做视频不直播,还怎么挣钱?王放说,目光要放长远,挣钱是后面的事,未来一定是内容为王,你永远打不败有内容的人,谁活到最后,金钱就忠于谁。——吕旷若有所思,虽然一时也不觉得王放说得都对,但他确信,这是个高明的人。吕旷还发现,王放说话基本听不出东北口音了,普通话很标准。他问王放,你为什么懂这些?王放说,B站你知道吧?吕旷说,当然。王放说,他们挖我去上海的总部,我这次回沈阳看完我母亲,就去上海办入职。

两个人一共喝掉了七杯啤酒,大部分时间是吕旷在说,王放听。但王放听得极认真,甚至是专注,拿东北话讲,是走心了。因为母亲是盲人,姥爷单眼失明,眼睛对吕旷一家人来说,异常珍贵,也导致吕旷从小就对别人的眼神无比敏感——自己说了这么久,王放的眼神从没有一刻飘忽到他的脑后勺儿去,或者偷偷放空。吕旷注意到,王放有一双大而亮的眼睛,睫毛很长,衬在一张本就清秀的脸上,更显明净。吕旷讲到了自己的童年,还有他的姥爷,他的父母,彻底刹不住闸。王放不时也穿插几句他自己,自幼单亲家庭,没见过生父,自己跟母亲姓,在东京十二年,如今已拿到日本永居,娶了一个日本老婆,小女儿去年刚出生。提起他的母亲,王放的话明显多了几句,他说自己的母亲是个善良又温柔的人,当年在学校食堂卖饭票,每天收一袋子作废饭票，必须拿去锅炉房烧掉，可母亲私底下都送给了那个烧锅炉的男人，有好多年，那个男人吃饭都没有花过一分钱。

直到机场广播第二次呼唤吕旷和王放的名字，两个人才发现时间早被忘在了脑后，幸好都没行李，一路小跑到登机口，总算赶上了。航班接近满员，都是来赶日本樱花季的东北游客，听口音一大半是沈阳人。吕旷的座位靠前，王放靠后，挨着窗。临起飞时，欧阳阳的微信又进来，问吕旷到沈阳了没有，吕旷懒得解释这个怪梦一般的上午，随手回她，到了。欧阳阳迅速回来一条，记得到家给我拍那两只黄鹂，我不相信它们能活二十年。吕旷烦得关了手机，心说这女孩智商也不算高，看照片你就能分辨出鸟的年纪吗？还当真了。他警告自己，千万别中了樱花的计，再美的景色也掩盖不了欧阳阳不过也是俗人的事实——如果不是因为他在网上有了点小名气，欧阳阳怎么会在高中的微信群里主动加自己？没劲。都挺没劲。

飞机升空时，吕旷才觉出有点儿醉，闭上眼，努力想要睡一会儿，却怎么都睡不着，他总觉跟王放有话还没说完，嘴跟心都痒痒。等到飞机平稳后，吕旷起身来到后排，跟王放身边的沈阳大哥商量换座，大哥不太乐意，但还是换了。吕旷坐下，问王放，哥，接着喝啊？王放微笑，点点头。吕旷跟空姐要了两罐啤酒，王放要了一个塑料杯。王放小口抿着喝杯中酒，吕旷观察，他应该是醉了，酒量比自己还差。吕旷没话找话，我刚才跟你提过我学过武术的事儿吗？王放说，嗯，学一年。吕旷说，一年以后，我感觉自己是李小龙，我从武校出来，换了一所小学，大西三校，但我要回二经三校去报仇，原来班里最高的那个男生叫余斌，以前总欺负我，那天放学，我就去二经三门口堵他，非揍他一顿，可是等到余斌出来，我发现他比以前更高了，没等我出招儿呢，又被他胖揍了一顿，后来我就思考，原来人就算有天大的能耐，在绝对力量面前也全是白费，所以我猜，李小龙要是活到今天，肯定打不过泰森，估计连巨石强森都打不过。王放这回好像没有在听。吕旷有些失落，又找话说，我爸给我讲，他以前当驱鸟员的时候，机场里会立假人，架喇叭放噪音，吓走那些鸟，可是就有那些老鸟，敢飞到假人头上拉屎，站喇叭顶，拿噪音当歌听，根本吓不走，那就只能拿枪打下来。王放这回接话说，人经历的痛苦多了，自然会对痛苦免疫，鸟也一样吧。吕旷听出王放说话故意换了一个腔调。他又起话头，问，哥，你说是所有的女人都爱慕虚荣吗？王放终于侧脸看了他一眼，说，小吕，你还年轻，看待生活有些偏颇，等你到我这个年纪，自然就会公正一些。吕旷一时无语。王放又说，我困了，想睡一会儿。

从北京飞京都时，飞机一路颠簸，吕旷才发觉自己好像恐飞，幸好飞回沈阳这一程相当平顺。他见王放真的睡了，自己又跟空姐要了两罐啤酒，总算在把自己灌醉后，也睡着了。等他再醒来时，飞机已经开始下降，看手机，睡了快俩小时。王放的头靠在窗户上，睫毛频闪，吕旷看不出他是醒还是没醒。吕旷就当是自言自语，又开始说，哥，刚才我认真想了一下你说的话，挺对的，挣钱不着急，目光要长远，再说我马上也不愁钱了——他又看看王放，仍没反应——我这次回家，其实是因为我大姨奶，就是我爸的大姨，就这月初，她死了。我从来都没见过她。大姨奶很早跟她老公去了海南，后来俩人离婚，也没孩子，她死以后，有律师打电话给我爸，说遗嘱写的是我爸名字。大姨奶留下三套房子，两套三亚，一套海口。我问过人，说加起来一千多万。都是我爸的了。

此时，机舱广播提醒下降。王放终于睁开眼睛，收起了小桌板，调直座椅靠背，随后打了个含蓄的哈欠。吕旷也不知道刚才他有没有听见自己说什么。飞机下降得很快，王放的脸一直望向窗外，他开口说，你有钱了，接下来是怎么打算的？吕旷说，实话，有点儿飘。我从小到大都是班里条件最差的那个，二十岁，突然变成富二代了，哈哈。吕旷是想开个玩笑，但王放并没有笑，仍旧望着窗外问他，所以你会跟你父亲，还有你姥爷，搬到海南吗？吕旷叹口气，说，问题就出在这，我在电话里问他俩，俩人口径一致，都说绝对不走，永远都不走，这次回家，我就是要跟他们谈谈，实在不愿意走也行，至少先把海南的房子卖一套，改善一下生活，我姥爷都快七十了，吃了一辈子苦，该享两天福了。话音未落，王放伸出手朝小窗上戳了戳，唤吕旷说，你看，那像不像一个"吕"字？吕旷迷惑，凑近脑袋，顺王放手指停留的地方向斜下俯瞰——飞机距离地面越来越近，一条道路由细渐粗，在道的两侧，是两个用绿树勾边儿的"口"字，一大一小。吕旷顿时醒悟，那些树是杨树，枝叶繁茂，油绿似漆。吕旷并没有太惊讶，而是下意识地用目光搜寻那间他再熟悉不过的砖头房。王放说，我想你也走不了，年轻人。——吕旷闻见王放的酒味很重，又听他说，有人把你种在这片土地上了。

（原刊《芒种》第10期）

我们的娜塔莎

蒋 韵

一、城市童话

安同志带着他的妻子娜塔莎来到这个北方城市落户的时候,是1958年。那一年,杜若刚满四岁,是幼儿园小班的学童。杜若的生活,照说,和他们没有丝毫的瓜葛。

杜若家,住城南,安同志和娜塔莎家,确切住在哪里,地址不详。

安同志叫什么,他们都不知道。这个他们,指的是长大后的杜若和她的伙伴们,是这个城市里所有那些不安于小城生活的时尚青年。那时,人们把这样的青年称为:思想意识不健康。

安同志叫什么,一点不重要,重要的是他很勇敢和浪漫,在莫斯科或者列宁格勒学习的时候,爱上了一个叫娜塔莎的俄罗斯姑娘。这样的恋爱或者婚姻,在当时,据说有很多,但往往都在中国男生回国时宣告分手。安同志却没有松开他的手,他紧紧地拉着他的娜塔莎,坐了九天九夜火车,穿过俄罗斯广袤的土地,无边的白桦林,穿过秋色迷人的西伯利亚，把这个穿布拉吉、吃面包黄油酸黄瓜的姑娘，还有他们四岁的儿子和两岁的女儿，带回到了我们的土地上，带回到了大陆深处这个吃五谷杂粮的北方城市。

透过车窗，安同志指着蓝天之下两座并立高耸的古塔，说道："亲爱的，我们到家了。"

那是这城市的标志，双塔。它们一千多岁了。安同志搂住了娜塔莎的肩膀，说："你听到它说什么了吗？它说，好小子，你真有本事啊，带回一个这么美丽的好媳妇。"

这像是一个童话的结尾，"从此他们过上了幸福的生活。"而真实的生活才刚刚开始。

接下来，是1960年，共和国历史上的饥馑之年来到了。

再接下来，就是安同志的祖国和娜塔莎的祖国交恶。后来，在一个叫珍宝岛的小岛上，两个国家终于刀兵相见。

那时，这个城市刚刚"复课闹革命"不久，那些自1966年之后，在"江湖上"浪荡了三年的小学毕业生们，一拥而入，走进了这城市各个中学的大门。教育革命了，也不需要考试，也不看成绩，只看你家庭住址，就近入学。杜若非常幸运，她的家，和这城市曾经最好的中学，华北地区重点学校，仅隔一条马路。一抬头，就能看到那学校晚自习时璀璨的灯光。母亲常对杜若说："杜若，你将来一定要考到那里去啊，那是你的学校。"杜若说："那杜仲呢？怎么就是我的学校，不是杜仲的？"母亲不说话了。

杜若家姐弟三人，她最大，老二是弟弟杜仲，最小的是妹妹叫杜茯苓。姐弟三人的名字，都是中草药。

三个孩子中，最聪明的，是杜若。母亲一直这样认为。

这下，聪明的杜若和不够聪明的杜仲，不费吹灰之力，都进了这所全省最好的中学。但母亲却高兴不起来。这个世道，不是读书的世道了。再好的学校又能怎样？果然，开学没有多久，杜若就被选进了学校的宣传队，跳舞唱歌去了。接下来，竟是全体停课，备战备荒，挖防空洞，防止苏修的进犯。

整个城市，进入战时状态，各家各户，每一扇玻璃上都用裁开的纸条贴了米字，怕的是苏修的飞机轰炸。甚至做好了战争疏散的准备。一旦局势吃紧，有很多人将会离开城市，疏散、撤离到安全的后方去。

报纸、广播，都是战争的论调。

全市举行了战备会演，杜若的学校排演了一个类似活报剧又类似音乐剧的节目，名字叫《珍宝岛的凯歌》。里面有歌有舞，有说有唱，有解放军，有老渔民，有女民兵，有反坦克火箭弹也有三八大盖和红缨枪，总之慷慨激昂、起伏跌宕，以破竹之势，一路披荆斩棘，杀进决赛圈直至获奖。另一边，挖战备防空洞的也不示弱，往昔的操场，如今沟壑纵横，像战壕像掩体。土方工程比预期提前完成，全校同学又马不停蹄去砖窑拉砖，去河边拉沙，烧石灰，不到半年，防空洞大功告成。别说，还真是漂亮。红砖碹顶，处处有巧思，俨然就是个地下王国。有许多人来参观，也同样获得了表彰。

不过，也付出了代价。那是在挖土方时，曾出过一次事故。有一天，一个男同学不知怎么失脚掉进了三米多深的壕沟底，受了重伤。有人说是他和人打架，推推搡搡，没站稳栽进去的。有人说他是遭人暗算，趁他不备被一把推下去的。奇怪的是现场居然没人看见发生了什么，人人似乎都有不在场证明，没人说得清楚真相。出事后，女同学们都为他难过，担心他是否会落下残疾。男生们则说，这就叫报应，为什么掉下去的偏偏是这个二毛子？谁让他们来侵略我们的？

这摔伤的同学，叫安向东。从前，他不叫这个名字，他叫安德烈。是个中苏混血儿。高大、英俊、迷人。

摔伤后的安德烈再也没来过学校，他退学了。谁也不知道他去了哪里，只听说他的腿落下了残疾。一个美男子，有了残缺。那时学校采用军事化管理，班级用军事术语"连、排"来命名。杜若和他不同排，不同连，没有过任何的交集。只有一次，某个黄昏，放学后，杜若有事耽搁了，出来时，昏暗的走廊上静悄悄，一个人迎面走来，杜若不禁停下了脚步，她以为自己产生了幻觉：这是什么？是从希腊神话中跑出来的男神吗？她错愕地闪过这念头。好美啊。她觉得呼吸不畅。第一次，她被美伤害。原来，"美"和帝国主义一样是霸道、不讲理、有侵略性的。

后来她知道了，这个美男子，叫安向东。

安向东或者安德烈出事后，杜若难过了许久。为一个陌生人难过，杜若自己也觉得匪夷所思。她不能想象看见一个瘸了腿的安向东从走廊里迎面走来，她觉得那是冒犯。对什么冒犯，对谁冒犯，她说不上来。多年之后，杜若似乎想明白了，那是对造物、对生命最神秘秩序的冒犯吧？一件如此完美的杰作毁了。

这个安向东，或者安德烈，是不是安同志和娜塔莎的儿子？应该是吧？这城市，莫非还有隐藏的娜塔莎或者玛莎、柳芭不成？不过杜若也不能确定。谁又能确定呢？安同志和娜塔莎一直像传说一样活在这个城市，杜若从不知道有谁真正认识他们。反正杜若身边没有这样的人。杜若的父母身边也没有一个这样的人。

姜友好是北京人，在山西这个内陆省份当兵。复员后分到了省人民医院，做了一名眼科护士。

姜友好是个喧哗的漂亮女人。她走到哪里，哪里就不会有安静。她来到这个内陆城市没有几年，就有两个男生为了争夺她打架斗殴伤人进了局子，还有一个自杀未遂。还没等那个切腕的人养好伤口，姜友好女士就又有了新的恋情。周而复始。后来，毫无征兆地，就突然结了婚。用今天的话说，她是闪婚。她丈夫是现役军人，在海军服役。姜友好回北京探亲时，偶遇了也是回京探亲的年轻的海军军官，看到他的第一眼，姜友好就叹气了，在心里对自己说："友好啊，你玩够了，疯够了，可以歇歇了。"

他们的新婚之家，就安在姜友好工作的城市。她供职的医院在集体宿舍的筒子楼里分给了她一间屋子，足有十六七平方米，向阳，通风，四壁洁白。从前，姜友好的好客是出名的，朋友、朋友的朋友、朋友的朋友的朋友，最终都成了姜友好的座上客。有很多四处招摇说是她朋友的人，其实，她连对方的名字都记不住。婚后，她一反常态。安静了下来。从前，那么喜欢热闹，其实，是心里空虚孤单。现在，有了海军军官，她觉得自己有力量可以对付这个沉闷的城市和生活了。

她开始认识一些新的人，新的朋友。和从前的那些朋友渐渐断了联系。杜若就是这时候认识了她。杜若从铁路建设兵团回来，分配到了一家集体所有制的小工厂上班，被飞进的铁屑伤了眼睛。她中学的同学带她去了省立医院的眼科，说："我认识那里的一个护士，她能想办法给你多开几天假条。"杜若就这样认识了姜友好。

杜若的同学叫夏莲。夏莲是列车员，跑北京。她常常会替姜友好从北京带东西回来。友好的家人把东西送到月台上，他们像地下工作者一样三下五除二完成交接。那些东西，几乎都是吃的，糕点、花生米、腊肉、炼好的猪板油、芝麻酱，有时干脆就是一大块冷冻的五花肉，或者一袋大米。这个城市，物资奇缺，供应的口粮以粗杂粮为主，肉、蛋、食油，则少得可怜，每人每月的份额以"两"为单位来计算。所以，像夏莲这样跑北京、郑州、上海的列车员，真是抢手啊。他们源源不绝往自己的城市输送着紧俏的物资，像曾经的"飞虎队"。

所以，姜友好怎么能驳夏莲的面子呢？她很痛快地帮了她们的忙。

真正让杜若和友好熟识起来,是因为后来的一件事。

有一天,杜若自己很冒失地跑去医院找友好了。那是一大早,医院还没上班,她挂了号,等在眼科门诊前。一看见姜友好,她就迎了上去。

"你好,你不记得我了吧?"她说,"我是夏莲的朋友。"

"我记得,"姜友好说,"有事吗?"

杜若脸红了:"真不好意思,能帮我开个病假条吗?"她说,"单位在搞会战,赶活儿,一律不准请事假,我是真没办法了。夏莲跑车,不在,我只好厚着脸皮来找你,能帮忙吗?我急需要两天的时间。"

"什么事?"

"一个朋友借给我一本书,只给我两天时间,那书是大部头,太厚了,我要是白天上班,晚上看,就是一分钟不睡觉也看不完,"杜若回答,"可是我太想看那本书了,想了很久,好不容易才借到手——"

"我知道了,"姜友好打断了她,"没问题,我可以帮你忙。"

杜若没想到,她答应得如此爽快。假条到手,她骑着自行车飞奔而去,都不记得自己是否说了谢谢。可她心里真是感谢啊。她听夏莲说过,这个姜友好,有个不一般的出身,父亲是京城的高官,二十年代的老布尔什维克。如今虽然"靠边站",但,《红楼梦》讲话,瘦死的骆驼比马大。原以为她会很傲娇,没想到,竟如此的不搭架子。

到下个星期天,杜若在家掌厨,顺势做了一些蛋饺。她把蛋饺装到饭盒里,去找夏莲,说:"这个,你送给姜友好吧。你不是说她这个人就好吃吗?我家没什么稀罕东西,这蛋饺的肉馅里,我掺了点莲菜,味道还细致。"对自己的厨艺,杜若还是自信的。

又一个休息日,夏莲来找杜若,说:"姜友好请咱们去她家吃饭。"杜若还没回答,夏莲又说,"不过她请你来掌勺。"

这下,杜若自然没法推辞。

姜友好的家，明亮、清爽。白色亚麻补花床单，花朵也是白色的，同款的桌布、窗帘，遮盖住了公家分配的千人一面的家具。一色白亚麻中间，只有一只花瓶是猩红如血的。那是一只水晶花瓶，后来杜若知道，那花瓶是她父亲早年从捷克带回来的。

"我从来没有见过这么素净的婚房。"杜若深觉意外地这么说，心里其实还补了一句："雪洞一般。"

"我也从来没有见过，因为一本书跑来找我开假条的。"姜友好这样回答。

杜若愣了一愣，脸红了。

"哎，是什么书？"姜友好笑着问，"那天没顾上问你是什么书你就跑了，弄得我心里直痒痒，痒到现在。我就想知道，到底是什么书值得你费那么大劲？"

杜若也笑了："《罪与罚》。"她回答。

"哦——"姜友好长长地哦了一声。

她听说过这本书。也知道作者。但这个人写的书她一本也没看过。从前，她的那些朋友，也几乎没有一个人看过这个人的书。他们顶多看《娜娜》、看《俊友》、看《小酒家》，或者看《德伯家的苔丝》，这个人的书，他们不碰。她也不碰。

"你有点儿特别，"她说，"喜欢看布道的书。"

"你是不是觉得，我特别乏味？"杜若笑着问。

"不啊，"姜友好笑了，"我觉得你这人特有趣，为了看一本布道的书而撒谎，你不觉得有罪呀？还有，你身上有两点正是我最喜欢的。"

"哪两点？"杜若好奇地问。

"一，爱脸红；二，会做菜。"姜友好回答，"真是完美的朋友。"

她们都笑了。杜若想，这个人，也有趣。

夏莲说："杜若，今天给友好露一手，她这里有好东西，你猜我昨天给她捎回来什么？一块牛肉！"

那一天，杜若用这块珍贵的牛肉，做了好几道菜：一道酱牛肉、一道咖喱土豆牛肉、一道经典的红烧牛肉。还炝炒了一道醋熘白菜，做了一个冬瓜火腿汤，焖了一小锅米饭。杜若对姜友好说："酱牛肉我们不动了，留着，你自己吃方便。卤汤你明天可以用来下面条。"

姜友好笑着说："不，汤我要留着，好好保存，留一百年，就是百年老汤。"

杜若笑了，知道姜友好这么说，是委婉地赞美她的厨艺。

那天，她们喝了酒，酒是竹叶青，本地的名酒。杜若把酒倒在了一只小瓷壶中，将小壶坐在了一只钢精盆里，里面蓄了热水，权当温酒器。杜若说："天冷，酒要温了喝才好。"

姜友好说："杜若，你好精致。"

杜若说："这不是我说的，是薛宝钗说的。"

姜友好回答："所以呀，你是活在书里。我们，是活在这个浊世上。"

杜若认真地望着姜友好，说："正因为是浊世，才想逃进书里啊。"

窗外，下雪了。是这个冬天的第一场雪。三个人，围坐在一张折叠桌旁，喝着温过的竹叶青。外面的世界，渐渐白了，屋顶、马路、树，都被雪遮盖、包裹。听不到雪落的声音，可杜若知道，雪落在大地上是有声的。她有时会在落雪的夜晚一个人站在雪地中央，静静地，听雪落的声音。时间久了，那细微的、细碎的沙沙声会渐渐变得扎耳朵。这种时候，杜若会觉得世界在她心里醒了。

姜友好说："下雪真好，真适合这样吃吃喝喝啊。"

夏莲说："冬瓜汤要不要再热热？"

姜友好说："杜若，你的厨艺是跟谁学的？真厉害！你会做西餐不会？你知道红菜汤怎么做吗？"

杜若摇摇头,说:"不知道。红菜汤我只听说过,在小说里看见过,可我不会做,"她笑了,"我没吃过西餐。"

姜友好说:"真的? 我有个朋友,做西餐很拿手,你没听说过她吗? 她叫娜塔莎,是个苏联人。"

杜若一下子瞪大了眼睛:"娜塔莎? 当然听说过,"她回答,"这个城市,谁没听说过娜塔莎? 可我一直不确定,娜塔莎是个真实的人还是个传说。"

"怎么会不是真实的人?"这下轮到姜友好吃惊了,"她已经在这个城市生活了十多年了呀!"

"你认识她? 她是你的朋友?"

"对呀。"

原来真有娜塔莎这样一个人啊。杜若终于、终于遇到了一个认识她、还是她朋友的人。她忽然觉得一阵心跳:

"那,安向东是娜塔莎的儿子吗? 你认识安向东不认识?"她问。

"你是说安德烈吧?"姜友好沉默一下,回答,"当然认识了,你认识安德烈?"

"我认识安向东,他是我同学,"杜若说,"我们初中时一个学校,算不上认识。"是的,算不上认识。没有说过一句话,可是,这么多年过去了,提起这个人,还是脸热心跳。

姜友好望着杜若,望了一会儿,说:"你又脸红了。"

杜若说:"不是,是你家暖气太热了。"

姜友好笑了:"好吧好吧,就算是我家暖气的问题。"这个过来人,什么没见过? 她忽然问:"哎,你既然都认识安德烈,怎么会不相信有娜塔莎这样一个人? 没有娜塔莎,哪来的安德烈或者安向东?"

杜若不知道该怎么回答。娜塔莎也好,安德烈也好,对于杜若来说,他们遥若星辰。杜若在这个世界,而他们在星空,都不是她生活里的人。

"你听说过安德烈的事吗？后来？"姜友好关切地问。

她摇摇头。

"安德烈失踪了。"姜友好轻轻说。

"失踪？"杜若完全没听明白她在说什么，"谁失踪了？"

"安德烈呀！"姜友好回答，"安德烈失踪好几年了。"

失踪？这听来简直就更像是……小说。杜若愣愣地望着姜友好，姜友好说道：

"是真的。安德烈残疾了，这你知道吧？他瘸了一条腿，这件事对他的打击特大，他是个特别自恋的人，我们有朋友说他就像希腊神话里面的那个水仙花少年……"

那喀索斯，也叫塞纳西斯。杜若知道这故事。这个美少年那喀索斯有一天在水中看见了自己的影子，可他不知道那是他自己，他太爱那个水中的少年了，终于有一天，他纵身投入水中向那个自己的影子求爱，溺水而亡，死后，化身为水仙花。

那天，杜若听姜友好讲了另一个水仙花少年的故事。

二、安德烈或者安向东

姜友好是先认识安德烈，后来才认识娜塔莎的。安德烈比姜友好小许多岁，认识他是在北京一个朋友的家里。那时她还在部队，回京探亲，去这朋友家玩儿，一进门撞上了安德烈。她倒吸一口气，惊住了，想，这是哪里？不是北京吗？怎么会跑出这么一个古怪的小妖？

可是，真好看啊。

那时安德烈也就十三四岁，个子已经很高了。从外形上看，他几乎就是母亲的翻版，唯一不同的，是他头发和眼睛的颜色。母亲的金发碧眼，在他这里，变成了某种奇妙的棕色，说不出的一种灵动和神秘。朋友介绍说："这是我表弟安德烈。"

姜友好失声叫起来："你怎么配有这样的表弟？"

"嗨嗨怎么说话呢？"朋友说。

这朋友五大三粗，外号"李逵"。

安德烈应该是从小就习惯了这样的眼光，他知道在别人眼里自己是个异类。他平静地望着姜友好，说道："我叫安向东。我是哪儿哪儿人。"他说的是那个北方省城。

"巧了，我就在那儿当兵。"姜友好说，"你家住哪儿？"

安德烈说了。

"不过，姐姐，我说了你也不能到我家去，你是军人，你不能去我们家。"

姜友好说："现在不能去，复员转业就可以了呀。"她望着那个美少年笑了，"安德烈，就冲着你，我也得复员。"

安德烈有点慌了："你是在开玩笑吧？"

姜友好哈哈大笑："我当然是在开玩笑。"

可是她真的复员了，还没有服役期满。当然不是因为安德烈。是她实在不适合军人的生活，她天性太自由放浪。起初，当兵是父亲的意志，而复员，则是她自己的主张。父亲没有拗过她，暗地里还是帮了忙，尽管他还未"解放"，但总还是有人脉。结果，姜友好虽然没能回到北京，但毕竟分配到了那个城市最好的医院里。很快地，在这个城市，她就拥有了自己生活的圈子，有了一群朋友。

是她把安德烈拉进了这个圈子里。

当然，这城市不算大，这圈子里，原本也有认识安德烈的人。就像滚雪球一样，你认识我，我认识他，渐渐地，大家就滚成了一团。

安德烈家里没有电话，她写信约他见面，他来了，看见穿便服的她，安德烈说："姐姐你真的复员了？"

姜友好回答："当然是真的，"她指指身后医院的大门，"要不你进去问问？"安德烈笑了。这是他们认识后，她第一次看见这个美少年的笑容。她觉得突然像是被阳光晃了眼睛。

"喂，你猜我下一步计划干什么？"她笑着问他。

"干什么？"

"等你长大，嫁给你，"她说，"让你娶我。"

她以为安德烈会大惊失色，会惊慌不已。可是没有。安德烈听了，认真地看着她，摇摇头："不行，姐姐，"他说，"我不会娶你的，你千万不要等我。"

姜友好哈哈大笑，推了他一把："逗你玩呢！"她说。不过她马上感到了好奇："哎，你为什么不娶我呀？我不算漂亮吗？拒绝我的人，你可是第一个呀！你是不是觉得自己特好看啊？"

安德烈笑了："我是好看啊。很多人想当我的女朋友。可我已经有女朋友了。"

"你才多大就有女朋友了？"姜友好板起了脸，"不能这么早谈恋爱知不知道？"

"你这么说话像我妈妈。"安德烈说。

姜友好笑了："你女朋友是谁啊？说给我听听？"

"不告诉你，"安德烈说，"但我可以告诉你的是，不管将来我女朋友是谁，我都不会娶。我不结婚。"

这下轮到姜友好吃惊了："为什么呀？安德烈？"

"我不说，"安德烈回答，"不想说。"过了一会他强调，"叫我安向东，这是我的名字。"

这美少年，他不快乐。姜友好想。她其实有点懂得他不快乐的原因。那就让他快乐起来吧。

当天她就带他去了一个聚会，是在一个住在省府大院的朋友家。那天的来人中还真有认识安德烈的，果然是个女孩儿。他们说起学校的事，挖防空洞什么的，那女孩儿的妹妹和安德烈在同一所学校。

"我妹说，你们班男生欺负你，是吗？"女孩儿忽然这么问。

"没有。"安德烈从容地否认。

这个朋友的父母都不在家，刚刚去了"中办学习班"，那学习班在外地。家里没有家长，完全由着他们这些孩子折腾。那天他们煮了一大锅西红柿挂面，开了几个午餐肉罐头，炒了一大盘醋熘土豆丝，戳了两瓶白酒在桌上。大家又吃又喝又吵又闹，但安德烈始终是安静的，滴酒不沾。有人硬把酒杯塞给他，姜友好拦住了，说：

"他还是学生，不能喝酒。"

"靠，咱哪个不是当学生的时候就喝酒了？姜友好你敢说你不是？"

姜友好回答得斩钉截铁："他不一样。"

"他是不一样，"那人嘻嘻笑着回答，"哪个老毛子不喝酒？"

姜友好顺手把自己杯中的酒泼到了对方脸上。

"姑奶奶说不能喝就不能喝。"

回家的路上，安德烈对姜友好说："姐姐，其实你不用替我拦着我也不会喝，我答应过我妈妈，我妈说我外公就是一个酒精中毒的酒鬼，那是她的噩梦。我妈说她为什么嫁给我爸和他跑这么远来到这里，很大的一个原因就是，中国男人不像俄国男人那样酗酒，尤其是那些在苏联的留学生培训生什么的，他们有纪律管着，更是模范。我爸就是没有纪律管着也不喝，他不爱酒。"他停顿了一下，"我也不爱。"又停一下，"我不能爱。"

"安德烈——"

"我是安向东，"他打断了她，"我叫安向东，姐姐。"

姜友好的心里，真的涌起了怜惜。城市的夜晚，黑暗而荒凉，他们同骑一辆自行车，他带着她。她默默地从后面搂住了他的腰，把脸贴在了他完美到无懈可击的脊背上。那一刻，她真觉得自己有了一个弟弟，这个非亲非故的城市给了她一个混血的、身份难堪的弟弟。她会保护他，她想。安德烈，不，安向东，我会保护你。

可是他出事了。掉进了防空洞里。是被人推下去的。股骨粉碎性骨折。伤愈后，瘸了。

瘸了一条腿的安德烈，变了一个人。

起初，出事时，学校把他送进了附近的一家医院，做了手术，打了钢钉。那医院从前骨科很强大，但时逢乱世，一切都不正规，手术不成功。情急之下，姜友好帮他转到了自己供职的医院，重新做了第二次手术。

这仍然不算是一次完美的手术。

姜友好天天去病房看他。就是这时候她认识了娜塔莎，也认识了安德烈的妹妹安霞。安霞比安德烈小两岁，和安德烈截然相反的是，猛一看，就是一个肤色白皙的中国女孩儿，五官轮廓完全是父亲的轮廓，认真看，才能看出她眼睛的颜色是深棕色的，那种接近黑色的、本分的棕，让人踏实和安心。

没有见过安同志。安同志在"学习班"，不能自由行动。

安德烈的腿打了石膏，高高吊着，固定在病床上。他沉默，一天也说不了几句话。来探望他的，也都是女同学，姜友好想从她们中间找出那个"女朋友"，却一无所获：她看不出异常，他对她们一样地礼貌和漠然。没人的时候，姜友好忍不住八卦地问道："哎，哪个是你女朋友？告诉我呗。"

"姐姐你还真信啊？"安德烈冷冷地回答。

那神情和语气，让姜友好感到怪异和陌生。

窗外，麻雀喳喳叫着。树叶开始飘落，秋凉了。安德烈望着窗外的天空，忽然问道：

"姐姐，我会不会变成一个瘸子？"

姜友好回答说："想什么呢？你见过谁骨折了变瘸子的？现代医学治不了癌症还治不了骨折了？"

他嘴角轻蔑地翘翘。

"我有不好的预感，"过了一会儿他这么说，"要是我真瘸了，我宁愿死。"

姜友好一把捂住了他的嘴。

"安德烈你听好了，你要再敢说这些话，你要敢这么想，我——"她恶狠狠地瞪着他，"你信不信我现在就掐死你？"

他慢慢移开了她的手。

"听我讲个故事，"他说，"就是那年，去北京的时候，在一辆公共汽车上，我遇到一个女孩儿。那天车上人不多，我一上来，就看见了她，"他微微笑了，"没有人会看不见她，真美啊！我从来没见过这么美丽的姑娘，穿一件蓝印花布中式上衣，脑后梳一根独辫，神态就像仙女。以往，走到哪儿，我都是那个被注目的人，可是那天，她的一双黑眼睛就像蛊术一样把一车人的魂儿都吸进去了。这是我第一次遇到了一个比我美丽的人，一个让我呼吸不畅的人……车到了一个站上，停了。她站起来，朝车门走。一车的人这时都倒吸一口气。她摇摇摆摆走着，腿有严重的残疾，一看，就是小儿麻痹后遗症，瘸得非常厉害。她在一车人的注视下走完了那几步路，一切都毁灭了，真残忍哪，也真羞耻。我就站在车门那里，因为惊愕，我都忘了给她让路，我永远忘不了她对我说'请让让'时那种羞惭的神情……姐姐，你愿意让我变成那样？"他望着姜友好说。

姜友好拼命摇头:"你怎么会那样? 瞎说,你根本不会变成那样。"但姜友好知道自己是色厉内荏,因为,事情很可能"是那样",他的状况,不乐观。可她仍然嘴硬:"就算瘸了也不会那样——"

"那是什么样?"他笑了,"你告诉我。"

"你当然还是你——"

"安德烈吗?"他犀利地看着她,"你总是忘了我是安向东,我一直努力做一个安向东,可是我永远做不成。假如有一天我回到我母亲的故乡,在那里,恐怕也没有人把我当成一个纯正的安德烈。我只是个二毛子,对吧? 好在我这个二毛子还算好看,漂亮,那是我仅有的一点东西,假如我连这个也没有了,变成一个残疾,那你让我靠什么活?"

姜友好眼睛渐渐湿了,她握住了安德烈的一只手,把它贴在自己脸上:"我不知道,安德烈,"她轻轻说,"我从来不追问,我不思考这些,为什么要思考? 为什么不尊重生活的神秘感非要破解它? 你破解得了吗? 傻孩子,你学学我,活得就容易了。"

半年后,八个月后,一年后,最后一次复查终结了,所有人终于放弃了幻想,承认了那个不好的结局。

股骨干严重受伤缺损,加上手术的失败,安德烈的一条腿无可挽回地变短了。比起小儿麻痹后遗症那一类残疾,他瘸得不能算厉害,可是,他不是别人,他是水仙花少年。

他把自己关到了房子里,不见人。

医院组织巡回医疗队,上山下乡。姜友好跟着医疗队去了南部的中条山。临行,她去了一趟他家。可是,他不见她。任凭她怎样敲他家的门,他也不开。只是说:"你走吧,姐姐。"声音平静而冷漠。

他母亲娜塔莎追出来,说:"友好,怎么办? 他要毁了。"娜塔莎突然迸出了哭声,"他开始问我要酒喝了。"

她们站在拥挤狭窄的楼道里，对望着，没有谁来救她们。门里，是那个绝望和无辜的、正在放弃自己的孩子，她们束手无策。她们都没有办法还给那孩子完美，神没有应许她们。楼梯旁一小扇肮脏的玻璃窗外，是彩霞满天的黄昏，流金溢彩，美如梦境，一束光涌进来，网住了轻轻哭泣的娜塔莎。姜友好默默地上前，拥抱了一下她，转身离去，她不想让那个母亲看见自己眼里的泪水。

一年后，等到姜友好从南部乡下回城，再见到安德烈时，她几乎没有认出他来。那是朋友们为她接风的聚会，他来了。姜友好一抬眼，看到眼前站了个陌生人：又高，又臃肿，皮肤粗糙，眼睛浑浊，满脸的粉刺，红肿着，浓浓的、不洁的络腮胡须，满身的酒气。姜友好惊得半天合不上嘴，许久，她小心翼翼问：

"我该叫你什么？安德烈还是安向东？"

"随便，"他笑着回答，"哪有那么多事，爱叫啥叫啥。"

他用水杯喝酒，是那种玻璃水杯。满满一大杯白酒几口就光了。和人叫板时，咕嘟咕嘟一口闷，喝得凶猛而贪婪。他就这样无可救药地朝着那个酒鬼的宿命坠落。还没终席，人就像一摊烂泥一样瘫倒在了地上。姜友好想把他拖起来，拽起来，朋友们就说：

"别管他了，每次都是这样，"他们若无其事地说，"开始大家还送他回家，时间长了，就烦了。哎，这次又是谁叫他来的？谁吃饱撑的把他叫来了？"大家你看我，我看你，都摇头。

没人叫他来，没人找麻烦。可是这不大的城市，他们这些人相聚的地方也就这几处，他总能循着酒味儿而来，来了，就赶不走他。一个酒鬼的自尊心算什么呢？早就让人踩成一堆烂泥了。姜友好听他们你一言我一语描述，低头望着地上的那个人，慢慢问道：

"不管他，就是说，就让他这么躺着？"

"对，就躺着呗。"

"那你们走了呢？你们都走了，他还一个人躺在那儿？躺在这脏地上？"

"那倒不会，这几个地方的服务员都认识他，他们有办法吧？大不了把他抬到门外躺着，风吹着酒醒得快。"

姜友好不说话了。她沉默一会儿，然后抬起胳膊指着大门，轻轻说道："滚！"

他们没听清："什么？"

"滚！"她大吼一声，"滚——"

"你疯了姜友好？"做东的主人，她父亲老部下的儿子，也喊起来，"为了这么一个二毛子，你六亲不认了？"

她随手抄起一只饭碗，朝地上狠狠一摔，碗碴飞迸："我以后要是再和你们这群王八蛋交往，我就和这碗一样不得好死！滚！"

"疯子！花痴！你也不看看，他还是以前那个小白脸吗？就这死狗眉竖，你也稀罕？"

"啪"一声，一只碗就飞到了他脸上，登时，那额头上就见红了。血顺着眉骨流下来，流到他眼睛里，虽说店堂里除了他们这桌没几个客人，却也引起一片尖叫、惊呼，乱成一团。姜友好跳到了凳子上，居高临下，指着他鼻子骂道："操你妈满嘴喷粪！你瞎眼了敢欺负我弟弟！告诉你们，谁他妈以后敢欺负我弟，姑奶奶我活剥了他——"

那天的结局，是她的眼睛也变得一团乌青。父亲老部下的儿子一拳砸到了她的眼睛上。人们拉开了他。他也知道对一个女人动粗胜之不武。他们一群人裹挟着那受伤的人走了，去医院包扎。她就坐在那一堆狼藉之中，等着安德烈醒来。

天黑了。就快打烊了。店堂里一片寂静。外面，偶尔有汽车驶过的寂寞的声音。这城市的夜晚，有种比自然更深邃的荒芜。

一个服务员壮着胆子走到了姜友好身边。

"同志，我们快下班了。"服务员说，"你试试能不能叫醒他？"

就在这时，一个人进来了。姜友好看见那人，"哎呀"一声，得救似的叫起来："安霞！是你呀，你怎么来了？"

安霞说："我来找我哥。"

"你怎么知道你哥在这儿？"

"我不知道，"安霞安静地回答，"我一家一家找。这个时间，他还不回来，我妈就让我们出来找他。他常去的那几家，我一家一家找，总能找到。"她望着睡在地板上的哥哥，"找到了，就是这个样子……"

姜友好一阵鼻酸。

"嗨，你进来吧！"安霞冲着外面喊了一嗓子。一个大男孩儿应声而入，是个像运动员似的健壮的孩子。"这是我朋友。"安霞对姜友好说，"他会骑三轮车。"

那天，他们几人合伙把他抬到了三轮车上。安霞抱着她哥坐在车斗里，对姜友好说："我们走了，谢谢你。"

一辆借来的、载货的三轮车，两个孩子，经常，在这城市的夜晚，载着一个沉醉不醒的酒鬼，一个酒精中毒者，穿街过巷。男孩儿在前边骑，女孩儿则把那酒鬼抱在怀里坐在后边的车斗。有月亮或者没有月亮，下雨或者天晴，情愿或者不情愿，没有选择。那是她哥哥。她不幸的亲人。她抱着他就像一个小母亲。

一周后，安德烈来了，来找姜友好。那天是星期天，姜友好在家，她开门看到门外站着的安德烈时，并没有吃惊。她默默地闪身让他进来，她知道他会来。

这天的安德烈，看上去，清爽了一些，至少，衣服是洁净的。他望着坐在对面的姜友好，说的第一句话是："我七天没碰酒了。"

姜友好没说话。

"可我不知道我能坚持多久。"他说。

姜友好还是没说话，因为她也不知道。

"他们说，你为我打架了。"他看着姜友好那只瘀青还没褪净的眼睛，说道："抱歉。"

姜友好摇摇头："安德烈，你该说抱歉的人，不是我，"她回答，"你最该说抱歉的，是安霞。"她这么说的时候，鼻子突然酸了。

"我知道。"安德烈闷闷地说，"每次去找我的，去把我弄回来的，都是安霞。我爸不在，我妈不敢去找，她说，她一个苏联女人，满城跑，让别人看见，会给我添更多的麻烦。所以，也就只剩下我妹了……"

"安德烈，"姜友好说，"你不知道那有多让人难过……为了她，戒了吧。"

安德烈沉默不语。

隐隐地，听见了鸽哨的声音，细碎，悠扬。这城市最美的季节到了，秋天到了。天变高了，有了一种别的季节没有的空净澄明。姜友好起身，泡了两杯绿茶，端了来，说：

"喝茶吧，我们家乡的茶。"

他笑了笑，说："不喝了，我就是来跟你道个歉，走了。"这一笑，隐约地，有了一点从前那个安德烈的影子，"不再打扰了。"

她没有挽留他，她真不知道该跟他说些什么，她仍然没有足够的准备来接受这样一个安德烈。他跛着腿，走到门前，那一跛一跛的姿态，让她心痛。他握住门把手，停了一停，回头说道：

"这些日子，我一直在想，不知道我妈妈的家乡是个什么样子，"他又一笑，说，"那茶的颜色真漂亮，再见。"

他走了。

姜友好后来想，那天，自始至终，他没有叫她姐姐。

那是姜友好最后一次见他。

"他是去跟你告别。"杜若说。

"是，"姜友好回答，"可我当时没意识到。不久，他跟他妈妈说，想出去散散心，想去爬华山。他妈妈答应了，给了他钱。这一走，从此就没了音信。"

菜凉了，酒也凉了。少年的故事告一段落。杜若起身，热菜，温酒。她端着热好了的冬瓜汤回到桌前坐下，姜友好举起了酒杯说：

"添酒回灯重开宴。"

杜若举起杯来，回了一句："相逢何必曾相识？"

"杜若你这句不对，"夏莲也举起了杯子，"姜友好可不是天涯沦落人啊。"

杜若笑笑，望着姜友好，说："骨子里是。"

姜友好把杯中的酒一饮而尽，重新斟满了，郑重地举到了杜若脸前："杜若，从今天起，不管你愿不愿意，我是交定你这个朋友了。"

杜若没有回答，只是把杯中的酒，一口饮干了。酒使她的眼睛里波光粼粼："姜友好，我能像安德烈一样，叫你姐姐吗？"

"当然可以。"姜友好说。

"姐姐。"杜若叫了一声。突然热泪盈眶。

许久，姜友好轻轻说："杜若，你喜欢安德烈吧？"

雪还在下。纷纷扬扬。天渐渐黑了。她们没去开灯。窗外别人屋顶上厚厚的积雪，闪着微光。杜若望向了窗外，说："冰天雪地，他会在哪儿？"

"不知道。"

"我喜欢安德烈，姐姐，"杜若说，"是那种遥远的喜欢。就像我喜欢星星，喜欢流云，喜欢江河，喜欢黄山的云雾和古希腊雕像，一句话，我喜欢美。我并不想拥有它们，只是远远地喜欢着，就很满足。但那是今天之前，今天之后，一切都不同了，从今往后，这世界上，多了一个让我牵挂和心疼的人，我心疼他，姐姐……"

姜友好懂。

她们就这样成了朋友。

几乎每个星期天，杜若都要来姜友好家，来了，就一起做好吃的。夏莲如果不跑车，也会过来凑热闹。姜友好家是杜若最好的舞台。夏莲从北京输送来的那些肉、蛋之类的食材，正好让杜若大显身手。面对着一桌佳肴，常常让姜友好惊叹。

"杜若，你小小年纪，这厨艺是跟哪个大师学的？"

"赵佩兰大师，"杜若玩笑地回答，"在下的家母。"

"好羡慕啊！"姜友好说，"有个厨艺如此了得的妈妈，太幸福了。"

"是。"杜若说，"我妈热爱烹饪，而我爸又是个吃货，他的味蕾天生比别人丰富，他俩堪称珠联璧合。所以我妈就是炒一个白萝卜丝，也尽心尽意，比别人炒的好吃太多。就像现在，什么都缺，什么都没有，可我妈总会绞尽脑汁让每一顿饭都尽量可口，因为我爸的人生信条就是：吃饭无小事。"

"听你这么说，我都惭愧了，"姜友好说，"要不，也让我家人帮你家采买东西？让夏莲一块儿带回来？"

"那怎么可以？绝对不行！"杜若郑重地拒绝，"我爸的另一个信条就是：不给别人添麻烦。"

"那你就把我这里的东西带回去些，咱们分享。"

"更荒谬了。"杜若回答得斩钉截铁，"我爸还有个信条，就是：君子不吃嗟来之食。"

"你爸怎么有那么多信条？"姜友好笑了。

杜若也笑了。

"其实，我爸妈南方老家那边也有家人偶尔会接济我们，给我们寄些腊肉腊肠，梅干菜笋干之类，而且我们南方人，每人还多供应几斤大米，比起这城市的许多人，已经好太多了。"杜若说，"我妈常说，好日子谁都会过，能把匮乏的、困难的日子过得有尊严又有滋味，才是了不起。"

"你家的人简直都是哲学家，"夏莲笑着说，"简直太恐怖了！"

"你妈这话，我听另一个人也说过类似的。"姜友好若有所思地说。

"谁？"

"娜塔莎。"姜友好回答。

哦，安德烈的母亲。杜若想。那个传说中的女人。

下一个星期天，在姜友好家里，意外的事情发生了。杜若进门来，看见一个丰硕的、有些臃肿、远远谈不上美丽的异国女人，正端着一只碗，在搅拌着什么。姜友好说：

"杜若，这是娜塔莎。"

走了这么远的路，从1958年，到现在，她们遇见了。

几年前，安同志去世了。死于脑溢血。那时他还在学习班，不能回家。据说他早晨就剧烈头疼，中午没吃饭，下午就昏迷了。夜里，传呼电话找她，是他们单位的人，通知她去某某医院。她去了，看见他躺在急救室的床上，人已经不行了。

火化时，送行的除了殡仪馆的工作人员，只有娜塔莎和安霞。安同志的问题，还没有"定性"，为了避嫌，没人敢来吊唁。在火葬炉前，娜塔莎最后亲吻了安同志，没有哭。

之前，她曾不止一次对安同志说："你要答应我，不能走到我前边，你要走我前边，我会恨你。"

安同志回答说："我答应你。"

她又说："你还要答应我，将来，我死了，你要送我回去。"

安同志说:"我答应你。"

这样的一问一答,信誓旦旦。可实际上,他们都知道,那是多么的不靠谱和渺茫。他们躺在床上,他搂着她,心里一阵一阵苍凉。安同志知道,在遥远的她的故土,妻子也早已没有亲人了。她的父亲和哥哥,都死于卫国战争。母亲则是在战后不久病逝。安同志认识她时,她就已经是一个孤儿,也因此,安同志当初才非常自信和意气风发地对她说:

"跟我回中国,我会给你一个最幸福的家。"

显然,他食言了。他没能使她感到"最幸福"。他也没能做到,走到她后面,送她魂归故里。

她把安同志的骨灰盒抱回家,安放在他们的卧室里。她说:"我知道你不舍得走,你在等安德烈回家。"夜深人静,有时,她会听到房间里传出轻轻的叹息声,她问道:"是你吗?"听不到回答,她就在黑暗中坐起来,一支接一支吸烟。

她想念他们,安同志,还有,亲爱的,亲爱的安德烈。

安霞也去插队了。安霞插队的地方,不算太远,属于这城市的远郊区,家里,就只剩下了娜塔莎一个人。现在,她想念的人里,又多了一个。

几乎没什么人和她来往。她曾经在这个城市的图书馆上班,工作就是翻译一些外文资料,但多年前她就因为身体的原因办了"病退",吃劳保。她得了肺结核。那时中苏交恶,报纸连发"九评",发《某公三哭》,她病退得也正是时候。多年来,她蜗居家中,做主妇,从前的同事早已断了往来,邻居们也都是点头的交情,谁愿意和一个苏联女人扯上关系呢?曾经,有一个女教师,是中俄混血儿,她们有过几年的友谊,后来,1966年之后,这友谊就戛然而止。

在这城市,她举目无亲。

后来就认识了姜友好。

当然是因为安德烈。是她的安德烈，让她认识了这个热情、冲动、古道热肠的姑娘。她猜，那是上帝对她这个流落异乡的母亲的怜悯。

这城中，只有这一个人，敢来敲开她寂寞的房门。和她谈安德烈。听她讲安德烈种种的故事。起初，她来，会问娜塔莎："有消息吗？"渐渐地，时间长了，就不再追问。不是不想，是不敢。她们彼此都顽强地、坚韧地相信着一件事，就是：她们的安德烈，娜塔莎的儿子和姜友好的弟弟，一定还活在这个世界上。她们嘴里不说但其实心里都在猜测着一个最大的可能，那就是，他越过了国境线，回到了他母亲的故国。

这种猜测，让她们有一种罪恶的、隐秘的安心。

她来，常常会带一些吃的，有时是一块牛肉，有时则是一盒咖啡。总之都是雪中送炭。娜塔莎会留她吃饭，给她做她喜欢的俄式菜肴，她也会把自己的事讲给娜塔莎听，她一次次热闹的恋情，那些呼啸的、死去活来的追求者，等等。终于，她安静了，安静地走心地爱上了一个人，把自己嫁出去了。

娜塔莎送了她一块琥珀吊坠和一条银链做结婚贺礼。那是她从故国带出来的不多的几件纪念物。她对姜友好说：

"友好，结婚后，你就别再来了。"

"为什么？"

"你丈夫是现役军人，为了他，你要避嫌。"娜塔莎郑重地回答。

姜友好愣住了，显然，她没想到这个。她认真思索了片刻，说：

"娜塔莎，你早入了中国籍，早就是中国人了。我为什么不能和一个中国人做朋友啊？"

可是，话虽如此，姜友好自己也知道，娜塔莎的话，是有道理的。她不是真的不懂轻重利害。婚后，她不再去看娜塔莎，不再和她有任何联系。可她心里却有着愧疚，觉得自己和所有人一样，抛弃了娜塔莎。

那是对安德烈的背叛。

她永远记着那个孤独迷惘的少年，站在阳光下，叫她姐姐。仅此一声呼唤，就是一世的亲人。她甚至猜想，那最后一次见面，他其实是隐晦地、曲折地，把娜塔莎托付给自己了。记得临出门时，他说的最后一句话，是他的妈妈，以及妈妈的故乡……

她和她的海军军官郑渡江说起过娜塔莎，也说起过她的愧疚。郑渡江是某部的作训参谋，他安慰妻子说："友好，就先听娜塔莎的，等过两年我转业了，咱俩一块儿去看她。"

姜友好明白了。她不能给丈夫惹麻烦。

但是冥冥中一定有什么在帮忙，杜若来了。

婚后一年多来，姜友好第一次联系了娜塔莎，她给娜塔莎写了一封短信，说，一个朋友，特别想学做俄式菜肴，不知道娜塔莎能在这个星期天来家里教授一下吗？她在信的末尾写道："娜塔莎，这个小朋友，你一定会喜欢，因为我喜欢她，哦，对了，她是安德烈的同学。"

她知道，有了最后这句似乎是轻描淡写的话，娜塔莎一定会来。

姜友好说："杜若，这就是娜塔莎。娜塔莎，这是杜若。"

杜若一时手足无措。

星辰似的娜塔莎，月光似的娜塔莎，不应该是这样一个肉身的人，一个气味浓烈的人，有着结实的下巴和硕大无朋的胸部，系着围裙，站在她面前，手里捧着一只碗。她觉得有一种压迫感，如山的肉身对她的压迫。她感到自己呼吸都变得急促。

"杜若，"只听姜友好叫她，说，"娜塔莎来，是来教你做西餐的。"

"哦——"杜若慌乱地回答，"谢谢您。"又补一句，"太谢谢您了。"

娜塔莎看看她，没有寒暄，说道：

"来，洗手，我先教你做蛋黄酱。"

原来她正在搅拌蛋黄酱。那是做土豆沙拉必备的酱料。将新鲜鸡蛋磕进碗里，只取蛋黄，加一点花生油进去，用筷子不停地、朝着一个方向搅拌，等到蛋黄和油充分融和，再继续添加食油，接着搅拌，再加油，再搅拌，如此循环往复，直到蛋黄变成如奶油般浓稠缠绵，蛋黄酱就算是大功告成。做法简单，但要有耐心，也要有一些技巧。

杜若接过了娜塔莎递过来的瓷碗，渐渐地，她的心静了。一切，有了真实感。置身于厨房、食材、炊具，这些日常的场景中，杜若如鱼得水。搅拌这点小技巧，她一点就通。但她觉得奇妙，蛋黄、油，如此简单，却能催化出另一种物质，犹如新生命。这让她心生喜悦。

"人真是聪明。"她忍不住这样说。

"这算什么，"姜友好笑道，"人都登上月球了，一个蛋黄酱还值得感叹？"

杜若回答："那种聪明和我无关。太大了。我只能被小聪明、小收获感动。"她回头望着那个师父说："娜塔莎，谢谢你。"

她脱口叫出了她的名字，也没有再说那个敬语：您。她真心地喜欢这样有收获的一天。

娜塔莎说："今天教你土豆沙拉和红菜汤，你要是还想学别的，就到我那里去，我那里厨具齐全。"她望着她微微一笑，"当然，你要是不介意的话。"

杜若收敛了笑容。她想，这个苏联妇女，这个壮硕的俄罗斯母亲，这就是安德烈的妈妈啊。安德烈的妈妈在教她做菜，多么不可思议，简直有天方夜谭般的奇幻。她忽然觉得幸福来得太突然："介意？"她回答，"我当然介意，我很荣幸。"

姜友好笑了。她知道事情成了。

那天的土豆沙拉和红菜汤，是杜若的西餐启蒙。正确地说，是不算纯粹的俄式西餐。娜塔莎的红菜汤，早已因为照顾安同志的口味，被不知不觉改造过了。就像几十年后遍布世界各地的宫保鸡丁、咕咾肉一样，早已不是原本的滋味。可杜若不知道，就是知道了，又有什么关系？她仍然会认为，这是世界上最好吃的红菜汤。

娜塔莎那天并没有留下吃饭，她执意要走。她说："友好，饭我就不吃了，我家里还有事。"姜友好知道她家里没事，却也知道她是不想逗留太久，一是避嫌，二是，逗留越久，越难以割舍。特别是几杯酒入肠，怕是会更加伤感。姜友好笑笑，说："行，你走吧娜塔莎，千里搭长棚，没有不散的宴席。"姜友好那天，特地戴上了娜塔莎送她的琥珀项链，那是一块古老的波罗的海琥珀。娜塔莎伸手摸了摸那晶莹剔透的宝贝，说：

"它真适合你。亲爱的。"

姜友好一下把她抱住了，红了眼圈。她紧紧搂着她，说："对不起，对不起，对不起娜塔莎——"

许久，娜塔莎说道："友好，你是我见过的，最善良的人。你已经为我们做了太多太多，又不是生离死别，我们总还会见面的不是吗？"

姜友好松开了手，说："再见！"

娜塔莎努力地微笑，说："再见！"

那一刻，杜若有些明白了，她们其实是在"生离"。

还明白了一件事，姜友好，是把娜塔莎托付给自己了。

三、杜若与娜塔莎

杜若是普通人家的孩子。

杜家一家五口人，住在父亲单位的宿舍公房里，是两间青砖灰瓦的平房。生活谈不上富足，也绝不算清苦。父母的薪水，不高，不丰裕，却也不很低，再加上母亲善于持家，所以，他们的日子，过得衣食无忧，在那个年代，几乎算得上是小康了。

杜若父亲供职的这家研究所，叫"中医研究所"。但杜若的父亲并不是中医，他毕业于南方的某个医学院，一毕业则被分配到了这个严寒干旱物产不丰的北方城市。那时，这家研究所刚刚成立，设立了附属医院，是新中国的新事物，提倡中西医结合，病理、化验、影像这些现代医学手段一样也不能缺，于是，杜若父亲就被分配到了这家新医院的放射科，做了影像学医生。

命运真是奇怪，杜医生不信中医，却将要在一个中医院里度过未来的岁月。他不吃中药，却几乎是在第一时间就喜欢上了晾晒在太阳下的那些草药的气味。他也很喜欢看人将草药在碾槽里碾碎的那种劳作，喜欢那些中草药的名字，淡竹叶，六月雪，茵陈，钩吻，念起来，意境悠远，像一个个曲牌、词牌，有诗意。总之，杜医生是有些文艺气质的，他以审美的态度看待着这个他将要贡献一生的地方。

孩子们出生后，他给他们起名，都是草药：杜若、杜仲、茯苓。

杜若妈说："怕人家不知道你在哪上班啊？你是有多喜欢这里？"

杜若母亲赵佩兰女士，是内科大夫，也是杜医生的同学。但赵大夫真正热爱的不是医生这个职业，她不热爱任何职业，她热爱家庭生活。她的理想，是做一个有知识的家庭主妇。

杜医生说："你呀，当初该去读家政系。"

赵女士说："那我还怎么嫁给你？"

杜医生说："你本来就不该嫁给我，你应该嫁给一个大教授，住在清华园或者北大的什么园里，做太太。嫁给我，委屈你了。"

"下辈子吧。"赵女士宽宏大量地说，"这辈子就这么凑合吧。也就这么几十年，一眨眼就过完了。"

赵女士善烹饪，厨艺一流。杜医生则天生味蕾丰富敏感，是美食家的坯子。两人也算高山流水的知音。赵女士是钟子期，杜医生则是俞伯牙，一个会做，一个会吃。而他们寄居的这个北方内陆城市，在许多时候，是贫瘠的，样样都缺，俗语说，巧妇难为无米之炊啊。可不是还有另一句话吗：沧海横流，方显英雄本色。说的就是赵女士了。

在艰难的日子里，赵女士绞尽脑汁，使他们家的餐桌，尽可能不显贫乏、粗陋。两毛钱的猪肉，也能变出花样，肥的切片，煸成金黄色，煸出油来，加酱油加糖，红烧小萝卜；瘦的切丝，炒蒜苗、炒青椒、炒芹菜或者炒榨菜，再烧一个冬瓜粉丝虾皮汤，或者西红柿土豆浓汤，就是一顿有荤有素、有菜有汤、色香味俱全的正餐。每月供应的猪肉，再少，也要将一部分肥膘炼一些猪油，存起来，没肉的时候，猪油就是救场的法宝：一碗素面，加小小一勺猪油进去，哦，天地变色，换了人间。

杜医生常常感慨："一箪食一瓢饮，回也不改其乐。"

杜若就说："备注，这一箪食一瓢饮，得是我妈加料的，否则，您也照样不堪其忧。"

杜医生就笑，说："是我运气好啊。"他看着大女儿，说："杜若，将来，谁娶到你，也是福分啊！我可不舍得让你像你妈一样，为一日三餐这样呕心沥血。你要跟那个混小子说，你不会做饭。"

杜若夸张地叹口气，回答说："爸，可我和我妈一样，就喜欢做饭啊。"

是，耳濡目染，杜若得到了母亲的家传，在这城中，有她这样厨艺的年轻人，怕是鲜见，而像她这样热爱烹饪的，就更是凤毛麟角了。

下一个星期日，杜若就去了娜塔莎家。

看上去，也是一栋普通的三层楼房，红砖到顶，陈旧的楼梯，一门两户。娜塔莎家在三层，从前，安同志还是这家设计院总工的时候，这一层中的两户被打通了，住了他们一家，十分宽敞。如今，打通的房间早已被封闭，另外一边，搬进了别人，割让出去了一半。可尽管如此，在这个城市，也算是优渥的居住环境了。

两间房屋，向阳，背阴的一面是厨房和卫生间以及一间没有窗户的小杂物间。那两间向阳的房间，一间大，一间略小。大的那间，用一排书柜隔断，一边做了客厅和餐厅，一边则是娜塔莎的卧房。客厅里，有一张深枣红色丝绒双人沙发，有波斯铜盘做桌面的小茶几，有铺着亚麻台布的餐桌，有胡桃木雕花的玻璃餐具柜。柜子里，陈列着一些漂亮的瓷盘，而柜子上，则摆放着家人的照片。一眼，杜若就看到了安德烈。

那是一张单人照。背景是天空。天空下，站着一个忧郁的少年。他穿着最平常的白衬衫，风吹乱了他的头发，微眯着眼睛，像是眺望。呼之欲出的美啊。杜若望着他，想，原来你是生活在这样的地方，可你，偏说自己是安向东。

忽然就感到了一阵刺痛。

"你们是同学？"身边响起了娜塔莎的声音。

"是。"杜若点点头，"不一个班，他不认识我。"杜若微微一笑，"可我认识他。"

"他好认，"娜塔莎说，"特殊。"

"他美。"杜若说。

娜塔莎愣了一愣。有些惊讶她的直率，还有她的措辞。她不说好看，不说漂亮，她说美。

"是，"娜塔莎说，"我也曾经为这个骄傲。"她伸手抚摸一下照片上那张无懈可击的脸庞，"可是也太容易被摧毁。"

"不，那要看怎么说，至少我记住的，就是这样的安向东，照片上的安向东，"杜若回答，她还是不习惯叫他安德烈，"永远的大卫，永远的那喀索斯，永远的……美少年，不会变。"

她在安慰一个母亲。娜塔莎知道。善良的姑娘，她想。在沙漠般广漠的敌意和冷酷之中，这一点善意，就是绿洲。阳光洒满房间，从厨房里飘出了一股浓郁的香气，娜塔莎说："哦，面包烤好了，跟我去看看。"

那是杜若第一次看到一只面包的诞生。从烤箱里取出，皮色油亮焦黄，热气腾腾，芳香四溢。她惊喜地问道："这就是俄罗斯大列巴吗？"

"是。"娜塔莎回答，"本来想烤一只黑面包，怕你吃不惯。其实，配牛肉或者鱼，黑面包才更正宗。"

就这样开始了。杜若和娜塔莎之间的故事。厨房里的故事。那厨房很宽敞，远非杜若家的小厨房可比。有稀罕的电烤箱。灶台阔大，房间中央安放一张大方桌，既是操作台，也是主妇休憩喝茶的地方。墙角处，整齐地码放着一堆劈好的果木柴和蜂窝煤，这个城市，还没有煤气和天然气，家家户户烧煤做饭。墙壁上挂着几只黄铜的煎锅，擦得光亮如镜。那煎锅，真是古朴漂亮。

那天，娜塔莎教杜若做了炸猪排，以及酸黄瓜的腌制方法。她留杜若吃饭。说，一个好大厨，要亲自检验自己的劳动成果呀。杜若也就没有客气。娜塔莎一边在餐桌前摆放刀叉餐具，一边说："这餐桌，好久不用了，家里的男人们不在后，我和安霞，就不在这餐桌上吃饭了。"

她们俩，正式地，一个桌头，一个桌尾，对席而坐。镶金边的白瓷盘，沉甸甸的银餐具。菜式却是简单的，酸黄瓜配小小一块炸猪排。盘子硕大，越显得猪排瘦小伶仃。新烤的面包在筐子里，切了片，放在餐桌正中央。没有奶酪奶油，却配了一小碟中国的豆腐乳。鲜红的腐乳，白瓷碟，鲜明如画，却有一种挣扎在里面似的。

"安德烈的爸爸，喜欢吃腐乳。他喜欢用新烤的面包配酱腐乳吃。"娜塔莎这么说，"时间长了，我也喜欢上了。"

娜塔莎凝视着碟子又说："安德烈也喜欢。"

原来是这样，杜若想。她伸手取来一块面包，无师自通，用手边的黄油刀切下一小块腐乳，涂抹在面包上，咬了一口，微酸的面包和咸香的腐乳，以及酥脆的面包皮，搭配起来，果然，是好吃的。杜若笑了，说：

"我中有你，你中有我，妙。就像——"她想想，"友好的名字。"

娜塔莎也笑了，说："杜热，你真是个有趣的人。"她汉语很流利，不知为什么却总是发不好"若"这个音。"我天天吃，也想不出这样的形容。怪不得友好一定要让我们认识。其实原本我有顾虑，后来想，是友好的朋友，一定是和友好一样好的人，果然。"

"友好是女侠。"杜若认真地说，"江湖最后的侠客，我比不了。"

"快尝尝猪排，冷了，就不好吃了。"娜塔莎说。一边举起刀叉，向杜若示意，"来，看我怎么切。"

猪排裹了蛋液和面包糠，外焦里嫩，颜色金黄，咬下去，一声脆响之后，肉香四溢。只可惜，没有几口，盘子就光了。她们几乎同时从盘子上抬起头。

"太好吃了。"杜若说。

"太少了。"娜塔莎说。

都笑了。

"前些天，安霞回来一趟，给她买肉做了些吃的带走了，肉票就剩这些了。"娜塔莎抱歉地说，"好怀念能够大大方方慷慨宴客的时光……"

"娜塔莎，酒海肉山就不珍贵了，"杜若说，"这块炸猪排，我想我会记一辈子。"

"谢谢你，杜热。"娜塔莎深深地看着她，"谢谢你这么说。"

那天，从娜塔莎家出来，杜若就去找夏莲了。

"夏莲，你北京那边，有关系吧？"她问。

"有啊，干什么？"

"能帮我买点牛肉、猪肉，或者排骨吗？"杜若说。

"这事啊，"夏莲回答，"你找姜友好不就行了？你让她家人帮你买，到时候和她的东西一块儿交接，多省事。"

"不，不找友好，"杜若说，"这事别告诉友好。你能找到别人吗？"

"行吧，"夏莲说，"可是，你干吗这么神秘？"

"可能的话，能买点黄油就更好了。"杜若避而不答。

"黄油？"夏莲更加好奇，"你买黄油干什么？你发烧了？你怎么不买鱼子酱？"

"哦，你提醒我了。"杜若拍拍脑门，"要是有鱼子酱罐头，就买一盒。"

夏莲怀疑地打量着她，半晌说道："不对，杜若，你坦白吧，到底怎么回事，你不说，休想让我为你服务。"

夏莲和杜若，住同院。她们从幼儿园起，就是同学。夏莲家和杜若家，一个住前排，一个住后排。夏莲的父亲，是药剂师，而她母亲，则在煎药房煎汤药。那些年，中学没复课时，夏莲常带杜若去煎药房那里玩，拣药渣里的莲子和大枣吃。

"我在学做西餐，我得自己备料。"杜若只好回答。

"天哪！和谁学？这你哪儿学得起？"夏莲叫起来，"哎，我可告诉你杜若，到时候你可别让我垫钱，咱们亲姐妹明算账！"

杜若从口袋里，掏出几张十元的钞票，往桌子上"啪"一拍，说："五十块，我预存你这儿，行了吧？"

夏莲惊得眼珠子都要掉出来了。杜若出徒不久，一级工，月薪三十出头，这破釜沉舟的架势，是不活了吗？

"你疯了？"夏莲说，"还是失恋了？这是受了多大的刺激？"

杜若笑了，说："你不想让我成一个西餐大厨啊？等我学好了，你上我家来,你想吃啥我给你做啥。"

"我对西餐没兴趣。"夏莲回答,"不过我对教你西餐的人有兴趣。"夏莲笑了,头一歪,"坦白吧,是谁啊? 在哪儿上班? 比你大几岁?让我见见他,我就帮你买。"她猜想,许是杜若交男朋友了。

杜若一推她:"想哪儿去了?"她说,"与风花雪月无关。一个女师父,和我妈差不多大,行了吧? 你要不想帮忙,直说! 我去找别人。"

杜若的忙,夏莲不帮谁帮? 于是,这一周,牛肉、排骨,下一周,猪肉、黄油,一样样地,陆续地,买到了。杜若自备食材上门,学做菜,自然是不想给娜塔莎增添负担。听姜友好说,多年来,娜塔莎一直领着劳保工资,只有四五十元钱,从前,有安同志,自然不是问题,如今,安同志走了,这钱养活她和安霞两人,远谈不上富足。杜若自备食材,娜塔莎因材施教,带牛肉来,就做罐焖牛肉、土豆烧牛肉,罗宋汤也就是红菜汤;带猪肉来,就做炸猪排、肉饼、肉冻……

但是这让娜塔莎深深地不安。她知道这些东西来之不易。几周后,她对杜若说:"杜热,你要再带这些东西来,我就不让你进门了。"她说得斩钉截铁,杜若想了想,回答说:

"那我们定君子之约,我不带东西来,你也不能准备,我还不算笨,咱们纸上谈兵,你讲,我用笔记录下来,怎么样?"

娜塔莎笑了,说:"好,"然后她说了一句中国的成语,"君子一言驷马难追。"

杜若准备了一个笔记本,红色的塑料皮,上面印着"备战备荒为人民"这样一行语录。里面,洁白的扉页上,杜若郑重地写下了题目:《娜塔莎菜谱》。写下这行字,杜若笑了,自己也觉得不很合适。想再换个本,找出来,一看,封面上印的是:要斗私批修。更不合适了。想想,算了,就用"备战备荒"吧。国家在敌对,人民在修好啊。杜若开玩笑想。笑了。

从此，娜塔莎口述，杜若记录。第一道菜式，就是：土豆沙拉。杜若在后面做了这样的备注："这是我认识娜塔莎的开始，她跟我说的第一句话是，来，我教你做蛋黄酱。在这之前，我以为，娜塔莎只是一个传说。蛋黄酱也就是美乃滋，不过我们的美乃滋是改良过的，因地制宜，用普通食油代替了橄榄油，里面，除了盐，不加任何香料。"

那些她们一起做过的菜，一样一样，杜若都详细记下了。没做过的，娜塔莎想起什么，就随口讲出来。常常，这些菜肴，都伴随着一个故事。或者，是在讲述一件旧事时，忽然想起一个菜品。她和安同志第一次约会，安同志点了一个什么菜啦，她怀安德烈时，特别想吃的一种甜品啦，诸如此类。现在，她们彼此都没有了负担，杜若说来就来，说去就去，来了，娜塔莎不过是一杯热红茶或者一杯咖啡款待。咖啡是速溶的，固体的一块，包着纸，叫"咖啡糖"。偶尔，她会做一些叫作"欧拉季益"的俄式松饼来做茶食。自然，这欧拉季益的烘焙方法，也被杜若原原本本记录了下来。

"我吃过的最好吃的欧拉季益，是我妈妈做的。"一次娜塔莎这样说，"我妈妈年轻时非常美丽，安德烈长得就像我妈妈，她在一家餐厅做服务员，认识了我父亲。我父亲那时在大学里做助教，年轻，英俊，朝气蓬勃，他们是一见钟情，如烈火干柴，还没结婚就有了我哥。"娜塔莎笑笑，说，一个老故事而已。无非是，婚后，并不幸福。先是父亲在大清洗中被小小地牵连，出了问题，被迫离开了莫斯科。几年后回来就变成了一个毫无廉耻的酒鬼，"就像，后来的安德烈。"娜塔莎迟疑一下，这么说。

"我父亲几乎没有一天是清醒的，永远醉醺醺回家，身上沾满呕吐的污渍，臭烘烘一头栽倒在地板上、沙发上、床上，有时彻夜不归，我妈妈就彻夜不眠……她心疼他。可我，我记不住我母亲嘴里那个英俊的、帅气的父亲，他离开莫斯科时，我才五岁，所以，我以这个酒鬼父亲为耻，我恨他，我甚至诅咒他死。果然，战争来了，他死了，德国飞机轰炸莫斯科，一颗炸弹落在了我们家住的那幢楼上，而在炸弹爆炸的瞬间，我父亲扑上来护住了我，把我压在了他的身子下面。他死了，我活着，他的血流了我一脸……上帝听到了我的诅咒。"娜塔莎无声地笑笑。

"后来，我妈妈告诉我，我父亲也最喜欢吃她做的欧拉季益，她说，你知道吗？你和爸爸一样，你们都喜欢咸味的欧拉季益，特别是牛肝口味的。"娜塔莎说。

那天回到家里，杜若在这道菜谱的后面，记下了娜塔莎的这一番话。她很感慨，想，活到娜塔莎那么大，活到父母那么大，活到更老，这一日三餐中，该有多少的故事？

四、丽人行

那已经是春天了。这个城市的春天，总是来得很晚，又短。清明过后，谷雨过后，才姗姗来迟。飘柳絮了，飘杨絮了，杨花落了一地，几乎一眨眼，就是夏天。这个季节，杜若喜欢在休息日骑自行车去城外挖野菜。河滩、野地、田地旁，绿意盎然，到处生长着新生的蒲公英、荠菜、苦苣、马齿苋等等。杜若最爱的当然是荠菜。她一早踏着露水出发，中午之前，就会有满满的收获。这样，晚餐的餐桌上，就有新鲜的荠菜饺子吃了。

她约娜塔莎去郊外挖荠菜。

她骑车去和娜塔莎会合，意外的是，竟看见了姜友好。姜友好推着一辆红色的坤车，26的大链盒"凤凰"，和娜塔莎并排站在路边。

"友好，你怎么也来了？"杜若十分惊讶，"你怎么知道的？谁告诉你的？"

"我听夏莲说的。"友好笑笑,"她说你要和你的师父去挖野菜,我忍不住跑来了。"

有一年没见了,友好看上去清减了许多。"你瘦了友好,"杜若望着她脱口说,"你没事吧?"

"我能有什么事?"姜友好豪迈地反问。

也是,姜友好能有什么事呢?杜若笑了,说:"太好了,三人行。"姜友好说:"丽人行。"

天气晴好,天空湛蓝。树叶是初生的新绿,鲜嫩得让人心软。她们三人骑行,姜友好的"红凤凰"十分招摇,比它更招摇的,是金发白肤的娜塔莎。三人三骑,被人看了一路。杜若多少有点不习惯,姜友好却全然不在意,大声笑道:"田汉先生塑造,三个摩登女性。说的就是我们呢!"那是被批判的毒草电影《丽人行》的题记。杜若心里咯噔一下,她觉得姜友好的举止有点夸张,这让她有些不安。好在城不大,朝西,过桥,再朝南,渐渐有了郊野的风景。她们来到一片野草滩,抬头就是烟蓝色的西山。支好自行车,杜若用手一指说:"这是我的宝地,这里的荠菜,又多又好。"

娜塔莎和姜友好,都不认识荠菜,杜若教她们辨识。果然,这里的荠菜一丛丛一片片,四处可见,鲜绿水灵,三个人分头寻找,没用太久,她们的大网兜就装满了。杜若说:"够了,足够我们吃饺子了。歇歇吧。"

她们席地而坐,手被野菜的汁液染绿了。各自都带了军用水壶,也不顾卫生,拧开就喝,仰着脖子,咕嘟咕嘟喝得十分欢畅。草滩上,有些不知名的小野花开了,这里一片,那里一片,静静的,开得又寂寞又热闹。阳光照在她们脸上、身上,天地静谧得如同没有人类。许久,姜友好说:

"真好。都不想回去了。"

"是啊。"娜塔莎说,"就像在梦里,不想醒来。"

"我爱田野。"杜若说,"来了,就不想走。"

"以前,安德烈还小的时候,夏天,我常常带他和安霞去采蘑菇。我知道一个地方,有松林,有榆树和槐树林,夏天,下过雨之后,树下到处都是新鲜的刚出生的松蘑、榆蘑。采回来,我给他们烧蘑菇汤,安德烈闻着蘑菇汤的香气,会说:真幸福啊——"娜塔莎望着烟蓝色的西山,这么说。

"那是什么地方?"姜友好神往地问,"我们也去好不好?"

飞来一只喜鹊,倏地落在了草地上,歪着头,冲着她们,喳喳喳激愤地叫着,对峙着,杜若笑了,"鸟听到我们的话了,这里是它们的天地,你看,它不满意了。"她这么说,"走吧,我想让你们尝到最新鲜的荠菜。"

这城中的习惯,休息日吃两顿饭,那天的正餐,是荠菜猪肉馅饺子。杜若原本计划包纯素馅的,但是姜友好说:"荠菜猪肉才是在论的呀。"她执意骑车跑回家拎来一块猪肉,说是夏莲昨天才给她捎回来的,刚好派上用场。"有肉大家吃!"她说得兴高采烈。杜若想,友好这是怎么了?有点不太对劲,不避嫌了吗?想问她,又没问出口,是真心不舍得破坏这难得的欢乐。于是三个人,择菜、剁肉馅、和面、包饺子,干得热火朝天。拌饺子馅负责调味的,自然是杜若,剁肉时,她仔细地剔除了所有的筋络血管,剁好后,用生姜水打馅,使肉变得鲜嫩无腥。荠菜则切得细碎均匀。菜和肉的比例也恰到好处。调味料却极简单,除了肉馅需要少许酱油煨起,就是一点盐、一点白糖和一勺熟食油锁水,其余的,葱、香油、味精、五香粉之类一概不用。这样,杜若说,才不干扰和毁损荠菜的清鲜。

果真,太好吃了。

娜塔莎说:"杜热,这是我这么多年吃的最好吃的饺子。"

姜友好说:"杜若,你真是个宝藏,认识你这么久了,居然还能给人带来惊喜。"

杜若笑而不答。

娜塔莎又说:"我要是早认识你就好了,安德烈的爸爸和安德烈都很喜欢吃饺子,可惜我的饺子总也做不好。"她盯着盘子里的饺子说,"现在我就是学会了,他们也吃不上了。"她笑笑,"我就不学了。"

"娜塔莎,不是还有安霞吗?"姜友好说。

"安霞不一样,安霞从不挑剔,我做的任何东西她都说好,真心赞美,我想,这大概是因为她刚懂事就遇到了三年困难时期吧?她知足。"娜塔莎回答。她大概也觉得这回答有点言不由衷,"好吧,友好,别这样看我,我承认,上帝也知道,我爱安德烈可能更多一点……吃到他喜欢吃的东西,做他喜欢做的事情,我就有罪恶感:我的儿子不知道在哪里流浪、受难,我却在享受——"

"又来了娜塔莎,"姜友好打断了她,"你没有做错任何事,亲爱的,不对的是他。不过今天我不想说安德烈,就今天一次,原谅我……今天我只想说快乐的、高兴的事。你这里有酒吗?哦,抱歉我忘了,你家里怎么会有酒?这么美味的饺子,焉能无酒?此刻有杯竹叶青就好了。"

杜若起身,说:"我去买。"娜塔莎叫住了她,说:"我有威士忌,我去拿。"

杜若和娜塔莎对视一眼,愣住了。

片刻,娜塔莎捧着一个托盘过来了,上面有酒瓶和三个酒杯。酒瓶是打开的,里面的酒只有大半瓶。她一边倒酒一边说:

"安德烈的爸爸走后,我一个人太寂寞,偶尔会喝一杯。"她笑笑,"不过你们放心,我不是安德烈,不是我父亲,我还有安霞。来——"她举起了杯子,问,"为什么干杯?"

杜若说:"为春天,为田野,为慈悲的荠菜,为我们爱的人。"

姜友好说:"还有,为自由,为无牵无挂。"她嫣然一笑,"为——为我重新变成一个自由的单身女人——"

什么? 娜塔莎和杜若以为自己听错了。

"我离婚了。"姜友好笑着说。

杜若惊住了。

"为什么?"娜塔莎心慌意乱地问,"是因为我的缘故?"

"怎么会因为你?"姜友好回答,"当然不是。是因为我父亲,我父亲的问题至今没有结论,而我丈夫他遇到一个千载难逢的好机会,出使国外,做武官。这机会不是什么时候都能遇到……"

年轻的海军军官十分为难,也不能怪父母逼他,在锦绣前程和扯后腿的倒霉女人面前,有几人不势利? 何况这二老原本就不喜欢那个名声不好的儿媳妇,不满意这门婚事,他父亲说,爱美人不爱江山,那得是皇帝,你哪有那个资格! 海军军官痛苦不堪。姜友好出手了,说,不就离个婚吗? 成全你! 成全你们家! 于是找了人托关系,很快办了离婚手续。临别时,姜友好对他说:

"记住,不是你做了陈世美,是我先休了你的。你走你的阳关大道吧,我回江湖。"

此刻,姜友好举着酒杯说:"我回江湖了,干!"

娜塔莎和杜若,谁都不举杯。

姜友好放下了酒杯:"怎么了? 不欢迎我回来啊?"

许久,杜若说道:"姜友好,姐姐,你难过,伤心,就别撑着了,要朋友是做什么用的?"

姜友好哈哈笑了:"小杜若啊,你太清纯了,太幼稚太罗曼蒂克了,我早跟你说过,我是浊世里的人,遵从的是浊世里的规则,有什么可伤心的?"她举杯一饮而尽,"娜塔莎,姐姐,你来,你陪我喝一杯。"

娜塔莎举杯,一饮而尽,说:"友好,知道吗? 我很想你,非常想。"

杜若眼圈红了，也举起杯子："你说的，田汉先生塑造，三个摩登女性，"她咕咚咽下一大口，呛得直咳嗽，"我们三人，丽人行，不分开。"

娜塔莎说："二十年前，我还称得上是丽人，现在可不是了。现在是丽人的妈妈了！"

姜友好笑道："谁说的？丽人永远都是丽人，外表不是了，骨子里也是。美人在骨不在皮。"

三个"丽人"都笑了。

姜友好说："娜塔莎，你家里有照相机吧？来，我们拍张合影，留个纪念，题记就写：丽人行。"

果然有相机。"海鸥135"。果然就照了。咔嚓一响，留下了这个春天温情的瞬间。胶卷是相机里几年前没拍完的，也不知是否过期，也不知能否成像。她们不能确定。就像她们不能确定明天会发生什么一样。

那天，姜友好没有回家，几杯威士忌竟然使她醉倒了。她吐了酒，头晕，娜塔莎安顿她在安霞的床上躺下了，说："你歇会儿，醒醒酒。"她顷刻就睡着了，睡得很沉。现在，她没有什么可顾忌的了，她不再需要为了她的爱人她的丈夫忍痛和朋友疏远绝交。活了这么多年，她只做过这么一件违心的事，上天就惩罚了她。

半夜里，她忽然醒了。一盏床头小灯昏黄地亮着，许久，她才想起自己是置身何处。她爬起来，开门，穿过走廊，来到了娜塔莎的房间。也有一盏灯微微地亮着，但娜塔莎却和衣睡着了。她走过去，站在了娜塔莎的床前。娜塔莎睁开了眼睛，说："醒了你？"她没有回答，蹲下来，把脸埋进了娜塔莎的臂弯里："怎么办啊娜塔莎，我舍不得他……"说完，她无声地哭了。

当晚，杜若回到家里，发现夏莲在等她。她母亲说："你可回来了，夏莲等了你一晚上。"

她拉着夏莲进了里屋。

"你太不够意思了,"夏莲一进屋就喊,"说,你的师父,是不是娜塔莎?"

"你知道了?"杜若说,"姜友好告诉你的是吧?"

"你还好意思问?"夏莲很委屈,"杜若啊杜若,你居然瞒着我,欺骗我,害我还以为你有了男朋友!天天让我为你们服务,却不让我知道真相,你是不信任我还是有了新朋友就不要我这老朋友了?"

"不是的夏莲,是友好托付我的事,她没让我和别人讲,所以我还没敢告诉你——"

"姜友好更不够意思,"夏莲不容杜若分说,打断了她,"她认识我在先,认识你在后,结果她倒把你当朋友把我当她的交通员了,天天给她传递这传递那,有了好事,一点也想不起我来!"

杜若笑了:"好事?夏莲,原来你觉得这是好事啊?友好可是因为顾忌她的丈夫——"杜若顿了一下,想,是前夫了,"因为那个现役军人海军军官,才不和娜塔莎来往了。你不怕别人说你和苏联人交往啊?"

"你怕不怕?"夏莲反问,"你不怕我怕什么?娜塔莎是克格勃吗?我一个列车员,你一个小集体工人,克格勃吃饱撑的找咱们啊?"

"不是啊,夏莲,"杜若说,"安德烈、安向东是克格勃吗?当然不是,可是你当初退学了,没看到那些人欺负他,孤立他,谁要是敢跟他来往,就骂他和苏修穿一条裤子,最后,还把他推到了防空洞底……就拿昨天说吧,我们骑车去郊外,一路上,路人看我们的眼光,千奇百怪。你不在乎?"

"不在乎,"夏莲回答,"我只在乎,你们拿不拿我当朋友。"

杜若觉得心里一热。

"娜塔莎说,等夏天到了,她带我们去树林里采蘑菇,她知道有个地方下了雨,蘑菇很多。到时候,我们一起去,浩浩荡荡的。"她笑了,"然后,我来负责,给你们做鲜蘑饺子或者蘑菇汤。那味道一定美极了!"

但是她们没有等到这一天。

先是夏莲,忍不住在饭桌上说起了采蘑菇的事。她妈说:"蘑菇可不能瞎采,小心中毒。你问你爸是不是?"

她爸是药剂师。

夏技师说:"可不是,年年都有人死于蘑菇中毒。"

夏莲说:"没事,我们有专家,娜塔莎年年都去采。"

夏技师"嗯?"了一声,竖起了耳朵。夏技师这人,历史上,有点小污点,本来就胆小怕事,如今,有了这污点的阴影,活得就更加谨小慎微,战战兢兢:"娜塔莎是谁?"他警惕地问道。

"就是我从前同学的妈妈,你们应该听说过吧?"夏莲回答,"那个中苏混血儿,安向东,娜塔莎就是他妈。"

夏技师差点被一口窝头噎住:"你,你怎么会和一个苏联女人搞到一起?你怎么会认识她?"他说,紧张得脸都绿了。

"紧张什么呀,"夏莲回答,"是杜若,杜若在和她学做西餐,她是杜若的师父。"

"杜若!"夏技师愤怒了,"我早就跟你说过,别总和杜若混在一起,她思想意识不健康,太复杂,和你不是一路人,他们家和我们家也不是一路人,看看看看,出事了吧?"

"出什么事了?"夏莲反问,"能出什么事?"

"和苏联人都混到一起去了,和头号敌人混到一起了,你还要出什么事?"夏技师声音像蝉鸣一样变得尖利。

"什么叫混到一起?我又不认识娜塔莎,我还没见过她呢!"

"谢天谢地！"夏技师双手合十拜了拜，说："你喊什么，你怕人听不见啊？告诉你夏莲，马上和杜若断绝来往，你听见没有？马上和她断绝一切关系！她爱惹什么祸是她的事，千万不要让她再来招惹咱们家，听懂没有？咱们这个家，能平平安安到今天，知道有多不容易吗？你让一家人过两天安生日子行不行啊？啊？"

他眼里几乎迸出泪光，夏莲忽然觉得不忍心。她只好说道："知道了，我不理杜若就是了……"这句话一出口，她心痛了。

可是夏技师还是不放心，思来想去，第二天傍晚，他去了杜家。两家大人，几乎从无往来，夏技师登门，这让杜医生和赵女士感到非同寻常。果然，是棘手的事。夏技师窃窃低语和杜医生交涉了十分钟后离开了杜家。出门，正好和下班回家的杜若打了个照面。杜若叫了一声"夏叔叔"，他没理，径直而去。

杜若感到奇怪。

杜医生说："杜若，你惹事了。"

"怎么了？"

"你知道夏技师来干什么？他来给我下最后通牒来了。"杜医生回答，语气平静，"他说，以后，不许你和夏莲往来，他要夏莲和你划清界限，他们家和我们家也要划清界限，假如，你执意不听的话，他会采取革命行动。"

"采取什么行动？"杜若很好奇。

"他会去革委会揭发我，罪名是，纵容你里通外国。还有，"杜医生顿了一下，"去公安局告发你。"

杜若倒吸一口冷气。

"他还算君子，明人不做暗事。"杜医生说。

"杜若，你在和一个苏联女人学做西餐？"杜若的母亲赵女士疑惑地问，"真的假的？夏技师胡说吧？"

"真的。"杜若回答,"他没胡说。她是我同学的妈妈,就是那个 —— 小时候就听说的娜塔莎。"

"你?"赵女士愣了一愣,"你可真胆大包天啊 ——"

"杜若,"杜医生说,"刚才,夏莲爸爸有一句话说得不错,他说,他们一家能平平安安过到今天,不容易,咱们家又何尝不是?"他叹口气,"生逢乱世,多事之秋,杜若啊,别怪我们胆小怕事,未雨绸缪,就不要再去学做什么西餐了,这是多奢侈的事。"

父亲语气平静,但杜若还是听出了深深的悲凉。她心里一痛。

"也不要再去找夏莲了,"赵女士迟疑一下,歉疚地说,"就当你失忆了,不认识这个人了。我知道你们两个好,夏莲也是个好孩子……只是,她爸那个人,真要去告发你们,不是闹着玩的。"

这一晚杜家的餐桌上,气氛沉闷压抑。杜仲去乡下插队了,不在家。四口人,围着一张折叠桌,沉默不语地吃着简单的晚餐。杜若低头扒拉着碗里的饭粒,食不下咽,一双筷子伸了来,一块腊肠落进了她的碗里,她一抬头,是父亲。

杜若心里翻江倒海。

第二天早晨,杜若推车走出小区大门,就看见夏莲站在路边,她知道她在等她,但她没有理睬,刚要蹬车,夏莲过来挡住了她的去路。

"杜若。"夏莲喊。

杜若说:"夏莲,你别来找我了,你再来,你爸就会去告发我里通外国了。"

"对不起,杜若,"夏莲咬了下嘴唇,"我爸太过分了 ——"

"不,我不怨夏叔叔,"杜若平静地回答,"他是为了保护他的家人,我父亲也一样。他也不让我和娜塔莎来往了。"

"都怨我。"夏莲说。

"我想了一夜,"杜若说,"我们没有权利任性,没有资格任性,没有权利让我们的亲人为我们担惊受怕，受我们牵累……夏莲，"她冲朋友笑笑，"就此别过，从今往后，我就不认识你了！"

说完，她蹬车而去。

夏莲望着她的背影，看她沐浴在新鲜的朝阳里，渐行渐远。她们差不多从有记忆起就相识，做了这么多年的朋友，如今，将成为路人。夏莲哭了。她在心里喊，亲爱的，亲爱的，亲爱的，再见了。

杜若心里，也在告别。

和还没来得及抄录的菜谱，和那些菜式后面的故事，和互为知音的那种默契与欢喜，和期待的采蘑菇、野游，和一诺千金的承诺，和不畏惧人言，和不掺杂任何杂质的友谊、情义，和对被欺凌者的悲悯，和坦荡、骄傲、崇尚自由、特立独行的那个自己，一一告别。

仅仅是一点小风浪，她就现了原形。杜若含着眼泪微笑。现在，她是一个与她曾经鄙夷的那些人中的一个了。滚滚洪流中的一个了。怯弱、自私、猥琐、不敢承担、人云亦云。

再见了，她在心里说，那个昙花一现的美好的杜若。

再见了，美好的"丽人行"……

最后一次，夏莲去给姜友好送北京邮包。夏莲说："姜友好，以后，我不能再来了。不能再给你带东西了。"

"怎么了？"姜友好奇怪地问，"不跑北京了？"

"杜若也不能来了。"夏莲说。

姜友好愣了一下，问道："出什么事了？"

"能不问吗，友好？"夏莲悲伤地笑笑，说，"友好，也许，我们本来就不该认识。抱歉。"

沉默许久，姜友好笑笑，说："懂了。"

杜若也做了一件必须做的事情。她跑了许多家文具店，终于买来一本她还满意的笔记本。牛皮纸质的封面，很干净，很空旷。内页没有格子，纯净而洁白，有一种深沉悲哀的寂静，如同被积雪覆盖的俄罗斯大地。杜若在这个本子上，工工整整地，重新抄录了一份她的《娜塔莎菜谱》，连同那些说明和备注。在最后一页上，她写了这样一些话：

亲爱的娜塔莎：
　　抱歉我食言了。我没有勇气看着你的眼睛，面对面与你道别，更没有勇气说出那个道别的理由。那让我羞耻。这本菜谱，我重新抄录、整理了一份，里面，记载着我们曾经拥有过的一段珍贵时光，点点滴滴，都是我的回忆，以及，你的……
　　原谅我不能像姜友好那样无畏和勇敢。我说过，她是一个仗剑独行的侠客，而我，只是万千庸众中怯懦、卑琐的一员。别了，娜塔莎！珍重！珍重！珍重！这样说的时候，我心里在落雪……

　　她最后一次，来到了那幢红楼里，站在了三层那扇门前。她把装着笔记本的一只网兜，挂在了门把手上。她依恋地摸摸门把手，站了一会儿。终于，敲敲门，然后，掉头噔噔噔跑下了楼梯。
　　几天后，杜若收到了一封本埠来信。寄信人是姜友好，里面有一张照片和一封短信，只有几句话：
　　"本来不想给你了，可还是没忍住。就算是临别纪念吧。不知道具体发生了什么，但还是大致可以猜到。照片拍得不错，你想留着，还是怕受牵连烧了撕了毁了，一切由你。"
　　没有署名。
　　是那张合影。三个人，坐在地毯上，漂亮的波斯地毯。姜友好搂着娜塔莎，娜塔莎则搂着杜若。三个人都在朝着镜头笑，可看得出来，只有杜若一人的笑，是春天般的微笑，少女的微笑，明朗、明净、毫无提防和心事，不知道生活的厉害。

照片上，印着白色的题记，真的写的是：丽人行。

杜若低头，亲了亲照片，亲了亲照片上的自己。多么明媚啊，她怜悯地想。哭了。

一年后，姜友好的父亲复出，姜友好也被调回了北京。

这城中，娜塔莎再没有一个朋友了。安霞在乡下一直没能回来，娜塔莎也无可挽回地染上了酒瘾。有一天，醉酒后，诱发了急性胰腺炎，剧痛使她站不起来，她挣扎地爬着打开了房门，却昏倒在了家门口。邻居发现她的时候，人已经不行了。送到医院，没能抢救过来。

终年四十二岁。

她跟随安同志来到这城市时，是二十五岁。清新如一棵小白桦树，眼睛像天空般蔚蓝。

古老的双塔，悲悯地俯瞰着罪孽的城市。

五、我们的娜塔莎

许多年后，这个城里，有了一家俄罗斯餐厅，餐厅的名字有点拗口，叫作：我们的娜塔莎。

不少人提议，干脆就叫"娜塔莎"算了，简单明了上口。但是老板不同意。

老板说："娜塔莎就是我们的。"

谁也不明白这话的意思。不明白就不明白吧。老板不解释。

菜肴是常见的俄罗斯菜式，没有花式噱头，但是品质无可比拟。鱼子酱和一些主要调味品都来自俄罗斯。主厨也是从俄罗斯聘请来的，但老板本人则兼副主厨。有几道菜，副主厨一定要亲自动手或者把关，一道是红菜汤,一道是咸味的欧拉季益,还有一道叫"丽人行",这是所有菜品中的一个异类,不算传统也不算纯粹的俄式,发明者是老板本人。那是一道鲜菌菇汤,汤里煮有饺子。假如是春天,这饺子的馅料必定是荠菜主打。虽然,这道菜名不见经传,但是,味道极其鲜美,口感丰富,颇受顾客欢迎,几乎成为这家餐厅的代表作。

餐厅的装修,格调不俗,有俄罗斯乡村的风情。裸露的原木的梁架,石墙,烧果木的大壁炉,铁艺的风灯。迎门的主墙壁上,挂着一幅大大的照片。是一幅老照片,做了特殊的处理,看上去,颇有古典油画的效果。那是一张合影,三个女人,坐在一块波斯地毯上,望着镜头微笑。其中一人,是个丰满的异国女人。只不过,照片上的这三人,既不是明星、名士、名人,也不是首长官员,亦非摄影名家所摄,毫无出处,但,它挂在那里,却非常醒目,有一种岁月的惊心动魄和隐约的神秘感。

老板在等待能认出这张照片的人。

等待一个跛腿的男人。一个曾经的美少年。

等待一个叫姜友好的女人。

从二十世纪九十年代开业,几十年过去了。餐馆从最初的火爆到后来的平淡甚至是萧条,老板依旧坚守着,她还在等。

杜若还在等。

或许,杜若并不等什么,并不等谁。她坚守着,只是让这个城市记住,曾经,有一个叫娜塔莎的女人,在这里活过,爱过,死过。

清新如白桦树的苏联姑娘。

(原刊《收获》第6期)